KB163124

푸른비늘

오피움 장편소설

동아

푸른비늘

초판 1쇄 인쇄일 | 2021년 11월 26일
초판 1쇄 발행일 | 2021년 12월 06일

지은이 | 오피움
펴낸이 | 박성면
펴낸곳 | (주)동아

출판등록 | 제406-3960100251002007000071호
주소 | 경기도 파주시 문발로 115, 세종대학교출판부 206호
전화 | (031)8071-5201
팩스 | (031)8071-5204
E-mail | bear6370@hanmail.net

정가 | 12,800원

ISBN 979-11-6302-5474 (03810)

푸른비늘

오피움 장편소설

D O N G A R O M A N C E S T O R Y

동아

목 차

序章

　왕의 행렬은 산과 산 사이의 나무가 무성하게 굽어진 구불구불한 길을 따라 궁으로 향하고 있었다. 갑작스레 맞닥뜨린 억수 같은 장대비 탓에 그들의 속도는 더디기만 하였다.

　"허어……."

　시커먼 구름과 폭우가 해를 삼키어 낮임에도 천지가 어둡다. 조금 전까지 푸르렀던 하늘이 거짓말 같았다. 심상찮게 떨어지는 비를 보며 왕은 짧게 탄식했다.

　이래서야 궁에는 언제 도달할는지, 행렬의 걸음은 도통 속도가 나지 않고 왕의 마음은 심히 조급했다. 그러나 하늘이 내려 주시는 비를 인간이 어찌하랴. 왕은 주름진 얼굴에 수심을 그득 담고서 먼 산을 바라보았다.

　그 순간 왕은 저 먼 곳의 가장 높은 산등성이 위로 거대한 뱀의 형태가 하늘로 치솟아 구름을 가르는 모습을 보았다. 폭우를 거슬러 오르는 위엄 있는 기세가 두 눈에 단단히 박혀 시선을 떼지도 못하고 사로잡히고 말았다. 아주 먼 거리였음에도 푸르게 광나는 비늘과 날카로운 금빛 눈동자를 본 듯했다.

"뱀……?"

아니, 헛것인가?

궁금증이 채 가시기도 전, 기이한 형상은 순식간에 사라졌다. 왕은 체통도 잊고서 눈을 비비다가 불현듯 행동을 멈추었다. 어릴 적 신하에게 들었던 이야기가 섬광처럼 번뜩 떠오른 탓이었다. 인간의 나약한 심신으로는 만날 수 없으나 세상에 실로 존재하는, 이 땅의 진정한 주인인 신수들의 전설과 그중 가장 수려하고도 위험하다는 이무기 이야기가.

— 맑았던 천지가 삽시간에 검게 물들고 폭우가 쏟아지는 날에는 절대 하늘을 보지 말라. 혹여 기묘한 형상을 본다 한들 용이 아닌 다른 미물을 입에 담지 말라. 이무기님의 승천을 막는 이는 사지가 찢기고 대대손손 평안치 못하리라.

돌연 주변 공기가 오싹오싹 차게 식었다. 빗줄기는 바위를 가를 기세로 거세지고 하늘은 한층 더 검게 물들었다. 사색이 된 왕의 살갗에 소름이 돋았다. 용포 속 등줄기를 따라 식은땀이 흘렀다.

쾅—!

순간 고막이 찢어질 듯한 천둥이 지축을 울리고 긴 행렬의 앞에 벼락이 내리꽂혔다. 선두에 서 있던 대신들은 물론이거니와 기백 넘치는 장군들, 그들이 타고 있던 말까지 벼락에 놀라 우왕좌왕했다.

왕은 사방을 두리번거렸다. 천둥은 멎었으나 그 후에 따라온 기이한 정적이 더욱 음산한 기운을 불러들여 모든 이의 숨통을 조였다.

"전하, 괜찮으신지요."

"그래. 나는……."

그때였다. 신하에게 답하던 왕의 앞에 희뿌연 연기가 도는가 싶더니 한 사내가 나타났다. 허공에서 스르르 모습을 드러낸 그는 왕의 가마에 가벼이 발을 디디며 투명한 금빛 눈동자를 번득였다.

"네놈이구나."

그가 왕의 눈을 주시하며 서늘하게 미소 지었다.

"감히 뱀을 입에 올린 반편이가 인간들의 수장이라니……."

천하의 미인을 데려다 놓아도 견주지 못할 아름다운 사내에게선 인간의 것이 아닌 위압감이 스멀스멀 풍겼다. 역병처럼 불온하며 겨울 서릿발처럼 서느렇고 깊은 강물처럼 끝이 보이지 않는 기운이었다.

잘 훈련된 말들이 하나같이 앞발을 구르며 발광했다. 신하들은 파랗게 질려 경련했다. 말에서 떨어진 장군들은 무기를 쓸 의지도 잃은 채 그의 위압감에 얼어붙었다.

당장에라도 기절할 듯 굳어 버린 그들 사이에서 오직 왕만이 정신 줄을 잡았다. 왕은 떨리는 몸에 힘을 주어 자리에서 일어나 사내의 앞에 무릎을 꿇었다. 그리고 사내의 흰 발등에서 서서히 사라지는 비늘을 보았다. 검푸르게 빛나는 차갑고 푸른 비늘.

왕은 긴장한 숨을 가다듬으며 머리를 깊이 조아렸다.

"이무기님."

그랬다. 그는 미천한 인간이 아니었다. 비를 거두어 강을 말라붙게 할 수도 있고 홍수를 일으켜 세상을 물에 담기게 할 수도 있는, 수많은 인간의 생명을 한순간에 앗아 갈 수 있는 신수였다. 가뭄이 길어지면 백성들은 그의 은혜를 바라며 제사를 지냈고, 비가 멈추지 않으면 그의 용서를 바라며 기도했다.

나라의 가장 큰 강줄기와 크고 작은 호수, 하다못해 풀잎에 앉은 이슬 한 방울까지 몇백 년 만에 모습을 드러낸 푸른 이무기, 그의 영역이었다.

"네놈 때문에 이 지긋지긋한 땅에서 오백 년의 시간을 다시금 머무르게 되었다."

이무기는 오늘 기나긴 지난 세월을 뒤로하고 하늘에 올라 용이 되어야 했다. 드넓은 바다에서 태풍을 몰고 다니며 구름 위의 나날을 보냈어야 했다.

그런데 무슨 조화인지 인간의 눈에 띄어 버렸다. 나무에서 떨어진 잎이 땅에 닿는 시간보다 더 짧은 승천길을 한낱 인간이 목격한 것이다. 게다가 그 인간은 절대 입에 담아선 안 될 뱀이라는 미물까지 들먹였다. 극악한 우연이었다.

"다시 여의주를 다듬어 내면 이 몸은 천 년이나 이 땅에 머무르는 것이다."

"……."

"네놈이 나의 천 년을 앗아 갔다는 말이다. 그 세월을 가늠할 수 있겠느냐?"

이무기의 낮은 목소리엔 살기가 역력했다. 왕은 감히 입을 뗄 생각도 못 한 채 두려움에 질려 숨만 꿀꺽 삼켰다. 백 년도 살지 못하는 인간이 어찌 신수의 아득한 세월을 가늠할까. 왕이 할 수 있는 행동이라곤 머리를 더욱 깊이 조아리는 것뿐이었다.

"어찌할까. 당장에 이 땅을 물에 잠기게 하여 시체가 둥둥 떠다니게 해 줄까, 아니면 오랜 시간 고통스럽게 말라 가도록 끝없는 가뭄을 안겨 줄까."

이무기는 엎드린 왕의 주변을 느린 걸음으로 한 바퀴 돌았다. 이윽고 왕이 있던 자리에 이무기가 느슨히 걸터앉자 왕은 그를 향해 기듯이 몸을 돌려 바닥에 이마를 댔다.

"이 몸이 무지하여 벌어진 일입니다. 차라리 제 목숨을 가져가시고 부디 백성들은 살려 주소서."

"아니 되옵니다, 전하!"

한 신하가 사색이 되어 울부짖었다. 이무기는 감흥 없는 눈동자로 소리친 이를 쳐다보았다. 이무기의 느린 눈길이 닿는 순간 신하는 피를 토하며 쓰러졌다. 온몸의 구멍이란 구멍에서 검붉은 피를 줄줄 흘리며 벌레처럼 사지를 비틀다가 기어이 툭 숨이 끊어졌다. 빗물에 섞이는 피를 보며 바로 곁에 있던 다른 이가 까무룩 혼절했다. 왕은 눈을 질끈 감아 버렸다.

"오만하구나."

이무기는 붉은 입술을 휘어 웃으며 왕에게 말했다.

"너의 목숨은 저것들과 별반 다르지 않단다. 인간들의 왕이라고 하여 숨의 무게가 다를 줄 알았더냐? 나의 승천길을 막은 죄를 겨우 네놈의 목숨 하나와 바꿀 수 있다고 여겼던 것이냐?"

이무기의 말이 끝나기가 무섭게 또 다른 이가 컥, 컥, 고통스럽게 비명을 지르다 흙바닥에 풀썩 쓰러졌다. 왕은 어떤 신하가 또 죽었는지 돌아보지도 못하고 새하얘진 머릿속을 억지로 비틀어 짰다.

이대로는 안 된다. 이대로는 나는 물론이고 여기에 있는 모든 이가 개죽음을 당할 것이다.

그 후에는 궁에서 자신을 기다리고 있을 왕비와 어린 아들, 그리고 왕비의 배 속에 있는 아이까지 백성들과 함께 비참하게 죽을 날만 기다릴 것이었다. 아직 세상 구경도 못 한 자신의 가여운 씨를 떠올리던 왕이 돌연 결연한 얼굴을 했다.

"제 부인의 배에 아이가 있습니다."

다음으로 앗아 갈 목숨을 고르던 이무기의 금빛 눈동자가 천천히 왕을 향했다. 이무기의 차가운 눈엔 이제껏 보이지 않던 흥미가 비쳤다. 왕은 호흡을 가다듬었다.

"혹여 딸이 태어난다면 후에 이무기님께 바치겠나이다."

11

태어나지도 않은 어린 생명을 제물로 삼는 무정한 짓이었으나 왕으로선 어쩔 수 없는 선택이었다. 그의 어깨엔 수많은 백성의 목숨이 있었다. 왕은 그들과 나라를 지켜야 할 의무가 있었다. 딸인지 아들인지 모를 자식을 걸어서라도.

이무기는 어이가 없다는 듯 웃으며 허리를 숙였다.

"고작 백 년도 살지 못하는 이를 신수인 내게 주겠다?"

가당찮다는 말투였으나 왕은 꿋꿋하게 대답했다.

"신수의 씨를 받아 수태한 여인은 신수와 같은 명을 사는 것으로 압니다."

"……."

"이무기님께는 미천하기만 할 생명이오나, 이 나라의 왕인 저의 자식입니다. 이무기님의 씨를 받는다 한들 이무기님의 이름을 더럽히지 않을 것입니다."

왕은 이무기가 인간의 눈앞에 실로 모습을 드러냈듯이 수태의 전설 역시 진실이길 바라며 말했다. 거의 도박이나 다름없었다. 왕의 간절한 염원이 하늘 너머에 닿은 것인지, 이내 이무기가 나직한 실소를 터뜨렸다.

"인간 주제에 별걸 다 아는구나."

"황송합니다."

"내가 네 여식을 갈기갈기 찢어 짐승에게 던진다고 하더라도 바치겠느냐?"

안도의 한숨을 내쉬던 왕이 이무기의 물음에 다시 얼어붙었다.

"수태하여 배가 부른 네 여식을 절벽에서 떨어뜨린다고 하더라도 바치겠느냐?"

"……예. 그리하시더라도 바치겠습니다."

흐음, 하고 느긋한 숨을 내쉬며 이무기는 생각에 잠겼다.

"그래, 좋다."

그리고 머지않아 섬뜩하게 미소 지으며 바닥에 조아린 왕의 턱을 발 끝으로 들어 올렸다. 왕으로선 태어나 처음 당하는 치욕스러운 행위였 으나 그저 입을 굳게 다문 채 이무기를 간절히 바라보았다.

이무기의 섬뜩한 금빛 눈동자는 어느새 차가운 암청색으로 바뀌어 있었다. 폭풍처럼 휘몰아치던 화가 조금이나마 가라앉은 것처럼.

"초경을 시작하는 해에 나에게 바쳐라. 네 딸을 몸종 삼아 남은 세월 을 보내 보도록 하지. 그때까진 이 몸이 조용히 물러나 주마."

하해와 같은 은혜였다. 왕은 턱에서 이무기의 발이 떨어지자마자 몇 번이고 머리를 조아렸다. 가마 주변의 궁인들 역시 흙탕물에 도포를 적 시며 절을 올렸다. 이무기는 이제 자리를 떠나려는 듯 몸을 일으키고 주위를 느리게 둘러보았다.

"꼭 딸이길 빌어야 할 것이다."

이윽고 이무기가 엎드린 왕을 비웃듯 툭 말을 던졌다.

"오늘의 살육을 다시 보고 싶은 게 아니라면."

조소가 섞인 위협을 끝으로 이무기는 사라졌다. 기척 없이 나타났던 것처럼 사라지는 것 또한 기척이 없었다.

왕은 허공에 남은 연기와 처참히 죽어 버린 이들을 허망하게 바라보 았다. 어쩔 수 없다. 어쩔 수 없는 일이었다. 혼이 나가 중얼거리는 왕 의 주변으로 신하들의 무거운 울음소리가 퍼져 나갔다.

다음 해, 궁 안 깊은 산실에선 갓 태어난 아이의 울음이 자지러지게 울려 퍼졌다. 꼬물꼬물 배냇짓을 하는 아이를 보며 왕과 왕비는 침통한 눈빛을 숨기지 못했다.

나라의 첫 공주였다.

―

느린 곡을 흥얼거리며 걷는 사내의 발걸음마다 처절한 비명과 비통한 곡소리가 따라붙었다. 궁의 긴 복도를 따라 이어진 장지문과 나무 바닥에는 검붉은 핏물이 흥건했다. 썩은 무화과처럼 뭉개진 살점이 마르지 않은 내장과 뒤섞여 사방에서 역한 비린내를 풍겼다.

"사, 살려, 아악!"

어떤 이는 무릎 아래가 절단되어 바닥을 질질 기었고 어떤 이는 제발 살려 달라고 애원하다가 손이 잘렸다. 어떤 이는 어디로든 도망가려 벽을 긁으며 발광하였고 어떤 이는 사내의 역병 같은 기운이 닿기도 전에 까무룩 혼절했다. 사내의 뒤를 따르던 이들은 그들의 한 줌 남은 숨을 자비 없이 끊어 놓았다.

참혹한 도륙이었다. 눈 뜨고 볼 수 없을 만큼 무자비한 광경이었다. 그러나 그 생지옥을 거니는 사내의 걸음은 마치 달구경이라도 나온 듯 여유로웠고 붉은 입술엔 고요한 미소까지 걸려 있었다.

"어찌나 깊은 곳에 숨겨 놓았는지……."

웃음 섞인 목소리로 나직이 읊조린 그는 겹겹이 닫힌 다섯 개의 장지문을 열고 또 열었다. 마지막 문은 그의 길고 수려한 손에 의해 부서지듯 아가리를 벌렸다.

아직 그의 요기가 미치지 않은 공주의 처소는 소담하고 아늑했다. 겁에 질려 파르르 떨리는 숨소리가 처소에 색색 울렸다. 그는 병풍 앞에 위태롭게 앉은 여인을 보며 요사스러운 미소를 지은 채 입술을 적셨다. 바들바들 경련하는 여인을 향하여 한 걸음 한 걸음 다가가 천천히 자세를 낮추어 앉았다.

"아주 곱게 자라셨습니다."

예를 차린 나긋한 어투와 달리 그의 긴 손가락은 떨림을 참으려 앙다문 여인의 턱을 가벼이 들어 올렸다. 그녀의 눈에 그득 고여 있던 눈물이 아래로 톡톡 떨어졌다.

그는 창백하게 질린 여인의 얼굴을 어딘지 미묘한 눈빛으로 오래도록, 아주 오래도록 바라보았다. 이윽고 그가 엄지로 그녀의 눈가를 느리게 쓸어 내며 눈웃음 지었다.

"아실지 모르겠으나, 그대는 어미의 배 속에서 웅크리고 있을 때부터 저의 것이었습니다."

어둠이 내린 산의 바람같이 낮고도 선선한 목소리가 여인의 귓가를 맴돌았다.

"그대의 늙은 아비가 나와의 약조를 모른 척하지만 않았어도 진작 이 품에 있었을 몸이란 말입니다."

귀인을 대하듯 부드러운 속삭임이었으나 그의 하얀 얼굴에 튄 핏자국은 불온하기만 하였다. 푸르게 물결치는 사내의 비단 옷자락에도 살육의 흔적이 피와 살점으로 남아 있었다. 그녀는 물기 어린 숨을 가쁘게 몰아쉬었다.

그는 손등으로 여인의 젖은 뺨을 느리게 어루만졌다. 그만 눈물을 거두라는 뜻이었건만 여인의 울음은 진정될 기미가 비치지 않았다. 되레 두려움이 짙어졌는지 따닥따닥 이 부딪치는 소리가 잘게 들려왔다.

소리 없이 웃어 버린 그가 곧 여인의 뺨에서 손을 떼고선 가느다란 몸을 안아 들었다.

"시간이 제법 지체되었으니 이만 가실까요. 그대가 원래 있어야 할 곳으로."

여인은 감히 그의 옷자락도 붙잡지 못하고 손을 가슴으로 모아 바들바들 떨었다. 그는 짙은 웃음을 머금은 채 그녀를 고쳐 안고서 볼일은 끝났다는 듯 미련 없이 뒤돌았다. 그녀를 찾으러 걸어온 길을 천천히 되돌아갔다.

그 탓에 여인은 처소를 나서자마자 적나라한 살육의 풍경을 고스란히 봐야 했다. 잔혹한 도륙에 대한 충격으로 눈도 감지 못했다.

품에 안고 있던 몸이 뻣뻣해진 것을 느낀 그가 그녀를 흘긋 보고는 온화한 소리로 웃었다. 이윽고 그가 큰 손으로 그녀의 눈을 덮어 주었으나 이미 그녀는 혼절해 버린 뒤였다.

* * *

창으로 스며들어 온 선선한 바람이 침상에 붉게 드리워진 휘장을 느릿느릿 흔들었다. 검은 구슬이 촘촘히 이어진 긴 주렴도 투명한 휘장의 흔들림에 따라 맑은 소리를 냈다. 기분을 몽롱하게 만드는 향이라도 피운 것처럼 처소의 공기는 몹시 향기로우면서도 어딘지 이질적이었다.

나리는 눈을 반쯤 뜬 채 멍하니 허공을 보았다. 막 잠에서 깨어난 탓에 눈앞이 안개 낀 듯 흐렸다. 그러나 이 화려하고 농염한 색으로 채워진 침소가 자신의 방이 아니라는 것만큼은 금세 알 수 있었다. 놀라 숨을 삼킨 나리가 벌떡 몸을 일으켰다.

붉은 휘장이 가장 먼저 그녀의 눈에 들어왔다. 핏물 같은 붉은빛을 보자 나리는 그제야 혼절하기 전 보았던 광경이 생생하게 떠올랐다. 다리가 사라진 채 바닥을 기어 다니던 이들, 피에 젖은 툇마루, 검붉게 드러난 살점과 비린 냄새, 그리고 그 잔혹한 광경을 보고도 나직이 웃어 버리던, 그녀를 이곳으로 데려온 사내.

"하아, 하……."

몸속이 텅 비었다가 이내 마구잡이로 뒤섞여 목구멍이 울렁거렸다. 토기가 치밀었다. 겁에 질려 호흡한 탓인지 숨도 점차 가빠졌다. 나리는 아랫입술을 파르르 떨며 아무도 없는 방 안을 정신없이 두리번거리다가 이윽고 침상 뒤쪽으로 허겁지겁 몸을 숨겼다.

죽을 거야. 나도 죽을 거야.

나리는 몸을 잔뜩 웅크린 채 무릎 사이로 얼굴을 묻었다. 혼이 날아간 눈동자에서 물기가 끊임없이 맺히고 떨어졌다.

어째서 이리됐지. 어째서…….

혹여 울음소리가 새어 나갈까 작은 손으로 입을 꽉 막고서 나리는 눈을 질끈 감았다. 궁에서 있었던 일이 감은 눈 앞에 스멀스멀 생겨났다.

공주의 침소에 별안간 신하들과 군관들이 들이닥쳤을 땐 이미 궁 안의 분위기가 흉흉하여 다들 불안에 떨고 있었다. 그들은 공주에게 예를 차릴 겨를도 없이 다급히 공주를 침소 밖으로 모시었다. 높은 궁녀와 군관 몇 명이 공주를 따르고 침소에 남은 상궁과 궁인들은 불안한 눈동자로 장지문을 흘긋흘긋 보며 언성을 낮추었다.

"신수님이 몸소 강림까지 하셨는데 고작 궁 밖으로 공주마마를 숨긴다고 이 사달이 해결되겠습니까."

"애초에 공주마마가 초경을 시작하셨을 때 전하께선 이무기님께 마마를 보냈어야 했습니다."

"말을 삼가십시오. 아무리 신수님과의 약조라고 한들 제 자식을 그리 쉽게 보낼 수 있는 부모가 어디 있답니까. 게다가 마마의 초경 후에도 아무런 징조를 주지 않은 건 이무기님이십니다."

"그만하십시오."

옥신각신하는 낮은 목소리 사이를 한 신하의 묵직한 음성이 가로질렀다. 그들은 말을 멈추고 그를 쳐다보았다.

"억겁의 세월을 사는 신수께서 인간의 짧은 세월을 어찌 가늠하시겠습니까."

"……."

"이번 일은 명백히 전하의 잘못입니다. 신수님과의 약조를 어긴 것도 모자라 마마의 혼처까지 알아보신 전하의 잘못이란 말입니다."

오래전 왕이 이무기를 만났던 그 산속에 함께 있었던 신하가 단호히 덧붙이자 남은 이들의 입은 하나같이 일자로 다물렸다.

실로 일을 키운 이는 왕이었다. 왕은 공주가 초경을 시작하고도 이무기를 찾지 않았다. 눈에 넣어도 아프지 않을 만큼 어여쁜 여식을 도저히 죽음으로 내몰 수 없어서, 후에 이무기가 찾아온다면 차라리 다시 한번 자신의 목숨을 내놓으리라 생각했다.

그러나 공주가 초경을 시작하고 몇 년 후까지도 이무기의 불길한 징조는 없었다. 나라엔 가뭄도 홍수도 나지 않았다. 매해 농작물은 다시없을 풍년이 들었다. 그즈음 왕은 까마득한 세월을 사는 이무기가 하찮은 인간과의 약조를 잊었다고 여겼다. 날이 지날수록 광적으로 그리 믿었다. 대부분 신하는 왕의 말에 동조했다.

그 결과가 이무기의 강림일 줄 알았다면, 그 이무기가 궁을 피바다로 만들 줄 알았더라면 그러지 않았을 텐데. 왕의 광증 어린 믿음을 저지했던 단 하나의 신하처럼 그들 역시 왕을 말렸을 텐데. 그러나 이미 때는 늦었고 상황은 범람한 강처럼 걷잡을 수 없었다.

불안한 침묵 사이로 침소 밖의 처절한 비명이 점점 가까워졌다.

"그럼…… 이제 어찌합니까."

군관이 떨리는 목소리로 침묵을 깼다. 순간, 초조한 듯 한숨을 내쉬던 상궁의 눈길이 침소 한구석에서 멈추었다. 그녀의 눈길을 따라 남은 이들도 고개를 돌렸다. 그들의 시선 끝자락엔 새로이 자수를 놓은 공주의 비단옷을 부둥켜안고 불안에 떨고 있던 침방 궁녀, 나리가 있었다.

나리는 공주의 처소에 심부름을 왔다가 돌연 밖에서 소란스럽고 살벌한 소리가 들려와 오도 가도 못하고 그대로 발이 묶인 채였다. 공주가 몸을 피할 때 궁녀들을 뒤따라갈 생각도 미처 못 하고서 얼어붙어 있었다.

"……"

간간이 들려오는 끔찍한 비명에 흠칫흠칫 놀라며 문 쪽을 보던 나리는 문득 처소 안이 이상하리만치 고요해졌음을 깨닫고서 더듬더듬 고개를 돌렸다. 군관과 신하와 상궁 모두가 나리를 보고 있었다. 머지않아 상궁이 무언가 결심한 듯 낮은 음성으로 말했다.

"공주마마와 같은 나이입니다."

나리가 평소 다정스럽다 여기던 나이 든 상궁의 얼굴은 창백하고도 단호하게 굳어 있었다. 이윽고 그녀가 한달음에 나리에게 다가가 나리의 옷을 우악스럽게 벗겼다.

"왜, 왜 이러십니까……!"

영문도 모른 채 맨살을 보이게 된 나리가 수치와 당혹감으로 몸을 비틀었다. 그러나 상궁은 기어이 나리의 옷을 찢어발기듯 벗기고 속곳만 걸친 가냘픈 몸에 공주의 새 비단옷을 입혔다. 거친 손길로 허리끈을 매고 매무새를 정리하자 나리는 완전히 혼이 빠져 있었다. 그런 나리의 어깨를 꽉 붙잡은 그녀가 무서운 얼굴을 하곤 말했다.

"너는 이제부터 공주마마다. 알겠느냐?"

나리는 눈을 크게 뜨고서 입술을 달싹였다.

"입을 잘못 놀리면 너뿐만 아니라 전하도, 그리고 이 나라도 무너지는 것이다."

당혹에 젖은 얼굴을 갈무리하지도 못하고 나리가 저도 모르게 설레설레 고개를 저었다.

"제, 제가 왜 공주마마입니까. 어찌 아무것도 모르는 제게 나라의 흥망을 말씀하시는 겁니까. 미천한 제가 어찌 공주마마 행세를……."

"곧 있으면 그분이 오실 테니 너는 그저 조용히……."

반쯤 정신이 나가 더듬거리던 나리는 그녀의 말을 듣자마자 등줄기가 얼어붙고 말았다. 그분이라니. '그분'은 분명 상궁과 다른 궁인들이 말하던 이무기가 아닌가. 공주를 찾으러 강림하신, 저 문밖에서 궁의 사람들을 도륙하는 이가 아닌가.

눈앞에 있는 이들은 공주마마 대신 그분에게 가라고 나리에게 말하고 있는 것이었다. 마치 쓸모없는 노비를 헐값에 팔아넘기는 것처럼 일말의 동정도 없이.

나리는 상궁의 앞에 허겁지겁 무릎을 꿇었다. 그녀의 치맛자락을 붙잡고 고개를 저었다. 그걸로도 모자라 두 손을 모아 싹싹 빌었다.

"살려 주십시오. 저는 못 합니다. 죽고 싶지 않습니다. 제발 살려 주세요."

눈가를 붉게 물들인 채로 비는 나리의 모습은 몹시도 처절하고 가련했으나, 나리에게 돌아온 답은 가차 없었다. 군관의 서슬 퍼런 칼날이 당장에 피를 보자는 듯 나리의 흰 목을 위협했다.

"지금 당장 목이 베이고 싶은 게 아니라면 입조심해라."

나리는 시선 둘 곳을 잃은 채 눈물만 뚝뚝 떨어뜨렸다. 목에 닿는 칼날이 얼음처럼 차가웠다. 상궁은 나리의 흐트러진 머리카락을 재빨리 정리해 주며 다시 엄하게 말했다.

"이제부터 네가 공주가 아니라는 사실을 절대 입 밖으로 뱉어 내지 마라. 그 순간 너는 물론이거니와 모두가 죽은 목숨이니."

"어, 언제까지요……?"

나리가 물기에 꽉 메인 목소리로 절박하게 묻자 상궁의 눈초리가 싸늘하게 식었다.

"네가 숨을 거둘 때까지."

서릿발이 그녀의 음성보다 차가울까. 나리는 나락으로 떨어지는 기분이었다. 그럼 결국 저는 죽은 목숨이지 않습니까. 혀끝까지 튀어나온 물음은 칼이 여전히 목에 닿아 있어 감히 입 밖으로 꺼내지 못했다. 그랬다간 군관의 예리한 검이 곧장 목을 베어 버릴 것 같아 두려웠다.

"명심하거라."

뒤돌아 급히 처소를 빠져나가는 그들의 뒷모습을 보면서 나리는 참담히 눈을 감았다. 고작 공주와 같은 나이라는 이유만으로 언감생심 꿈도 꾸지 못했던 비단옷을 걸쳤으나, 자신의 목숨은 공주와는 비교할 수 없이 하찮았다. 그 생명의 무게가 원망스럽고도 두려워 더는 아무 생각도 할 수 없었다.

그 후의 기억은 드문드문했다. 남은 기억이라곤 가볍고도 나긋한 발소리가 가까워질수록 머릿속이 새하얘졌다는 것, 머지않아 침소에 들어온 사내가 소름 끼치게 두려웠다는 것, 그가 인간이 아니라는 것, 그뿐.

"흑……."

화려한 침상 아래에서 나리는 다시 눈물을 떨구었다. 왜 제게 이런 시련을 주시는지 하늘에 억울하다 토로하고 싶었다. 일찍이 어머니를 여의고 아비와 아비의 첩에게 미움받은 것으로는 성에 차지 않으셨냐고 묻고 싶었다.

　내 생은 어찌하여 이럴까. 쫓겨나듯 들어간 궁이지만 사계절 옷을 갈아입는 화원을 볼 수 있어 좋았는데, 눈치 보지 않고도 내 몸 하나 잠들 수 있는 공간이 있어 행복했는데, 그조차도 내게는 과분했던 걸까. 누구의 눈 밖에도 나지 않도록 조용히 궁 생활을 해 왔는데, 왜…….

　지난날을 곱씹을수록 손아귀 속 흐느낌은 더욱 거세졌다. 얌전히 궁 생활을 했다 한들 결국 자신에게 남은 건 억지로 걸친 비단옷 한 벌과 자신이 가짜 공주인 채로 죽길 바라는 이들뿐이었다. 그 잔인한 처사가 무섭고, 무엇보다 나리 자신을 이곳으로 데려온 사내가 가장 무서웠다.

　나라님의 귀중한 여식이 아니라 아비에게도 사랑받지 못한 비천한 여인이라는 걸 들킨다면 그땐 어찌 될까. 감히 신수님을 속였으니 쉬이 죽지도 못하겠지.

　나리는 몸을 더욱더 자그맣게 웅크리며 속으로 끊임없이 중얼거렸다. 살려 주세요. 무엇도 욕심내지 않고 죽은 듯이 살겠습니다. 제발, 제발.

　"흐음……."

　치맛자락이 나리의 눈물로 흠뻑 젖었을 때쯤, 장지문이 열리고 느릿한 숨소리가 들려왔다. 나리가 흠칫 어깨를 떨며 눈을 크게 떴다. 머릿속이 부옇게 흐려지다가 곧 궁에서 보았던 핏물과 시체들로 가득 찼다. 나리는 겁에 질려 입을 더욱 세게 막았다. 숨도 제대로 쉬지 못할 정도였다.

　침소는 잠시 고요했다. 머지않아 나리의 몸에 그늘이 드리우고 그녀의 머리 위에서 웃음 섞인 낮은 목소리가 울렸다.

　"숨는 데 소질이 없으십니다."

나리가 참았던 숨을 작게 터트리곤 하얗게 질린 얼굴을 들었다. 심해와도 같은 암청색 눈동자와 곧장 시선이 마주쳤다.

"벌써 이리 겁먹어서 어찌할까."

침상에 느슨히 앉은 이무기가 나리를 내려다보며 요사스럽게 웃음 지었다.

"아이는 어떻게 가지시려고……."

아, 맹수의 눈을 보면 몸이 얼어붙는다고 했던가. 그의 눈을 보니 나리는 꼭 그런 심정이었다. 그의 짙고 날카로운 눈동자에 묶여 호흡조차 어려웠다. 이무기는 겨우 숨 쉬는 나리를 주시하며 나긋하게 눈을 휘었다. 이윽고 그가 팔을 뻗어 나리의 굳은 몸을 부드러이 안아 올렸다.

나리는 그의 손에 이끌려 침상에 오르고 나서야 바들바들 경련했다. 그는 너그러운 웃음을 머금고 있었건만, 혼백이 사라진 나리의 눈에 보이는 건 그의 미소가 아니라 핏물이 강을 이루던 끔찍한 광경의 잔상이었다. 기절하는 순간에도 코를 찌르던 처절한 피비린내의 잔향이었다.

"그대는……."

그의 희고 긴 손이 얼굴에 가까워지자 나리는 거의 기절할 지경이었다. 그의 눈을 피해 간신히 고개를 돌렸다. 그 순간 나리의 시야에 제대로 닫히지 않은 침소 문이 보였다. 서늘한 바람이 밀려드는 장지문 밖은 노을이 내리는지 붉었다.

더는 생각할 겨를이 없었다. 나리는 자신도 모르게 그의 손을 확 밀어내고 장지문으로 달음박질쳤다. 그저 살고 싶어서, 헛발질하고 휘청거리면서도 남은 힘을 끌어모아 달렸다.

침소 밖은 화원과 이어진 자그마한 뜰이었다. 이무기의 거처는 산중에 있었기에 담장 너머로 보이는 건 높은 산뿐이었다. 저 멀리 검은 산 뒤로 해가 뉘엿뉘엿 넘어가고 있었다.

"하아, 하아."

혼란스럽게 주변을 둘러보던 나리가 곧 화원과 이어진 좁다란 산길을 발견했다. 보기만 해도 불온함이 스멀스멀 풍기는 몹시도 새카만 길이었건만, 나리는 어둠이 스민 산속으로 망설임 없이 뛰었다. 어디가 더 위험한지도 모른 채 그녀는 검은 나무 사이로 사라졌다.

뛰쳐나가는 나리를 저지 없이 지켜보던 이무기는 그녀가 눈앞에서 사라진 후에도 아무런 반응을 않은 채 오히려 즐겁다는 듯이 미소 지었다.

아직 천지 분간이 어려울 때지.

그리 생각하며 이무기는 그녀가 세게 쳐 낸 손을 흥미롭게 내려다보았다. 잠시 후 나리가 사라진 침소에 흰 머리카락을 가진 청년이 조용히 발을 들였다. 열린 문과 이무기를 번갈아 보던 청년은 곧 이무기에게 허리를 조금 숙이곤 말했다.

"모셔 올까요."

이무기는 낮게 웃어 버리곤 고개를 저었다.

"괜찮다. 내 신부님도 구경은 해 보아야지."

짙고 푸른 눈동자가 기꺼운 흥미를 담고 빛났다.

"신수의 땅이 어떤 곳인지 말이다."

붉은 노을빛을 게걸스레 빨아들인 산속은 금세 앞을 가늠할 수 없을 정도로 컴컴해졌다. 빽빽한 나무 사이를 정신없이 달리던 나리가 뾰족한 돌부리에 걸려 휘청 넘어졌을 땐 이미 깊은 산중이었다. 나리의 젖은 얼굴엔 나뭇가지에 긁힌 상처가 실금처럼 남아 있었다.

"하아, 흑……."

나리는 숨을 가빠 몰아쉬며 울음을 삼키곤 사방을 두리번거렸다. 뛰어올 땐 몰랐으나 조금이나마 정신을 차리고 보니 산속은 몹시 기괴했다.

습기 가득한 공기는 물속인 듯 끈끈하고 무거웠으며 땅은 마치 진흙탕처럼 발목을 붙잡아 걷기 힘들었다. 나뭇잎 스치는 소리가 스산하다. 저 멀리서 굶주린 짐승의 울음소리가 들리고 여기저기서 푸드덕거리는 이름 모를 새의 날갯짓이 나리를 위협했다.

"흑……."

나리는 다시 울음이 터지고 말았다. 길이 없다. 이 산이 어디에 있는 산인지도 알 수 없다. 어릴 적 아비와 그의 첩을 피해 홀로 늦게까지 노닐던 아담한 뒷산과는 달리 이 산은 험하고도 음침했다.

이제 어디로 가야 하나. 계속 걸어간다 한들 인가가 있기나 할까.

눈물을 닦아 내면서 뺨의 상처를 건드린 나리가 쓰라린 고통에 작게 앓는 소리를 냈다. 그 순간, 그녀의 주변 공기가 순식간에 가라앉았다. 마치 사냥 전의 짐승이 일부러 숨을 죽인 것처럼 스산하고 불안한 적막이 흘렀다.

돌연 그녀의 여린 피부에 오소소 소름이 올랐다. 본능적으로 위험을 감지한 나리가 창백하게 식은 얼굴을 옆으로 천천히 돌렸다. 그리고 저 멀리 수풀 사이로 빛나는 형형한 안광을 발견했다.

살벌하게 번득이는 안광은 점차 수를 늘려 그녀의 주변에서 살기를 품고는 빛났다. 크릉, 크릉. 웃는 것 같기도 하고 우는 것 같기도 한 기괴한 소리가 나리를 향해 점점 가까워졌다. 산짐승의 소리는 아니었다. 그보다 더 소름 끼치는 존재라면 몰라도.

나리는 턱을 덜덜 떨면서 조금씩 뒷걸음질 쳤다. 갑자기 뛰면 저들 역시 기다렸다는 듯 덮쳐 올까 봐 얼어붙은 몸을 최대한 느리게 움직였다. 한 걸음, 한 걸음, 그렇게 거리가 조금이나마 벌어졌을 때 곧장 뒤돌아 산길을 뛰었다.

"하아, 흑."

뾰족한 나뭇가지에 걸려 비단옷이 찢기고 가파른 산세를 뛰느라 다리가 휘청거렸다. 그리 애처롭게 도망치는 나리를 비웃듯 기이한 존재들이 그녀의 뒤를 좇으며 크르륵 침 끓는 소리를 냈다. 여린 살갗을 뜯고 뼈까지 씹어 먹을 욕구로 흥분한 그들의 숨소리가 나리의 귓가에 끈덕지게 들러붙었다.

이대로 기절했으면. 나리는 차라리 그리 바랐다. 정신없이 달려도 길은 보이지 않고 수풀은 갈수록 억세졌으며 그녀를 뒤따르는 살기 어린 추적은 점차 거리를 좁히고 있었다.

그때, 저 멀리 은은한 달빛이 보였다. 한 치 앞도 보이지 않는 산중에 그 빛만이 마지막 희망으로 느껴졌다. 나리는 젖 먹던 힘까지 쥐어짜 달빛이 떨어지는 곳으로 달렸다. 그러나 그곳에 닿자마자 급히 멈추어 서야 했다. 반동에 휘청거리는 몸을 갈무리하기도 잠시, 그녀는 앞에 펼쳐진 풍경에 놀라며 밭은 숨을 색색 내쉬었다.

"아……."

나리가 위태롭게 멈춰 선 자리는 높은 절벽 끝이었다. 눈앞엔 탁 트인 검은 하늘과 흰 달과 잘게 흩뿌려진 별, 그리고 끝이 보이지 않는 산과 그 너머의 산, 저 까마득한 아래에 굽이치는 시커먼 강물이 보였다. 절벽 끝에서 한 발자국만 잘못 내디디면 저 아래 흐르는 검은 강이 저승길에 있다는 삼도천이 될 것이었다.

"왜…… 하필……."

허망하게 읊조리며 나리가 눈물을 톡 떨구어 냈다. 곧이어 그녀를 좇던 존재들도 사냥의 끝을 예감한 듯 달빛이 비치는 절벽 끝에 모여들었다.

터벅터벅 다가오는 발소리에 나리는 사색이 되어 뒤를 돌아보았다. 검은 털로 뒤덮인 끔찍한 몰골의 요괴들이 크게 찢어진 입 사이로 날카로운 이빨을 그득히 드러내며 침을 흘렸다.

더는 도망칠 길도, 달음박질칠 힘도 없었다. 나리가 할 수 있는 일이라곤 점점 다가오는 요괴들을 피해 절벽 끝으로 주춤주춤 뒷걸음질 치는 것뿐이었다.

머지않아 뒤꿈치가 거의 절벽 끝에 닿았다. 발에 치인 흙과 작은 돌 멩이가 절벽 아래로 후두두 떨어졌다. 요괴가 있는 앞도, 천 길 낭떠러 지인 뒤도 나리를 서서히 죽음으로 내몰고 있었다. 그녀의 두려움을 즐 길 대로 즐긴 요괴들이 나리를 한 번에 덮치려 자세를 낮추었다.

그때, 나리가 포기에 가까운 상태로 눈을 질끈 감아 버림과 동시에 그녀의 등에 사내의 단단한 가슴팍이 닿았다. 나리는 번쩍 눈을 뜨고 놀란 얼굴로 뒤를 돌아보았다. 어느새 나타난 이무기가 고요히 웃으며 나리와 눈을 맞추었다.

"몸이 가늘어 금세 지치실 줄 알았더니……."

그녀의 얇은 허리를 한쪽 팔로 스르르 감싸 안으며 이무기가 말했다.

"이 사슴 같은 다리로 참 멀리도 오셨습니다."

그는 찢긴 비단옷 사이로 보이는 그녀의 다리에 한 번, 그리고 가련 하게 떨리는 그녀의 눈동자에 한 번 눈길을 두다가 천천히 고개를 돌렸 다. 이무기의 시선 끝에 선 요괴는 사지를 벌벌 경련하면서 뒷걸음질 치고 있었다. 그러나 몇 걸음 채 옮기지 못하고 돌연 찢어지는 비명을 내지르며 흙바닥을 굴렀다.

요괴의 몸에서 터져 나온 피가 검은 털을 축축하게 적시고 땅까지 검 붉게 물들었다. 눈, 코, 입, 그 외에 모든 구멍이란 구멍에서 피가 절절 흐르는 광경은 몹시도 끔찍했다. 원수라도 차마 눈 뜨고 볼 수 없을 정 도여서 나리는 눈을 꽉 감고 가장 가까운 곳에 다급히 얼굴을 묻었다. 공교롭게도 이무기의 품 안이었다.

공포에 질린 그녀가 무의식적으로 한 행동이건만, 이무기는 나리를 웃음 띤 눈으로 보며 너그러이 품어 주었다. 감히 이무기의 품에 멋대 로 파고든 존재도, 그 존재를 품어 준 것도 그에겐 처음이었으나 기분이 썩 나쁘지 않았다.

그사이 바닥을 뒹굴던 요괴의 숨이 툭 끊어졌다. 사체가 널브러진 주위는 피투성이였다. 나머지 요괴들은 이미 어둠 속으로 허겁지겁 몸을 숨긴 탓에 보이지 않았다.

신수의 영역인 이 산에서 그들을 찾아 도륙하기란 몹시도 쉬웠으나 이무기는 굳이 그리하지 않았다. 아니, 두려움에 질릴 대로 질린 그녀가 이무기의 품에 더욱 절박하게 파고드는 바람에 그리할 수 없었다. 하기야 당장 죽이지 않는다 한들 어떤가. 그녀가 이무기의 소유란 걸 몸소 보여 주었으니 앞으로 감히 그녀를 탐하는 요괴는 없을 것이었다.

픽 웃어 버린 이무기는 거의 혼절하기 직전인 나리를 단단히 고쳐 안았다. 곧 그들이 서 있던 자리엔 애초부터 아무도 없었다는 듯 은은한 달빛과 산바람만이 고요히 흩어졌다.

"구경은 잘하셨습니까?"

그의 나직한 목소리가 들리자마자 나리는 눈을 번쩍 떴다. 눈앞엔 절벽 끝의 밤하늘이 아닌 붉은 휘장과 검은 주렴이 보였다. 그리 고생하며 도망친 게 무색하게도 나리는 이곳에 와 처음 눈을 떴던 침소에 다시 돌아와 있었다. 침상에 누운 자세도 처음과 그대로여서 요괴를 맞닥뜨린 조금 전이 꿈인지 현실인지 헷갈릴 지경이었다.

"그대가 살던 궁과는 몹시 다르지요."

이무기가 나리의 위에서 그녀를 내려다보며 말했다. 자세가 위험하다는 걸 뒤늦게 눈치챈 나리가 겁에 질린 눈동자로 그를 올려다보았다. 이무기는 그녀의 볼에 남은 생채기를 손끝으로 느리게 만지며 눈을 휘었다.

"해가 지면 그리 삿된 것들이 산을 돌아다닌답니다."

그의 웃는 낯이 나리의 얼굴에 점차 가까워졌다.

"다들 이 여린 살을 뜯어 먹으려 혈안이 되어 있지요."

"흐, 으⋯⋯."

"그러니 두려워도 제 곁에서 두려워하세요. 한 번만 더 도망가면 요괴가 아니라 제가 그대의 발목을 뜯어 먹을지도 모르니까요."

위협적인 말을 다감하게 읊조린 이무기가 혀를 내어 나리의 상처를 핥았다. 차가운 혀의 감촉이 볼에 선연히 느껴졌다. 나리가 바들바들 떨면서 중얼거렸다.

"살려, 살려 주십시오. 목숨만, 제발⋯⋯."

애처롭게 목숨을 구걸하는 나리를 고요히 쳐다보던 이무기가 그녀의 어깨를 부드러이 매만졌다. 이윽고 아래로 내려간 그의 사늘한 손이 찢어진 비단옷 사이를 헤집고 들어가 나리의 보드라운 배를 천천히 쓰다듬었다.

"여기에 나의 씨를 받아 아이를 가지면 죽고 싶어도 죽을 수 없을 겁니다. 그 순간부터 그대는 나와 같은 명을 살 테니까요."

이무기의 손이 살갗을 스칠 때마다 나리의 긴장한 몸은 흠칫흠칫 떨렸다.

"인간의 몸으로 신수의 씨를 품기란 쉽지 않을 테니, 셀 수 없이 많은 밤을 보내야겠지요."

"⋯⋯."

"그대는 그러기 위해 나에게 온 것이랍니다."

그의 말은 낮고도 느긋하여 말 사이에 숨은 웃음기까지 섬세하게 들렸다. 머지않아 그의 손길이 멈추었다. 그러나 쓰다듬는 손길만 멈추었을 뿐, 그의 손은 여전히 나리의 허리께에 머물고 있었다. 나리는 숨을 참았다.

"살려 달라 하셨습니까?"

굳은 나리를 내려다보며 이무기가 스르르 눈을 휘었다.

"그럼 이 몸을 버텨 보세요."

새벽이 다가오는 밤은 깊고 어두웠다. 둥그런 달과 소금 같은 별만이 검게 물든 천지를 시리게 비추고 있었다. 이무기의 침소는 불이 꺼지지 않은 채였다. 은은한 등잔불이 너른 방을 채우며 이무기와 나리의 몸을 비추어 주었다.

나리는 이무기의 품에 비스듬히 안겨 늘어진 채 눈을 감고 있었다. 기절에 가까울 정도로 깊은 잠에 빠져 숨소리조차 얕았다. 이무기는 품 안의 나리를 가만히 바라보다가 어딘지 만족스러운 숨을 나른히 내쉬었다.

"연호야."

이무기가 나리에게서 눈을 떼지도 않고 누군가를 불렀다. 이내 흰 머리카락의 청년이 소리 없는 발걸음으로 침소에 들어와 이무기에게 허리를 숙였다. 그는 자신의 주인인 이무기와 이무기에게 안긴 나리를 잠시 눈에 담았다.

이무기는 희고 단단한 몸 위에 짙푸른 도포 하나만 걸치고서 침상에 걸터앉아 있었다. 나리는 아예 헐벗은 채였으나, 이무기의 긴 비단 옷자락에 폭 안기어 몸이 드러나지 않았다. 그러나 그녀의 여리고 보얀 피부 위에 이무기의 희뿌연 토정의 흔적이 영역 표시처럼 덕지덕지 묻어 있으리라는 건 알 수 있었다.

침소엔 녹진하고 음란한 냄새가 가득했다. 여인의 몸 안에 토정했다면 향이 이리 진하진 않을 터였다. 연호가 담담히 물었다.

"안지 않으셨습니까?"

이무기는 품 안의 나리를 깊이 고쳐 안으며 부드러이 말했다.

"아무리 피로했기로서니, 손가락 하나에 기절하는 여인을 어찌 품겠느냐."

"하지만, 마음껏 품기 위해 몸소 인간들의 땅에 강림하여 데리고 온 분이지 않습니까."

연호가 이유를 모르겠다는 듯 되물었다. 이무기가 짧은 웃음을 터뜨리며 무표정한 연호의 얼굴을 향해 천천히 눈길을 돌렸다.

"그럼 내가 혼절한 이를 겁간이라도 해야 했느냐?"

"……."

"극악한 우연을 거쳐, 이 몸이 몸소 강림한 그 자리에 있던 여인을?"

이무기의 나긋한 물음은 경고에 가까웠다. 연호는 조용히 입을 다물었다. 그러한 연호의 대처가 퍽 마음에 들었는지, 이무기는 어린 짐승에게 자연의 이치를 가르치듯 너그러운 음성으로 그에게 말했다.

"꽃잎은 때가 되면 스스로 피어나겠지."

이무기가 다시 품 안의 나리에게 시선을 떨어트렸다. 그녀의 젖은 속눈썹이 꼭 가랑비에 젖은 작은 산새의 깃털 같다. 한 품에 들어오는 하늘하늘한 몸피는 맑은 물가에 핀 꽃줄기와 닮아 있었다.

"누가 피지 말라고 해도, 알아서 꽃송이가 되겠지."

꼭 나리에게 말하듯 읊조리며 이무기는 입술 끝을 올렸다.

그래, 어디 피어나기만 할 텐가. 이 꽃 같고 산새 같은 여인은 봉오리가 필 때쯤 여린 꽃송이 깊숙이 끈끈한 단꿀을 머금고 새처럼 고운 소리까지 들려줄 것이다.

그때의 쾌락은 끓는 욕망을 잠재우려 그녀의 보얀 피부를 끈적하게 적신 지금의 쾌락과는 비교도 안 될 것이었다. 그녀가 절벽 끝에서 요괴의 죽음을 피해 안겨 왔을 때 느낀 즐거움과도 비교할 수 없을 터였다.

그녀의 연약한 손길과 옅은 신음은 그를 처음으로 여인의 몸에 목마르게 하였다. 본능적인 음욕을 불러일으켰다. 언젠가 피어날 그녀를 기대하는 기분 좋은 인내심까지 안겨 주었다. 이무기로선 살아 처음 겪는 그 모든 것이 그의 품에서 혼절한 그녀로부터 시작이었다.

그러니 초야의 교합이 이루어지지 않았다고 한들 아쉬울 게 무어란 말인가. 그녀는 어차피 이무기의 신부였다. 이무기가 그녀의 목숨을 거두지 않는 한, 앞으로 오래도록.

이무기는 나리의 어깨에 묻은 흰 흔적을 엄지로 미끄러트리며 웃음 지었다.

"씻겨 주어야겠구나."

여우들을 부르렴, 하고 그가 덧붙이자 조용히 기다리던 연호가 허리를 숙여 인사하곤 곧장 뒤돌았다. 이무기는 연호가 침소를 채 나서기도 전에 다시 그를 불러 세웠다. 더 시키실 일이 있느냐는 표정으로 연호가 그를 바라보았다. 이무기가 연호의 입가로 눈짓했다.

"사냥 후에는 피를 잘 갈무리해야지. 범일 때는 어쩔 수 없다지만 지금은 인간의 모습이잖느냐."

이무기의 나긋한 지적에 연호가 자신의 입가를 손으로 쓸어 냈다. 요괴의 검붉은 피가 손끝에 묻어 나왔다. 감히 이무기의 여인을 사냥하려 한 대가로 백호의 이빨에 찢긴 요괴들의 처절한 흔적이었다.

"주의하렴. 내 신부의 성정이 들꽃처럼 여린 듯하니……."

이무기는 고요히 웃으며 말을 줄였으나, 연호는 주인이 끝맺지 않은 말의 뜻을 금세 알아챘다. 사냥 후 혈흔 따위를 남겨서 주인의 신부를 두려움에 떨게 하는 일은 없어야 한다는 뜻이었다.

"예. 명심하겠습니다."

충심 있게 대답한 연호가 물러나고 이무기는 나리를 다시 보듬어 안았다. 얼마나 지친 건지, 간혹 파르르 떨리는 그녀의 눈꺼풀과 입술을 가만 주시하면서 이무기는 잠든 그녀에게 속삭였다.

"잠에서 깨어나면 그대에게도 알려 드리지요."

그대가 두려워해야 할 존재는 나뿐이어야 한다는 것을.

때마침 나리가 가느다란 손끝을 잠결에 움츠렸다. 깊은 잠에 빠져 있으면서도 꼭 그의 속삭임에 순순히 답을 하는 듯했다. 이무기는 만족스럽게 미소 지었다.

* * *

어둠이 내린 욕장엔 보얀 김이 은은히 퍼지고 수십 개의 초가 빛났다. 나무통에 고인 따뜻한 물 위에는 창을 통해 들어온 달이 자리를 잡아 물결에 일렁이고 있었다. 나리는 달님이 내린 물속에 몸을 어깨까지 담근 채 잠들어 있었다.

맑은 물이 나리의 목덜미를 타고 내려가 수면에 부딪히며 옅은 소리를 냈다. 나리는 그제야 천천히 눈을 떴다. 몸이 허공에 두둥실 뜬 것처럼 가볍고 따뜻했다. 코끝을 간질이는 묘한 향내는 나리를 더욱 노곤하게 만들었다.

무언가에 취한 듯 가만가만 눈을 깜박이던 나리가 늘어져 있던 고개를 스르르 일으켰다. 그와 동시에 눈꼬리가 대나무 잎처럼 유려하게 올라간 여인들과 눈이 마주쳤다. 나리는 화들짝 놀라 허리를 세웠다.

"아, 읍……!"

너무 급히 움직였는지 손이 미끄러지고 말았다. 나리는 첨벙거리며 물에 반쯤 잠겼다가 허겁지겁 빠져나왔다. 당황하여 옅은 기침이 콜록콜록 터져 나왔다.

여인들은 나리를 보며 붉게 화장한 눈매를 가느다랗게 휘었다. 섬섬옥수로 입을 가리고 저들끼리 키득키득 웃었다. 그들의 웃음은 사뭇 장난스러워 보였으나, 그 짓궂은 모습조차 고혹적이라 나리는 물을 먹은 것도 잊은 채 멍해지고 말았다.

옅은 웃음기만 머금은 그들이 나리의 어깨에 다시 물을 흘려 주었다.

나리의 팔과 손목, 손가락 끝까지 섬세하게 문질러 씻겨 주고 길고 검은 머리카락도 정수리부터 부드럽게 빗질했다. 실오라기 하나 걸치지 않은 맨살에 생전 처음 보는 이들의 손이 닿고 있건만, 나리는 우두커니 여인들을 바라보기만 했다.

주홍빛 촛불이 셀 수 없이 반짝이고 있어선지, 아니면 물에 띄워진 꽃잎의 짙은 향기 때문인지, 그것도 아니면 여인들의 손길이 몹시도 유연하기 때문인지, 이유는 알 수 없지만 어쩐지 다른 생각을 할 수 없었다. 몇 번이나 목숨의 위협을 받은 하루였는데도 당장은 불안하긴커녕 몽롱하기만 했다.

할 일을 끝낸 두 여인이 하얗고 결 좋은 비단옷을 입혀 줄 때도, 그들의 부축을 받아 자기도 모르게 어딘가로 걸음을 옮기면서도 나리는 이상하리만치 혼몽한 상태에 잠겨 있었다.

나리가 조금이나마 정신을 차렸을 땐, 침소가 아닌 낯선 방이었다.

"여우한테 홀리셨군요."

바로 앞에서 웃음 섞인 목소리가 들린다. 이무기였다. 나리는 그제야 허공을 부유하는 듯한 몽롱한 기분에서 완전히 빠져나왔다. 정신이 들고 보니 양옆에 있던 여인들은 사라지고 나리 혼자 그의 앞에 남아 있었다.

따뜻한 물에 녹았던 두려움이 되살아나 발목을 스멀스멀 타고 올라온다. 이무기가 한 걸음 다가오자 나리는 감히 그를 똑바로 보지 못하고 얼른 고개를 숙였다.

"주인의 신부를 이리 홀려 놓다니……."

이무기가 나긋이 속삭이며 나리의 귓가를 스르륵 쓸어내렸다.

"인간을 처음 본 아이들이라 장난기를 참을 수 없었나 봅니다."

그의 손에는 물에 젖은 흰 꽃이 올라가 있었다. 나리의 귓가에 있던, 나리도 모르는 새 여우들이 꽂아 두었던 꽃이었다. 나리는 그의 손에 있는 꽃을 조심스레 보며 그들이 여우였다는 걸 뒤늦게 알아챘다.

여우…… 여우라니.

머릿속이 몽롱해지고 불안감이 가셨던 이유는 따뜻한 물과 향내 때문이 아니라 여우인 그들에게 홀려서였다. 그러나 불안감이 가셨다 한들 당장 도망가고픈 광기 어린 두려움만 사그라들었을 뿐, 눈앞의 이무기는 여전히 무서운 존재였다. 나리는 잘게 떨리는 양손을 꼭 움켜쥐었다.

"그대는 이름이 무엇입니까."

이무기가 흰 꽃을 손에서 굴리며 물었다.

"나리라고…… 합니다."

갑작스러운 물음에 나리는 생각할 겨를도 없이 답했다. 이무기는 나리의 이름을 혼잣말로 되뇌다가 이내 짧은 웃음을 터뜨렸다.

"그대와는 어울리나 한 나라 공주의 이름으론 어울리지 않는군요."

나리는 놀라 크게 떴던 눈을 다급히 아래로 떨구고 입을 꼭 다물었다. 공주의 이름을 말해야 했는데, 그가 두려운 마음에 자신도 모르게 본래의 이름을 말해 버렸다.

공주가 아니라는 걸 들키면, 나는 죽을 텐데…….

거기까지 떠올리자 손의 옅은 떨림이 온몸으로 번졌다. 따뜻하게 데워진 몸이 밤공기에 식어서 이리 떨리는지, 아니면 이무기에게 곧장 죽임을 당할까 겁나서 떨리는지 헷갈렸다. 나리는 고개를 숙인 채 경련하는 아랫입술을 세게 말아 물었다.

바들바들 떠는 나리를 잠시 내려다보던 이무기가 느슨히 걸친 도포를 벗었다. 그의 도포는 사락사락 비단 스치는 소리를 내며 나리의 작은 몸을 덮었다.

"이름 하나 물어보았다고 이리 겁먹으셔서야……."

흠칫 놀란 나리가 고개를 들다가 그의 암청색 눈동자와 시선이 마주쳤다.

"그리 두렵습니까?"

이무기는 나리가 걸치자 바닥에 끌리는 도포를 느린 손길로 여미었다.

"이 몸이 그대의 목숨을 쥐고 있어서?"

나직이 속삭여 물으며 그가 눈을 휘었다. 나리는 저도 모르게 치맛자락을 움켜잡았다. 이무기의 말은 부드럽지만 위협적이었다. 그리고 잔인하면서도 너그러이 들렸다. 죽일 거였으면 진작 죽였다는 뜻 같기도 했다. 아니, 그 뜻이길 바랐다. 하찮은 목숨일지라도, 조금만 더 살 수 있다면…….

"저, 이, 이무기님."

"청연."

나리가 목에 걸린 두려움을 간신히 삼켜 내어 그를 부르자, 이무기는 나리의 떨리는 목소리가 끝나기도 전에 그녀의 말을 바로잡았다. 청연, 천신님이 내려 준 그의 이름이었다.

"청연이라고 부르세요."

명령에 가까운 이무기의 답에 나리는 잠시 말을 잃었다가 이내 몹시도 작은 음성으로 다시 그를 불렀다.

"처, 청연 님……."

"예. 말씀하세요."

감히 신수의 이름을 입에 올려도 되나 싶어 입이 바짝바짝 타들어 갔지만, 그의 대답이 꼭 아이를 칭찬하는 듯이 다감하여 나리는 침을 꿀꺽 삼키고 용기를 내었다.

"저를…… 죽이지 않으십니까……?"

"……."

"살려 주시는 건지요……?"

나리가 간신히 묻자마자 이무기가 나지막이 소리 내어 웃었다. 이윽고 그가 허리를 숙여 나리와 눈높이를 맞추고는 그녀의 배에 손을 올렸다.

"이 몸이 말씀드렸지요. 여기에 나의 씨를 품으면 나와 명이 같아져 그대가 죽고 싶어도 죽을 수 없다고…….."

"……."

"인간의 몸으로 신수의 씨를 품기란 쉽지 않으니 나와 셀 수 없이 많은 밤을 보내야 한다고, 말입니다."

나리는 그제야 혼절하기 전 침소에서 있었던 일이 떠올랐다. 산속을 헤매다 찢어진 비단옷은 그의 손에 의해 완전히 벗겨졌고 자신은 머지않아 기억이 끊어졌다. 그가 버텨 보라 했는데도 까무룩 혼절해 버리고 말았다. 그의 손이 나리의 허리를 지나 다리 사이의 살결을 부드러이 헤집을 때쯤이었다.

그 후엔 무슨 일이 있었나. 무슨 일이 있기는 했나. 초야를 보내면 온몸이 부서질 듯 아프다는데 자신은 그렇지 않았다. 아픈 곳이라곤 산으로 도망치다 쓸린 생채기와 무릎의 상처뿐이었다.

나리는 닿을 듯 가까운 그의 눈을 애써 바라보며 말했다.

"하, 하오나 저는, 청연 님과……."

"필히 해야 할 것을 하지 못했지요. 아이를 가지려면……."

필히 해야 할 것, 이라는 말에서 그의 목소리는 좀 더 느리고 선명하게 들렸다. 나리는 벌어진 입을 꼭 다물고 눈길을 떨구었다. 사색이 된 나리가 시선을 이리저리 방황하자 청연은 바람 빠지듯 웃어 버리곤 허리를 세웠다. 그녀의 배에 올려 둔 손도 느리게 떼어 냈다.

"괜찮습니다. 그대의 안에 담아 주지 못한 흔적은 그대의 몸에 충분히 흩뿌렸으니까요."

나리가 놀란 얼굴로 그를 바라보았다. 청연은 그녀에게서 눈을 떼지 않았기에 곧장 시선이 엮였다. 엷게 떨리는 그녀의 눈동자를 지긋이 보며 청연이 눈매를 가늘게 휘었다.

"다음에 내 품에 안길 때는 이리 눈을 뜨고 있길 바랍니다. 그때는 그대가 혼절한다 한들 곱게 멈추어 주지 않을 테니……."

"그, 그럼 저는……."

두려움이 혼란스럽게 휘몰아치는 나리의 눈동자에 옅은 희망이 설핏 비쳤다. 앞으로의 나날은 막막하고 무서웠으나 일단은 살아 있어야 두려움도 느낄 수 있지 않은가. 나리의 떨리는 검은 눈동자가 간절함을 담고 그를 향했다. 청연은 위험하리만치 깊은 미소를 띠고 말했다.

"목숨 걱정은 그만하세요. 그대의 명은 내가 결정하고, 지금은 그대를 해할 마음이 없습니다."

나리는 밀려오는 안도감에 미약하게나마 어깨의 힘을 풀었다. 하나 그 안도감도 잠시, 청연이 갑자기 그녀의 가느다란 허리를 확 안아 당겨 한쪽 팔에 가두었다. 놀란 나리가 작은 비명을 삼키며 눈을 질끈 감았다.

"나를 보셔야지요."

청연이 나리의 턱을 천천히 들어 올렸다. 무척이나 놀랐던 건지 더듬더듬 그를 보는 나리의 큰 눈에 눈물이 그렁그렁하게 고여 있었다.

"목숨을 건지셨다 하여 마음을 놓지 마세요."

그리 속삭이며 청연은 그녀의 붉은 눈가를 느리게 매만졌다.

"내가 이리 너그러이 대해 준 만큼 그대도 내게 애써야 할 겁니다."

떨리는 숨을 색색 뱉어 내는 그녀의 입술과 갸름한 얼굴선도 스치듯 쓰다듬었다.

"나의 씨를 품으려 애쓰고 나를 은애하려 애쓰세요. 그리고…….”

그의 긴 손은 나리의 귓가를 지나 종국엔 그녀의 가느다란 목을 부드러이 감싸 쥐었다. 손에 느껴지는 그녀의 맥박이 그녀가 얼마나 긴장하고 있는지 알려 주었다.

"그래요. 이렇게 나를 두려워하고 나의 영역에서 벗어나는 걸 두려워하세요."

낮게 읊조리며 청연은 다시 웃음 지었다.

"나에겐 오랜 세월이 남았으나 인내심은 그리 길지 않습니다. 이 몸이 기다릴 수 있는 만큼의 시간이 지나고도, 그대가 나의 오백 년을 보상할 만한 연이 아니라 여겨진다면……."

그녀의 목을 감싼 그의 손에 점차 힘이 들어갔다. 나리는 눈을 크게 뜬 채 호흡을 멈추었다.

"그땐 이 얇은 목을 손수 꺾어 버릴 겁니다."

머지않아 그는 부드럽게 웃으며 나리를 놓아주었다. 그의 손에서 벗어났음에도 나리는 한동안 움직일 수 없었다. 숨쉬기가 어려웠다. 그의 암청색 눈동자와 닮은 어느 깊은 바다에 잠긴 것처럼.

이 숨 막힘이 그의 세상이자, 앞으로 자신이 버텨야 할 세상이라는 걸 나리는 본능적으로 느낄 수 있었다.

二

　장지문이 소리 없이 열렸다. 나리는 작게 열린 문 사이로 머리만 살며시 내밀고는 조심스럽게 주변을 살폈다. 바깥엔 아무도 보이지 않았다. 산 사람의 기척은 전혀 느껴지지 않고 산바람에 흔들리는 나뭇잎과 새 소리만 고요히 들렸다.

　그런데도 나리는 오래도록 사방을 둘러보았다. 지금 주위엔 자기 혼자뿐이라는 걸 몇 번이고 확인한 후에야 살그머니 방을 빠져나왔다.

　산으로 도망갔던 첫날 이후 처음으로 문지방 너머에 발을 디뎠다. 이무기가 정해 준 처소에 그녀 스스로 갇혀 지낸 지 닷새만이었다. 병자도 아닌데 닷새나 방에 있으려니 없던 병도 생길 것 같다. 해도 그리웠다.

　나리는 살금살금 발소리를 죽이고는 툇마루 끝 구석진 자리에 조심스레 앉았다. 적갈색 마루에서 깊은 나무 향이 풍기고 몸을 기댈 굵직한 기둥이 있으며 볕이 잘 드는 자리였다.

　한참을 먼 산만 바라보던 나리가 이내 복잡한 얼굴로 기둥에 머리를 톡 기댔다. 하나로 단아하게 묶은 그녀의 검은 머리카락 끝이 마루에 살랑살랑 쓸렸다.

"하아……."

간만에 볕을 쬐어 몸은 따사롭건만 마음은 여전히 돌이 걸린 듯 무겁다. 긴 숨을 토해 봐도 가슴속 무게는 덜어지지 않았다.

처소에서 꼼짝 않고 숨어 지내는 동안 이무기는 모습을 보이지 않았다. 나리가 간혹 그의 기척을 느끼긴 했으나 그는 방에 발을 들이지 않았다. 그런 이무기의 뜻 모를 무심함이 나리를 심적으로 압박했다. 불안과 초조가 그녀를 좀먹고 있었다.

신수님은 자신에게 애를 쓰라 하셨다. 은애하려 애쓰고 씨를 품으려 애쓰라 하셨다. 자신의 인내심이 동나기 전까지 나리가 그의 오백 년을 보상할 만한 연이라는 걸 보여 달라고, 그리하지 않으면 목을 꺾겠다고 하셨다.

나리는 앞이 깜깜했다. 궁에 들어간 날부터 혼인은커녕 사내와 정을 통하는 행위도 상상해 본 적 없다. 사내에게 어찌 교태를 부려야 하며 어찌 사랑받아야 하는지도 모른다. 게다가 자신은 한낱 궁녀였다.

태생부터 미천한 자신이 어찌 감히 신수님의 세월을 보상할까. 다행히 이무기에게 신분은 들키지 않았으나, 그렇다 한들 나리가 처한 상황이 사면초가인 건 변함없었다.

나리는 차라리 이무기가 폭군처럼 자신을 취하면 이 부담이 덜어질지도 모른다고 생각했다. 자신의 미숙한 행동으로 이무기의 심기를 거스르는 것보다는, 그가 휘두르면 휘두르는 대로, 고통을 수반한다면 수반하는 대로 참고 견디는 게 나을지도 몰랐다. 홀로 눈물을 삼키고 아픔을 참아 내는 건 어릴 때부터 겪어 익숙했으니까.

불현듯, 이런 비참한 바람이 무슨 소용인가 싶다. 목숨을 살려 주는 대가로 이무기가 요구한 건 나리의 몸만이 아닌 마음도 함께였다. 이무기의 씨를 받는다고 끝이 아니라 그를 은애하고 그의 연이 되어야 했다.

하나 당장 나리는 이무기를 연모하기는커녕 그를 피해 숨고픈 심정 뿐이었다. 이 한목숨 부지하기가 어찌 이리 고될까. 나리는 다시금 마음이 괴로워지고 말았다.

해가 어느새 하늘 가장 높은 곳까지 올랐다. 보얗게 떨어지는 햇살이 나리의 몸을 다사롭게 데우고 데웠다. 속살이 옅게 비치는 하얀 비단옷이 햇빛을 받아 사금을 뿌린 듯 반짝였다.

나리는 비단 자락을 손끝으로 쓸어 보다가 이내 무거운 숨을 내뱉고는 웅크렸던 몸을 풀었다. 겁도 없이 너무 오랜 시간을 나와 있었다.

"이제 들어가야……."

작게 혼잣말을 하던 나리가 보송보송한 무언가가 발목에 닿는 걸 느끼곤 화들짝 마루 아래를 보았다. 그녀의 발치엔 홍시처럼 붉은 털을 가진 여우 한 마리가 끝이 검은 귀를 팔락이고 있었다. 나리는 놀라서 마루에 올렸던 두 발을 다시 댓돌에 살며시 내렸다.

아래에 얌전히 앉은 여우는 머리부터 꼬리 끝까지 결 좋은 털을 가지고 있었다. 나리는 무의식적으로 여우의 머리에 손을 뻗다가 주춤 손을 거두었다. 그러곤 여우의 눈을 빤히 쳐다보면서 조심스럽게 입을 뗐다.

"여, 여우님……?"

닷새 동안 제게 소소히 옷과 식사를 챙겨 주던 두 여인이 이무기 말로는 여우라 했었다. 설마 그들 중 하나인가 싶어 나리는 짐승의 모습을 한 여우에게 예를 차려 물었다. 그러나 여우는 도톰한 꼬리만 살랑일 뿐 반응이 없었다.

나리는 재차 여우님, 여우님, 하고 불러 보다가 이내 부끄러운 듯 입을 다물었다. 그냥 산에서 내려온 여우구나. 낯이 홧홧했다.

"배가 고파 여기까지 내려왔니?"

나리는 그제야 여우의 머리를 조심조심 쓰다듬었다. 부드러운 털이 손에 감기자 기분이 조금이나마 온화하게 풀어졌다.

"한데 나는 너한테 줄 게 없단다."

이럴 줄 알았으면 아침에 거의 남기다시피 한 자반이라도 챙겨 둘 걸 그랬다. 다감한 후회를 하면서 나리가 엷게 미소 지었다. 그러자 얌전히 앉아 나리의 손길을 받던 여우가 슬쩍 일어나 어디론가 걸어갔다.

"어……?"

여우는 마치 따라오라고 말하는 듯 멀찍이서 나리를 돌아보며 꼬리를 살랑였다. 나리는 신기하게 여우를 보다가 댓돌 아래로 조심스럽게 발을 내렸다.

"여긴……."

여우는 화원 깊은 곳으로 향했다. 화원에는 온갖 꽃이 흐드러지게 피어 있었고 나리는 향기로운 꽃그늘 아래를 거닐며 여우를 따라갔다. 머지않아 여우가 멈춰 선 곳은 발간 열매가 조롱조롱 탐스럽게 달린 천도복숭아 나무 앞이었다. 나무 아래엔 여우가 한 마리 더 있었다.

나리는 서로 꼬리를 물면서 노니는 여우들과 복숭아나무를 번갈아 보았다. 아무래도 복숭아를 따 달라고 여우가 자신에게 온 듯했다. 엷게 웃어 버린 나리가 여우들이 놀라지 않게 조심조심 복숭아나무로 다가갔다. 한 걸음 한 걸음 나무에 가까워질수록 향기롭고 달콤한 냄새가 넘실넘실 풍겼다.

복숭아나무는 키가 그리 크지 않았다. 그러나 열매는 저 위의 가지에만 잔뜩 달려 있었다. 다행히 손이 닿는 곳에 잘 익은 복숭아가 딱 두 알 보인다. 나리는 발갛고 단단한 열매를 따서 풀이 자란 땅에 놓아 주었다. 여우들은 복숭아 하나씩을 입에 물고 큰 바위 위로 올라가 자리 잡았다.

네발 달린 짐승인데 참 영리하기도 하지.

나리는 웃음 띤 눈으로 여우들을 구경하다가 슬며시 복숭아나무로 눈길을 돌렸다. 사람에게 도움을 청하는 여우가 신통하여 잊고 있었지만, 천도복숭아는 무척이나 귀한 과일이라 궁에서도 높은 분들만 드셨다. 오죽하면 천신님이 내려 주신 과일이라 할까. 나리도 공주에게 올리는 복숭아를 눈으로만 보았을 뿐이었다.

한 알 정도는…… 괜찮지 않을까.

팽팽하게 차오른 과육과 달큼히 농익은 향기에 나리는 저도 모르게 꼴깍 침을 삼켰다.

더도 말고 딱 하나만…….

그리 다짐하며 나리가 가지 사이로 손을 뻗었다. 그러나 높은 가지에 달린 복숭아는 그녀의 손에 잡히지 않았다. 뒤꿈치를 들어 애를 써 봐도 손끝만 겨우 스칠 뿐 나리의 손을 얄밉게 피해 갔다.

여우들이 눈을 반짝이며 나리를 구경했다. 한낱 짐승의 시선인데도 나리는 괜히 부끄러워지고 말았다.

욕심내면 안 될 걸 욕심내서 그런가.

나리는 발개진 볼을 손등으로 식히며 다시금 열매가 달린 가지를 올려다보았다. 어차피 못 딴다는 걸 알면서도 아쉬운 마음에 한 번 더 팔을 뻗어 보았다. 그러나 열매에 손이 닿기도 전에 아슬아슬 버티던 까치발로 작은 돌멩이를 밟아 버렸다. 금세 중심이 무너져 몸이 휘청거렸다.

그때 누군가 나리의 허리를 단단하고도 부드러이 잡아챘다. 나리는 질끈 감았던 눈을 동그랗게 뜨고 고개를 돌렸다. 나리의 뒤에선 닷새 만에 모습을 보인 청연이 가지에 팔을 뻗고 있었다. 나리가 암만 애를 써도 따지 못했던 복숭아를 그는 길고 수려한 손가락으로 쉽게 손에 넣었다.

"이게 그리 드시고 싶으셨습니까?"

청연이 나직이 웃으며 나리에게 물었다. 품에는 여전히 그녀의 허리를 가둔 채였다. 나리는 창백한 얼굴로 입술을 달싹이다가, 그의 눈을 피해 고개를 숙이곤 사죄했다.

"저, 여우한테 따 주다가 복숭아 향기가 너무 좋아서 그만……. 함부로 건드려 죄송합니다."

"여우?"

"예, 산에서 여우가 내려와서……."

나리는 여우 두 마리가 노닐던 바위로 손짓하다가 일순 말을 잃었다. 바위엔 붉고 보드라운 털을 가진 여우 대신 여인 둘이 앉아 복숭아를 손에 쥐곤 나리를 보며 웃고 있었다. 산에서 내려온 짐승이 아닌, 화려하게 치장한 여우님들이었다.

나리는 멍하니 그들을 쳐다보다가 이내 눈을 꾹 감아 버렸다. 자신이 여우님? 하면서 말을 걸 때도, 복숭아를 따려 갖은 애를 쓸 때도 그들이 보고 있었다고 생각하니 부끄러워 견딜 수가 없었다.

"본디 여우들은 나무를 잘 타지요. 저 아이들 역시 그러하고……."

나리에게 무슨 일이 있었는지 알겠다는 듯, 청연이 웃으며 말했다. 그의 웃음기 묻은 목소리가 꼭 자신을 놀리는 듯하여 나리는 뺨이 더욱 뜨거워지고 말았다. 하기야 여우 신수라면 인간의 모습으로 변해서라도 과일을 딸 수 있었을 텐데, 그것도 모르고 또 그들의 장난에 넘어가 버렸다. 나리가 기어가는 목소리로 변명했다.

"저는 정말…… 여우님들인 줄 몰라서……."

청연은 당황하여 어쩔 줄 모르는 나리를 지그시 보다가 소리 없이 미소 지었다.

"정작 그대가 홀려야 하는 이 몸과는 눈도 마주치지 못하면서 여우에게는 잘도 홀리십니다."

"……."

"아니면 저 아이들이 그대에게 홀린 건지……."

픽 웃어 버린 청연이 나리의 허리를 안은 채 뒤돌아 여인들에게 눈짓했다. 그들은 살며시 바위에서 일어나 청연과 나리에게 자리를 내어 주었다. 그러곤 곱게 접은 눈으로 나리를 보면서 나비 같은 걸음걸이로 멀어졌다.

나리는 그의 단단한 팔에 이끌려 햇볕에 따뜻하게 데워진 바위에 앉았다. 청연은 그제야 나리의 허리를 놓아주곤 그녀의 곁에 앉아 자신이 걸친 푸른 비단 자락으로 복숭아를 감싸 쥐었다.

그의 손길이 느리게 스칠 때마다 붉은 껍질에서 윤이 난다. 나리는 어깨를 움츠린 채 청연의 손을 바라보았다. 그러다가 조심스럽게 시선을 올려 그의 수려한 목선과 옆얼굴을 차례로 눈에 담았다.

그가 두려워 이제껏 얼굴도 감히 쳐다보지 못했는데, 뒤늦게 눈에 담아 보니 천하에 이런 미인이 없다. 궁에서 왕이 연회를 베풀 때 세상을 들었다 났다 하는 절세미인을 수없이 보았건만, 그 미인들도 그에게는 견주지 못할 것 같았다.

백옥 같은 피부와 나긋하게 내리뜬 짙푸른 눈, 높은 콧대와 얇으면서도 강한 선을 가진 턱, 홍목단처럼 붉은 입술. 그는 꼭 검은 밤에 핀 양귀비처럼 위험하리만치 아름다웠다. 그러면서도 몸에 담긴 기운은 천하를 호령한 패왕이라도 그에게 머리를 조아릴 만큼 거대하고 잔혹했다.

이러한 신수님에 비하면 인간인 나는 참으로 하찮구나.

비단 자신만이 아닌 한 나라의 왕이라 할지라도 그의 고귀함에 비할 순 없으리라는 생각이 들었다. 나리는 묘한 푸른빛이 도는 그의 눈을 말끄러미 바라보았다. 어느새 고개를 돌린 그가 자신을 정면으로 보고 있다는 것은 알지 못한 채였다.

그는 나리와 눈을 맞춘 지 한참 만에 피식 실소를 터뜨리며 말했다.

"이제야 제게 홀리셨습니까?"

나리는 몇 번 멍하니 눈을 깜박이다가 뒤늦게 정신을 차리곤 황급히 시선을 떨구었다. 상대의 얼굴을 이리 빤히 쳐다보다니, 자신의 행동이 낯부끄럽기도 하거니와 무례한 짓을 저지른 것 같아 민망했다.

"송구합니다……."

나리가 기어들어 가는 목소리로 사죄하자 그는 그게 뭐 큰일이냐는 듯 가벼이 웃고는 눈길을 거두었다. 홀렸느냐는 말은 그저 농이었는지 더는 언급하지 않았다. 나리는 다리 위에 다소곳이 포갠 제 손만 애써 바라보았다. 순간 복숭아를 쥔 그의 손이 나리의 시야에 스르르 침범했다.

"받으세요."

나리는 청연의 흰 손과 웃음 띤 얼굴을 번갈아 보았다.

"이게 드시고 싶어서 아까 그리 애쓰지 않았습니까."

조금 전 까치발까지 하고는 끙끙거리던 자신의 모습이 떠올라 다시금 볼이 화끈거린다. 나리는 입을 꼭 다물고는 그의 얼굴도 보지 못하고 두 손을 내밀었다. 감사합니다, 하고 몹시 작은 소리로 인사하며 복숭아를 받아 왔다.

붉은 껍질은 꼭 물에 씻은 것처럼 반들반들 윤이 났다. 빛 고운 보석 같아 먹기 아까울 정도였다. 이러한 사사로운 배려를 받은 게 생에 처음이라 나리는 두 손에 꽉 차는 복숭아를 베어 물기가 더욱 아까워졌다. 게다가 이건 신수님이 손수 따고 닦아 준 열매가 아니던가.

"저, 먼저 드십시오."

차라리 그에게 먼저 권하는 게 나을 듯하여 나리는 청연에게 머뭇머뭇 복숭아를 내밀었다. 발갛고 오밀조밀한 입술로 그리 입맛을 다셨으면서, 먼저 드시라고 손을 내미는 나리가 청연의 눈엔 기특하고도 귀여웠다. 청연은 나긋이 웃으며 고개를 저었다.

"저는 괜찮습니다. 근본이 뱀이다 보니……."

풀보다는 핏기 가시지 않은 날고기가 더욱 구미가 당긴다고, 청연은 속으로 덧붙였다. 그녀가 직접 들었다면 얼굴에 핏기가 싹 가실 대답이었기에 청연은 그리 말했건만, 나리는 조금은 놀란 듯 의아한 표정이 되었다. 이윽고 나리가 조심스럽게 입을 열었다.

"청연 님은 용이 되실 분인데…… 귀한 분께서 어찌 그런 말씀을 하십니까."

먼 곳을 보던 청연이 나리의 말에 순간 멈칫하고는 천천히 그녀를 쳐다보았다. 마주친 그녀의 눈동자는 맑고 깨끗했다. 한 치의 거짓도 없이, 오직 진실만을 담은 것처럼. 그 눈에 담긴 약간의 걱정과 의아함 역시 청아한 이슬과 닮아 있었다. 청연은 그 이슬이 자신의 마른 혀에 딱 한 방울, 몹시 감질나게 떨어진 것 같다고 생각했다.

고요한 바다에 번지는 작은 파문이었다. 이내 그의 눈매가 매끄럽게 휘어졌다.

"그대에게 그리 고운 말을 들으려고 내가 그런 말을 했나 봅니다."

"……."

"어서 드시지요."

청연이 나리의 팔꿈치를 부드럽게 들어 올렸다. 나리는 당황하여 조금 붉어진 얼굴을 한 채 복숭아를 입술 가까이 가져왔다. 스스로 뱀이라 말하는 그의 음성이 어딘지 냉소적이라 무례를 무릅쓰고 물었던 건데, 저리 온화한 칭찬을 들을 말이 절대 아니었는데…….

나리는 몸 둘 바를 모르고 시선을 방황하다가 일단은 그의 말에 따르기로 했다. 달콤한 향기가 풀풀 풍기는 복숭아를 아작 베어 물었다. 아주 조금만 먹었는데도 단 향이 입안을 가득 적셨다.

"또 어떤 열매를 좋아하시는지요."

나리가 과육을 한 입 더 베어 물었을 때 그녀를 지그시 보던 청연이 물었다. 나리는 입안의 조각을 얼른 씹어 삼키곤 자그맣게 답했다.

"살구나 앵두…… 산딸기도 좋아했습니다."

"산딸기는 지천에 열린 것인데, 궁에서 그런 걸 드셨습니까?"

청연이 낮은 웃음을 피식 터뜨리며 되묻자 나리는 눈을 크게 떴다가 뒤늦게 고개를 저었다. 복숭아를 꼭 쥐고 더듬더듬 입을 열었다.

"그게, 자주는 아니고, 이따금, 한 번씩……."

살구나 앵두, 산딸기는 아비를 피해 산으로 들로 방황하던 어린 나리의 주린 배를 채워 주던 열매였다. 천지에 널린 흔한 과일이기에 오히려 궁에선 볼 수 없는 것들이었다. 높은 분들이 즐기지 않는 과일임은 말할 필요도 없었다.

나리가 안절부절 청연의 눈치를 살폈다. 다행히 그는 느긋하게 고갯짓하고는 다른 질문을 하지 않았다. 나리는 속으로 안도의 한숨을 내쉬며 생각했다. 그는 간혹 이런 식으로 자신을 시험에 들게 하는 것만 같다고.

첫날 그가 이름을 물었을 땐 그의 기운이 몹시도 두려워 공주의 이름이 아닌 진짜 이름을 대뜸 뱉어 냈고, 이번에는 그가 그 거대한 기운을 누그러뜨리곤 온화하게 묻는 바람에 또 나리 자신의 입맛을 이야기하지 않았던가.

다음부턴 정말 조심해야겠다…….

나리가 굳게 다짐하자마자 돌연 청연이 자리에서 스윽 일어났다. 무언가 발견한 듯했다. 나리는 화들짝 움츠렸던 몸을 갈무리하며 그의 시선이 닿은 곳을 바라보았다.

복숭아나무 너머 하얀 꽃그늘 아래, 선한 얼굴의 여인이 연둣빛 비단 자락을 흩날리며 그에게 공손히 허리를 숙이고 있었다.

"천신님의 부름으로 모시러 왔습니다, 청연 님."

선녀……?

나리는 여인의 존재를 금세 알아챘다. 신에 가까운 이들은 어째서 이리도 존재감이 남다른지, 누가 설명해 주지 않아도 자연스레 선녀임을 알아보았다. 그런 자신에게 더욱 놀라며 나리는 조심스레 청연을 올려다보았다. 청연은 고요한 눈으로 선녀를 보더니 이내 나리에게 시선을 내리곤 미소 지었다.

"화원 어딘가에 그대가 좋아한다는 열매도 있을 겁니다. 모든 과실나무가 자라는 곳이니, 여우들과 함께 찾아보시지요."

"……."

"저는 다녀올 곳이 있어서…….”

나리가 무어라 답하기도 전에 청연은 뒷모습을 보이며 멀어졌다. 공손히 손짓하는 선녀와 함께 부연 구름에 가려지더니 눈 깜빡할 새에 사라지고 말았다. 나리는 벙긋거리던 입을 다물고는 청연이 사라진 꽃그늘 아래를 우두커니 바라보았다.

내가 신수님과 함께 있던 게 맞나……?

순식간에 허전해진 바위의 빈자리를 보니 나리는 어쩐지 그와 있었던 시간이 백주의 짧은 꿈처럼 여겨졌다. 그와 함께 있었다고 말해 주는 건 발간 복숭아뿐이었다. 나리는 손안의 복숭아를 가만 만지작거리다가 다시금 작게 베어 물었다. 달콤한 맛 역시 꿈이 아니었다.

* * *

청연은 선녀의 뒤를 따라 하늘 너머의 땅, 천신의 궁에 발을 디뎠다. 층층이 쌓아 올린 높고 고고한 궁이 구름 사이로 장엄하게 자리를 잡고 있었으며 궁 주변엔 거대한 수양버들이 그득했다. 기다란 줄기는 녹색 잎을 촘촘히 달고 바닥까지 늘어져 흔들렸다. 굵직한 나무 밑동에는 하늘 아래 땅에선 볼 수 없는 하얀 꽃이 가득히 피어 있었다.

청연은 천신의 땅을 느리게 훑어보았다. 원래대로라면 용이 되어 바다로 나가기 전에 왔어야 하는 곳인데, 그저 천신의 부름으로 오게 되니 그리 달갑지만은 않았다.

청연을 여기까지 인도한 선녀는 미끄러지듯 걸어 천신의 옥좌 옆에 곧게 섰다. 청연은 그제야 허리를 숙여 천신에게 느지막이 예를 표했다.

"강녕하셨습니까.”

"예상보단 멀쩡한 모습이구나.”

천신은 자애로운 미소를 띠곤 의외라는 듯 말했다. 고아한 음성이 공기를 울렸다. 청연은 대답 대신 웃음을 머금고 고갯짓했다.

토끼든 호랑이든 여우든, 영물이었던 시기를 지나 신수로 다시 태어났을 땐 하늘의 부름에 따라 이 땅에 올라와 천신에게 인사를 드려야 했다. 인간을 제외한 모든 짐승은 영물이 될 수도 있고 요괴가 될 수도 있었다.

그중에서도 이무기는 특별히 다루어졌다. 훗날 용이 될 수 있는 귀한 신수라는 이유도 있지만, 도에 넘치는 악심을 품으면 감당키 어려운 요괴가 될 수도 있기에 그러했다.

그러나 청연은 몇백 년 전이나 지금이나 요요한 미소만 머금고 있을 뿐, 악심은 보이지 않았다. 인간에 의해 승천에 실패했음에도 불구하고 심신을 옳게 유지하고 있었다. 물론 그의 깊은 속내야 알 수 없는 노릇이지만, 천신은 당장은 너그러이 넘어가기로 하며 청연에게 물었다.

"여의주는 다시 품었느냐."

천신의 말에 청연은 오른손을 느리게 쥐었다가 펴 보였다. 그러자 아무것도 없었던 그의 손에 투박한 돌멩이 하나가 솟아났다. 구슬처럼 둥글지도 않고 고운 광택도 없는 하찮은 돌조각이었으나 그것이 그의 안에서 새로이 만들어진 여의주였다. 세월이 흐르면 여의주로 다듬어질 씨앗이었다.

"흐음……."

눈을 가늘게 뜨고 여의주를 보던 천신이 조용히 입을 열었다.

"벌써 피가 스미어 있구나. 그것도 많은 이의 피가."

"제겐 필히 해야 할 일이었습니다."

"인간의 궁에서 그들을 도륙하는 것이?"

천신이 그를 주시하며 담담히 묻자 청연은 나직이 웃어 버리곤 답했다.

"신수와의 약조를 어긴 것도 모자라 감히 칼까지 뽑아 드는데 어찌 살려 두겠습니까."

피와 살점이 땅을 적시던 도륙의 기억이 떠오르자 청연의 입가엔 절로 고혹적인 미소가 스미었다. 그가 미처 갈무리하지 못한 농도 짙은 기운이 공기 중으로 스멀스멀 번졌다. 양옆으로 늘어서 있던 선녀 중 청연과 가까운 자리에 있던 이들이 돌연 창백하게 질려 호흡을 힘겹게 했다.

"기운이 이리 세셔야……."

천신은 짧은 한숨을 터뜨리며 손짓했다. 순간 그의 손에 있던 돌멩이에 은은한 빛이 감돌다가 사라졌다. 그의 숨 막히는 기운 또한 맑은 바람에 흩날려 사라졌다.

청연은 손안의 돌을 흘긋 보고는 고개를 비스듬히 기울여 천신을 주시했다.

"지금 제 발목을 묶으신 겁니까?"

위험하리만치 불손한 미소를 띠고서 청연이 물었다. 천신은 어쩔 수 없었다는 듯이 답했다.

"땅에 두기엔 네 기운이 위험할 정도로 강해진지라 약간의 제약을 걸어 두었을 뿐이란다. 힘을 온전히 쓰고 싶다면 여의주를 몸에서 떼어 놓으렴."

"제가 그리하지 못하리란 걸 아시잖습니까."

"그래. 목숨보다 귀한 여의주를 쉬이 떼어 놓진 않겠지."

천신은 고요히 그를 주시하다가 이내 눈길을 거두곤 먼 곳을 보며 말을 이었다.

"승천에 실패한 이무기들은 하나같이 독을 품었다. 억울하고 분통한 마음에 사로잡혀 여의주를 다듬지 못하였지. 끝내는 하늘 길에 오르지도 못한 채 생을 끝내더구나."

"저는 아닐 겁니다."

"그거야 세월이 흐르고 나면 알게 되겠지."

천신의 대답은 망설임이 없었다. 청연의 눈썹이 작게 비틀렸다.

"네가 어디로 분노를 돌렸기에 심신이 온전한진 모르겠다만, 승천에 실패한 이무기가 용이 되었다는 전례는 없단다. 네가 다시금 여의주를 잘 다듬어서 증명하는 수밖에는."

천신의 무감한 눈동자가 다시금 청연을 향했다. 청연은 무표정한 얼굴로 천신을 바라보았다. 이윽고 천신이 부드럽게 입술을 휘었다.

"그때까지 네가 악심을 품지 않길 바란다. 네가 머무는 땅의 생명이 모조리 몰살당하는 건 달갑지 않구나."

"그 말씀도 제게 거는 제약입니까?"

"그저 당부라고 여기거라. 내 아무리 천지를 다스려도 신수의 사사로운 영역까지 간섭하고 싶진 않으니."

온화한 미소와는 어울리지 않는 서느런 답이었다. 그 말은 곧 영역의 말살 정도는 못 본 척하겠다는 뜻이었고, 더불어 천신이 여의주에 걸어 놓은 제약 역시 강제적인 건 아님을 뜻했다. 그저 마음을 잘 다스리라는 약간의 주의인지도 몰랐다. 청연은 낮게 소리 내어 웃고는 웃음기가 채 가시지 않은 소리로 말했다.

"예. 그러시겠지요. 천지의 어머님이자 방관자이시니……."

"버릇없는 건 여전하구나."

한숨과 함께 고개를 설레설레 저어 버린 천신이 할 말은 다 끝났다는 듯 휘이 손짓했다. 청연은 허리를 숙여 예를 올리곤 곧장 뒤돌았다.

몸 안을 감도는 기운 사이로 미세한 이질감이 느껴진다. 청연은 여의주를 흡수한 손을 천천히 쥐었다 펴 보며 어이가 없다는 듯이 픽 웃었다. 천신께서 어쩐 일로 자신을 불렀나 했더니 이런 족쇄나 달고 갈 줄은 몰랐다.

하지만 족쇄를 달았다 한들 뭐 어떤가. 바닷물을 덜어 내 봤자 바다는 바다였다. 강이나 호수가 될 순 없었다. 자신의 힘 역시 그러했기에 청연은 천신의 뜻에 반발하는 대신 순순히 받아들였다.

정작 그의 심사를 뒤틀리게 하는 건 천신의 다른 뜻이었다. 승천에 실패한 이무기가 용이 되었다는 전례는 없다는 말과 너 또한 그렇게 될 거라는 무언의 확신.

마음이 더욱 차갑게 비틀리려는 그 순간, 청연의 귓가에 불현듯 산새 같은 목소리가 희미하게 스쳤다.

'청연 님은 용이 되실 분인데…… 귀한 분께서 어찌 그런 말씀을 하십니까.'

잔뜩 겁에 질렸으면서도 조심조심 고운 말을 건네던 그녀의 목소리였다. 하필 지금 그녀의 말이 떠올라 버렸다. 청연은 잠시 걸음을 멈추곤 설핏 웃었다.

천신께서도 감히 장담할 수 없는 일을 연약한 인간이 장담하다니…….

신수의 생을 모르기에 그녀가 그리 믿는다는 걸 안다. 그러나 청연은 그녀의 막연한 믿음만으로도 서느런 마음을 서서히 가라앉힐 수 있었다. 우습게도 말이다.

청연은 수양버들 아래 그득히 핀 하얀 꽃을 흘긋 보면서 여우들에게 이끌려 화원 이곳저곳을 돌아다니고 있을 나리를 떠올렸다. 그 가냘픈 몸이 여우들의 손길에 따라 하늘하늘 흔들리는 모습을. 그의 미소가 더욱 짙어졌다.

"산군이 단단히 뿔이 났더구나."

돌연 청연의 뒤에서 천신이 뒤늦게 떠올랐다는 듯 툭 말했다. 청연은 흰 꽃에서 눈을 떼지도 않은 채 나직이 웃고는 답했다.

"분에 넘치는 영역을 탐하니 그렇지요."

"그래. 이번 산군이 워낙에 호전적이니 네가 너그러이……."

"천신님."

천신이 무슨 말을 하려는지 안다. 될 수 있으면 신수끼리는 충돌 없이 지내라는 뜻일 테다. 하나 청연에겐 그리 귀담아들을 말이 아니었다.

너그러이 봐줄 게 뭐가 있겠는가. 새파랗게 어린 산군이 이무기의 영역을 넘보며 날뛴다 한들 그의 눈엔 덜 자란 짐승의 재롱일 뿐인데. 지금 그에게 중요한 건 산군이 아니었다.

"하늘 아래의 일은 제가 알아서 하겠습니다."

청연은 느지막이 천신을 돌아보며 눈을 휘었다.

"그보다…… 꽃 한 송이 모셔 가도 될는지요?"

* * *

"하아……."

나리는 큰 나무 창의 창틀에 팔을 걸치고 머리를 기댔다. 젖은 머리카락이 밤바람에 조금씩 흔들리며 그윽한 향기를 뿜었다. 하루가 어떻게 지나갔는지 모르겠다. 그녀의 입술 새로 여린 숨이 길게 터져 나왔다. 나리는 가만가만 눈을 깜박이며 정신없이 지나간 낮과 밤을 떠올렸다.

선녀와 사라지기 전 그는 여우들과 화원에서 과실나무를 찾아보라 말했지만 나리는 얌전히 처소에 돌아갈 생각이었다. 그들을 다시 마주하기가 부끄러울뿐더러 감히 여우님들을 번거롭게 할 뜻도 없어서였다.

그러나 나리가 복숭아를 아삭아삭 먹은 후 씨앗까지 곱게 챙겨 자리에서 일어났을 땐 어느새 두 여인이 눈앞에 있었다. 갑자기 나타난 여우들은 나리의 손을 한쪽씩 잡고는 천천히 끌어당겼다.

'여, 여우님, 잠시……!'

뒤로 걸으면서 자신을 데려가는 여우들의 눈웃음이 몹시도 즐거워 보여 나리는 거절할 틈도 없이 화원 깊은 곳으로 들어가야만 했다.

화원은 도통 규모가 가늠이 안 될 정도로 넓었고 깊숙이 들어갈수록 아름다웠다. 정갈하게 손질된 궁의 화원과는 달리 모든 꽃과 나무가 두서없이 자란 채였지만, 그렇기에 색색의 꽃송이와 푸른 나뭇잎이 더욱 풍성하게 흐드러져 있었다.

백화난만한 화원 안에서 나리의 귓가에 꽃을 꽂아 주며 웃는 여우들의 모습이 나리의 눈엔 마치 고운 그림 같았다. 절로 신수님이 떠올랐다. 느슨한 도포를 부드러이 흩날리며 화원을 거니는 그의 모습도 한 폭의 그림과 같을 거라고…….

그리 생각하자마자 화들짝 놀란 나리가 걸음을 멈추는 바람에 여우들이 그녀를 보며 의아한 표정을 짓기도 했었다.

나리가 그에게 하나하나 읊었던 과일들은 과연 화원 여기저기에 모두 열려 있었다. 산딸기, 앵두, 살구, 여우들이 어디선가 따 온 노란 모과. 나리가 얇은 치마폭에 열매를 한가득 담았을 땐 알록달록한 빛깔과 새큼한 향기에 취할 지경이었다. 해 질 녘 다시 처소로 돌아갈 즈음엔 나리의 흰 치맛자락에 과일 물이 발갛게 스미어 있었다.

처소에 돌아와 먹고 남은 과일을 바구니에 소복하게 담아 둔 후에는 또 한 번 여우들의 손에 이끌려 유자를 띄운 목욕물에 몸을 담갔다.

여우들은 나리의 젖은 머리카락을 이리저리 올리고 내리면서 장난을 쳤다. 어쩐지 자신이 여우들의 인형 놀이 대상이 된 듯도 했지만, 살면서 이런 호사도 없었기에 나리는 얌전히 그들에게 몸을 맡겼다. 물에 동동 떠다니는 유자 하나를 들어 향기로운 냄새만 살며시 맡았다.

목욕까지 끝내고서 노곤하게 처소에 돌아오니 어느새 날이 저물고 별과 달이 떴다. 천천히 하루를 되짚어 보니 정신이 없을 수밖에 없는 날이었다. 잠시 볕을 쐬러 나갔다가 온종일 화원에 머물렀으니 말이다.

나리는 눈만 굴려 침상 옆에 둔 과일 바구니를 보다가 불어오는 밤바람에 살포시 눈꺼풀을 내렸다. 고요해서 평온하기까지 한 공기가 낯설다. 눈칫밥만 먹던 어린 시절과 고된 일에 지쳐 잠들던 궁 생활이 아직 몸에 밴 건지…….

수마가 밀려와 점점 머릿속이 흐려지던 나리가 끝내 얕은 잠에 빠졌을 무렵, 어디선가 흐린 기척이 들려왔다. 잔디에 무언가 가벼이 내려앉는 소리였다.

"……."

나리는 눈을 반짝 뜨고서 창틀에 기대 있던 상체를 살며시 일으켰다. 숨소리도 들리지 않게 호흡을 참고서 창 너머를 바라보았다. 그곳엔 흰 달 아래 선 그가 긴 숨을 내쉬며 하늘을 올려다보고 있었다. 나리는 얼른 자세를 낮추어 몸을 숨겼다가 이윽고 머리만 살며시 내밀었다.

그는 미동도 없이 고개를 젖히고 있었다. 거리가 있어서 그가 어떤 표정인지는 보이지 않았으나 고요히 하늘을 보는 옆모습은 사늘한 달빛이 어려 수려했다.

언제 돌아오신 걸까. 홀로 밤 산책이라도 하시나.

나리는 조용히 그를 지켜보았다. 머지않아 흰 머리카락을 가진 청년이 그에게 다가가 허리를 숙였으나 그는 눈길도 주지 않은 채 손을 내저어 청년을 물렸다. 그러곤 오래도록 자리를 지키고 서 있었다. 나리는 잠시 시선을 떨구고서 그의 마음을 가늠해 보았다.

오늘 다녀온 곳에서 무슨 일이라도 있으셨는지, 아니면 용이 될 분이라 본능적으로 하늘이 그리우신 건지…….

인간인지라 그 이상은 생각하기 어렵다. 하기야 나라님의 마음도 가늠할 수 없는데 신수님의 마음을 어찌 가늠할까. 무례한 억측은 관두고서 나리는 다시금 조심스레 그를 보았다. 동시에 천천히 고개를 돌리던 그와 눈이 마주쳤다.

시선이 엮인 찰나에 그는 흥미로운 듯 눈을 휘었고 나리는 쿵 떨어지는 심장을 느끼며 얼른 창 아래로 몸을 숨겼다. 어차피 들킨 마당에 숨어 봤자 무슨 소용인지, 부끄러운 행동에 대한 뒤늦은 후회가 밀려왔지만 이미 벌어진 일이었다. 나리는 끙 앓으며 기척을 죽였다.

이윽고 사박사박 풀 밟는 소리가 들렸다. 나긋나긋 가까워진 발걸음은 나리가 몸을 웅크린 벽 너머에서 멈추었다. 잠시 고요했다. 이윽고 그가 긴 숨을 들이쉬었다. 다시 내뱉는 느린 숨에는 감길 듯이 부드러운 웃음이 섞여 있었다.

나리는 자신의 몸에 스민 온갖 달큼한 냄새를 몰랐다. 그가 웃어 버린 이유가 그 때문이라는 것도 몰랐다. 나리는 그저 긴장으로 굳은 제 몸이, 왜인지 그의 호흡에 맞추어 서서히 풀어졌다는 것만 알아챘다. 자신의 움츠린 어깨를 머뭇머뭇 만지던 나리가 조심스레 고개를 들었다.

"어……."

창가엔 아무도 없었다. 분명 그가 가까이 온 기척이 느껴졌는데, 그의 웃음소리도 들었는데, 마치 허상인 양 창밖은 비어 있었다. 나리는 멍하니 위를 보다가 슬그머니 몸을 일으켰다.

헛것이라도 보았나.

그리 생각하며 잠시 등골이 서늘해지려 하는데 문득 창틀에서 아까는 없던 것을 발견했다. 하얀 꽃잎이 몹시 정결해 보이는, 나리가 생전 처음 보는 소담한 꽃 한 송이였다.

나리는 창밖으로 고개를 내밀어 어두운 주변을 둘러보았다. 여전히 그는 보이지 않았으나 꽃잎은 창틀을 짚은 나리의 손끝에 실제로 닿아 있었다.

허상이…… 아니었구나.

나리는 그제야 꽃을 들고서 향을 맡았다. 처음 맡아 보는 깨끗하고 맑은 향기가 몸 안을 정화해 주는 듯했다. 갑자기 햇볕 아래에서 복숭아를 건네던 신수님의 수려한 손이 떠올랐다. 그 손으로 두고 가셨을까.

나리는 손안의 꽃을 하염없이 눈에 담았다. 가는 다리가 고단함에 젖는 줄도 모른 채 오래도록 창가에 서 있었다.

불안과 두려움으로 타들어 가던 마음에 풀빛 실바람이 불었다.

三

하얀 얼굴에 피를 묻힌 채 미소 짓던 잔혹한 그의 모습. 요괴를 처절한 죽음으로 내몰던 그의 모습. 씨를 품지 않으면, 자신을 은애하지 않으면, 연이 아니라면, 목을 꺾어 버리겠다고 말하던 그의 모습…… 그를 떠올리면 참혹한 광경과 짙은 피 냄새가 절로 뒤따라왔다. 두려운 감정만이 극명했다.

그런데 오늘 아침은 조금 낯선 감정이 인다. 그의 영역에 온 뒤 처음으로 단잠에 빠져서인지, 아니면 침상 옆에 둔 꽃이 아침에도 생생한 향기를 내뿜어서인지…… 이유는 알 수 없으나 희망이라곤 없던 마음에 약간의 온기가 스민 것만은 확실했다.

일찌감치 잠에서 깨어난 나리는 전날 곱게 개어 둔 옷을 하나둘 챙겨 입었다. 얇은 비단옷은 궁에서 입던 옷과 달리 목선이 깊이 파여 있어서 그녀의 가냘픈 어깨와 보얀 가슴께가 훤히 드러났다.

"하아……."

59

예를 차리기엔 부적절한 옷이었으나 달리 입을 것도 없었기에 나리는 허리끈을 최대한 말끔히 묶고 긴 머리도 단정하게 빗었다. 단아하게 가꾼 그녀는 물가에 핀 희고 청초한 산자고꽃과 닮아 있었다.

나리는 끝으로 경대를 보았다. 맑은 거울 속에는 약간의 불안으로 망설이는 자신이 있었다. 아니야, 고민하지 말자. 고개를 작게 저어 버린 나리는 입술을 꼭 다물며 다시금 마음을 다지고 처소 밖으로 발을 내디뎠다.

오늘부터 그에게 문안 인사를 드리기로 했다. 궁에서도 상궁님께 꼬박꼬박 아침 인사를 드렸고 하물며 나그네가 초가집에 하루 묵을 때도 주인께 인사를 드리는 게 예의라 하거늘, 자신은 그가 두려워서 처소에 꼭꼭 숨어 있기만 했다. 그러한 무례를 저지르는 것도 이쯤이면 길었다.

게다가 어떻게든 신수님께 다가가야 하는 쪽은 나리 자신이었다. 어찌 신수님의 마음에 들어야 하는진 여전히 어려웠으나, 그의 명이 거두어지지 않는 이상 스스로 할 수 있는 행동은 해내야 했다. 나리는 긴장으로 떨리는 가슴을 애써 도닥이며 툇마루를 걸었다.

기억을 더듬어서 그가 머무는 너른 안채를 찾아가자마자 흰 머리카락을 가진 청년과 먼저 맞닥뜨렸다. 나리는 걸음을 멈추고 조심스레 허리를 숙였다.

"······."

마주 인사하는 청년의 얼굴엔 조금 의아한 기색이 비쳤다. 청년이 표정 없는 낯으로 나리를 가만 바라보았다. 그 무덤덤한 눈빛에 나리는 시선 둘 곳을 잃고 손가락을 꼬물거리다가 이내 작은 소리로 물었다.

"청연 님을 뵈러 왔는데······ 안에 계신지요."

청년은 잠시간 말없이 나리를 보다가 곧 문 앞으로 걸어갔다. 청연 님, 하고 짧게 그를 부르자 문 너머에서 들어오라는 청연의 허락이 들렸다. 청년은 곧장 장지문을 열고서 나리에게 정중히 손짓했다. 나리는 감사의 뜻으로 한 번 더 허리 숙여 인사하고서 떨리는 발걸음을 옮겼다.

"아……."

그의 처소에 들어서자마자 나리의 발목에 보드라운 여우 털이 감겼다. 짐승의 모습을 한 여우의 뒤로는 다른 여우님이 여인의 자태로 그에게 목을 내보이고 있었다. 의외의 장소에서 만난 나리가 반가운 듯 여인이 휘영청 눈웃음 지었다. 여인의 목에 손을 대고 있던 청연은 흥미로운 눈빛으로 나리를 보다가 느지막이 입술을 휘었다.

"송구합니다. 일이 있으신 줄 모르고, 제가 나중에 다시……."

"아니요. 막 끝난 참입니다."

나리의 당혹한 말 사이를 청연의 나긋한 목소리가 가로질렀다. 나리가 어쩔 줄 모르고 우물쭈물 서 있자 그는 여우들을 눈짓으로 물렸다. 여우들이 처소를 나선 후에야 그는 허리를 곧게 세우며 나리에게 손짓했다. 나리는 주춤주춤 다가가 그가 내어 준 자리에 앉았다.

"혹 제가 여우님과의 시간을 방해한 게 아닌지……."

떨리는 숨을 애써 가라앉히며 나리가 자그맣게 물었다. 청연은 살짝 고개를 기울이더니 머지않아 나리의 속내를 알겠다는 듯 낮은 웃음을 터뜨렸다.

"제가 저 아이들과 밤이라도 보냈을까 봐 그리 물어보시는 겁니까?"

그가 고혹적인 미소를 띤 채 물었다. 나리는 할 말을 잃고 말았다. 그런 은밀한 부분까지 떠올리진 않았지만, 그와 비슷한 상황을 어렴풋이 예상했기 때문이었다. 나리가 난감한 표정으로 입술을 달싹이다가 톡 시선을 떨구자 청연이 다시금 웃었다.

"언제쯤 목이 트일지 봐 주는 것입니다."

나리는 멈칫 여우들이 사라진 문 너머를 보다가 다시 그를 향해 고개를 돌렸다.

"여우님들이…… 말을 못 하십니까?"

"아직 그만한 신력을 쌓진 못했지요. 신수가 된 지 십 년도 지나지 않은 아이들이니……."

그의 온화한 설명을 듣고서 되짚어 보니 여우님들은 처음부터 공기 같은 웃음소리만 들려줬을 뿐 말 한마디 하지 않았다는 게 떠올랐다.

그저 말수가 없으신 줄 알았는데…….

뒤늦게 그 사실을 알아채고 그와 여우가 함께 있었던 전후 상황을 알고 나니 나리는 그제야 자신이 청연에게 얼마나 부끄럽고 무례한 질문을 했는지 깨달았다.

"하늘 아래 가장 오래 묵은 신수가 이 몸인지라, 어린 신수와 영물을 거두어야 합니다. 제 심신을 다듬기 위해서라도 그리해야 하지요."

"송구합니다. 제가 아무것도 모르고……."

"괜찮습니다."

청연은 시선을 떨군 나리를 지그시 보다가 너그러운 소리로 덧붙였다.

"궁금증이 풀리셨으면 이제 제가 물어볼 차례입니다."

"예……?"

"어인 일로 이 몸을 찾으셨는지요?"

그의 나직한 음성이 마음의 준비를 할 틈도 없이 치고 들어온다. 나리는 다리에 올려 둔 손으로 치맛자락을 꼭 움켜잡았다. 가는 손가락을 두서없이 조몰락거리다가 조심스럽게 입을 열었다.

"문안 인사를 드리러 왔습니다. 그간 아침저녁으로 무례를 범한 듯하여……."

"그러셨습니까."

픽 웃으며 청연이 묻자 나리가 옅게 고갯짓했다.

"그럼 해 보십시오. 아침 문안."

청연의 미소가 한층 짙어졌다. 나리는 홀린 듯 그를 보다가 뒤늦게 정신을 차리곤 자세를 바로잡았다. 저리 요염하게 웃으시니 내가 오해를 할 수밖에……. 나리는 여우와 함께 있던 그의 모습을 머릿속에서 휘휘 떨쳐 내고 궁에서 상궁님께 올리던 문안 인사를 찬찬히 입 밖으로 꺼냈다.

"간밤엔, 평안히 주무셨는지요."

"아니요. 새벽녘이 다 되어서야 잠들었으니 평안한 밤은 아니었지요."

그는 망설임 없이 답했고 그건 나리가 예상치 못한 대답이었다. 그가 보통 문안 인사의 흐름대로 잘 잤다고 답하면 곧바로 어제 그가 두고 간 꽃에 대한 감사 인사를 전하려 했는데, 그는 처음부터 나리의 예상을 빗나가고 말았다. 나리는 할 말을 찾아 머릿속을 허둥지둥 헤집다가 겨우 입을 뗐다.

"어, 어찌, 그리 뒤척이셨는지⋯⋯."

"아아⋯⋯."

청연은 나른한 소리를 내며 허공을 보다가 이내 답했다.

"잠시 스쳤던 단 향이 가시질 않아서, 열을 가라앉히느라⋯⋯."

웃음 섞인 그의 낮은 목소리가 몹시도 그윽하게 들려 나리는 귀가 간지러울 지경이었다. 잠시 스쳤다는 단 향이 무엇의 향인지도 말하지 않는데 왜인지 온 살갗에 열이 오르는 듯했다. 나리는 황급히 말을 돌렸다.

"저, 어제 주신 꽃은 감사합니다. 향이 좋아 그런지 오랜만에 단잠을 잤습니다."

"그대의 단 냄새에 묻힐 줄 알았더니 제법 향기를 뿜었나 봅니다."

"⋯⋯."

"이 살갗에도 꽃 내음이 스민 걸 보니⋯⋯."

돌연 그의 손끝이 나리의 목덜미에 닿았다. 나리는 흠칫 놀라 어깨를 움츠렸다. 그의 길고 고운 손은 발그스름해진 나리의 귓불에 닿았다가 가냘프게 도드라진 어깨뼈까지 마치 뱀처럼 몹시 느리게 내려왔다.

"하나 아쉬운 것은⋯⋯."

이윽고 그의 숨이 나리의 목덜미에 가까워졌다. 그는 나리의 보얀 목에 얼굴을 묻고 그녀의 살 냄새를 깊이 마셨다.

"제 냄새가 거의 가셨습니다."

"……."

"첫날 그대의 살갗을 빈틈없이 적셔 주었건만, 역시 그것만으로는 모자랐는지……."

그의 숨이 목덜미를 간질일 때마다 허리가 긴장으로 바짝 조여 왔다. 나리는 눈도 감지 못한 채 떨리는 손만 꼭 말아 쥐었다. 그녀의 발간 입술 사이로 엷은 숨이 색색 터져 나왔다. 청연은 고개를 비스듬히 기울이곤 나리의 떨리는 속눈썹을 보며 속삭였다.

"깊숙이 숨은 살결을 적시면 이보단 오래 갈 테지요."

그의 손끝이 나리의 허벅지를 톡 건드렸다. 그가 말한, 깊숙이 숨은 살결과 몹시도 가까운 자리였다. 호흡이 힘겹다. 나리는 간신히 시선을 돌려 그의 눈을 바라보았다. 자신은 신수님의 말을 거역할 수 없으니 신수님이 스스로 손을 거두어 주길 바라며 눈으로 간절하게 애원했다.

청연은 나리의 흔들리는 눈동자를 고요히 주시하다가 이내 낮은 웃음을 터뜨리며 그녀에게서 떨어졌다. 사실 당장 그녀를 취하기란 청연에게 어렵지 않았다. 자신의 말 한마디면 이 여린 신부는 본인 손으로 옷을 벗고 침상에 누워 가느다란 다리를 스스로 벌려야 할 테니.

그러나 청연은 그리하지 않았다. 스스로 아침 문안까지 자처하는 귀엽고도 기특한 짓을 한 그녀를 다시금 겁먹게 하여 처소에서 한 발자국도 못 움직이게 할 수는 없지 않은가.

"하아……."

그녀는 가슴에 손을 올리고서 참았던 숨을 작게 몰아쉬고 있었다. 청연은 나리를 내려다보다가 다시 손을 뻗어 그녀의 갸름한 턱을 부드러이 들어 올렸다. 그러곤 앵두처럼 발갛게 물든 그녀의 입술을 엄지로 짓누르듯 어루만지며 눈을 휘었다.

"언제쯤 이 입술로 고운 울음을 들려주실는지……."

그의 말은 위험하고도 음란한 뜻을 품고 있었다. 그러나 그의 눈빛이 어딘지 너그럽고, 낮은 목소리는 웃음이 묻어 다정했기에 나리는 익숙한 두려움 대신 낯선 안정을 느꼈다. 그의 손에 고분고분 입술을 내어주면서도 첫날만큼 무섭지는 않았다.

그때, 갑자기 바깥이 소란스러워졌다. 무언가 다급히 움직이는 기척과 함께 짐승의 소리가 들린 듯도 했다. 나리는 눈을 크게 뜨고서 문을 쳐다보았고 청연은 나리의 입술에서 손을 떼지 않은 채 시선만 흘긋 돌렸다.

"청연 님. 잠시."

이윽고 장지문 너머에서 연호가 그를 불렀다. 그제야 걸음을 옮기는 그의 뒤를 따라 나리도 밖으로 향했다.

"여우님……?"

바깥뜰에는 짐승의 모습을 한 여우가 저 먼 방향을 보며 이를 드러내고 있었다. 여인의 모습인 다른 여우 역시 평소의 농염한 눈웃음을 지우고 날카롭게 경계하는 태세로 같은 방향을 보고 있었다.

도대체 무슨 일이…….

아깐 무덤덤하기만 했던 청년의 얼굴 역시 딱딱하게 굳은 채였다. 나리는 다급히 청연을 올려다보았다. 그는 무표정한 얼굴로 저 먼 산 어딘가를 바라볼 뿐 여유로운 태도는 평소와 다르지 않았다. 이윽고 그가 픽 미소를 머금고서 읊조렸다.

"산군이로군."

청연의 말이 끝나기가 무섭게 연호가 그의 앞에 나섰다.

"산의 경계인 듯합니다."

"그래. 그렇구나."

"제가 가 보겠습니다."

"여기 있거라. 네 형님과 간만에 우애를 다지고 싶은 게 아니라면."

청연은 단박에 연호를 가로막고는 나리를 돌아보았다. 영문을 몰라 혼란스럽게 흔들리는 그녀의 눈동자가 청연을 향해 있었다. 무슨 말이라도 하고 싶은데 말이 나오지 않는 듯 입술만 달싹였다. 그런 그녀를 향해 청연은 괜찮다는 듯 부드러이 눈을 휘며 말했다.

"별일 아니니 기다리고 계세요."

그는 꼭 뒤뜰에 고양이가 들어왔다고 말하는 양 가볍게 속삭였으나 나리는 도통 불안이 가시질 않았다. 여우들의 반응을 보면 그의 말처럼 가벼운 상황은 아닌 듯했다. 게다가 산군이라 하면 덩치 큰 사내도 한입에 물어간다는 집채만 한 호랑이가 아니던가.

이윽고 그가 시선을 거두고 뒤돌았다. 나리는 저도 모르게 손을 뻗었다.

"청연……."

나리의 손끝이 그의 비단 옷자락을 스침과 동시에 그는 연기처럼 흩어져 버렸다. 허공에 뻗은 손은 실체 없는 연기만 움켜잡았다. 나리는 허망하게 맴도는 손을 다시 가져와 쿵쿵 뛰는 가슴을 진정시키듯 눌렀다.

나무가 우거진 깊은 산골짜기는 해가 뜬 낮임에도 새벽처럼 어둑했다. 빽빽한 잎사귀 탓에 빛 한 줌 들지 않았다. 풀을 뜯는 짐승들이 천적을 피해 몸을 숨기기엔 더없이 좋았다. 땅에 쓰러진 채 숨이 점차 끊어지는 중인 사슴 역시 조금 전까지만 해도 한가로이 풀을 뜯어 먹고 있었다. 호랑이의 날카로운 이빨이 자신의 목을 노리는 줄도 모르고.

축축하고 무거운 공기 사이로 죽어 가는 사슴의 숨이 미약하게 흩어졌다. 맹수의 크고 무거운 앞발이 사슴의 배를 무자비하게 짓눌렀다. 처참하게 목이 뜯긴 사슴은 죽음과 더욱 가까워졌다. 이윽고 사슴은 호랑이의 칼 같은 발톱에 뱃가죽이 거세게 찢겨 툭, 숨이 멎었다. 비릿한 피 냄새에 놀란 산새들이 저 먼 하늘로 비명을 지르며 날아갔다.

크르르, 맹수의 낮고 살기 어린 위협이 숨죽인 산을 울렸다. 호랑이는 입가에 피범벅을 한 채 허공을 노려보았다. 그러다 일순 날카롭게 눈을 빛내더니 순식간에 위압적인 사내의 모습으로 변하여 무언가 피하듯 재빠르게 뒤로 물러났다.

사내가 물러선 빈자리엔 푸른 도포가 느슨히 물결쳤다. 이내 사슴의 핏물이 흥건한 풀 위로 청연이 내려섰다. 청연은 숨이 끊어진 사슴을 내려다보며 짧게 혀를 찼다.

"감히 나의 영역에서 영물을 사냥하다니, 산군이라는 놈이 이리도 겁이 없어서야……."

나직이 읊조린 그가 이내 사슴 따위는 상관없다는 듯 사내를 돌아보며 싱긋 웃었다.

"오랜만이로구나. 사호."

청연은 몹시 너그러운 소리로 말했으나 사내는 청연을 보자마자 온몸으로 맹렬한 기세를 스멀스멀 내뿜었다. 사내의 뒤로 다가선 몇 마리의 호랑이들 또한 청연을 향해 시뻘건 잇몸과 이빨을 드러냈다. 당장에라도 달려들듯이 위협하는 맹수들을 앞에 두고도 청연은 나긋한 미소를 띤 채 말했다.

"그래. 아비를 죽이고서 얻어 낸 산군 자리는 어떠하더냐?"

"……."

"네 그릇으로 감당하기엔 버거운 자리일 텐데……."

그의 말에 산군이 눈을 희번덕거리며 청연을 찢어발길 듯 노려보았다.

"승천도 못 한 뱀 주제에 아직도 요괴가 되지 않았다니."

산군은 이를 으드득 갈고는 청연의 조롱을 되받아쳤다. 청연은 그럴 줄 알았다는 듯 웃음 섞인 한숨을 터뜨렸다.

"그래. 내가 요괴로 변모했다면 네가 나를 죽이기에 더없이 좋은 빌미가 되었겠구나."

그의 순순한 대답에 산군이 눈썹을 비틀었다. 청연은 이내 옅게 휘어진 검푸른 눈으로 산군을 주시했다.

"한데, 사호야. 오백 년 묵은 이무기를 뭐로 보는 것이냐. 혹여 요괴가 되었다 한들 새파랗게 어린 네놈에게 이 몸이 당하겠느냐?"

"네 이놈……."

"혹 나를 죽인다 한들, 네놈이 신수의 영역을 다스릴 수 있을 것 같으냐?"

꿈이라도 꾸었나 보군, 하고 청연이 나지막이 덧붙이자 산군의 낯이 분노로 일그러졌다. 그래, 저놈은 어릴 적부터 저리 천지 분간을 못 하고 날뛰었지. 청연은 점차 날을 세우는 산군을 무감하게 쳐다보면서 몇십 년 전 산군을 처음 보았던 날을 떠올렸다.

그 당시의 산군, 달리 말하면 사호의 아비였던 전대 산군은 청연에게 제 아들을 내보인 후 넌지시 말했었다.

'사호는 강한 힘을 타고났으나, 그 탓에 오만이 하늘을 찌릅니다. 그러니 산군 자리는 물려주지 않을 겁니다. 저놈의 건방진 심성으로는 산군이 되어 산을 호령하기는커녕 자신을 스스로 파멸시키기만 하겠지요.'

아무리 한 산을 다스리는 산군이라 할지라도 무례한 행동으로 청연의 눈 밖에 나는 순간 죽임을 당할 테니, 버릇없는 아들을 둔 그 당시 산군으로선 현명한 선택이었다. 그 선택으로 인해 훗날 아들에게 죽임을 당할 거라곤 그도 예상치 못했지만 말이다.

'청연 님, 제발 이 아이를 거두어 주십시오……..'

어린 백호를 입에 문 채 초주검이 되어 찾아온 전대 산군의 마지막 모습을 떠올리며 청연은 옛 기억을 갈무리했다. 사호는 여전히 무례한 기세로 그를 노려보고 있었다. 청연은 그에게 남은 자비를 베풀었다.

"주제를 알았으면 이만 가 보거라. 내가 있는 한 네가 신수의 영역을 다스리는 날은 영영 없을 테니. 대신 서쪽 산은 네게 맡겨 두도록 하지."

"닥쳐라! 네놈의 음험한 속내를 내 모를 줄 알고?"

이만큼 너그러이 대해 줬으면 이쯤에서 물러나야 하거늘, 바락바락 대드는 산군이 몹시도 아둔하다고 생각하며 청연은 치켜든 고개를 비스듬히 기울여 사내를 보았다.

"내 아우가 네놈 밑에 있는 것을 모를 줄 아느냐? 나를 밀어내고 내 아우로, 네놈의 수족으로 영역을 채우려는 사심을 내 모를 줄 아느냔 말이다!"

땅을 가를 기세로 고함을 지르던 산군이 순간 청연에게 달려들었다. 팽팽한 활시위가 튕긴 듯이 호랑이들 또한 땅을 박찼다. 괴기스러울 만치 입을 쩍 벌린 채 발톱을 세우고서 그를 향해 달려들었다.

그러나 그들은 고고히 선 청연의 비단 자락 끝에도 닿지 못했다. 산군과 맹수들은 보이지 않는 거센 물살에 휩쓸린 것처럼 확 밀려났다. 바닥을 구르다 바위에 세게 부딪쳐 뼈가 부러지고 날카롭게 꺾인 고목에 걸려 가죽이 찢겼다.

산군은 굵은 나무 기둥에 몸을 부딪친 채 주저앉아 피 맺힌 이를 사리물었다. 청연은 흩날린 도포를 정리하며 느린 걸음으로 산군을 향해 다가갔다.

"네가 이리 천둥벌거숭이처럼 구는 이유가 그 때문이었구나."

사내를 내려다보며 청연이 짙은 미소를 머금고는 말했다.

"그러나 그 아이는 산군에 뜻이 없단다. 그렇다고 서쪽 산을 비워 둘 순 없으니 네가 지금 산군의 자리에 있는 것이지. 산군이 없는 서쪽 산까지 다스리기엔 이 몸이 번거로워서 말이다. 이 모든 게 맞물렸으니 네겐 천운이잖느냐?"

아비까지 죽이며 서쪽 산을 차지한 산군의 자존심이 흙바닥에 무참히 짓밟혔다. 너는 단지 자리를 채워 놓는 용도일 뿐이라는 청연의 말뜻이 산군에겐 모독에 가까웠다. 산군은 핏발 선 눈으로 청연을 노려보았다.

"아니면, 지금이라도 내게 머리를 조아리고 빌어 보겠느냐? 너를 산군으로 인정해 달라고 내 발아래를 기어 보겠느냐?"

미소를 띤 채 속삭이는 그의 목소리는 몹시도 차가웠고 오장육부를 내리누르는 위압감이 있었다.

"큭, 으⋯⋯!"

산군은 가슴을 크게 들썩이며 기침했다. 그의 입가에 실 같은 핏줄기가 흘렀다. 청연은 말없이 산군을 보다가 이내 눈길을 거두곤 뒤돌았다.

"놓아줄 때 가거라. 내 하루를 방해한 죄는 이번만 넘어가 줄 테니."

"하하, 산군인 나를 죽이면 네놈의 여의주에 금이라도 갈까 봐 그렇겠지! 여의주만 없어도 네놈은 그냥 진흙탕이나 기어 다니는 구렁이 신세와 다름없는, 컥⋯⋯!"

과장된 웃음을 터뜨리며 그를 조롱하던 산군은 순간 다가온 청연의 손에 목구멍이 막혀 말을 멈추었다. 청연은 산군의 목을 한 손으로 잡아 들어 올렸다. 목에 가해지는 압박이 괴로워 산군이 몸을 비틀었으나 청연은 힘을 풀지 않았다. 사내의 크고 두꺼운 몸뚱이가 기어이 나무에 매달린 모양새로 허공에 떴다.

"네 가치를 너무 높게 치는구나."

청연은 한 치의 표정 변화도 없이 산군을 들어 올리고서 낮은 소리로 읊조렸다.

"네놈을 죽인다 한들 내 여의주엔 흠집도 나지 않는단다. 그깟 산군? 너 말고도 호랑이는 많은데 너 하나 죽인들 무슨 사달이 나겠느냐. 네 말마따나 너의 아우를 산군으로 만들 수도 있단다."

산군이 그의 팔을 우악스럽게 붙잡고 긁고 내려쳤으나 청연은 꿈쩍도 하지 않았다. 그저 흔들림 없는 목소리로 말을 이어 갈 뿐이었다.

"지금 네가 이런 무례를 저지르고도 살아 있는 이유를 말해 주련? 그건 네 할아비였던 산군부터 네 아비였던 산군까지 내게 오랜 세월 예를 지켰기 때문이란다."

"큭, 커흑!"

"패륜을 저지른 아들도 자기의 귀한 아들이라고, 제발 죽이지만 말아 달라고 내게 처절히 빌었기 때문이란 말이다. 알겠느냐?"

거세게 발악하던 산군의 팔과 다리가 점차 힘을 잃고 늘어졌다. 하나 형형한 눈빛에는 여전히 돌풍이 휘몰아치고 있었다. 청연은 산군의 목을 조르는 손에 힘을 주었다. 산군의 잇새로 검붉은 피가 울컥 터져 나왔다.

"그러니, 아가."

엉망으로 짓이겨진 산군을 보며 그가 눈을 휘었다.

"나의 자비를 함부로 착각하지 말거라."

핏물이 청연의 흰 팔을 타고 땅으로 뚝뚝 떨어졌다.

* * *

평소와 달리 어딘지 불안한 산의 공기가 피부에 닿는다. 나리는 그의 처소 앞 툇마루에 앉아 불안한 얼굴로 먼 산을 바라보았다.

일찌감치 연호가 처소에 가 계셔도 된다고 말했지만 나리는 거절했다. 이런 상황에 홀로 남으면 극악한 상상만 할 것 같아서였다. 나리는 다리에 올라온 여우를 꼭 안고 여인인 여우에겐 한쪽 어깨를 내어 준 채로 초조하게 입술을 깨물었다.

그 순간, 먼 곳에서 들려온 짐승의 포효 소리가 지축을 흔들었다. 나리의 품에서 뛰어내린 여우가 순식간에 여인의 모습으로 변하여 소리의 근원지를 바라보고 연호 역시 여우들과 같은 방향을 주시했다. 나리도 희게 질린 낯으로 그들의 시선이 닿은 허공을 바라보았다. 산새가 떼로 와르르 날아오르는 불온한 광경이 눈에 들어왔다.

나리는 엷게 떨리는 아랫입술을 꼭 물다가 연호에게 긴장한 목소리로 물었다.

"무슨, 소리인지요……?"

연호가 조금은 가라앉은 표정으로 답했다.

"서쪽 산의 산군님일 겁니다."

"혹 청연 님께 위험한 일이 생긴 건……."

"아니요. 청연 님은 괜찮으실 겁니다. 다만 산군께서……."

연호가 말을 끝맺기도 전에 그들의 앞에 눅진하고도 이질적인 바람이 일었다. 이내 허공에서 스르르 나타난 이는 청연이었다. 고개를 뒤로 꺾으면서 긴 숨을 내쉬던 청연은 곧 시선을 내리곤 미소 지었다. 무슨 일 있었냐는 듯 느긋한 웃음이었으나, 나리는 그를 보자마자 사색이 되고 말았다.

늘 고아하게 흩날리던 푸른 도포는 검붉은 피를 흠뻑 머금고서 마구잡이로 찢겨 있었고, 그 사이로 드러난 그의 단단한 상체에는 거대한 짐승의 발톱 자국이 사선으로 길게 그어져 있었다. 마치 무딘 낫에 베인 것처럼 살갗이 엉망이었다. 얼마나 깊게 파인 건지 벌어진 상처에서 끈적한 피가 멈추지도 않고 흘렀다.

그리 처참한 상처를 달고 왔으면서 그는 고통 따위 없는 사람처럼 평온한 모습으로 걸어왔다. 연호가 그에게 다가섰다.

"잘 해결하셨습니까?"

"산군이 마지막으로 발악하지만 않았다면 더 좋았을 뻔했구나."

픽 웃어 버린 청연이 상처를 흘긋 내려다보고는 말했다. 순식간에 거대한 호랑이로 변한 산군이 끝내 악을 쓰며 날카로운 발톱을 휘갈겨서 피할 겨를이 없었다. 하기야 쥐도 궁지에 몰리면 고양이를 무는데 그 버릇없는 산군이 얌전히 꼬리를 내리고 도망가는 것도 우스운 일이었다.

청연은 다시금 고개를 저었다.

"청연 님, 혹시 산군님을……."

"죽이지 않았다. 네 아비와 약조한 게 있으니."

"예. 일이 커지지 않아 다행입니다."

연호가 한시름 놓았다는 듯 담담히 대답했다. 여우들도 연호와 마찬가지로 한시름 놓았다는 표정이었다. 그 사이에서 나리만 혼란스럽게 그들을 번갈아 보았다. 아무 일도 없었다고 다행스러워하기엔 신수님이 저리 다친 채로 돌아왔는데, 어째서 다들 덤덤한 반응인지 이해할 수 없었다.

나리는 차마 발을 떼지 못하고 붉어진 눈으로 청연을 우두커니 바라보았다. 그녀의 시선을 느낀 청연이 느지막이 눈길을 돌렸다. 곧 눈물이 톡 떨어질 것처럼 젖은 나리의 눈동자를 잠시 의아하게 보던 청연이 입술을 올리곤 나리에게 다가갔다.

"무서우셨나 봅니다. 이리 눈물까지 고인 걸 보니⋯⋯."

그의 온화한 음성을 듣자마자 나리는 다시금 아랫입술을 깨물어야 했다. 그의 말처럼 무서웠다. 무슨 일이 벌어지는지 몰라 겁이 났다. 피를 묻힌 채 돌아온 그도 여전히 두렵기 그지없었다. 그러나 눈으로 보는 것만으로도 고통이 느껴지는 상처를 달고서도 본인의 아픔보다 상대의 두려움을 먼저 헤아리는 그를 보니 나리는 어쩐지 목이 메었다.

"청연 님은⋯⋯ 괜찮으십니까?"

그가 가까이 다가서자 멀리서 본 것보다 더욱 상처가 깊어 보였다. 끈적한 피 냄새가 훅 끼쳤다.

"아프지 않으십니까?"

나리는 혼백이 사라진 눈동자로 그를 보며 파르르 경련하는 손을 들었다. 어디부터 수습해야 할지 몰라 상처에 갖다 대지도 못한 손이 그의 가슴 언저리에서 방황했다. 물기 어린 음성이 가냘프게 떨렸다.

"상처가 이리 깊은데, 흑, 왜 다들 아무렇지 않으십니까⋯⋯."

생면부지인 사람도 이렇게 다쳐서 온다면 보는 이의 심장이 덜컥 떨어질 텐데, 왜 다들⋯⋯.

이런 상황이 익숙하다 못해 무감각해 보이는 그에게까지 감히 속상한 마음이 들었다. 나리는 목에 걸린 멍울을 겨우겨우 삼키며 그를 올려다보았다. 그는 나리의 젖은 눈동자를 물끄러미 보다가 이내 눈을 감으며 깊은 미소를 머금었다.

"신부님, 청연 님께서는 상처를 입으셔도 곧……."

한 걸음 떨어져 지켜보던 연호가 정중히 말을 건넸으나 흘긋 돌아본 청연의 눈짓에 곧장 입을 다물어야 했다. 청연 님은 상처가 생겨도 반나절 만에 깨끗이 사라진다는 말은 꺼내지도 못한 채로.

나리는 갑자기 함구하는 연호를 향해 고개를 돌렸다. 동시에 청연이 나리의 뺨을 부드러이 감싸 다시 자신을 보도록 했다.

"정신이 없어 몰랐는데, 이제야 상처가 쓰립니다. 어지러운 듯도 하고……."

그가 조금도 고통스럽지 않은 목소리로 다분히 고의적인 뜻을 내비치자 나리가 다급히 그의 몸을 떠받쳤다. 상처에 손이 닿을까 안절부절 못하며 청연의 단단한 허리를 조심스레 붙잡았다. 청연은 나리를 거의 안다시피 그녀의 어깨에 팔을 둘렀다.

나리는 울음을 참으려 입술을 앙다물고 청연을 부축했다. 자신의 어깨에 그의 무게가 거의 실리지 않았다는 것도, 그가 묘한 미소를 띠고서 자신을 보고 있다는 것도 모른 채였다. 평소의 요염한 자태로 돌아온 여우들이 청연과 나리의 뒷모습을 보며 눈웃음 지었다.

"여기로……."

침상에 그를 앉힌 후 나리는 상처를 다시 살폈다. 백옥 같은 그의 피부가 검붉은 핏물과 대조되어 더욱 희게 보였다. 피를 너무 많이 흘리신 거겠지. 속으로 그리 생각하면서 나리는 다시금 아랫입술을 깨물었다.

청연 님을 모시긴 했는데 이다음은 어쩌나…….

이곳은 태의도 없고 약방도 없다. 화원이나 산속에 약초가 있을 듯도 하지만 지혈에 무슨 약초를 써야 하는지 나리가 알 리 만무했다. 약방 궁녀도 아닌 침방 궁녀였으니 의술에 대한 지식이 있을 리 없었다. 아무것도 하지 못하는 자신이 속상하여 나리는 참담한 표정으로 눈물을 삼켰다.

청연은 울먹이는 나리를 보며 짧게 웃고는 상체를 약간 뒤로 젖혔다.

"보이는 것보다 깊지 않습니다. 물로 닦고 천으로 묶어 놓으면 금세 나을 상처입니다."

부드러운 목소리가 나리의 속상한 마음을 도닥였다. 나리는 젖은 눈으로 그를 보다가 옅게 고갯짓했다. 고작 그만큼의 처치로 나을 상처가 아님을 알지만, 딱히 다른 방도도 없었다.

마침 여우들이 깨끗한 물과 고이 접은 하얀 천 무더기를 침상 근처에 두고 갔다. 나리는 여우들에게 허리 숙여 감사 인사를 전하고는 천 한 장을 물에 적셨다. 그러곤 그에게 조심스럽게 다가가 자그만 소리로 부탁했다.

"청연 님, 도포를……."

갈기갈기 찢긴 비단 자락은 상처에서 흐른 피와 한데 엉겨 점차 굳고 있었다. 더 지체했다간 도포를 벗으면서 살점이 같이 뜯길지도 몰랐다. 그러면 아무리 신수님이라 한들 몹시 고통스러울 것이었다. 나리가 손가락을 구물거리며 안절부절 그를 쳐다보았다.

"아……."

청연은 느린 소리를 내면서 툭 시선을 떨구어 옷자락을 보다가 다시금 나리를 비스듬히 올려다보았다. 이내 그의 입술이 휘어졌다.

"그대가 벗겨 주십시오."

"……예?"

멍하니 되묻는 나리에게 청연이 피 묻은 팔을 내보였다. 핏물로 뒤범벅된 팔목에는 잘게 긁힌 상처가 비쳤다. 하나 정말이지 얇은 생채기일 뿐 팔을 움직이지 못할 정도의 상처는 아니었다. 이를 반증하듯 그의 얼굴은 몹시도 여유로웠다.

그러나 나리는 그의 느긋한 얼굴까지는 확인할 생각도 못 한 채, 그에게 버거운 부탁을 한 자신을 속으로 자책했다.

아픈 분을 두고 나는 왜 이리 미련하게…….

나리는 젖은 천을 얼른 놓아두고 그에게 한 걸음 가까이 갔다. 그가 걸친 비단 도포와 안쪽의 얇은 옷을 한 번에 잡아 조심조심 그의 몸에서 밀어냈다.

반쯤 드러난 그의 상체는 몹시도 사내다웠다. 피와 상처로 살갗이 엉망임에도 각이 진 너른 어깨와 단단한 팔과 가슴이 우월한 수컷의 존재감을 드러냈다. 그러면서도 매끄러운 선으로 떨어지는 허리는 마치 곱게 빚어 놓은 도자기 같아서 절세미인인 그의 외모와 잘 어울렸다.

피에 섞인 그의 은근한 체취가 농염한 향을 담아 그녀의 코끝을 맴돌았다. 자기도 모르게 입술을 적시던 나리가 화들짝 시선을 떨구었다. 다친 분을 두고 불온한 생각을 한 듯해 그에게 괜히 죄송스러워지고 말았다. 나리는 침상으로 시선을 돌리곤 검붉게 얼룩진 도포를 그의 몸에서 완전히 거두어 냈다.

"지금부터…… 많이 아프실 듯합니다."

피를 닦아 내기 전에 나리가 걱정이 그득 담긴 소리로 말했다. 그의 상처에 직접 손을 대야 하는 나리 자신의 긴장을 달래기 위한 말이기도 했다. 청연은 느긋이 웃으며 고개를 끄덕였다.

"참아 보지요."

나리는 떨리는 손으로 그의 가슴에 살며시 천을 갖다 대고 조심스럽게 움직였다. 흐르는 피부터 얼른 훔쳐 내고 굳어서 뭉친 핏자국은 그가 아프지 않도록 더욱 조심조심 닦았다.

"음……."

순간 미간을 찌푸린 그가 낮게 앓는 소리를 냈다. 손가락이 파르르 떨릴 만큼 그리 애써서 피를 지웠는데 그녀도 모르게 그의 상처를 건드린 모양이었다. 나리는 얼른 고개를 들어 청연의 얼굴을 살폈다.

"괘, 괜찮으십니까? 제가 너무 세게 건드렸습니까?"

당혹한 나리가 떨리는 소리로 재차 물었다. 청연은 미간을 찌푸린 채 웃으며 고개를 저었다. 괜찮다는 뜻이었고 실로 그는 괜찮았다. 그녀의 손길이 스친 곳에 옅은 고통이 일긴 했지만, 소리 내어 앓을 정도는 아니었다.

다만 입술을 앙다문 채 집중하는 그녀의 얼굴이 귀엽고, 사부작사부작 움직이는 가냘픈 손이 예뻐 괜히 그녀를 놀리듯 앓는 소리를 내어본 것뿐이었다. 눈을 크게 뜨고서 올려다보는 그녀의 얼굴은 그의 예상대로 몹시도 고왔다.

"괜찮으니 다시 하세요."

"하오나…… 제가 너무 서툴러서, 청연 님이……."

금세 주눅이 든 나리가 기어가는 소리로 말끝을 흐리자 청연이 나리의 허리를 부드럽게 쓰다듬으며 그녀를 달랬다.

"그대가 하지 않으면 누가 감히 제 몸에 손을 대겠습니까."

"……."

"여우들이라도 부를까요?"

"아, 아닙니다. 제가 하겠습니다."

그가 떠보듯이 나긋하게 되묻자마자 나리가 얼른 손을 내저으며 설레설레 도리질 쳤다. 그가 다쳤다고 처소까지 함께 온 건 자신인데 이제 와 여우님들의 손을 빌리는 폐를 끼칠 수는 없었다.

"저…… 이번엔 조심하겠습니다."

청연은 말없이 묘한 눈웃음으로 답을 대신했다. 나리는 손끝에 온 신경을 집중하며 다시 상처에 천을 가져갔다. 나리의 허리를 쓰다듬던 청연의 손은 그 자리에 계속 닿아 있었다. 나리는 자신의 허리에 부드러이 들러붙은 그의 손을 인지하지 못한 채로 피를 닦는 데만 정신을 쏟았다.

흰 천을 다섯 장이나 쓰고 나서야 살갗에 묻은 피가 그나마 가셨다. 상처에서 스며 나오는 피는 어찌할 방도가 없었다. 얼른 묶어서 지혈하는 수밖에는. 다행히 남은 천 한 장은 상처를 두르는 용도인지 폭이 좁고 길이도 제법 길었다.

나리는 기다란 천을 넓게 펴 들고 그에게 다가서다가 돌연 걸음을 멈추었다. 그도 그럴 것이, 그의 몸에 천을 감싸려면 자신이 그의 너른 품에 팔을 둘러야 했다. 스스로 안기듯이 말이다.

나리는 어찌할 바 모르고 당황한 눈빛으로 그를 바라보았다. 청연은 나리가 가까이 오기를 기다리며 미소 짓고 있을 뿐 움직일 기미가 보이지 않았다.

어쩌지. 어떡하지.

속으로 앓으며 머리를 굴려 봐도 딱히 방도가 없었다. 아픈 신수님께 잠시 일어서 달라 요구할 수는 없는 노릇 아닌가. 감히 그런 부탁을 할 자신도 없었다. 한참을 망설이던 나리는 이내 마른 숨을 삼키며 마음을 잡고 그에게 다가섰다.

"혹여 아프면…… 말씀해 주시어요."

나리는 차마 청연의 얼굴을 보지 못하고 고개 숙인 채 그의 품에 파고들듯이 팔을 뻗어 천을 둘렀다. 이제까진 상처를 돌보아 준다고 여겼기에 크게 긴장하지 않았건만, 그의 몸이 닿을 정도로 가까워지니 갑자기 손이 떨린다. 한 바퀴, 두 바퀴, 천을 촘촘하게 두르고 두를수록 호흡도 점차 떨렸다.

"숨이 가빠지셨습니다."

그의 너른 등에 다시금 손을 두를 때, 나리의 귓가에 낮은 목소리가 감겼다. 나리는 팔을 내리지도 못하고 굳어선 의식적으로 숨을 참았다. 설핏 웃어 버린 청연이 나리의 보얀 목덜미에 다가가 다시 말했다.

"숨을 참으셔도 느껴집니다. 맥박이 얼마나 빠르게 뛰는지……."

이윽고 그가 나리의 허리를 단단한 팔로 감아 끌어갔다. 나리는 놀라 소리도 내지 못하고서 그의 손길에 휘청거렸다. 정신을 차렸을 땐 그의 한쪽 허벅지에 허리가 안긴 채로 앉아 있었다.

"서 있기 힘드셔서 그렇겠지요."

"……."

"앉아서 하세요. 내 몸보다 그대의 다리가 휘청일까 더 걱정이니."

청연이 농익은 공기를 환기하듯 가볍게 말하며 웃음 지었다. 나리는 크게 뜬 눈을 두서없이 깜박이다가 얼른 시선을 내렸다. 그와 눈을 마주하기엔 지금 자세가 몹시 부끄러웠다. 아무리 그의 손에 이끌렸다 한들 사내의 다리 사이에 들어가 폭 안긴 자세라니.

나리는 자신이 스스로 그에게 교태를 부리는 듯한 착각이 들기까지 했다. 자신은 그의 손길을 거부할 수 없기에 더더욱.

나리는 쿵쿵 뛰는 심장을 애써 가라앉히며 자그맣게 속삭였다.

"가, 갑자기 움직이면, 상처가 깊어지십니다……."

말끝을 점차 흐리며 얌전히 어깨를 웅크리는 그녀의 모습이 꼭 수줍어서 어쩔 줄 모르는 여인 같았다. 청연은 나직이 소리 내어 웃어 버리고는 나리의 허리를 쓰다듬었다. 그의 손이 스칠 때마다 나리의 살갗이 파르르 떨리는 걸 알면서도 청연은 그녀의 허리를 놓지 않았다.

나리는 온몸에 바짝 힘을 주고서 그의 몸에 천을 감아야 했다. 나리가 청연의 품에 파고들듯 몸을 가까이할 때마다 좁디좁은 둘 사이에 야릇한 긴장감이 흘렀다.

"하아……."

그의 몸을 감싼 하얀 천을 매듭짓고 나서야 나리는 긴 한숨을 내쉬었다. 시간이 제법 오래 걸렸다. 나리의 동그란 이마엔 어느새 땀이 송골송골 맺혀 있었다.

고요하게 들러붙는 그의 시선과 허리를 어루만지는 손길에 몹시도 긴장한 탓인지, 나리는 다친 신수님보다 자신이 먼저 녹초가 된 것 같다고 생각했다. 그의 손이 느리게 노닐던 허리가 불에 덴 듯 뜨겁고 피부는 풀잎이 스치는 듯 간지러웠다.

나리는 단단히 묶은 매듭을 재차 확인한 뒤에 다리에 힘을 주었다. 그의 허벅지에 제 무게가 실리지 않도록 무던히도 애써서 일어났다.

"그럼 저는 이만 물러나 보겠습니다."

얼룩덜룩 붉게 물든 천 무더기를 차곡차곡 정리한 후 나리가 그에게 허리를 숙이며 말했다. 새 도포를 걸치던 그가 천천히 나리를 돌아보았다.

"오늘은 제 처소에 계시지요."

"하오나 청연 님께서는 몸이 안 좋으니 쉬셔야……."

"그러니 함께 계셔야지요."

"……."

"그대가 곁에서 나를 돌봐 주어야 하지 않겠습니까."

청연은 나리가 손수 감싸 준 천을 손가락으로 가벼이 쓸어내리면서 눈을 휘었다. 나리는 그의 손길이 스친 상체를 다시 보았다. 상처가 벌어지지 않도록 단단히 두르고 묶었는데도 흰 천에는 다시금 피가 스미고 있었다. 저 상태라면 반나절도 지나지 않아서 다시 천을 갈아야 할 것이었다.

그러면, 또다시 신수님과 가까이해야 한다는 말인데…….

나리는 여우님들께 뒤를 맡길지, 아니면 그의 상처를 제 손으로 끝까지 책임지기 위해 숨을 조여 오던 긴장을 다시 겪을지, 두 갈래 길에서 갈등했다.

"그럼…… 이것만 밖에 두고 오겠습니다."

우물쭈물 망설인 끝에 결국 후자를 택했다. 한참이나 입술을 달싹이며 고민하던 나리가 끝내 얌전히 고개를 끄덕이자 청연의 입가엔 만족스러운 미소가 번졌다.

* * *

청연은 어둠이 내린 늦은 밤에 잠에서 깨어났다. 잠들었다기보단 잠시 눈을 붙인 것에 가까웠지만, 제법 깊은 수면이었다. 제발 조금이라도 주무시라고 걱정스레 속삭이던 그녀의 목소리 때문인지, 살며시 손을 잡아 주던 고운 손의 보드라운 온기 때문인지…… 어쨌든 그녀 덕분에 무척 오랜만에 깊이 잠든 것만은 확실했다.

침상 옆으로 늘어진 얇은 휘장이 밤바람에 흔들렸다. 청연은 선선한 바람이 스미는 창가로 고개를 돌리고는 고요히 웃음 지었다. 하루 내내 그의 처소에 머물렀던 나리가 이 늦은 밤에도 본인의 처소로 돌아가지 않고 창가의 탁자에 엎드린 채 잠들어 있었다.

청연은 소리 없이 침상에서 내려와 잠든 나리에게 다가갔다. 그가 잠든 사이에 홀로 뭘 했는지, 그녀에게 가까워질수록 달콤한 냄새가 폴폴 풍겼다. 탁자에 오밀조밀 모아 놓은 씨앗들을 보니 여우들이 그녀에게 과일이라도 가져다준 모양이었다.

까만 씨앗을 손끝으로 톡 건드려 보던 청연이 이내 나리의 목덜미에 얼굴을 묻고 숨을 깊이 들이쉬었다. 보얀 목덜미에서는 한 입 베어 물고 싶은 달콤한 냄새가 났다. 청연은 마른 입술을 적시며 웃고는 희미한 몸짓으로 웅크리는 그녀를 안아 들었다.

청연이 침상에 부드럽게 눕혀 줄 때까지도 나리는 잠에서 깨지 않았다. 오늘 하루가 몹시 고단했는지, 머리카락을 넘겨 주는 그의 손길에도 속눈썹 한 올 움직거리지 않고 꿈속에 푹 빠져 있었다.

"으음……."

청연은 그녀의 곁에 걸터앉아 몸을 풀듯이 고개를 뒤로 젖혔다. 그러다 문득 가슴 언저리가 거슬려 툭 시선을 떨어트렸다. 무엇이 이리 거슬리나 했더니 그녀가 묶어 준 매듭이 풀려 끄트머리가 아래로 축 늘어져 있었다. 세 번째로 갈아 준 천이다 보니 그녀도 손에 힘이 풀렸었는지 마무리가 어설펐다.

청연은 픽 웃으며 느슨한 천을 스르르 풀어냈다. 가혹할 정도로 깊었던 상처는 이미 반절이나 아문 상태였다. 사실 천을 둘러 놓지 않았다면 더욱 빨리 치유됐을 터였다. 땅의 정기를 흡수하고 바람을 맞고 해와 달빛을 받으면 상처는 자연스레 사라졌을 테니.

그래도, 그녀를 품에 가두고서 색색 터지는 숨소리를 가까이 들었으니 더딘 치유 따위는 중요치 않았다. 빠르게 재생하는 몸이 오히려 아쉬울 따름이었다.

청연은 풀어낸 천을 바닥에 툭 던져두고 그녀가 가슴 위로 곱게 포개 놓은 손을 어루만지듯 잡아 입술 가까이 가져왔다. 물가의 꽃같이 보드랍고 가느다란 손, 이 손으로 그녀는 그를 부축하고 피를 조심스레 닦았으며 천의 매듭을 섬세하게 묶었다. 그리고 손끝으로 청연의 피부를 조금씩 스치며 그의 정욕을 담금질했다.

청연은 그녀의 손이 살갗에 닿을 때마다 조용히 메마르던 자신의 혀를 기억했다. 식욕과는 무관한 구미가 당겨 몇 번이고 침을 삼키고 입술을 적셔야 했다. 이윽고 청연이 나리의 검지를 느리게 핥았다. 가늘고 단아한 손끝을 세지 않게 깨물었다. 그녀의 손가락이 미세하게 움츠러들었다.

손등의 도드라진 뼈를 혀로 짓누르며 입을 맞추자 동시에 그녀의 입술 새로 자그맣게 앓는 소리가 흘러나왔다. 그의 몸속 어딘가를 빠듯이 당기게 할 정도로 가녀리고 고운 소리였다.

"하……."

청연은 미소 띤 입술 틈으로 낮은 숨을 터뜨렸다.

"겨우 한 조각 숨으로 나를 이리 애타게 하는데…… 그대가 제게 매달려 우시면 이 몸의 정신이 달아나겠습니다.”

그가 몹시 낮고 느린 혼잣말을 속삭이며 다시금 그녀의 손가락에 입을 맞추었다. 순간 나리의 눈꺼풀이 여리게 떨리더니 이내 눈이 반쯤 뜨였다. 청연은 그녀의 손을 입술에서 떼지 않은 채 부드럽게 눈을 휘었다. 당황도 하지 않고 나지막이 속삭였다.

“주무세요. 아직 해가 뜨려면 멀었으니…….”

나리가 아직 꿈속임을 청연은 알고 있었다. 그녀가 잠에서 완연히 깨어났다면 그를 보자마자 화들짝 놀라거나 궁지에 몰린 작은 동물처럼 겁먹은 얼굴로 굳어 버렸을 테니까. 그러나 지금 나리는 몽롱하게 눈을 깜박이며 얌전히 누워 있을 뿐이었다.

“눈을 감아요.”

잠투정 부리는 아이를 어르듯이 청연은 나리의 눈가를 어루만지며 온화한 얼굴을 했다. 그러자 가만가만 눈을 깜박이던 나리가 순간이지만 가느다란 숨을 톡 터트리며 웃음 지었다. 그러곤 다시 눈을 감고서 색색 잠들었다.

“…….”

청연은 잠시간 멈춘 채로 나리를 내려다보았다. 방금 나리의 표정은 청연에겐 낯선 것이었다. 두려움을 애써 참으려 사색이 된 얼굴이나 눈물에 젖은 서글픈 얼굴만이 대부분이었던 그녀에게서 처음 보는 웃음이었다. 찰나로 스친 몹시 연한 미소였지만, 잠에 취한 그녀가 처음으로 그에게 웃어 보인 것이었다.

“아…….”

이러지 않으려고 했는데…… 청연은 긴 숨을 내쉬며 웃고는 침상에 무릎을 딛고 올랐다. 깊이 잠든 그녀의 위에 자리를 잡고서 자그맣게 벌어진 나리의 입술을 쓰다듬었다.

“이건 그대 때문입니다.”

청연은 나리의 입술을 매만지던 손을 자신의 아래로 가져갔다. 그녀의 귓가에 입을 맞추고 나지막이 속삭였다.

"한 번 더 웃어 보세요. 조금만 더……."

그윽한 목소리가 그녀의 귓가를 맴돌았다. 간지러운 듯 나리가 다시금 설핏 웃자 청연의 숨 섞인 웃음도 검은 밤공기에 함께 흩어졌다.

* * *

"으, 음……."

잠결에 가느다란 한숨을 내쉬며 나리가 스르르 눈을 떴다. 아직 새벽인지 처소는 어두우면서도 푸르렀다.

무언가 좋은 꿈을 꾼 듯한데…….

나리는 느릿느릿 눈꺼풀을 깜박이며 꿈을 기억하려 애썼다. 꿈속에선 알 수 없는 누군가가 뺨을 어루만져 주었다. 그 손길이 몹시 다정하고 부드러워 나리는 살포시 웃으며 그 온화한 손에 얼굴을 기댔었다. 기억나는 장면은 딱 그것뿐이다. 뺨을 쓰다듬어 주던 손의 주인이 누구인지, 왜 그리 다감하게 어루만져 주었는지에 대한 장면은 하나도 남아 있지 않았다.

누구였을까. 어머니는 분명 아닌데.

잠시 고민하던 나리는 '뭔진 모르겠지만 기분 좋은 꿈이니 됐다.' 하고 막연히 생각하며 바로 누워 있던 몸을 옆으로 느릿느릿 돌려 누웠다. 아직 졸음이 가시지 않아 다시 잠에 빠져들 요량이었다. 그런데 옆으로 눕자마자 눈 감을 새도 없이 잠기운이 퍼뜩 달아나 버리고 말았다. 나리의 눈앞엔 옆으로 누운 그의 너른 어깨가 곧장 자리하고 있었다.

신, 신수님……?

놀란 나리가 몸을 흠칫 움츠리고서 더듬더듬 시선을 올렸다. 고요히 눈을 감은 그의 수려한 얼굴이 몹시도 가까웠다. 그의 잔잔한 호흡이 나리의 이마에 간지럽게 닿을 정도였다.

어째서 신수님이 여기에 계시지. 아니, 나는 왜 신수님의 처소에서 자고 있지……?

나리는 당황하여 머릿속이 뒤죽박죽되었다. 간신히 어젯밤 기억을 더듬어 보니 창가의 탁자에서 잠시 쉬려고 엎드렸다가 잠들었던 게 떠오른다. 그렇다면 자신을 침상에 눕혀 준 이는 분명 신수님일 터였다. 나리는 눈을 질끈 감고서 얼른 고개를 내렸다.

몸도 안 좋으신 분께 내가 무슨 추태를 부린 거야…….

속으로 자책하며 나리가 꽉 감았던 눈을 떴다. 그러자 더욱 기함할 만한 게 보인다. 나리는 어깨를 드러낸 채 가슴께를 아슬아슬하게 가린 얇은 속치마만 입고 있었다. 가슴부터 발목까지 길게 늘어진 속치마는 새털처럼 얇아서 자칫하면 속살이 다 비칠 터였다.

나리는 어쩔 줄 모르고 입술을 달싹이다가 일단은 몸을 가리기 위해 가벼운 비단 이불을 조심조심 끌어 올렸다. 그가 깨지 않도록 무던히도 애써서 살금살금 움직였건만, 나리의 작은 몸짓을 느낀 청연은 금세 눈을 떠 버렸다.

"일어나셨습니까?"

나직하게 잠긴 그의 목소리가 울리자 나리가 화들짝 행동을 멈추고 그를 보았다. 청연은 나리의 놀란 눈동자를 지그시 보더니 이내 눈을 감으며 설핏 미소 지었다. 그러곤 나리가 붙들고 끙끙거리던 비단 이불을 그녀의 목까지 올려 덮어 주었다. 나리는 이불로 얼른 몸을 가리고서 살며시 그의 눈치를 살폈다.

"저, 제가 청연 님을 깨웠는지요……?"

청연은 이렇다 할 대답 없이 소리 없는 웃음만 터뜨렸다. 그의 반응이 모호해서 나리는 더욱 안절부절못하고 기어가는 소리로 말했다.

"송구합니다. 어제 처소로 돌아갔어야 했는데 저도 모르게 잠이 들어서…… 저, 지금이라도 빨리 돌아가겠습니다."

"그리 요염한 차림으로 일어나실 수는 있겠습니까?"

당장 침상을 벗어나려고 나리가 몸을 작게 들썩이자 청연은 그녀를 놀리듯 웃음 섞인 소리로 질문했다. 멈칫 굳은 나리는 더는 움직이지 못하고 반쯤 헐벗은 몸을 이불 안으로 좀 더 깊숙이 숨겼다. 그러곤 오래도록 우물쭈물 망설이다가 조심스럽게 물었다.

"저, 제 옷은……."

그는 눈도 뜨지 않고 어딘가 묘한 미소를 머금고선 답했다.

"아아, 그거…… 어젯밤 제가 더럽히는 바람에 벗겨 두었습니다."

그의 말에 나리는 가만 머릿속을 굴려 보았다. 잠결에 스스로 벗어 던진 게 아니라서 천만다행이긴 한데, 야심한 밤에 옷이 더럽혀질 일이 무어가 있을까. 잠시 고민하던 나리가 불현듯 청연의 상체를 바라보았다. 뭔가 허전하다 했더니 그의 가슴에 둘러 주었던 천이 보이지 않았다.

"바, 밤새 상처가 벌어지셨습니까?"

상처가 벌어지고 피가 다시 흘렀다면 옷이 더럽혀지는 게 당연했다. 창가에서 잠든 자신을 신수님이 안아 옮겼으니 피가 묻을 수밖에 없지 않은가. 나리는 다급히 그의 상처를 살펴보았다. 그러나 상처는 이미 반쯤 아물어 살이 붙은 상태였다.

"사, 상처……."

나리가 멍하게 중얼거렸다. 청연은 눈 감은 채로 다시금 피식 웃고는 나리의 어깨를 부드러이 도닥였다.

"더 쉬시지요. 제 몸은 나중에 돌보아도 괜찮습니다."

속 시원한 답은 없고 마음속엔 의아함뿐이었으나 나리는 더는 질문을 할 수 없었다. 그가 나긋한 음성으로 대화를 끝냈으니 자신도 입을 다물 수밖에. 신수님의 잠을 재차 방해하는 것도 무례한 짓이라 여겨 나리는 그저 뻣뻣하게 굳은 채로 얌전히 누워 있었다.

그런데 이 상태로 쉴 수나 있을까. 바로 곁에 신수님이 계시는데…….

그의 손은 나리의 어깨에 그대로 머물고 있었다. 심지어 이루 말할 수 없이 부드럽게 나리의 어깨를 도닥이기까지 하고 있었다. 그 손길이 마치 연약한 짐승을 재우는 듯하여서 나리는 어쩐지 허리쯤이 간지러워지고 말았다. 긴장보다는 안도에 가까운 느낌이었다.

이상하기도 하지…….

납치당하다시피 끌려온 자신에게 안도감은 정말이지 먼 감정이라고만 여겼는데, 두려움과 불안만이 죽을 때까지 짊어지고 가야 할 감정이라고 여겼는데, 폭풍이 지나간 잔잔한 강처럼 나날이 진정을 찾는 제 마음이 나리는 이상하기만 했다.

어째서일까. 신수님은 내 목숨을 쥐고 겁박까지 하시었는데…….

어렴풋이 떠오른 의문은 물결처럼 밀려드는 잠기운에 떠밀려 금세 흐릿해졌다. 머지않아 꾸벅꾸벅 눈이 감기고 의식은 몽롱해졌다. 지금 신수님의 손길이 너무 온화하셔서 그런가, 하는 생각을 마지막으로 나리는 깊은 잠에 빠졌다.

가슴을 느리게 도닥이는 그의 손길에 맞추어 나리의 심장도 같은 속도로 뛰었다.

四

묶어 두었던 천을 풀어내자 그의 가슴엔 실금 같은 상처만 길게 남아 있었다. 그마저도 잘 아물어서 상처는 거의 사라진 상태였다. 나리가 청연의 처소에 드나든 지 나흘째 되는 날이었다.

"빨리 나으셨습니다."

평생 가도 지워지지 않을 흉터가 생길 줄 알았건만, 상처는 며칠만 지나면 아예 흔적도 보이지 않을 듯했다. 나리는 신기한 듯 경이로운 듯 가만 그의 가슴을 바라보았다.

"아쉬울 만큼 빨리 나았지요."

청연은 고요한 미소를 띤 채 벗어 두었던 도포를 다시 걸쳤다. 나리는 그의 단단한 등을 보다가 등잔불이 일렁이는 처소 한구석으로 눈을 돌렸다. 아쉬울 만큼, 이라는 그의 말이 귓가에 맴돈다. 그가 무엇이 아쉬운지는 정확히 모르겠지만, 상처가 아무는 게 아쉽다는 말은 분명 아닐 터였다.

혹시 자신이 더는 상처를 돌보아 주지 않기 때문에 아쉽다고 하시는 걸까. 감히 짐작해 보던 나리는 저도 모르게 목덜미가 뜨거워졌다.

상처를 돌보러 그의 처소에 오가는 동안 신수님은 몹시도 다정하셨다. 참혹한 살육의 중심에 있던 그가 맞나 싶을 정도로 온화했고 너그러우며 부드러웠다. 물론 허리를 쓰다듬는 농밀한 손길이나 간혹 집요하게 따라오는 짙고 요요한 눈동자를 대할 때는 숨이 조였으나, 그게 단지 두려워서만은 아니었다.

그간 나리는 그의 능란한 손이 자신에게 닿을 때마다 살갗이 흐물흐물 녹아내릴 것만 같은 느낌을 자주 받았다. 자신을 친히 다리에 앉혀 주는 그에게 어쩐지 응석을 부리고픈 무엄한 생각이 절로 문득문득 떠올랐다. 그런 자신이 몹시 낯설고 두렵고 기막혀서, 그래서 숨통이 턱턱 막혀 왔다.

그건 분명 신수님 탓이 아니었다. 신수님이란 사내를 두고 불온한 생각을 해 버린 자신의 탓이라고, 나리는 그리 여겼다.

"앞으로는 부디 조심하십시오. 귀한 몸이시잖습니까."

그의 향이 밴 천을 품에 감싸 안고 나리가 조심스레 말했다. 청연은 귀한 몸이라는 말에 한 번 웃고는 느지막이 나리를 돌아보았다.

"이 귀한 몸에 상처를 입어야 그대가 내 곁에 오는 것 아닙니까?"

"……예?"

"가슴이나 등을 다쳐야 그대가 또 스스로 안겨 오지 않겠습니까."

청연이 반쯤은 농으로 던진 말이건만 나리는 당혹스러운 듯 까만 눈동자를 이리저리 굴리며 입술을 깨물었다. 주홍색 등잔 불빛에 물든 그녀의 뺨이 붉었다. 청연은 가느다랗게 휘어진 눈으로 나리를 주시했다.

이윽고 나리가 머뭇머뭇 입을 뗐다.

"아, 아침저녁으로 문안 인사를 올리러 올 테니, 그런 말씀은 거두어……"

"문안 인사를 이 몸의 품에서 하실 수 있겠습니까?"

"……."

"그리하실 수 있겠습니까?"

나리가 문안 인사로 말을 돌려 보려 했건만 그는 도망갈 틈을 주지 않았다. 나리는 그의 미소 띤 얼굴을 멍하니 바라보았다. 신수님의 말이 오롯이 농담이라면 다행이지만 혹여 진심이 섞여 있다면 큰일이었다. 더는 그가 다치는 모습을 보고 싶지 않았다. 상처를 입고도 아무렇지 않게 웃는 모습은 더욱이 보고 싶지 않았다.

아니, 정확히는 그가 몸에 남는 상처에 더는 익숙하지 않기를 감히 바랐다. 처참하게 흐르는 피를 태연하게 받아들이지 않기를 바랐다. 요 며칠 다정한 면모를 보여 주신 신수님께서 홀로 상처를 감당하는 일이 더는 일어나지 않기를.

"청연 님이 하라는 대로 다 하겠습니다."

나리는 조금 떨리는 목소리로 자그맣게 속삭였다. 청연은 의외의 답을 들었다는 듯 살짝 고개를 기울였다.

"그러니 제발…… 다치지 마시어요."

애처롭게 물든 그녀의 눈동자가 간절함을 담고서 청연을 향했다. 동시에 청연은 가슴 어딘가가 저릿한, 몹시 낯선 감각을 느꼈다. 이윽고 청연이 웃음 섞인 한숨을 내쉬었다. 괜한 농을 했다, 생각하며 그는 느긋하게 말을 돌렸다.

"그대는 몸이 어떤지요. 저 때문에 몇 날 며칠을 고생하시지 않았습니까."

"저는 괜찮습니다. 정말 괜찮습니다."

붉어진 눈가를 손등으로 살며시 쓸어 내며 나리가 설레설레 고개를 저었다. 그런 나리를 보던 청연이 문득 떠올랐다는 듯 말했다.

"그러고 보니 첫날 이후로는 착하게도 처소에만 얌전히 계셨군요."

나리는 잠시 멈칫했다가 이내 고개를 떨구곤 끄덕였다. 그가 이곳에서 벗어나지 말라고 했으니까 얌전히 머물렀다. 그리고 어둠이 내린 산에 무엇이 돌아다니는지 몸소 겪었기에 감히 벗어날 생각도 들지 않았다.

"답답하진 않으십니까?"

가만 입을 다문 나리를 바라보던 그가 창가로 천천히 걸음을 옮기며 물었다.

나리는 돌연 생각에 잠겼다. 답답한가? 이곳이? 알 수 없었다. 돌이켜 보니 이제껏 자신에게 답답하지 않은 장소는 없었다. 아비와 살던 집도, 그나마 정을 붙였던 궁도 자유롭진 않았다.

나리는 그저 제 몸 하나 누일 공간만 있으면 어떻게든 아등바등 살아왔을 뿐이었다. 신수님의 거처라고 다를 바 없었다. 이렇게라도 살아야 한다는 마음뿐, 목숨의 위협 앞에서 답답함을 느낄 겨를은 없었다.

"아닙니다."

나리는 평안치 못했던 지난날의 기억을 갈무리하며 느지막이 답했다.

"답답하지 않습니다……."

청연은 창가에서 고요히 나리를 바라보았다. 바닥을 보며 우두커니 선 그녀는 어딘가 처연하고 스러질 듯 가냘팠다. 여린 몸을 찬찬히 어루만져 바로 세워 주어야 할 것처럼. 이내 청연이 짙은 미소를 머금고 손을 뻗었다.

"이리 가까이 와 보세요."

그의 그윽한 음성을 따라 나리가 살며시 고개를 들었다. 그리고 허공에 나긋하게 뻗은 그의 손을 보며 잠시 머뭇거리다가 천천히 걸음을 옮겼다. 청연은 사붓사붓 가까워진 나리를 부드럽게 이끌어 창가에 세웠다.

"달이 높이 떴습니다."

나리는 달빛을 받아 사늘하게 빛나는 그의 옆얼굴을 홀린 듯 보다가 뒤늦게 밤하늘로 눈길을 돌렸다. 밤마다 늘 보던 달님인데 그의 말처럼 오늘따라 높고 크게 떴다. 누구라도 마음을 빼앗길 만큼 아름답게 빛나고 있었다.

나리는 입술을 살짝 벌린 채 밤하늘을 올려다보았고, 청연은 그녀의 눈에 담긴 달과 별을 내려다보았다. 머지않아 그의 시선을 느낀 나리가 부끄러운 듯 입을 꼭 다물자 청연이 나리의 입술을 느리게 쓰다듬으며 속삭였다.

"함께 밤 나들이라도 다녀올까요?"

밤 나들이. 그가 단 향이 스민 목소리로 읊조린 선선한 그 말이 나리의 귓가를 간질였다. 무어라 답해야 할까. 상상도 못 한 제안이라 나리는 쉬이 가겠다, 가지 않겠다, 답이 나오지 않았다.

한참을 망설이다가 끝내 '청연 님 뜻대로 하시어요.' 하고 말하려던 순간 나리는 전신을 감싸는 묘하고도 이질적인 기운을 느꼈다. 그의 단단한 팔이 허리에 감겨 오자마자 발이 허공에 붕 뜨는 듯하더니 휙 하고 맑은 바람이 불었다. 이윽고 깨끗한 물소리가 귓전에 맴돌고 젖은 풀 냄새가 코를 간질였다.

"이리 움직이는 것에 익숙해지셔야 할 텐데……."

그가 웃음 섞인 소리로 읊조리고 나서야 나리는 질끈 감았던 눈을 떴다. 발을 디딘 곳은 그의 처소가 아니었다.

눈앞이 차게 반짝인다. 가장 먼저 작은 폭포에서 맑은 물이 흐르는 계곡이 보였고 다음엔 빛나는 수면에 내린 별이 보였다. 물살에 오래도록 다듬어진 바위는 크고 둥그스름했으며 계곡 위로 드리워진 고목의 이파리 사이로는 검은 하늘이 펼쳐졌다. 하늘엔 누군가 일부러 그린 듯한 달님이 중앙에 둥실 떠 있었다. 크지도 작지도 않은 계곡은 청량하고 고즈넉하며 신비로웠다.

나리는 입술 새로 옅은 숨을 내쉬며 감탄했다. 갑자기 뒤바뀐 풍경에 놀라 쿵쿵 뛰던 가슴이 서서히 진정되었다. 마음이 가라앉고 나니 그에게 반쯤 안긴 자세가 별안간 부끄러워져서 나리는 그의 품에서 살며시 빠져나왔다. 청연은 나리를 고이 놓아주는 대신 그녀의 자그마한 손을 얽어 잡았다.

"산의 가장 높은 자리에 있는 계곡입니다."

맞잡은 손을 살그머니 훔쳐보던 나리가 그의 말을 듣고서 멈칫 굳었다.

산이라 하셨다. 계곡이니 당연히 산중이겠지만, 지금은 낮이 아닌 밤이 내린 산이었다. 해가 사라진 산에 어떤 위험한 것들이 도사리는지는 그가 직접 말해 주지 않았던가. 게다가 나리는 몸소 그 위험한 것들을 겪기까지 했었다.

나리는 겁먹은 얼굴로 자기도 모르게 그에게 한 걸음 가까이 붙었다. 청연의 도포 자락을 조심스레 붙잡고 더듬더듬 입을 열었다.

"사, 산엔 삿된 것들이 있어서 밤이면 위험하다고, 청연 님께서……."

청연은 나리의 떨리는 목소리를 듣고서 나직이 웃었다. 그러곤 대답 없이 물기 어린 풀숲에 손을 뻗어 무언가를 톡톡 땄다. 나리는 그의 느긋한 옆얼굴만 간절하게 좇았다. 이윽고 청연이 나리에게 손을 내밀었다. 발간 산딸기 몇 알이 그의 긴 손에서 도르르 굴렀다.

"그대가 좋아한다고 하였지요?"

"예, 하지만 지금은……."

"먹으면 기분이 나아지실 텐데……."

"청연 님……."

여유롭기만 한 그의 태도가 애타서 나리는 애원하듯이 청연의 옷깃을 꼭 잡았다. 그는 시답잖은 걱정을 다 한다는 양 미소 지으며 느지막이 말문을 열었다.

"그래요. 삿된 것들이 돌아다니지요. 허나 이 땅의 주인인 제게 어찌 감히 다가오겠습니까. 숨이 끊기고 싶어서?"

가느다랗게 눈을 휜 청연이 나리의 입가에 산딸기 한 알을 가져다 대었다. 가만 버티던 나리는 그가 손끝으로 입술을 톡 두드리고 나서야 살며시 입을 열었다. 그의 손가락은 입안에 조금 깊이 침범하여 나리의 혀를 은근히 쓰다듬고 느리게 빠져나갔다.

"그것들은 천신님의 숨결이 닿은 이곳에 가까이 오지도 못하거니와, 이미 나의 냄새를 맡고는 살기 위해 저 멀리 달아났을 것입니다."

청연이 한층 더 짙은 미소를 머금고서 말을 이었다.

"그러니 심려치 마세요. 혹 요괴가 나타난다 한들 그대의 눈에 띄기 전에 이 몸이 먼저 그것들을 갈기갈기 찢어 놓을 테니……."

그의 목소리는 잔혹한 뜻을 품고 있다곤 인식하지 못할 정도로 다정하였다. 나리는 뒤늦게 입안의 산딸기를 씹어 삼키면서 엷게 고갯짓했다.

이상하다. 그는 분명 무서운 말을 했는데 나리는 왜인지 그가 두렵기는커녕 마음속 불안이 눈 녹듯이 사라지고 말았다. 혀에 번진 산딸기의 새큼한 맛 때문인지, 아니면 그의 그윽한 목소리 때문인지, 이유는 알 수 없으나 신수님의 곁에 있다면 위험한 일은 절대 없으리라는 믿음이 생긴 것만은 분명했다.

믿음. 믿음이라니…….

누구 하나 기댈 사람 없이 살아온 나리로선 몹시도 생소한 감정이었다. 나리는 가슴 위에 손을 올리고 낯선 감정을 곱씹다가 이내 관두었다. 다른 생각에만 빠져 있기엔 그가 데려와 준 이 계곡이 너무나 절경이었다.

마침 청연이 나리를 이끌고 걸음을 옮겼다. 촉촉한 풀을 밟으며 물가의 평평하고 너른 바위로 향했다. 바위는 나리가 앉으면 발이 계곡물에 반쯤 잠길 정도의 높이였다. 근처엔 손톱만 한 작고 푸른 꽃이 소도록하게 피어 있어서 밤 계곡이 더욱 시원하게 보였다.

나리는 물에 잠긴 발을 말끄러미 쳐다보다가 다리를 앞뒤로 살짝 흔들었다. 물살이 발등을 산뜻하게 간질였다.

"즐거워 보이십니다."

청연은 살랑거리는 나리의 발을 한참이나 주시하다가 짤막한 웃음을 터뜨리며 말했다. 나리는 순간 발 장난을 멈추곤 입술을 꼭 깨물었다. 물놀이에 흠뻑 빠져선 그에게 철없는 모습을 보인 것 같아 부끄러웠다. 고개를 비스듬히 기울인 채 지켜보는 그의 눈빛이 지나치게 너그러워서 목덜미에 뜨끈한 열까지 오른다. 나리는 젖은 발을 머뭇머뭇 올려 치마 속으로 살포시 숨겼다.

"더 노시지 않고요."

청연이 픽 웃으며 물가로 눈짓하자 나리는 몸을 작게 웅크린 채 설레설레 고개를 저었다.

"아닙니다. 괜찮습니다."

청연은 흐음, 하고 나른한 숨을 내쉬었다. 정중히 거절하는 그녀의 자그마한 목소리는 몹시 예뻤으나 송사리처럼 살랑이던 발이 치마폭에 숨어 버린 건 어쩐지 아쉽다.

잠시 생각하던 청연은 곧 허공에 물결 같은 움직임으로 손을 들어 올렸다. 이윽고 맑은 계곡물이 그의 손짓에 따라 바람을 타듯 공중으로 떠올라 긴 모양으로 넘실거렸다. 나리는 헛것이라도 본 멍한 표정으로 일렁일렁 굽이치는 물줄기를 바라보았다.

"보고 싶은 형상이 있으십니까?"

듣기 좋은 음성에 나리가 입술을 작게 벌린 채 그를 쳐다보았고 청연은 그보다 조금 늦게 나리와 시선을 맞추며 눈을 휘었다. 나리는 얼떨떨하게 풀어진 얼굴을 얼른 갈무리하고 손을 꼼지락거렸다.

"나비……."

마침 건너편 수풀에서 노니는 나비 한 쌍이 눈에 띄어 나리가 조심스레 속삭였다. 청연이 허공으로 시선을 돌리며 웃음 지었다.

"꼭 그대 같은 것을 말하십니다."

그의 말에 나리가 수줍어 얼굴을 붉히기도 전에 허공의 물줄기는 조각조각 갈라져 손바닥만 한 수십 마리의 나비로 변하였다. 투명한 날개를 팔랑거리며 밤이 내린 계곡을 떠다녔다.

잔잔히 흔들리는 물 나비의 무리 춤이 몹시도 고와서 나리는 무의식적으로 허공에 손을 뻗었다. 가까이 날아온 나비를 손가락 끝으로 톡 건드리자마자 나비는 물방울이 되어 아래로 후두두 떨어졌다. 곧이어 다른 수십 마리의 나비도 차례대로 봉선화씨가 터지듯 물방울을 터뜨리며 계곡으로 낙하했다. 나리의 몸에 차가운 물방울이 기분 좋게 튀었다.

"어쩜 이리 예쁜지요."

뺨에 묻은 물기를 살며시 닦아 낸 나리가 어딘지 들뜬 웃음을 머금고서 청연을 향해 말했다. 휘영청 휘어진 그녀의 눈웃음을 보며 청연은 뜻밖의 광경을 마주한 것처럼 고개를 비스듬히 기울였다.

시선이 엮인 잠시간, 청연은 며칠 전 잠결에 웃어 보였던 나리를 떠올렸다. 단전이 빠듯해져 홀로 수음을 하지 않고는 버틸 수 없게 했던 그녀의 여린 웃음소리, 무방비하게 휘어진 입술, 자그마한 숨결.

그때의 옅은 미소도 몹시 고왔건만 그녀가 맨정신에 보여 주는 미소는 아예 취해 버릴 것만 같았다. 잔뜩 겁먹어 구석에만 틀어박혀 있던 연약한 짐승이 스스로 다가와 안긴 듯한 온화한 만족감이 일었다. 더불어, 관능적인 갈증이 뒤따랐다.

그녀는 치맛단이 젖은 김에 다시 물놀이를 하려는지 계곡에 발을 담그고 있었다. 가느다란 발목과 하얀 발등이 살랑살랑 물살을 갈랐다. 청연은 농염한 미소를 띤 채 마른 입안을 적셨다.

"들어가실는지요."

그의 물음에 나리가 멈칫 고개를 돌렸다. 곧장 마주친 그의 암청색 눈동자가 어쩐지 고혹적으로 느껴졌다. 나리는 그의 휘어진 눈을 가만 보다가 이내 멋쩍은 듯 웃으며 설레설레 도리질 쳤다.

"신수님 앞에서 어찌 그런 추태를 보이겠습니까. 이곳에 데려와 주신 것만으로도 감사하여 몸 둘 바를 모르겠습니다."

그러니 발만 담가도 충분하다고 나리가 손가락을 조물조물하며 자그맣게 속삭이자 청연이 느슨하게 앉아 있던 자세를 바로 했다.

"그럼 이 몸이 먼저 추태를 보일까요?"

그의 어딘지 짓궂은 물음을 나리가 이해하기도 전에 청연은 미끄러지듯 계곡으로 몸을 내렸다.

물은 그의 허리쯤 되는 깊이였다. 푸른 비단이 금세 젖어 수면에서 물결처럼 너울거렸다.

"이리 오세요."

청연이 젖은 손을 올려 나리의 허리를 부드럽게 옥죄어 잡았다. 곧장 그에게 끌려가기 직전이라 나리는 다급히 그의 어깨에 손을 올리고 더듬더듬 말했다.

"저, 저는 정말 괜찮습니다. 헤엄도 칠 줄 모르고, 또……."

"제가 잡아 드리지요."

더는 거부할 새도 없이 그가 나리를 사뿐히 안아 내렸다. 나리는 그에게 아이처럼 안기어 깨끗한 물에 몸을 담갔다. 가슴 아래에서 찰랑거리는 계곡물은 차갑기보단 시원했다.

여린 물살이 허리를 간질이자 나리는 당황하였던 것도 금세 잊고 반짝이는 수면을 물끄러미 바라보았다. 머지않아 나리의 입가에 옅은 미소가 톡 터지듯이 드리워졌다. 그런 나리의 반응을 예상했다는 듯 청연의 입술도 소리 없이 휘어졌다.

"이리 깊은 계곡에 들어와 보긴 처음입니다. 어릴 때도 이런 적은 없는데…… 그때는……."

나리는 조금 들뜬 소리로 속삭이다가 순간 아차, 하고 정신이 들어 말끝을 흐렸다. 심신이 어찌나 느슨하게 풀렸는지, 자기도 모르게 산속을 돌아다니던 어린 날의 이야기를 입 밖으로 꺼낼 뻔했다. 그는 다음 말이 궁금하다는 듯 눈을 휜 채 나리에게 귀 기울이고 있었다.

"그때는, 그러니까, 그런 행동이 예법에 어긋난다고 하여서……."

나리는 이리저리 눈을 굴리다가 이내 기어가는 소리로 말을 끝내며 어색하게 시선을 내렸다. 그는 짤막한 웃음을 터뜨리고는 너그러운 목소리로 답했다.

"예. 그러셨겠지요."

그러곤 더는 말을 잇지 않았다. 다행이었다. 나리는 안도의 한숨을 내쉬며 슬그머니 그의 눈치를 살피다가 괜히 뒤돌아 물에 뜬 나뭇잎에 손을 뻗었다.

청연은 딴청을 부리고픈 나리의 의중을 금세 헤아렸다. 그녀가 그리 하고 싶다면 원하는 대로 움직여 주기로 했다. 마음을 너그러이 풀어 준 대신 그녀의 가느다란 몸을 품에 가두었으니 대가는 충분했다.

그의 단단한 팔에 허리를 내어 준 채 나리는 오래도록 계곡에 몸을 맡겼다. 그동안 풀숲에 내려앉은 자그마한 산새도 보았고 물을 마시러 나온 산토끼도 보았다. 온화한 풍경이었다.

물살을 따라 두둥실 떠내려가는 나뭇잎엔 흰 나비가 앉았다가 금세 날아올랐다. 나붓나붓 날갯짓하는 나비를 따라가던 나리의 눈길이 자연스레 그녀의 뒤에 선 청연의 얼굴에 닿았다.

그는 젖은 손으로 흐트러진 머리카락을 넘기고 있었다. 반듯한 이마가 훤히 드러나자 그의 수려한 얼굴이 더욱 아름답게 빛났다. 위험하고도 고고한 기품이 그윽하게 풍겼다. 고개를 살짝 젖힌 채 눈을 감은 그는 붉은 입술에 약간의 물기를 머금어 몹시 관능적이기까지 하였다.

이럴 때마다 나리는 그가 인간이 아닌 아득히 높은 존재임을 실감했다. 가까이 있으면 어느 순간 턱 막히는 숨과 크게 뛰어 대는 심장이 그의 기운 탓일지도 모른다고 여겼다.

몽롱하게 깊어진 나리의 시선을 느낀 듯 청연이 감았던 눈을 뜨고는 나른히 눈길을 내렸다. 나리는 순간 숨을 멈추었다가 황급히 고개를 떨구었다. 심장이 피부를 가르고 나올 듯이 쿵쿵 뛰었다.

진정해. 진정해.

가슴께를 꾹 누르며 나리가 속으로 몇 번이고 중얼거렸다. 얼른 진정하지 않으면 감당키 힘들 정도로 뛰는 심장의 울림이 허리에 단단히 감긴 그의 팔에 번질 것만 같았다.

"충분히 노니셨습니까?"

웃음이 섞인 나직한 물음은 어딘지 물기가 스미어 나리의 귀에 촉촉하게 감겼다. 나리는 떨리는 숨을 꼴깍 삼키곤 가까스로 고개를 끄덕였다.

"돌아갈까요?"

"……예."

다행이다. 처소에서 조금이나마 마음을 진정시킬 수 있을 거야.

나리가 속으로 읊조리며 가슴을 쓸어내리자마자 잠시 구름에 가리어졌던 달이 계곡에 다시금 환한 빛을 떨어뜨렸다. 은은한 달빛은 검은 수면을 밝혔고 어둠에 숨어 있던 나리의 몸도 적나라하게 비추었다.

나리는 그제야 자신이 어떤 모습인지를 알아챘다. 물에 젖은 소매가 치덕치덕 휘감긴 팔은 흰 속살을 고스란히 드러냈고, 계곡에 잠긴 다리와 허리는 이미 흠뻑 젖었다는 것을. 그리고 자신이 입은 비단옷은 평소에도 살갗이 은근히 비칠 만큼 몹시 얇다는 것도 뒤늦게 떠올랐다.

이대로 물 밖에 나간다면…… 상상만으로도 눈앞이 아득했다.

"저, 청연 님 먼저 나가시겠습니까……?"

나리가 시선을 방황하며 간청하듯 묻자 청연이 고개를 기울여 그녀를 내려다보았다. 머리를 숙인 채 어깨까지 움츠린 그녀의 뒷모습이 조금씩 떨리고 있었다.

"어째서요?"

"그게, 저는 아쉬워서 조금만 더……."

"하지만 그대는 지금 몸이 식으셨습니다."

청연이 보얗게 드러난 나리의 목덜미에 입술을 대며 말했다.

"혹 앓기라도 하면 어쩌시려고……."

부드럽게 짓눌리는 그의 입술과 숨결이 목덜미에 느껴지자 나리는 젖은 살갗을 파르르 떨며 여린 숨을 삼켰다. 이쯤 하면 그의 뜻을 따를 만도 하건만, 나리는 여전히 뒤를 돌아보지 않고서 몸을 더 작게 웅크릴 뿐이었다.

"뒤돌아보세요."

청연은 나긋하고도 단호하게 말했다. 그녀가 평소의 순종적인 태도와는 다르게 제법 오래 버틴다는 생각이 들어서였다. 그런데도 나리는 변함없이 꿋꿋이 선 채 뒷모습만 보여 주었다. 청연은 그녀의 허리를 안고 있던 팔을 풀어 자그마한 몸을 그와 마주 보도록 돌리려 했다.

"청연 님, 잠시……! 흡!"

소스라치게 놀란 나리가 저도 모르게 작게 몸부림치다가 그만 물속에서 발을 헛디디고 말았다. 붙잡을 바위나 나뭇가지조차 없어 첨벙 소리를 내며 순식간에 물속에 잠기어 버렸다. 청연이 곧장 팔을 뻗어 나리를 물 밖으로 가벼이 안아 올렸으나 몸은 이미 머리부터 발끝까지 흠뻑 젖어 있었다.

"하아, 하아……."

나리가 그의 품에서 숨을 색색 몰아쉬었다. 청연은 콜록콜록 잔기침하는 그녀를 안고서 등을 도닥였다.

"도대체 무엇 때문에 얼굴도 보지 않으려 하십니까."

"……."

"아까까지는 그리 어여쁘게 웃어 주시더니……."

청연이 어르듯이 다감하게 물으며 나리의 등을 쓸어내렸으나 나리는 대답하지 않았다. 어딘지 더운 숨만 가쁘게 내쉬며 그의 어깨를 안고 있기만 했다.

청연은 잔뜩 웅크려 안긴 나리를 의아하게 주시하다가 다시금 그녀의 얼굴을 보려 했다. 그가 자세를 바꾸려는 낌새가 느껴지자 나리가 그의 목덜미에 더욱 절박하게 매달렸다. 자그마한 몸을 그의 상체에 빈틈없이 밀착하여 깊이 안기었다.

어울리지 않는 짓을 하는 그녀가 기껍고도 의아하여 청연이 다시금 입을 뗐다. 그러나 그가 무언가 말하기도 전에 나리가 먼저 말문을 열었다.

"놓지 마십시오."

"……."

"지금은 제발…… 놓지 마십시오."

그 애달프고 간절한 목소리엔 약간의 울먹임과 수치심이 섞여 있었다. 청연은 그제야 그녀의 어깨와 등으로 천천히 눈길을 내렸다. 그리고 몹시도 고혹적인 광경을 보았다.

푹 젖은 비단옷이 그녀의 가냘픈 몸에 찰싹 휘감겨 보얀 살갗을 숨김없이 드러냈고, 얄팍한 천 아래 비치는 살결에는 발간 열이 올라 있었다. 그녀가 그의 품에 숨긴 앞모습 또한 같을 터였다. 혀를 대지 않고는 견딜 수 없을 만큼 청아하고 색정적인 모습을 감추고 있을 터였다.

"하……."

청연은 나리를 더욱 깊이 품어 안았다. 무언가에 도취된 듯한 한숨과 함께 눈을 감으며 고개를 젖혔다. 이내 나른히 눈을 내리뜬 그의 얼굴엔 위험하리만치 관능적인 미소가 깊이 스미어 있었다.

청연은 나리를 안은 채로 물속에서 한 걸음 한 걸음 발을 옮겼다. 그녀의 가냘픈 몸이 계곡의 여린 물살에도 흔들릴까 품에 고이 보듬고서 물가에 다다랐다.

그가 보드라운 풀꽃이 핀 낮은 바위에 그녀를 천천히 내려놓고 몸을 떼어 내려 하자 나리가 허겁지겁 그에게 매달렸다. 청연 님, 하고 애원조로 그의 이름을 부르며 설레설레 고개를 저었다. 청연은 낮게 웃고는 아이를 달래듯이 나리의 등을 천천히 쓰다듬었다.

　"지금은 그대를 보여 주세요. 후엔 그대가 내게서 떨어지고 싶어도 떨어질 수 없도록 안아 드릴 테니……."

　"하, 하오나……."

　"어서."

　그의 다정한 명령이 나리의 귓속에 강압적으로 파고들어 몸속을 돌아다녔다. 허리가 짜르르 울리고 목덜미는 뜨겁게 달아올랐다. 이 알 수 없는 열기가 혼란스러웠으나, 그렇다고 해서 신수님의 말을 거역할 순 없는 노릇이었다.

　나리는 더운 숨을 몇 번이고 삼킨 후에야 그의 어깨에 둘렀던 팔을 풀었다. 붉게 달아오른 얼굴을 옆으로 돌린 채 그의 품에서 힘겹게 몸을 떼어 내고 곧장 팔을 들어 가슴과 어깨를 가리려 했다. 그러나 청연이 먼저 나리의 손을 낚아채 그녀의 몸 양쪽으로 부드럽게 잡아 눌렀다. 당황한 나리가 흠칫 손가락을 움츠렸다. 사늘한 바위와 촉촉한 풀잎이 그녀의 손끝에 스쳤다.

　"처, 청연 님……."

　나리는 바위에 앉아 있었고 청연은 여전히 물속에 몸을 반쯤 담근 채 그녀의 앞에 서 있었다. 그녀의 손등을 잡아 누른 청연과 그에게 가벼이 결박된 나리의 시선은 같은 선상에서 엮였다. 나리는 그의 암청색 눈동자에 사로잡히어 눈도 깜박이지 못했다.

　이윽고 그의 눈길이 느리게 아래로 향했다. 엷게 떨리는 입술과 물방울이 아슬아슬하게 매달린 턱 끝, 맥박이 가쁘게 뛰는 흰 목덜미를 지나 점차 아래로 떨어졌다.

그 짙은 눈길이 마치 살갗을 핥는 것만 같아서 나리는 얕은 숨을 탁 터트리며 다급히 무릎을 세워 몸을 웅크렸다. 팔은 그에게 잡혀 움직일 수 없으니 다리로나마 몸을 가려 보려 했다. 그러나 그마저도 그는 허락하지 않았다.

청연은 입술을 휘고는 나리의 한쪽 다리를 어루만지듯 잡아 아래로 끌어 내렸다. 그녀의 무릎 뒤쪽부터 가는 종아리를 지나 발목까지 쓰다듬어 내려가는 그의 나긋한 손짓은 나리를 향한 무언의 명령과도 같았다. 나리는 더는 버틸 생각도 못 한 채 남은 다리까지 다시금 아래로 내렸다. 동시에 청연이 나리의 가는 다리 사이로 몸을 밀어 넣었다.

나리는 파르르 떨리는 입술 사이로 가냘픈 숨을 터트렸다. 허벅지 안쪽으로 그의 단단한 허리가 느껴진다. 묘한 열감이 허리부터 뒷덜미까지 타고 올랐다.

벌어진 다리 사이엔 그가 있고 양손은 그에게 붙잡혔다. 그러니 이제는 다리를 모을 수도 손을 마음껏 움직일 수도 없었다. 그에게 몸 구석구석을 적나라하게 내보일 수밖에 없었다. 그것만으로도 부끄러워서 머릿속이 하얗게 타오를 지경이건만, 나리는 왜인지 점차 열이 오르는 자신의 몸이 더욱 부끄러웠다.

"흑……."

어쩔 줄 모르고 방황하는 발간 눈동자에 왈칵 눈물이 고였다. 나리는 기어이 눈을 질끈 감아 버리고 이 상황에서 도망치듯 달아오른 얼굴을 옆으로 돌렸다. 청연은 그런 나리를 빠짐없이 눈에 담고 담았다.

발갛게 물든 눈가와 젖은 속눈썹, 물기가 가시지 않은 가느다란 목과 어깨, 피부에 촉촉하게 들러붙은 검은 머리카락, 흰 비단 자락 아래 투명하게 드러난 살갗과 가쁘게 오르내리는 가슴, 꽃줄기같이 얇은 허리와 잘게 경련하는 허벅지의 연한 살결.

"하……."

문득 첫날 보았던 그녀의 하얀 나신이 떠오른다. 청연은 소리 없는 웃음을 내쉬었다. 그날, 청연은 분명 실오라기 하나 걸치지 않은 그녀를 보았다. 두려움을 이기지 못해 정신을 놓아 버리고 힘없이 늘어진 나리를. 그땐 그런 모습조차 만족스럽다 여기면서 집요하리만치 그녀를 눈에 새겼다.

그런데 이제 와 그녀를 보니 그때 느꼈던 만족감이 우습다. 겨우 잠든 모습만으로 만족을 말하다니 얼마나 얕은 생각이었던가.

지금 청연의 앞에서 자신을 고스란히 내비치는 그녀는 온몸에서 향기로운 생기를 내뿜었고 몸짓 하나 숨결 하나마다 색정적인 열기가 촉촉하게 흘렀다. 꼭 감은 눈, 살짝 말아 문 앵두 같은 입술, 오소소 솟은 솜털 하나까지 어여쁘지 않은 부분이 없었다.

입이 말랐다. 그녀가 상처를 돌보기 위해 품에 다가왔을 때나 밤중에 무심코 엷은 웃음을 터뜨렸을 때 느꼈던 목마름과는 비교도 할 수 없을 정도의 갈증이었다.

이 고운 신부님을 한입에 집어삼키면 목마름이 가실까.

청연은 미소를 지우지 않은 채 서서히 그녀에게 다가갔다. 보얗게 드러난 나리의 목덜미에 혀를 대고 입술을 묻으며 속삭였다.

"이따금 뜨거워지던 그대의 숨을 기억합니다."

그가 낮은 소리로 읊조릴 때마다 나리의 가느다란 목이 파르르 떨렸다. 여린 살갗에 그의 입술 모양이 고스란히 느껴졌다. 그가 얼마나 짙고 관능적인 미소를 머금고 있는지 눈으로 보지 않아도 알 수 있었다.

"이 몸과 가까이 있을 때마다 호흡이 얼마나 가빠졌는지, 맥박이 얼마나 빠르게 뛰었는지……."

"……흐, 웃."

"그리고 이 허리가 얼마나 경련했는지, 다리가 얼마나 떨렸는지도……."

그의 손이 나리의 허리를 부드럽게 훑으며 허벅지까지 내려와 발갛게 물든 무릎을 어루만졌다.

"꼭 지금 그대의 모습처럼요."

그의 숨 섞인 낮은 목소리와 느긋한 손길이 몸에 들러붙을수록 나리는 숨이 가빴다. 일렁일렁 어지럽기까지 하였다. 대나무처럼 올곧은 이도 음탕하게 무너뜨린다는 미약을 들이켜면 이런 기분일까.

"언제까지 고개를 돌리고 있을 건지요?"

순간 그의 손이 나리의 젖은 치맛자락 사이로 뱀처럼 기어들어 무릎과 허벅지를 타고 올랐다. 나리가 흡, 하고 신음을 삼키며 감았던 눈을 크게 뜨고는 그를 바라보았다. 청연이 기다렸다는 듯 농염하게 눈을 휘었다.

"청연 님, 손을, 그만……."

"그만?"

"예, 그만…… 흑!"

그의 되물음에 다급히 고개를 끄덕이던 나리가 돌연 작은 신음을 내지르며 몸을 움츠렸다. 그의 손이 다리 사이로 더욱 깊숙이 들어온 탓이었다. 그가 엄지로 그녀의 은밀한 살결을 벌리듯이 느리게 쓸어내렸다. 허벅지가 바들바들 떨리고 발끝이 꼭 오므라졌다.

"이리 젖으신 걸 보니 그만 거두어 달라는 뜻은 아닌 듯한데……."

그가 낮게 웃으며 속삭였다. 나리는 가련하게 눈썹을 늘어뜨린 채 잘게 도리질 쳤다.

"그건 물에 들어가서, 그래서……."

그녀가 사그라지는 소리로 더듬더듬 변명을 늘어놓자 청연은 다시금 눈을 감고 웃어 버렸다. 어쩌면 이리도 귀엽고 순진한지. 이내 청연은 어림도 없다는 듯이 고개를 저었다.

"이 땅의 강과 호수, 이슬 한 방울까지 제 것이지만 이건 제 것이 아닙니다."

"하아, 하……."

"그대의 것이지."

"청연, 청연 님……."

아, 이리 가냘프게 젖은 소리로 내 이름을 속삭이는데 어찌 그냥 둘까.

청연은 나리의 혼몽하고 습한 눈동자를 보며 한숨 같은 웃음을 내쉬었다. 그러곤 여린 숨이 색색 터지는 그녀의 입술에 닿을 듯 말 듯 다가가 느리게 속삭였다.

"이날까지 몇 번의 밤을 음심을 짓누르며 보냈는지 그대는 모를 겁니다. 그대가 이리 달아오를 때까지 내가 얼마나 기다렸는지도……."

"……."

"그러니 나를 더 애태우지 마세요."

간지럽게 스치는 그의 입술이 나리를 담금질했다. 그의 낮은 목소리는 다정함이 지나쳐 되레 자극적이었다. 머릿속이 와르르 무너져 내릴 것만 같았다. 나리는 멀어져 가는 정신을 힘겹게 붙잡고 생각했다.

신수님과의 밤, 정을 통하는 일은 이미 각오했다. 몇 번이고 죽다 살아난 하찮은 목숨, 자신이 힘겹게 부여잡아도 몇 번이고 끊어질 뻔한 그 목숨을 이어 준 이는 눈앞의 신수님이었다. 자신의 목숨을 쥔 이도 신수님이었다. 그러니 당연히 그의 뜻을 따라야 했다.

아니, 그러한 복종 관계를 떠나서 나리는 이 까만 어둠에 숨어 그에게 자신의 모든 것을 맡겨 버리고 싶기도 하였다.

하지만, 정말 그리해도 될까.

그간 그가 보여 준 상냥하고 너그러운 모습은 그를 더욱 고고하고 범접할 수 없는 존재로 만들었다. 그는 신에 가까운 이였다. 인간으로선 절대 닿을 수 없는 존재였다. 그런 고귀한 신수님께 자신이 안겨도 되는 걸까. 나라님의 귀한 여식도 아닌, 그저 미천한 인간일 뿐인 자신이 그와 정을 통하여도 되는 걸까.

차라리 그가 두렵기만 했더라면 마음이 이리 혼잡하진 않았을 텐데. 그저 삶을 갈망하는 마음으로, 그를 속였다는 죄책감은 두려움으로 짓누르고서 신수님과 밤을 보냈을 텐데……

"청연 님…… 제가 청연 님께 안겨도 될지요?"

나리는 정욕과 서글픔이 엉망으로 뒤섞인 얼굴을 하고서 사그라지는 소리로 말했다.

"제 목숨은 청연 님의 소유입니다. 저는 청연 님의 뜻을 따르고 싶습니다. 하오나, 용이 되실 분께서 저를 품어도 괜찮으실지요."

"……"

"저는, 한낱 인간일 뿐인데……"

잠시 멈추어 나리를 내려다보던 청연은 그녀의 물기 어린 말이 끝나자마자 설핏 미소를 내비쳤다.

"한낱 인간이라……"

그의 요염한 입술 새로 미숙한 생명을 다루는 듯한 온화한 음성이 흘러나왔다.

"이 몸과 처음 만난 날을 기억하십니까."

청연이 돌연 지난날을 묻자 나리는 말없이 그를 올려다보았다.

"그 궁, 그 처소에서 그대의 숨을 끊을 수도 있었습니다. 내 발길을 막은 인간들의 사지를 찢어 놓았던 것처럼 그대를 찢어 버릴 수도 있었습니다. 하나 그리하지 않았던 이유는, 내가 그대를 택했기 때문입니다."

"청연 님……"

"그 자리에 앉아 있던 그대를 본 순간, 한낱 인간 중에 그대가 유일하게 각별해지리란 걸 느껴서……"

그의 고요한 말이 나리의 가슴속 벽을 하나둘 무너뜨렸다. 신수님은 어째서 이리 너그럽게 달래어 주시는 걸까. 이리 다감한 말은 자신이 아닌 원래 공주가 들었어야 하는 게 아닐까.

나리는 신분을 숨겼다는 죄책감과 그 죄책감을 모른 척하고 그에게 온전히 자신을 내던지고픈 욕망이 머릿속에 뒤범벅되어 어지러웠다.

잠시 조용하던 그가 다시금 말문을 열었다.

"이 몸을 은애하려 애쓰고 씨를 품으려 애쓰고 두려워하려 애쓰라고 하였습니다. 이 또한 기억하시는지요?"

그 말을 어찌 잊을까. 나리는 옅게 고개를 끄덕였다.

"그리하고 계십니까?"

"예…… 그리하고 있습니다. 앞으로도 그리할 것입니다."

청연이 칭찬하듯 눈을 가늘게 휘고는 말을 이었다.

"제가 그대에게 바란 것은 그뿐입니다. 다른 것은 이 몸이 알아서 할 테니……."

바란 것은 그뿐이라는 그의 말이 나리의 귀엔 조금 다른 뜻으로 들렸다. 나리 자신은 그 존재만으로 충분하며, 인간을 떠나 한 생명으로서 그의 앞에 있는 거라고, 그리 달게 들렸다. 가슴속 불안이 어디론가 멀어지는 것을 느끼며 나리는 멍하니 그를 바라보았다. 조금 떨어져 있던 그의 얼굴이 다시 천천히 가까워졌다. 나리는 시선을 피하지 않았다.

"제 말이 그대의 심려에 대한 답이 되었는지요?"

나리가 숨을 삼키며 고개를 끄덕였다. 그는 마지막으로 물었다.

"그럼 이제 그대가 어찌해야 하겠습니까?"

그의 낮고 감미로운 목소리와 요염한 눈웃음, 허리를 어루만지는 손길, 심해 같은 눈동자에 폭풍처럼 감도는 정욕. 나리는 자신이 한계에 다다랐음을 느꼈다. 그의 모든 것에 집어삼켜지는 듯하여 더는 버틸 수 없었다.

나리는 눈을 감고 그에게 입을 맞추었다. 두려움과 죄책감은 모두 놓아 버렸다. 자포자기한 여린 숨결이 몹시도 보드랍게 그의 입술에 스미었다. 맞닿은 입술을 타고 그녀의 떨림이 흘러와 그의 아래를 뻐근하게 세웠다. 청연은 입을 맞춘 채 스르르 웃고는 지독히도 관능적인 소리로 속삭였다.

"입을 벌려요."

살짝 벌어진 입술 사이로 그의 혀가 침범함과 동시에 나리는 깊고 끝없는 밤으로 속절없이 이끌렸다. 힘겹게 버티던 정신을 떠나보낸 빈자리에 더운 환락이 밀려들었다.

"흑, 응……."

맞닿은 입술 새로 혀가 깊이 엮일수록 나리의 몸은 흠칫흠칫 가냘프게 떨렸다. 틈새로 겨우 내쉬는 여린 신음에 더운 숨이 짙게 묻어났다. 깊숙이 혀를 옭아매는 그의 입맞춤은 몹시도 농염하고 또 틈을 주지 않아서 호흡이 점차 버거워졌다. 그런데 어째서일까. 나리는 그 숨 막히는 감각이 다리 사이를 더욱이 달아오르게 하는 것만 같았다.

"으응, 하아."

스멀스멀 퍼지는 열기가 본능을 충동질했다. 나리는 가느다란 신음을 흘리며 그의 젖은 혀를 어설프게 빨아 당겼다. 이를 세워 아주 살짝 깨물고 혀끝으로 핥아도 보았다. 자신이 그런 짓을 할수록 그의 단전이 더욱 조여 오는 것도 모른 채로.

청연은 스르르 웃고는 어설퍼서 더욱이 사랑스러운 나리의 입에 잠시 혀를 맡겼다. 터질 듯한 욕망을 내리누르며 그녀가 걸친 젖은 비단 옷의 허리끈을 풀어냈다.

"하아, 하……."

입맞춤에 집중하던 나리가 기어이 가쁜 신음을 탁 내쉬며 입술을 떼어 냈다. 청연은 그녀의 젖은 아랫입술을 한번 핥으며 눈웃음 짓고는 곧장 나리의 보얀 목덜미에 입술을 묻었다. 물기가 스민 촉촉한 살갗을 혀로 짓누르고 핥으며 그녀의 비단 옷자락을 어깨에부터 팔목까지 서서히 벗겨 냈다. 나리의 팔꿈치에 간신히 걸린 비단옷은 앞이 적나라하게 벌어져 그녀의 가냘픈 몸을 완연하게 드러냈다.

젖은 피부에 사늘한 공기가 닿자 나리가 어깨를 움츠리며 떨리는 눈으로 그를 바라보았다.

"청연 님……."

나리의 촉촉한 눈동자는 처음 겪는 흥분과 그로 인한 긴장감이 뒤섞여 흔들리고 있었다. 청연은 그런 나리의 속내를 다 안다는 듯 감미롭게 눈을 휘며 그녀의 어깨와 팔을 부드럽게 어루만졌다.

"괜찮습니다. 이제 곧 두려움도…… 부끄러움도……."

청연의 나지막한 목소리가 나리의 귓가를 맴돌고 그의 손끝은 나리의 어깨를 타고 가슴께로 느리게 미끄러졌다.

"전부 잊을 겁니다."

"아, 으응!"

봉긋한 가슴을 손끝으로 간질이듯 타고 내려가던 그의 큰 손이 돌연 그녀의 가슴을 부드럽게 움켜쥐었다. 그의 웃음 띤 탁한 음성이 채 끝나기도 전이었다. 나리가 눈을 질끈 감으며 신음을 삼켰다.

"하……."

그의 휘어진 입술 새로도 초조한 듯 고혹적인 낮은 숨이 흘렀다. 곧이어 청연이 그녀의 붉은 앵두 같은 유두를 엄지로 스치고 짓눌렀다. 그의 손길이 점차 농밀하게 닿을수록 그녀의 젖꼭지가 야릇하게 곤두섰다.

"여기가 좋으십니까?"

한입 베어 물고 싶을 정도로 팽팽해진 유두를 집요하게 어루만지며 청연이 속삭이자 나리가 흠칫 놀라 감았던 눈을 떴다.

"꼭 손길을 기다린 것처럼 음탕하게 도드라져 있으니……."

"아, 응……!"

그가 돌연 유두를 부드럽게 비틀자 나리가 여린 교성을 토해 냈다. 그의 손길뿐만 아니라 낮고 감미로운 목소리도 지나치게 자극적이라 절로 신음이 터져 나왔다.

청연은 발갛게 열이 오른 나리의 눈을 끈질기게 바라보며 대답을 요구하듯 미소 지었다. 나리는 옅은 신음을 간신히 삼키고는 가냘픈 소리로 더듬더듬 말했다.

"청연 님의 손길이라, 흣, 그런 것 같습니다. 제 손이 어쩌다 스칠 땐, 이렇지 않았는데…… 청연 님이라서……."

그가 원한 답은 그저 좋다는 말 한마디였건만, 그녀가 꺼낸 답은 그보다 더욱이 솔직하고 충분한 말이었다. 청연은 마른 입술을 적시며 짧게 웃었다.

내 신부님은 도대체 나를 어찌 감당하시려고 이리 순진한 얼굴로 정욕을 건드리는 건지.

그러한 생각이 끝나기 무섭게 청연은 억눌린 욕구를 터트리듯 나리의 가슴을 단번에 머금었다. 허리를 휘청이며 저도 모르게 뒤로 물러나는 그녀의 허리를 단단하게 낚아채고 물기가 가시지 않은 유두를 혀로 짓눌렀다. 달콤한 과실을 삼키듯 말캉한 살덩이를 빨아 당기고 이를 세워 아프지 않게 깨물었다.

"아, 청연, 님, 흐응, 읏!"

나리는 눈앞이 혼미했다. 츕, 츠읍, 하는 소리가 정신을 더욱 몽롱하게 흩트렸다. 그의 숨결과 단단하게 끝을 세운 혀와 가지런한 잇새가 예민한 유두 끝에 질척하게 느껴졌다. 그의 입술이 닿은 곳부터 열기가 저릿저릿 살갗을 타고 번졌다. 가는 허리를 옭아맨 그의 큰 손도 나리의 가냘픈 몸에 열기를 더했다. 다리 사이 깊은 곳이 아렸다. 여린 살결 가득 흥건하게 젖어 미끈거리는 감촉이 부끄러우리만치 세세하게 느껴졌다.

111

"아아, 흑."

끝내 그녀가 청연의 위로 무너지며 그의 어깨를 꼭 붙잡았다. 여리고 가쁜 신음이 그의 귓가에서 고막을 야릇하게 간질였다. 청연은 가슴에서 입술을 떼지 않은 채로 짧게 웃고는 그녀의 허리를 더욱 단단히 안았다. 남은 손으로는 잘게 경련하는 허벅지를 길게 쓰다듬어 내려가 분홍빛 무릎을 어루만졌다. 곧이어 얇은 종아리를 부드럽게 스친 청연의 손이 그녀의 발목을 그러쥐어 들어 올렸다.

찌그덕.

청연이 나리의 무릎을 접어 올림과 동시에 그녀의 다리 사이에서 아주 얇고도 야릇한 소리가 났다.

"아……."

젖은 살 틈에서 난 그 자그마한 소리가 밤 계곡의 물소리를 넘어 그녀의 귀에 닿았는지, 나리가 흠칫 놀라 벌어진 입술을 떨었다. 바위에 한쪽 다리가 올라간 탓에 자신이 몹시도 적나라한 자세라는 건 인지하지도 못한 채였다.

당혹하여 붉게 달아오른 그녀의 얼굴을 청연이 비스듬히 올려다보았다. 이내 설핏 웃어 버린 청연이 그녀의 가슴을 끝으로 살짝 깨물고는 천천히 아래로 향했다. 긴장으로 솜털이 오소소 솟은 살갗에 혀를 짓누르며 그녀의 허리와 배에 붉은 꽃잎을 피웠다. 허벅지 안쪽의 여린 살결에도 꽃잎을 흩뿌리며 조금 더 깊고 은밀한 곳으로 다가갔다.

"아……!"

그가 그녀의 남은 다리까지 위로 접어 올리며 옆으로 벌렸다. 활짝 열린 채 바들바들 떨리는 그녀의 다리 사이는 이미 끈적한 꿀을 쏟아부은 듯 엉망이었다. 점도 높은 물기가 여린 살결을 흠뻑 적시고도 아래로 스멀스멀 흐르고 있었다. 투명하게 반들거리는 살결이 절로 조였다가 풀어지며 그를 가냘프게 유혹했다.

이러니 음란한 소리가 날 수밖에. 청연이 낮은 신음을 삼키며 스르르 입술을 휘었다. 얼른 저 어여쁜 살갗에 입술을 묻으라며 침을 그득 흘리는 입안에 혀를 굴렸다. 그 순간 그녀가 청연의 어깨를 꼭 붙잡으며 울먹였다.

"그만, 흑, 청연 님……."

청연이 나리를 올려다보며 눈을 휘었다.

"무엇을?"

"청연 님의 숨이, 흑, 너무 가깝습니다. 다리도 너무 벌어져서…… 그만, 흐으."

그의 손에 결박되어 벌어진 다리와 젖은 살결에 닿는 그의 숨이 부끄러워 왈칵 눈물이 날 것만 같았다. 그런데도 아래는 아릿하게 젖어 들기만 해서 나리는 머리가 어지러울 지경이었다.

그러나 청연은 더듬더듬 애달프게 속삭이는 나리를 지독히 다정한 눈빛으로 어루만질 뿐 그녀의 애원을 들어주지 않았다. 가냘프게 떨리는 그녀의 다리를 놓아주지도, 흠뻑 젖은 살결에서 멀어지지도 않았다.

그저 수치와 열감이 뒤섞여 그렁그렁한 그녀의 눈동자가 몹시도 곱다는 생각만, 그리고 이 예민하고 순진한 신부님을 난잡하게 집어삼키고 싶다는 음험한 욕구만 그득했다.

"청연 님, 손을…… 아, 아웃……!"

그의 짙은 눈빛에 점차 혼미해지던 나리가 겨우 정신을 붙잡고 다시금 애원하는 순간, 청연이 흠뻑 젖은 그녀의 살결에 입술을 묻었다. 도톰하게 오른 음핵에 그의 혀가 진득하게 닿자 나리가 파드득 떨면서 신음을 몰아쉬었다.

"잠시, 아, 청연 님, 흑……!"

그녀가 가쁘게 호흡하고 울먹였다. 예민한 돌기를 자극하는 질척한 혀끝의 감각에 눈앞이 흐렸다. 나리가 자기도 모르게 허리를 들썩이자 청연이 그녀의 엉덩이를 꽉 움켜쥐고 당겼다. 그의 입술이 더욱 깊숙이 묻히자 나리가 눈을 질끈 감으며 교성을 내질렀다.

"아아, 흑, 으응."

나리가 크고 단단한 손에 결박되어 옴짝달싹할 수 없어짐과 동시에 그의 혀는 더욱 농밀해졌다. 젖은 살을 헤집어 음핵을 빨아 당기고 물이 줄줄 흐르는 음문부터 보드라운 수풀까지 길게 핥아 올렸다.

그럴수록 나리의 발끝이 바들바들 떨렸다. 신음이 더욱 가빠지고 호흡이 힘겨워 가슴이 두서없이 크게 오르내렸다. 온 살갗이 녹아내리는 듯하다가 솜털이 찌릿찌릿 곤두선다. 끈끈한 애액이 그의 혀에 엉기고 목으로 넘어가는 난잡한 소리가 고막을 핥아 댔다.

순간 그의 혀가 아닌 다른 무언가가 그녀의 아래에 닿더니 이내 미끈하게 밀려들었다. 그의 길고 곧은 손가락이었다. 청연은 그녀의 살결을 끈질기게 머금으며 중지를 끝까지 밀어 넣었다. 뜨겁게 달아오른 습한 속살이 그의 손가락에 빈틈없이 들러붙었다.

"아! 으응, 흑……!"

나리가 한층 높은 신음을 내며 울먹였다. 동시에 청연이 그녀의 살결에서 입을 떼고 벌어진 채 떨리는 그녀의 입술에 혀를 밀어 넣었다.

"흡, 흐으, 읍!"

나리는 깊이 맞물린 입술 새로 힘겹게 신음했다. 짙게 엮이는 혀 사이로 끈적한 물기와 야릇한 향이 그득 맴돌았다. 그것만으로도 나리는 발정 난 짐승처럼 몸이 뜨거운데, 그녀의 안쪽을 간질이던 청연의 손끝이 서서히 속도를 더했다.

찔걱거리는 난잡한 소리가 갈수록 거세졌다. 부드러운 듯 가차 없는 손가락이 나리의 살결 사이 오돌토돌 도드라진 예민한 부분을 정신없이 자극했다. 가냘픈 몸이 그의 손짓에 따라 휘청였다.

"흡, 아! 하아, 아."

숨이 막히기 직전에 그가 입술을 놓아주자 나리는 모자란 숨을 가쁘게 몰아쉬며 신음했다. 청연 역시 휘어진 입술 새로 여유 없는 호흡을 가다듬었다.

"하아, 위도 아래도 얼마나 달게 오물거리시는지, 그대를 놓아주지 못할 뻔했습니다."

씹어뱉듯이 속삭이는 그의 웃음 띤 음성이 꼭 그녀의 아래를 흔드는 손가락처럼 문란했다.

"하아, 응! 청, 청연 님, 흑."

나리는 그의 이름을 정신없이 부르면서도 실감이 나질 않았다. 자신의 안을 음란하게 휘젓는 손이 진정 그의 손이 맞을까. 신수님의 곧고 아름다운 손가락이 입에 담기도 부끄러운 곳을 뜨겁게 달구고 녹아내리게 한다고 생각하니 다시금 머리가 어질어질해졌다. 겪어 보지 못한 무언가가 성큼 다가와 그녀의 몸을 서서히 점령했다.

청연은 그의 어깨 위로 무너진 채 신음하는 나리를 단단하게 보듬어 안고서 습하고 미끄러운 틈을 더욱 깊이 휘저었다. 그녀가 어깨를 파들거리며 높게 신음했던 지점을 집요하게 짓누르며 엄지로 음핵을 자극했다.

"아, 아아, 청연 님, 아흑!"

그녀의 교성이 점차 높아지고 기어이 끝에 다다른 순간 여린 살이 그의 손가락을 끊을 듯이 꽉 조이며 경련했다. 와락 그의 어깨를 안은 나리의 손끝이 꼭 말린 채 파르르 떨렸다. 내부에 보얗게 고였던 애액이 왈칵 쏟아져 그의 손바닥을 적셨다.

"흐으, 흑…… 응……."

나리가 그의 목에 매달려 후들거리는 몸을 작게 웅크렸다. 살갗 아래에서 스멀스멀 돌아다니는 짙은 여운을 감당하지 못하고 새된 신음을 가느다랗게 흘렸다.

"하……."

115

청연은 낮고 긴 숨을 내쉬며 그녀의 등을 어루만졌다. 움찔움찔 경련하는 그녀의 안에서 천천히 손을 빼자 흥건하게 젖은 손가락 사이로 얇고 투명한 막이 생겼다가 이내 가느다란 실로 변하여 주르륵 흘러내렸다. 손등을 타고 흐르는 희뿌연 액을 길게 핥은 청연이 빠듯하게 곤추선 자신의 중심을 느끼곤 픽 웃어 버렸다.

그래, 혀로 맛보고 손으로 느꼈으니 이젠 한계지.

제 차례를 눈치챈 듯 그의 아래가 핏줄을 세우고 꺼떡거렸다. 청연은 계곡물에 완전히 젖은 푸른 도포를 벗고서 나리가 앉은 바위 위로 몸을 올렸다. 한차례 폭풍이 지나가 아직도 호흡을 가다듬으며 흐늘거리는 그녀를 부드럽게 안아 들고서 폭신한 풀밭으로 한 걸음 한 걸음 내디뎠다.

파스락.

이윽고 청연의 손짓 한 번에 물기가 날아가 버석하게 마른 푸른 도포가 보드라운 풀숲에 느슨히 펼쳐졌다. 청연은 나리의 머리를 다감한 손길로 받치며 그녀를 비단 위에 눕혔다.

"하아, 하⋯⋯."

나리는 여전히 열락의 여운에 잠긴 채였다. 발간 눈을 깜박이며 혼몽하게 그를 올려다보고 있었다. 청연은 그녀의 이마에 들러붙은 머리카락을 넘겨 주며 그윽한 눈길로 나리를 내려다보았다.

물기를 가득 머금어 촉촉한 하얀 나신, 젖은 채 풀밭에 흩어진 결 좋은 머리카락, 그 사이사이로 앙증맞게 고개를 내민 작고 새파란 꽃들, 길게 드리운 속눈썹 아래 맑고 검은 눈동자, 그를 끊임없이 좇는 그 고운 눈동자 속엔 혼란스러운 열기와 순수한 흥분이 감돌아 그녀를 더욱 어여쁘게 물들이고 있었다.

아, 이대로 어딘가 담아 둘 수만 있다면.

문득 음험한 욕구가 치솟았으나, 청연은 그녀를 어딘가 담는 대신 두 눈에 담기로 하며 고요히 웃음 지었다. 그녀의 다리 사이에서 허리를 세운 청연이 나리의 손등에 입을 맞추고 그대로 아래로 끌어당겼다. 나리는 그의 미소에 취한 듯 청연을 멍하니 바라보다가 순간 손끝에 닿은 단단하고도 뜨거운 살덩이의 감각에 흠칫 놀라 입술을 떨었다.

"하……."

그에게 이끌린 가냘픈 손은 청연의 흉흉하게 솟구친 기둥 끝에 닿아 있었다. 청연은 살짝 고개를 젖히며 낮은 신음을 내쉬었다. 요염하게 내리깐 눈과 스르르 휘어지는 입술이 퇴폐적인 기운을 스멀스멀 흘렸다.

나리는 저도 모르게 더운 숨을 삼켰다. 그의 두툼한 선단에서 끈적한 물기가 흘러 그녀의 손끝에 감겼다. 고작 그뿐인데, 겨우 손가락 끝이 닿았을 뿐인데 나리는 어질어질 몽롱하고 숨이 잘게 떨렸다.

"느껴지십니까?"

그의 낮은 속삭임에 나리가 흠칫 손을 움츠렸다. 귀두에 그녀의 손끝이 보드랍게 짓눌리자 청연이 순간 미간을 좁히며 웃음 띤 신음을 삼켰다.

"그대 때문에, 하아, 이리도 줄줄 흐르고 있습니다."

"청연, 님, 아, 흐응!"

그가 나직이 읊조리며 그녀의 음부에 핏줄 선 기둥을 길게 비볐다. 끈적한 마찰음과 함께 나리의 가냘픈 신음도 터져 나왔다.

"얼른 그대의 깊은 곳을 쑤시고 게걸스레 박아 대라고, 하, 침을 흘리는 겁니다."

그가 다정한 말투로 방탕한 말을 속삭이자 나리의 눈가가 확 달아올랐다. 눈물이 맺힌 눈동자를 이리저리 굴리며 나리가 손을 움츠렸다. 청연은 나리의 손목을 더욱 단단히 잡아채고 허리를 움직였다. 뜨거운 귀두가 나리의 손바닥을 쿡, 쿡, 찌르고 끈끈하게 적셨다. 찌그덕, 찌걱, 하는 야릇한 소리가 멈추지 않았다.

"흑, 아, 으응."

음부를 적나라하게 헤집는 남근이 선연하게 느껴졌다. 단단한 기둥과 불룩한 핏줄이 나리의 은밀한 살결을 쓸어내리며 음핵을 자극했다. 다시금 스며 나온 애액이 그의 중심을 투명하게 적셨다.

이윽고 그가 나리의 손을 놓아주고는 그녀의 허벅지 뒤쪽을 쓰다듬었다. 가느다란 다리를 접어 올리며 발간 무릎에 입을 맞추었다. 나리는 무언가 예감한 듯 작게 심호흡하며 그를 올려다보았다. 긴장으로 떨리는 그녀의 눈동자를 감미로운 눈웃음으로 어루만지며 청연이 허리를 숙였다.

"제가 이제 무엇을 하려는지 아시는 눈빛입니다."

"훗, 청연, 님……."

"두려우십니까?"

그가 나리의 아래에 귀두를 문지르며 부러 달콤하게 속삭여 물었다. 나리는 입술을 달싹이다가 숨을 작게 삼키고는 더듬더듬 고개를 저었다.

"두렵지 않습니다. 하아, 다만…… 제가 청연 님을 받을 수 있을지…… 그것이 두렵습니다……."

여린 신음이 섞인 가느다란 목소리가 청연의 귓가에 달게 감겼다. 청연은 만족스러운 듯 나른히 눈을 휘었다.

"말 한마디도 이리 어여쁘게 하시는데, 하아, 아랫입술도 분명 어여쁘게 받아 삼켜 주시겠지요."

"……아, 흑!"

난잡한 말이 채 끝나기도 전에 청연의 중심이 그녀의 안을 파고들었다. 좁다랗고 미끄러운 살 틈을 서서히 달래며 길을 냈다. 나리가 물기 어린 숨을 가쁘게 토해 냈다. 바짝 긴장한 그녀의 허리를 청연이 부드럽게 어루만졌다.

"힘 풀어요. 하아, 괜찮습니다."

"하아, 흑, 으응……."

"아프지 않게 할 테니, 어서⋯⋯."

청연이 나리의 목덜미에 입을 맞추고 어깨를 훑으며 그녀를 달랬다. 그의 다정하고 능란한 손길과 입술 덕분인지, 그녀의 안이 점차 그를 받아들였다. 그녀의 변화를 눈치챈 청연이 입술을 적시며 웃고는 단번에 그녀의 깊숙한 곳까지 허리를 쳐올렸다.

"아, 아아!"

두툼한 살덩이가 뿌리 끝까지 그녀의 안에 들이닥치자 나리가 고개를 확 젖히며 몸을 바들바들 떨었다. 이제야 완전히 들어갔을 뿐인데, 어딘가로 치달은 듯 숨도 제대로 쉬지 못하고 아래를 오물거렸다. 청연은 미간을 찌푸린 채 낮은 신음을 삼키며 웃고는 나리를 내려다보았다.

"끝까지 박은 것만으로도 느끼신 겁니까?"

"그게, 흐으, 저는⋯⋯."

나리는 부끄럽고 또 당혹스러운 얼굴로 울먹이며 더듬거렸다. 자신이 이리도 음탕했던가. 일순 치솟은 짙은 쾌락이 아직도 몸속을 돌아다니는 듯했다. 게다가 아래는 여전히 그를 빈틈없이 머금고 움찔움찔 경련하고 있었다.

"어찌나 오물거리시는지, 하아, 저도 참지 못했습니다."

청연은 피식 웃으며 혼란스레 깜박이는 나리의 눈가를 쓰다듬었다. 맞물린 살 틈으로 그녀가 미처 담지 못한 희뿌연 토정의 흔적이 투명한 액과 섞여 흘렀다.

"뭐, 상관없겠지요. 어차피 한두 번에 그칠 뜻은 없었으니⋯⋯."

긴 세월을 살며 처음으로 느낀 색욕이었고, 그런 욕구를 안겨 준 그녀를 당장에 삼키고픈 음욕을 짓누르며 기다려 온 열락이었다. 그 인내의 끝이 한 번의 파정으로 그칠 리가 없었다.

그의 아래는 여전히 단단하게 곧추선 채였다. 부드럽게 조였다 풀어지길 반복하는 그녀의 안을 엉망으로 적시고 싶어 난리였다. 청연은 몸에 감도는 여운을 느끼며 허리를 움직였다.

"하아, 응, 으응! 아!"

나리를 달래며 천천히 드나들던 움직임이 점차 속도를 더했다. 두꺼운 살덩이가 귀두 끝까지 빠져나갔다가 단박에 박혀 들었다. 퍽, 퍽, 살이 부딪칠 때마다 나리의 몸이 정신없이 흔들렸다. 나리는 밤하늘을 등진 그를 젖은 눈으로 좇으며 쉼 없이 울먹였다.

"아, 청연, 청연 님, 으응!"

여린 몸에 밀려드는 쾌락이 버거워 나리가 아래에 깔린 그의 도포를 꼭 그러쥐었다. 청연은 가쁜 숨을 내쉬며 나리의 손을 자신의 목에 걸쳐 주었다. 그리고 한쪽 팔로 몸을 지탱하며 다른 팔로 그녀의 몸을 품에 안아 당겼다. 나리의 허리가 허공에 반쯤 뜨면서 그의 단단한 몸에 가슴이 꽉 맞닿았다. 청연은 나리를 품에 결박한 채로 다시 허리를 쳐올렸다.

"읏, 아응, 흑!"

나리가 그의 목덜미에 얼굴을 묻고서 신음했다. 귓가에 그의 낮고 가쁜 숨소리가 자극적으로 흘러들었다. 살갗에 닿는 그의 단단한 몸이, 깊이 치닫는 그의 중심이 나리를 더욱이 쾌락으로 몰아갔다.

몸 어딘가가 계속, 계속 데워졌다. 사슴 같은 다리가 떨리고 허리가 절로 들썩였다. 호흡이 가빠지다 못해 기어이 숨넘어갈 것처럼 할딱거렸다. 이 몸이 내 것이 맞나. 문득 그런 생각이 스친 순간 아래에 열기가 번지고 나리는 허겁지겁 그의 어깨를 꼭 끌어안았다. 눈앞이 다시금 흐려졌다.

"아, 아아, 흐윽……!"

"읏."

청연은 아래를 씹어 먹을 듯이 조이는 그녀의 살결에 낮은 신음을 흘리며 미간을 찌푸렸다. 그녀의 뜨겁고 보드라운 살 틈에서 투명한 애액이 스멀스멀 흘러내렸다.

"하아, 아⋯⋯."

청연은 바들바들 떠는 나리를 품에 보듬어 안은 채 설핏 미소 지었다.

"홀로 몇 번을 가시는 건지⋯⋯."

"그것이, 흐으, 송구합⋯⋯ 하아."

"사죄하지 말아요. 어여뻐서 그러니⋯⋯."

청연은 나리의 여운이 가실 때까지 기다리기로 하며 그녀의 등을 부드럽게 도닥였다. 어깨를 쓰다듬고 가느다란 목에 입을 맞추며 그녀를 어루만졌다.

아프진 않았는지, 어딘가 불편하진 않은지, 나긋나긋 속삭여 묻는 그의 다정한 목소리가 나리의 귓가를 간질이며 심장을 안온하게 풀어 주었다. 이윽고 나리의 숨이 조금이나마 진정됐을 즘, 그가 나리를 안은 채 자세를 바꾸어 자신의 위에 그녀를 앉혔다.

"하, 윽⋯⋯!"

그의 기둥이 몸 깊숙이 박히자 순간적으로 숨이 턱 막혔다. 나리가 눈을 질끈 감으며 간신히 숨을 삼키고는 더듬더듬 그를 바라보았다. 청연은 그녀의 뺨을 다감하게 쓰다듬으며 눈을 휘었다.

"저는 아직 모자랍니다."

"아, 응!"

"그러니, 하아, 힘겨워도 참아 주세요."

그가 순간 허리를 쳐올리고는 스르르 웃으며 속삭였다. 나리는 그제야 알아챘다. 감미롭게 달래는 그의 낮은 목소리에 홀려 잊고 있었지만, 그의 아래는 잠시도 그녀의 안에서 빠져나간 적이 없으며 여전히 거대한 부피감으로 습한 동굴을 꽉 채우고 있었음을.

"청연, 흡! 으응⋯⋯! 윽!"

자그맣게 그를 부르는 입술에 청연이 곧장 입을 맞추고 혀를 밀어 넣었다. 놀라 버둥거리는 그녀의 허리를 팔로 결박하고 동시에 아래를 쳐올렸다. 질퍽한 소리가 난잡하게 번졌다. 아까까지는 오히려 그가 참아 주었던 걸까. 문득 그런 의문이 그녀의 뇌리를 스쳤으나 범람하는 열기와 쾌락에 잡아먹혀 금세 잊고 말았다.

"아아, 흑! 아!"

잡아먹는 듯한 그의 입맞춤에서 벗어난 후에도 나리는 숨이 턱턱 막혔다. 신음을 내뱉기도, 삼키기도 버거웠다. 그의 두툼한 선단이 깊은 곳을 쉴 틈 없이 짓누르고 농락할 때마다 머리부터 발끝까지 쾌락에 부서질 것만 같았다. 농염한 열기가 자글자글 끓어올라 살갗을 정신없이 돌아다녔다.

눈앞이 하얗게 번졌다. 달빛 어린 계곡이 어지럽게 흔들리며 녹아내렸다.

"흐응, 아! 아응……!"

그녀의 신음이 한계에 다다라 멎을 때까지 그는 멈추지 않았다. 몇 번째 절정인지 이젠 가늠하기도 힘겨웠다. 피가 아닌 미약이 몸에 흐르는 게 아닌가 싶을 정도로 팔다리가 제 것이 아닌 듯했다.

나리는 휘청이는 몸을 그에게 온전히 내맡겼다. 이 아찔한 감각이 가라앉을 때까지 그의 품에 파묻혀 있고 싶었다. 그런데 조금 전과 달리 그는 나리가 절정에 이르렀음을 알고도 멈추지 않았다.

"청연 님, 잠시, 잠시만……! 흑! 아응!"

이제 멈추어야 하는데, 더는 안 되는데. 예민해질 대로 예민해진 몸은 엷은 풀잎만 스쳐도 스러질 지경이라 나리는 다급히 울먹이며 도리질 쳤다. 그러나 청연은 거친 숨 사이로 몹시도 퇴폐적인 미소만 설핏 지을 뿐 삽입을 이어 갔다. 조금 전처럼 너그럽게 멈추어 줄 기미는 보이지 않았다.

"흑, 청연 님, 더는, 그만, 아아!"

나리는 애달프게 흐느끼며 그에게 빌었다. 한계치를 넘은 쾌락이 버거워 눈물이 뚝뚝 떨어졌다. 머리가 어떻게 될 것 같다. 무언가 왈칵 쏟아질 것도 같았다.

"제발, 청연 님, 흑, 응!"

"쑤시는 걸 멈추진 못합니다. 하아, 그러니 더 울고 매달리세요."

손톱으로 할퀴어도 좋고 목덜미를 깨물어도 좋으니 이 품에서 벗어나지 말라고, 청연은 밭은 숨과 함께 씹어 뱉듯이 속삭였다. 낮고 퇴폐적인 목소리가 나리의 아래를 더욱 뜨겁게 데웠다. 자기도 모르게 버둥거리는 나리를 청연이 품에 꽉 가두어 안았다. 조금의 틈도 낼 수 없도록 한쪽 팔에 그녀를 결박한 채 퍽, 퍽, 사정없이 몰아붙였다.

사늘한 계곡에서 그들의 주변 공기만이 뜨거웠다. 쾌락에 집어삼켜진 애달픈 교성이 계곡물의 청아한 물결 소리와 야릇하게 뒤섞였다. 그리고 달이 구름에 숨었다가 나타나길 몇 번.

"아, 응! 흐윽!"

어느샌가 감당할 수 없을 지경의 감각이 삽시간에 온몸으로 번져 그녀의 교성이 절정에 다다르고, 그제야 청연도 거칠고도 낮은 신음을 삼키며 그녀를 으스러지게 안았다. 이미 그녀의 안을 흠뻑 적신 희뿌연 흔적이 또 한 번 왈칵 더해져 둘의 다리 사이를 음란하게 더럽혔다.

"흐으, 응…… 흑."

가혹하리만치 거센 쾌락의 여운에 나리는 정신이 거의 날아간 채로 옅게 신음했다. 교합의 끝이 이리 강렬하고 아득한 줄 몰랐다. 한계라고 여겼던 절정보다 더욱 거센 절정이 존재할 줄 몰랐다. 나리는 그의 품에 젖은 비단처럼 늘어진 채 몸을 떨었다.

청연은 거친 숨을 가라앉히며 설핏 미소 지었다. 그의 품에서 바들바들 경련하는 그녀를 이루 말할 수 없이 귀하게 보듬어 안았다.

첫 교미를 겪은 여린 짐승처럼 혼몽한 그녀가 어쩌면 이리도 어여쁜지. 머리카락에 앙증맞게 매달린 푸른 꽃도, 검은 하늘을 수놓은 별과 흰 달도, 그녀에 비하면 아무것도 아니었다. 세상의 모든 고운 것을 눈앞에 가져와도 그녀보단 곱지 않을 터였다. 젖은 숨을 색색 내쉬며 그의 품에 안긴 그녀가 청연의 눈엔 그러했다.

내 신부님의 눈에도 내가 이리 충만하고 어여쁠는지, 이리 애정이 깊을는지.

청연은 나리를 부드럽게 어루만지며 그녀와 시선을 맞추었다. 혼백이 사라진 말간 눈동자는 야릇한 여운과 촉촉한 애정에 물든 채 오롯이 그를 향해 있었다. 세상에 꼭 청연만 남은 것처럼 그만을 담고 있었다.

청연의 입가에 만족스러운 나른한 미소가 번졌다.

"내 혀를 핥아 줘요."

청연이 숨 섞인 목소리로 나지막이 속삭이자 그녀가 홀린 듯 그에게 다가가 입을 맞추었다. 벌어진 입술 새로 그녀의 달콤한 숨과 보드라운 혀가 밀려들었다. 청연은 입술을 맞댄 채로 웃고는 그녀를 다시 당겨 안았다.

몇 번을 토해 내야 아래의 열기가 가실까. 몇 번을 삼켜야 이 갈증이 가시려나.

청연은 이번엔 몹시도 느리게 그녀의 안을 간질였다. 이젠 멈춰야 한다는 생각도, 더는 버티기 힘들다는 생각도 모조리 녹아 버린 나리는 그저 가냘프게 신음하며 그의 어깨만 끌어안았다.

밤은 아직 한창이라는 듯 사늘하게 빛나는 달빛이 다시금 열락에 빠져드는 그들의 정사를 희게 비추었다.

* * *

나리가 눈을 떴을 땐 계곡이 아닌 그의 처소였고 해가 뜨기 전의 새벽녘이었다. 파르스름한 공기가 어슴푸레한 방 안 구석구석에 청량하게 스미어 있었다.

나리는 몽롱하게 눈을 깜박이다가 느릿느릿 고개를 들었다. 그리고 그의 고요히 내리뜬 눈과 곧장 시선이 마주쳤다. 한숨도 자지 않았던 그는 헐벗은 나리를 품에 깊이 안고서 침상에 느슨히 기대어 앉아 있었다.

"어……."

나리가 멍하니 얇은 소리를 내자 청연이 눈을 휘고는 그녀의 볼 언저리를 쓰다듬었다.

"혼절하셨습니다."

낮고 부드러운 음성이 그녀의 귀에 감겼다. 혼절이라니, 나리는 그제야 조금 전 그와 있었던 일이 떠올랐다. 온 풍경이 격렬하게 흔들리고 절절 녹아내리던 계곡과 정욕에 흠뻑 젖은 그의 눈동자, 몸짓, 거친 숨소리.

연이어 그의 품에서 울고 신음하며 애달프게 그의 너른 어깨에 매달리던 자신의 모습도 떠올랐다. 생전 처음 겪어 본 흥분과 폭풍 같은 절정에 숨도 쉬지 못하고 바들바들 떨었던, 그의 맹수 같은 시선에 정신을 차리지 못했던, 마치 발정기의 짐승 같았던 자신의 모습.

한데 신수님은 그리 음란한 밤을 보냈으리라곤 상상도 할 수 없을 정도로 말끔하고 아름다운 얼굴을 하고 계시니, 나리는 간밤이 혹 꿈이었나 싶었다. 가누기 힘들 정도로 축 늘어진 자신의 몸을 보면 분명 꿈은 아니겠지만…… 게다가 자신은 실오라기 하나 걸치지 않은 채 그에게 폭 안겨 있지 않은가. 나리는 얼굴을 붉히곤 입술을 살며시 깨물었다.

"청연 님은 왜 주무시지 않고……."

나리가 자그맣게 웅얼거리자 그가 나지막이 답했다.

"잘 수가 없었지요. 열기가 도통 가라앉지를 않아서……."

그의 고요한 울림이 새벽 공기와 어우러져 듣기 좋았다. 적나라한 뜻을 비치고 있음에도 온화하고 부드러웠다. 나리의 뺨이 더욱 발그레해지자 청연이 기분 좋게 웃었다.

"기다려 온 초야를 이리 흘려보내기 아쉬워 그대가 눈을 뜰 때까지 기다렸습니다."

그의 낮은 속삭임과 함께 사르륵, 사르륵, 비단 스치는 소리가 간지럽게 났다. 청연은 느리면서도 몹시 다감한 손길로 품 안의 나리를 침상에 눕혔다. 손가락 하나 움직일 힘도 없었기에 나리는 순순히 그의 손에 이끌렸다.

청연이 나리의 위에 자리를 잡자 그의 도포가 나리를 숨기듯 스르르 흘러내렸다. 나리는 취한 듯이 가만 그를 올려다보다가 순간 정신을 차리곤 더듬더듬 말했다.

"하오나, 계곡에서도 계속……."

계곡에서 그에게 안기었을 때, 나리는 제 몸을 휘감는 흥분을 도저히 감당키 어려워 그의 목덜미에 매달려 많이도 애원했다. 제발 잠시만 멈추어 달라고 울먹이기까지 했었다. 그러나 그는 거친 숨 사이로 감미롭게 웃으며 어르고 달랠 뿐 멈추어 주지 않았다. 끝엔 몸이 계곡물에 젖은 건지 그의 흔적에 젖은 건지 알 수 없을 지경이었다.

"계속, 몇 번이나 하시었는데……."

나리가 부끄러운 낯으로 웅얼웅얼 말끝을 흐렸다. 청연은 나른히 웃으며 도포를 벗고는 나리의 목덜미에 입술을 묻고 속삭였다.

"모자랍니다. 생전 처음 겪은 환락이 어찌 그 몇 번으로 채워지겠습니까. 마음 같아선 그대의 안에 담은 채로 지내고 싶을 정도입니다."

"그, 그런 말씀 하지 마시어요……."

잔잔히 흐르는 밀어는 둘 사이의 공기를 한층 깊고 온화하게 물들였다. 그녀를 어루만지는 그의 손길처럼. 나리가 금세 가쁜 숨을 색색 내쉬며 눈가를 붉히고 청연은 그녀를 부드러운 시선으로 눈에 담았다.

이윽고 청연이 허리를 세우자 나리의 다리 사이 흠뻑 젖은 살결에 그가 단단하게 닿았다. 잠시 미간을 찌푸리며 웃은 그가 신음과도 같은 긴 숨을 내쉬었다.

"밤 나들이는, 하아, 어떠셨습니까?"

청연이 그녀의 안에 천천히 침범하며 나지막이 물었다. 나리는 숨이 턱 막히는 부피감을 견디려 가냘픈 신음을 삼키고는 잠시 호흡을 고르며 그를 올려다보았다.

밤 나들이, 무엇 하나 아름답지 않은 게 없었지만 그중 하얗게 내리는 달빛을 등지고 웃으시던 신수님이 가장 수려했던 밤 나들이…….

"좋았습니다…….."

나리는 머지않아 엷게 끄덕이며 말했다. 자신 역시 생전 처음 겪어 본 모든 것이 더할 나위 없이 좋았다고, 실바람에 흔들리는 꽃처럼 가느다랗게 속삭였다. 스르르 눈을 감아 버린 그의 미소가 더욱더 깊어졌다.

五

나리가 열 살 남짓 되었을 때쯤 추운 한겨울 날이었다. 몸이 약했던 어머니가 병으로 세상을 뜬 지 얼마 지나지도 않은 어느 날, 어린 나리의 슬픔이 채 가시기도 전에 나리의 아비는 남부끄러운 줄도 모르고 옳다구나 첩실을 안방으로 들였다.

첩실은 나리의 어머니가 아끼던 단 하나뿐인 노리개를 보란 듯이 차고 다녔다. 어린 마음에도 그 모습이 얼마나 분하였던지, 나리는 이를 사리물고 울면서 첩실에게 대들었다. 천성이 여리고 온순하여 누구에게 말대꾸 한번 해 본 적이 없건만, 어머니의 유품을 첩실이 차지한 것만은 도저히 참을 수 없었다.

그러나 작은 몸과 고사리 같은 손으로는 아비의 첩실을 당해 낼 수 없었다. 첩에게 버릇없이 군다며 되레 아비에게 몹시도 가혹하게 매를 맞았다. 한겨울 눈이 시리게 쌓인 마당에서 자그마한 손과 발에 발간 생채기가 가득 생길 때까지 싸리비로 맞아야 했다.

그날 밤 나리는 몰래 집을 나왔다. 맨발로 눈을 밟으며 마을 우물가까지 뛰어가 깊은 우물 안을 오래도록 들여다보았다.

나리는 며칠 전 아랫마을에서 제 또래의 아이가 우물에 빠지는 바람에 죽다 살아났다는 소문을 떠올렸다. 그 아이가 우물에 빠졌을 땐 다행히 날이 저물기 전이었고 마침 우물을 지나가던 사람이 아이를 발견하여 목숨을 건질 수 있었다고 했다.

하나 늦은 밤 아무도 찾지 않는 우물이라면 어린아이가 빠진다 한들 아무도 모를 터였다.

어머니한테 갈 거야. 어머니가 보고 싶어.

나리는 눈물을 뚝뚝 떨구며 작은 손으로 우물을 짚고 까치발을 했다. 죽음의 고통과 무게 따위는 모르는 앳된 머릿속에 어머니를 향한 그리움만 가득 담고서 돌아올 수 없는 강을 건너려 했다.

그때, 돌연 나리의 눈앞이 환해졌다. 밤하늘의 구름이 걷히면서 크고 둥근 달님이 우물에 내려와 주셨다. 수면에서 은은히 빛나는 보름달은 몹시도 고왔다. 나리는 자신이 나쁜 마음을 먹었다는 것도 잊은 채 입을 헤벌리고 아래를 내려다보았다. 일렁일렁 반짝이는 달님이 꼭 자신에게 말을 거는 듯했다. 아가, 그러면 안 돼, 하고 다독이는 듯했다.

'나리야!'

때마침 멀리서 걸어오던 아낙네가 우물 안으로 허리를 푹 숙인 나리를 보고는 얼른 달려와 작은 몸을 붙잡아 일으켰다. 나리의 어머니와 친하게 지내던 염씨댁이었다. 여기서 무얼 하느냐고 염씨댁이 걱정스레 다그쳐 묻자 나리는 한참을 우물쭈물하다가 끝내 설레설레 도리질 치며 달을 보았다고 얼버무렸다.

'어휴, 불쌍한 것.'

염씨댁은 나리의 얼어붙은 발과 싸리비에 맞은 상처를 요리조리 살피더니 한숨을 푹 내쉬었다. 그러곤 소쿠리를 뒤적였다. 아랫마을에 신께 올리는 큰 제사가 있어서 일을 도와주고 받아 왔다며 약과와 알록달록한 떡을 나리의 손에 가득 쥐어 주었다. 나리는 소복이 쌓인 주전부리를 보며 침을 꼴깍 삼키곤 생각했다.

나쁜 선택을 하지 않아서 달님이 상을 주신 건지도 몰라.

집 앞까지 데려다준 염씨댁에게 꾸벅 인사한 나리는 방으로 돌아와 간식을 오물오물 먹으며 주린 배를 채웠다. 입에 단맛이 맴돌자 서러운 감정도 조금은 가셨다. 살살 졸음도 밀려왔다. 나리는 구석에 작게 웅크려 누운 채 속으로 같은 말을 몇 번이나 되뇌었다.

우물에 빠지지 않아서 다행이야. 살아 있어서 다행이야.

그날 이후로 나리는 뒷동산을 온종일 돌아다니며 하루를 보내고 해가 지면 눈치를 살피며 살금살금 집으로 돌아오는 나날을 몇 년 동안 반복했다. 어린 나이에 나름의 살아가는 방식을 터득하자 고달픈 삶도 조금씩 익숙해졌다.

그리 살다가 열다섯이 되던 해, 나리는 아비로 인해 다시금 벼랑 끝으로 내몰렸다. 나이 찬 홀아비의 첩실로 들어가든지, 궁에서 어린 여자아이들을 구하고 있으니 궁녀로 입궁하든지, 둘 중 하나를 골라 이제껏 키워 준 값을 하라고 아비가 으름장을 놓은 것이었다.

어느 쪽이든 나리는 재물에 팔려 가는 거나 다름없었다. 늘 아비를 떠나기를 꿈꾸었으나 이리 갑작스럽게 내쫓기는 건 청천벽력과도 같았다. 자신이 아비에게 귀한 딸이 아님은 일찌감치 알고 있었지만 사고파는 물건처럼 하찮게 여겨질 줄은 상상도 하지 못하였다. 아비가 원망스러웠다. 쉬이 도망갈 수조차 없는 자신의 처지가 비통했다.

답을 내놓을 때까지 밖으로 나오지 말라는 아비의 횡포 탓에 나리는 한동안 방에 갇혀 지냈다. 그로부터 이레가 지난 날, 나리는 궁으로 가겠다고 대답했다. 허랑방탕하기로 유명한 아비뻘 사내와 함께 살 순 없었다. 마주하기만 해도 아비가 생각나 두려울 텐데, 차라리 궁으로 가서 평생을 홀로 지내는 게 나으리라 여겼다.

입궁하던 날, 나리는 어머니와의 추억이 남은 집을 떠나며 눈물 젖은 얼굴로 아비에게 절을 했다. 아비는 몸조심하란 말도 없이 고작 엽전 몇 푼에 싱글벙글했었다. 나리가 눈물을 떨구며 수없이 뒤돌아보았다는 것도 모른 채였다.

혼인을 피해 등 떠밀리듯 들어간 궁에서의 나날도 녹록지는 않았다. 지켜야 할 예법은 끝이 없었고 궁인들 사이에 스며들 때까지 다른 궁녀들의 눈칫밥을 호되게 먹어야 했다.

말 한번 잘못하면 곧장 목이 달아나니 억울한 상황에서도 입을 다물어야 했고, 몸가짐을 잘못하면 매타작이 날아오니 걸음걸이 하나도 조심하려 무던히 애써야 했다. 손끝 발끝까지 긴장한 채로 하루를 보내고 나면 잠들기 전엔 온몸이 으스러질 듯 아팠다.

그리 정신없이 지내다 보니 아비에게 쫓겨났다는 것과 이젠 돌아갈 집이 없다는 사실에 슬퍼할 겨를이 없었다. 낯설고 힘겨운 궁 생활을 나리는 그저 버텼다. 정말이지 고달프고 외로운 나날이었다. 그러나 나리는 심부름하며 지나치는 화원의 꽃을 보며 마음을 달랬고 굶지 않는 것에 위안을 얻었다.

자수에 재능이 있어 수방이 아닌 침방 궁녀임에도 특별히 공주의 옷에 수를 놓게 되었을 땐 쓸모 있는 사람이 된 듯하여 몹시 기뻤고, 그로 인해 혼자만의 자그마한 방을 갖게 되었을 땐 생에 처음으로 느낀 해방감에 눈물까지 났다. 그때 나리는 어린 시절 되뇌었던 말을 다시금 떠올렸다.

죽지 않아서 다행이다. 살아 있어서 다행이다.

괴로움은 짙고 행복은 희미하기만 했던 날들이었다. 겪은 고생에 비하면 하잘것없는 보상만 받아 온 날들이었다. 그런데도 나리가 삶에 애착이 생긴 이유는 살아 있기만 하면 그나마 좋은 날이 온다는 걸 몸소 배워서였다.

무릎을 꿇고서 살려 달라 빌고, 제발 죽이지만 말아 달라 비참하게 목숨을 구걸하더라도, 그래도 살아 있기만 하면 언젠가는 온화한 날이 오리란 걸 믿기 때문이었다.

"……다행이다."

지난날의 기억을 갈무리하며 나리는 저도 모르게 웃음 띤 소리로 작게 중얼거렸다. 나리의 앞에 등을 보이고 앉아 있던 여우가 그 혼잣말을 듣고는 슬쩍 뒤를 돌아보았다.

여인의 모습을 한 여우는 나리가 무슨 말을 한 건지 궁금하다는 듯 고개를 기울이며 눈을 휘었다. 그러자 나리의 옆에 있던 다른 여우도 머리를 갸웃거렸다. 나리는 두 여인을 보며 수줍게 웃고는 아무것도 아니라고 도리질 쳤다.

이리 평온하니 묻어 뒀던 옛 기억도 나는구나. 아예 잊어버렸다고 생각했는데…….

문득 떠올랐던 어린 날의 기억은 머릿속에 깊이 담아 두고 나리는 다시금 여우의 긴 머리카락을 곱게 땋아 내렸다. 허리를 곧게 세우고서 나리에게 머리를 맡긴 여우와 그 옆에서 다음 차례를 기다리는 여우, 그들 사이에서 나리는 다사롭게 내리쬐는 햇빛과 살랑살랑 불어오는 실바람을 온몸으로 받았다.

실로 오랜만에 여우님들과 함께 보내는 시간이었다. 보름 전 그와 함께 계곡에 다녀온 뒤부턴 그가 도통 나리를 놓아주질 않아서 여우들과 노닐 틈이 없었다.

그간 나리는 거의 온종일 그의 품에 안기어 있었다. 이따금 나리가 홀로 바람을 쐬러 툇마루에 나오면 여우들이 재빠르게 다가와 나리를 화원으로 이끌었으나, 앞뜰을 채 벗어나기도 전에 그가 나타나 나리를 다시 품에 안아 가기 일쑤였다.

또 어떤 날은 여우들이 향기로운 과일을 소복이 가져와 나리의 앞에서 생긋 웃었는데, 그때도 그는 뒤에서 그녀의 허리를 부드럽게 안아 당기며 목에 입을 맞추곤 하였다. 그가 농익은 공기를 풀풀 풍기며 눈짓하니 그들이 어찌 버틸까. 여우들은 요염한 입술을 뾰로통하게 다문 채 물러설 수밖에 없었다.

오늘은 그가 산을 돌아보기 위해 잠시 처소를 비워서 나리가 그나마 여우들과 함께할 수 있었다. 하는 놀이라곤 꽃을 한 아름 안고 찾아온 여우들의 머리를 만져 주고 장식해 주는 것뿐이지만, 이리 조용히 노니는 것도 나리는 제법 즐거웠다. 손을 탈수록 아름다워지는 여우님을 보니 어쩐지 가슴 안쪽이 뿌듯하기까지 하였다.

간혹 여우님들이 인형 놀이 하듯 자신의 머리를 만져 줄 땐 과한 호사를 누리는 듯하여 부끄럽기만 했다. 그런데 반대로 그들의 머리를 만지다 보니 나리는 이제야 여우들의 마음이 이해되었다.

여우님들도 지금 나처럼 즐거우셨을 거야.

나리는 살며시 웃음이 번지는 입술을 꼭 물고서 화려하게 땋아 올린 여우의 머리에 끝으로 붉은 목단을 달아 주었다.

"다 되셨습니다."

나리가 마지막 정돈을 끝내며 말하자 붉은 꽃을 단 여우는 나리의 어깨에 볼을 살짝 기댔다가 떨어지면서 긴 눈을 가느다랗게 접어 미소 지었다. 한참이나 눈을 마주치며 웃는 걸 보니 고맙다는 말 대신인 듯했다.

곧이어 자신의 차례를 기다리던 다른 여우가 나리의 앞에 앉아 허리를 곧게 세웠다. 나리는 달가운 웃음을 터뜨리고서 여우의 머리를 부드럽게 땋기 시작했다.

툇마루엔 꽃 더미가 소복이 쌓였다. 소쿠리에 탐스럽게 담긴 살구에

선 은은한 단 향이 풍겼다. 뜰 저 앞엔 호위 중인 연호와 그에게 다가가 귓가에 꽃을 꽂아 주며 짓궂게 웃는 여우가 보였다. 그 모습을 보며 나리의 앞에 앉은 여우가 소리 없이 웃고 나리 역시 입가에 잔잔히 걸린 미소를 지우지 않았다.

청연 님이 함께 계셨다면 더욱 아름다웠을 텐데…….

자연스레 그를 떠올리며 나리는 온화한 앞뜰의 풍경을 모자람 없이 눈에 담았다.

나리가 두 번째 여우의 머리를 다 땋고 틀어 올릴 때쯤 청연이 돌아왔다. 저 멀리 덤덤히 서 있던 연호가 돌아온 그를 향해 허리를 숙이고 나서야 나리는 나긋한 걸음으로 다가오는 청연을 발견했다. 여우님의 머리를 만지던 것도 잊은 채 나리가 반가운 기색을 보이자 청연이 눈을 휘고서 그녀의 귓가를 가벼이 쓰다듬었다.

"오래도록 주무실 줄 알았더니요."

그의 웃음 띤 목소리를 듣자마자 나리는 뺨을 발그레 붉히곤 눈을 이리저리 굴렸다. 신수님의 말 속에 숨겨진 뜻이 무엇인지 잘 알기에 금세 부끄러워지고 말았다.

오늘 아침 해가 막 떴을 때였다. 그는 나리의 처소에 스며들듯 들어와 눈도 제대로 뜨지 못한 나리를 달콤한 목소리로 깨우고 목덜미에 얼굴을 묻었다. 그녀의 보드라운 살갗을 어디 하나 빠짐없이 어루만지고 입을 맞추었다.

잠에 취해 여리게 신음하던 나리는 끝내 애달피 울먹이며 그에게 매달렸고, 범람하는 절정 후에 다시금 잠들었을 때쯤 이미 밖은 환하게 밝아 있었다. 그렇게 짧은 잠을 자고 눈을 뜨자 여우들이 찾아와 지금까지 함께 있던 것이었다.

꿀처럼 농밀했던 아침을 떠올리자 낯이 더욱 화끈해진다. 나리는 손등으로 살며시 볼을 식히며 자그맣게 답했다.

"그게, 오늘은 어쩐지 금세 눈이 떠졌습니다……."

그녀의 수줍은 대답을 듣자마자 청연은 더욱 깊은 미소를 머금고서 말했다.

"끝나면 늘 이 몸의 품에서 반나절 넘게 잠에 빠지시더니, 이제 익숙해지셨나 봅니다."

어쩔 줄을 몰라 발간 입술만 꼭 무는 나리가 못 견디게 어여쁘다. 청연은 나른히 입술을 휘고서 느린 말투로 덧붙였다.

"앞으론 제가 참지 않고 마음껏 그대를 품어야겠습니다. 그래야 그대를 재울 수 있을 테니."

"청연 님……."

"지금은 어떠십니까."

"……."

"모자란 낮잠을 재워 드릴까요?"

그의 미소를 보니 반쯤은 자신을 놀리는 듯한데, 귀에 감기는 목소리가 몹시도 고혹적이라 나리는 그의 말이 진심인지 농담인지 헷갈렸다. 나리는 입술을 말아 문 채 그를 올려다보았다. 청연이 나리를 유혹하듯 한층 더 농염한 눈웃음을 지었다.

둘 사이의 그 짙고 은근한 공기를 파고든 건 다름 아닌 여우들이었다.

"여, 여우님……."

나리는 돌연 양쪽에서 자신에게 꼭 달라붙은 여인들을 당황한 얼굴로 번갈아 보았다. 청연 역시 고개를 비스듬히 기울이며 그들을 내려다보았다. 여우들은 각각 나리의 허리와 어깨를 안은 채 조금은 고집스러운 눈빛으로 청연을 빤히 쳐다보고 있었다. 아직은 나리를 보내 줄 수 없다는 무언의 시위였다.

"흐음……."

청연이 아무 말 않고 흥미로운 눈빛으로 보기만 하자 점차 애가 달았는지, 한 여인이 기어이 여우의 모습으로 변하여 나리의 다리에 동그랗게 웅크려 자리 잡았다. 복슬복슬한 꼬리로 몸을 감고서 까만 눈동자만 위로 치켜뜨곤 청연을 쳐다보았다. 오늘만은 양보할 수 없다는 듯 물러설 기색을 비치지 않았다.

나리는 손등에 닿는 보드라운 털을 무의식적으로 쓰다듬다가 문득 이럴 때가 아니다 싶어 조심스레 그를 바라보았다. 여우님들이 그의 심기를 건드린 건 아닌가 하고 살그머니 그의 눈치를 살폈다.

그런 나리의 눈길을 느낀 청연은 그녀와 눈을 마주치자마자 픽 웃음을 터뜨리며 무감했던 표정을 풀었다. 그러곤 여우를 쓰다듬던 나리의 손을 천천히 끌어가 손가락에 입을 맞추며 말했다.

"아이들이 그대에게 홀려도 단단히 홀렸습니다. 감히 내 앞에서 이리 고집을 부리다니……."

나무라는 듯한 말이었으나 그의 목소리는 실바람처럼 부드러웠다. 여우들을 향한 그의 온화한 타박에 나리도 뒤늦게 안도의 미소를 머금었다.

"여우님들이 무료해서 저를 찾아오신 듯합니다. 함께 있어 주셔서 저도 시간이 어찌 가는지 몰랐습니다."

"그러셨습니까."

웃음 띤 소리로 답하며 청연이 나리의 곁에 느슨히 앉았다. 여우들은 그제야 마음을 놓은 듯했다. 나리의 다리에 고집스레 웅크리고 있던 여우도 여인의 모습으로 돌아와 생긋이 눈웃음 지었다. 나리는 여우에게 옅게 마주 웃어 주며 큼지막한 목단 한 송이를 그녀의 머리에 달아 주었다.

나리의 손길로 단장을 끝마친 여우들은 자그마한 면경으로 화려하게 치장한 얼굴을 확인하면서 서로의 머리를 만져 주었다. 나리는 미소를 지우지 않은 채 여우들을 눈에 담았다. 청연은 나리를 가만히 지켜보다가 고요하게 웃으며 말했다.

"손재주가 좋으십니다."

나리는 화들짝 그를 보다가 이내 과한 칭찬을 들었다는 듯이 수줍게 웃으며 고개를 숙였다.

"아닙니다. 여우님들이 너무 아름다우셔서 그리 보이는 것뿐입니다. 저는 그저 놀이하듯이 여우님의 머리를 만져 드린 건데…… 부끄럽습니다."

"……놀이라."

그녀의 작은 목소리에 귀 기울이던 청연이 돌연 혼잣말을 느슨하게 늘어뜨리며 무언가 생각에 잠기었다. 이윽고 그의 눈길이 곱게 포개진 나리의 양손으로 향했다. 그녀의 단아한 손가락은 꼭 손장난이 필요한 듯이 가만가만 꼼지락대고 있었다. 놀잇감이 없어서 아무래도 허전한지 단정한 손끝을 계속해서 만지작거렸다. 청연은 나리의 부산한 손짓을 오래도록 주시하다가 말문을 열었다.

"그러고 보니 그대도 무료하셨겠습니다. 여긴 화원 말고는 도통 그대가 관심 둘 것이 없으니……."

"예? 아, 아닙니다. 저는 전혀……."

"그대의 손이 티를 내고 계십니다."

청연이 짤막한 웃음을 터뜨리며 말하곤 나리의 가느다란 허리를 부드러이 안아 당겼다. 나리가 당황하여 황급히 그의 팔을 붙잡았으나 그땐 이미 그의 단단한 허벅지에 올라앉은 후였다.

나리는 그의 품에 옆으로 기대어 안긴 채 뛰는 심장을 가라앉혔다. 갑작스럽게 안기긴 했지만, 그가 이 자세를 제법 마음에 들어 하는 걸 알기에 나리는 얌전히 청연의 품에 자리 잡았다.

그녀의 놀란 숨소리가 잠잠해지자 청연은 자신의 한쪽 손을 나리의 손에 올렸다. 나리는 제 손에 겹쳐진 그의 손을 의아하게 보다가 답을 구하듯 조심스레 그를 쳐다보았다. 청연이 눈을 휘고서 담담히 답했다.

"무언가 만질 것이 필요해 보이시기에 내어 드렸습니다."

"아…… 감사합니다……."

손을 내어 준 그에게 멍하게 대답하고 나니 감사 인사가 어울리지 않는 상황인 것 같아 나리는 뒤늦게 입을 꼭 다물었다. 감사하다니, 차라리 괜찮다고 답하고 손장난을 그만둘걸…….

속으로는 그리 자책했으나 그의 길고 큰 손은 몹시 부드럽고 선이 우아해서 절로 손끝이 움직였다. 나리는 그의 손가락 마디를 조심스럽게 쓰다듬었다.

"궁에선 무엇을 하면서 무료함을 달래셨습니까."

청연은 작은 꽃잎이 스치듯 보드랍게 닿는 나리의 손끝을 느끼며 본론을 입 밖으로 꺼내었다. 나리는 가만가만 그의 손마디를 만지면서 기억을 더듬다가 이내 작게 대답했다.

"간혹 서책을 읽고…… 대부분은 자수를 두었습니다."

"자수?"

"예, 치맛단이나 옷깃에……."

기실 궁녀의 신분에 무료함을 달랠 만한 놀잇감 같은 호사는 주어지지 않았다. 나리는 간혹 휴식을 취하는 날에도 무엇을 해야 할지 몰라 읽었던 서책을 다시 읽고 일감으로 남은 자수를 두며 하루를 보냈었다. 혼자서 그리 조용히 보내는 휴식을 가장 좋아하기도 했었다.

"곱게 자라셨을 터인데 어찌 직접 자수를 두셨습니까."

옛 기억에 젖어 있던 나리가 순간 멈칫하며 그의 손을 쓰다듬던 손길도 멈추었다. 갑작스럽게 파고든 그의 물음이 당혹스러웠으나 그녀는 금세 평정을 되찾았다.

"한 궁녀가 둔 자수의 모양이 제가 배운 자수와 달리 크고 화려하여서…… 후에 서책을 보고 따라 하였습니다."

나리는 굳은 손을 얼른 갈무리하곤 애써 담담한 척 말했다. 자수가 화려하단 말은 나리가 실제로 공주에게 들었던 적이 있었기에 대답이 어렵지 않았다. 다만, 거짓을 고하는 게 점차 익숙해지는 자신과 거짓을 고할 수밖에 없는 이 상황이 씁쓸할 뿐이었다.

나리는 쓰디쓴 마음의 가책을 홀로 오롯이 받아들이며 무언의 사죄를 하듯 그의 손을 양손으로 포개어 잡았다.

"자수와 서책이라……."

청연은 나지막이 읊조리곤 잠시 먼 산등성을 보며 생각에 잠기었다. 나리는 슬그머니 그를 올려다보았다. 이윽고 그가 무언가 결정한 얼굴로 눈을 감았다가 이내 나긋하게 시선을 내리뜨며 나리를 향해 눈웃음 지었다.

머지않아 허공을 가르는 날갯짓 소리가 나더니 날카로운 눈을 가진 잿빛의 매 한 마리가 앞뜰로 하강했다. 매가 그의 발치에 내려앉자 나리의 발목까지 얕은 바람이 일었다. 청연은 나리에게 내어 주었던 손을 잠시 거두어 허공에 올렸다. 매는 다시금 가벼이 날갯짓하여 그의 팔목에 사뿐히 올라앉았다.

나리는 입을 작게 벌린 채 매의 푸르스름한 잿빛 깃털과 눈을 내리깐 그의 옆얼굴을 우두커니 바라보았다.

"……."

매는 그의 팔에 얌전히 앉아 있었고 그는 매의 머리 가까이에서 무언가 고요히 읊조리는 중이었으나 목소리는 들리지 않았다. 그와 무척 가까이 있음에도 나리의 귀엔 옅은 숨소리만 들릴 뿐이었다. 마치 다른 세계의 말을 하는 듯했다.

머지않아 그가 다시 허공에 팔을 뻗자 매가 힘차게 날갯짓하며 허공을 갈랐다. 속도가 어찌나 빠른지 금세 파란 하늘의 점으로 사라졌다.

"영물인지요……?"

나리는 매가 사라진 하늘을 보다가 자그만 소리로 물었다. 청연은 꼭 아이를 칭찬하는 표정으로 웃으며 고갯짓했다. 그 너그럽고 다정한 얼굴을 보니 괜히 가슴이 소란스럽다. 나리는 입술을 꼭 물고서 눈을 굴리다가 문득 매에게 읊조리던 그의 소리 없는 말이 떠올라 조심스럽게 입을 열었다.

"혹 무슨 말씀을 하시었는지 여쭈어도 되는지요⋯⋯?"

청연은 아아, 하며 웃다가 고개를 저었다.

"후에 그대도 알게 되실 겁니다."

나리의 물음엔 늘 온화한 목소리로 대답을 해 주던 그가 이번엔 비밀스럽게 답을 숨겼다. 나리는 자신이 그의 일에 도를 넘게 끼어들었나 싶어 낯이 붉어지고 말았다. 아무리 자신과 정을 통한 사내라 한들 그는 너른 영역을 다스리는 고귀한 신수님이신데 말이다.

나리는 민망하게 달아오른 얼굴을 숨기려 작은 몸을 더욱 작게 웅크리곤 고개를 숙였다. 그러자 작게 웃어 버린 청연이 나리의 허리를 부드럽게 어루만지며 속삭였다.

"토라지셨습니까? 제가 아무런 답을 해 주지 않아서?"

"아, 아닙니다. 제가 어찌 감히 청연 님께 그런 마음을 품겠습니까⋯⋯."

"그럼 고개를 들어 주세요."

"⋯⋯지금은 낯이 붉어서 부끄럽습니다."

"이 몸이 괜찮다고 하여도?"

그가 다정하게 달래었지만 나리는 부끄러운 마음이 앞서 끝내 얼굴을 들지 못했다. 청연은 흐음, 하고 나지막한 숨을 내쉬다가 조금은 가라앉은 소리로 읊조렸다.

"제가 그대를 서운하게 한 듯합니다. 이리 얼굴도 보여 주시지 않는 걸 보면⋯⋯."

한숨 섞인 그의 말투에서 옅은 서운함이 묻어난다. 그에게서 그런 목소리를 듣기는 처음이었다. 나리는 떨궜던 고개를 다급히 올리고서 그

의 얼굴을 살폈다. 혹 자신이 그의 마음을 상하게 하였을까 봐 입안이
초조하게 말랐다.

"청연 님, 그게, 그런 뜻이 아니오라 제가……."

더듬더듬 변명하던 나리는 그의 눈을 보자마자 일순 말을 잃었다. 닿
을 듯 가까이 있는 그의 암청색 눈동자는 서운함은커녕 온화하면서도
즐거운 감정으로 물들어 있었다. 가늘게 휘어진 눈웃음은 어딘지 장난
스럽기까지 했다.

"제가……."

나리는 멍하니 말끝을 흐리다가 뒤늦게 그가 짓궂은 농을 던졌다는
걸 알아챘다. 그리고 자신이 신수님의 농담에 속아 안절부절 어쩔 줄
몰라 하면서 기어이 붉어진 얼굴을 그에게 고스란히 보였다는 것도.

울지도 웃지도 못한 채 입술을 달싹이던 나리가 이내 두 손으로 달아
오른 얼굴을 폭 가렸다. 청연은 맑은 웃음을 터뜨리며 자그맣게 웅크린
나리를 품에 더욱 깊숙이 안아 가두었다.

"그리 놀라셨습니까?"

웃음기가 가시지 않은 부드러운 목소리가 나리의 귀에 감겼다. 나리
는 혀끝까지 올라온 말을 겨우 삼켰다. 무척 놀랐다고, 심장이 발치에
떨어지는 줄 알았다고, 어찌 그리 짓궂은 말씀을 하시느냐고 그에게 응
석을 부리고도 싶었으나 그런 자신의 마음마저 부끄러웠기에 겨우 고개
만 끄덕였다.

얼굴을 손안에 숨긴 채 고갯짓하는 나리가 못내 귀엽다는 듯 청연은
다시금 웃었다.

"그대를 보고만 있어도 남은 날을 버틸 수 있을 것 같습니다."

그는 다감한 한숨과 함께 나리의 귓가에 고요히 속삭였다. 무척이나
깊고 진중한 목소리였다. 나리는 얼굴을 가린 손을 저도 모르게 살며시
내렸다. 곧장 마주한 그의 얼굴은 더할 나위 없이 다정하였고 아득히

먼 날을 보는 듯이 아련했다. 그 깊은 눈동자에 비치는 부드러운 온기가 자신을 향해 있다는 걸 느끼자 나리의 심장은 크고 느리게 뛰었다.

신수님은 얼마나 먼 훗날을 보고 계시는 걸까. 나는 얼마나 먼 날까지 신수님의 곁에 있을까.

나리는 멍하니 그를 바라보다가 무의식적으로 손을 뻗었다. 무언가에 홀린 것처럼 손끝으로 그의 눈가를 살며시 만지고 입술도 조심스레 쓰다듬어 보았다. 그러다 그의 미소가 한층 짙어진 순간 번뜩 정신이 들었다.

"아, 저⋯⋯."

내가 무슨 무례한 짓을⋯⋯.

겁도 없이 그에게 손을 뻗은 자신에게 경악하며 나리는 다급히 손을 떼려 했다. 그러나 나리가 손을 거두기도 전에 청연이 나리의 손목을 그러잡고 그녀의 손가락에 입을 맞추었다. 아프지 않을 정도로 손끝을 깨물고 혀로 농밀하게 핥았다.

"흐, 읏⋯⋯."

나리는 옅은 신음을 삼키며 손가락을 파르르 떨다가 불현듯 주위를 둘러보았다. 뜰 저 멀리서 여우들과 연호가 이쪽을 보고 있었다. 나리는 점차 가빠지는 숨을 애써 삼키며 자그맣게 소곤거렸다.

"청연 님, 혹 여기서⋯⋯."

"묻지 말아요. 그대가 예상하는 게 맞을 테니⋯⋯."

낮게 읊조리는 그의 목소리와 검푸른 눈동자에 색정이 짙었다. 나리는 어쩔 줄 몰라 하며 다시금 뜰을 쳐다보았다. 여우님들이 다시 와서 그를 막지는 않을까, 하는 바람으로 바라보았으나 그들은 나리를 향해 요염하게 웃으면서 섬섬옥수로 장난스럽게 눈을 가릴 뿐이었다. 마치 자신들은 아무것도 보지 못하였다는 듯이.

이러다간 정말 밖에서 신수님에게 안기고 말 텐데⋯⋯.

나리는 눈썹을 늘어뜨린 채 이리저리 바삐 눈을 굴리다가 그의 입술이 목에 닿는 순간 가느다란 신음을 흘렸다. 이쯤 되니 상황을 멈추기 위해선 그의 너그러움에 기대는 수밖에 없었다. 나리는 잠시 멈추어 달라며 그의 도포 자락을 애타게 붙잡았다.

"처, 청연 님, 지금은 해가 지지 않아서……."

"꼭 밤에만 이 몸의 품에서 운 듯이 말씀하십니다."

청연이 능란하게 받아치며 픽 웃어 버리자 나리는 이번엔 더욱 다급한 손길로 그의 어깨를 꼭 잡았다. 그제야 행동을 멈춘 청연이 또 할 말이 있으면 해 보라는 듯 고개를 기울인 채 그녀를 향해 눈을 휘었다. 나리는 우물쭈물 제 입술을 괴롭히다가 이내 들릴 듯 말 듯 자그마한 소리로 더듬거렸다.

"아직 날이 너무 밝습니다. 또, 청연 님께서는 일찍이 밖에 다녀오셨으니 쉬셔야 하고……."

"예, 그리고?"

"그리고, 여우님과 연호 님도 보고 계시고……."

"또?"

"……."

"얼른 이 몸을 달래 보세요. 아니면 아이들을 물릴까요?"

대화가 이어질수록 그의 웃음은 짙어지고 나리의 목소리는 점차 사그라졌다. 나리는 더는 할 말을 찾지 못한 채 가늘게 휘어진 그의 눈만 당혹스럽게 바라보았다.

"대답해 보세요."

나른히 속삭인 그가 기어이 큰 손으로 나리의 비단옷을 천천히 헤집고 들어가 그녀의 살갗을 부드럽게 어루만졌다. 나리는 눈을 질끈 감으며 신음을 삼키다가 다급히 입을 열었다.

"바, 밤 나들이……!"

청연이 손길을 멈칫하고는 품에 안긴 나리를 쳐다보았다. 나리는 마른 입술을 적신 후에 머뭇머뭇 그에게 소곤거렸다.

"오늘 밤에, 밤 나들이 가겠습니다."

"……."

"청연 님의 처소로 제가 가겠습니다……."

나리의 햇살 머금은 속눈썹 아래 맑은 눈동자가 그를 향했다.

"그때 재워 주시어요……."

잠시 멈췄던 청연은 이내 감당 못 할 감정을 참아 내듯 작게 앓는 소리를 내며 눈을 감고 웃었다. 손끝만 닿아도 겁에 질려 바들바들 떨던 그녀가 이젠 뺨을 발그레 물들인 채 밤에 처소에 찾아가겠다고 속삭인다.

어쩌면 이리 귀여운 짓을 하시는지, 청연은 마음 같아선 당장에라도 이 고운 신부를 품에 안고 몇 날 며칠을 놓아주고 싶지 않았다. 그러나 지금은 조금만 참기로 했다.

이리 어여쁘게 달래어 주시니 내가 참을 수밖에.

청연은 한껏 짙어진 색정적인 공기를 휘이 날려 보내듯 그녀의 입술에 가볍게 입을 맞추며 속삭였다.

"약조하셨습니다."

나리는 발그레 뺨을 붉힌 채 고개를 끄덕였다. 그가 다시금 나리를 품에 깊이 안고서 기분 좋게 입술을 휘었다.

六

그가 매를 불러 무언가 알 수 없는 말을 속삭이고 다시 날려 보낸 지 달포가 지난 어느 날, 나리는 처소에 둘 꽃을 꺾으러 홀로 화원에 다녀 오던 길목에서 낯선 노인을 마주쳤다.

오늘따라 백주의 햇살이 어찌나 따사로운지, 나리는 조금이나마 거닐고 싶어 그의 거처를 빙 두른 산길을 사붓사붓 밟으며 돌아오고 있었다.

신수님도 여우들도 없는 혼자만의 산책이었지만 그녀는 두렵지 않았다. 신수의 냄새가 몸에 진득하게 배었으니 혹여 요괴를 만난다 한들 그들은 나리의 근처에도 오지 못하리란 말을 청연에게서 들었기 때문이었다. 게다가 아직 대낮이기에 위험한 일도 없으리라 생각했다.

그래서 가벼운 마음으로 바람을 쐬며 산길을 거닐었건만, 갑작스럽게 낯선 이를 마주쳐 나리는 몹시 당황하고 말았다.

"……."

당혹스러운 건 노인도 마찬가지인 듯하였다. 그는 끝이 닳은 삿갓을

145

조금 들어 올리고서 나리를 쳐다보았다. 의아함이 묻은 그의 얼굴은 세월이 고스란히 스미어 주름진 채였으나 체격은 노인치곤 다부졌다. 길고 희끗희끗한 수염과 눈썹은 신비로운 기운을 풍기고 있었다.

이 어르신은 누굴까.

나리는 돌연 혼란에 잠겼다. 존재감이 특출 나진 않은 걸 보니 인간인 듯한데, 또 인간이라기엔 노인의 눈동자는 무언가 초월한 것처럼 깊고 총명하여 노쇠한 느낌이라곤 없었다. 도통 그의 정체를 가늠하기 힘들었다. 나리는 긴장으로 입술을 적시고는 품 안의 꽃을 꼭 안은 채 말문을 열었다.

"혹 인간이신지요……?"

나리가 용기를 내어 말을 걸어 보았으나 노인은 대답하지 않았다. 그녀의 질문에 의아함만 더욱 깊어진 듯 눈썹을 미세하게 움직이다가 한참 후에야 한 번 고갯짓했다. 혹시나 했건만 진짜 인간이었다니, 나리는 침을 꿀꺽 삼키곤 더듬더듬 말을 건네었다.

"인간이시면 이 산에 발을 들이면 아니 됩니다. 이곳은……."

아, 그러고 보니 이곳은 신수님의 영역이라 인간이 절대 찾을 수 없다 하였는데…….

문득 청연의 말이 떠오른 나리가 입을 다문 채 우두커니 서 있자 노인은 그제야 말문을 열려는 듯 입을 달싹였다. 그러나 이야기를 채 꺼내기도 전에 노인의 시선은 나리를 살짝 비껴 그녀의 뒤를 향했다. 노인의 눈길을 따라 나리도 뒤를 돌아보았다. 그곳엔 허공에서 나타난 청연이 사박, 하고 나뭇잎 밟는 소리와 함께 땅에 발을 디디고 있었다.

"청연 님."

공손히 그의 이름을 부른 이는 나리가 아닌 노인이었다. 나리가 화들짝 놀라며 다시 노인을 돌아보았다. 노인은 산중의 땅바닥에 무릎을 꿇고 절을 올리고 있었다. 허름한 옷자락에 흙이 묻는 것도 괘념치 않고 지극히 낮은 자세로 청연을 향해 예를 차렸다. 나리는 뒤에서 청연이 제 허리를 스르르 감싸 안는 줄도 모르고 멍하니 노인을 쳐다보았다.

"그간 강녕하시었습니까."

이윽고 노인이 자세를 곧게 하며 그에게 안부를 물었다. 나리는 청연의 눈치를 살피며 노인과 그를 번갈아 보았다. 그는 눈을 가늘게 내리뜬 채 오랜만이라는 듯 미소 짓고 있었다.

"예상보다 늦었구나."

청연이 나른히 읊조리자마자 매 한 마리가 근처의 나뭇가지에 툭 내려앉았다. 매의 푸르스름한 잿빛 깃털을 보자마자 나리는 이 매가 달포 전 그의 처소에 날아왔던 그 매임을 곧장 알아챌 수 있었다.

"송구합니다. 이무기님의 귀한 명을 받든지라 가장 질 좋은 물건으로 구하다 보니 이리 늦었습니다. 심부름꾼은 제때 잘 도착하였으니 소인을 질책하소서."

노인의 진중한 답에 청연은 흐음, 하며 고개를 비스듬히 기울였다. 이윽고 청연이 눈을 감자마자 이질적인 공기가 차오르더니 곧 청연과 나리와 노인은 산중이 아닌 그의 처소에 서 있었다. 청연은 마루에 느슨히 앉으며 나리도 곁에 가까이 앉혔다.

"질책할 건지 말 건지는 부탁한 물건을 보고 나서 정하도록 하지."

청연이 앞에 선 노인을 향해 픽 웃으며 말하자 노인의 고적한 얼굴에도 한결 편안한 미소가 번졌다.

노인은 자세를 낮추어 앉아 제법 무거워 보이는 길쭉한 봇짐을 마루 위에서 풀어냈다. 천 보자기의 매듭을 풀고 그 안의 긴 나무 상자를 열자 고운 연둣빛의 비단 한 필과 서책이 드러났다. 그리고 은은한 광택을 뿜내는 색색의 실 묶음과 오밀조밀한 자개, 실에 꿰인 영롱한 구슬한 주먹이 함께 있었다.

"받으십시오."

이 물건의 주인이 누군지 진작 알아챈 노인은 나리의 앞에 나무 상자를 공손히 밀어 주었다. 나리는 어리둥절한 얼굴로 온갖 물건이 반짝이는 상자 안을 멍하니 내려다보았다. 가까이서 보니 비단이고 구슬이고 실 묶음이고 모조리 최상품인 티가 났다.

"어떻습니까. 마음에 드시는지요?"

"예……?"

"무료함을 달랠 만한 물건으로 충분한지 묻는 겁니다. 그대의 답에 따라 저이를 질책할지 말지가 결정될 테니……."

끝을 나긋이 늘어뜨린 청연의 말에 나리는 뒤늦게 달포 전 그와 툇마루에서 나누었던 대화가 떠올랐다. 궁에서 무엇으로 무료함을 달랬느냐는 그의 질문에 자수와 서책 이야기를 했었다. 그 짤막한 대화 후 그가 매를 불러들였고, 매에게 자신이 알아듣지 못할 말을 건넸던 기억도 났다. 그때 청연이 무슨 말을 했는지 나리는 이제야 알 수 있었다.

나는 그저 청연 님의 물음에 답을 했을 뿐인데, 이리 귀한 것들을 받다니…….

비단은 짜임이 섬세해 높은 분들이나 옷을 만들어 입을 법했고 실과 자개와 구슬은 궁에서도 쉬이 만져 보지 못했던 최고급품이었다. 어쩌면 바다를 건너온 물건인지도 몰랐다.

정말 받아도 되는 걸까.

자신에게 과분하다 여기면서도 나리는 상자에서 눈을 떼지 못했고, 몹시 조심스러운 손길로 비단을 살며시 만져 보기도 했다. 그런 나리의 반응을 보니 답을 들을 필요도 없을 것 같아 청연은 소리 없이 웃어 버리곤 이제 되었다는 듯이 노인을 보았다.

"대가로 무얼 바라느냐."

청연이 미소를 띤 채 묻자 노인은 공손히 고개를 저었다.

"무엇을 욕심내겠습니까. 이무기님의 기운이 서린 땅을 다시금 밟게

해 주신 것만으로도 소인은 몹시 감읍할 따름입니다."

"그간 혀만 능란해지었구나."

청연이 픽 웃음을 터뜨리며 타박하자 노인도 고요히 웃어 버리곤 고개를 숙였다. 나리는 아직도 믿기지 않는 듯 비단과 실 묶음을 만지작거리고 있었다. 가느다란 손가락이 어찌나 조심스럽게 움직이는지 귀엽기까지 하였다. 나리를 가만 지켜보던 청연이 이내 만족스러운 미소를 머금고는 노인을 향해 말했다.

"내 신부님이 이리 마음에 들어 하시니 대가도 없이 그냥 보낼 순 없겠구나."

"⋯⋯."

"목이나 축이고 가렴."

노인은 신부라는 그의 말에 언뜻 의아한 기색을 비쳤으나 금세 표정을 갈무리하곤 그에게 깊이 고개 숙여 감사를 표했다. 목이나 축이고 가라는 말은 차를 대접하겠다는 뜻과 같았다. 신수의 땅에서 영험한 기운이 서린 차를 마시다니, 천만금의 재산으로도 얻지 못할 귀한 보답이었다.

* * *

그의 거처에서 납작한 돌로 이어진 길을 조금만 따라가면 고즈넉한 정자가 있었다. 크게 드리워진 나무 너머로 너른 하늘이 펼쳐지고 건너편의 높은 산과 위용 넘치는 절벽, 그 아래 흐르는 강이 멀리 보이는 정자였다.

정자는 마치 그림 같은 풍경이었고 그 안에 스며든 그의 모습도 수려한 그림 같았다. 곧게 예를 차리고 앉은 노인과 느슨한 자세로 찻잔을 기울이는 그의 모습은 기묘한 옛이야기 속 한 장면인 것 같기도 하였다.

나리는 정자에서 멀찍이 떨어져 그들을 지켜보다가 근처에서 호위 중인 연호에게 조심스레 다가갔다. 노인에 대한 궁금증이 도통 사라지지 않아 연호에게라도 넌지시 물어볼 요량이었다.

"저, 연호 님…… 괜찮으시면 한 가지 여쭈어도 될는지요?"

연호는 잠시 의아한 얼굴을 하다가 고개를 끄덕였다. 나리는 정자 쪽을 살피듯 보다가 다시 연호를 보며 물었다.

"저 어르신은 어찌 청연 님과 연이 있는지요?"

분명 인간이라 하시었는데…… 하고 나리가 말끝을 흐리자 연호는 무슨 뜻인지 알겠다는 듯 천천히 고갯짓했다. 나리가 노인을 궁금해할 만도 하다 여기었는지 연호가 담담하게 입을 열었다.

"신부님과 같은 인간이긴 하오나, 인간의 한계를 넘은 도인이십니다. 도사라고도 하지요. 제가 어린 범일 때 저분이 처음으로 청연 님의 영역에 들어오셨습니다."

도인이라 하면 왕도 한 수 접고 가르침을 받는다는, 심신과 배움이 인간을 넘어선 존재였다. 노인은 인간이긴 하나 신수만큼이나 접하기 어려운 사람이었다.

그렇다 할지라도 어찌 오백 년을 넘게 살아오신 청연 님과 저리 담소를 나누는 사이가 되었을까. 나리가 여전히 의문스러운 얼굴로 정자를 바라보자 연호가 말을 덧붙였다.

"신수님을 만나기 위하여 여생을 바친 분입니다. 인간으로서의 배움은 이미 끝냈으니 더 높은 존재에게서 만물의 이치를 배우기 위해서요. 한데 청연 님의 땅은 찾았으나 거처는 찾지 못하여 오래도록 산을 헤매고 다니셨다 들었습니다."

"아……."

"기어이 숨이 끊어지기 전에 청연 님이 강림하시었는데, 그때 저분께서는 상태가 말이 아니었는데도 오히려 영물의 상처를 돌보고 계시었습니다. 그 모습이 아니었다면 그 자리에서 청연 님의 손에 목숨을 잃었겠지요. 인간이 감히 허락도 없이 신수님의 영역에 들어와 신수님을 뵐 욕심을 냈으니…….”

그 뒤에 이어진 연호의 이야기에는 나리가 아는 청연의 모습이 담겨 있었다. 신수님은 몹시 잔혹한 성정을 지녔으나 그만큼 너그러운 면모도 있었고, 인간의 한계를 넘어 도력을 쌓은 노인을 제법 쓸 만하다 여겨 살려 두었다고. 그리고 간혹 달포 전처럼 심부름꾼을 보내기도 한다는 말을 끝으로 연호는 이야기를 마무리했다.

“감사합니다.”

나리는 긴 이야기를 들려준 연호에게 살짝 고개 숙여 감사를 전했다. 마주 고개를 숙인 연호는 이내 자세를 바로 하며 정자를 보았다. 나리도 천천히 시선을 돌려 청연과 도인을 물끄러미 보다가 문득 생각에 잠겼다.

이상도 하지.

나리는 같은 인간인 도인이 몹시 신기하게만 보였다. 그리고 조금은 낯설다. 신수님과 영물 사이에서 지내다 보니 인간이 이질적으로 보이는 건지도 몰랐다.

불현듯 지금 인간의 땅은 어떠한지 궁금해졌다.

이무기가 강림하여 무참한 도륙이 벌어진 후 궁은 어찌 되었는지, 진짜 공주는 무사히 다른 장소로 피하였는지, 민심은 흉흉하지 않은지, 그리고 혹여 사라진 궁녀에 대한 소문이 떠돌진 않는지. 만약 그러하다면, 저 도사님도 소문을 듣진 않으셨을지…….

상념이 거기까지 이르자마자 나리는 덜컥 심장이 죄는 듯했다.

그때 마침 정자에서 도인이 먼저 몸을 일으켰다. 곧이어 도인이 청연에게 깊이 허리 숙여 인사하자 청연도 느긋하게 자리에서 일어났다. 이윽고 정자에서 내려온 청연과 공손히 뒤를 따르는 도인이 나리와 가까워졌다.

“그럼 저는 이만 가 보겠습니다. 혹 소인이 필요한 일이 있으면 언제든 심부름꾼을 보내 주십시오.”

도인은 끝으로 정중한 인사를 건네고는 나리에게도 허리를 숙였다.

벌써 떠나시는 건가. 어쩐지 조급한 마음을 억누르며 나리가 마주 허리를 숙이자 도인은 미련 없이 뒤돌아 산길을 천천히 내려갔다.

"청연 님. 잠시⋯⋯."

도인의 뒷모습이 사라지기도 전에 연호가 청연에게 다가가 대화를 청하였다. 청연은 연호의 말에 잠시 귀를 기울이다가 이내 고갯짓하고는 나리에게 손을 내밀며 말했다.

"그대도 이제 들어가시지요."

멀어지는 도인의 등을 멍하니 보던 나리가 화들짝 놀라며 그를 돌아보았다.

"어, 저는⋯⋯."

나리가 쉬이 발을 떼지 않고 우물쭈물 망설이자 청연이 눈을 가늘게 휘고는 다감한 소리로 물었다.

"아직 들어가고 싶지 않으면, 정자에서 바람이라도 쐬고 오시겠습니까?"

그의 부드러운 제안에 나리는 왜인지 가슴이 바늘에 콕 찔리는 것만 같았다. 나리는 옅은 통증을 애써 무시하고 머뭇머뭇 고개를 끄덕였다.

"그럼 풍경을 조금만 보다 가겠습니다. 먼저 들어가시어요."

청연은 그녀의 자그마한 목소리에 나긋한 눈웃음으로 답하곤 먼저 걸음을 옮겼다. 연호가 곧장 그의 뒤를 따랐다. 나리는 우두커니 서서 깊은 한숨을 내쉬었다. 점차 멀어지는 청연의 뒷모습과 도사가 사라진 산길을 번갈아 보았다.

두 분은 무슨 이야기를 나누셨을까. 혹 어르신께서 내가 공주가 아님을 눈치채고 청연 님에게 넌지시 말하진 않았을까. 아니야, 그랬다기엔 신수님의 눈빛이 여전히 다정하시었는데⋯⋯.

머릿속은 복잡하고 가슴은 쉴 새 없이 뛰었다. 나리는 괜한 조급증이 일어 입술을 잘근잘근 씹었다. 그러다 다시 그의 처소와 도인이 걸어간 길을 번갈아 보았다. 이쯤이면 그는 처소에 들어갔을 테고 도인은 아직 멀지 않은 곳에 있을 터였다. 얼른 쫓아가면 만날 수 있을지도 몰랐다.

이윽고 나리는 침을 꿀꺽 삼키곤 입술을 앙다물었다. 도인에게 무슨 이야기든 들어야 이 조급한 마음이 가라앉을 것만 같았다.

그래. 지금 인간의 땅은 어떠한지, 혹 이상한 소문은 없는지만 물어 보자. 딱 그것만. 오래 걸리지 않을 거야.

나리는 그에게 바람을 쐬고 있겠다 한 정자를 잠시 보다가 이내 몸을 돌려 도인이 지나간 산길을 가쁘게 뛰었다.

하산하는 도인의 발걸음은 산을 오를 때보다 가벼웠다. 세상의 모든 산이야 오르기보다 내려가기가 수월하다지만, 신수의 땅에서 뿜어지는 기운과 땅의 주인에게 받아 마신 차 한 잔이 그의 몸과 마음을 더욱더 가볍게 하였다.

한결 가뿐해진 심신에 감사하며 산을 걷던 도인은 문득 멀리서 들려 오는 다급한 달음박질 소리에 잠시 걸음을 멈추고 뒤돌아보았다. 저 멀 리 우거진 나무 사이로 하얀 나비 같은 비단 자락이 팔랑였다. 흰옷을 휘날리며 바삐 뛰어오는 여인은 신수의 거처에서 보았던 신부였다.

도인은 완전히 몸을 돌려세우고 그녀를 기다렸다.

"하아, 하아, 어르신……."

머지않아 도인의 앞에 도착한 나리가 가슴에 손을 얹은 채 색색 가쁜 숨을 몰아쉬었다. 나리는 간신히 호흡을 고른 후에 도인을 향해 공손히 허리를 숙였다. 도인은 삿갓을 올리며 목 인사를 하곤 의아한 낯으로 입을 열었다.

"소저는 청연 님의……."

"아, 예…… 저는, 공주 화연이라고……."

나리가 자신을 공주라 칭한 이유는 도인이 청연과 아는 사이이기에 자신의 신분을 숨길 수밖에 없어서였다. 또 한편으로는 도인이 진짜 공주의 얼굴을 아는지 모르는지 가늠하기 위해서이기도 했다.

"소저는 화연 공주가 아니지 않습니까."

도인은 나리가 자신이 공주 화연이라는 말을 채 끝내기도 전에 담담한 말투로 그녀의 말을 가로질렀다.

"아……."

일순 심장이 멈추는 듯하여 나리는 호흡도 잊은 채 가만히 서 있었다. 도인의 고적한 얼굴을 우두커니 보던 나리가 이내 입을 꼭 다물었다. 온몸에 힘이 풀린다. 나리는 가라앉은 얼굴로 떨리는 숨을 길게 내쉬었다. 그러곤 고요한 산속을 눈치 보듯 휘둘러보고는 자그마한 소리로 말했다.

"어찌 아셨는지요……."

되묻는 말투는 한껏 기가 죽어 여리고 가냘팠다. 도인은 놀란 기색도 그녀를 추궁하는 기색도 없이 담담하게 말했다.

"공주의 얼굴을 본 기억이 있습니다. 화연 공주가 무척 어릴 때였으나 소저의 얼굴과는 확연히 달랐습니다."

"그러셨습니까……."

도인의 말에 나리는 부끄럽기도 하고 가슴이 아릿하니 아프기도 하였다. 공주와 자신의 얼굴이 확연히 다르다는 말이 나리의 귀엔 마치 생명의 귀천이 태생부터 다르다는 뜻으로 들린 탓이었다. 도인이 그런 의도로 말한 게 아님을 알면서도 나리는 괜히 자신에게 상처를 내고 말았다.

어찌 되었든 거짓을 고한 건 사죄해야 할 것 같아 나리는 고개를 떨구곤 말했다.

"송구합니다. 그리 말할 수밖에 없는 사정이 있어 어르신을 속였습니다……."

"아닙니다."

도인이 너그러이 손을 내저었다. 잠시간 침묵이 흘렀다. 나뭇잎 흔들리는 소리와 산새 울음만 고요한 산을 채웠다. 나리는 입술을 달싹이면서 우물쭈물 눈을 굴렸다. 나리를 가만 지켜보던 도인이 느지막이 입을 열었다.

"공주가 없어졌다 하여 나라가 한바탕 술렁였습니다."

나리가 흠칫 놀라며 도인을 쳐다보았다. 도인이 먼저 바깥세상 이야기를 해 주리라곤 생각지도 못해서였다. 어떻게 운을 뗄지 몰라 망설였는데 차라리 다행이었다.

"방방곡곡 공주가 사라졌다는 소문이 파다하였지요. 마치 누가 일부러 퍼트린 듯이 모르는 이가 없었습니다. 후에 저잣거리의 개도 소문을 알 무렵이나 되어서야 나라에서 함구령이 떨어졌습니다."

"……그래서 어찌 되었습니까?"

도인은 먼 곳을 보며 말을 이었다.

"소문은 사그라졌으나 의혹은 남았는지 종종 공주에 관한 이야기가 들리더이다. 적국에 볼모로 잡히어 갔다든지, 끔찍한 역병에 걸렸다든지, 의견이 분분했지요."

"……"

"그러나 그 어떤 의견에도 이무기님의 이야기가 나오진 않았습니다."

속을 깊이 꿰뚫어 보는 듯한 도인의 눈이 천천히 나리를 향했다.

"한데 소저가 공주도 아니면서 공주의 신분을 자처하는 것을 보니, 청연 님이 궁에 강림하시어 소저를 공주로 알고 데리고 오신 것 같은데…… 제 말이 맞는지요."

도인은 정말로 세상을 너르게 보는지, 나리가 아무런 말을 꺼내지 않았음에도 전후 사정을 금세 알아챘다. 나라에 흉흉한 소문이 돌았다는 건 그녀로선 처음 듣는 이야기지만, 그 외엔 나리가 겪은 그대로였다. 나리는 습하게 젖은 눈동자로 가만히 도인을 보다가 이내 시선을 떨구고는 고개를 끄덕였다.

"그렇다면 소문은 궁에서 일부러 퍼트린 게 맞나 봅니다. 혹여 인간의 땅에 강림하실지도 모를 청연 님의 눈과 귀를 속이려 나라를 뒤숭숭하게 하고, 소저가 소문 속의 사라진 공주라고 여기게끔…… 그리고 화연 공주는 궁에 깊숙이 모시었거나 이미 다른 나라로 몸을 피하셨을 테지요."

"저는 공주께서 다급히 몸을 피하시는 모습만 본지라 후의 상황은 모르지만…… 아마 무사하실 겁니다."

나라님의 귀하디귀한 여식인데 무사하지 않을 리가 없었다. 제발 살려 달라고 비참하게 애원해도 쉽게 목숨을 위협받는 자신과는 다른 분이니까. 나리는 억지로 공주의 옷을 입었던 그날을 떠올리며 목에 걸린 멍울을 힘겹게 삼켰다.

"소저가 이곳에 온 건 소저의 뜻이 아니었나 봅니다."

"……."

"공주를 대신하여 위험한 일에 떠밀리신 게지요?"

도인은 곧 사라질 것처럼 가냘프게 고개 숙인 나리를 위로하듯 말했다. 나리는 어쩐지 눈가가 뜨거워졌다. 눈물이 왈칵 쏟아질 것 같았다. 그러나 애써 도리질 치며 엷게 미소 지었다.

"처음엔 이대로 죽을지도 모른다고 여길 만큼 두려웠으나 지금은 괜찮습니다. 다만…… 청연 님께서 진실을 알게 되실까, 그게 두려워서…… 그래서 염치도 없이 어르신께 달려왔습니다."

"……."

"제 정체를 모르시면 다행이오나 혹여 아신다면…… 청연 님께는 함구해 달라 부탁을 드리려고……."

나리의 입가엔 여전히 옅은 미소가 드리운 채였으나 목소리는 점차 물기가 어려 가련하게 떨리고 있었다. 도인은 나직이 탄식하고는 걱정하지 말라는 듯이 단호하게 말했다.

"제 말 한마디에 소저의 목숨이 걸렸는데 어찌 함부로 입 밖에 꺼내겠니까. 이날 이후로 소저의 이야기는 듣지 못했다 여길 터이니 마음을 놓으십시오. 저는 소저를 그저 이무기님의 신부로 기억하겠습니다."

무겁고도 진중한 도인의 말이 나리의 불안을 거두어 갔다. 나리는 멍하니 도인을 바라보다가 뒤늦게 젖은 눈을 휘어 웃었다.

"정말 감사합니다, 어르신……."

도인의 주름진 낯에도 설핏 너그러운 미소가 스쳤다. 이윽고 도인은 삿갓을 고쳐 쓰고 다시 떠날 채비를 했다.

"이야기가 끝나셨으면 저는 이만 가 보겠습니다. 제자가 이 땅 밖에서 기다리는지라……."

"예, 살펴 가십시오."

"그럼……."

"아, 저, 어르신……!"

나리는 뒤돌아 가려는 도인을 다시금 다급히 불러 세웠다. 도인은 반쯤 돌렸던 몸을 그대로 멈추고 나리를 보았다. 나리는 손가락을 마주 잡아 조몰락거리다가 조심스럽게 물었다.

"혹, 이곳에서 인간의 땅으로 통하는 길이 있는지요……?"

나리는 결례를 무릅쓰고 머뭇머뭇 질문했다. 당연히 오가는 길이 있으니 도인이 그를 찾아올 수 있었을 테지만, 혹 그 길이 도를 쌓은 사람만 지나다닐 수 있는 길인지 아니면 그저 찾기 힘든 장소에 있는 것인지가 궁금했다.

"그건……."

이제껏 망설임 없이 답을 해 주던 모습과 달리 도인의 얼굴엔 어딘지 난감한 기색이 비쳤다.

나리는 도인이 곤란해하는 것을 알아채곤 다급히 손을 내저었다.

"아, 아닙니다. 굳이 대답해 주지 않으셔도 괜찮습니다. 저는 그저 두 땅을 오가는 어르신이 대단하고 신기하여 물어보았을 뿐이니 너무 괘념치 마십시오."

실은 길이 있는지 여전히 궁금했지만 말 그대로 궁금증일 뿐이었다. 모든 인간이 찾을 수 있는 길인지, 두 땅을 잇는 길 너머의 인간 세상은 어디쯤이며 어떤 모습인지…… 오랜만에 신수가 아닌 같은 인간을 만나서 원래 살던 세상이 머릿속에 막연히 떠오른 건지도 몰랐다.

고작 그런 이유인지라 나리는 도인에게 곤란함까지 끼치며 길을 알고 싶지는 않았다. 길을 알면 또 무얼 어쩔 텐가. 자신은 어차피 이 태산을 헤쳐 나갈 용기도 없었으며, 혹여 인간의 땅에 발을 디디더라도 돌아갈 곳이 없었다.

아비와 첩이 있는 본가에 돌아갈 수가 있나, 아니면 자신을 보면 곧장 칼부터 들이밀 궁에 돌아갈 수가 있나. 어느 곳에서든 나리는 탐탁지 않은 존재일 뿐이었다.

"괜한 부담을 끼쳐 송구합니다."

나리는 정말 괜찮다는 뜻을 담아 도인에게 웃어 보였으나 여린 미소는 어딘지 서글펐다. 돌아갈 곳은 없고, 있어야 할 곳은 자신이 반쯤 거짓을 뒤집어써야 머물 수 있으니 어찌 서글프지 않을까.

"부담이라니요. 그런 게 아닙니다."

나리의 서글픈 속내를 알 길 없는 도인은 그녀가 원래 살던 세상을 몹시 그리워한다고 여겼다. 그러나 그녀의 질문에 답을 해 줄 수는 없었다. 하지 않는 게 아니라 할 수 없었다.

"인간의 땅으로 통하는 길은 존재하나 어디에 있는지, 어찌 오가는지는 말씀드릴 수 없습니다. 그것이……."

돌연 스산한 바람이 휙 일었다. 그와 동시에 말을 멈춘 도인의 시선이 놀란 빛을 띠고 나리의 뒤를 향했다. 나뭇잎이 바람에 불온하게 파도쳤다. 도인은 굳은 얼굴로 그녀의 뒤를 보며 말을 이었다.

"그것이, 신수님이 제게 이 땅을 허락하며 말씀하신 단 하나의 명입니다."

나리는 순간 등 뒤에서 날카로운 기운을 느끼며 흠칫 뒤를 돌아보았다. 그리고 시리도록 차가운 미소를 띤 청연의 얼굴과 곧장 마주했다.

"인간의, 땅이라……."

픽 웃으며 읊조리는 청연의 목소리는 서늘하고도 무자비했다. 나리는 창백하게 식은 채 떨리는 눈으로 그를 보았다. 그의 기운이 온몸에 내리꽂히는 것 같았다. 살갗에 솜털이 치솟고 금방이라도 고꾸라질 듯 다리 힘이 풀렸다.

"차라리 저에게 물어보지 그러셨습니까."

청연이 나리를 뒤에서 한쪽 팔로 안아 당겨 품에 가두자 나리는 물에 빠진 것처럼 숨이 턱 막혔다.

"그럼 다시는 그런 말을 꺼내지도 못하게 그대의 입을 막아 드렸을 텐데……."

귀를 핥듯이 나긋나긋 속삭이는 그의 목소리는 위협에 가까웠고 나른히 내리깔린 눈매는 거친 포식자와 같았다. 나리는 자신이 다리 다친 무력한 짐승이라도 된 듯하였다. 눈앞이 아득해졌으나 힘겹게 정신을 붙잡았다. 나리는 허리에 감긴 그의 팔을 절박하게 내려다보며 더듬더듬 입을 열었다.

"청연 님, 어, 어르신은 아무 잘못이……."

그가 어디서부터 이야기를 들었는지는 모르겠지만 지금은 잘잘못을 따지는 게 먼저였다. 자신의 하찮은 호기심으로 인해 도인이 죄를 뒤집어쓰는 일만은 막아야 했다. 그러나 청연은 그게 문제가 아니라는 듯이 날카롭게 웃으며 말했다.

"예, 그렇겠지요. 이 몸과의 약조를 어기면 어찌 되는지 그대보다 더 소상히 알고 있을 테니."

청연이 눈길도 돌리지 않은 채 허공에 휙 손짓하자 도인은 순식간에 사라졌다. 애초부터 그 자리에 존재하지 않았던 것처럼 눈앞에서 사라지고 말았다.

설마, 설마.

도인의 빈자리를 멍하니 보던 나리의 눈동자가 이내 정신없이 흔들렸다. 여린 턱까지 바들바들 떨렸다.

"어, 어르신은 어디로…… 흐윽!"

"지금 그대가 그놈을 걱정할 때인지요?"

청연은 혼몽하게 물든 나리의 얼굴을 큰 손으로 감싸 들어 올리곤 위협적으로 되물었다. 나리는 그에게 턱이 잡힌 채 울먹였다. 그녀의 입술 사이로 애처로운 숨이 새어 나왔다.

"청연 님. 오해가, 오해가 있으십니다. 저는……."

"오해라니요. 인간의 땅으로 가는 길을 묻지 않았습니까. 이 고운 입술로 직접."

"그건, 그런 뜻이 아니라……."

"그런 뜻이 아니면?"

"……."

"대체 무엇 때문에 정자에서 풍경을 보겠다는 귀여운 말로 이 몸을 속이고 여기까지 쫓아오셨습니까."

높낮이 없는 그의 서늘한 목소리가 그녀를 벼랑 끝으로 몰았다. 나리는 말문이 턱 막히고 말았다. 머릿속이 하얗게 타올랐다.

그에게 무어라 답을 해야 할까. 자신이 공주가 아님을 도사가 아는지 궁금하여 쫓아왔다고? 아니면 자신의 신분을 신수님께 비밀로 해 달라고 부탁하려 쫓아왔다고? 둘 다 안 하느니만 못한 답이었다. 곧장 그의 손에 숨이 끊길지도 모르는 위험한 답이었다.

"그것이, 그러니까……."

나리는 오래도록 말을 잇지 못했다. 파르르 떨리는 입술을 몇 번이고 달싹이다가 기어이 눈물을 툭 떨구었다. 울음을 참으려 입술을 꼭 깨물고서 서글픈 눈으로 그를 올려다보기만 하였다.

"하……."

청연은 나리의 젖은 속눈썹을 주시하다가 이내 고개를 조금 젖히며 설핏 웃었다. 얼음장같이 몹시 차가운 웃음이었다.

"도망칠 기회만 엿보고 계셨습니까?"

이윽고 나직한 물음이 나리의 고막을 파고들었다. 나리는 눈을 크게 뜨고서 입술을 벙긋거렸다. 도통 말이 나오지 않아 도리질이라도 치려 했건만 그에게 턱이 잡혀서 움직일 수 없었다.

"그래서 그간 그리 고운 말로 저를 달래고 보드라운 몸을 내어 주면서 입안의 혀처럼 굴었습니까? 기회만 닿으면 내 눈을 피해 나의 땅을 벗어나시려고?"

"아니, 아닙니다. 흑, 그게 아니라……."

아니라는 말 외에는 도통 다른 변명이 없는 그녀가 청연의 머리를 더욱 차갑게 식히고 다시금 타오르게 하길 반복했다. 타오르는 속을 억누르며 기다려 봐도 그녀는 더는 말을 잇지 못했다. 청연은 끝내 눈을 감으며 흐느끼는 나리의 가련한 얼굴을 말없이 내려다보았다.

한 송이 꽃처럼 정자에 곱게 앉아 바람을 쐬고 있어야 할 그녀는 처소에서 멀리 떨어진 이곳까지 내려와 발칙하게도 자신의 품에서 벗어나는 길을 묻고 있었다. 요괴가 곳곳에 잠든 이 산을 그리 두려워했으면서, 그 두려움까지 억누르고 달려온 것이었다. 청연은 지그시 눈을 감으며 짧게 조소했다.

"아무래도, 이 몸이 그대에게 너무 너그러웠나 봅니다."

화가 진득하게 묻은 그의 느리고 낮은 목소리에 나리가 눈을 번쩍 떴다. 동시에 이질적인 공기가 차오르며 산속의 풍경이 사라지고 둘은 어느새 나리의 처소에 서 있었다. 작게 열린 장지문 너머로 놀란 표정의 여우들이 보였다.

"훗……."

곧이어 청연이 품에 안고 있던 나리를 놓았다. 나리는 그의 팔이 허리를 떠나자마자 힘이 풀려 바닥에 풀썩 주저앉았다. 평소 같으면 넘어진 나리를 부드럽게 안아 주었을 그는 뒤도 돌아보지 않았다. 문밖에 있던 여우들이 얼른 나리에게 다가가려 했으나, 침상으로 걸어가던 청연의 손짓 한 번에 장지문은 거칠게 닫히고 말았다.

"하아, 하……."

나리는 바닥에 손을 짚고서 두려움에 젖은 눈으로 그를 바라보았다. 그의 기운은 너무나 무겁고, 무섭고, 농도가 짙어 몸이 절로 움츠러들었다. 바닥을 짚은 그녀의 팔이 애처롭게 경련했다. 청연은 침상에 느슨히 앉아 나리를 내려다보며 나지막이 말했다.

"올라오세요."

나리는 눈을 크게 뜨고 벌어진 입술을 파르르 떨었다. 침상에 오르라는 말이 아니었다. 그리 너그러운 뜻이 아니었다. 그는 지독하리만치 서늘한 눈으로 나리에게 말하고 있었다. 침상이 아닌 그의 위에 나리 스스로 안겨 들라고 명령하고 있었다.

물기 어린 숨을 삼키며 나리는 바닥을 짚은 손을 꼭 말아 쥐었다. 호흡이 제멋대로 터져 나왔다. 살갗을 베는 듯한 그의 시선을 받기가 버겁고, 그에게 다가가기가 두려웠다.

그러나 이 사달이 난 건 오롯이 자신의 탓이었다. 그의 차가운 눈길을 받는 것 하나도 힘겨워 덜덜 떨면서, 빠르게 도인을 만나고 오면 그가 모르리라 여기곤 다시금 그를 속이려 했다. 겁도 없이 거짓에 거짓을 더하려 한 것이었다. 지독한 자책감이 눈물이 되어 뚝뚝 떨어졌다.

"잘못, 했습니다……."

"……."

"제가 잘못했습니다……."

나리의 말끝이 애처롭게 뭉개졌다. 발갛게 젖은 눈은 그를 향해 있었다. 감히 용서를 구할 수도 없어 나리는 사죄의 말만 반복하며 눈가를 적셨다. 그러나 눈앞이 눈물로 인해 몇 번이나 흐리고 맑아져도 그의 모습은 여전히 서늘하기만 하였다.

"제가 그대에게 사죄하라 하였는지요?"

"……청연 님."

"올라오라고 하였습니다."

"……."

"스스로 옷을 벗고 이 몸에게 안기라고 하였습니다."

평소라면 심장이 두근두근 뛰었을 그의 낮은 목소리가 지금은 심장을 찌르는 것만 같았다. 깊은 집착과 화가 뒤섞인 그의 암청색 눈동자가 보이지 않는 밧줄이 되어 목을 죄는 듯했다. 나리는 의식적으로 호흡했다. 들쑥날쑥한 습하고 가냘픈 숨이 처소를 채웠다. 이윽고 청연이 날카로운 웃음을 터뜨리며 고개를 비스듬히 기울였다.

"길을 찾아 산을 헤매다 요괴의 이빨에 생살이 뜯기고 싶으십니까?"

그가 입술을 휜 채 읊조리자 나리가 흠칫 어깨를 떨었다.

"이 몸의 냄새가 나야 삿된 것들이 그대를 피하지 않겠습니까."

"……."

"그러려면 내 품을 벗어나고픈 그대가 스스로 받아 가셔야지요."

"처, 청연 님, 저는 정말……."

"어서 일어나세요. 내가 바닥에서 그대를 품기 전에."

그는 순식간에 웃음기가 사라진 낮은 목소리로 불온한 경고를 던졌다.

나리는 더는 도망칠 곳이 없었다. 이리 참담하고 서글픈 감정에 몸서리치면서도 그에게 가야만 했다. 그러지 않으면, 정말이지 되돌릴 수 없을 만큼 비참하고 아픈 밤을 보낼지도 몰랐다.

나리는 울음을 참으려 입술을 꼭 문 채 후들거리는 몸에 힘을 주었다. 비틀비틀 일어나는 그녀의 모습은 비바람에 젖은 다친 사슴처럼 위태로웠다. 한 걸음 한 걸음 힘겹게 옮기는 발걸음 또한 스러질 듯 가냘프기만 하였다.

간신히 그의 앞에 선 나리가 천천히 손을 올렸다. 떨림 탓에 자꾸만 어긋나는 손으로 겨우 비단옷의 매듭을 부여잡고서 마지막으로 애원하듯 그를 절박하게 바라보았다. 그러나 청연은 어떠한 반응도 없이 나리를 똑바로 볼 뿐이었다.

"하……."

나리는 젖은 숨을 토해 내며 시선을 떨구었다. 눈물이 다시금 톡 떨어짐과 동시에 헐거웠던 매듭도 스르르 풀렸다. 부드러운 비단옷은 나리의 살결을 타고 쉽게도 미끄러졌다. 찬 공기가 살갗에 닿자 그녀의 보얀 어깨와 가슴, 가느다란 허리와 얇은 허벅지까지 솜털이 오소소 솟았다.

나리는 감히 고개도 들지 못하고 잘게 떨리는 손을 뻗어 그의 어깨를 잡았다. 가느다란 다리를 침상에 올리면서 느슨히 앉은 그의 허벅지 양옆으로 무릎을 두었다. 한 동작 한 동작이 어째서 이리 힘겨운지, 마주 보는 자세로 그의 위에 앉았을 때 나리는 까무룩 쓰러져 버릴 것만 같았다.

"고개 들어요."

그가 고개를 떨군 채 바들바들 경련하는 나리를 향해 말했다. 온화함이라곤 조금도 찾아볼 수 없는 그의 무심한 말에 나리는 다시금 울음이 터지려는 입술을 꼭 말아 물었다. 나리는 목에 걸린 멍울을 삼키며 더듬더듬 고개를 들었다. 그러나 그의 시린 눈을 보자마자 눈물이 맺히는 바람에 시선만은 다시 떨구어야 했다.

너무 슬퍼서 도저히 그를 바라볼 수 없던 건데, 그런 나리를 가만 지켜보던 청연은 그녀가 눈을 피하자마자 피식 웃어 버리곤 그녀의 허리를 거칠게 안아 당겼다. 나리가 짧은 비명을 삼켰다. 청연은 그녀의 귓가에 다가가 나지막이 속삭였다.

"한 번만 더 제 눈을 피하면, 이대로 그대가 원하는 곳에 모셔 갈 겁니다. 그대가 머물던 궁이든, 인간들의 저잣거리든……."

"……."

"거기서 이 몸이 멈출 거라 여기시진 않을 테지요?"

나리는 맹수 앞에 선 약한 짐승처럼 몸이 굳은 채 벌어진 입술을 떨었다.

"그들이 보는 앞에서 그대가 혼절할 때까지 안아 주길 바라십니까?"

탁한 숨이 섞인 그의 낮은 목소리가 나리를 벼랑 끝까지 몰아갔다. 나리는 힘겹게 시선을 들어 그의 눈을 바라보았다. 깊고 검푸른 눈동자가 몸서리쳐질 만큼 가혹하게 느껴졌다. 그러나 어쩔 도리가 없었다. 그의 화는 자신이 저지른 잘못에서 비롯되지 않았던가.

나리의 흐린 눈동자가 축축하게 젖어 들었다. 속눈썹 끝에 아슬아슬 걸려 있던 눈물이 아래로 톡 떨어졌다. 순간 청연의 미간이 구겨졌으나 나리는 그의 미세한 표정 변화를 눈치채지 못했다. 나리의 시선은 오직 그의 눈동자에 애처롭게 결박되어 있었다.

"흐, 윽……."

이윽고 울음을 삼킨 나리가 스스로 움직였다. 떨리는 손으로 그의 옷을 힘겹게 헤치자 그의 화만큼이나 흉흉한 기둥이 그녀의 은밀한 살결에 곧장 툭 닿았다. 나리는 옅은 신음을 삼키며 눈을 꼭 감았다 뜨고는 그의 양어깨를 붙잡았다. 늘 그에게 부드럽게 휘둘리던 몸을 고작 허리를 받쳐 주는 그의 손 하나에 의지하여 홀로 다루려니 모든 몸짓이 서툴기 짝이 없었다.

"흐웃, 아."

그러면서도 나리는 그의 눈을 피하지 않으려 무던히 애쓰며 그를 담았다. 곧추선 기둥에 틈을 맞추어 몸을 내리자 허리가 파르르 떨렸다. 버거운 부피에 숨이 꽉 막히고 쾌락을 수반한 고통이 척추를 아릿하게 타고 올랐으나, 그간 그에게 착실히 길이 든 몸은 그를 끝까지 담아내었다.

천천히 허리를 움직이자 벅찬 고통은 점차 멀어졌다. 금세 젖어 든 아래는 찌걱, 찌걱, 음란한 신음을 쏟아 냈고 농익은 열기만 남아 질척거리는 몸은 서서히 쾌락에 흐늘흐늘해졌다.

"흑……."

그런데도 눈물은 멈추지 않았다. 마음이 몹시도 아팠다. 늘 녹아내릴 듯 다감하게 웃으며 살갗을 어루만져 주고 머리가 어지러울 정도로 음란한 밀어를 감미롭게 속삭이던 그가 지금은 한겨울 서릿발처럼 차갑기만 하여서, 이따금 고개를 젖히며 낮은 숨을 내쉴 뿐이라서.

아, 어째서 이리되었을까.

나리는 끝내 몸짓을 멈추어야 했다. 가슴속 설움이 감당키 버거울 지경이라 그가 눈을 피하지 말라고 하였음에도 기어이 눈을 감은 채 흐느끼며 고개를 떨구고 말았다. 엷은 신음이 섞인 울음은 몹시도 작고 애달팠다.

"뭐가 그리 슬프십니까."

문득 그의 목소리가 나리의 귓결에 감겼다. 나리는 흐린 눈 가득 물기를 머금고 그를 보았다.

"길을 찾지 못하여 그리 억울하십니까?"

그의 목소리는 조금 낮고 담담했다. 무섭게 압박하지도 심장을 난도질하지도 않는 나지막한 음성이었으나, 나리는 그의 말이 비수가 되어 가슴을 후벼 파는 듯했다.

"아닙니다…… 흑, 그런 게 아닙니다."

나리가 더듬더듬 도리질 치며 울음을 삼켰다.

"청연 님, 저는…… 정말 그런 뜻이 아니었습니다. 이곳을 벗어나고 싶어 그런 게 아니었습니다."

시들하게 속삭이며 나리가 그의 어깨에 힘없이 이마를 기대었다. 홀로 감당하는 설움이 버거워 조금이나마 그에게 닿고 싶었다.

"제가, 흑…… 어찌 그런 마음을 품겠습니까."

청연은 굳은 채 그녀를 내려다보았다. 하얗고 가녀린 몸이 그의 품에서 애처롭게 떨며 울고 있었다. 이 가련한 신부를 어찌해야 할까. 청연은 그녀를 하염없이 보듬어 안고 싶기도, 두려움에 질려 기절할 때까지 무참하게 몰아붙이고 싶기도 하였다. 그는 나리의 허리를 받친 손에 무심코 힘이 들어가려는 걸 억눌렀다. 동시에 나리가 다시금 꺼질 듯이 속삭였다.

"저는 청연 님의 것인데, 제 목숨이 청연 님의 것인데…… 제가 어찌, 감히……."

"……하."

나리의 슾한 말이 끝나기도 전에 그가 짓눌린 한숨을 짧게 토해 내고는 사냥하듯 그녀의 허리를 으스러지게 안아 당겼다. 더는 힘을 참지 않는 그의 손은 마치 나리를 낚아채는 듯했다.

"아……!"

나리는 신음 섞인 작은 비명을 내지르며 눈을 질끈 감았다. 거친 손길로 나리를 침상에 눕힌 청연은 그녀가 숨 고를 틈도 주지 않은 채 곧장 몰아붙였다. 울먹울먹 신음하는 나리를 집요하게 내려다보며 이를 사리물고 말했다.

"그대가 어떤 처지인지 잘 알아서 다행입니다."

"흑, 청연, 청연 님……!"

"그래요. 그대는 당연히 나의 것이지요. 머리카락 한 올도, 속눈썹 한 올도, 손끝과 발끝, 이 숨 한 조각까지 나의 것입니다."

지독한 집착과 광증이 억눌린 그의 낮은 목소리가 거친 숨과 섞여 흘러나왔다.

"그러니 내 품을 벗어나려는 마음은 접는 게 좋을 겁니다. 그대는 내게서 달아날 수도, 뜻대로 죽을 수도 없을 테니."

나리의 눈앞이 어지러이 흔들렸다. 그의 목소리는 나리의 고막을 사정없이 파고들어 그녀의 가슴을 더욱 아프고 거칠게 흔들어 놓았다. 그런데도 여린 몸은 그의 몸짓에 따라 점차 질척질척 젖어 들었다. 그가 깊이 침범하며 예민한 살결을 짓누를수록 눈앞이 혼미했다. 허리부터 올라오는 열감이 몸을 뜨겁게 데우고 다시 절절 녹아내리게 하였다.

그와의 관계가 익숙한 몸이라서 이 서글픈 와중에도 관능적인 열기가 오르는 것인지, 아니면 그가 화를 내는 중에도 그녀를 상처 입히지 않으려 거친 몸짓을 애써 억눌렀기에 고통 없는 열기가 몸에 스며든 것인지, 이미 정신이 반쯤 달아나 버린 나리는 알 길이 없었다. 마음의 통증이 극심하여 몸의 절정까지 가늠할 겨를이 없었다.

어째서 자신은 신수님의 입에서 뜻대로 죽을 수도 없다는 잔인한 말을 쏟아지게 하였는지, 나리는 감히 그를 안지도 못한 채 그의 품에 갇히어 새된 신음과 울음만 흘려 내었다.

서글픈 환락이 그들을 덮친 후 나리는 젖은 눈을 감고 혼절하듯 수마에 끌려갔고 청연은 잠든 그녀를 오래도록 품에서 놓아주지 않았다. 거친 호흡과 폭풍 같은 마음이 가라앉을 때까지, 오래도록.

* * *

나리는 잠에서 깨어나 느릿느릿 눈을 깜박였다. 눈가가 발갛게 짓무른 탓인지 눈꺼풀이 둔하게 느껴졌다. 시들한 꽃처럼 몸을 늘어뜨린 채 나리는 천천히 고개만 돌려 침상을 살폈다. 그는 보이지 않았다.

"하아……."

작게 신음하며 힘겹게 상체를 일으킨 나리가 침상에 우두커니 앉아 어두운 처소를 둘러보았다. 텅 빈 처소의 공기가 사늘하니 차갑다. 적막이 깊어 나리의 가느다란 숨소리만 희미하게 울렸다. 그 외엔 무엇도 들리지 않았다. 잠은 잘 주무셨는지, 몸은 괜찮은지, 괜찮다면 한 번 더

이 몸의 품에 안기어 주실 건지, 그리 달콤하게 속삭이던 낮은 목소리
는 어디에서도 들리지 않았다.

나리는 무언가에 홀린 사람처럼 침상 아래로 발을 디뎠다. 쓰러질 듯
위태로운 몸에 간신히 옷을 걸치고 비틀비틀 걸음을 옮겼다.

아니라고 해야 해. 내가 이곳에서 도망치고 싶어 한다는 오해만은 풀
어야 해. 제발 그것만이라도……

머릿속엔 오로지 그 생각뿐이었다. 그의 화가 조금이나마 옅어지길,
오해가 조금이나마 가시길 애타게 바랄 뿐이었다. 나리는 어두운 처소
를 걸어가 장지문을 망설임 없이 열었다.

"……"

문 바깥엔 연호가 등을 보이고 서 있었다. 달이 뜬 밤에 이분이 어쩐
일로 여기에 계실까. 갑작스레 그를 본 나리가 몸을 주춤하자 기척을
느낀 연호가 천천히 뒤를 돌아보았다. 나리는 입술을 지그시 물다가 조
심스럽게 입을 뗐다.

"청연 님은…… 어디 계시는지요……?"

연호는 곧장 답하지 않았다. 그는 어딘지 어려운 얼굴을 한 채 나리
를 보다가 느지막이 말했다.

"나오시면 안 됩니다. 들어가십시오."

다시 뒤돌아서는 연호의 등에 대고 나리가 다급히 애원했다.

"청연 님을 뵈어야 합니다. 잠시라도 좋으니 제발……"

"청연 님의 명입니다. 그분의 허락이 떨어질 때까지 나오실 수 없습
니다."

"……"

"죄송합니다."

애써 연 장지문은 연호의 손에 속절없이 닫혔다. 나리는 창백한 얼굴
로 굳게 닫힌 문을 보다가 그제야 정신이 돌아온 듯 입술을 떨었다. 눈

앞이 보얗게 흐려지더니 눈물이 툭 떨어졌다.

"……흑."

입술을 깨물자마자 얕은 울음이 터져 나왔다. 청연 님의 허락이라니, 그분의 명이라니. 나리는 바닥에 힘없이 주저앉아 고개를 떨구었다. 처소에 홀로 남았다는 것이, 혼절하기 전 자신을 으스러지게 안았던 그가 없다는 것이 비로소 온몸에 여실히 와닿았다.

七

앞뜰과 뒤뜰에는 하얀 해가 쏟아지고 햇살에 다사롭게 데워진 실바람이 불고 있건만, 나리의 처소는 창도 문도 모두 닫혀 있어 어둡고 싸늘하기만 하였다. 침상에 자그맣게 웅크려 누운 방 주인의 심정을 따라가는 듯, 처소의 공기는 적막하게 가라앉은 채였다.

여우들은 간소하게 차려 온 아침 식사를 내려놓고 침상에 사붓사붓 다가갔다. 한 여인이 조심스러운 손길로 나리를 톡 건드렸으나 힘없이 늘어진 몸은 움직일 기미를 보이지 않았다.

"……."

아직 잠에서 깨지 않은 건지, 일어날 기력도 없는 건지, 나리의 상태를 가늠하듯 서로 눈짓을 주고받던 여우들이 이내 손에 조금 더 힘을 실어 나리의 등을 톡톡 두드렸다. 그제야 잠에서 깬 나리가 파르르 어깨를 떨더니 이윽고 어딘지 조급하게 몸을 일으켰다.

"아……."

요염한 붉은 화장 아래 걱정스러운 눈빛을 한 여우들이 보인다. 자신을 깨운 이가 여우임을 확인하자 나리의 눈동자는 눈에 띄게 쓸쓸해졌다. 혹시 신수님이지 않을까, 하고 속에 품었던 약간의 희망은 다시금 저 밑으로 가라앉고 말았다. 나리는 서글프게 물든 얼굴을 아래로 떨구었다.

방에 갇힌 이후로 나리는 계속 이러한 상태였다. 그녀의 처소에 유일하게 출입이 허락된 여우들이 아침마다 나리를 깨우면 나리는 혹여 신수님일까 기대하고 눈을 떴다가 다시 실망하기를 반복했다.

매번 자신을 보러 오는 여우님들께 서글픈 모습을 비치는 게 결례인 줄 알면서도 나리는 아픈 마음을 숨기기가 어려웠다. 여우들이 빛깔 고운 천도복숭아를 손에 쥐여 주어도 웃을 수가 없었다.

나리는 낮에는 그저 멍하니 앉아 작게 열린 창밖을 보다가 날이 지면 침상에 누워 상념에 잠기곤 했다. 어디서부터 잘못됐을까, 하는 의문에 빠져 시간을 거슬러 오르기만 했다.

거슬러 오르는 순서는 늘 같았다. 그때 청연 님 몰래 나서는 게 아니었는데, 하고 시작된 나리의 후회는 자신이 공주가 아니라는 상실감을 거쳐 끝내는 자신이 이 세상에 태어난 것조차 죄스럽게 여기며 끝이 났다. 그 일련의 과정이 자신의 가슴에 스스로 비수를 꽂는다는 것도 모른 채로.

"……."

나리는 오늘도 창밖을 우두커니 보며 서 있었다. 여우가 가져다준 아침을 간신히 먹고 난 후였다. 그마저도 여우들의 성의를 생각하여 겨우 새 모이만큼 삼켜 냈을 뿐이었다. 그런 나리를 보며 여우들도 애가 달았다. 이따금 잔혹한 성정을 보이지만 대부분은 너그러운 그들의 주인도 전에 없이 냉혹하고 날카롭기만 하시니 두 배로 애가 달 지경이었다.

창가에 서서 바깥을 보는 나리의 눈은 텅 비어 공허했다. 무언가를 보는 게 아니라 그녀의 내면에 스스로 잠겨 든 것 같았다.

여우들은 이러지도 저러지도 못하고 나리를 지켜보다가 돌연 서로 눈빛을 나누었다. 어떤 묘안이 떠오른 듯했다. 그들은 잠시 처소를 돌아다니며 바스락바스락 분주하더니 금세 무언가 찾아내고는 창가에 선 나리의 팔을 덥석 붙잡았다. 그제야 화들짝 정신이 돌아온 나리가 여우들의 손에 이끌려 처소 중앙의 탁자로 향했다.

"이건……."

여우들이 찾아낸 것은 일전에 도인이 들고 왔던 나무 상자였다. 열린 상자 안에는 연둣빛 비단과 실 묶음, 자개와 구슬까지 처음과 변함없는 모양새로 온전히 담겨 있었다. 이 상자를 받은 직후 갑작스레 그의 화를 부르고 또 그의 화를 받아 내느라 나리는 물건의 존재를 아예 잊고 있었다.

멍하니 상자 안을 바라보던 나리가 이내 입술을 떨었다.

'마음에 드시는지요?'

귓가에 부드러운 바람이 일었나 싶을 만큼 다정하게 묻던 그의 목소리와 미소가 방어할 새도 없이 머릿속에 떠올랐다.

아, 고작 나의 무료함이 뭐라고 청연 님은 그렇게나 마음을 써 주시었을까.

불현듯 그런 생각이 들자 나리는 목구멍에 습하고 무거운 덩어리가 왈칵 걸린 듯했다. 더불어 며칠간 보지 못한 그의 검푸른 눈동자가 사무치게 그리워졌다. 감금되었다는 서글픔도, 며칠간 자신을 스스로 난도질했던 후회와 상념과 허망함도, 지금 그가 그리운 마음에 비하면 아무것도 아닌 듯 느껴졌다. 그를 향한 그리움은 몹시 낯설고도 아팠다.

"제 잘못입니다……."

나리는 누구에게 하는 말인지도 모른 채 멍하니 읊조렸다. 촉촉하게 젖은 작은 목소리는 묻어 둔 독을 토해 내는 듯했다. 여우들이 어리둥절한 표정으로 그녀를 보았으나 나리는 개의치 않고 물기가 더욱 짙어진 목소리를 가냘프게 흘렸다.

"제가…… 다 잘못한 것입니다."

이윽고 애써 묻어 두었던 그날 밤의 기억이, 혼절하기 전 마지막으로 보았던 그의 모습이 뒤늦게 나리를 휩쓸었다.

그가 냉혹한 말을 쏟아 내며 화를 내는 중에도 얼마나 각별하게 자신을 다루었는지, 그런 그의 손길에 자신이 얼마나 익숙하게 절정에 이르렀는지, 귓전에 맴돌던 그의 거친 숨소리를 듣자마자 늘 그래 왔듯이 습관처럼 눈앞이 까무룩 암전되었다는 것도 선명하게 떠올랐다.

그땐 그의 말과 눈빛이 너무나 참담하게 가슴에 꽂히어 몰랐는데, 그런 아픈 상황에서도 그의 품은 자신에게 너무나 안락하고 익숙한 것이었다. 그리 익숙한 안락을 준 그에게 자신은 불신만을 안겨 주었다는 사실이 이제야 나리의 가슴을 아프게 할퀴었다.

"청연 님께서 그리 다정하게 쏟아 주신 마음을, 제가 감히 기만하였습니다. 제가, 바보같이……."

나리는 더는 참지 못하고 작게 흐느꼈다. 그의 다정함을 먹으며 조금씩 깊어진 마음이 이제 와 심장을 죄는 형벌이 된 것 같았다. 얼굴을 가린 손 사이로 눈물이 처연하게 떨어졌다. 여우들이 그녀의 어깨를 살포시 감싸 주었으나 흐느낌은 오래도록 멈추지 않았다.

* * *

영원히 마르지 않을 것만 같았던 눈물이건만, 나리는 처소에서 홀로 마음을 토해 낸 그날을 끝으로 울지 않았다. 울지 않으려 애썼다. 허망하게 앉아 울기만 하면 아무것도 바뀌지 않으리란 걸 비로소 느껴서였다.

그리 깨달은 뒤부터 나리는 매일 처소에 찾아오는 여우들을 앉혀 두고 자수를 두었다. 자그마한 꽃이나 나비를 곱게 수놓으며 그와 나들이 갔던 달밤의 계곡과 꽃이 흐드러진 화원 등을 가만가만 떠올렸다.

여우들은 단아하게 수를 놓는 나리의 손끝을 구경하면서 구슬로 장난을 치곤 했다. 실에 엮인 구슬이 장신구라도 되는 양 목에도 대 보고 귀에도 대 보는 여우들의 모습이 이따금 귀엽기도 하여서 나리는 설핏 웃음이 나기도 했다. 나리가 웃을 때마다 덩달아 휘영청 미소 짓는 여우들 덕분에 처소의 공기는 전보다 평온하였다.

"여우님."

나리가 곁에서 자개를 도르르 굴리는 여우들을 부르며 엷게 눈을 휘었다. 동시에 나리를 바라본 두 여인이 할 말이 있냐는 듯 눈웃음 지었다. 나리는 그들의 앞에 매듭이 촘촘히 엮은 붉은 노리개를 살며시 내밀었다. 여우들은 반짝 눈을 빛내며 노리개와 나리를 번갈아 보았다.

"그간 여우님들께 받기만 하고 돌려 드리진 못한 듯하여 만들어 보았습니다. 마음에 드실진 모르겠지만…… 제 성의라 여기고 받아 두시어요."

워낙에 화려한 여우님들에게 노리개가 무슨 필요가 있겠느냐마는, 고마움을 표현할 길이 이 미천한 손재주뿐이다. 나리는 괜히 귓가를 만지며 부끄러운 듯이 눈을 내리깔았다.

여우들은 몹시 기뻐하며 노리개를 하나씩 들고는 소중하게 만지작거렸다. 혹여 그들의 성에 차지 않으면 어쩌나 하고 나리가 걱정했던 게 무색할 만큼이었다. 홍목단꽃 자수 아래 붉은 술을 도톰하게 늘어뜨린 노리개는 이윽고 여우들의 허리춤에 각각 하나씩 매달려 살랑살랑 흔들렸다. 노리개는 그들과 무척이나 잘 어울렸다.

다행이다.

나리는 조용히 입술을 올리며 두 손에 소중히 품고 있던 또 다른 노리개를 엄지로 살며시 쓸어내렸다.

"저, 여우님……."

노을빛이 장지문을 넘어 처소를 주홍색으로 물들일 무렵, 나리는 이제 처소를 나서려는 여우를 조심스럽게 불러 세웠다. 막 문을 열려던 여우가 고개를 기울이며 나리를 쳐다보았다. 나리는 잠시 망설이다가 등 뒤에 숨겨 두었던 노리개를 두 손에 가지런히 올려 내밀었다.

"이거…… 청연 님께 전해 주실 수 있으신지요……?"

나리가 내민 노리개는 여우들에게 준 것과는 색과 모양새가 달랐다. 섬세하게 수놓인 하얀 꽃 아래 은은한 푸른색 실을 길게 늘어뜨리고 있었다. 화려한 붉은빛이 여우들의 색이듯, 사늘하고 그윽한 푸른빛은 그의 색이었다.

여우는 나리가 건네준 노리개를 들어 구경하다가 이내 눈을 곱게 휘어 웃으며 고갯짓했다. 걱정하지 말라는 듯 나리의 어깨를 톡톡 두드려 주기도 했다. 이윽고 여우들이 처소에서 나간 후 장지문은 다시 굳게 닫혔다.

해가 거의 떨어졌는지 처소는 금세 어슴푸레해졌다. 나리는 문 앞에 가만히 선 채 자신의 손가락을 살며시 만지작거렸다.

손끝엔 바늘에 찔린 상처가 자잘하게 남아 있었다. 홀로 지새우는 밤, 옅은 등잔불 하나에 의지해 그의 노리개를 만든 탓이었다. 손가락이 아릿하게 아팠지만 나리는 괘념치 않았다. 대신 그에게 조금이라도 빨리 노리개를 전해 줄 수 있었으니까. 나리는 조용한 숨을 길게 내쉬며 잠시간 눈을 감았다.

마음에 들어 하셨으면 좋겠는데…….

그를 위해 만든 노리개는 여인들이 쓰는 모양이긴 했으나, 신수님은 경국지색도 견줄 수 없을 정도로 요염하고 아름다우시니 잘 어울리리라 여겼다. 우아한 광택이 흐르는 푸른 실도, 하얗게 수놓은 꽃도 분명 그와 잘 어울릴 것이었다.

사실 나리는 흰 꽃의 이름을 몰랐다. 그러나 고결한 꽃의 자태와 깨끗하고 향긋한 냄새는 소상히 기억하고 있었다. 잊을 수 있을 리가 없었다. 그 꽃은 예전에 그가 창가에 놓아 주었던, 이곳에 온 뒤 처음으로 깊은 잠에 빠지게 해 주었던 꽃이었으니.

청연 님도 기억하시겠지.

나리는 그때 그가 준 꽃이 자신의 두려움을 누그러뜨리고 평온함을 안겨 준 것처럼, 자신이 건넨 꽃 자수가 신수님의 화를 누그러뜨려 주길 작게나마 바랐다. 여우님들처럼 기꺼워하진 않더라도 자신이 그를 떠올린다는 것만이라도 헤아려 주시길, 자신의 마음이 조금이나마 전해지길, 간절히.

* * *

사방이 어두운 깊은 밤중에 나리는 반짝 눈을 떴다.

요 며칠 새벽까지 잠을 이루지 못한 터라 여우들을 보내고 초저녁부터 일찍이 잠들긴 했지만, 그렇다고 하더라도 잠에서 깨기엔 몹시 이른 시간이었다. 그런데 이상하게 갑자기 눈이 뜨였고 몽롱한 잠기운도 금세 가셨다. 무언가 묘한 감각이 나리를 일깨우는 듯했다. 그것 말고는 설명할 길이 없었다.

나리는 가만히 허공을 보다가 장지문으로 스르르 눈길을 돌렸다. 그러곤 조용히 일어나 침상 아래로 조심스레 발을 내렸다. 느리게 걸음을 옮겨 문을 살짝 열어 보니 밖엔 아무도 없었다. 늘 처소 앞을 지키던 연호도, 이따금 밤 산책을 하던 여우들도 보이지 않았다. 앞뜰엔 희고 깨끗한 달빛만 떨어지고 있었다.

문고리를 잡고 가만히 앞뜰을 보던 나리가 이내 처소 밖으로 한 걸음 내디뎠다. 꼭 가야 할 장소가 있는 것처럼 발걸음은 망설임이 없었다.

어쩐지 꿈을 꾸는 듯했다. 나리는 보이지 않는 힘에 이끌려 툇마루를 걷고 그의 처소를 지나 좁다란 산길로 접어들었다. 사늘한 산바람이 나리의 머리카락을 부드럽게 매만지고 흩트렸다. 고요한 산중엔 떨어진 나뭇잎을 밟는 옅은 소리가 사박사박 번졌다.

한 걸음 한 걸음 내디딜수록 정신이 점차 맑아지면서 가슴속이 먹먹해졌다. 발길이 절로 어딘가를 향하는 듯이 심장도 절로 무언가 예감한 듯 쿵쿵 느리고도 크게 울렸다. 나리는 가슴께를 손으로 지그시 누르며 계속 걸었다.

어느덧 저 멀리 정자가 보였다. 별이 자잘하게 흩뿌려진 검푸른 하늘, 가지를 길게 뻗은 아름드리나무 아래 자리 잡은 고적한 정자.

그곳엔 그가 있었다. 난간에 한쪽 팔을 걸치고서 느슨히 앉은 그가 마루 위에 도포를 물결처럼 늘어뜨린 채 저 너머의 풍경을 보고 있었다.

그제야 나리는 까닭 없이 걷던 걸음을 멈추었다. 더는 몸이 움직일 생각을 않고 머릿속은 텅 비어 버렸다. 그녀의 검고 맑은 눈동자만이 애달픈 이를 담아내듯 녹녹하게 물들어 갔다. 눈가에 아릿하니 열이 오른다. 나리는 저도 모르게 참았던 숨을 여리게 토해 냈다.

그 희미한 숨결이 바람에 실려 그에게 닿았는지, 그가 천천히 고개를 돌렸다. 서로를 향한 시선이 곧장 엮이었다. 나리는 얇은 비단 자락만 꼭 쥐었을 뿐 그의 눈을 피하지 않았다. 그 또한 마찬가지였다. 매끄러운 눈매가 잠시 가늘어졌을 뿐 고요한 시선은 나리에게 오롯이 박혀 있었다.

"……."

잠시간 깊고 잔잔한 눈길이 오간 후에야 나리는 처소에서 나오지 말라던 그의 명이 떠올랐다. 혹여 그의 심기를 건드렸을까 뒤늦게 불안해졌으나 되돌아가고 싶지는 않았다. 홀린 듯 지나온 길의 끝에 그가 있는데 어찌 발길을 돌릴까. 그러나 감히 그에게 다가갈 염치도 없었기에 나리는 우두커니 선 채 젖은 눈으로 그를 바라보기만 하였다.

마주한 눈길 사이로 밤바람이 지나길 몇 번, 그가 느지막이 이리 오라는 듯 손짓했다. 나리는 그제야 땅에 박힌 발을 조심스럽게 내디뎠다. 그와 조금씩 가까워질수록 손이 잘게 떨려 양손을 꼭 말아 쥐어야 했다. 이윽고 정자에 올라선 나리는 나뭇잎이 내려앉듯 그의 앞에 조용한 몸짓으로 앉았다.

크게 뛰는 심장을 진정시키며 자리에 앉고 보니 그와 나리 사이엔 정갈한 주안상이 있었다. 섬세한 무늬가 새겨진 잔, 그 잔에 담긴 투명한 술에선 그윽한 향이 풍겼고 옆엔 빛깔 고운 마른 과일이 접시에 소복이 담겨 있었으나 손도 대지 않은 듯했다.

"드시겠습니까."

나리가 자리에 앉아 멍하니 주안상을 볼 때까지 그녀에게서 눈을 떼지 않았던 청연이 술잔을 들며 나지막이 물었다. 나리는 멈칫 고개를 들어 그를 보았다. 그녀를 가만히 주시하는 그의 눈에선 왜 명을 어기고 처소를 나왔느냐는 질책이나 화가 조금도 비치지 않았다. 그저 잔잔한 바다처럼 고요할 뿐이었다. 나리는 머뭇머뭇 입술을 달싹이다가 말했다.

"저는 한 번도 마셔 본 적이 없는지라…… 괜찮을지…….'"

가지런히 포갠 손까지 꼬물거리며 나리가 말끝을 흐리자 청연은 눈을 내리깐 채 설핏 웃었다. 그러곤 뒤집혀 포개진 잔 중 하나를 나리의 앞에 두고 맑은 술을 채웠다. 향긋한 꽃 내음이 나리의 코끝에 짙게 맴돌았다. 향기로운 만큼 독한 술인지 그윽한 냄새만으로도 몽롱해지는 듯하였다.

"어찌 술을 다 드시는지요."

나리는 제 앞의 잔을 손끝으로 살며시 만져 보다가 조심스레 입을 열었다. 나라님도 드시는 술을 신수님이라고 드시지 않을 이유는 없으나, 나리로선 처음 보는 모습이기에 짐짓 그의 심중이 궁금해진 탓이었다. 그런 나리의 속내를 안다는 듯 청연은 느린 숨을 깊이 들이쉬며 미소 지었다.

"신수도 이따금 술의 도움이 필요할 때가 있는 법이지요."

그는 한 손을 들어 허공에서 느슨한 주먹을 쥐었다가 천천히 펼쳤다. 그러자 아까는 없었던 푸른 노리개가 그의 손가락에 걸린 채 촘촘한 실을 늘어뜨리곤 휘 흔들렸다.

"이 자그마한 물건 하나가 마음을 흩트려 놓으니 어찌 취기가 필요치 않았겠습니까."

그는 옅은 미소를 지우지 않고 손에 걸린 노리개를 엄지로 느리게 매만졌다. 푸른 노리개는 그의 길고 하얀 손은 물론이거니와 수려한 외모와도 무척 잘 어울렸다. 미천한 재주로 만든 노리개가 아닌 하늘에서 내려온 귀한 물건이라는 착각이 그녀에게 일 정도였다. 노리개를 소반에 가지런히 내려 둔 그가 다시금 잔을 들었다.

"드십시오. 천신님의 땅에서 온 술이니 그대를 해하진 않을 겁니다."

나긋이 읊조린 그가 천천히 잔을 기울였다. 고개를 살짝 젖힌 그의 옆얼굴은 달빛을 받아 더욱 아름다웠다.

신수님을 오랜만에 뵈어서일까. 나리는 그에게서 한참이나 눈을 떼지 못했다. 섬세하고 수려한 그의 낯에는 옅은 그림자가 스며 있었다. 희미한 피로와 상념이 뒤섞인 그림자가 그 역시도 그간 마음이 편치 않았음을 드러내는 듯하여 어쩐지 목이 메었다.

나리는 목에 걸린 아릿한 멍울을 삼키다가 그가 술잔을 비운 후에야 자신의 잔을 두 손으로 조심스레 들었다. 처음엔 혀를 축이듯 조금만 맛보았다가 이내 잔을 기울여 입안으로 흘려 넣었다. 차가운 꽃 내음이 부드럽게 목을 타고 넘어가 속을 은근하게 데웠다. 혀에선 익숙한 향이 맴돌았다. 자신이 노리개에 수놓았던 꽃, 그가 창가에 두었던 꽃과 같은 향이었다.

"익숙한 향이 나지요."

"……예."

가만 입맛을 다시는 나리를 향해 청연이 나직이 웃으며 말했다. 나리는 그가 꼭 자신의 마음을 읽는 것만 같았다. 차라리 그가 마음을 읽을 수 있다면 좋겠다는 생각도 들었다. 그렇다면 어떤 거짓도 없이 마음을 내비칠 수 있을 텐데. 나리는 혀에 남은 술의 홧홧한 잔향을 씁쓸하게 되삼켰다.

"할 말이 있으시지요?"

돌연 그의 고요한 음성이 나리를 파고들었다. 나리는 아래를 향한 눈길을 천천히 들어 그를 보았다. 그는 나리의 빈 잔에 다시금 술을 채우고 백색의 병을 소리 없이 내려놓은 후에야 나리와 시선을 마주했다.

"사죄가 아닌 그대의 이야기 말입니다."

그의 물음은 그와 나리 사이를 뒤흔든 폭풍이 지난 후에 남은 잔재와도 같았다. 잔재는 치워야 마땅했다. 청연은 고개를 비스듬히 기울인 채 그녀를 가만히 주시하였고 나리는 머지않아 무언가 결심한 듯 떨리는 목소리로 말문을 열었다.

"청연 님…… 제가 그때 도인 어르신을 따라간 것은, 정말 청연 님을 떠나려 했던 게 아니었습니다. 그저 너무나 오랜만에 같은 인간을 뵌지라 달갑기도 하였고, 제가 살던 곳은 어떠한지 이야기를 들을 수 있을까 하여서……."

"……."

"그래서, 그분을 따라갔을 뿐입니다……."

나리가 몹시 죄스러운 얼굴로 그날의 이야기를 조금씩 풀어냈다. 그는 어떤 대답도 표정의 변화도 없었으나 심해처럼 깊은 눈동자만은 고요히 그녀를 응시하고 있었다. 나리는 자기도 모르게 작게 사그라지는 목소리에 애써 힘을 주었다.

"그리고 감히 인간의 땅으로 가는 길을 물어본 건…… 두 땅을 오가는 어르신이 신기하여서…… 제 말이 모두 변명으로 들리시겠지만, 저는 정말 그뿐이었습니다."

"……."

"도망칠 기회를 엿보던 것도, 청연 님을 벗어나려던 것도 결코 아니었습니다……."

말을 이어 갈수록 눈두덩이 뜨겁고 시야에 일렁일렁 파문이 인다. 나리의 고개는 점점 아래로 떨구어졌다. 제발 믿어 달라는 애원은 감히 내뱉지도 못한 채 고개 숙인 그녀는 자그맣게 사라질 듯 애처로웠다.

"그리우십니까?"

나리의 젖은 숨소리만 정자에 잔잔히 퍼지는 중에 돌연 청연이 낮은 소리로 물었다. 나리는 촉촉한 속눈썹을 파르르 떨다가 느지막이 그를 쳐다보았다. 청연은 검고 맑은 나리의 습한 눈을 가만 바라보며 다시금 되물었다.

"그대가 살던 땅이, 그대의 아비가, 그리우십니까?"

나리는 곧장 답하려 입술을 벙긋거리다가 이내 굳게 다물었다. 질문에 대답하기 어려워서는 아니었다. 그의 물음에 대한 답은 그녀의 마음속에서 이미 확고했다.

그립지 않았다.

제 몸 하나 머무를 곳 없는 인간의 땅도, 진짜 아비도, 가짜 아비인 왕도, 모두 그립지 않았다. 그리워야 할 이유가 없었다.

그러나 그건 나리 자신의 답일 뿐, 공주의 답은 아닐 터였다. 진짜 공주라면 자신의 평온한 삶과 아름다운 궁, 너그럽고 인자한 아비와 가족을 분명 그리워할 것이었다. 그립지 않다는 말이 오히려 거짓으로 들릴지도 몰랐다. 나리는 결국 진심을 숨길 수밖에 없었다.

"……예. 이따금, 그립습니다."

나리는 텅 비어 허망하기까지 한 목소리로 거짓을 말했다.

"그렇습니까."

청연은 불쾌한 기색 없이 담담히 읊조리며 술잔을 기울였다.

"하오나, 정말 간혹 떠오를 뿐입니다. 그곳에 가고 싶다거나 누군가를 만나고 싶은 것이 아니라, 그저, 떠올리기만……."

무언가 생각에 잠긴 그의 깊은 눈동자가 어쩐지 가슴에 깊이 박히는 듯하여 나리는 조금은 다급하고 간절한 목소리로 덧붙였다. 청연은 애달프게 젖어 드는 나리의 얼굴을 조용히 보다가 이내 짧게 웃으며 고개를 저었다.

"그립다는 게 어떤 감정인지 가늠하고 있었습니다. 저에겐 뜻만 머리에 있을 뿐 막연한 감정이니…….”

“…….”

“무슨 마음이기에 그대가 두려움을 무릅쓰고 고작 말뿐인 이야기나마 듣고 싶어 하였는지…….”

“청연 님께선…… 그리운 이가 없으신지요.”

무의식적으로 내뱉어진 물음이었다. 나리는 자신이 묻고도 당황하여 입을 꼭 다물고 조심스레 그를 바라보았다.

“그리운 이라…….”

청연은 나지막이 읊조리며 픽 웃고는 그녀와 느리게 시선을 마주쳤다.

“그리우면 어떤 마음이 드는지요?”

순간 나리는 그의 낮은 음성이 꼭 전처럼 부드럽게 들리었다. 귓가를 나긋하게 어루만지는 듯한 그 목소리가 염치도 없이 달가워 왈칵 목이 메었다. 나리는 금방이라도 터질 것 같은 울음을 진정시키려 젖은 숨을 삼켰다. 그리고 신중히, 아주 신중히 말을 골랐다.

“그리우면…… 그 사람의 그림자 한 자락이라도 눈에 담고 싶어집니다. 그것만으로도 마음이 달래어질 정도로 간절히 보고 싶어집니다. 아주 잠시라도 곁에 머물고 싶어 애가 달고, 하염없이 눈물이 나기도 합니다.”

그리움을 묻는 그에게, 지난 며칠간 자신이 느낀 그리움을 가만가만 들려주었다.

“그리고 그리운 이가 아무리 가까운 거리에 있어도, 눈앞에 있다 하더라도…… 몸과 마음이 닿길 바라는 것이, 제겐 그리움입니다.”

연둣빛 잎에 맺힌 이슬처럼 깨끗하고 여린 그녀의 목소리는 끝에 이르러 작게 떨렸다. 물기 어린 눈동자는 오롯이 그를 향하고 있었다.

“그렇군요.”

청연은 조용히 그녀를 눈에 담다가 이내 긴 숨을 내쉬며 말했다. 그러곤 옅은 미소를 띤 채 나지막이 되물었다.

"이건 어떻습니까."

"무슨……."

"눈을 뜬 내내 허공에 서글피 우는 얼굴이 떠오릅니다. 그래서 화가 치솟다가도 문득 그 울음을 달래고 품에 안고 싶다면, 살갗을 어루만지고 작은 몸을 보듬고, 여린 살결에 빈틈없이 입을 맞추고 싶다면……."

"……."

"이 또한 그대가 말한 그리움과 같은지요?"

나리는 대답 없이 습한 눈동자로 그를 보았다. 울음이 터질 듯 말 듯 잘게 떨리는 아랫입술을 지그시 깨물었다.

"지금 그대가 제 품에 안기어 왜 그리 무정하셨냐고 응석 부리고, 속상한 마음을 달래어 달라 어리광 부리길 기다리고 있다면…… 이 마음도 그리움과 같습니까?"

나리는 여전히 말없이 입술을 깨물고 있었다. 맑은 눈에 그득히 고인 눈물이 톡 건드리면 쏟아질 듯 아슬아슬했다. 그 젖은 얼굴만 보아도 답을 알 듯하여 청연은 깊은 미소를 띠고서 말했다.

"그러하다면, 그대가 그리웠습니다."

이윽고 결 좋은 비단이 마루에 사르륵 스치는 소리가 났다. 그가 품을 내어 주려 팔을 벌리면서 도포가 물결치는 소리였다.

나리는 파르르 떨리는 눈을 감았다가 다시 떴다. 고였던 눈물이 아래로 톡 떨어짐과 동시에 그의 품에 안기었다. 어깨와 허리를 받쳐 주는 그의 손길이 전과 같이 단단하고, 무엇이든 말해 보라는 그의 속삭임이 이루 말할 수 없이 다감하여 나리는 참았던 설움이 터지고 말았다.

"제가 잘못했습니다. 다시는 그러지 않겠습니다. 그러니 제가 미워도, 눈에 보이는 것조차 싫을 정도로 미워도, 흑…… 청연 님 그림자 한 자락이라도 비추어 주십시오."

청연은 미간을 찌푸린 채 웃으며 앓는 듯한 한숨을 내쉬었다. 엷게 흐느끼며 설움을 토하는 그녀는 안쓰럽고도 어여뻤고, 그의 몸 어딘가에 미약한 통증을 느끼게 했다. 청연은 가냘프게 떨리는 그녀의 어깨를 어루만지며 귓가에 속삭였다.

"그대가 미워서 멀리한 게 아닙니다."

"그럼 어째서……."

"그대가 나를 미워할까 멀리했던 겁니다."

나리는 상상도 못 한 말을 들은 것처럼 더듬더듬 그를 올려다보았다. 자신이 그럴 리 없다는 듯 나리가 무의식적으로 작게 도리질 치자 청연이 조용히 입술 끝을 올리며 그녀의 뺨을 부드럽게 쓰다듬었다.

"그대를 내 처소에 가둘 것만 같았습니다. 인간의 땅을 다시는 입에 올리지 못하게 이 고운 입을 막고, 발목에 족쇄를 달아 평생 빛을 보지 못하게 할 것 같았습니다."

"청연 님……."

"그대가 아무리 울고 빌어도, 나를 감당하지 못해 혼절한다고 하여도, 금수처럼 그대를 몰아붙일 것만 같았습니다."

"……."

"오랜 세월을 살면서도 이리 감정을 주체하지 못한 적은 처음이라 나도 나를 다룰 수 없었습니다. 그래서……."

"그리하셨더라도……."

돌연 나리가 입을 열자 청연이 고개를 비스듬히 기울여 그녀를 보았다. 나리는 진심 어린 목소리로 가느다랗게 속삭였다.

"제게 그리하셨다 할지라도, 저는 청연 님을 미워하지 않을 겁니다."

"……."

"진심입니다……."

청아하게 젖은 음성은 작고 작았으나 어딘지 단호했다. 청연은 눈을

185

감고 웃으며 말했다.

"위험한 말씀을 하십니다."

그러곤 아직도 눈물이 그치지 않은 나리의 눈가를 스르르 쓸어 내고 울먹임이 남은 그녀의 입가에 목을 축이라는 듯 술잔을 기울여 주었다. 나리는 잠시 망설이다가도 그가 다정한 손길로 흘려 주는 술을 순순히 받아 마셨다. 청연은 빈 잔을 내려놓고 다시금 나리를 고쳐 안았다. 잔잔한 흐느낌이 남은 그녀의 등을 부드럽게 도닥이며 말했다.

"그대의 울음이 가시는 동안, 제 이야기를 해 드리지요."

귓결에 감기는 그의 고요한 저음을 따라 나리가 천천히 고개를 들었다. 먼 곳을 보던 청연의 눈길도 느지막이 나리에게 닿았다. 물기가 어린 그녀의 얼굴은 조금 놀란 기색을 띠고 있었다. 청연은 스르르 눈을 휘고는 소반에 둔 과일에 손을 뻗었다.

"그리 길진 않을 겁니다. 그대의 눈물도 머지않아 그칠 듯하니……."

청연이 말린 살구를 그녀의 입술에 가져다 대었다. 다정하고 섬세한 손길이 마치 우는 아이의 입에 당과를 물려 주는 듯했다. 나리가 잠시 머뭇거리다가 살며시 입을 벌려 살구를 물자 그의 미소는 더욱 깊어졌다. 이윽고 웃음 띤 한숨을 길게 내쉬며 청연이 나리를 고쳐 안았다.

"그럼 어디서부터 이야기를 해 드릴까……."

처음부터? 하고 그가 나긋이 덧붙여 물었다. 나리는 말랑하게 마른 살구를 살금살금 씹으면서 작게 고갯짓했다. 신수님의 이야기라니, 무엇을 말해 주실지 감히 상상도 되지 않았다.

나리는 으깨진 살구를 조심스레 삼키며 울음의 여운도 조금이나마 삼키었다. 그는 나리의 입가를 부드러이 쓰다듬고는 먼 밤하늘로 눈길을 두었다.

"이 몸이 막 이무기가 되었을 무렵이었습니다."

나지막이 운을 뗄 땐 청연이 담담하게 이야기를 시작했다.

"영물의 생을 끝내고 신수로서 새로이 눈을 떴을 땐 근방이 요괴의 시체와 혈흔으로 검붉었습니다. 뱀이었을 때 도륙했는지, 신수로 눈을 뜬 후에 도륙했는지는 기억나지 않으나…… 어쨌든 처음 본 광경은 피바다였고 그 또한 바다라고 여기니 온몸이 나른히 풀리는 만족감이 일었지요. 그게 이무기로서의 첫 기억입니다."

그날 썩은 고깃덩이 같은 요괴의 살점과 비린 핏물로 뒤덮인 땅에서 그가 검은 하늘을 올려다볼 때, 그를 기다렸다는 듯 선녀가 나타나 천신의 부름을 고했다. 그는 요기와 혈흔을 그득 묻힌 채 처음으로 천신을 마주했었다. 다루기 힘든 신수가 태어났다며 혀를 차던 천신과 그의 기운에 창백하게 질린 선녀들의 낯은 오랜 세월이 지난 지금도 청연의 눈앞에 선했다.

"그 후에 곧장 천신님을 뵈었고, 청연이라는 이름을 받았습니다."

바다 같은 색의 비늘을 가졌으니 앞으론 핏물 대신 푸른 기운을 몸에 두르라며 천신님이 내려 준 이름이었다. 청연은 옛 기억을 되새기며 설핏 웃음 지었다.

"그때부터 오백 년이 넘는 세월 동안 용으로 승천하는 날만을 고대하며 살았습니다. 이무기로 태어난 순간부터 뼈에 새겨진 염원처럼 말입니다. 본능이 이끄는 대로, 너른 바다와 태풍이 몰아치는 하늘을 갈망하면서……."

원하는 게 그뿐이었으니 다른 무엇이 탐날까. 그는 갈수록 넓어지는 자신의 영역과 땅의 영물과 신수를 무탈하게 다스렸고 감히 그를 거스르는 존재는 참혹하리만치 숨을 끊어 놓았다.

"그리 세월이 흐르고 이 땅을 떠날 때가 왔다는 달가운 예감을 느낄 때쯤, 승천의 날이 왔습니다. 끝내 여의주를 다듬어 낸 것이지요."

청연은 잠시 말을 멈추곤 깊은숨을 내쉬었다. 침묵이 길어져 나리가 머뭇머뭇 그를 올려다보자 먼 산을 보던 그가 한숨 같은 웃음을 터트리며 말을 이었다.

"그러나 실패하였습니다. 그대도 알다시피……."

그의 옆얼굴은 웃고 있는데도 어딘지 허망했다. 감히 위로의 말을 건넬 수도 없어 나리는 그를 바라보기만 했다. 그녀의 까맣고 깨끗한 눈동자를 느지막이 내려다본 청연이 이내 괜찮다는 듯 웃고는 술잔을 천천히 기울였다.

"그날의 기억은 어제처럼 생생합니다."

청연은 멍하니 그를 바라보는 나리에게도 다시금 향긋한 술을 먹여 주곤 이야기를 이어 갔다. 나리는 술잔이 떨어지자마자 더운 숨을 하아, 내쉬었다.

"비늘 사이로 스며드는 거센 빗물, 천둥을 품고 거대하게 파도치는 검은 구름…… 그 사이를 가를 때 불현듯 뱀을 읊조리는 늙은 목소리가 귓전을 때리고 벼락같은 충격이 몸에 내리꽂히었지요."

"……."

"고통을 느낄 새도 없이 땅으로 추락하였고 하늘은 멀어졌습니다."

그날을 위해 품고 다듬었던 여의주는 쩍쩍 금이 간 채 찬란한 빛을 잃었고, 온몸을 휘감았던 용의 기운은 허무하게 사라졌다.

그때 청연은 자신을 둘러싼 심복들을 제치고 여느 때보다 차갑게 눈을 번득였다. 감히 이무기의 승천을 방해한 인간을 찾아 푸른 연기만 남긴 채 사라졌다. 그리고 사색이 되어 부들부들 떨던 왕을 찾아낸 것이었다.

"오백 년을 기다려 온 승천길이 한낱 인간 때문에 물거품이 되리라고는 상상도 못 하였는데 말입니다."

나긋이 휘어진 그의 눈매가 일순 서느런 빛을 띠었다.

"그땐 분노가 극심하여 뱀을 입에 올린 인간은 물론이거니와 이 땅에서 숨 쉬는 인간은 모조리 몰살해 버릴 작정이었습니다. 끝없는 가뭄을 주든, 강이 범람하리만치 세찬 비를 주든, 모든 인간의 씨를 말려 버리려 하였습니다."

"……."

"왕이 제 여식을 내게 바치겠노라고 하지 않았다면…… 분명 그리했
겠지요."

어딘지 서늘하고 담담하게 흐르던 그의 목소리가 말끝에 다다라 돌
연 느슨한 온기를 머금었다. 왕의 여식이란 말에 나리는 반사적으로 눈
길을 떨구곤 입을 꼭 다물었다.

"사실 그땐 그 말도 우습기만 하였습니다. 왕의 여식이라 한들 백 년
도 못 사는 인간인데, 그 하찮은 생명이 어찌 제 승천길을 막은 대가가
되겠습니까."

"……."

"그런데도 왕의 사죄를 받은 이유는, 인간을 말살한다 한들 제게 다
시금 주어진 까마득한 세월은 변함이 없어서였습니다. 그러니 남은 세
월 동안 잠시나마 그의 여식을 흥밋거리로 둘 요량이었지요. 그 또한
지루해졌을 즈음엔 여인도, 혹시 태어났을지 모를 나의 자식도 굶주린
요괴의 굴에 던져 버릴 생각이었습니다."

"……."

"이러한 나의 속내를 어렴풋이 알고서도 제 여식을 바치겠다기에 그
날의 죄를 너그러이 넘어갔건만, 제가 새로운 여의주의 씨를 만들고 나
니 왕은 이미 이 몸의 은혜를 잊었더군요."

세월을 따라 잔잔히 흐르던 이야기는 어느덧 그가 궁에 강림하기 직
전까지 이르러 있었다. 나리는 술기운 탓에 조금은 멍해진 머릿속으로
궁에서의 마지막 날을 가만 떠올렸다. 왕의 신하들이 자신의 목숨을 위
협하며 사지로 떠밀었던 그날을.

그런 일이 있었구나…….

그땐 영문도 모른 채 겁박당하여 공주의 탈을 뒤집어썼건만, 그의 이

야기를 듣고 나니 나리는 어렴풋이 예상만 했던 전후 사정을 이제야 소상히 알 수 있었다.

"그래서 몸소 궁에 강림을⋯⋯."

"예. 그래서 궁에 강림하였고, 그 자리에 앉아 있던 그대를 보았지요."

그의 목소리가 한층 깊은 다정함을 담아 온화해졌다. 그 음성의 온기를 곧장 알아챈 나리가 그를 올려다보자 청연이 눈을 휘고는 나리의 어깨를 부드럽게 어루만졌다.

"이상하게도, 두려움에 질려 떨고 있는 그대를 가까이서 보자마자 지난날이 떠올랐습니다."

청연은 잠시 말을 멈추었다가 다시 이었다.

"어째서 승천하던 날 그 찰나의 승천길을 인간이 보았을까. 어째서 그 인간이 하필이면 왕이었고 태어날 자식이 있었으며 그 아이를 바치겠다 하였을까. 왜 그 약조를 어기고 이 몸을 몸소 궁에 강림케 하였을까."

"⋯⋯."

"더불어 그런 생각도 떠올랐지요. 이 극악무도한 우연과 우연의 끝에 선 이가 그대라면, 나는 그대를 만날 수밖에 없는 운명이었는지도 모르겠다고⋯⋯."

"⋯⋯청연 님."

"그대가 나와 이어진 연일지도 모른다고 말입니다."

청연은 미소 띤 채 숨을 깊게 들이쉬었다.

"그래서 곧장 숨통을 끊어 버리는 대신 그대를 품기로 하였고, 그대에게 나의 연임을 보여 달라 하였습니다. 그대에게 연을 느낀 것이 나의 착각이 아님을 보여 달라고⋯⋯ 그대는 그러겠다 하였고, 그리했습니다."

"⋯⋯."

"지금 나의 품에 이리 곱게 안기어 있으시니 말입니다."

여기까지가 이야기의 끝이라는 듯 청연이 웃으며 나리를 더욱 깊이 보듬어 안았다.

"울음은 그치셨는지요?"

그녀의 등을 토닥토닥 쓸어내리며 청연이 부드럽게 얼러 물었다. 가만 그를 쳐다보던 나리가 곧 작게 고갯짓했다. 엷은 속눈썹은 여전히 촉촉이 젖은 채였으나 눈물이 떨어지진 않았다. 멍한 얼굴은 어딘지 무방비했다. 중간중간 그에게 술을 받아 마시더니 이제야 취기가 오른 모양이었다.

청연은 묘하게 힘이 풀려 깜박이는 나리의 순한 눈을 지그시 보다가 짤막한 웃음을 터뜨렸다.

"이러니 어찌 그대를 아끼지 않을 수 있겠습니까."

못내 귀엽다는 듯한 말투로 그가 읊조리자 나리는 붉어진 얼굴을 숙이고 입술을 꼭 물었다. 그의 세월이 담긴 이야기가 아직 귓전에 잔잔히 맴도는데, 가슴속을 부드럽고 묵직하게 짓누르고 있는데, 이런 상황에서 그의 얼굴을 보면 심장이 더욱 버겁게 뛸 것 같았다.

만약 심장의 버거움이 감당 못 할 지경까지 가 버리면, 몽롱한 취기의 힘을 빌려 자신이 공주가 아님을 입 밖으로 뱉어 낼 것만 같았다.

청연 님의 다정한 말을 들어야 하는 이는 사실 자신이 아니라 공주라고, 자신은 그저 미천한 궁녀이며 목숨의 위협을 받아 그 자리에 있었을 뿐이라고, 차라리 자신이 진짜 공주여서 청연 님의 진정한 연이길 바라는 이 욕심을 용서하여 달라고.

온갖 말들이 환청처럼 머릿속을 맴돌았다. 나리는 속으로 도리질 치며 혼몽한 머릿속을 애써 가라앉혔다. 그리고 그의 품에 얼굴을 묻은 채 자그만 목소리로 말을 돌렸다.

"혹…… 연모하던 분은 없으셨는지요."

나리의 물음에 청연은 의아한 표정을 하곤 나리를 내려다보았다. 나리는 자신이 묻고도 되레 당혹하였다. 꽃술의 그윽한 내음 탓인지 조심성이 둔해진 것 같았다. 아무리 그래도 연모하던 분을 묻다니…… 나리는 그의 눈치를 살피다가 이내 작게 소곤거렸다.

"그것이…… 신수님들은 몹시 어여쁘시고, 선녀님도 그렇고…… 무엇보다 청연 님이 이리 수려하시니까……."

머뭇머뭇 웅얼거리는 그녀의 목소리는 이따금 희미하게 늘어지고 끝에서 사그라졌다. 어쨌든 그가 몹시도 아름다우니 누구든 연모하는 이가 존재하지 않았을까, 하는 뜻을 담고 있었다. 나리가 손가락을 조물조물하며 부끄러운 듯 입을 다물자 청연의 눈매가 조금은 짓궂은 빛을 띠고 요염하게 휘어졌다.

"그대 눈에는 제가 그리 수려합니까?"

"……예."

"어디가?"

청연이 부러 은근하게 되묻자 나리의 뺨에 발그레 열이 올랐다.

"어디라고 할 수 없습니다. 다 아름다우시니……."

늘 고운 답을 들려주는 그녀가 취기가 오르니 더욱이 고운 말을 한다. 청연은 하늘하늘 늘어지는 나리를 미소 띤 눈으로 보며 나지막이 속삭였다.

"제 눈엔 그대가 더 어여쁩니다."

"……."

"이리 어여쁜 이도 그대가 처음입니다."

나리만이 그의 눈에 어여쁘다는 말은 연모하던 분이 있었느냐는 물음에 대한 답으로 충분하였다. 나리는 벅찬 한숨을 내쉬며 다시금 뛰는 가슴을 살며시 눌렀다.

청연은 설핏 웃고는 느긋한 손길로 빈 잔에 술을 채워 나리의 입술에 천천히 기울였다. 그녀는 이미 취한 듯했지만, 얌전히 받아 마시는 모습이 어여쁘기 그지없어 자꾸만 손이 갔다. 하늘의 꽃과 불로의 샘에서 솟아난 물로 만들어진 술이니 몸에 무리는 없을 터였다.

불로의 술이 아닌 불사의 술이었다면 더욱 좋았을 것을, 그리 생각하며 소리 없이 웃어 버린 청연이 말린 과일을 나리의 입에 물려 주며 말했다.

"그대는 어떻습니까?"

나리가 무슨 말인지 모르겠다는 얼굴을 하자 청연이 그녀의 입가를 살짝 매만지며 다시 물었다.

"그대는 연모하는 이가 있었습니까?"

당연히 없을 터였고, 있다고 한들 없애 버리면 될 일이었다. 그리 가벼운 마음으로 묻고서 청연은 느릿하게 술잔을 기울였다.

"……."

청연이 나리를 내려다보며 술을 반절 비울 때까지 나리는 말이 없었다. 그저 몽롱하게 풀린 눈으로 가만히 청연을 바라볼 뿐이었다. 말갛다 못해 청아하여 되레 정욕을 자극하는 그녀의 얼굴이 향긋한 숨을 색색 내쉬며 오롯이 청연을 향해 있었다. 연모하는 이가 있었냐는 질문을 듣고서, 자신이 연모하는 이는 눈앞에 있는 당신이라는 듯이.

청연은 기울이던 술잔을 순간 멈칫하고는 머지않아 눈을 내리감으며 웃었다.

"또 이리 함부로 교태를 부리시지요."

그제야 나리의 멍한 얼굴에 당혹스러운 기색이 스몄으나 붉게 물든 얼굴은 더욱이 요염해지고 말았다. 청연은 술잔을 내려놓고 이내 주안상까지 저 멀리 밀어냈다. 그리고 나리를 고쳐 안으며 그녀의 입술로 다가가다가, 돌연 멈추었다.

"그날, 아프셨지요."

이윽고 낮게 속삭이는 그의 목소리는 무거웠고 검푸른 눈동자엔 짙은 감정이 어둡게 드리워 있었다. 나리는 '그날'이 그의 화를 온몸으로 받았던 그날임을 곧장 알아챘다.

"아니면 서글프셨습니까."

어딘지 안타까워하는 듯한 그의 진중한 음성을 듣자마자 나리의 눈가에 뜨끈한 열이 올랐다. 멎은 줄 알았던 눈물이 다시금 차올라 그녀의 눈에 아슬아슬하게 고였다.

"말해 보세요. 들어 줄 테니……."

그렁그렁 젖은 그녀의 눈동자는 청연의 가슴에 옅은 둔통을 주었다. 청연이 그녀의 눈가를 천천히 어루만졌다. 나리는 양손으로 그의 손을 살며시 감싸 쥐고 아래로 끌어당겼다. 나리에게 이끌린 그의 손은 그녀의 보얀 가슴에, 심장 위에 닿았다.

"여기가 아팠습니다……."

"……."

"슬프고, 무서웠는데…… 그보다 여기가 더 아팠습니다……."

취기가 맴도는 흐릿한 목소리는 담담한데도 습기가 어려 어딘지 서글프게 들렸다. 청연은 앓는 듯한 한숨을 내쉬며 미소 지었다. 술기운에 응석을 부리는 그녀가 한숨이 나올 정도로 어여쁘고, 가슴이 저릿할 만큼 고와서. 청연은 심장의 여린 울림이 느껴지는 그녀의 가슴께를 엄지로 어루만지며 낮게 속삭였다.

"이 몸이 다시 그대를 귀하게 품으면, 그날의 기억을 조금이나마 잊어 주실 건지요?"

낮고 부드러운 소리로 그녀를 달래며 하얀 목덜미에 입을 맞추고 허리를 쓰다듬었다. 나리는 금세 가녀린 신음을 내쉬며 자그맣게 소곤거렸다.

"하오나, 여긴…… 여기서는…… 으응."

"괜찮습니다. 곧 여기가 어딘지도 잊을 만큼 기분 좋게 해 드릴 테니……."

청연이 나리의 귓불을 약하게 깨물고 핥았다. 나리는 정신이 흐린 듯 멍하게 되물었다.

"정말로요……?"

"못 믿겠으면 이 몸이 진실로 만들어 드리지요. 그러니 내게 허락을 내려요. 어서……."

이리 다정하고 고혹적인 목소리와 지독히도 관능적인 미소에 어찌 넘어가지 않을 수 있을까. 나리는 더는 망설이지 않고 가느다란 팔을 들어 그의 어깨를 꼭 안았다.

"앙큼하게도 허락하십니다."

귓가에 그의 숨 섞인 웃음이 맴돈다. 낮게 깔려 더욱이 부드럽고 고혹적인 그 목소리가 좋아 나리는 무의식적으로 그에게 입을 맞추었다. 몸에 감도는 술기운이 부끄러운 마음을 흐리게 지우고 기저의 용기를 끌어 올린 모양이었다.

살짝 맞댄 그의 입술이 기분 좋게 휘어졌다. 나리는 왜인지 솟구치는 용기를 그러모아 그의 입술을 살짝 깨물었다. 그가 그녀에게 했던 것처럼 아랫입술을 핥고, 또 엷게 빨아 당기며 그에게 입을 열어 달라고 서툰 어리광을 부렸다.

피식 웃어 버린 청연이 입술을 조금 벌려 주자 나리의 혀가 살금살금 침범해 그의 입안을 적셨다. 잇새를 간질이고 혀를 엮는 그녀 나름의 입맞춤이 무척이나 사랑스러워 그의 입가에 미소가 지워지질 않았다.

"하……."

그의 입술 새로 듣기 좋은 낮은 숨이 흘러 나리의 귓가를 간질였다. 신수님은 어째서 이리도 정신을 녹아내리게 하실까. 머리가 몽롱한 것이 술기운 탓만은 아닌 것 같다. 나리는 살며시 입술을 떼고서 홀린 듯 그를 바라보다가 그의 곧고 아름다운 목선에 조심스레 입을 맞추었다. 나직이 웃은 그가 살짝 턱을 들어 주자 사늘한 향이 은밀하게 풍겼다.

"하아, 하……."

어쩐지 보이지 않는 그의 색향에 흠뻑 잠긴 듯했다. 나리는 가녀린 숨을 색색 내쉬며 더욱 과감하게 그의 목에 혀를 댔다. 희고 매끄러운 살갗을 쪽, 쪽, 빨아 어설픈 꽃잎도 희미하게 남겼다.

그녀가 주는 아릿하고 귀여운 감촉에 청연은 낮은 신음을 삼키며 소리 없이 웃음 지었다. 그의 살갗을 가만가만 애무하는 그녀를 쓰다듬으며 푸른 도포를 스르르 풀어냈다.

그의 뜻을 아는지 모르는지, 나리는 가쁜 호흡만 계속하면서 그가 열어 준 도포 사이로 서서히 내려갔다. 그의 고아한 쇄골에 입을 맞추고 너른 어깨에도 혀를 스쳤다. 단단한 가슴, 늘씬하게 뻗은 허리에도 입술을 톡톡 짓누르며 서툰 애무를 이어 갔다.

"으음……."

그가 이따금 낮은 숨을 내쉴 때마다 나리는 참지 못하고 눈가를 붉게 물들였다. 그의 신음이 들릴 때마다 깊은 살결이 부끄러울 정도로 욱신거리고 스멀스멀 젖어 들었다. 술과 열기가 그녀의 안에서 뒤섞여 눈앞이 어지러웠다.

"아……."

그가 느슨하게 풀어 헤친 비단 자락 사이로 내려가던 나리는 어느덧 그의 중심까지 도달했다. 거대하게 솟구친 앞섶에서 야릇한 향이 맴돌았다. 나리는 자기도 모르게 작게 신음했다. 촉촉한 다리 사이를 부러 꼭 닿아 붙이고 꼴깍 숨을 삼켰다. 나리가 갈증이 난 듯 발간 혀로 살며시 입술을 적시자 그의 아래가 크게 꺼떡거렸다. 곧이어 한숨처럼 웃은 청연이 그녀의 턱을 다정하게 쓰다듬으며 들어 올렸다.

"내 신부님이 어찌 여기서 멈추셨을까……."

청연은 술과 색에 취해 몽롱하게 풀린 그녀의 눈동자를 핥듯이 바라보며 말끝을 늘어뜨렸다.

"핥아 주시려고?"

요염한 미소를 머금은 채 던진 질문은 반쯤은 농이었건만, 청연을 올려다보던 그녀의 눈동자가 일순 파르르 흔들렸다. 청연은 미소를 지우지 않고서 나리의 턱 끝을 엄지로 어루만졌다. 이윽고 나리가 더운 숨을 색색 내쉬며 자그맣게 물었다.

"그래도, 되는지요……?"

옅은 흥분과 긴장이 뒤섞인 얼굴이 멍하니 그를 올려다보았다. 청연은 미간을 좁히며 짧게 웃었다. 이 고운 신부님이 술이 스미니 평소와 달리 앙큼한 짓을 하신다.

"이 어여쁜 입술을 한껏 벌리셔야 할 텐데……."

엄지로 그녀의 입술을 부드럽게 짓누르며 청연이 눈을 휘었다. 그가 완연한 허락을 내리지도 않았건만, 나리는 가만 그를 올려다보며 꼴깍 침을 삼키곤 두 손으로 사부작사부작 그의 앞섶을 헤쳤다.

이윽고 뜨겁고 두툼한 살덩이가 나리의 입술에 툭 닿았다. 흠칫 놀란 나리가 잠시 숨을 가다듬었다. 마른 입술을 적시고는 살며시 입을 벌렸다. 혀끝으로 조심스레 뭉툭한 선단을 건드리자 투명한 물기가 나리의 혀에 진득하게 감겼다.

"하, 아."

그의 나직한 신음이 흐를 때마다 그녀의 발끝이 절로 움츠러들었다. 다리 사이가 질척질척 젖어 드는 느낌이 선연했다. 어쩐지 야릇한 충동이 일었다. 나리는 가냘픈 신음을 삼키며 그의 귀두를 단번에 머금었다. 불쑥 핏줄이 치솟는 그의 중심을 양손으로 그러쥐고 서툴게 혀를 움직였다.

"흐읍, 하아."

혀와 남근이 맞닿아 츕, 츠읍, 질척한 소리를 냈다. 입안에 그의 투명한 흔적이 더해질수록 나리는 점차 흐늘흐늘해졌다. 그의 입술 새로 흐르는 퇴폐적인 숨이, 무언가 억누르는 듯한 짧고 낮은 신음이, 그녀의 턱을 부드럽게 그러쥔 그의 큰 손과 딱딱하게 솟은 그의 중심까지 모두 나리를 녹이고 있었다.

나리는 다디단 당과라도 먹는 양 점차 깊숙이 그의 아래를 핥고 머금었다. 얼마나 도취하여 깊이 물었는지 귀두가 목구멍을 찔러 작은 기침까지 콜록콜록 터졌다. 고작 반도 머금지 못했건만 그의 중심은 그리 버거웠다.

이러다 내 신부님 목이라도 상하시면 어쩔는지, 청연은 밭은 숨을 내쉬며 설핏 웃고는 속삭였다.

"너무 깊이 넣지 말아요. 하아, 저를 끝까지 담는 건 그대의 꽃잎으로도 충분합니다."

다정하게 어르는 청연의 말에 그녀가 멈칫 그를 올려다보았다. 청연을 향한 눈동자는 흥분을 담고서도 맑기만 했고 남근을 한껏 머금은 입술은 또 지나치게 음란해서 그녀의 낯은 야릇하니 어여뻤다.

청연은 어쩐지 인내심이 툭 끊기는 기분이었다. 더는 참을 수 없다는 듯 그의 아래가 핏줄을 팽팽하게 세웠다. 곧장 쏟아 낼 기세로 크게 꺼떡거렸다. 그런데도 그녀는 그의 중심에서 입술을 떼지 않았다. 오히려 눈가를 더욱 발갛게 물들이며 서툰 혀를 가쁘게 놀릴 뿐이었다.

"하아, 읏……."

단전이 한계치까지 빠듯해지고 청연은 기어이 고개를 젖히며 탁한 신음을 흘렸다. 희뿌연 토정액이 울컥울컥 뿜어져 그녀의 입안을 엉망으로 더럽혔다.

"흐으, 아."

나리는 순간 눈을 질끈 감고서 자그맣게 앓았다. 입안을 그득히 적신 그의 흔적이 혀와 입술에 엉겨 밖으로 흘렀다. 나리는 입안에서 질척거리는 정액을 어찌할 바 모르고 더듬더듬 청연을 올려다보았다.

"하."

청연은 그런 그녀를 바라보며 못 말리겠다는 듯 짤막하게 웃어 버렸다. 곧이어 그가 엎드린 나리를 사뿐하게 안아 올려 그와 마주 보도록 다리에 앉혔다.

"아, 하세요."

그가 다정하게 속삭이자 나리가 입을 조금 더 벌렸다. 청연의 길고 곧은 검지가 나리의 혀를 부드러이 어루만지며 입안에 고인 흔적을 밖으로 흘려 냈다. 손가락으로 쓸어 낸 흔적은 그의 손바닥에 부옇게 고였다.

청연은 정액이 미끄럽게 흐르는 손을 그대로 그녀의 다리 사이에 가져갔다. 이미 그녀의 애액으로 촉촉하게 젖은 음부를 희뿌연 정액으로 적시며 손가락을 밀어 넣었다.

"아, 으응……!"

나리가 가냘프게 신음하며 그의 어깨에 무너지자 청연이 그녀의 허리를 단단히 받쳐 안았다. 물기 어린 살결에 그의 흔적을 더하며 손가락을 천천히 움직였다. 가느다란 몸이 그의 손짓에 따라 흠칫흠칫 떨렸다.

"어여쁜 짓을 하시니, 하아, 이 몸이 참을 수가 있어야지요."

"하아, 웃, 응."

"그대가 나를 이리 만듭니다. 하, 도저히 인내할 수 없게……."

웃음 띤 속삭임이 부드럽게 귓가를 간질이자 나리가 여린 신음을 내쉬었다. 다시금 설핏 웃는 그에게 꼭 안긴 채 흔들리며 그녀가 말했다.

"제가, 훗, 서툴러서, 혹여나 열기를 가라앉히면 어쩌나, 걱정했는데…… 아으응!"

더듬더듬 소곤거리던 나리가 민감한 부분을 짓누르는 그의 손길에 허리를 크게 휘청이며 다시 그의 어깨로 무너졌다.

"그럴 리가요."

청연은 나리를 품에 가둔 채 거칠게 손을 놀렸다. 그녀의 살결이 손가락을 꽉 조일 때까지 멈추지 않았다. 머지않아 나리가 절정에 몸을 웅크리며 파르르 경련할 때 천천히 손가락을 꺼내며 말을 이었다.

"방금 그대의 입을 더럽히고도 이렇게 곧장 세울 만큼……."

금세 부피를 키운 기둥 끝이 나리의 음부를 문질렀다. 나리가 눈을 반쯤 감았다 뜨면서 그를 바라보았다.

"이 발간 혀의 감촉을 떠올리며 몇 번이고 쏟아 낼 수 있을 만큼, 그리 좋았습니다."

"아, 읏."

"이곳이 어딘지 잊을 만큼 기분 좋게 해 드린다고 약조하였는데, 그대가 나를 기분 좋게 만들었군요."

다정하게 속삭이며 미소 띤 청연이 정액과 애액으로 범벅 된 그녀의 틈으로 두꺼운 기둥을 한 번에 박아 넣었다.

"이제 제가 해 드리겠습니다."

감미로운 목소리나 눈빛과는 달리 무척이나 가차 없는 삽입이었으나, 이미 흥건하게 젖어 움찔거리는 나리의 속살은 그의 거친 침범을 되레 달게 받아 삼켰다. 그가 서서히 허리를 움직이자 짙은 쾌락이 조금씩 나리를 잠식하기 시작했다.

"청연, 하아, 청연 님……."

비단옷이 뒤늦게 사락사락 미끄러지고 어느덧 나신으로 그의 위에서 흔들릴 때, 나리가 문득 신음 사이로 그를 불렀다. 청연은 허리를 멈추지 않은 채 그녀의 입술에 입을 맞추곤 대답했다.

"예, 듣고 있습니다."

나리는 다시금 청연의 어깨를 꼭 안고 흔들리면서 그의 귓가에 속삭였다.

"하고 싶은 말이, 흐읏, 있습니다……."

"어떤?"

"청연 님, 저는, 하아…… 저는 이곳을 떠나지 않겠습니다. 죽어도, 훗, 이곳에서, 청연 님의 손에 죽겠습니다."

"……."

"그러니, 하아, 그리 무정하게 화내지 마시어요."

"하……."

"저를 아프게 하셔도 좋으니 홀로 두지 마십시오. 저는…… 아, 웃!"

순간 그가 몸 깊숙이 들어와 나리는 눈을 질끈 감으며 허리를 파르르 떨었다. 청연은 자신의 품에 무너져 바들바들 경련하는 나리를 으스러지게 안은 채 농밀하게 핥는 듯한 목소리로 그녀의 귀에 속삭였다.

"그리고 또 어떻게 해 드릴까요?"

"흐으, 응……."

"나를 더 보채 보세요. 응? 무얼 어떻게 해 드릴지 떼써 보세요."

달을 따다 드릴까, 별을 따다 드릴까. 그의 밀어는 달콤한 농도가 짙다 못해 온몸을 적시는 듯하였건만, 나리는 몸짓을 멈춘 그에게 애타게 안기어 가냘픈 신음만 흘렸다. 떼를 쓰기는커녕 "지금은, 어서……." 하고 그의 음심을 건드리는 말만 가느다랗게 속삭이는 게 고작이었다.

그러나 청연은 이보다 고운 말은 없다는 듯 낮은 신음을 삼키며 웃었다. 이리 어여쁘게 매달려 우는 신부님께 뭔들 못 해 줄까. 청연은 그녀를 더욱 깊이 안고서 허리를 움직였다.

그녀를 절정으로 이끄는 몸짓은 거세고 숨 가빴으나, 가녀린 허리를 받친 손은 못내 귀한 이를 다루듯 각별하고 다정하며 단단하였다.

八

그날 정자에서 그와 술을 마시고 생에 처음 취기가 오른 이후로 나리는 몸이 한결 가벼워졌음을 느꼈다. 물론 신수님과 밤을 보낸 후에 따라오는 은근한 허리 통증은 여전했지만, 어쨌든 전보다 몸에 기운이 차오른 것만은 확실했다. 손톱 끝까지 맑은 기운이 넘실거렸으니 말이다.

신수의 땅에서 나고 자란 것들을 먹은 데다가 하늘에서 온 불로의 술까지 마셨으니 당연한 결과였다. 그러나 평생을 인간으로 살아온지라 자신이 먹고 마신 게 그리 영험한 줄 모르는 나리는 그저 며칠간 평온한 나날을 보냈기에 막연히 몸도 좋아졌으리라 여겼다.

실로 무탈한 나날이긴 하였다. 이따금 그날 정자에서 술에 취해 그에게 응석을 부린 낯부끄러운 기억이 떠올라 목덜미가 확 붉어질 때도 있었지만, 대부분은 평안하였다. 나리는 그의 처소에서 잠드는 날이 많아졌고 눈을 뜨고 있을 땐 온종일 그의 곁에 있었다.

그사이 나리는 연둣빛 비단으로 새 옷을 만들었다. 정자에서 그의 품에 안기어 바람을 쐬며 사부작사부작 바느질하고, 툇마루에 앉아 차를 마시며 치맛단에 수를 놓았더니, 며칠 새 풀잎색의 고운 비단옷 한 벌이 완성되어 있었다.

"보자……."

나리는 처소에 홀로 서서 부드러운 비단옷을 몸에 걸치고 매무새를 정돈했다. 단아한 선으로 떨어지는 비단옷은 여우들에게 받았던 어깨가 훤히 드러나는 옷에 비해 단정했다. 옷깃과 치맛단에는 희고 샛노란 꽃 자수가 가득해서 마치 봄날의 화원을 담아 놓은 듯했다.

'다 만든 후엔 제게 가장 먼저 보여 주세요.'

치맛단에 한참 수를 놓을 때 그가 했던 말이 문득 떠올라 나리는 매듭을 정리하며 뺨을 발그레 물들였다. 잠시 후 단장을 끝마치면 곧장 그에게 가서 새 옷을 입은 자신을 보여 준다고 생각하니 심장 근처가 간지럽기까지 하였다.

허리끈을 곱게 매듭지은 뒤 이번엔 결 좋은 검은 머리카락을 하나로 단아하게 묶었다. 그리고 옷과 같은 비단에 같은 꽃 자수가 놓인 머리끈을 길게 늘어뜨렸다. 그리 단장을 마치고 나니 자신이 어쩐지 너무 과분한 옷을 걸친 게 아닌가 싶기도 하였으나, 그런 나리의 염려가 무색하게도 연둣빛 비단옷은 그녀와 아주 잘 어울렸다.

경대 속 자신을 가만히 보던 나리가 이내 부끄러운 듯이 웃어 버리곤 사붓사붓 걸음을 옮겼다. 그가 마음을 써 구해 준 비단과 색실로 이리 고운 옷을 만들었으니 얼른 그에게 가서 자신의 기꺼운 마음과 감사를 다시금 전하고 싶었다.

툇마루를 따라 걸어서 그의 처소 앞에 다다랐다. 그는 등을 보인 채로 연호와 대화를 나누고 있었다. 나리는 잠시 걸음을 멈추었다.

"그럼 얼마나 자리를 비울 예정이신지……."

청연에게 조용히 묻던 연호가 먼저 나리를 발견하곤 목 인사를 했다.

청연은 그제야 느리게 뒤를 돌아보았다. 그러곤 가만 멈춰 서 있는 나리의 옷차림을 나긋한 눈길로 찬찬히 살피더니 이내 웃음 띤 소리로 말했다.

"월궁항아가 오신 줄 알았습니다."

달에 사는 선녀님이라니, 나리는 그의 과찬에 수줍게 얼굴을 붉히곤 괜히 치맛자락을 만지작거렸다.

"청연 님 덕분에 이리 예쁜 옷을 만들었습니다. 감사합니다."

입에 맴돌던 감사 인사를 작게 전하자 그의 미소가 한층 더 감미로워졌다.

"아, 저…… 하던 이야기 나누십시오. 저는 잠시 기다리겠습니다."

나리가 열이 오른 얼굴을 손등으로 식히며 한 걸음 물러났다. 신수님이야 평소처럼 여유로운 태도라지만 연호의 진중한 얼굴을 보니 둘의 대화가 가볍지는 않은 것 같아서였다. 청연은 나리를 칭찬하듯 눈웃음 지으며 고갯짓하고는 다시 연호를 보며 대화를 이었다.

"그래, 자리를 비우는 건…… 뭐, 그리 오래 걸리지는 않을 것 같구나. 정황만 알면 곧장 돌아올 테니."

"예. 호위는 어떻게 할까요."

"이 몸이 함께 있는데 무슨 호위가 필요할까. 기척을 숨기고 따르는 매 한 마리만 두렴."

나리는 그들의 대화에 귀 기울이며 가만 생각했다. 신수님이 어디를 가시나. 또 하늘의 부름이라도 받으신 건가. 나누는 이야기를 들어 보니 그가 이번엔 제법 길게 자리를 비우는 듯하여 궁금증이 깊어졌다.

머지않아 대화를 끝낸 청연이 연호를 물리고 곧장 뒤를 돌아보며 나리에게 손짓했다. 나리는 그에게 다가서며 조심스레 물었다.

"어디 멀리 다녀올 일이 있으십니까?"

청연은 나리의 귓가를 부드러이 어루만지며 말했다.

"그대와 바람이나 쐬러 갈까 합니다."

"바람을 쐬러요?"

"예. 이리 고운 새 옷도 입으셨는데 처소에만 있을 순 없지 않습니까."

바람이라면…… 나리는 그의 휘어진 눈매를 물끄러미 바라보다가 작게 속삭여 물었다.

"혹 밤 나들이를 말씀하시는 건지요……?"

순한 얼굴을 하고서 그리 묻는 그녀가 한껏 놀리고 싶을 정도로 귀여워 보인다. 청연은 짧은 웃음을 터뜨리며 고개를 저었다. 나리는 한층 더 의아한 표정을 짓다가 문득 자연스레 밤 나들이를 말한 자신이 부끄러워 입술을 굳게 다물었다.

"밤 나들이는 아니지만, 분명 그대의 마음에 들 테지요."

청연이 미소를 지우지 않고서 나긋이 읊조렸다. 나리는 발그레 달아오른 뺨을 두 손으로 감싸고 시선을 떨군 채 엷게 고갯짓했다.

"예…… 어디든 좋습니다. 바람 쐬러 가시어요."

밤 나들이는 아니지만, 계곡이든 어디든 나를 데리고 가 주시려나 보다…….

그의 의중을 나름 짐작해 보며 나리는 작게 웃음이 나는 입술을 감쳐 물었다. 어디로 가는지는 모르겠지만 그와 함께 갔던 장소는 모두 아름다웠으니 이번에 가는 곳도 분명히 아름다우리라고 믿었다. 달빛이 떨어지는 계곡이나 백화난만한 화원, 혹은 고즈넉한 정자처럼.

어쨌든 바람을 쐬러 가기로 하였으니 나리는 자연스레 청연에게 가까이 다가섰다. 그의 품에 몸을 맡기고 잠시 눈을 감았다가 뜨면 그가 원하는 장소에 닿아 있으리란 걸 아니까. 나리가 몹시 익숙한 몸짓으로 팔을 벌린 그의 품에 폭 들어가자 청연은 스르르 입술을 휘며 눈을 감았다.

잠시 후 눈을 떴을 땐 높은 절벽 아래 위치한 적막한 산속이었다. 빽빽하게 자란 나무가 제멋대로 가지를 뻗고 있고 절벽 바위엔 고동색 나무줄기가 무거운 휘장처럼 치렁치렁 늘어져 있었다.

나리는 조금은 의아한 표정으로 주변을 둘러보았다. 바위 사이에 여기저기 핀 꽃 무리가 소담하니 곱긴 하였으나 그뿐, 해가 들지 않는 산중은 어딘지 스산하기까지 하였다. 바람을 쐴 만한 장소로는 어울리지 않아 보였다.

나리가 어리둥절 눈을 굴리자 청연이 소리 없이 웃고는 그녀의 어깨를 감싸 안고서 절벽으로 걸어갔다.

"가시지요."

"이곳이 아닙니까……?"

"곧장 도달하기엔 보는 눈이 많을 듯하여 한 번 거쳐 가는 겁니다."

보는 눈이 많다고? 그의 말에 더욱 의아해진 나리가 그에게 조심스레 목적지를 묻기도 전에 청연이 먼저 절벽에 손을 뻗었다. 그러곤 물결같이 느긋한 손길로 절벽에 촘촘하게 늘어진 나무줄기를 걷어 냈다. 줄기 뒤쪽에는 절벽의 바위가 아니라 먹물처럼 새카만 공간이 느리게 넘실거리고 있었다.

"청연 님, 여긴……."

나리가 지레 겁먹고 몸을 움츠렸지만 청연은 아랑곳하지 않고 그녀를 부드럽게 안아 이끌었다. 이질적인 검은 공기가 몸에 사늘하게 닿는 순간 나리는 눈을 질끈 감아 버렸다.

"……."

마치 물속에 잠긴 듯한 먹먹한 정적이 귀에 스친 후, 이내 소란스러운 소리가 들렸다. 절벽을 지나 갑자기 듣기엔 몹시 낯선 소리였으나 나리에겐 익숙한 소리이기도 하였다.

"바다 건너온 장신구 보고 가시오!"

"비단 있어요, 비단!"

"어허! 이 어린것들이 어딜 때 묻은 손으로 유과를 만져! 저리 가거라, 이놈들!"

나리는 믿을 수 없다는 듯 눈을 크게 뜨고 시끌벅적한 저잣거리를 보았다. 큰 잔치라도 있는 것인지 길에는 물건을 파는 상인은 물론이거니와 사람들도 가득하였다.

조금 전까지만 해도 적막한 산속이었는데, 그리 생각하며 나리가 뒤를 돌아보았다. 분명 나무줄기가 늘어져 있어야 할 뒤편에는 옷감을 파는 포목점이 있었다.

"이놈들이 기어이!"

"야아! 나도, 나도!"

끝내 유과 한 주먹을 훔친 아이들이 까르르 웃으며 나리 곁을 살짝 스치자 청연이 그녀의 허리를 힘주어 안아 당겼다. 나리는 그제야 화들짝 정신을 차리곤 그를 보았다. 청연은 그녀를 향해 괜찮으냐는 듯 웃어 보이고는 이내 떠들썩한 저잣거리를 나른한 눈길로 둘러보았다.

그런 그를 보며 나리는 또 한 번 멍해지고 말았다. 그의 고혹적인 검푸른 색 눈동자나 나긋한 얼굴은 분명 자신이 아는 신수님인데, 그의 푸른 도포는 평소처럼 느슨하지 않고 우아하고 정갈한 선으로 떨어지고 있었다. 마치 높으신 분의 귀한 자제 같기도 하였고, 잠행을 나온 왕족 같기도 하였다.

거기다가 수려한 외모까지 더해지니 그의 모습은 몹시도 기품 있고 고고했으며 신비로웠다. 나리는 입술을 작게 벌린 채 그에게서 눈을 떼지 못했다.

"아이고, 귀한 분들이 나들이 오신 것 같은데 여기 좀 보고 가십시오. 빛깔 좋은 가락지가 들어왔습니다."

건너편에서 장신구를 팔던 이가 둘을 향해 목청을 높이자 청연이 나리에게 저리 가 보자는 듯 눈짓하며 웃었다. 나리는 그제야 이곳이 인간의 땅이라는 걸 실감했다. 심장이 절로 쿵쿵 뛰었다.

이내 청연이 나리의 손을 잡고서 저잣거리의 인간들 사이로 섞여 들었다. 나리는 터질 듯한 가슴을 진정시키며 입을 열었다.

"청연 님, 여긴 인간의 땅……."

청연은 나리의 말이 끝나기도 전에 검지를 세워 입가에 대고는 고요히 웃으며 고개를 저었다. 인간의 틈에서 듣기에 이질적인 말은 하지 않는 게 좋다는 뜻임을 나리는 금세 알아차렸다.

그의 뜻대로 얼른 입을 다물긴 했지만, 생각지도 못한 저잣거리를 보니 신기함은 어쩔 수 없었다. 허리를 조금 숙여 장신구를 보는 그의 뒷모습도 신기하기 그지없었다. 이윽고 허리를 곧게 세운 그가 조금 뒤에 서 있던 나리를 향해 손짓하며 말했다.

"부인, 이리 와 보세요."

그의 얼굴은 하얀 햇살을 받아 더욱 수려해 보였건만 나긋한 미소는 어딘지 짓궂은 빛을 띠고 있었다. 당황하여 눈을 동그랗게 뜨고 멍하니 그를 보던 나리가 이내 뺨을 붉게 물들였다.

부인이라니…….

곰곰이 생각하면 틀린 말은 아니었으나 나리의 귀엔 몹시 과분한 호칭으로 들렸다. 게다가 그의 장난스러운 목소리가 귓가에 맴도는 순간, 그를 흘긋흘긋 쳐다보던 저잣거리 사람들의 시선이 나리에게 확 쏠린 탓에 나리는 더욱이 부끄러워지고 말았다.

"예. 갑니다……."

나리는 발간 뺨을 한 손으로 살며시 감싸 가리고는 그에게 조금은 빠른 걸음으로 다가갔다.

"부인이 마음에 드는 것으로 골라 보세요. 오랜만에 나왔으니 기념할 물건은 있어야지요."

사방에서 흥미로운 눈길이 쏟아지는데도 청연은 개의치 않고 부러 부인이란 말을 강조하며 눈을 휘었다. 그의 감미로운 장난에 나리는 몹시 민망하기도 하고 어쩐지 허리께가 간질간질하기도 하였다.

나리는 살며시 고개를 떨구며 저도 모르게 웃음이 나는 입술을 꼭 물다가 이내 설레설레 도리질 쳤다. 그러곤 그의 귓가에 다가가 말했다.

"저는 괜찮습니다. 제가 하기엔 너무 화려한 장신구이기도 하고……."

허리를 살짝 기울여 준 그의 귓가에 손까지 모아 나리가 소곤소곤 속삭였다. 혹여 상인에게 들릴까 걱정되었는지 몹시도 작은 목소리였다.

"흐음……."

청연은 나긋한 한숨을 내쉬며 허리를 세우더니 이내 손을 뻗어 나비 모양 머리 장식을 하나 집어 들었다. 그러곤 나리의 머리에 살짝 대어 보며 싱긋 웃음 지었다.

"꽃에는 나비가 있어야지요."

"……."

"부인과 잘 어울립니다."

꽃 자수가 흐드러진 연둣빛 비단옷과 그가 고른 나비 장식은 무척 조화로웠고 그녀의 단아하고 순한 얼굴과도 몹시 어울렸다. 청연의 눈에는 물가에 핀 꽃과 같은 그녀였으니 뭔들 어여쁘지 않을까. 나리가 수줍게 눈길을 떨구며 옅게 웃자 둘을 지켜보던 상인이 냉큼 아부를 떨었다.

"아이구, 선녀님이 오신 줄 알았습니다. 부인께서 이리 고우니 나으리께서는 기쁘기 그지없겠습니다."

청연은 흘긋 눈길을 돌려 상인을 보고는 픽 웃으며 고갯짓했다.

"보고만 있어도 배가 부르지. 밖에 내놓기도 아까워 품에 숨겨 두고 싶은 부인이니."

"아무렴요, 아무렴요. 소인이 이 자리에서 평생을 장사치로 살았는데 이리 단아하고 선녀 같은 분은 처음 뵙니다."

진심인지 장삿속인지 모를 너스레라는 걸 뻔히 알면서도 청연은 장사치의 말이 옳다는 듯 기분 좋게 미소 지었다. 그 모습이 마치 아내가 몹시 사랑스러워 어쩔 줄 모르는 지아비의 모습과도 같아서 근처에 있던 뭇 여인의 가슴을 설레게 하였다. 청연은 미소를 지우지 않은 채 나리를 보며 다시금 장신구로 눈짓했다.

"다른 것도 골라 보시지요. 장사치가 보는 눈이 제법 높은 듯하니."

"하오나……."

"어서요, 부인."

나리는 그가 지금 이 상황을 제법 즐기고 있음을 알아챘다. 장삿속이 비치는 상인의 말에도 너그러이 속아 주면서 말이다.

아무리 그래도 부인이라는 말을 어쩜 저리 아무렇지 않게 내뱉으시는지, 오랜 세월 쌓여 온 그의 여유가 이곳에서도 가감 없이 드러나는 것만 같다. 신수님과 함께 인간의 땅에 온 게 아니라, 멋있고 다정다감한 사내와 혼인하여 옆 마을에 나들이를 나온 듯한 간지러운 착각이 들 정도였다.

나리는 괜히 귓가를 만지작거리다가 살며시 장신구를 내려다보았다. 그가 더 골라 보라며 다정하게 어르기도 하였고 장사치의 기대 어린 눈빛을 무시하기도 힘겨워서였다.

"그럼 이걸로……."

머지않아 나리가 푸른 자개에 흰 구슬이 오밀조밀 붙은 머리 장식 하나와 붉은 보석으로 화려한 꽃 모양을 낸 머리 장식 두 개를 골랐다. 상인은 보는 눈이 있으시다며 다시금 아부를 떨었고 청연은 같은 머리 장식을 두 개 고른 그녀의 속내를 알아차리고는 고요히 미소 지었다.

"여우들이 몹시 기꺼워하겠습니다."

장신굿값을 치른 후 그녀와 나란히 저잣거리를 걷던 청연이 나지막이 말했다. 나리는 조금 전 샀던 장신구가 담긴 비단 주머니를 만지작거리며 수줍게 웃었다.

"그러셨으면 좋겠는데…… 제가 보기엔 여우님들과 잘 어울릴 것 같으나 여우님들은 어떠실지 모르겠습니다."

가만가만 말을 잇는 그녀의 목소리는 다정하고 보드라웠다. 그녀가 꽃 한 송이만 꺾어 줘도 여우들은 좋아할 텐데, 청연은 지금쯤 나리가 사라진 처소에서 한껏 토라졌을 여우들을 떠올리며 소리 없이 웃음 지었다.

문득 저 멀리서 악기 소리가 들려왔다. 시끌벅적한 거리의 사람들은 조금 어수선한 듯하면서도 묘한 기대감으로 눈을 반짝였다. 곧 제법 많은 이들이 어딘가를 향해 걸음을 빨리했다. 나리는 그들의 뒷모습을 눈으로 좇다가 아, 하며 조금 전 장신구를 팔던 상인의 말을 떠올렸다.

'두 분은 신께 올리는 제를 보러 오셨지요? 우리 마을 제사가 좀 유명해야지요. 나라에서 가장 큰 제사인 데다가 오늘이 마지막 날이니 구경거리가 아주 많을 겁니다.'

근방의 거지들이 뭐라도 얻어먹으려고 몰려들긴 하지만요, 하고 덧붙이며 허허 웃던 상인의 낯에선 자신의 마을 제사에 대한 자부심이 엿보이기도 했다. 나리는 속으로 웃고는 청연을 올려다보며 입을 뗐다.

"조금 전 장신구를 팔던 상인이 말했던 제사인가 봅니다."

청연은 미묘한 미소를 띤 채 고갯짓했다.

"저희도 잠시만 구경하러……."

나리가 호기심 어린 목소리로 말하던 중에 돌연 앞에서 누이와 뒤뚱뒤뚱 걷던 어린 남자아이가 바닥에 철퍼덕 넘어지고 말았다. 허름한 옷차림을 한 아이는 으앙 울음을 터뜨리고 열 살 남짓한 여자아이는 다급히 동생을 일으켜 세웠다. 동생의 옷에 묻은 흙을 털어 주는 아이의 손길은 제법 야무졌지만 앳된 얼굴은 속상한 듯 보였다.

"좀 아파두 얼른 가자. 응? 늦으면 아무것도 못 먹어."

척 보아도 피죽도 못 먹은 것처럼 앙상한 아이들이었다. 부모가 없거나, 있어도 병을 앓고 있는지도 몰랐다. 그러니 아이들끼리 저리 안쓰럽게 돌아다니는 것일 테다. 홀로 산과 들을 다니며 배고픔과 외로움을 달래던 어린 날의 그녀처럼. 나리는 무의식적으로 발을 내디뎠다.

"아가야."

자기도 모르게 얼른 아이들 앞에 다가가 자세를 낮추어 앉은 나리가 곱게 접어 넣어 두었던 천을 꺼내어 누이로 보이는 아이에게 내밀었다. 아이는 지레 겁을 먹고는 나리를 경계했으나 나리가 괜찮다는 듯 살짝 웃자 머뭇머뭇 손을 뻗어 손수건을 받아 들었다.

"약간의 생채기만 났으니 천으로 닦고 물가에서 깨끗이 씻으면 괜찮을 거야. 혹여 낫지 않으면 이걸로 약방에 가 보렴."

자신이 준 엽전 꾸러미는 약을 사는 게 아니라 끼니를 채울 곡식에 쓰이리란 걸 알면서도 나리는 아이가 주눅 들까 괜히 그리 말했다. 아이는 볼에 눈물 자국이 남은 동생을 안고서 꾸벅 인사했다.

"감사합니다……."

울음을 참는 아이에게 더 줄 것이 없어 몹시 마음이 쓰인다. 그러나 신수의 땅에 있기에 재물이 필요 없던 나리로선 손수건과 엽전 조금이 최선이었다. 나리는 안타깝게 웃고는 몸을 일으켰다.

아, 맞다. 청연 님…….

뒤늦게 그를 두고 멋대로 아이들에게 왔다는 생각이 떠올라 나리는 조금은 송구스러운 표정으로 뒤를 돌아보았다. 그러나 그는 언짢은 기색이라곤 없이 미소를 머금은 채 나리를 지켜보고 있을 뿐이었다. 그의 암청색 눈동자는 몹시 어여쁜 무언가를 담는 듯이 부드러웠다. 그 온화한 눈빛을 보니 어쩐지 수줍어져서 나리는 괜히 열이 오르는 볼을 손으로 감싼 채 먼저 앞서 걸었다.

"하하."

청연은 눈을 감으며 웃고는 그녀의 뒷모습을 보다가 아직 자리를 뜨지 않은 아이들에게 천천히 다가갔다. 눈을 동그랗게 뜨고 올려다보는 아이에게 도포에서 꺼낸 작은 주머니를 건네며 말했다.

"아가, 이거랑 바꾸련?"

나리가 아이에게 쥐여 준 손수건에 눈짓하며 청연이 묻자 아이는 당황하여 손수건과 주머니를 번갈아 보았다. 그가 건넨 주머니에서 묵직하게 짤그락거리는 것이 무엇인지 알아챈 듯했다.

아이는 잠시 그의 눈치를 살피다가 결국 손수건을 건네며 청연이 준 주머니를 받았다. 덕분에 아이는 동생의 약은 물론 아픈 어미의 약까지 구할 수 있을 테고 당분간 굶을 일도 없을 터였다. 그리고 엽전 아래에 있는 보석의 진가를 알아볼 수만 있다면 평생토록 부를 누리며 살 것이었다.

그러나 아이를 불쌍히 여겨 재물을 준 게 아니었던 청연은 나리가 고운 손으로 손수 자수를 놓은 천만 고이 품에 넣고는 미련 없이 몸을 돌렸다. 그러곤 저 앞에 걸어가는 나리를 보며 눈을 휘었다.

"부인."

그의 웃음 섞인 부름에 멈칫 선 나리가 부끄러운 얼굴로 뒤를 돌아보았다. 가만 기다리던 나리에게 청연이 다가서고 둘은 다시 나란히 걸었다.

높은 장대에 걸린 색색의 천이 사방에서 바람에 흔들렸다. 사흘 내리 이어진 제사의 마지막 날이라서 그런지 제를 올리는 너른 터의 분위기는 잔치처럼 흥겨웠다. 제사를 이끄는 이들의 큰 음성도 엄숙하다기보단 신명이 나 있었다. 그들은 비와 바람과 구름과 천둥을 읊으며 하늘을 향해 크게 절을 올렸다.

비와 바람, 구름과 천둥.

나리는 곰곰이 그 말을 곱씹다가 불현듯 무언가 깨닫고서 그를 바라보았다. 나리의 시선을 느낀 청연이 이내 그녀를 내려다보며 조용히 웃음 지었다. 그러곤 그녀의 귓가에 다가가 나지막이 속삭였다.

"진정으로 빌면 인간의 바람도 신수의 귀에 닿고는 하지요."

어찌나 시끄러웠는지, 하고 덧붙이며 그가 피식 웃자 나리는 주변의 사람들을 다시금 둘러보았다. 이 많은 이들은 자신들이 감사를 올리는 이무기가 이 자리에 강림하셨다는 걸 알까. 나리 자신을 제외하고는 누구도 그의 정체를 모르리라 생각하니 어쩐지 기분이 이상했다. 나리는 목소리를 한껏 자그맣게 죽이고 그의 귓가에 소곤소곤 물었다.

"혹 이 제사 때문에 친히 오셨는지요?"

"그대와 긴 나들이를 하러 나왔다가 때가 맞아 잠시 들렀다고 해 두지요."

망설임 없이 답하는 그의 느긋하고 부드러운 목소리를 들으니 나리는 어쩔 수 없이 웃음이 나고 말았다. 그가 이 큰 제사보다 자신과의 나들이가 더 중요하다고 말하는 것 같아서였다.

나리가 살짝 고개 숙이며 작게 웃자 동시에 한 남자가 제사에 쓰였던 종이꽃을 소쿠리에 그득 담고는 떠들썩하게 다가왔다. 제사를 보러 온 이들에게 좋은 기운을 퍼뜨리듯 하나씩 나누어 주던 종이꽃을 나리에게도 내밀었다.

"자, 자, 사양 마시고."

나리가 잠시 머뭇거리자 남자는 소쿠리를 들썩이며 사람 좋게 웃었다. 어쩐다. 나리는 괜히 청연의 눈치를 살피다가 그가 괜찮다는 듯 눈을 휘며 고개를 끄덕이고 나서야 난감하게 마주 웃고는 소쿠리로 손을 뻗었다.

청연은 나리가 제법 고심하며 종이꽃을 고르는 모습을 다정하게 지켜보다가 스르르 하늘을 보았다. 순간 인간은 모르는 어떤 기운이 그의 몸을 타고 흘렀다. 이윽고 파르라니 맑았던 하늘에 회색 구름이 서서히 몰려들기 시작했다.

"어……?"

나리가 종이꽃 하나를 골라 집어 들자 그녀의 손등에 가느다란 빗방울이 톡 떨어졌다. 하늘이 어둑어둑해질 때부터 술렁이던 사람들은 갑작스레 내리는 비를 보며 놀랍고도 들뜬 얼굴이 되었다. 이무기님께서 단비를 주셨다고 기쁘게 소리쳤다.

"여기, 여기 이 여인이……!"

종이꽃을 나누어 주던 남자도 얼른 말을 보탰다. 방금 앞에 있던 여인이 꽃을 고르자마자 비가 왔다고 소리쳤다. 그러나 사람들의 시선이 몰린 곳에 그녀는 없었다.

"어, 분명 여기에……."

소쿠리를 든 이가 빈자리를 보며 어안이 벙벙한 얼굴을 했다. 뭐에 홀렸나 싶은 심정으로 남자가 말을 잇지 못하자 주변에 있던 다른 이들이 자신도 연둣빛 옷을 입은 선녀 같은 여인을 보았다며 그를 옹호해 주었다. 기운을 숨긴 청연의 모습은 사람들의 기억에 없었으므로 나리의 모습만 오롯이 그들의 머리에 남아 있었다.

인파가 북적이던 제사 자리엔 머지않아 반은 맞고 반은 틀린 말이 빠르게 번졌다. 이무기님과 연이 닿은 선녀님이 이 자리에 오셨다는 이야기가, 그들의 들뜬 목소리로 다른 이들에게 전해지고 전해졌다.

그때쯤 나리는 사람들이 모인 터에서 멀찍이 떨어진 한 나무 아래에서 그에게 반쯤 안긴 채로 서 있었다. 갑작스레 쏟아지는 청량한 빗물에 손을 내밀어 보다가 살며시 그를 올려다보았다. 청연은 자신의 도포를 그녀의 머리 위에 드리우고 있었다.

215

"이리 갑자기 움직여도 괜찮을지요. 혹 사람들이 보기라도 했으면……."

"어차피 다들 하늘을 보고 있지 않았습니까. 괜찮습니다. 혹여 보았다 한들 선녀가 왔다 간 줄 알겠지요."

"선녀님이라니…… 당치도 않습니다……."

"그대는 그대가 얼마나 어여쁜지 몰라 그리 말씀하시지요."

청연은 오늘 보았던 나리의 순하고 고운 성정을 되새기며 미소를 머금었다.

"제 눈엔 그대가 이다지도 고운데……."

그의 낮은 목소리가 어찌나 다감하게 귀에 감기는지, 나리는 부끄러운 얼굴을 하곤 입술을 말아 물었다. 나직이 웃음을 터뜨린 청연이 그런 나리의 턱을 부드러이 들어 올렸다. 나리는 순순히 그의 손길에 응했다. 점차 가까워지는 청연의 깊고 고혹적인 눈동자를 바라보다가 스르르 눈을 감았다.

한낱 궁녀였던, 아비에게도 사랑받지 못했던 자신이 어느새 고귀한 선녀님으로 사람들의 입에 오르내리는 줄도 모른 채, 나리는 푸른 도포에 숨어 그의 낮은 숨결을 입에 머금었다.

빗소리가 더욱 감미롭게 물들어 그녀의 귓가를 간질였다.

* * *

그가 불러들인 비는 저녁까지 부슬부슬 떨어져 더운 공기를 시원하게 식혔다. 나리는 깨끗한 빗소리에 귀 기울이며 어둠이 내린 문밖을 바라보았다. 훤히 열어 둔 장지문 너머로는 기와가 멋스럽게 쌓인 돌담이 자리하고 있었다. 빗물을 머금어 한층 생생해진 능소화가 고즈넉한 돌담에 그득히 흐드러져 비 내리는 밤에 흥취를 더했다.

어쩜 이리 예쁘지.

문지방에 살포시 손을 올리고 앉은 나리는 꽃 내음에 취한 듯, 빗소리에 취한 듯, 옅은 미소를 머금고서 돌담에서 눈을 떼지 못했다.

"기분 좋다……."

혼잣말을 읊조리며 웃은 나리의 젖은 머리카락 끝에서 목욕 후 미처 닦지 못한 물방울이 톡 떨어졌다.

그와 하루를 머물기 위해 찾은 곳은 허름한 주막도, 나그네가 주인에게 몇 푼 쥐여 주고 하루를 묵어가는 마을 어귀의 초가집도 아니었다. 그의 도포 안에서 비를 피하며 도착한 곳은 고래 등 같은 너른 기와집이었다. 감나무가 높이 솟은 넓은 마당엔 큼지막한 본채가 떡하니 자리를 지키고 있었고 뒤뜰에는 다섯 채의 별채가 있었다.

기와집의 하인은 그중 가장 깊고 큰 별채에 나리와 그를 안내하였는데, 그곳은 나라님이 와서 묵어도 손색이 없을 정도로 넓고 우아했으며 세간 하나하나가 몹시 정갈했다.

하인들은 나리를 극진히 모시었다. 따뜻한 목욕물에 귀한 향료를 풀어 주고 나리의 젖은 옷도 빨래를 위해 고이 챙겨 갔다. 나리는 부끄럽게 웃으며 감사하단 인사를 전하고는 목욕물에 몸을 담갔다. 그리고 손끝 발끝이 노곤하게 풀렸을 때쯤 그들이 내어 준 가벼운 비단옷을 입고 방으로 돌아왔다.

그동안 잠시 자리를 비웠던 청연은 나리가 비 오는 풍경에 흠뻑 빠져들고 난 후에야 처소로 돌아왔다. 저잣거리에선 정갈했던 도포가 지금은 다시금 느슨한 모양새로 그의 어깨에 걸쳐져 있었다. 나리는 자세를 곧게 하며 살포시 웃고는 청연을 바라보았다.

"주인어른을 만나고 오셨는지요?"

나리의 앞에 마주 앉은 청연이 그녀의 젖은 머리카락 끝을 스르르 쓸어내리며 눈웃음 지었다.

"사슴입니다."

"예······?"

"이 집의 주인이 사슴 신수입니다. 오래전 이 몸의 땅에서 자라나 이제는 인간들 틈에서 견문을 넓히는 중이지요."

나리는 아, 하며 작게 벌렸던 입술을 다물고 고갯짓했다. 그러곤 이 기와집에 도착하자마자 공손히 허리를 숙이던 중년의 사내를 떠올렸다. 단정하게 기른 수염과 온화한 미소가 마치 산뜻한 대나무 같은 사람이었다.

그분도 신수님이셨구나. 도인 어르신처럼 청연 님과 연이 닿은 인간이라고만 여겼는데······ 그것도 인간들 틈에 살며 견문을 넓히는 신수라니, 그저 신기할 따름이었다.

"저, 그럼 이 집의 하인들도······?"

나리가 조심스레 질문하며 말끝을 흐렸다. 청연은 나리의 젖은 머리카락에서 가져온 물기로 아이 주먹만 한 물방울을 만들어 허공에 띄우곤 입술을 올렸다.

"아니요. 아랫것들은 제 주인의 정체를 모르는 인간들뿐입니다."

그가 손끝을 툭 움직이자 허공에 둥실 떠 있던 물방울이 맑게 터지며 밖에 내리는 빗물과 섞여 사라졌다. 덕분에 나리의 머리카락은 물기 하나 없이 보드랍게 살랑였다. 청연은 느지막이 고개를 돌려 나리와 시선을 마주치곤 눈을 가늘게 휘었다.

"그러니 그들 앞에선 조심하셔야 합니다, 부인."

그가 조금은 장난스레 웃으며 말을 끝내자마자 방 입구 너머에서 하인의 공손한 목소리가 넘어왔다.

"잠시 실례하겠습니다."

이미 하인의 기척을 알아차리고 있던 청연은 여유로운 자세에 변함이 없었으나 나리는 괜스레 놀라 어깨를 움찔 떨었다. 이내 청연이 피식 웃으며 허락을 내리자 하인들은 조심스레 장지문을 열고 저녁 식사를 올렸다.

"더 필요한 게 있으면 불러 주십시오."

상전이 몸가짐을 조심하라고 단단히 일러두었는지, 하인들은 그와 나리의 얼굴 근처도 함부로 쳐다보지 않고 뒷걸음질로 물러났다. 나리는 그들의 기척이 완전히 사라진 후에야 저녁상을 보며 꼴깍 입맛을 다셨다. 과하리만치 큰 상에 차려진 진수성찬에서 고소하고 달짝지근한 냄새가 폴폴 풍겼다.

"저…… 청연 님 먼저 드십시오."

정자에서 술을 마셨던 날을 제외하면 그와 처음으로 겸상을 하는지라 나리는 자세를 단정히 하고는 그에게 먼저 식사를 권했다. 청연은 조용히 웃으며 나리에게 먼저 먹으라는 듯이 손짓했다. 그는 음식에 눈길도 주지 않은 채 자그마한 잔에 느긋이 술만 채웠다.

나리는 우아하게 술잔을 기울이는 그를 잠시 보다가 조심스레 젓가락을 들었다. 오늘 먹은 음식이라고는 아침에 여들이 챙겨 준 식사가 전부였으니 슬슬 허기가 질 만도 하였다. 게다가 눈앞의 산해진미는 몹시 오랜만에 맛보는 인간의 음식이 아니던가. 나리는 하얀 밥을 한술 뜨고 곧장 데친 산나물을 한 입 먹었다.

"……."

그런데 어쩐지 혀에 느껴지는 맛이 이상하다. 음식은 눈으로 보아도 먹음직스럽고 냄새는 더욱 좋았건만 입에 담고 나니 까끌까끌한 모래알 같았다. 속이 메스껍기까지 한 걸 보니 아예 몸에서 거부하는 듯했다. 나리는 입에 있던 음식만 힘겹게 삼키고 난처한 얼굴로 저녁상을 내려다보았다.

이상하다. 아침까진 분명 이렇지 않았는데…… 혹시나 하고 화전과 산적까지 조금씩 먹어 보았으나 결과는 같았다. 나리는 끝내 젓가락을 내려놓고 입을 헹구듯이 물만 한 모금 마셨다.

나리를 가만히 지켜보던 청연은 작게 웃어 버리고는 이내 새끼손톱만 한 암녹색 환약 한 알을 손바닥 위에 만들어 냈다. 환약을 그녀에게 건네며 청연이 나직이 입을 열었다.

"인간의 음식이라 그렇습니다."

두 손으로 환약을 받아 온 나리가 그의 말을 듣자마자 의아한 얼굴을 했다. 청연은 빈 잔에 다시 술을 채우고는 그녀를 향해 미소 지었다.

"지난 몇 달 동안 신수의 땅에서 나고 자란 걸 드셨으니 이곳의 음식은 몸에 받지 않겠지요."

나리에게 다정히 설명을 덧붙여 주긴 했지만, 그녀의 몸이 이토록 빨리 인간의 음식을 거부할 줄은 청연도 예상치 못했다. 하나 달리 생각하면 그녀가 이곳의 음식은 삼키지도 못할 만큼 그의 땅에 익숙해졌다는 달가운 뜻이기도 했다.

"계속해서 인간의 음식을 먹으면 다시금 미각은 돌아오겠지만, 그럴 상황은 없을 테니 아예 입맛을 들이지 마세요."

청연의 다정한 목소리엔 어차피 인간의 땅에 오래 머물 일이 없다는 부드러운 집착도 스미어 있었으나, 나리는 그의 말에서 깊은 안정만을 느꼈다.

함께 돌아갈 곳이 있다는 사실이 얼마나 평온을 주는지 신수님은 아실까.

나리는 잘 알겠다는 듯 엷게 고갯짓하며 웃고는 그가 준 환약을 입에 물었다. 씁쓸하면서도 향긋한 환약은 혀에 부드럽게 녹아내렸고 머지않아 허기와 약간의 피로까지 사라지게 하였다.

간단한 저녁 식사가 끝나고 밤이 완연히 깊어지자 하루를 마무리하듯 하인이 이부자리를 봐주고 돌아갔다. 그때까지도 밖에는 비가 부슬부슬 떨어지고 있었다.

"저, 청연 님……."

나리는 보드라운 이불을 만지작거리다가 조용히 그를 불렀다.

"예, 말씀하세요."

청연은 팔에 머리를 괴고 모로 누운 채 나리를 내려다보고 있었다.

"저희 내일은 청연 님의 땅으로 돌아가는지요?"

"돌아가고 싶으십니까? 벌써?"

청연이 나직이 웃으며 되묻자 나리는 괜히 그의 눈치를 살피며 눈을 이리저리 굴렸다. 나리의 보얀 낯에는 아쉬운 기색이 역력했다. 오랜만에 밟은 인간의 땅을 하루 만에 떠나기는 싫은 듯했다. 청연은 나리의 속내를 금세 알아채고는 그녀의 가슴께를 부드러이 도닥이면서 말했다.

"내일 해가 뜨면 그대를 데려갈 곳이 있습니다. 매를 통해 서신도 보내 놓았지요."

"그러셨습니까……."

"혹여 그곳이 마음에 들지 않는다면 제게 돌아가고 싶다고 말하세요. 그럼 곧장 그대를 이 몸의 땅으로 모셔 갈 테니."

"아, 아닙니다. 청연 님께서 데려가 주시는 곳인데 어찌 마음에 들지 않겠습니까. 어딘지는 몰라도 분명 좋을 것입니다."

나리는 내일 가는 곳을 가늠도 못 하면서 당연히 좋으리라고 소곤소곤 속삭였다. 청연은 스르르 눈을 휘었다. 이 고운 입술에 어찌 이리 어여쁜 말만 담는지, 청연은 그녀의 산딸기 같은 발간 입술이 자신의 귓가를 달콤하게 핥는 것만 같다고 생각했다.

"내일은 일찍 일어나야겠습니다."

어딘지 들뜬 얼굴로 살포시 웃으며 속삭이는 그녀가 귀여웠다. 청연은 미소가 가시지 않은 나리의 얼굴을 부드럽게 쳐다보다가 이내 천천히 몸을 움직였다. 곧은 자세로 얌전히 누워 있던 그녀의 위에 느긋하게 자리를 잡고서 눈을 동그랗게 뜬 나리를 내려다보았다.

나리는 그에게서 사락사락 비단 스치는 소리가 날 때부터 솜털이 곤두선 채였다. 그의 나른한 눈웃음과 낮은 숨소리에서 풍기는 색정적인 기류를, 온몸을 어루만지는 듯한 고혹적인 분위기를 여실히 느끼고 있었다.

나리는 쿵쿵 뛰는 가슴을 애써 진정시켰다. 그러다 불현듯 문 쪽을 살그머니 보고는 그에게 머뭇머뭇 속삭였다.

"저, 청연 님…… 앞뜰에 있는 방에 사람이 있을 텐데……."

조금 전, 이부자리를 봐준 하인이 방에서 물러나기 전에 말했다.

'소인은 마당 구석에 있는 방에 있을 테니 새벽이라도 필요한 게 있으면 불러 주십시오.'

그러면 자신이 얼른 달려오겠다고 덧붙이면서 말이다. 그건 곧 나리가 방에서 조금만 목소리를 크게 하여도 하인이 들을 수 있다는 뜻이었다. 나리는 그를 올려다보며 우물쭈물 덧붙였다.

"혹여, 소리가 그쪽까지 들릴까 부끄럽습니다……."

그와 보내는 밤이 그의 목소리처럼 부드럽고 나긋나긋하다면 걱정이 없을 테지만, 실상은 다정하지만은 않았다.

귓가에 음란한 밀어를 끊임없이 속삭이는 그의 목소리만이 지독하게 다정할 뿐, 관계는 지나치리만치 음탕하고 정신이 혼몽해질 정도로 거칠었다. 차오르는 열기를 감당하기 힘겨워 눈물이 절로 뚝뚝 떨어지고 끝엔 팔다리를 가눌 수 없을 정도의 절정이 온몸을 휩쓸어 신음을 참을 수 없었다.

그와 밤을 보낸 후에 자신이 늘 혼절하듯 수마에 빠지는 것도 그 때문이 아니던가. 나리는 아랫입술을 말아 물고서 조금은 애원하듯 그를 바라보았다.

청연은 고요히 나리를 주시하다가 이내 싱긋 웃으며 부드럽게 속삭였다.

"그럼 느리게 박아 드릴까요?"

그의 적나라한 말에 나리의 뺨이 확 달아올랐다. 어쩔 줄 모르고 입술만 벙긋거리던 나리가 이내 그의 암청색 눈동자에 맴도는 짓궂은 감정을 눈치챘다. 그리고 느리게 해 달라고 한들 그는 절대 그리해 주지 않으리란 것도.

나리는 더는 반박할 생각을 못 하고 눈썹을 늘어뜨렸다. 청연은 금세 촉촉하게 젖은 나리의 눈가를 매만지며 다시금 웃었다.

"그럼 이렇게 하지요. 이 몸을 받기가 너무 버거우면 제게 매달려 교태를 부리세요. 청연 님이 너무 깊이 들어와 견딜 수 없으니 제발 살살 해 달라고……."

"청연 님……."

"그리하시면 그대의 울음이 빗소리에 가려질 만큼은, 참아 보지요."

그의 말이 끝나기가 무섭게 저 멀리서 우르릉 천둥이 울리더니 이내 빗소리가 더욱 굵어졌다. 세찬 기세로 떨어지는 비는 어떤 소리도 묻어 버릴 듯했다. 나리가 창가를 살피며 보고 다시 청연을 바라보자 그는 고개를 가볍게 까딱이며 요염하게 눈웃음 지었다.

빗소리에 가려질 만큼만 참아 본다고 하시었으면서, 비가 이리 세차게 내리면…….

나리는 조금 원망스러운 눈망울로 그를 보았으나, 어느새 비단옷 속으로 파고 들어온 그의 농밀한 손길을 느끼곤 이내 눈을 꼭 감아 버렸다.

"흐응, 읏."

그의 입술이 빈틈없이 닿은 살갗은 금세 데워지고 그가 침범한 순간 불처럼 뜨거워졌다. 그와 정을 통할 때는 늘 이토록 뜨거웠으나 어쩐지 지금은 더욱이 녹아내릴 것만 같았다. 멀지 않은 곳에 낯선 사람이 잠들어 있으니 긴장이 가중되어 그런지도 몰랐다. 혹여 빗소리를 뚫고 목

223

소리가 새어 나갈까 나리는 아랫입술을 꼭 깨물고 신음을 간신히 억눌렀다.

청연은 문득 허리를 천천히 움직이며 가만히 나리를 내려다보다가 돌연 뿌리 끝까지 그녀의 안에 박아 넣었다.

"아웅……!"

깊숙이 치달은 쾌락에 놀란 나리가 순간 큰 신음을 내지르고는 얼른 한 손으로 입을 막았다. 젖은 속눈썹을 파르르 떨면서 그를 올려다보자 청연이 그녀의 발간 뺨을 쓰다듬으며 싱긋 눈을 휘었다.

"어찌나 열이 오르셨는지…… 꼭 꿀처럼 녹아내릴 것 같습니다."

"아, 아닙니다. 저는……."

나리가 머뭇머뭇 변명을 끝맺기도 전에 청연이 허공에 우아하게 휙 손짓했다. 그러자 굳게 닫혀 있던 장지문이 양쪽으로 훤히 열렸다. 시원한 빗소리가 한층 선명해지고 청아한 습기가 방으로 느릿느릿 스며들었다. 문 너머로 비에 젖은 능소화가 농염한 빛을 내뿜었다.

"아, 아……."

당혹하여 입술을 달싹이던 나리가 다급히 그의 팔을 붙잡았다.

"처, 청연 님, 문을 닫아 주세요."

나리가 눈동자를 불안하게 굴리며 애처롭게 소곤거렸으나 청연은 어딘지 짓궂은 눈빛을 하고는 나른히 속삭였다.

"그대가 내 손에서 녹아내릴까 두려운 이 지아비의 마음도 헤아려 주셔야지요."

몹시도 감미로운 목소리로 건넨 다정한 말 속에는 나리를 놀리는 뜻이 다분했다. 그러나 나리는 열린 문에만 신경이 쏠려 그의 속내를 눈치채지 못했다. 그저 안절부절 마른 입술을 적시며 다시 그에게 애원했다.

"하오나, 멀지 않은 곳에 사람이…… 아웃!"

청연은 그녀의 가냘픈 애원을 듣지 못했다는 양 다시 허리를 쳐올렸다. 그대로 멈추지 않고 점차 빠르게 그녀의 안을 드나들었다.

"흑, 읍!"

그가 귀두부터 뿌리 끝까지 그녀의 안을 깊이 농락하고 나올 때마다 질컥질컥 살 부딪치는 소리가 사정없이 몰아쳤다. 나리는 입술을 사리 물고 울먹였다. 그러다 더는 참을 수 없을 지경이 되어 떨리는 손으로 다시금 입을 틀어막았다.

"흐읍, 끕."

청연은 가쁜 호흡 새로 요염하게 입술을 적시며 픽 웃었다. 작게 웅크리고서 입을 꼭 막은 그녀의 모습이 가학심을 일으킬 정도로 애달프고, 또 귀엽다. 청연은 희게 질려 바들바들 떨리는 그녀의 손등에 입을 맞추며 속삭였다.

"손을 떼요. 하아, 그대의 울음이 듣고 싶습니다."

"읍, 흐으……."

"마음껏 우시는 만큼 비를 내려 드릴 테니까, 어서."

그가 솜털이 솟을 만큼 고혹적인 목소리로 다감하게 어르는데도 나리는 입을 막은 두 손을 떼지 않았다. 물기를 한가득 머금은 촉촉한 눈으로 그를 올려다보며 간신히 고개만 저을 뿐이었다.

"하아……."

청연은 지그시 그녀를 바라보다가 어쩔 수 없다는 듯 나긋한 한숨을 내쉬었다. 너그러운 미소를 머금은 채 희게 질린 그녀의 손을 부드럽게 떼어 냈다.

그의 태도가 마치 그녀에게 져 주는 듯했기에 나리는 순순히 그의 손길을 따라 입에서 손을 거두었다. 그리고 뺨을 감싸는 그의 큰 손에 무의식적으로 한쪽 얼굴을 기댔다. 순간 그의 다정한 미소에 음험한 빛이 스쳤다.

곧이어 청연은 나리가 어찌할 새도 없이 그녀의 입에 엄지를 밀어 넣었다. 흠칫 놀란 나리가 입을 다물지도 못한 채 눈을 크게 뜨고 그를 올려다보았다. 청연은 휘영청 눈웃음 짓고는 곧장 허리를 쳐올렸다.

"아, 으응!"

벌어진 입술 새로 습한 교성이 억누를 틈도 없이 터져 나왔다. 문이 아직 열려 있는데, 빗물을 머금은 촉촉한 공기가 방을 가득 채우는데, 그의 손가락이 잇새와 혀에 닿아 도저히 입을 다물 수 없었다. 신음을 참을 수가 없었다.

"흑, 청여, 니, 아, 으읏!"

뭉그러진 발음이 애달픈 신음을 타고 흘렀다. 살 부딪치는 소리가 빗소리를 뚫고 음탕하게 이어졌다. 나리는 그의 손가락을 깨물지 않으려 애쓰며 정신없이 울먹였다. 고작 입을 다무는 것이 제한됐을 뿐인데 몸이 더욱이 예민해졌다. 턱이 잘게 떨렸다. 아래에 깊숙이 파고드는 그의 중심이 버거울 지경이었다.

"흐윽, 아, 아읏……!"

물살에 잠긴 꽃줄기처럼 흔들리고 흔들리던 몸이 일순 크게 들썩이며 바들바들 경련했다. 젖은 속눈썹도 꼭 감긴 채 파르르 떨렸다. 그가 끝까지 아래를 박아 넣으며 그녀를 절정으로 이끈 순간, 나리는 결국 그의 손가락을 깨물어야 했다.

"흐으, 흐…… 으응."

마치 괴롭힘 같은 쾌락의 여운에 잠겨 나리는 애달프게 앓았다. 잠시 숨을 고른 청연이 달콤한 미소를 머금고서 그녀를 눈에 담았다. 나리의 잇자국이 남은 손으로 그녀의 귓가를 다정하게 어루만졌다. 점차 정신이 돌아온 나리가 눈썹을 늘어뜨린 채 울먹울먹 젖은 소리로 말했다.

"너무하시어요. 흑…… 제가 참지 못하리란 걸 아시면서, 문도 열고, 소리도 참지 못하게…… 흐, 윽."

그녀가 그를 탓하며 울먹이는데도 청연은 왜인지 웃음이 지워지질 않았다. 원망 어린 목소리가 왜 이리 귀여운 어리광처럼 들리는지, 청연은 끝내 눈까지 감아 내리며 웃고는 나리를 품에 보듬어 안았다.

"이 몸이 그대의 가쁜 숨을 얼마나 목말라하는지 알면 제게 그런 말은 못 하실 겁니다, 부인."

웃음 띤 목소리는 꼭 나리를 놀리는 것처럼 능청스러웠으나 그의 눈길은 감미로웠고 그녀의 등을 도닥이며 달래는 손길은 더없이 귀한 이를 다루듯 부드러웠다.

"하오나, 그래도……."

나리는 다시금 입을 뗐다가 이내 할 말을 잃고 슬그머니 눈길을 돌려 버렸다. 신수님의 눈빛과 손길은 늘 이러했다. 원망할 틈도 없이 심장에 달큼하게 스며들어 녹아내렸다.

"……."

끝내 입을 꼭 다문 그녀가 못내 사랑스러워 견딜 수 없다. 청연은 목에 걸린 웃음을 삼키며 그녀의 입술 가까이 다가갔다.

"그리 토라지시면 이 몸의 심장이 내려앉습니다."

"……."

"이젠 그대의 뜻을 따를 테니 마음을 풀어요. 응?"

그의 입술이 살짝, 살짝, 나리의 입술을 간지럽게 스쳤다. 훤히 열렸던 장지문도 그의 손짓에 고요히 닫혔다. 나리는 그제야 그의 암청색 눈동자와 살며시 시선을 맞추었다. 기다렸다는 듯 청연이 휘영청 눈을 휘며 나지막이 속삭였다.

"이번엔 제가 그대의 입을 막아 드릴까요?"

소리가 새어 나가지 않도록…… 하고 그가 말끝을 늘어뜨렸다. 곧 입 맞출 것처럼 가까운 거리에서 그가 나리의 허락을 기다렸다. 관능적인 눈빛이 몹시도 부드럽게 그녀를 어루만졌다. 나리는 발갛게 물든 얼굴을 희미하게 끄덕이는 것으로 대답을 대신했다. 기분 좋게 웃어 버린 청연이 이내 나리의 입술을 머금었다.

다시금 살갗을 어루만지는 그의 손끝은 몹시도 능란하며 부드러웠고 천지를 덮는 거센 빗소리는 이루 말할 수 없이 안락하였다.

* * *

비가 새벽까지 세차게 내린 덕분에 아침 하늘은 구름 한 점 없이 파르라니 맑았다.

나리는 하인들이 깨끗하게 빨아 다려 놓은 비단옷을 입고 매듭을 곱게 묶었다. 머리도 다시 단정히 묶고서 비단 끈을 늘어뜨리고 끝으로 매무새를 확인한 뒤 그와 함께 별채를 나섰다. 그의 푸른 도포는 신수의 땅에서 그가 입던 모양새로 느슨하게 늘어져 실바람에 흔들렸다.

"오랜만에 뵈어 기쁘기 그지없었습니다. 언제든 좋으니 부디 다시 들러 주십시오."

기와집의 주인은 청연에게 공손히 인사를 전하며 나리에게도 허리를 숙였다. 나리도 하루 동안 지극정성을 다해 준 사슴 신수에게 감사한 마음으로 마주 허리를 숙이곤 하인이 열어 준 대문 밖으로 나섰다.

신수님이 오늘은 어디로 가실까. 궁금증과 설렘을 안고 한 걸음 내디딘 대문 밖에는 가마가 도착해 있었다. 나리가 대문 밖으로 나오자마자 부산스러워진 행동을 보니 가마꾼들은 그와 나리를 기다린 듯하였다.

네모난 가마는 장정 열댓 명이 힘을 써야 할 정도로 컸고 겉보기에 화려했다. 가마꾼은 머리를 깊이 조아리고 가마 문을 열어 주었다. 이리 호사스러운 이동은 예상치 못한 터라 나리는 당황한 낯으로 청연을 쳐다보았다. 청연은 나리와 눈을 마주치고는 그저 고요히 웃을 뿐이었다.

가마가 오리란 걸 이미 알고 있었다는 표정이었다.

나리는 그제야 마음을 놓았다. 그가 의도한 일이라면 말을 타든 가마를 타든 그리 걱정할 필요 없을 테니까. 나리는 속으로 고개를 끄덕이며 그의 손길을 따라 가마에 올랐다.

가마의 천장엔 난이 수놓인 비단이 장식되어 있었고 창가엔 자그마한 주홍색 구슬로 만들어진 주렴이 흔들리고 있었다. 주렴은 바깥에서 안을 볼 수 없도록 촘촘히 늘어진 채였다. 그 탓에 빛이 차단된 내부는 조금 어두웠으나 달리 보면 아늑하기도 하였다.

가마는 잔잔한 강에 뜬 배처럼 기분 좋을 정도로 흔들렸다. 촘촘한 주렴이 서로 부딪치며 차르르 차르르 가벼운 모래알 같은 소리를 내었다. 그 온화한 분위기 탓인지, 조금 전까지만 해도 신기하게 가마를 구경하며 반짝이던 나리의 눈이 점차 느릿느릿 떠지고 감겼다. 단정한 자세로 앉아 있던 몸도 그에게 조금씩 기울고 있었다.

아무리 아늑하다 한들 어째서 이리 졸린 것인지…… 생각해 보니 요즘 잠이 많아진 것도 같았다. 심신이 분에 넘치도록 평온하기도 한 데다가 어젯밤 그의 품에서 몇 번이나 황홀경에 흠뻑 젖었으니 노곤할 만도 했다.

내가 이리 게을렀었나…….

멍한 머릿속으로 생각하며 나리는 눈을 느리게 깜박였다. 잘 듯 말 듯 늘어지는 나리를 지그시 바라보던 청연은 그녀가 끝내 속눈썹을 내리깔자마자 피식 웃어 버리곤 작은 몸을 당겨 안았다. 그의 부드러운 손길에 나리가 순간 잠에서 깼으나 청연은 나리의 눈가를 희고 긴 손으로 덮어 주었다.

"괜찮으니 한숨 주무세요."

추태를 보여 송구하다고, 잠들지 않을 거라고 말하려 했는데, 그의 웃음 띤 낮은 목소리가 몹시도 감미롭게 귀에 감겨 오고 너그러이 내어 준 품은 더할 나위 없이 아늑했기에 나리는 다시금 졸음이 솔솔 밀려오고 말았다.

"그럼…… 조금만……."

청연은 소리 없이 웃고는 웅얼거리는 나리를 단단히 고쳐 안고서 등을 몇 번 쓸어내렸다. 머지않아 나리는 고른 숨을 색색 내쉬며 깊은 잠에 빠져들었다.

"으, 응……."

옅은 잠투정을 부리며 나리가 눈을 떴을 때 가마는 멈춰 있었다.

"잘 주무셨는지요?"

청연은 나리가 잠들 때와 같은 자세로 그녀를 안은 채 다정하게 물었다. 나리는 잠이 묻은 몽롱한 얼굴로 그를 가만히 바라보다가 빛이 스미는 작은 창으로 눈길을 돌렸다. 구슬발 사이로 환한 빛만 반짝반짝 비칠 뿐 바깥은 잘 보이지 않았다.

"도착했습니까……?"

"예. 한참 전에 도착하였지요."

한참 전이라니, 나리는 당혹감에 옅은 잠기운마저 확 달아나 버렸다.

"어, 어째서 깨우시지 않고요……."

청연은 당황하여 동그래진 나리의 눈가를 매만지며 미소 지었다.

"이 몸이 언제 단잠에 빠진 그대를 깨운 적이 있었습니까? 그대는 눈을 감고 싶을 때 감고 뜨고 싶을 때 뜨면 됩니다. 다음 일은 제가 알아서 할 테니까요."

"하오나……."

"게다가 어젯밤 제가 그대를 과하게 괴롭히기도 하였으니……."

그러니 나리가 깊은 잠에 빠진 건 나리의 탓이 아니라는 듯 그는 너그럽게 눈을 휘었다. 나리는 부끄러운 듯 시선을 내리곤 옅게 웃었다.

나는 무슨 복을 받아서 신수님께 이리 가늠할 수 없는 애정을 받을까.

심장이 기분 좋게 울린다. 어쩐지 가마에서 내리지 않고 그에게 안겨 있고만 싶은 간지러운 욕구가 들기도 했다. 그러나 가마가 도착했다는 건 지금 밖에서 청연과 자신을 기다리는 이가 있다는 뜻이었다. 그것도 자신이 잠들어 있던 그 오랜 시간 동안 말이다.

어떤 분이 기다리시는진 모르겠지만, 더 지체하면 안 되겠지.

나리는 그의 품에서 살며시 빠져나와 조금 흐트러진 머리와 옷자락을 정돈했다. 가마 안의 기척을 눈치챘는지 마침 문이 열렸다.

도인 어르신처럼 그와 연이 있는 인간일지, 아니면 기와집의 주인처럼 인간의 땅에 사는 신수일지, 나리는 밖에 있을 이의 정체를 나름 가늠해 보며 먼저 가마에서 내렸다. 땅에 발을 딛자마자 햇살이 확 쏟아져서 나리의 눈은 새금한 과일을 먹은 것처럼 살짝 감겼다.

나리는 눈가에 손 그늘을 만들어 겨우 눈을 떴다. 그리고 곧장 얼어붙었다. 눈앞에 펼쳐진 선명한 광경을 보자마자 숨 쉬는 것도 잊고 말았다.

평평한 돌이 가지런히 깔린 너른 터, 그 터에 엎드려 머리를 조아린 수많은 사람, 그들 너머로 솟은 거대한 궁, 자신이 궁녀로 어린 시절을 보냈던, 끝엔 목숨의 위협을 받아 떠나야만 했던 그 궁에 나리가 서 있었다.

햇살을 가리던 손이 툭 떨어지고 이내 잘게 경련했다. 나리는 제멋대로 터지는 숨을 갈무리하지도 못하고 입술을 떨었다.

혼란스레 눈을 깜박이며 엎드린 사람들을 보니 가장 앞쪽에 왕의 모습이 보였다. 심장이 덜컥 내려앉았다. 그리고 신수님이 궁에 강림하셨던 날 자신의 옷을 억지로 벗기고 공주의 비단옷을 입힌 상궁, 목에 칼을 댔던 군관, 그 비참한 광경을 보면서도 입을 다물었던 신하도 수많은 이들 사이에 섞여 있었다.

"아⋯⋯."

나리는 창백하게 질린 채 자신도 모르게 주춤주춤 뒷걸음질 쳤다. 겁에 질린 눈동자는 당장에라도 눈물을 떨굴 듯했다. 순간 나리의 등에 그의 단단한 가슴이 닿았다. 허리에 뱀처럼 스르륵 감기는 손길을 느끼곤 흠칫 몸을 떨었다. 나리는 애써 호흡하며 그를 올려다보았다.

"흐음⋯⋯."

주변을 천천히 둘러보는 그의 나른한 눈길은 평소와 달리 너그럽지 않았다. 멀리서 다가오는 폭풍처럼 불온했고 숨이 막힐 정도로 짙은 기운이 서려 있었다. 나리가 이제껏 겪었던 다정한 청연이 아니라 잔혹한 냉기가 스멀스멀 흐르는 이무기의 모습이었다.

순간 나리는 살점과 내장이 핏물에 뒤섞여 검붉게 나뒹굴던 궁의 복도가 눈앞에 보이는 듯했다. 머릿속이 하얗게 타올라 기어이 시야까지 흐려졌다. 그런 나리를 더욱 단단히 안은 청연이 고개를 살짝 젖힌 채 웃으며 엎드린 이들을 내려다보았다.

"왕의 여식을 몸소 데리고 왔거늘, 반가워하는 이가 아무도 없구나."

九

"왕의 여식을 몸소 데리고 왔거늘, 반가워하는 이가 아무도 없구나."

그 말에 자리에 있던 모든 이의 얼굴에 찰나의 당혹감이 스쳤다. 나리는 물론이거니와 바닥에 엎드린 왕까지. 그들은 서로 눈짓도 주고받지 못한 채 표정을 각자 급히 갈무리하였으나 너른 터의 공기에는 이미 불안한 감정이 만연했다. 개중 가장 먼저 의연함을 되찾은 왕이 머리를 더욱 조아리며 말했다.

"그리운 여식을 몸소 데리고 와 주신 이무기님의 은혜가 하해와 같사옵니다. 하나 이미 신수님의 여인이 된 딸을 어찌 감히 마음껏 달가워하겠습니까. 이무기님께서 허락만 내려 주신다면 후에 따로 자리를 만들어 그간의 그리움을 달래 보고자 합니다."

왕의 목소리는 태연함으로 가장했음에도 약간 떨리고 있었다. 그 떨리는 음성이 한편으론 떠나보낸 자식을 오랜만에 만난 아비의 벅찬 목소리 같기도 하였다.

청연은 숨죽인 왕과 궁인들을 둘러보다가 끝엔 나리에게 시선을 두며 말했다.

"그대도 아비와 같은 마음입니까?"

웃음 띤 고요한 목소리가 귀에 박히자마자 나리는 흠칫 어깨를 떨었다. 그녀는 흐려진 정신을 차리려 애썼다. 자신까지 왕이 달갑지 않은 반응을 보인다면 그가 이상하게 여길 게 분명했다. 나리는 겁에 질린 표정을 숨기려 이를 꽉 물고 숨을 크게 들이쉬며 고갯짓했다.

"예, 저는 전하를…… 아버님을 다시 뵙게 될 줄은 상상도 못 하여서…… 아직도 잠에서 깨지 않은 줄 알았습니다."

꿈으로 착각할 만큼 달가워서 어쩔 줄 몰랐다고, 그리 덧붙이는 나리의 목소리는 가냘프게 떨리고 있었다. 그리운 아비를 만나 감격한 여식의 목소리처럼.

곧이어 나리가 두려움에 질린 숨을 힘겹게 삼키고 후들거리는 다리에 힘을 주었다. 엎드린 왕을 향해 진흙탕에 빠진 것처럼 무거운 발걸음을 간신히 옮겼다.

공주마마라면 어찌했을까. 너그럽고 자상한 아버지를 몇 달 만에 만나게 된 공주라면, 꿈에 그리던 가족을 마치 선물처럼 만나게 된 공주라면…….

나리는 정신이 달아난 머릿속으로 공주가 취했을 법한 행동만 떠올리며 왕의 앞에 천천히 무릎을 꿇고 앉았다. 궁녀 시절엔 감히 눈길도 두어선 안 됐던 용안을 애써 바라보았다.

"아, 아버……."

하늘 같은 나라님께 아버지라니, 경을 치고도 남을 일이었다. 그러나 왕은 나리가 말을 끝맺기도 전에 일말의 표정 변화도 없이 나리를 품에 깊이 안아 주었다. 나리는 언감생심 왕을 마주 안을 생각도 못 하고 바들바들 떨었다. 나리의 검은 눈동자엔 혼란과 조급함, 그리고 깊은 두려움이 눈물이 되어 넘실거리고 있었다.

모든 것이 무서워서 견디기 힘들었다. 차갑기만 한 왕의 포옹도, 조아린 고개 사이로 서슬 퍼런 눈빛을 한 채 자신을 주시하는 궁인들의 얼굴도, 도통 속을 가늠할 수 없는 신수님도, 전부 두려워서 눈물이 절로 뺨을 타고 흘렀다.

괜찮아. 이것도 지나갈 거야. 아무 일 없이 지나갈 수 있을 거야.

나리는 반쯤 정신을 놓은 채 절박하게 자신을 다독였다. 등 뒤에 선 청연이 엉망진창으로 젖은 자신의 얼굴을 보지 못해 다행이라고 여기면서 힘없이 눈을 감아 버렸다.

* * *

"공주마마."

그와 함께 공주의 궁에 발을 들인 나리는 어지러운 마음을 진정시키기도 전에 다시 처소를 나서야 했다. 상궁이 곧장 왕의 부름을 전한 탓이었다.

그리운 여식과 조금이라도 빨리 둘만의 시간을 보내고 싶다는 왕의 전언에 나리는 숨 고를 틈도 없이 홀로 상궁의 뒤를 따랐다. 왕과의 독대를 허락해 준 그에게 애써 기쁜 미소를 지어 보이면서 다녀오겠다고 속삭였다.

떨어지지 않는 발을 힘겹게 옮기며 거니는 궁 안의 풍경은 모두 나리에게 익숙했다. 화려한 건물과 화원, 연못, 매끄러운 돌길. 그중엔 나리가 특히 좋아하던 화원도 있었건만 눈에 들어오지 않았다.

나리는 낯선 땅에 홀로 떨어진 것처럼 막막하고 두렵기만 했다. 당장에 뒤돌아 도망치고 싶었다. 너르고 온화한 그의 품에 숨고 싶었다.

그러나 도망은 불가능하리란 걸 너무 잘 안다. 자신이 그리 행동해서는 안 되었다. 오랜만에 만난 아비와의 담소를 마다할 여식이 어디 있겠는가. 게다가 나리는 청연에게 아비가 그립다는 뜻을 거짓으로나마 비친 적도 있었다. 궁녀였던 자신이 감히 왕의 명을 거역할 수도 없는 노릇이니 힘겨워도 따르는 수밖에.

어차피 지금은 도망칠 길도 없었다. 앞에는 상궁의 냉랭한 등이 떡하니 보였고 옆과 뒤에서는 열댓 명의 궁녀와 무장한 군관이 나리의 퇴로를 차단했다. 보이지 않는 창살이 나리를 사방에서 압박하고 있었다.

"하⋯⋯."

그들의 차가운 침묵과 삭막한 눈길이 온몸에 생채기를 내는 듯 아프다. 나리는 가냘프게 떨리는 숨을 길게 내쉬었다.

"고해 주시게."

머지않아 도달한 왕의 침전엔 수많은 군관이 굳은 얼굴을 한 채 자리를 지키고 있었다. 군관의 수는 평소보다 훨씬 많았으나 침전을 처음 찾은 나리는 그 사실을 알지 못했다. 한낮인데도 새카만 밤인 양 무거운 긴장이 감도는 그들 사이에서 어깨를 움츠릴 뿐이었다.

"들라 하십니다."

"⋯⋯."

"마마."

나리는 파르르 떨리는 눈동자를 이리저리 굴리다가 상궁의 재촉에 주춤주춤 그녀의 뒤를 따랐다. 걸음마다 끼익, 끼익, 나무 소리가 나는 음산한 복도를 지나 왕의 침소에 도착했을 때 나리의 낯은 아예 하얗게 질려 있었다.

"들어가거라."

이제껏 말을 높이던 상궁이 더는 그럴 필요가 없다는 듯 반말을 툭 내뱉었다. 나리는 한 발 한 발 겨우 옮겼다. 겹겹이 놓인 장지문이 열릴 때마다 심장이 점차 죄어 왔다.

곧이어 드러난 왕의 침전에도 무장한 군관들이 양쪽에 줄지어 서 있었다. 나라님의 침소엔 어떤 무기도 반입해서는 안 됐으니 몹시 이례적인 일이었다. 인간의 무기 따위는 신수인 그에게 소용없다는 걸 알면서도, 혹여 이무기가 강림하면 마지막 발악이라도 해 보려는 태세였다.

왕의 안위를 위해 늘어선 군관들은 나리를 한층 불안하게 했다. 사방에 서슬 퍼런 무기가 가득하여 안 그래도 창백해진 나리의 얼굴이 더욱 희게 질렸다. 나리는 떨리는 숨을 고르며 천천히 자세를 낮추었다. 먼저 왕에게 예를 올리고 왕의 곁에 앉은 왕자에게도 절을 한 후 무릎을 꿇고 앉아 고개를 떨구었다.

"……."

사방에서 떨어지는 시선에 살갗이 따갑다. 나리는 떨리는 양손을 꼭 부여잡고 칼날 같은 눈길과 숨 막히는 침묵을 힘겹게 견뎠다.

"살아 있었구나."

제법 오랜 침묵이 흐른 후에야 왕이 입을 뗐다. 낮고 감정 없는 목소리에 옅은 탄식이 섞여 있었다. 그 탓에 나리는 왕의 말에 숨겨진 뜻이 무엇인지 괴로우리만치 명확하게 이해할 수 있었다. 살아 있어서 다행이라는 뜻이 아니라 왜 아직도 살아 있느냐는 뜻이었다.

그 속에 공주를 대신하여 이무기에게 넘겨진 가련한 궁녀에 대한 연민은 티끌만큼도 묻어 있지 않았다. 그런 속내를 드러내는 이는 왕뿐만이 아니었다. 침전을 가득 채운 궁인 중 누구에게서도 나리를 안타까워하는 기색은 찾아볼 수 없었다.

그래, 나는 그냥 치워야 할 짐이었겠지…….

나리는 입술을 아프게 깨물었다가 느지막이 답했다.

"예…… 살아 있었습니다. 이무기님께서 너그러이 돌보아 주신 덕분에……."

"너그럽다, 라…….”

순간 낮게 가라앉은 왕의 억눌린 목소리가 나리의 말을 가로질렀다.

237

나리는 흠칫 고개를 들어 그를 보았다. 왕은 골치가 아프다는 듯 미간을 찌푸리고 있었다. 머지않아 왕이 나리를 쳐다보자 나리는 얼른 고개를 숙였다.

"솔직하게 이야기하마."

왕은 깊은 한숨을 내쉬고는 말했다.

"이무기님께서 처음 궁에 강림하시었던 날, 공주 대신 궁녀를 보냈다는 말을 듣고 얼굴도 모르는 네가 몹시도 안타까웠다. 그러나 한편으로는 나의 여식과 나라의 평안을 지킬 수 있어 다행이라는 생각도 들더구나. 그땐 네가 얼마 못 가 이무기님의 손에 죽으리라고 확신했으니, 한 궁녀의 희생으로 모든 것이 안정을 찾았다고 여겼다."

"……"

"하나 너로서는 우리가 원망스럽기 그지없었을 테지."

"……"

"그래서, 복수심에 이런 일을 벌인 것이냐?"

왕의 잇새로 낮게 짓이겨진 목소리가 흘러나왔다. 나리는 순간 눈을 크게 뜨고서 멍하니 왕을 쳐다보았다. 뭐라 변명하려 해도 당혹감에 혀가 굳어 입술만 달싹거렸다. 왕은 나리를 몰아붙이듯 되물었다.

"너를 위협한 궁에 다시금 피바람을 일으키고 싶어 이무기님을 강림케 한 것이더냐?"

왕의 노기로 한층 날카로워진 공기가 나리의 어깨를 짓눌렀다. 복수는 감히 생각해 본 적도 없건만, 갑자기 이게 무슨 상황인지 눈앞이 어질어질했다. 더듬더듬 도리질 치며 입을 뗐으나 말이 옳게 나오지 않았다.

"어, 어째서 그런 말씀을, 저는……."

"이무기님이 서신을 통해 그리 말씀하시더구나. 짐의 여식이 아비를 그리워하니 궁에 들르겠다 하시었다. 진정 나의 여식도 아닌 네가, 진짜 아비도 아닌 나를 그리워한다는 말을 입에 올려서 이 사달이 났다는 말이다. 그게 복수심이 아니면 무엇이냐."

"아닙니다! 그런, 그런 게 아닙니다…… 흑, 복수라니 당치도 않습니다. 저는 단지, 공주마마가 아님을 들키지 않으려고…… 그래서 그립다고 했던……."

"그 말을 짐이 어찌 믿느냐?"

싸늘한 왕의 눈길엔 불신만이 존재했다. 나리는 무언가 변명할 의지조차 사그라지고 말았다. 자신이 오롯이 진실만을 말하더라도 왕은 믿지 않으리란 걸 여실히 느껴서였다.

나도 오고 싶지 않았는데. 이리 천대받으리란 걸 알아서 다시는 발도 들이고 싶지 않았는데…….

나리는 서글픈 눈으로 왕의 얼굴만 우두커니 쳐다보았다. 잠시간 정적이 흘렀다.

"다시는 이런 일이 없도록 하겠다고 약조할 수 있느냐?"

짧은 침묵 후에 왕이 나지막이 물었다. 나리는 입술을 감쳐물고 다급히 고갯짓했다. 그리고 속으로 그와 함께 신수의 땅으로 돌아가 다시는 궁에 돌아오지 않겠다는 다짐을 몇 번이고 되뇌었다. 왕은 나리의 절박한 얼굴을 지그시 보다가 조금 더 낮은 소리로 다시 물었다.

"영원히 이런 일이 생기지 않도록, 원흉을 제거할 수 있느냐고 묻는 것이다."

왕은 한 줌의 자비도 담기지 않은 차가운 목소리로 '너만 죽어 준다면 다 끝날 일이다.'라는 뜻을 넌지시 돌려 말하고 있었다. 나리는 순간 굳은 채 눈도 깜박이지 못했다. 숨도 쉬어지지 않았다. 자신이 지금 무슨 말을 들은 건지 헷갈렸다. 왕은 그런 나리에게 기어이 잔인한 말을 쏟아 냈다.

"혀를 깨물어 자결하든, 절벽에서 떨어지든, 나무에 목을 매든, 그것들이 힘들면 고통 없이 숨이 끊어지는 독을 구해 줄 수도 있다. 듣자 하니 어미는 일찍 여의고 아비만 있다지? 네 한 몸 희생하면 본가에 목숨

값은 넉넉히 보내 주마."

"어, 어째서……."

쏟아지는 냉혹한 말을 막을 새도 없이 받아 내던 나리가 이내 힘겹게 입을 열었다.

"어째서 그렇게까지 잔인한 말씀을 하십니까……."

"……."

"들키지 않겠습니다. 절대로 들키지 않겠습니다. 지금껏 그래 왔듯이 앞으로도 신분을 숨기며 죽은 듯 살겠습니다. 그러니 제발, 말씀을 거두어……."

"들키지 않으려면 앞으로도 이무기님께 거짓을 고해야 할 테지."

왕은 울먹이는 나리의 말을 단호하게 끊었다.

"계속 거짓을 고하다 보면 언젠가 오늘처럼 궁에 발을 들일 날도 분명 있을 것이다. 몇 번이고 말이다."

"전하……."

"그때도 진실을 숨길 수 있을 것 같으냐? 이 살얼음판이 깨지지 않을 성싶으냐?"

"……."

"네가 스스로 숨을 끊으면 모두 끝날 일이다."

가혹하기 그지없는 명이었으나 왕의 결심은 확고해 보였다. 나리는 젖은 눈으로 멍하니 왕을 쳐다보았다. 그러다 무언가 결심한 듯 고개를 숙이고 꿀꺽 울음을 삼켜 냈다.

"……싫습니다."

적막한 침전에 가냘프고도 단호한 목소리가 울리자 순간 공기의 흐름이 쩽하니 멈추었다. 고개를 든 나리는 물기가 그득 어린 눈동자로 왕을 똑바로 바라보며 덧붙였다.

"그리하고 싶지 않습니다."

"이 천한 것이 지금 어느 안전이라고 입을 함부로……!"

한 신하가 버럭 고함을 내지르자 왕이 그만하라는 듯 손을 한 번 내저었다. 왕은 나리에게서 눈을 떼지 않았다. 나리 역시 울음을 참으려 이를 사리문 채 왕의 눈길을 피하지 않았다.

"여기서 당장 네 목을 벨 수도 있다."

곧이어 왕이 낮은 소리로 나리를 위협했다.

"그리하시면 이무기님께서 가만있지 않으실 겁니다."

나리 또한 지지 않고 답했다. 가련하게 떨면서도 물러서지 않으려 힘겹게 버티고 있었다. 왕은 짧은 헛웃음을 터뜨리더니 쯧쯧 혀를 찼다.

"그분의 애정을 오롯이 받고 있다고 자신하는구나."

나리가 몹시 어리석고 가엾다는 투였다. 이내 비웃음도 거둔 왕이 무표정하게 말을 이었다.

"만약 이무기님께서 네가 공주가 아님을 알게 된다면? 그땐 어떨 것 같으냐."

순간 극심한 통증이 나리의 가슴에 쿵 내리꽂혔다.

"그때도 그분의 총애가 변함없으리라 믿느냐?"

나리는 눈을 크게 뜬 채 입술을 바르르 떨었다. 왕의 말을 믿을 수 없다는 듯 더듬더듬 도리질 쳤다.

"밝히실 수 없지 않습니까. 전하께서는 제 입을 막기 위해 자결까지 강요하셨습니다. 그런데 이제 와 제가 공주가 아님을 말하실 리 없습니다. 그러실 리가, 절대……."

"네가 이대로 살아 있으면 언젠가 겪을 일이 아니더냐. 그렇다면 차라리 우리의 비밀을 이무기님께 전부 고하고 너를 포함하여 짐과 백성들까지 그분의 손에 죽어 보자꾸나."

그저 협박이란 걸 안다. 왕이 절대로 그리 무모한 짓을 하지 않으리란 걸 나리는 알고 있었다.

그러나, 만약 이 협박에 왕의 진심이 조금이라도 섞여 있다면. 목숨이 걸린 비밀을 그에게 고해 버린다면. 공주도 아닌 하잘것없는 여인이 이무기님의 귀한 애정을 염치없이 받고 있었다고 그에게 말한다면. 그래서 그의 마음이 다치고, 다감한 눈길이 얼음보다 차갑게 식어 버린다면…….

머릿속이 하얘졌다. 수백 개의 가시가 심장을 마구 쑤셔 대는 듯했다. 습하고 여린 숨이 제멋대로 터져 나왔다.

"어찌하겠느냐. 홀로 조용히 끝을 내겠느냐, 아니면 모든 걸 밝히고 이 궁과 이 나라를 피바다로 만들겠느냐."

왕의 제안은 둘 다 괴로운 결말이라 나리는 쉬이 대답할 수 없었다. 공주의 가면을 쓰고 홀로 죽는다면 그의 미움은 받지 않을 터이나 영원히 눈을 감게 되고, 이대로 버티다가 공주가 아님이 밝혀진다면 신수님의 화를 피할 수 없을 터였다. 인간 주제에 감히 그의 마음을 농락한 여인이 될 것이었다. 자신이 그에게 진심을 주었다 한들, 그 진심조차 거짓이 되어 폐허에 구를 터였다.

그때 그가 느낄 배신감과 고통은 또 어찌할 것인가. 그가 괴로워하는 모습을 상상만 해도 심장이 저미는 듯한데.

"혹여 네가 이무기님의 씨를 품어 신수의 명을 지니게 되면 그땐 정말로 일이 걷잡을 수 없어진다. 나라의 존폐를 대대로 불안해하며 아슬아슬한 나날을 보내야 할 것이다."

"……."

"네 목숨이 그보다 귀하다고 여기느냐?"

왕이 그녀의 하찮은 목숨까지 되새겨 주니 나리는 가슴이 아예 재가 되는 것만 같았다. 온전한 사지가 모두 찢겨 너덜거리는 기분이었다.

"네 숨이 그리 귀하여 쉬이 결정할 수 없다면, 네가 대답할 때까지 다른 이를 죽이는 수밖에."

나리가 무너진 마음을 가다듬기도 전에 왕은 군관에게 눈짓했다. 단박에 칼을 뽑아 든 군관이 가장 가까이 있던 궁녀의 목에 망설임 없이 칼끝을 겨누었다. 순간 자세가 무너진 나리가 눈을 크게 뜨고서 비명을 삼켰다. 칼날은 궁녀의 목을 당장에라도 꿰뚫을 기세였다.

"사, 살려……."

예상치 못한 위협에 놀란 궁녀가 겁에 질려서 왕을 향해 더듬거렸다. 왕은 무심한 얼굴로 나리에게 흘긋 눈짓했다.

"목숨은 저 계집에게 구걸하거라."

나리는 혼이 나간 채 입술을 파르르 떨었다. 궁녀는 고작해야 나리의 또래였고 그보다 어린 듯도 보였다. 궁녀가 그 자리에서 털썩 엎드려 나리에게 울며 빌었다.

"살려 주십시오. 제발 저 좀 살려 주세요."

궁에 어린 여동생이 함께 들어와 있다고 자신이 죽으면 안 된다고 정신없이 중얼거리는 목소리가 나리의 머릿속을 어지럽게 뒤흔들었다. 비통하게 살려 달라 비는 궁녀의 얼굴에 나리 자신의 모습이 겹쳐 보였다.

엎드린 궁녀의 뒤에 선 군관이 다시금 칼을 겨누었다. 곧이어 칼날이 허공을 향하자 궁녀가 머리를 감싼 채 비명을 지르고 나리는 다급하게 소리쳤다.

"안 돼……!"

칼날은 궁녀의 목을 찌르기 직전에 멈추었다.

"안 됩니다. 하아, 제발 그만, 그만……."

나리는 가냘픈 숨을 몰아쉬었다. 자신 때문에 죄 없는 궁녀가 목숨을 잃을 뻔하다니, 눈앞에서 시체가 될 뻔하다니, 머리가 어떻게 될 지경이었다.

"이, 이 궁녀님은 죄가 없잖습니까. 아무 잘못도 하지 않았습니다. 그런데 어떻게, 어떻게……."

"그래. 아무 잘못도 하지 않았다."

습한 소리로 정신없이 중얼거리는 나리의 목소리를 왕이 무덤덤하게 가로질렀다.

"그 궁녀만이 아니라 이 자리에 있는 모두가 죄를 짓지 않았지. 이들은 그저 네가 이무기님을 강림케 하고도 뻔뻔하리만치 답이 없어서 죽을 운명에 처한 것뿐이다."

왕의 말이 귓구멍에 박힐수록 나리의 턱이 바들바들 경련했다. 눈시울이 뜨거워졌다.

"이다음은 지금처럼 군관의 칼이 멈추지 않을 것이다. 네가 대답할 때까지 여기 있는 이들을 모조리 죽이고 끝엔 군관 스스로 자결하라 명할 것이니……"

왕은 군관을 흘긋 보고는 다시 나리를 응시하며 말했다.

"그러니 마지막으로 물어보마."

"전하……"

"기어이 죄 없는 이들의 피를 봐야겠느냐?"

왕이 나지막이 묻자 그 자리에 있는 모든 이의 시선이 나리를 향했다. 얼른 대답하라고, 그러지 않으면 너 때문에 모두가 죽는다고, 제발 너 하나로 끝내라고 나리를 압박했다.

혼백이 사라진 나리의 눈동자에 눈물이 차오르고, 기어이 툭 떨어졌다.

"흐, 으……"

나리는 아랫입술을 깨문 채 고개를 떨구며 가느다란 울음을 터뜨렸다. 그녀가 끝내 무참히 무너져 내렸음을 그 자리에 있는 모두가 느꼈다.

"이 나라를 지키다 죽은 이는 수도 없이 많았다. 너 또한 네 한목숨으로 나라와 백성을 지킨다 여기거라. 의로운 일이라 여기면 억울할 것도 없잖느냐."

왕은 야트막한 기세조차 꺾인 나리를 향해 무심히 덧붙였다.

"스스로 목숨을 끊을 성정으로 보이진 않으니, 내 친히 독약을 준비해 주마."

"……."

"독을 구하는 대로 서신을 전하겠다. 이레가 지난 후 잠에 빠지듯이 심장이 멈추는 사약이니 고통은 없겠지. 심장이 멈춰 죽는 사람은 셀 수 없이 많으니 이무기님의 의심 또한 사지 않을 것이다."

왕의 말에 대답도 못 한 채 나리는 안쓰러울 정도로 끅끅거리며 울기만 하였다.

"서신을 받으면 너는 서신에 적힌 때에 맞추어 이무기님께 연유를 대고 홀로 나오거라."

나리가 흐리게 퇴색된 젖은 눈으로 왕을 보았다.

"거짓으로 이무기님도 홀린 몸이니, 그 정도야 어렵지 않겠지."

왕은 마지막까지 잔인했다. 이무기님도 홀린 몸이라니, 참담하게 박살 난 마음에 혀를 깨물고픈 수치심까지 더해졌다. 나리는 어찌 반응할 기력도 없이 다시금 혼탁한 눈물을 떨구었다.

* * *

상궁은 우두커니 눈물만 떨구는 나리의 몸을 억지로 일으켜 왕의 침전을 빠져나왔다. 처소로 향하는 길에 이따금 휘청거리는 나리를 잡아주기도 하였다. 그러나 나리는 상궁의 손길을 인지하지 못했다. 무슨 정신으로 왕의 침전을 나왔는지도 기억나지 않았다. 겁박에 못 이겨 죽음을 약조하였으니 제정신일 리 만무했다.

비틀비틀 처소로 돌아가는 길엔 어느새 주홍빛 노을이 어려 있었다. 왕의 침전에서 제법 오랜 시간을 보낸 것이다. 가혹하기만 했던 시간이 그리도 길었다. 나리는 힘없이 꺾이는 다리를 버겁게 옮겼다.

"청연, 님……."

어느덧 처소에 다다라 나리가 고개를 들자 저 멀리 노을 지는 하늘을 보던 그가 나리를 돌아보았다. 느리게 흩날리는 푸른 도포와 매끄럽게 휘어진 눈웃음, 이리 오라는 듯 너그러이 벌려 주는 팔이 왜 이리 애달프고 달가운지, 나리는 다급히 걸어가 그의 품에 얼굴을 묻었다.

"하아……."

익숙한 그의 향이 숨 깊숙이 스며든다. 쓰러질 것만 같던 몸에 그의 팔이 안락하게 감기자 나리는 그제야 정신이 돌아오는 듯했다. 몸이 잘게 경련하고 왈칵 울음이 치솟았다. 나리는 목에 걸린 멍울을 꾸역꾸역 삼키며 떨리는 손으로 그의 도포 자락을 움켜잡았다.

"오랜만에 아비를 만나고 오셨는데, 어찌 이리 다 젖은 얼굴인지요?"

청연이 나리의 뺨을 감싸 올리며 부드러이 속삭였다. 나리는 속눈썹 끝에 아슬아슬 눈물을 매달고서 입을 꼭 다물었다. 청연이 나리의 눈가를 가만가만 매만지며 나직이 읊조렸다.

"누가 내 신부님을 이리 울렸을까. 응?"

녹을 듯이 감미롭게 말하며 청연은 슥 눈길을 돌렸다. 나리에겐 한없이 다감하기만 했던 눈동자가 상궁과 궁녀들에게 닿자 차갑고 날카롭게 빛났다. 그 눈길이 마치 얼음송곳으로 얼굴을 꿰뚫는 듯하여서 궁녀들은 숨을 멈추며 시선을 피했고 늙은 상궁은 창백한 낯을 얼른 아래로 떨구었다.

"아닙니다, 청연 님."

순간 나리가 청연의 옷깃을 살며시 잡아당겼다. 그의 눈길이 다시금 나리를 향했다. 나리는 애써 입술을 끌어 올리며 설레설레 고개 저었다.

"누가 울린 것이 아닙니다. 그저…… 너무 오랜만에 아버님을 뵈었더니 달가운 마음이 가시질 않아서, 그래서 눈물이 멈추지 않았습니다."

애처롭기 그지없는 목소리로 소곤거리면서도 나리는 괜찮다는 듯 눈웃음 지었다. 비통한 마음에 흘린 눈물을 감동 어린 눈물로 꾸며 그에게 거짓을 말했다. 청연은 묘한 눈빛으로 오래도록 나리를 바라보다가 이내 고요히 웃었다.

"아무리 그래도 이리 서글피 우시면 이 몸이 애가 닳니다. 자, 이리 오세요."

청연이 잠시 허리를 숙이더니 나리를 가벼이 안아 들었다. 감히 이무기님께 몸을 맡긴 나리를 보며 상궁과 궁녀들이 소리 없이 경악하였으나 그는 괘념치 않았다. 그저 울먹이는 나리를 세상 가장 귀한 존재인 양 고이 보듬고서 등을 도닥일 뿐이었다. 눈물이 그칠 때까지 안아 주겠다고, 낮고 달콤한 목소리로 나리의 귓가에 속삭이면서.

"가 보거라."

곧이어 상궁에게 던진 말은 무감하기만 하였다. 깊고 검푸른 눈동자도 서릿발처럼 차가웠다. 놀란 기색으로 나리와 그를 보던 상궁은 흠칫 고개를 숙이곤 뒤늦게 예를 올린 뒤 도망치듯 뒤돌아 걸음을 빨리했다. 어쩐지 목숨의 위협을 당하고 겨우 살아 돌아가는 것만 같은 심정이었다.

"……."

상궁은 공주의 처소를 벗어나기 전에 흘긋 뒤를 돌아보았다. 나리는 여전히 그의 품에 아이처럼 안겨 있었다. 그 모습을 보며 상궁은 확신했다.

자신의 밑에 있던 궁녀 나리가, 공주마마와 나라의 안위를 위해 자신의 손으로 억지로 사지에 떠밀었던 그 나리가, 이제는 이무기님의 지극한 애정을 받는 존재가 되었음이 틀림없다고. 아니, 애초에 확신이 든건 가마에서 내리는 나리를 보았을 때부터인지도 몰랐다. 눈에 띄게 고와진 나리를 보며 놀라움을 금치 못한 그때부터.

상궁은 기억을 더듬어 어린 시절의 나리를 떠올렸다. 갓 궁에 들어온 열다섯의 나리는 딱히 미운 얼굴은 아니었으나 눈길이 갈 만큼 화려하지도 않았다. 볼수록 순하고 청아한 어여쁨을 지니긴 했지만 그게 전부인 아이였다.

그러나 지금은 어떤가. 작고 갸름한 얼굴은 보얗게 빛이 나고 까만 눈동자는 촉촉하니 맑은 물기를 머금었으며 눈가는 만개한 연꽃처럼 발그스름했다. 그리고 가느다란 온몸에서 은은한 색향이 흐르고 사붓사붓한 걸음걸이와 손짓 하나마다 눈을 뗄 수 없었다.

여인인 자신도 절로 시선을 뺏기는데 사내들은 오죽할까. 천하의 미인을 부인으로 둔 왕자까지 잠시 홀린 듯 나리를 보았으니 더는 말이 필요 없었다.

원래 애정과 색으로 피어난 사람은 사내고 여인이고 숨겨진 태가 드러나는 법이었다. 그러니 몰라보게 고와진 나리는 얼마나 지극한 총애를 받았단 말인가.

"허어……."

거기까지 생각하고 나니 상궁은 수심이 더욱 깊어지고 말았다. 이무기님께서 어화둥둥 어르고 달래는 나리가 혹여 함부로 입을 놀린다면, 궁에서 목숨을 위협했다고 이무기님께 고한다면…… 그땐 몇 명의 목숨만으로는 감당할 수 없는 사달이 날 것이었다.

아니, 그럴 리가 없다. 절대 그럴 리 없어.

상궁은 속으로 단호하게 읊조리며 애써 상념을 지웠다.

"터무니없는 기우지. 그럼."

어차피 나리와 궁은 한배를 탄 운명이었다. 이무기님이 거짓을 알아챌까 불안한 건 자신들뿐만 아니라 나리 역시 마찬가질 터였다. 신수님께 공주인 양 거짓을 고하며 목숨을 부지했다는 게 밝혀지면 나리도 곱게 죽지는 못할 테니까.

그때 이무기님의 화를 감당하기보다는 차라리 지금 독을 삼키고 눈을 감는 게 그 아이로선 평온한 죽음일지도 모르지.

상궁은 스멀스멀 올라오는 근심을 억누르고 다시금 마음을 굳게 먹었다. 재앙을 불러올 씨앗은 제거해야 마땅하다. 손재주가 좋았던 순하고 어여쁜 궁녀의 명은 여기까지였다. 모두의 안위를 위해서 그래야만 했다.

* * *

동이 트기 한참 전의 새벽이었다. 나리는 옅은 잠투정도 없이 스르르 눈꺼풀만 밀어 올리며 잠에서 깨어났다.

어젯밤 몹시 늦게 잠들었고 이리 이른 새벽에 일어났으니 다시금 잠에 빠질 만도 하건만, 나리는 다시 눈을 감을 수 없었다. 그저 우두커니 허공을 보며 습한 한숨만 자그맣게 토해 냈다. 궁에서 맞이하는 두 번째 새벽이었다.

궁에 도착한 첫날, 그러니까 이틀 전이 왕에게 겁박을 받은 그날이었다. 제정신이 아닌 채로 처소에 돌아온 그날은 그에게 오래도록 안기어 있었다. 청연은 나리를 안고 뜰을 거닐면서 다정한 목소리와 손길로 나리를 달래 주었다. 나리는 겨우 울음을 삼킨 뒤에 이제 괜찮다는 듯 그에게 애써 웃음 지어 보였었다.

그래, 웃기 싫어도 웃어야 했다. 그의 눈에 비친 자신은 괜찮아야 하니까. 오랜만에 만난 아비와 이 궁이 달가워 눈물까지 비친 공주로 보여야만 하니까.

다행히 그는 아무것도 묻지 않았고 나리도 아픈 마음을 고이 숨긴 채 입을 다물었다. 궁에서 달리 찾아온 이도 없이 첫날은 그렇게 지나갔다.

그리고 둘째 날이었던 어제는 또 한 번 아비와의 만남을 가장하여 왕에게 불려 갔었다. 나리는 정무를 보는 왕의 앞에 마치 없는 사람처럼 우두커니 앉아 있었다. 첫날처럼 겁박을 당하진 않았다. 그러나 대화도 없고 눈길도 주지 않는 완벽한 무시는 그것대로 서글프고 비참했다.

'예상보다 이르게 약이 준비될 것 같구나.'

왕이 나리에게 던진 말은 그뿐이었다. 나리는 그 잔인한 말만을 귀에 담고서 멍하니 바닥을 바라보다가 반나절이 지난 후에야 처소로 돌아왔다. 아비를 만나 들뜬 공주의 가면을 억지로 쓴 채였다.

힘들다…….

어두운 처소를 멍하게 보고 있노라니 서글프다. 나리는 언제 깨질지 모르는 얇은 얼음 위를 걷는 심정이었다. 쏟아지는 칼날을 피해 얄팍하게 얼어붙은 강의 더욱 깊은 곳으로 내몰리는 기분이었다. 당장 빠져 죽어도 이상하지 않을 습자지 같은 얼음 위에서 이러지도 저러지도 못하고 정신없이 헤매는 것만 같았다.

이런 나락에서 깊은 잠에 빠질 수 있을 리가 없었다. 사지를 얻어맞은 것처럼 몸은 지쳐 쓰러지는데, 고통이 덕지덕지 묻은 정신은 나리를 몇 번이고 일깨웠다.

"하……."

오늘도 뜬눈으로 새벽을 보내겠구나…….

나리는 괴로운 한숨을 작게 토해 내고는 천천히 몸을 일으켰다. 소리가 나지 않도록 허리를 세워 앉고서 조심스레 옆을 내려다보았다. 바로 곁에 누운 그는 고요히 눈을 감고 있었다.

신수님의 땅에서는 잠든 그의 모습을 보기가 몹시도 어려웠는데, 어제오늘은 눈 감은 그를 자주 보게 된다. 그건 자신이 그의 땅에선 무척 평온하게 지냈으나 이곳 인간의 땅에서는 잠을 이루지 못할 정도로 불안하다는 뜻이기도 했다.

나리는 오래도록 그를 바라보다가 눈을 엷게 휘었다. 희미한 미소는 가슴 시릴 정도로 서글프고 허망했다.

이럴 줄 알았다면 처음부터 공주가 아니라고 말씀드릴걸. 청연 님이 두렵기만 했을 때 그의 손에 목숨을 잃고 말걸. 인간의 땅이야 어찌 되든 차라리 그리할걸. 청연 님의 자는 모습만 보아도 가슴이 아릴 줄 알았다면, 청연 님이 이렇게 깊게 내 마음에 담길 줄 알았다면, 이리도 빠르게 청연 님과 헤어지게 될 줄 알았다면, 영영 볼 수 없게 될 줄 알았다면…….

나리는 젖은 숨을 삼키며 눈을 감았다. 자신이 이제껏 안온한 꿈속에서 살았다는 게 이 새벽에 여실히 느껴졌다.

어쩐지, 이 비천한 인생에 무슨 복이 오셨나 하였다. 그간 거짓을 휘감고서 신수님의 귀한 애정을 받았으니 이제는 벌을 받을 때가 온 것이었다. 자결하라는 왕의 겁박이 아니었어도 언젠가는 받아야 할 죗값이었다.

문득 처소의 새벽 공기가 목덜미에 시리게 닿았다. 나리는 어깨를 움츠리며 양팔을 살며시 감싸 쓸어내렸다.

그때였다. 장지문 너머에서 옅은 인기척이 느껴졌다.

"마마."

곧이어 나이 든 여인의 진중한 부름이 작게 들렸다. 공주를 찾는 비밀스러운 목소리는 실상 나리를 부르고 있었다.

차갑게 식은 공기가 불안한 기운이 되어 나리의 살갗에 들러붙었다. 소름이 끼쳤다. 나리는 입술을 지그시 물고는 솜털까지 오소소 솟은 팔을 다시 매만졌다. 그가 잠에서 깨지 않도록 조용조용 움직여 장지문을 소리 없이 열었다.

"어젯밤 말씀하신 차를 올리러 왔습니다."

상궁은 나리를 마주하자마자 예를 차리지도 않고 대뜸 말했다. 어젯밤 말한 차라니, 그런 부탁은 한 적이 없었기에 나리의 낯에 당혹스러운 기색이 스쳤다.

"새벽에 잠이 오지 않으니 차를 올리라 하시었지요."

나리가 어쩔 줄 모르고 머뭇거리자 상궁이 넌지시 설명을 덧붙였다. 나리는 궁녀가 든 자그마한 찻상과 다기로 천천히 시선을 내렸다. 그리고 고풍스러운 상 위, 백색 찻잔 밑에 자그맣게 접힌 종이를 발견했다.

아, 이것 때문에…….

그제야 나리는 상궁이 이 새벽에 방문한 목적을 알아챘다. 찻상은 혹여 깨어 있을지 모를 그를 속이기 위한 연막일 뿐, 실상은 이 종이를 자신에게 전하는 게 이들의 목적이었다. 종이엔 분명 독을 삼켜야 하는 일시가 쓰여 있을 터였다.

나리는 떨리는 손을 종이로 뻗다가 잠시 손가락을 멈칫했다. 아프게 뛰는 심장을 가라앉히려 호흡을 가다듬고 다시 손을 뻗으려 하는데 도통 움직여지질 않았다. 눈가에 열이 오르고 금방이라도 눈물이 쏟아질 것 같았다.

"마마."

상궁은 연민은커녕 엄한 눈빛으로 나리를 지켜보고 있었다. 나리는 한참을 망설인 후에야 간신히 종이를 잔 밑에서 빼냈다. 곧장 펼쳐 본 종이엔 나리의 예상대로 장소와 일시가 반듯하게 쓰여 있었다. 서쪽 화원의 정자, 먼 날도 아닌 당장 오늘 밤을 뜻하는 글자가.

오늘은 왕의 정무가 있어 그 불편한 자리에 가야 할 일이 없을 줄 알았는데, 그보다 더 흉악한 자리가 나리의 끝을 기다리고 있었다.

"하…….."

한참을 멎었다가 탁 내쉬어지는 물기 어린 숨은 가냘프게 떨리고 있었다. 상궁은 제대로 보았느냐는 표정으로 나리의 답을 기다렸다. 나리는 이를 꼭 물고 희미하게 고갯짓했다. 끝으로 손에 쥔 종이를 상궁에게 주려는 찰나, 등 뒤에서 미약한 소리가 났다. 곧이어 나리의 허리에 그의 팔이 천천히 감겼다.

"이, 이무기님……."

기척도 없이 나타난 그를 보자마자 상궁이 사색이 되어 얼른 머리를 조아렸다. 나리는 놀란 가슴을 가라앉히며 손에 쥔 종이를 다급히 주먹 안에 감추었다.

"버릇이 없구나."

그는 나리를 품에 가둔 채 장지문에 한쪽 팔을 올려 기대고는 말했다.

"아무리 내 신부의 처소라고 한들, 이 몸이 함께 있는데 함부로 발을 들이다니……."

"……."

"이 새벽에 우리가 무엇을 하고 있을 줄 알고?"

청연이 나리의 허리를 느리게 쓰다듬으며 상궁을 쳐다보았다. 정욕이 그득 담긴 그의 손짓은 마치 불청객이 둘의 밤을 방해했다는 뜻 같기도 하여 상궁과 궁녀들의 낯빛은 더욱 창백해졌다. 나리는 그와 상궁을 다급히 번갈아 보다가 그의 품으로 몸을 반쯤 틀었다.

"청연 님, 제가 새벽에 잠을 이루지 못하여 차를 올려 달라 명하였습니다. 따뜻한 차를 마시면 몸이 풀어질 것 같아서……."

나리가 애원하듯 설명했지만 청연은 소름 끼치게 무감한 얼굴로 상궁을 오래도록 주시하기만 했다. 기가 질린 상궁은 기어이 무릎이 꺾일 지경이었다. 나리가 그의 옷깃을 꼭 붙잡고 살며시 흔들고 나서야 청연은 상궁을 보던 눈길을 거두었다.

"잠이 오지 않으면 저에게 재워 달라고 하셨어야지요."

그의 차가운 눈동자는 나리에게 닿자마자 언제 그랬냐는 듯이 온화하게 녹아내렸다. 활시위처럼 아슬아슬했던 공기도 느슨해졌다. 나리는 속으로 안도하며 그를 향해 설레설레 고개 저었다.

"아닙니다. 고작 그 이유로 어찌 청연 님을 깨우겠습니까. 이제 같이 들어가서 쉬시어요. 청연 님 말씀처럼 아직 새벽이니……."

얼른 상궁을 물리고 이 상황을 모면하고 싶어서 나리는 조금은 급하게 발길을 돌렸다. 그러나 청연은 나리를 다시 품에 가둔 채 그 자리에 멈추어 있었다. 품에서 작게 바르작거리는 나리를 가만 내려다보던 청연이 이내 피식 웃으며 입을 열었다.

"여기는 아직 그대에게 볼일이 남은 것 같은데……."

상궁에게 흘긋 눈짓하는 그의 나른한 목소리는 어딘가 미묘하고 날카로웠다. 순간 찻상을 들고 있던 궁녀가 제 발 저린 듯이 흠칫 몸을 떨었다. 상 위의 다기가 짧게 달각거렸다.

"무, 무슨 볼일이……."

나리는 애써 평정심을 유지하며 더듬더듬 입을 뗐다. 그러나 진정하려는 마음과 달리 시선은 바닥으로 떨어졌고 가녀린 어깨는 긴장으로 굳어 버렸다. 청연은 가볍게 웃더니 나리의 움츠린 어깨를 풀어 주듯 천천히 어루만졌다.

"차를 올리라고 하셨다면서요. 그런데 이들은 아직 찻잎을 띄우지도 않았잖습니까."

조금 전 냉기가 서렸던 목소리에 비하여 지금 그의 목소리는 훨씬 나긋하고 가벼웠다. 아니면 조금 전 그의 음성이 날카롭다 느낀 게 자신의 착각이었을까. 나리는 완전히 잊고 있었던 찻상에 머뭇머뭇 시선을 두었다가 고개를 저었다.

"갑자기 마시고 싶지 않아졌습니다."

변덕스럽고 철없는 대답이라고 나리 자신도 느꼈으나 달리 변명거리도 없었다. 다행히 그는 잠시간 나리를 지켜보다가 웃어 버릴 뿐 별다른 말은 하지 않았다. 이윽고 청연이 나리의 어깨를 감싼 채 뒤돌았다.

나리는 속으로 한숨 돌리면서도 한편으로는 자신이 한층 깊은 나락으로 한 걸음 내디뎠음을 느꼈다. 기어이 죽는 날까지 받았으니 말이다. 나리는 손에 든 종이를 가냘프게 그러쥐었다. 등 뒤에서 허리를 깊이 숙인 궁인들을 다시 돌아보는 그의 시선이 몹시도 서늘하게 식어 있었다는 사실은 알지 못한 채였다.

다시 잠들 수 없을 줄 알았던 새벽이었는데 다행히 나리는 잠시나마 눈을 붙였다. 그가 나리의 가슴을 부드럽게 도닥여 주고 잠들 때까지 듣기 좋은 낮은 목소리로 오래도록 정담을 속삭여 준 덕분이었다. 비록 야차의 얼굴을 한 수많은 이들이 사방에서 이빨을 드러낸 채 그녀를 위협하는 악몽을 꾸긴 하였지만.

나쁜 꿈을 떨치려 나리가 이른 아침 화원이라도 거닐려고 하면 현실엔 더한 악몽이 기다리고 있었다. 혹여 나리가 수상한 행동을 할까 봐 집요하게 따라붙는 궁인들의 눈초리는 따가웠고, 그 눈길을 피해 얼른 처소로 돌아가려다 맞닥뜨린 상궁은 나리의 곁에 신수님이 없음을 재차 확인하곤 다시금 나리의 확답을 받아 내려 했다.

'오늘 밤이다. 허튼짓은 금물이다. 너와 우리는 같은 배를 탔음을 한시도 잊지 말거라.'

상궁의 협박에 억지로 고갯짓할 때마다 나리는 혼이 한 조각씩 사라지는 것만 같았다. 이러지 마시어요, 제발 나를 놓아주세요, 그리 빌고 울면서 악을 쓰고 싶다가도, 혹여 진짜로 다 같이 죽자며 신수님에게 자신이 공주가 아님을 밝힐까 봐 숨이 막혔다. 궁에 머문 고작 며칠 동안 나리는 극심한 괴로움에 끝도 없이 가라앉고 있었다.

"아침 산책이라도 하셨습니까?"

나리는 발간 눈가가 가라앉을 때까지 화원에 우두커니 서 있다가 가까스로 처소에 돌아왔다. 고요히 창밖을 보던 그가 가까이 다가서는 나리를 품으며 웃음 섞인 소리로 물었다. 나리는 겨우 미소를 머금고 고갯짓했다. 동시에 장지문 너머에서 나지막한 음성이 넘어왔다.

"식사 올리겠습니다."

처소 밖에선 그리 싸늘하던 상궁의 목소리가 지금은 담담하니 정중했다. 곧 궁녀들이 상을 올렸다. 나리는 상궁을 보지 않으려 눈을 돌렸다.

"읍……."

기름진 냄새가 솔솔 퍼져 코끝에 닿자마자 나리의 얼굴이 순식간에 창백하게 질렸다. 울컥 토기까지 치밀어 나리는 입을 꽉 눌러 막고서 다급히 몸을 틀었다. 끼니마다 산해진미를 올리는 궁에서 오늘 밤 자신에게 독을 먹이리라고 생각하니 속에서부터 거부감이 올라온 듯했다.

"흑, 하아……."

헛구역질로 가슴이 들썩이고 목구멍이 조였다 풀어지길 반복했다. 나리가 눈물까지 매단 채 괴로워하자 청연이 손을 뻗어 나리를 당겨 안았다. 그녀를 품에 깊숙이 안고서 등을 쓸어내렸다.

"숨을 깊이 쉬어요. 천천히, 그렇지. 다시……."

나리의 귓가에 조용조용 속삭이는 그의 목소리는 깊고 그윽했다. 나리는 그의 살 내음을 흠뻑 들이쉬고 나서야 조금이나마 편하게 호흡했다.

"다시 물리거라. 얼른."

그의 어깨 너머로 상궁이 궁녀들에게 상을 물리라 명하는 모습이 보였다. 상궁의 눈길은 이내 나리에게 닿았다. 초조함이 묻은 상궁의 눈빛엔 더는 눈에 띄는 행동은 하지 말라는 압박이 섞여 있었다. 나리는 그런 상궁을 못 본 척 그의 품에 다시 얼굴을 묻어 숨어 버렸다.

"돌아갈 때가 되었나 봅니다."

처소에 둘만 남자 청연이 품에 안긴 나리의 등을 어루만지며 읊조렸다. 어딘지 안타까운 웃음이 섞인 목소리였다. 나리는 이제 막 진정된 숨을 흠칫 멈추고는 그를 올려다보았다.

"이 몸의 땅에서 쉬셔야 할 때가 되었습니다. 식사는 점점 힘겨워하는 데다가 이젠 환약도 제대로 삼키지 못하시니……."

다감하게 덧붙이는 그를 눈에 담으며 나리는 저릿한 가슴을 쓸어내렸다. 그래, 그럴지도 모른다. 인간의 땅에서 나는 음식은 이제 냄새도 맡기 힘들고 물 한 모금도 편히 삼키지 못할 정도다. 영양분이 없으니 몸 상태가 한계에 다다른 건지도 몰랐다.

하지만 고작 그 이유로 몸이 이렇게나 안 좋은 건 아닐 터였다. 따지

자면 마음의 병이 더욱 문제였다. 그에겐 절대 말할 수 없는 속앓이 때문에 이리도 몸이 엉망인 것이었다.

아, 차라리 그에게 말할까.

그리 생각하자마자 나리의 머릿속에 온갖 말이 떠돌아다녔다.

청연 님, 실은 제게 무서운 일이 있었습니다. 전하께서, 저의 친아비도 아닌 나라님께서 제게 목숨을 끊으랍니다. 나라의 앞날과 궁의 안위를 위하여 저 스스로 독을 삼키랍니다. 그리하지 않으면 청연 님께 제가 공주가 아님을 말하고 다 같이 죽어 보자고 합니다.

청연 님, 제가 이리 미천한 여인이었습니다. 청연 님의 귀한 애정을 받기엔 너무나 하찮은 목숨이었습니다. 차라리 제가 모든 것을 밝히고 청연 님의 손에 죽을까요? 그러면 오히려 기쁘게 눈감을 수 있을는지요?

하고픈 말은 혀끝 가득 안타깝게 걸려 있었으나 뱉을 수 있는 말은 없었다. 공주가 아님을 밝히고 그의 시린 눈빛을 받으며 끝을 맞이하는 건 스스로 목숨을 끊기보다 두려웠다.

그리고 그보다 더 두려운 건 그가 받을 상처였다. 신수님의 아름다운 암청색 눈동자에 배신감으로 인한 화와 아픔이 어린다면…… 상상만으로도 가슴이 에이고 고통스러웠다.

거기까지 생각하고 나서야 나리는 깨달았다. 그에게 진실을 말하든 말하지 않든 자신의 끝이 기어이 죽음뿐이라면, 그에게 배신감이라도 주지 말아야 한다고. 이 죽음은 자신의 것이니 홀로 감당해야 한다고.

"하……."

나리는 희미하게 웃으며 허탈한 숨을 내쉬었다. 그리 괴롭던 마음이 이상하게도 차분했다. 끝내 포기에 다다르니 되레 평온을 찾은 건지도 몰랐다. 나리는 촉촉이 젖은 눈을 엷게 휘고는 느지막이 그를 바라보았다.

"실은 저도 청연 님과 돌아가고 싶은 참이었습니다. 연호 님과 여우 님들도 보고 싶어요."

나리의 눈웃음은 시든 꽃처럼 힘이 없고 애달팠다. 청연은 말없이 그저 나리의 목소리에 귀 기울이며 그녀의 눈가만 부드럽게 쓰다듬었다. 나리는 뺨에 닿은 그의 손을 살며시 감싸 쥐며 말을 이었다.

"그 전에 마지막으로 전하를 뵙고 오겠습니다. 오늘 밤에요……."

청연은 잠시 눈을 가느다랗게 뜨더니 조용히 미소 지으며 물었다.

"오늘은 어째서 낮이 아닌 밤인지요?"

"서쪽 화원의 밤경치가 제법 아름답습니다. 날 좋은 밤에는 아버님과 함께 차를 마시며 달을 구경하고 담소도 나누곤 하였어요. 아버님께서 그게 그리우신 듯합니다."

거짓말은 막힘없이 술술 흘러나왔다. 죽음을 명받은 날부터 아픈 가슴을 부여잡고 떠올린 변명인 데다가 속으로 몇 번이고 읊었던 내용이니 어렵지 않았다.

"다녀와서 함께 돌아가요."

습한 목소리로 마지막 거짓말을 끝내고서 나리는 한 번 더 그에게 웃어 보였다. 왈칵 고인 눈물을 보이기 싫어 얼른 그의 어깨에 얼굴을 기댔다.

이 품에 안겨 있을 날도 얼마 남지 않았구나.

나리는 따가운 한숨을 길게 내쉬고서 작게 입을 뗐다.

"저, 청연 님……."

"예. 말씀하세요."

"제가 청연 님의 품에서 죽겠다고 했던 말…… 기억하시는지요?"

"기억하다마다요. 어찌 잊겠습니까."

"……제 마음은 변함없습니다, 청연 님."

독을 삼키면 이레 후에 심장이 서서히 멈추어 잠들듯이 죽는다고 하였다. 고통도 없고 마지막을 준비할 수도 있어서 왕족이나 하사받는 귀한 사약이라 하였다. 그걸 먹고 곧장 돌아가 남은 날을 지내다가 그의 품에 안기어 눈을 감으면 자신의 생은 끝이었다.

그래. 어차피 끊어질 숨, 청연 님의 애정이나마 마지막으로 안고 가자. 먼저 가 계신 어머니를 만나면 세상 가장 귀한 분의 사랑을 받고 왔노라고 말할 수 있게. 그러니 나는 짧은 생도 억울하지 않고 되레 분에 겨웠다고, 이루 말할 수 없을 만큼 행복했다고…….

"청연 님 품에서 눈을 감겠다는 그 약조만큼은 꼭 지킬 것입니다."

보드랍게 속삭이며 나리가 맑게 웃자 청연은 순간 멈칫했던 몸을 금세 갈무리하고는 나리를 품에 깊숙이 안아 가두었다. 웃음 섞인 한숨을 내쉬며 청연이 나리의 귓가에 속삭였다.

"그대는 꼭 이리 방어할 새도 없이 이 몸의 애간장을 녹이시지요. 오지도 않을 날을 그리 달콤하게 속삭이면서요."

"진심으로 드린 말입니다……."

"알아요. 다 알아. 내가 아니면 누가 내 신부의 마음을 알까."

나리의 귓가에 다정한 목소리가 스며들고 곧이어 청연의 입술이 닿았다. 그의 낮은 숨결이 간지러워 나리가 작게 몸을 움츠리자 청연의 웃음 띤 입맞춤은 더욱 농밀해졌다.

청연은 나리의 귓불을 살짝 깨물고 혀로 핥았다. 아직 해가 훤한 백주인데도 색욕에 젖은 밤처럼 그녀의 흰 목덜미에 입술을 묻고 솜털이 보송보송한 매끄러운 살갗을 어루만졌다.

"청연, 님, 으응……."

나리는 그의 요염한 입술과 감미로운 손길, 너르고 단단한 품에 온전히 몸을 맡겼다. 그리고 아무 말도 꺼내지 않았다. 아직 해가 지지 않았다는 간지러운 투정도, 겹겹이 닫힌 장지문 너머에 궁녀들이 있다는 걱정도, 신음을 내지르기엔 부끄러우니 천천히 해 달라는 수줍은 부탁도 모두 꺼내지 않았다. 얼마 남지 않은 시간은 되도록 오래오래 그의 품에서 지내고 싶었다.

"아, 읏……."

다행히 아직 해가 중천이다. 왕과의 약조가 이루어질 서쪽 화원으로 향하는 시간은 밤이었다. 지금이라면 그에게 안긴 후 지쳐 잠든다고 해도 화원에 가기 전에는 눈을 뜰 것이었다. 첫 절정이 파도처럼 몸을 휩쓴 후 그가 숨 돌릴 틈도 주지 않은 채 다시금 그녀의 가느다란 다리를 벌릴 때까지만 해도, 나리는 분명 그리 생각했다.

"아웃! 읏!"

몇 번째 절정일까. 이젠 셀 수도 없었다. 마지막으로 그의 품을 느끼고자 몸이 부서질 것 같은 쾌락에 몇 번이고 휩싸였다. 그의 흔적으로 흠뻑 적셔진 다리 사이는 이미 엉망이었다. 다시금 쏟아진 그의 흔적과 나리가 흘린 애액으로 침상이 짙게 젖어 들었다.

"하아, 흐으…… 흣."

이제 절정의 여운이 버겁다. 나리는 가쁘게 호흡하며 옆으로 몸을 돌려 웅크렸다. 다리가 덜덜 떨리고 손가락 끝까지 눅진하게 녹아내린 듯했다. 잠시만 눈을 감아도 지독한 수마에 끌려갈 것만 같았다.

그래도 이젠 끝이겠지. 더는 청연 님도…….

이제껏 그와 많은 밤을 보냈기에 나리는 어렴풋이 알 수 있었다. 그녀가 이렇게 혼절하기 직전까지 몰리면 그는 대부분 그녀를 품에 안고서 부드럽게 몸을 어루만져 주었다. 아주 간혹 그의 관능적인 미소를 끝으로 보며 정신을 놓은 적도 있으나, 첫날밤을 제외하면 그런 날은 손에 꼽을 정도였다.

그러니 여기까지가 끝일 터였다. 나리는 열기에 녹은 몽롱한 머릿속으로 그리 생각했다. 그러나 그녀의 예상이 끝나기도 전에 가녀린 허리에 그의 손이 스르르 감겼다.

"아……!"

그는 옆으로 웅크린 나리를 그대로 엎드려 눕혔다. 나리가 눈을 크게 뜨고서 당혹스럽게 청연을 돌아보았다. 그는 나리의 귓가에 입을 맞추며 소리 없이 웃고는 그녀의 허리에 손을 감아 하체를 들어 올렸다.

"흐, 읏……!"

그의 두꺼운 귀두가 음부를 적나라하게 헤집었다. 나리는 후들거리는 손을 꼭 말아 쥐고서 파드득 팔을 세웠다.

"청연 님, 이렇게는…….."

나리가 힘겹게 그를 돌아보며 울먹였다. 뒤를 보인 자세가 차마 부끄러워 견디기 힘들었다. 그러나 그는 입술을 요염하게 적시며 웃을 뿐이었다. 나리가 수치스러워함을 알면서도 그녀의 하체가 아래로 내려가지 못하도록 가는 허리를 단단한 손으로 결박하기까지 했다.

"이렇게는, 싫다는 말씀인지요?"

"그것이…… 아응!"

순간 청연이 예고도 없이 그녀의 젖은 살 틈으로 단박에 침범했다. 철퍽 살이 부딪치자 팔에 힘이 빠진 나리가 교성을 내지르며 침상에 널브러졌다. 한쪽 뺨이 젖은 비단 이불에 파묻혔다. 나리는 눈을 크게 뜨고 벌어진 입술을 떨었다. 뒤늦게 자신이 허리 아래만 고양이처럼 들어 올린 자세임을 알아챘다. 음란한 자세가 부끄러워 나리는 몸을 비틀며 가냘프게 흐느꼈다.

그러나 나리가 버둥거릴수록 그의 아래는 그녀의 안에 더욱 깊이 빨려 들었고, 기둥에 들러붙는 미끄럽고 질척한 살결 덕분에 핏줄을 부풀렸다.

"아아, 이리하고 싶단 말씀이셨습니까?"

청연이 숨 섞인 웃음을 머금고 낮게 속삭이며 그녀의 등에 입을 맞추었다.

"짐승처럼 음탕하게 박아 주길 바라셨습니까? 허리까지 이리 예쁘게 흔드시면서? 이게 좋아요?"

"아니, 아닙니다. 그게 아니라…… 흑."

그가 달콤한 음성으로 난잡하게 속삭이자 확 눈물이 고였다. 나리는 눈가를 붉게 물들인 채 다시 팔에 힘을 주었다. 상체라도 세우면 이 부끄러움이 조금이나마 가실까 겨우겨우 상체를 일으켰건만, 청연은 그조차 허락하지 않고 그녀의 가냘픈 등을 지그시 눌렀다.

"청연 님, 잠시……! 아, 아아! 흑! 으응!"

청연은 다시 솟아오른 나리의 허리를 큰 손으로 그러쥐고 그녀가 숨고를 틈도 없이 아래를 밀어 넣었다. 젖은 살 틈에 뿌리 끝까지 파고들어 그녀의 오돌토돌 예민한 부분을 거세게 자극했다. 투명하고 끈끈한 액이 그녀의 허벅지를 타고 질척질척 흘렀다. 청연은 거친 호흡 새로 설핏 웃고는 몸을 숙였다. 한쪽 팔로 몸을 지탱하며 남은 팔은 그녀의 꽃줄기 같은 허리를 꽉 잡아 가두었다.

"진작, 하아, 이리 박아 드릴 걸 그랬습니다. 하, 이렇게 달게 씹어 무실 줄은 몰랐지요."

"흐윽, 으응! 아, 아아!"

그가 씹어뱉는 듯한 다정한 목소리로 거친 중심으로 그녀를 농락할수록 나리의 교성에는 물기가 더해졌다. 허벅지 뒤쪽이 아릿하게 당기고 바들바들 떨렸다. 허리를 옭아맨 그의 팔이 너무도 단단해서 도저히 벗어날 수 없었다. 나리는 눈앞에 단단히 자리한 그의 손목을 동아줄이라도 되는 양 애달프게 붙잡고서 신음했다.

청연은 붙잡힌 제 손목을 흘긋 보며 웃고는 그녀의 허리를 감았던 팔을 풀었다. 그리고 침상에 늘어진 그녀의 남은 손을 부드럽게 잡아 눌렀다.

"아응! 흑!"

그의 손이 허리를 떠나자마자 나리는 곧장 침상에 풀썩 엎어졌다. 그의 기둥이 귀두까지 빠져나가는 듯하다가 다시 치고 들어왔다. 그는 엎드린 나리를 집요하게 따라와 삽입을 멈추지 않았다.

아예 엎드리고 보니 나리는 더는 도망칠 곳이 없었다. 엎드린 채 그를 받으니 이제껏 겪어 보지 못한 생경한 자극이 아랫배를 뜨겁게 데웠다. 난잡한 마찰음이 이어질수록 폭풍 같은 열기가 온몸으로 퍼져 나갔다. 머릿속이 어지럽게 녹아내리고 눈앞이 하얗게 흐려졌다. 평소완 다른 쾌락의 정점이 파도처럼 다가왔다.

"아, 청연 님, 흑! 그만…… 아! 아아!"

신음이 점차 가빠지다가 기어이 숨이 할딱할딱 넘어갈 즈음, 나리가 몸을 크게 경련하며 눈을 질끈 감았다. 동시에 하얀 허벅지 사이로 맑고 투명한 물이 쏟아지며 침상을 흠뻑 적셨다.

아, 이게 무슨…….

살갗을 사정없이 돌아다니는 절정의 여운과 당혹한 마음이 한데 뒤섞여 정신이 날아갈 듯했다. 나리는 크게 뜬 눈을 감지도 못하고 두서없는 숨을 몰아쉬었다. 청연이 그제야 부드러운 손길로 나리를 바로 눕혀 주었다. 그의 다정한 낯을 보자마자 왈칵 눈물이 고인다.

"청연 님…… 저, 저…….."

"괜찮아요. 몹시도 어여쁘고…… 또 사랑스러우셨습니다."

그의 감미로운 밀어가 수치스러운 마음을 달래고 어루만졌다. 그러나 그의 아래는 여전히 나리의 안에 단단히 머물고 있었다. 지친 기색도 없이, 빠져나갈 기색도 없이 그녀의 살결에 파묻혀 있었다.

이제, 더는…….

혼이 반쯤 달아난 그녀의 눈에서 기어이 눈물이 떨어졌다. 나리는 잘게 떨리는 손을 뻗어 그의 어깨를 애타게 붙잡았다. 울먹울먹 입술을 달싹이며 그에게 애원했다.

"그만, 이제 그만요…… 열이 짙어 혼절할 것만 같습니다."

버틸 수 있을 때까지 버텨 보려던 마음은 한계에 다다른 절정에 겁을 집어먹고 무너졌다. 나리는 그가 쏟아붓는 쾌락을 달갑게 받아들이고 집어삼키는 제 몸이 두려울 지경이었다. 젖은 숨을 색색 내쉬며 나리가 눈으로 다시금 애원했다.

"하……."

지그시 그녀를 내려다보던 청연이 이내 웃음 띤 한숨을 내쉬며 허리를 숙였다. 혼란에 잠긴 나리의 눈가에 입을 맞추고 젖은 입술에도 가만가만 짧은 입맞춤을 하며 그녀를 달랬다. 동시에 그의 어깨를 절박하게 붙잡은 그녀의 양손을 한 손에 그러쥐어 그녀의 머리 위로 부드럽게 내리눌렀다.

"청, 연 님……."

나리가 눈을 크게 뜨고 입술을 달싹였다. 설마, 설마, 하고 속으로 되뇌며 떨리는 눈동자로 그를 올려다보았다. 미안해요, 하고 속삭이며 청연은 몸서리쳐질 정도로 다감하게 눈웃음 지었다.

"제가 아직 끝나지 않았습니다."

"하아……."

정사 후의 고혹적인 고요 가운데서 청연이 고개를 젖히며 나른한 한숨을 내쉬었다. 마지막 토정 직후였다. 노을이 어스름히 스미는 처소엔 음란한 향이 진득하게 차올라 넘실거렸다.

나리는 혼절하여 눈을 감은 채 여린 숨만 새근새근 내쉬고 있었다. 그녀는 마지막 정사 전에 이미 정신을 놓아 버렸다. 한낮에 시작한 정사가 노을이 질 때까지 이어졌으니 당연한 결과였다.

청연은 오늘 유독 나리를 몰아붙였다. 다정하고도 퇴폐적인 말로 나리의 정신을 하얗게 날리고 연약한 살갗이 발갛게 물들 때까지 혀로 짓눌렀다. 손끝 하나 움직이지 못할 정도로 힘이 빠진 그녀를 다시 안아 자신의 위에 앉힌 뒤 축축한 살결을 집요하게 파고들었다.

더는 못 한다고, 제발 그만해 달라고 울먹이는 그녀의 입술에 혀를 밀어 넣으며 끝까지 멈추지 않았다. 흥분을 이기지 못해 기어이 축 늘어진 그녀의 안에 한 번 더 흩뿌린 후에야 청연은 폭풍 같던 몸짓을 멈추었다.

"으, 응……."

청연이 그녀의 안에서 스르르 빠져나오자 옅은 신음과 함께 자그마한 몸이 파르르 떨렸다. 그녀가 담아내지 못한 청연의 희뿌연 흔적이 함께 흘러나와 침상을 다시 적셨다.

청연은 혀로 입술을 적시며 웃고는 천천히 허리를 숙였다. 흠뻑 젖은 그녀의 속눈썹과 동그란 코끝, 발간 뺨에 차례로 입을 맞추었다. 끝엔 살짝 벌어진 나리의 입술을 핥으며 그녀의 머리 위로 손을 뻗었다.

침상과 벽 사이 작은 틈에 그의 손가락이 닿자 바스락, 옅은 소리가 났다. 곧이어 나리에게서 입술을 떼어 낸 그가 느긋하게 허리를 세우며 손을 폈다. 동그랗게 구겨진 종이, 나리가 상궁에게 받아 몰래 숨겨 둔 종잇조각이 청연의 손바닥에서 도르르 굴렀다.

청연은 내리깐 눈으로 종잇조각을 보다가 손끝을 움직였다. 구겨진 종이가 허공에 떠오르더니 희미한 소리를 내며 조금씩 펼쳐졌다. 온전히 펼쳐진 종이에 적힌 글자가 청연의 검푸른 눈동자에 담겼다. 이내 그의 입술에 번진 미소는 아름답고도 잔혹했다.

청연은 허공에서 시선을 거두어 잠든 나리를 쳐다보았다. 다정한 눈길이 그녀의 하얀 나신을 어루만졌다.

"이 몸이 깊이 재워 드렸으니 편히 주무세요."

어차피 새벽까진 눈도 못 뜨실 테니, 청연이 속으로 그리 덧붙이자마자 허공에 있던 종이가 순간 와락 구겨져 흔적도 없이 사라졌다. 청연은 나리의 뺨을 부드러이 쓸어내리며 눈을 휘었다.

"그대가 눈을 뜨면 함께 돌아가지요."

궁 안의 화원 중 가장 넓은 서쪽 화원에서는 밤이슬을 맞은 꽃이 향기로운 내음을 그득 뿜어냈고 너른 연못엔 그믐달이 내려와 아스라이 빛났다. 연못 중앙엔 천장이 높고 마루가 넓은 화려한 정자가 고즈넉이 자리하고 있었고 길게 이어진 화강암 다리는 조각가의 손길이 닿아 정교했다.

사방 어디를 보아도 흠잡을 데 없이 아름다워서 풍류를 즐기기에 그만이라는 왕의 화원은 과연 달밤이 더욱이 절경이었다. 그러나 이 어두운 절경에 비밀스럽게 발을 들인 이들의 얼굴은 한없이 차갑기만 하였다. 결연한 눈동자엔 약간의 긴장이 맴돌고 있었다.

왕의 처소를 책임지는 상궁과 궁녀 둘, 나라님의 명을 하늘처럼 받드는 신하 둘, 그리고 혹여 나리가 도망가거나 반항할 걸 대비하여 대동한 군관 셋, 마지막으로 그녀가 독을 제대로 삼켰는지 맥을 짚어 확인할 의관이 하나. 그들의 발걸음은 하나같이 조용하고 빠르게 정자로 향하고 있었다.

다리를 건너자 정자가 점차 가까워졌다. 달빛이 미처 닿지 않아 어둑한 정자 안 난간에는 한 인영이 걸터앉아 있었다.

그녀가 다행히 약조를 지켰구나.

그들은 거사의 한고비를 넘겼다고 여기며 각자 안도했다. 유약한 성정으로 보이던 나리가 혹여 겁에 질려 도망가 버리면 어쩌나 불안했건만, 다행히도 그녀는 이미 홀로 약속한 장소에 나와 있었다. 이제 그녀에게 약을 먹이고 왕에게 보고하면 이 살얼음판도 끝날 터였다.

그들은 걸음을 더욱 빨리했다. 그러나 정자에 완전히 도달하자마자 누가 먼저랄 것도 없이 우뚝 멈추고 말았다. 난간에 걸터앉아 여유롭게 그믐달을 구경하는 이는 그녀가 아니었다. 게다가 여인도 아니었다.

그 사실을 깨닫자마자 그들의 낯이 파랗게 질렸다. 발목이라도 잘린 것처럼 다리가 움직여지지 않았다. 무릎이 절로 덜덜 떨리고 피가 손끝으로 모조리 빠져나가는 것만 같았다.

어둠 속에서 푸른 도포가 바람에 사락사락 물결쳤다. 두려움에 얼어붙은 그들을 느지막이 돌아보는 얼굴은 달빛이 스미어 수려했다. 그러나 미소 띤 붉은 입술은 핏물처럼 불온했고, 깊고 검푸른 눈동자는 폭풍이 몰아치는 바다처럼 위험했다.

난간에서 스르르 몸을 일으키는 이무기는 마치 불길한 악몽의 현신 같았다.

* * *

밤이 제법 깊었음에도 왕의 침전은 불이 꺼지지 않았다. 어두운 방을 은은히 밝히는 촛불 아래에서 왕은 손끝으로 탁상을 느리게 두드렸다. 툭툭 부딪치는 소리는 어딘지 초조했고 손짓엔 불안함이 내비쳤다.

"허어……."

왕은 무거운 한숨을 내쉬었다. 지금쯤이면 일이 마무리돼야 하는데 화원으로 향한 이들은 아직도 소식이 없었다. 가짜 공주 노릇을 하던 궁녀가 순순히 독을 들이켰다는 보고를 받아야 그나마 불안을 가라앉히고 몸이라도 누일 터인데, 아무런 소식도 듣지 못한 채 깊어 가기만 하는 밤이 야속할 지경이었다.

일은 분명 문제없이 해결될 것이다. 죄 없는 궁녀를 비정하게 몰아세워 일이 해결될 수밖에 없는 상황을 만들지 않았던가. 자신의 손에 피를 묻히지 않으려 왕은 부러 그 자리에 나가지도 않았다.

그런데 이상하게도 계속 등골이 서늘하고 식은땀이 흘렀다. 의아하리만치 고요한 천지가 그를 조금씩 압박하고 있었다.

왕은 화원으로 향한 이들 중 누구든 얼른 이 침전에 발을 들이길 바랐다. 이번 일을 비밀스럽고 완벽하게 마무리 지었다고 전하러 오길 바랐다. 그래야 이 기묘하고도 끈덕진 불안이 가실 테니.

"전하."

그때, 왕의 바람이 하늘에 닿았는지 장지문 너머에서 대신의 목소리가 들렸다. 긴장한 듯 떨리는 음성이었다. 왕은 번쩍 고개를 들고는 목을 가다듬었다.

"들라."

이제야 한시름 놓겠구나. 근엄하게 허락을 내리며 왕은 그리 생각했다. 세월이 묻은 용안에는 약간의 반색까지 비쳤다. 그러나 장지문이 열리는 순간, 왕은 살가죽에 털이 바짝 서고 목덜미에 뱀이 감긴 것처럼 전신에 소름이 끼쳤다. 역한 피비린내가 열린 문을 넘어 스멀스멀 흘러들었다.

"저, 전하……."

비틀비틀 나타난 대신은 광인처럼 혼이 나가 있었다. 예를 올릴 정신조차 없어 보였다. 대신은 사지를 부들부들 떨더니 울컥 피를 토하며 바닥에 주저앉았다.

"커억, 켁……!"

폭포수처럼 쏟아지는 핏물이 바닥에 시커먼 웅덩이를 만들었다. 끔찍한 광경이었다. 왕은 눈을 크게 떴다가 곧 이를 사리물었다. 창백한 낯을 애써 갈무리하고 평정을 유지하려 주먹을 꽉 쥐었다.

열린 장지문 너머 복도엔 화원으로 향했던 또 다른 이들의 공포에 질린 몰골이 보였다. 참수를 기다리는 죄인처럼 혼백이 사라진 얼굴, 그 사이를 가르고 푸른 도포가 넘실넘실 위험하게 파도쳤다. 느리고 여유로워서 더욱 소름 끼치는 발걸음이 왕에게 점차 가까워졌다. 심해 같은 눈동자는 어둠 속에서도 요사스럽게 빛나고 있었다.

왕은 다리에 간신히 힘을 주어 자리에서 일어났다. 훅 끼쳐 오는 차가운 기운에 목덜미가 서늘했으나 아무렇지 않은 척 자세를 낮추어 그를 향해 절을 올렸다. 떨리는 목소리로 예를 차리며 머리를 깊이 조아렸다.

"이무기님을 뵙습니다."

청연은 발아래 엎드린 왕과 반죽음 상태로 정신을 잃은 대신을 무심히 번갈아 보고는 입술을 휘었다. 그러곤 머리를 조아린 왕의 앞에 느슨히 무릎을 세우고 앉아 왕을 내려다보며 말했다.

"이 밤에, 이 몸이 갑자기 찾아왔거늘 놀라지도 않는구나."

"……."

"이리될 걸 예상이라도 한 듯이?"

웃음 섞인 나지막한 목소리는 왕을 도발하고 있었다. 왕은 애써 침착하며 담담히 대답했다.

"이무기님의 귀한 발걸음이온데 어찌 놀라겠습니까. 필시 어떤 연유가 있으시리라고 믿습……."

"위험한 것을 지니고 있더구나."

청연은 왕의 말이 끝나기도 전에 피식 코웃음 치며 말했다. 흡사 날씨가 좋다는 듯한 나긋한 말투였으나 뜻은 왕의 속내를 후벼 파는 칼날과도 같았다. 왕은 순간 입을 다물었다.

"야심한 밤에 나의 신부를 불러낸 저들의 손아귀에 어찌 독초 가루가 있는지, 네놈은 아는 바가 있느냐?"

"이무기님! 전하께서는 모르는 일이옵니다……!"

청연의 질문에 왕의 얼굴이 파리하게 질리자 한 신하가 다급히 소리쳤다.

"저희끼리 작당하여 저지른, 커, 윽……!"

두려움을 무릅쓰고 소란을 일으킨 사내는 괴로운 숨을 삼키며 바닥에 엎어졌다. 사지를 기묘하게 꺾어 대며 눈꺼풀을 까뒤집고 손톱이 빠질 정도로 바닥을 긁으며 피를 게워 냈다.

"아는 바가 있느냐고 물었다."

청연은 참혹한 광경에 눈길 한번 주지 않은 채 왕을 주시하고 있었다. 머지않아 단말마의 비명이 왕의 고막에 쑤셔 박혔다. 왕은 참담한 마음을 억누르곤 그의 질문에 답했다.

"저는 모르는 일이옵니다."

"모르는 일이다?"

"예."

청연이 이미 독약에 관해 눈치채고 있다는 사실을 알면서도 왕은 모르는 일이라 발뺌했다. 어쩔 수 없었다. 왕을 지키려 스스로 죄를 뒤집어쓴 신하의 희생을 헛되이 할 순 없었다. 차라리 자신은 모르는 일이며 공주를 죽이려 한 저들에게 죄를 묻겠다는 답이 이 상황을 모면할 유일한 길이었다.

"까악!"

그러나 왕이 마음을 굳게 다지기도 전에 날카로운 비명이 또 한 번

침전의 고요를 찢었다. 이번엔 궁녀 하나가 쓰러져 게거품을 물었다. 왕은 번쩍 얼굴을 들어 쓰러진 궁녀를 보고는 다급히 그를 쳐다보았다. 청연은 고개를 비스듬히 기울이며 다시 물었다.

"내 신부가 궁에서 독을 삼킬 뻔했는데, 네놈은 진정 모르는 일이라고?"

"이무기님, 저는……."

왕이 겨우 정신을 잡으며 머뭇거린 찰나 이제는 군관까지 철퍼덕 쓰러졌다. 연달아 다른 이들도 비명을 내지르며 바닥으로 추락했다. 갈수록 이무기의 노기가 짙어지는 건지 기어이 쓰러진 이들의 눈과 코와 입과 귀에서 핏물이 터져 줄줄 흘렀다.

그 끔찍한 지옥을 등 뒤에 두고도 이무기의 낯은 무감하기만 하여서, 왕은 끝내 치밀어 오르는 감정을 토해 내고 말았다.

"모릅니다. 저는 모르는 일이란 말입니다! 제가 어찌 제 여식을 죽음으로 내몰겠습니까!"

처절하게 언성을 높인 왕이 청연을 정면으로 보며 숨을 몰아쉬었다. 청연의 눈썹이 희미하게 비틀렸다. 청연은 미물을 보듯 왕을 보다가 픽 웃음을 터뜨렸다. 이젠 참을 필요가 없다는 듯이.

순간 침전의 두 면을 차지하던 장지문과 창이 산산조각으로 찢겼다. 보이지 않는 거대한 물살에 휩쓸린 듯이 거칠게 무너져 내렸다. 밤이 내린 너른 앞뜰이 고스란히 드러나 왕의 두 눈에 박혔다. 침전 안에서 벌어진 살육과는 비교도 할 수 없는 지옥, 왕의 처소를 지키던 수많은 군관의 시체와 그 시체에서 흘러 생겨난 검붉은 피바다가.

"허, 허……."

왕은 혼이 빠져 툭툭 호흡했다. 갑작스럽게 맞닥뜨린 살육의 광경이 우레 같은 충격을 불러와 눈앞이 하얘졌다. 이 사달을 막으려 그녀의 한목숨만 희생하려 했거늘, 그로 인해 돌아온 대가는 눈 뜨고 볼 수 없을 정도로 참혹했다.

짙은 피 냄새에 구역질이 치밀고 몸은 절로 무너져 내렸다. 내장이 뒤틀리고 피의 흐름이 온전치 않은 느낌이었다. 왕은 바닥에 손을 짚고 간신히 버텼다.

그런 왕의 눈앞에 돌연 하얀 연기가 맴돌았다. 아니, 연기처럼 뭉쳐 허공을 넘실거리는 하얀 가루였다. 이 백색 가루가 무엇인지 왕은 알고 있었다. 원래는 그녀가 삼켜야 했던, 이레 후 심장이 멎는 독이었으니.

흐르는 물 같은 청연의 손짓을 따라 백색 가루는 맹독을 지닌 독사처럼 구물구물 허공을 유영하며 서서히 왕의 눈앞에 모여들었다. 곧장 눈을 찌르고 코와 입으로 돌진하려는 듯 위협적으로 넘실거렸다.

"네 여식을 어찌 네 손으로 죽음에 내몰겠느냐고……?"

청연이 말끝을 늘어뜨리며 왕의 언사를 되풀이했다. 왕은 실낱같은 정신 줄을 붙잡고서 더듬더듬 그를 올려다보았다. 허공을 나른히 주시하던 청연이 천천히 시선을 내려 왕과 눈을 마주치곤 피식 웃었다.

"지금 네가 그리하고 있다는 것은 모르는구나."

왕은 이제껏 한 나라의 지도자로서 쉬이 무너지지 않으려 버티고 버텼다. 이무기가 만든 살육의 지옥 중심에서 힘겹게 정신을 붙잡고 있었다.

"그래, 진정 죽음으로 내몰아 주련?"

그러나, 가늘어질 대로 가늘어진 왕의 심지는.

"네놈의 진짜 여식을?"

이무기의 고혹적인 목소리가 고막에 박히자마자 기어이 무너지고야 말았다. 왕은 호흡을 멈춘 채 눈을 크게 떴고, 청연은 오만하게 왕을 내려다보며 요기 서린 미소를 지었다. 검푸른 눈동자가 지독히도 위험하게 번들거렸다.

늙은 몸이 서서히 경련했다. 왕은 마치 거대한 구렁이를 맞닥뜨린 노쇠한 짐승과 닮아 있었다. 청연의 나지막한 위협을 듣고 나서야 왕은 느꼈다. 애초에 자신은 도망갈 곳도, 빠져나갈 틈도 없었음을.

혼이 나간 얼굴로 왕이 물었다.

"알고 계셨습니까……?"

이무기를 향한 짧은 질문엔 왕의 모든 의문이 담겨 있었다. 이무기님께서 궁에 처음 강림하던 날 데리고 간 여인이 거짓된 공주였음을, 그 여인은 단지 궁녀였음을, 진짜 공주이자 왕의 여식은 따로 있었음을, 그 모든 사실을 신수님은 다 알고 계셨느냐고.

"그럼 어찌하여……."

그럼 어찌하여 가짜 공주를 고이 데리고 가고, 그녀가 진짜 공주가 아님을 알면서도 인간의 거짓말에 장단을 맞추어 주시었느냐고, 그를 향해 물었다.

경악과 허망이 뒤섞인 왕의 나이 든 눈동자가 우두커니 청연을 주시했다. 왕의 속내를 모조리 읽어 낸 듯 청연이 짧게 조소했다. 이제 와 실상을 안다 한들 바뀌는 건 없을 테지만, 늙은 인간이 이리도 답을 갈구하니 약간의 은혜를 베풀기로 했다. 청연은 나긋이 입을 열었다.

"처음 궁에 강림한 날, 그 자리에 네놈의 여식이 있었다면 곧장 숨을 끊어 놓을 생각이었다. 애초에 데리고 갈 마음도 없었지. 그런데 거기엔 네 핏줄이 아닌 다른 여인이 있더구나."

"……."

"겁에 질려 눈물을 떨구던 나의 신부가."

나리와의 첫 만남이 떠오르자 청연의 눈동자에 순간 감미로운 빛이 스쳤다.

"그악한 운명으로 다시금 긴 세월을 이 땅에 머물게 된 내가, 나만큼이나 이상한 운명으로 그 자리에 있던 여인과 만난 날이었다. 네놈의 여식 대신 내게 바쳐진 나의 신부와 꼭 연이 이어지듯이……."

잠시 소리 없이 웃어 버린 청연이 다시금 말을 이었다.

"그래서 그날의 살육은 그쯤에서 끝낸 것이다. 고운 이를 받았으니 그 정도의 너그러움은 베풀어야 옳지 않겠느냐."

"……."

"한데 내 신부에게 마음이 깊어질수록 궁금하더구나."

나지막이 흐르던 그의 음성이 돌연 냉기를 머금었다.

"그날 그곳에 앉아 있어야만 했던 나의 신부는, 내게 목숨을 잃을 수도 있는 그 자리에 스스로 걸어간 건지, 아니면 누군가에게 등이 떠밀린 건지……."

허공을 보던 청연의 시선이 서늘함을 품고 천천히 왕을 향했다. 왕은 흠칫 몸을 떨었다. 그 반응만으로도 답을 알아챈 청연은 한층 위험한 미소를 머금고서 말했다.

"나의 신부는 거짓말을 할 때마다 속눈썹이 곱게 떨린단다. 어깨를 자그맣게 움츠리고 손가락을 가만히 두지 못하지. 그럴 때마다 얼마나 어여쁜지 네놈은 모르겠지만."

청연의 말투는 몹시도 우아하고 너그러웠으나 왕은 긴장을 떨치지 못했다. 신수님이 본론을 꺼내지 않았음을 본능적으로 느끼고 있었다.

"자신이 공주인 양 거짓을 속삭일 때마다 그리 귀여운 짓을 하니 그저 내버려 두었지. 그러나 한편으로는 그게 네놈을 존경하는 마음에서 나온 행동인지, 두려움에서 나온 행동인지 알 수 없더구나."

"이무기님……."

"혹여 나의 신부가 네놈의 수양딸처럼 키워졌기에 네가 보고 싶은 거라면, 그래서 친아비도 아닌 너를 그리워하는 거라면 만나게 해 주고 싶었다."

"……."

"그러나 겁박에 못 이겨 내게 온 것이라면, 네놈이 두려워 거짓을 달고 산 것이라면, 나는 나의 신부가 앞으로 궁을 그리워하는 척을 하더라도 다시는 인간의 땅에 데리고 오지 않을 생각이었다."

"……."

"내 품에 고이 감추어 안고, 어화둥둥 돌볼 마음이었단 말이다."

어딘지 부드러웠던 그의 목소리는 갈수록 점차 높낮이가 사라지고 종국엔 싸늘하게 식어 있었다.

"그런데 인간의 수장이라는 네놈은 한 치 앞을 보지 못하고 무지몽매한 짓을 벌였구나."

청연이 왕을 내려다보며 서늘하게 덧붙였다.

"감히 이 몸의 눈을 속이고 내 신부를 사지로 몰아넣을 수 있을 줄 알았더냐?"

잠시간 청연을 바라보던 왕은 이내 두려움과 체념에 뒤범벅되어 고개를 푹 떨구었다.

나는 도대체 무슨 짓을 한 건가. 그녀가 진짜 공주가 아님을 밝히는 건 그녀를 협박하기 위한 마지막 방도였다. 그러나 그것은 애초부터 아무런 위력이 없는, 거적때기만도 못한 협박이 아니었던가.

신수님은 이미 모든 사실을 알고 있었다. 처음부터 지금까지, 가짜 공주인 그녀를 보았을 때부터 왕인 자신이 자상한 아비를 연기하며 그녀를 안아 줄 때조차도, 신수님은 인간이 닿을 수 없는 저 높은 데서 인간들의 수준 낮은 발악을 지켜보고 계셨다.

아아, 어찌 감히 신수님을 속일 수 있으리라 여겼던가. 어찌하여 그게 가능하리라고 믿었던가. 신수님은 거짓된 속사정을 알면서도 하해와 같은 은혜를 베풀어 너그러이 넘어가 주려 하셨거늘, 인간의 옹졸한 마음이 지레 겁을 먹었고 두려움이 불러온 무지함에 한 치 앞을 못 보고 일을 키웠다.

왕은 스스로 불러들인 재앙의 물살에 끝내 맥없이 스러지고 말았다.

"죽여 주십시오."

왕은 고개를 숙인 채로 허망하게 읊조렸다.

"신수님을 속인 죄, 천벌을 받아 마땅합니다. 이 몸의 목숨을 거두어 가십시오. 그리고 제발…… 남은 이들의 목숨만은 살려 주시옵소서."

침전과 앞뜰엔 시체가 그득했다. 어쩌면 이무기가 여기까지 오며 지나친 길목 전부 역병이 지나간 것처럼 시체와 핏물이 흥건할지도 몰랐다. 왕은 자신의 목숨이 이 지옥의 끝이길 바랐다.

"하……."

청연은 가당찮다는 듯이 웃고는 긴 한숨을 내쉬었다.

"나의 승천을 방해한 날도, 그리고 오늘도…… 네놈은 늘 그 하잘것없는 목숨을 내게 걸고서 죽음으로 도망가려 하는구나."

소름 끼칠 정도로 나긋한 목소리가 귀에 닿음과 동시에 왕은 목에 밧줄이 옥죄는 듯한 압박을 느꼈다.

"크, 컥……!"

물에 빠진 것처럼 숨이 막히고 사지가 삐걱삐걱 뒤틀렸다. 왕은 바닥에 쓰러진 채 고통스럽게 발악했다. 그 앞에 고고하게 선 청연은 무감한 눈동자로 왕을 내려다보며 서느런 혼잣말을 읊조렸다.

"이리 비천한 목숨을, 어찌 내 신부를 위해 바치진 않았을까."

청연은 발로 왕의 목덜미를 밟았다. 혈 자리를 짓누르는 발끝은 무겁고도 잔혹하였다. 왕은 점멸하는 시야로 주마등처럼 지나가는 자신의 생을 보았다. 이리 죽으면 조상님들을 무슨 낯으로 뵈나. 돌아가신 선인들에게 죄책감이 들면서도, 한편으론 이 죽음이 왕으로서 이고 있던 짐을 덜어 내리라는 알량한 안식도 들었다.

그때였다.

"커흑! 허억, 허……."

의식이 점차 가물가물해지고 기어이 숨이 끊기기 직전, 돌연 청연이 왕의 목에서 발을 떼고 늙은 몸을 옥죄던 기운도 거두어 냈다. 왕은 핏물 섞인 거친 호흡을 토해 내며 쿨럭거렸다.

"생각해 보니 내 신부를 만나게 해 준 이를 이리 쉽게 죽일 순 없겠구나."

비웃음이 섞였음에도 듣기 좋은 음성으로 청연이 나지막이 말했다. 왕은 넋이 나간 채 청연을 쳐다보았다.

"그리고…… 쉽게 죽어서도 아니 되겠지."

청연이 잔혹하게 읊조리며 눈을 휘었다. 허공에 하얗게 떠다니던 독약이 왕을 조롱하듯 그의 몸과 머리로 푸스스 떨어져 내렸다.

"너는 늙고 병들어도 쉬이 눈을 감을 수 없을 것이다. 네 혈육이 앞서 떠나는 모습을 고스란히 지켜보겠지. 그때까지 아주 오래도록 되새기렴."

청연의 눈길이 시커먼 밤이 내린 뜰을 향했다. 왕도 멍하니 그의 시선을 따라 살육의 현장을 보았다. 청연은 잔인한 미소를 지우지 않은 채 말을 이었다.

"감히 나의 신부를 해하려 한 네놈의 선택이 얼마나 많은 인간의 피를 불러왔는지, 주제도 모르고 이 몸을 속인 대가가 무엇이었는지, 너의 무지함이 앞으로 어떤 재앙을 불러들일지……."

"……."

"죽을 때까지 되새기거라."

청연의 말 한마디 한마디는 성군이라 자신했던 왕의 마음을 가차 없이 후벼 파고 난도질했다. 이윽고 청연은 차가운 조소만을 남긴 채 아무 일도 없었다는 듯 푸른 연기가 되어 사라졌다.

왕은 이무기가 사라진 허공을 보다가 더듬더듬 고개를 돌려 앞뜰의 피바다를 다시금 눈에 담았다. 끝도 보이지 않는 시체의 산, 이 나락에서 오로지 왕에게만 붙은 숨은 신수님의 은혜가 아니었다. 죽음의 안식조차 허락되지 않은 끔찍하고도 냉혹한 저주이며, 살아 있음을 죄악으로 만드는 절망이었다.

아, 차라리 이 늙은이의 숨을 끊어 주시지.

왕은 살갗이 벗겨지는 듯한 고통을 여실히 느끼며 비통하게 울부짖었다.

* * *

궁인들이 모두 물러난 공주의 처소는 고요하기만 했다. 풀벌레 울음과 나뭇잎이 사락사락 스치는 잔잔한 소리만이 뜰을 채우고 있었다.

청연은 허공에서 스르르 나타나 앞뜰에 소리 없이 발을 디뎠다. 나리가 아직 잠들어 있을 방을 보며 조용히 미소 짓고는 천천히 뜰을 거닐었다. 도포에 스민 비릿한 피 냄새가 밤바람에 날아가도록 몹시도 느리게 걸음을 옮겼다. 더불어 아주 평온하고도 즐겁게 그녀를 떠올렸다.

그의 눈앞에는 죽음을 맞닥뜨리고도 애달프게 버티던 나리의 모습이 선했다. 귓가에는 그의 품에서 눈감으리란 약조를 속삭이던 고운 목소리가 보드랍게 맴돌았다.

그녀가 무슨 심정으로 그리 반응했는지 청연은 알았다. 그녀는 청연과의 마음을 잃기 싫어 그녀 자신을 잃기로 했다는 걸. 그는 긴 숨을 내쉬며 입술을 휘었다. 방금까지 시체의 산을 이루고 왔다고는 믿을 수 없을 정도로 달콤한 미소였다.

"내 신부님은 이제 어찌하시려나."

용기 내어 진실을 속삭여 주실까.

나지막한 혼잣말엔 은은한 기대가 스며 있었다. 그러나 기대감은 그저 기대감일 뿐, 청연은 그녀가 당장에 진실을 꺼내어 주지 않는다 한들 상관없었다. 거짓을 솔직히 고하는 데 오랜 시일이 걸린다 해도 그 기다림 역시 품을 수 있었다.

그건 청연이 그녀의 목소리로 직접 진실을 듣기 위하여 아끼고 아낀 순간이었다. 죽음의 두려움도 넘어선 애정과 그만큼 깊어진 믿음을 증명해 줄 그녀의 귀하디귀한 고백이자 연정이었다.

안절부절 더듬거리는 모습이 앙큼하고 귀여워 스리슬쩍 넘어가 주었던 나리의 거짓말이 이젠 그녀와 자신 사이의 마지막 벽이었다. 그녀가 그 불안한 벽을 용기 내어 스스로 넘어서서 자신의 품에 완전히 안기는 순간을 청연은 몹시 고대하고 있었다.

언젠가 그리 안겨 올 그녀를 위해서라면 기다릴 수 있었다. 아득한 세월을 기꺼이 내어 줄 수 있었다. 아니, 그녀가 품에서 달아나지만 않는다면, 무엇이든 못 내어 줄까.

"정말 달이라도 따다 드려야 할는지……."

청연은 여린 빛이 새어 나오는 처소의 창을 보며 다시금 눈을 휘었다. 사늘한 밤바람이 스민 고혹적인 미소엔 짙은 애정과 지독한 집착이 흰 눈에 떨어진 붉은 꽃잎처럼 아름답게 뒤섞여 있었다.

나리는 촛불이 은은하게 일렁이는 어두운 방을 보며 느릿느릿 눈을 깜박였다. 얼마나 오래 잠들었던 걸까. 제법 깊은 수면이었는지 눈꺼풀에 옅은 둔통이 일었다.

세상천지가 잠든 것처럼 사방이 고요했다. 공기가 기묘하리만치 적막한 걸 보니 새벽인가 싶었다.

그래, 아직 새벽이구나. 그럼 조금만 더 잘까…….

둔하게 굴러가는 머릿속으로 그리 생각하며 다시 스르르 눈꺼풀을 내리던 나리가 순간 흠칫 놀라 눈을 크게 떴다.

새벽? 새벽이라고……?

다시금 때를 인지하자 노곤한 잠기운은 쏜살같이 달아나 버렸다.

그런, 그럴 리가 없는데…….

애써 부인해 봤자 어둡고 푸른 공기가 내린 밖은 의심할 여지없이 새벽이었다. 왕과 약조한 때는 이미 한참 전에 지나고도 남았을 시각이었다.

나리는 당혹스럽게 눈을 깜박였다. 너무 놀란 나머지 되레 머리가 돌아가지 않고 바보처럼 멍했다. 얼른 일어나기는커녕 손도 발도 움직여지지 않았다. 그의 입술이 빈틈없이 닿았던 몸은 거친 정사의 여운이 남아 한 줌의 힘도 없었다.

어찌된 영문이지. 도대체 어떻게…….

"일어나셨습니까."

나리가 혼란의 늪에 점점 잠기어 갈 때쯤, 돌연 웃음 섞인 낮은 목소리가 귓가에 감겼다. 나리는 화들짝 놀라 고개를 돌렸다. 창가에 있던 청연이 소리 없이 다가와 침상에 느슨히 걸터앉았다.

"청연 님…….."

나리가 멍하니 읊조리며 그를 바라보았다. 머리카락을 부드럽게 쓰다듬어 주는 그에게서 사늘한 밤바람 냄새와 어딘지 위험한 냄새가 미세하게 나는 듯했다. 그러나 당장은 워낙 혼란스러운지라 나리는 그의 몸에서 풍기는 이질적인 향은 제쳐 두고 다른 것부터 물었다.

"새벽, 인지요……?"

"예, 깊은 새벽이지요."

나리가 더듬더듬 조심스러운 질문을 하자마자 청연은 곧바로 답을 해 주었다. 뭐 그리 당연한 걸 물어보냐는 듯이 웃으면서. 나리는 초조하게 입술을 괴롭히다가 천천히 몸을 일으켰다. 어깨를 받쳐 주는 그의 손에 의지하여 허리를 세운 뒤 나리가 다시 물었다.

"청연 님은 주무시지 않았습니까? 계속 깨어 계셨는지요?"

"예, 계속 깨어 있었습니다."

"그럼……."

"그럼?"

"어찌 절 깨워 주지 않으셨는지……."

나리가 시선 둘 곳을 못 찾고 자그만 소리로 묻자 청연이 의아한 미소를 지으며 고개를 비스듬히 기울였다.

"제가 왜 곤히 잠든 그대를 깨우겠습니까. 이 몸의 품에서 얼마나 힘겨워하셨는지 다 아는데요."

"그, 그것이 아니오라…… 저는……."

조금은 다급히 그를 보며 입을 연 나리가 이내 비단 이불을 꼭 움켜쥐고는 눈길을 떨구었다.

"저는 어젯밤 화원에서 전하를, 아버님을 뵙기로 약조했었는데……."

나리가 속눈썹을 파르르 떨며 꺼질 듯 속삭였다. 청연은 아아, 하고 나긋한 소리를 내더니 싱긋 웃었다.

"누군가 그대를 모시러 오면 깨워 주려 하였는데…… 아무도 찾아오지 않았습니다."

그의 느긋한 말이 끝나자마자 나리는 놀란 얼굴로 멍하니 그를 바라보았다. 무언가 잘못 들은 게 아닐까. 지금 이 상황을 믿을 수 없어 나리는 다시 물었다.

"아무도…… 오지 않았습니까?"

"예."

"정말로요?"

청연은 어딘지 미묘한 눈웃음을 띠고서 천천히 고갯짓했다. 나리는 더는 할 말을 찾지 못하고 우두커니 멈추었다. 그러나 머릿속은 몹시도 혼란스러웠다.

어째서 궁에서 아무도 오지 않았지? 공주를 화원에 모셔 가겠다고 들를 수도 있었을 텐데. 약조를 지키지 않으면 청연 님께 진실을 고한다고 겁박까지 하였으면서, 이리 쉽게 포기할 리가 없는데. 설마 신수님에게 이미 거짓을 밝힌 건 아닌가? 아니, 그렇다기엔 신수님의 행동은 변함이 없는데, 여전히 다감하신데…… 그럼 도대체 무엇 때문에 소식이 없는 거지?

꼬리에 꼬리를 물고 이어지는 의문은 점점 미궁 속으로 빠져들었고 결국엔 다시 원점으로 돌아와 혼란만 가중되었다. 나리는 어쩔 줄 모르고 가만히 굳어 있었다. 그녀의 말간 눈에 얽힌 혼란을 고요히 지켜보던 청연이 짧게 웃고는 입을 열었다.

"기다리고 있었습니까?"

"……."

"화원에서의 만남을……?"

그의 느리고 나지막한 목소리 끝엔 비밀스러운 웃음이 묻어 있었다. 그러나 나리는 그 미소에 숨겨진 잔인함을 눈치채지 못했다. 그의 물음을 듣자마자 속에서부터 왈칵 설움이 올라오는 바람에, 그저 우두커니 그를 보며 울음이 터질 것만 같은 입술을 아프게 깨물 뿐이었다.

아니요, 청연 님. 기다리지 않았습니다. 그런 잔인한 만남을 기다렸을 리 없습니다.

그에겐 할 수 없는 대답이 가슴에 서글프게 맴돌았다. 나리는 목에 걸린 울음을 삼키곤 뒤늦게 도리질 쳤다.

"아니, 아닙니다. 제가 기다렸다 한들…… 이미 늦었으니 어쩔 수 없지요……."

사그라지는 목소리로 그리 말하면서 나리는 왕과의 약조가 깨졌음을 다시 실감했다. 그런데 왜일까. 피할 수 있다면 피하고만 싶은 약조였고 결국은 까닭도 모른 채 피하게 되었는데, 안도감은 온데간데없고 지독한 불안만이 나리를 점령했다.

나리는 두려웠다. 자신이 화원에 나타나지 않아 약조를 어겼다고 단정한 궁인들이 당장에 처소로 쳐들어와 그에게 거짓을 낱낱이 고할 것 같았다. 그에게 배신감을 안겨 주지 않으려 목숨까지 끊으려 했던 자신의 고통스러운 각오가 쓸모없는 오물이 되어 바닥에 나뒹굴 것 같았다. 끝내 그의 믿음도, 애정도 지키지 못한 자신에게 그의 싸늘한 눈길만이 남을 것 같았다.

상상만으로도 참담하여 나리는 목이 아릿해졌다. 울지 않으려 했는데 눈두덩에 점차 열이 오르고 붉어진 눈동자엔 물기가 스며들었다. 가냘프게 일그러지는 나리의 입술 새로 끝내 젖은 숨소리가 흘러나왔다.

"이런."

울먹이는 나리를 금세 알아챈 그가 낮게 앓는 소리를 내며 웃고는 그녀를 깊이 품어 안았다. 잘게 떨리는 어깨와 등을 부드럽게 어루만지며 도닥였다. 그의 너른 품 안에서 익숙한 온도와 손길을 느끼자 나리는 맥이 탁 풀렸다. 동시에 설움이 더욱 복받쳐 올랐다. 걷잡을 수 없을 지경이었다. 나리는 입술을 더욱 세게 깨물고서 눈을 감았다.

이대로 청연 님과 도망치면 안 될까. 인간의 손길은 닿지 않는 그의 영역으로 숨어들면 안 될까. 아니, 차라리 왕명을 어긴 죄를 이실직고하고 처음에 약조한 대로 끝을 보면 이 괴로움이 가실까.

이기심과 단념, 괴로움 같은 온갖 감정이 가슴 깊숙이 파고들어 심장에 덕지덕지 묻는다. 나리는 그의 품에 더욱 깊숙이 파고들었다. 청연이 고요히 웃어 버리곤 그녀의 떨리는 몸을 더욱 단단하게 안아 주었다.

"여행길이 몹시 고되었지요?"

이윽고 그의 다정한 물음이 나리의 귓가를 간질였다. 나리는 울음을 힘겹게 삼키고서 설레설레 고개 저었다.

"아닙니다. 고되지 않았습니다. 청연 님께서 친히 데려와 주셔서 저

283

는 너무 좋았습니다. 정말, 정말로 좋았……."

"이제 돌아갈까요?"

더듬더듬 이어지는 나리의 젖은 목소리를 청연이 나른히 가로질렀다. 나리는 멈칫 굳었다가 너른 품에 묻었던 얼굴을 천천히 들어 그를 올려다보았다. 그는 너그럽고도 감미로운 눈빛으로 나리의 답을 기다리고 있었다.

"돌아가도 되는지요……?"

나리가 잘게 떨리는 목소리로 되물었다.

"아직 새벽인 데다가, 전하께 인사도……."

힘겹게 늘어놓는 말은 나리의 진심이 아니었다. 단지 나라님과 나눈 잔혹한 약조에 대한 한 줌의 책임감, 그리고 이 책임감을 놓을 수 있을지도 모른다는 미약한 희망이었다. 나리는 끝내 말을 잇지 못하고 그의 눈만 바라보았다.

"새벽이 무슨 상관이며 그깟 인사가 뭐 그리 중요하겠습니까."

그런 건 모두 쓸모없다는 듯 웃어 버린 청연이 이내 청량한 미소를 머금고 대답했다.

"그대가 원한다면, 당연히 돌아가는 거지요."

나리는 순간 숨 쉬는 것도 잊고 말았다. 원한다면 당연히 돌아갈 수 있다는 그 다정한 목소리가 나리의 불안을 어루만지고 또 가차 없이 내쳤다. 왕의 겁박, 백성의 목숨, 나라의 안정, 거짓과 진실. 나리의 여린 어깨를 한없이 짓누르던 그 모든 것이 그의 대답 하나에 모조리 모래가 되어 휩쓸려 가 버렸다.

나리는 멀어지는 괴로움을 붙잡지 않았다. 그저 놓아 버렸다.

"돌아가요."

이대로 도망치고 싶다는 그녀의 속마음을 들여다본 듯이 이제 돌아가자고 말하는 그의 다감한 말에 기대어, 힘겹게 쥐고 있던 괴로움을 탁 놓아 버렸다.

"청연 님과 돌아가고 싶어요."

눈물을 머금은 채 웃는 그녀의 얼굴은 처연하고 맑았다. 청연은 못
내 어여쁜 이를 보듯 나리를 보며 미소 띤 고갯짓으로 답을 대신했다.
젖은 숨을 터트리며 다시금 웃은 나리가 그의 어깨에 매달리듯이 폭
안기었다. 청연은 잠시 멈칫했으나 이내 기분 좋게 웃으며 그녀를 마
주 안아 주었다.

나리는 그의 목덜미에 얼굴을 묻은 채 생각했다.

자신의 유일한 도피처는 여기뿐이라고, 온갖 위험을 차단하고 꼭꼭
숨겨 주는 그의 품 안뿐이라고. 그리고 자신은 그의 믿음을 저버릴 수
없고 그의 애정을 잃을 수 없어서 끈질기게 붙잡았던 목숨까지 포기할
정도로 그를 사무치게 연모하고 있었고, 이제 와 절절하게 깨달은 이
마음은 몹시도 깊었다고.

이리도 깊이 연모하는 신수님께, 언제까지 거짓을 고할 순 없다고.

처음 궁에서 그를 만났을 때, 그의 땅에서 요괴에게 쫓겨 벼랑 끝에
섰을 때, 그리고 이 새벽에 눈을 떠 다시금 미천한 목숨을 부지하게 되
었을 때, 나리가 죽음에 다가섰을 때마다 곁엔 늘 그가 있었다. 그렇게
몇 번이고 신수님이 이어 준 목숨, 이젠 거짓으로 붙잡고 있기엔 스스
로가 염치없고 추악했다.

나리는 이제 어찌 되든 상관없었다. 자신은 물론 세상이 어찌 되어도
상관없었다. 이제 더는 그를 속이고 싶지 않았다. 그를 연모하는 자신의
마음을 언제까지고 거짓말 아래 두고 싶지 않았다.

나리는 다짐했다. 돌아가면 그에게 모든 비밀을 고하고 그의 처분을
받기로. 혹여 화를 면치 못하더라도, 그의 얼굴에 상처가 깃들더라도,
언젠가 자신을 잊고 용이 될 신수님의 평안을 기원하며 기꺼이 그의 손
에 죽기로.

十一

돌아갈 채비는 금세 끝났고 귀갓길도 몹시 짧았다. 떠나 있던 날에
비하면 실로 눈 깜짝할 새였다. 나리는 감았던 눈을 떴다. 곧장 시야에
펼쳐진 검고 파르스름한 하늘엔 잘게 흩뿌려진 별이 반짝였다. 새벽이
슬에 젖은 나무 향이 사방에서 그윽하게 넘실거렸다.

"하아……."

나리는 어딘지 새삼스러운 듯, 감격한 듯, 눈물 어린 얼굴로 천천히
익숙한 풍경을 눈에 담았다. 떠나던 날과 똑같은 그의 고즈넉한 처소,
바람에 실려 온 꽃 내음, 그리고 어딘가에서 다급히 나타난 아름다운
여인 둘.

여우님…….

나리는 그들을 보자마자 젖은 눈을 살포시 휘었다. 그에게 진실을 말
하겠다는 무거운 다짐은 잠시 뒤로 두고 여우들에게 다가갔다. 여우들
은 왜 이제 왔냐는 듯 급하게 나타났으면서 나리가 가까이 다가서자 팩

고개를 돌렸다. 토라진 심정을 이리 티 내는 모습을 보니 나리가 말도 없이 사라진 게 적잖이 속상했던 듯하였다.

청연 님이 말한 줄 알았는데…….

이제 와 보니 그가 여우들에게 언질도 주지 않았나 보다. 나리는 입술을 삐죽이는 여우들을 보며 난감하게 웃고는 들고 온 주머니를 뒤적였다. 비단보에 곱게 싸 놓은 머리 장식을 꺼내 두 손으로 건넸다. 여우들이 나리의 손을 새침하게 흘긋 쳐다보았다.

"말도 없이 갑작스레 사라져서 섭섭하셨지요. 이거 여우님들께 드리고 싶어 청연 님께 사 달라고 하였습니다."

"……."

"잘 어울리실 것 같아서……."

그리 말하며 나리는 시끌벅적한 저잣거리를 다시 떠올렸다. 그때까진 행복하기만 했었는데, 그와 사람이 가득한 길을 거닐고 선녀님이라는 과분한 말도 듣고 낯선 기와집에서 빗물에 흔들리는 능소화를 보며 그에게 안기었었는데…… 그날을 추억하면서 나리는 슬프게 미소 지었다.

여우들은 나리의 선물에 금세 마음이 녹았는지, 못 이긴 척 머리 장식을 하나씩 가져갔다. 그러곤 머리에 이리저리 대 보다가 사르르 눈웃음 지으며 나리를 꼭 안았다. 어쨌든 나리가 돌아왔으니 됐다는 것처럼. 나리는 엷게 웃으며 말을 덧붙였다.

"제가 그간 여우님들이 얼마나 보고 싶었는지 모르실 거예요."

"……."

"정말, 하아…… 보고 싶었습니다."

나리의 작은 속삭임에 불현듯 힘겨운 숨이 섞였다. 머리가 어지럽고 어쩐지 몸에 힘이 들어가지 않았다. 여우들은 나리의 상태가 어딘지 심상찮음을 기민하게 알아채곤 얼른 청연을 보았다.

그 순간, 눈을 힘들게 뜨고 감으며 위태롭게 비틀거리던 나리가 휘청 무릎이 꺾였다. 쓰러지는 나리를 순식간에 낚아챈 청연이 그녀의 불그레한 뺨을 딱딱하게 굳은 얼굴로 내려다보았다.

* * *

새벽녘 쓰러진 나리는 내내 눈을 뜨지 못하다가 노을이 사라진 저녁이 되어서야 겨우 깨어났다.

"괜찮으십니까."

느릿느릿 눈을 깜박이던 나리가 그의 고요한 음성을 따라 고개를 돌렸다. 침상 옆에 앉은 그는 근심을 담은 얼굴이었다. 내리뜬 눈에는 안타까운 걱정도 스며 있었다. 나리는 가만히 그를 바라보다가 이내 힘없이 입술을 올렸다. 그 미소에 화답하듯 청연도 조용히 마주 웃으며 한숨을 내쉬었다.

"갑자기 쓰러져서 제가 얼마나 걱정했는지 아십니까. 몸이 안 좋으면 말을 하셨어야지요."

"제가 갑자기 쓰러졌습니까……?"

"예. 여우들에게 장식을 건네고 잠시 후에 쓰러지셨습니다."

"아아……."

나리는 놀란 기색도 없이 가만 고개를 끄덕이고는 희미하게 웃으며 소곤거렸다.

"여우님들이 많이 놀라셨겠습니다……."

"제가 더 놀랐습니다."

청연이 단호하게 말하자 나리가 멈칫 그를 보았다.

"심장이 발치에 떨어지는 듯했습니다."

"……청연 님."

"그리 힘겨우셨는데 어찌 말을 아끼셨습니까. 이 몸을 무심한 지아비로 만들고 싶으셨는지요?"

나리가 당황한 것 같아 청연은 분위기를 풀듯 조금은 짓궂게 속삭이며 그녀의 입술을 손끝으로 톡 건드렸다. 나리는 눈을 살포시 접고서 작게 웃고는 설레설레 도리질 쳤다.

"제가 어찌 청연 님께 그런 심술궂은 마음을 가지겠습니까. 익숙한 곳에 돌아오니 긴장이 풀려서 쓰러진 듯합니다. 여독이 가시면 몸도 나을 테니 너무 염려치 마시어요……."

궁에 간 날부터 잠을 제대로 자지 못했고 인간의 음식이 속에서 받지 않아 식사도 옳게 못 했다. 거기다가 죽음을 각오하며 마음이 진창까지 떨어졌으니 몸이 축날 수밖에 없었다.

그리고 나리는 자신이 갑작스럽게 쓰러진 다른 이유도 알고 있었다. 이젠 자신에게 가장 안락한 그의 처소로 돌아오면서 마음이 풀어짐과 동시에 그에게 진실을 말하겠다는 다짐이 실감 나서 정신이 없던 것이었다.

"조금만 더 쉬면 금세 괜찮아질 것입니다."

나리는 다시금 미소를 띠고서 그에게 걱정하지 말라는 듯 속삭였다. 나리의 단언에 청연도 어쩔 수 없이 웃으며 고개를 끄덕였다.

"필요한 건 없으신지요."

청연이 나리의 뺨을 쓰다듬으며 다정히 묻자 나리는 잠시 눈을 굴리다가 조심스레 입을 뗐다.

"오래 잠들어서 그런지, 목이 마릅니다……."

나리는 혼자서 할 수 있는 일을 부탁한 것 같아 그에게 송구했으나 청연은 나리가 귀여운 응석이라도 부린 것처럼 기분 좋게 웃으며 탁자에 둔 잔을 들었다. 힘없이 늘어진 나리를 고이 안아 일으켜 입가에 잔을 천천히 기울여 주었다. 물기가 촉촉이 스민 그녀의 입술에 청연이 가벼이 입을 맞추자 나리의 뺨이 발그레 물들었다.

"조금 더 주무세요. 곁에 있을 테니."

그가 나리를 다시 눕혀 주며 낮게 속삭였다. 그 듣기 좋은 목소리가 꼭 자장가처럼 편안하고, 한편으론 나리의 가슴을 저릿저릿 아프게 했다.

이 안락한 손길을 언제까지 느낄 수 있을까. 다정하신 청연 님을 언제까지 볼 수 있을까.

나리는 이마에 닿는 그의 긴 손과 적당히 사늘한 온도를 느끼며 스르르 눈을 감았다. 자고 일어나면 몸이 나아지기를, 그래서 그에게 온전한 모습으로 진실을 말할 수 있기를 바라며.

그러나 그날부터 며칠이 지나도록 나리의 상태는 차도가 없었다. 차도는커녕 몸이 더욱 안 좋아지기만 하였다. 하얀 얼굴은 더욱 창백하게 식고 가느다란 몸은 손끝까지 힘이 들어가지 않는 데다가 간혹 파르르 떨리기까지 했다.

"읍……!"

그나마 먹을 수 있던 흰 죽도 점차 삼키기 힘들었다. 농도가 옅어지고 옅어져서 기어이 희멀건 물이나 다름없는 미음이건만, 입에 넣자마자 속에서 울컥 헛구역질이 올라오고 말았다. 여우들의 성의를 생각해 한술이라도 뜨려 했으나 한번 뒤집힌 속은 도통 가라앉질 않았다.

"하아, 죄송합니다, 여우님……."

나리는 안절부절 걱정스레 지켜보는 여우들에게 미안한 얼굴로 웃어 보였다.

"도저히 넘어가질 않아요……."

힘겨운 숨을 색색 몰아쉬며 사죄하는 나리가 몹시도 안쓰러워 여우들은 눈썹을 늘어뜨리며 괜찮다는 듯 절레절레 도리질 쳤다. 그들은 나리가 냄새도 맡기 힘겨워하는 미음은 얼른 치우고 잘게 썬 복숭아를 앞

에 두었다. 이거라도 먹어 보라며 눈으로 말하고는 나리가 편히 쉬도록
자리를 비워 주었다.

"……."

나리는 혀를 축이듯 손톱만 한 복숭아 한 조각을 입에 넣었다. 까끌
까끌한 입안에 말랑한 과육과 향긋한 내음이 번지니 그나마 속이 가라
앉았다. 이거라도 먹지 않으면 정말 사달이 날 듯하여 조금씩 복숭아를
삼키던 나리가 문득 손을 멈추고는 초점 없는 눈을 깜박였다.

"흐, 으……."

머지않아 눈앞이 흐려지고 눈물이 뚝뚝 떨어졌다. 나리는 눈을 감은
채 메마른 입술을 지그시 물고 흐느꼈다.

아, 이리 나약해서는 안 되는데, 이리 힘겨워하면 안 되는데…….

마음이 괴로웠다. 그에게 거짓을 밝히고자 마음먹은 날부터 나리는
제 몸이 제 몸이 아닌 것만 같았다. 몸이 조금만 성해지면 그에게 진실
을 알리고자 했더니, 이 비루한 몸뚱어리가 혼자 지레 겁을 먹어 죽기
싫다고 발버둥 치는 것만 같았다.

차라리 하루빨리 그에게 진실을 고하고 처분을 받아야 할 텐데, 그래
야 이 고통도 끝이 날 텐데.

그러나 나리는 이리 엉망인 몸과 마음으로는 그에게 비밀을 털어놓
고 싶지 않았다. 힘도 없는 병자 같은 얼굴로 말하고 싶지는 않았다. 나
약하고 애처로운 모습으로 그의 동정을 사며 밝히기엔 너무나 큰 거짓
이 아니던가.

그의 처분만큼은 한 치의 너그러움도 없이 냉정하고 진실해야만 했
다. 그래야 어떤 결말이 나더라도 오롯이 감당할 수 있을 것이었다. 자
신의 죄는 그리 컸다.

"흑, 으……."

앞에 둔 복숭아도 더는 먹지 못하고 나리는 고개를 떨구었다. 톡톡

떨어진 눈물방울이 비단 이불에 번졌다. 그때 침상 가까이에서 옅은 실바람이 일었다.

"내 신부님이 왜 또 이리 슬퍼하시나……."

한숨 섞인 다감한 목소리에 나리가 눈길을 돌리기도 전에 그의 손길이 먼저 나리에게 닿았다. 청연은 침상에 걸터앉아 나리의 어깨를 감싸 안았다.

"몸이 차도가 없어 속상하십니까?"

나리가 젖은 눈으로 멍하니 그를 보자 그는 미소를 머금고서 나리의 촉촉한 눈가를 어루만졌다.

"염려치 마세요. 어떻게든 그대의 몸이 나아지게 할 테니 울지 말아요."

"……."

"이 몸의 애가 달아 없어지겠습니다."

그의 걱정 어린 다정한 목소리가 귀에 감길 때마다 죄책감이 심장을 좀먹는다. 나리는 눈물을 톡 떨어뜨리며 그의 손에 살며시 얼굴을 기댔다.

"청연 님."

"예."

"저 좀 재워 주시어요……."

그의 걱정을 조금이나마 덜어 주려 나리는 옅게 눈을 휘며 속삭였다. 청연은 그런 나리가 안쓰러운 듯 웃으며 나리를 품에 안았다. 함께 침상에 누워 그녀의 등과 허리를 쓸어내리며 괜찮을 거라고 몇 번이고 속삭여 주었다. 부드럽게 달래는 그의 음성을 귀에 담으면서 나리는 속으로 그에게 말했다.

청연 님. 청연 님께서 괜찮다고 하시면 저는 정말 모든 게 괜찮은 것만 같은 심정입니다. 제가 거짓을 밝혀도 아무렇지 않게 지나갈 것만 같은 착각이 들고는 합니다. 염치도 없이 청연 님의 다정함에서 희망을 찾고는 합니다. 그게 불가능하리란 걸 알면서요…….

그의 품에 얼굴을 묻은 채 나리는 눈을 감았다. 다시금 새어 나온 눈물이 옆으로 도르르 흘렀다.

나리가 곤히 잠들었음을 확인한 후, 청연은 다감하게 머금었던 미소를 지우고 본래의 예민하고 날카로운 얼굴로 돌아왔다. 나리에겐 다시없을 감미로운 목소리로 괜찮다고 속삭여 주었지만, 청연은 사실 괜찮지 않았다. 시들시들한 그녀를 보며 그 역시도 속이 끓긴 마찬가지였다.

그녀는 일전에 불로의 술을 마셨다. 하늘에서 내려온 술까지 마셨는데 몸이 이리 아플 리가 없었다. 아니, 그 전에 신수의 땅에서 나고 자란 음식을 먹은 것만으로도 잔병치레조차 하지 않아야 하거늘, 그녀는 나날이 가냘파지고 위태로워지기만 했다.

차라리 불사의 술을 머금어 그녀의 입에 흘려 줄까. 하나 불로의 술과는 비교도 안 될 만큼 독하고 기운이 센 그 술을 약해질 대로 약해진 그녀의 몸이 받아들일 수 있을지도 확실치 않았다.

"하……."

이쯤 되니 전지전능에 가까운 신수로서의 삶이 모조리 부질없어지는 심정이다. 청연은 나리의 젖은 속눈썹을 지그시 바라보다가 입을 뗐다.

"연호야."

그의 부름이 끝나기가 무섭게 연호가 나리의 처소로 들어와 허리를 숙였다.

"부르셨습니까."

"매를 통해 서신을 보내거라."

청연은 연호에게 눈길도 돌리지 않은 채 말했다. 그의 시선은 오롯이 나리에게 박혀 있었다. 연호는 담담히 그를 보며 확인차 물었다.

"도사님을 말씀하시는 건지요?"

"그래."

"혹 신부님의 일로……."

대답 대신 천천히 고갯짓한 청연이 느지막이 연호를 돌아보며 말했다.

"신수의 땅에서도 어찌할 수 없는 병이라면 같은 인간이라도 불러 보아야지."

이윽고 청연이 허공에 두어 번 손짓했다. 그러자 공중에 푸른빛이 돌더니 이내 서신으로 바뀌어 연호의 앞으로 스르륵 흘러갔다. 연호는 서신을 정중히 받아 들고는 이만 나가 보라는 청연의 손짓에 다시금 허리 숙여 인사한 뒤 뒤돌았다.

* * *

도인은 연호가 서신을 보내고 사흘째 되는 날 아침 청연의 처소에 도착했다. 다행히 신수의 땅으로 통하는 길에서 멀지 않은 사찰에 잠시 묵고 있었던지라 제법 빠르게 올 수 있었다.

도인은 처소에 발을 디디자마자 청연에게 먼저 예를 올렸다. 마지막으로 만났을 적에 그에게 쫓겨나듯 신수의 땅을 벗어났던 일은 기억 속에 묻은 채였다. 그 당시엔 신수님의 뜻이겠거니 하며 겸허하게 받아들이고 다만 나리를 조금 걱정했을 뿐이었다.

그래도 신부님을 위해 나를 다시 부르신 걸 보면, 그때 그리 큰일은 없었던 거겠지.

그렇게 생각하며 도인은 청연과 함께 나리의 처소에 들어섰다.

"어르신……?"

나리는 도인을 보자마자 반갑고도 놀란 얼굴로 눈을 크게 떴으나, 도인은 그녀를 보자마자 멈칫하고 말았다. 그녀가 아프다는 소식은 들었지만 저리 스러질 것 같으리라곤 예상치 못해서였다. 하얗게 질린 얼굴과 생기가 사라진 눈동자, 더욱 작아진 몸피와 간혹 파르르 떨리는 손만 보아도 그녀의 상태가 심히 좋지 않음을 알 수 있었다.

도인은 청연이 흘긋 눈짓한 후에야 침상에 다가가 나리의 맥을 짚었다.

"······."

말없이 그녀의 맥박에 집중하던 도인의 얼굴에 일순 의아한 빛이 감돌았다. 도인은 잠시 멈추어 생각을 정리하는 듯하더니 더욱 신중하게 나리의 맥에 집중했다. 머지않아 손을 뗀 도인은 한층 심각한 표정이었다.

"혹 근래에 신부님께서 무리하신 적이 있는지요. 몸이 허약해진 탓에 기의 흐름도 전체적으로 미약하고 울증도 심하십니다."

울증이라니, 나리는 입술을 지그시 깨물며 고개를 숙였고 청연은 말없이 나리를 쳐다보았다. 도인은 조용히 청연의 눈치를 살피다가 설명을 덧붙였다.

"가슴이 답답하고 심적으로 힘겨워 생기는 병입니다. 그러니 이곳에서 나는 물과 음식을 먹어도 차도가 없던 것입니다."

"애초에 삼키지도 못하니 그럴 수밖에."

청연이 나지막이 읊조리자 도인이 걱정스러운 눈빛을 하곤 고갯짓했다. 나리는 청연과 도인을 번갈아 보다가 조심스레 입을 뗐다.

"청연 님, 저는 괜찮습니다. 정말 며칠만 지나면······."

"아니요. 괜찮지 않습니다."

"······."

"그대도, 나도, 괜찮지 않아요."

그의 목소리가 평소보다 낮은 듯해 나리는 죄스러운 얼굴로 입을 다물었다. 청연은 무언가 생각에 잠긴 채 잠시간 나리를 바라보았다. 나리

295

가 한 번 더 괜찮다고 입을 떼려던 순간 연호가 나타났다. 연호는 목 인사로 양해를 구한 뒤 심각한 얼굴을 한 채 청연에게 다가갔다.

"청연 님, 잠시……."

그의 귓가에 연호가 무언가 짧게 고했다. 무표정하게 연호의 말을 듣던 청연이 돌연 미세하게 눈썹을 비틀고는 이내 고갯짓했다.

"잠시 다녀올 테니 다른 아픈 곳은 없는지 다시 한번 살펴보거라."

청연은 도인에게 명한 뒤 나리를 향해 조용히 웃어 보이고는 밖으로 향했다. 연호와 둘이서만 나눌 이야기가 있는 듯했다. 청연이 처소에서 사라지고 나서야 나리는 떨리는 한숨을 작게 내쉬었다. 뒤늦게 도인을 향해 희미하게 웃으며 입을 뗐다.

"잘 지내셨는지요……."

나리가 조심스레 안부를 묻자 도인은 주름진 얼굴에 온화한 미소를 띠고서 답했다.

"저는 무탈하게 지냈으나 소저는 어찌 이리 고생이신지요."

"고생이라니 당치도 않습니다. 그저 여독이 오래 가서 그렇습니다."

"여독이라 하심은……."

"아……."

도인의 걱정을 덜어 주기 위해 그저 여독으로 피로하다고 했건만, 괜스레 말의 물꼬만 터 버린 것 같다. 나리는 멈칫 입을 다물었다가 이내 고개 숙이며 자그맣게 말했다.

"실은 얼마 전에 청연 님과 인간의 땅에 다녀왔습니다. 제가 전에 살던 곳을 그리워한다 여기셨는지, 궁에도 들르고……."

"……그러셨습니까."

도인은 그제야 나리가 아픈 이유를 알아채고 무거운 한숨을 내쉬었다. 그녀의 몸이 약해진 이유가 비단 그뿐만은 아니었으나 다른 원인은 아직 숨겨 두고서 도인은 담담히 물었다.

"궁에서 별일은 없으셨습니까. 이래저래 마음고생이 심하셨을 터인데……."

나리는 이제 숨길 것도 없다 싶었다. 이곳에서 유일하게 자신의 정체를 아는 도인이 아니던가. 슬프게 웃어 버린 나리가 장지문을 한 번 보고는 한층 작아진 목소리로 가만가만 말했다.

"전하께서 저를 따로 불러 제게 스스로 목숨을 끊으라 하셨습니다. 이레 후에 심장이 멈추는 독이니 청연 님의 의심을 사지도 않을 거라고 하시면서……."

잠시 놀란 표정을 짓던 도인이 의아하게 되물었다.

"한데 어찌 무사하게……."

"그것이…… 약을 먹기로 한 날 깊이 잠드는 바람에 약조한 장소에 가지 못하였습니다. 눈을 떴을 땐 새벽이었고, 약조한 시간도 한참 전에 지나 있었지요. 그때 청연 님께서 이제 돌아가지 않겠냐고 물으시기에 저는 그리하겠다 하였습니다."

"……."

"그래서…… 무탈하게 돌아올 수 있었습니다."

"……."

"왕명을 어겨 놓고도 이리 살아 있으니, 참 질긴 목숨이지요……?"

나리가 서글프고도 자조적인 미소를 지으며 읊조렸다. 나리의 이야기를 다 들은 도인은 어딘지 석연찮은 표정으로 생각에 잠겼다가 느지막이 말문을 열었다.

"청연 님께서 그 새벽에 갑자기 돌아가자고 하셨습니까?"

"예, 청연 님은 아예 잠들지 않았다고 하셨습니다. 이곳에서도 워낙 짧게 주무시는 분이니……."

"제 말은 그런 뜻이 아닙니다."

도인은 고개를 가로저었다. 턱 끝을 만지며 입을 굳게 다물었다가 이내 심각한 얼굴을 하곤 목소리를 낮추었다.

"소저, 어쩌면 청연 님은 이미 알고 계실지도 모릅니다."

"……."

"이 땅에서 가장 오래 산 신수님이십니다. 소저가 숨긴 것을 다 알고
계실지도 모릅니다. 그게 아니라면 하필 그 새벽에……."

나리는 가만히 도인을 쳐다보다가 머지않아 눈을 내리깔고 슬프게
웃으며 고개를 저었다.

"아니요. 그럴 리가 없습니다."

"……소저."

"제가 새벽에 깨어나 별안간 우니까 이제 돌아가고 싶어 한다 여겨
그러셨을 겁니다."

나리도 도인이 말한 것을 바란 적이 있었다. 그가 타인의 마음을 읽
을 수 있어서 자신의 거짓을 다 꿰뚫고 있기를 바란 적이 있었다. 터무
니없는 바람임을 알면서도, 이루어지지 않으리란 걸 알면서도.

"그리고 만약 알고 계신다면 저를 이리 살려 두진 않으셨겠지요. 한
낱 궁녀인 저를 그리 다정하게 안아 주시고 거짓을 일삼는 저를 그리
어여쁘게 여겨 주진 않으셨을 겁니다. 절대로……."

말하다 보니 자신의 처지가 다시 실감 나 나리는 쓸쓸하게 웃었다.
그 미소가 몹시도 허망해 보여 도인은 잠시 말을 아꼈다. 이윽고 나리
가 가라앉은 공기를 거두려 애써 밝은 목소리로 말을 돌렸다.

"어쨌든 어르신께서 강녕하시어 다행입니다. 그때 저 때문에 화를 입
으신 줄 알고 얼마나 걱정했던지요."

도인은 깊은 눈으로 나리를 보며 인자하게 웃었다.

"그땐 눈을 뜨니 산 경계였습니다. 큰 탈도 없었지요. 저야말로 소저
에게 괜한 걱정을 끼쳐 드렸습니다."

"아닙니다."

작게 손사래를 친 나리의 말을 끝으로 잠시간 침묵이 흘렀다. 도인은 미소를 지우고 조금은 심각한 얼굴로 장지문을 한 번 보았다. 누가 가까이 있나 확인하는 모양새였다. 나리는 도인의 미묘한 행동에 의아하게 그를 쳐다보았다. 이윽고 도인이 결연한 눈빛을 한 채 목소리를 낮추었다.

"혹 소저의 몸 상태를 소상히 아시는지요?"

들릴 듯 말 듯 낮은 목소리에 나리도 덩달아 목소리를 죽였다.

"어떤 상태를 말씀하시는 건지……."

"잠이 길어지고 깨어나기 힘들다거나, 식사를 삼키기 어렵다거나 냄새도 맡기 힘들다거나 하신 적이 있습니까."

요 며칠 나리를 지켜본 것처럼 도인이 증상을 정확히 짚어 냈다. 나리는 무언가 예감한 듯 말없이 도인을 쳐다보았다. 나리의 침묵을 긍정이라 여긴 도인이 조용히 말을 이었다.

"청연 님 앞에선 일부러 말을 아꼈습니다. 어쨌든 소저가 먼저 알아야 할 것 같아서……."

"……."

"회임하셨습니다."

"……."

"아기를 가지셨습니다."

그녀의 안색을 살피며 도인이 한 번 더 단언했다. 나리는 놀란 기색도 없이, 그저 고요히 멈추어 있었다. 그러나 가느다란 손은 절로 배를 향했다. 아직은 납작하기만 한 배에 조심스레 손을 올린 나리가 서글프게 웃으며 고개를 끄덕였다.

"그럴 것 같았습니다……."

도인은 조금 놀란 얼굴로 그녀를 보았다. 심신이 약해질 대로 약해진 나리가 혹 충격을 받을까 봐 단단히 마음먹고 말했건만, 그녀는 이미 가늠하고 있었다는 듯 담담했다. 그저 너무나 슬프게 미소 지으며 눈길을 떨굴 뿐이었다.

"몸이 이리 힘겨운 게 비단 마음의 병 때문만은 아니겠지요……."

나리는 제 몸이 심상찮음을 인지하고 있었다. 한 며칠은 여독과 마음의 병 때문에 이리 아프다고 여겼으나 며칠 더 지나 보니 다른 원인이 있을지도 모른다는 생각이 들었다.

인간의 땅에서 힘겹기만 했던 식사는 신수의 땅에서도 마찬가지로 힘겨웠다. 그의 영역에 돌아온 뒤로 헛구역질은 한층 심해졌다. 가만히 있어도 속이 울렁거리고 내장이 뒤집히는 듯했다. 가슴이 꽉 죄었다가 텅 비었다가 정신없기도 했다. 그 모든 것이 진정 마음이 괴로워서일 뿐일까. 그럴 리 없었다.

그러나 아무리 예상했다 한들, 그저 가늠만 하는 것과 진실로 확답을 받는 것은 실로 무게가 달랐다. 나리는 심장의 통증이 더욱 심해짐을 느끼며 잠시 눈을 감았다.

"저, 어르신……."

가슴을 지그시 누르며 한숨을 내쉰 뒤 도인에게 애써 웃어 보였다.

"청연 님께는 비밀로 해 주십시오."

도인도 심경이 어지러운지 복잡한 한숨을 내쉬었다.

"소저가 그리 부탁한다면 말을 아낄 터이나, 아시다시피 회임은 숨긴다고 숨겨지지 않습니다. 한 계절만 지나도 몸이……."

"아니요. 숨기려는 게 아닙니다. 제가 직접 말씀드리고 싶어서 그럽니다."

"……."

"전부 다…… 제가 말씀드리려고 그럽니다."

나리의 청아한 얼굴에서 서글픈 다짐이 엿보여 몹시도 가련했다. 도인은 나리의 말뜻을 이해했다. 그녀가 위험하고도 아픈 다짐을 했다는 것도. 깊은 한숨을 내쉰 도인이 어쩔 수 없다는 듯 웃었다. 그 미소엔 나리가 부디 평안하길 바라는 위로도 담겨 있었다.

"감사합니다, 어르신……."

나리는 감사 인사에 다시금 비밀을 안겨 드려 죄송한 마음을 더해 도인에게 고개 숙였다. 가냘픈 손은 여전히 배에 닿아 있었다.

"요괴?"

청연은 나리의 처소에서 멀찍이 떨어진 담 아래에 서서 연호를 돌아보며 다시 물었다. 연호가 고개를 끄덕이며 대화를 이었다.

"예. 처소 근처의 영역으로 들어오진 못하나 산 초입과 중턱에선 심심찮게 보입니다. 서쪽 산의 요괴인 데다가 호랑이의 흔적도 남은 걸 보니 아무래도 산군님이 벌인 일 같습니다."

"산을 호령하는 범이라는 놈이 배포는 고양이와 다를 바 없구나. 영물을 다스리지는 못할망정 요괴를 슬하에 두고 한심한 짓을 하다니……."

가벼운 한숨을 섞어 읊조린 청연이 한쪽 입술을 올린 채 조소했다.

"어찌할까요?"

"내버려 두어라. 고작 시답잖은 요괴잖느냐. 나와 가까워지기만 해도 피가 터져 숨이 끊길 것들이지."

고작 그런 놈들을 데리고 무슨 짓을 할까. 청연이 흥밋거리도 안 된다는 양 말하자 연호가 조금 더 낮은 소리로 덧붙였다.

"하오나 호랑이들이 숨죽이고 다가오는 게 이상합니다. 산을 헤집지도 않고 영물을 해하지도 않는 것이 평소와는 확연히 다릅니다."

"연호야."

"예."

청연이 피식 웃으며 입을 떼자 연호가 짧게 답했다.

"네 형님이 살아 있기를 바라느냐?"

"……."

"네 아비의 유언대로, 내가 그놈을 살려 두길 바라느냐?"

"아닙니다."

연호가 단호히 대답하자 청연은 만족스럽게 고갯짓하며 나른히 말을 이었다.

"그놈이 또 한 번 버릇없이 기어오르는 날엔 네 아비와의 약조를 깨트릴 거란다. 그러니 걱정하지 말 거라."

청연의 말에 살육에 관한 단어는 한 마디도 없었으나 속에는 잔혹한 뜻이 담겨 있었다. 그 뜻을 알기에 연호는 그저 충심 있게 고개를 한번 숙였다. 그때 마침 멀리서 도인이 그녀의 처소에서 나왔다.

"대화 중이셨습니까."

도인이 목 인사와 함께 정중히 묻자 청연이 이제 끝난 참이라며 손을 한 번 내저었다.

"신부는?"

도인을 지그시 쳐다보며 청연이 물었다. 도인은 근심 어린 얼굴을 하고서도 덤덤하게 답했다.

"신부님의 처소에서 말씀드린 대로입니다. 이 신성한 땅에서조차 몸이 상하실 정도이니 제가 가져온 약재도 하등 소용없을 것입니다."

"달리 짐작 가는 것도 없더냐?"

"예. 신부님께서 워낙에 말을 아끼시는지라, 당장은 울증 말고는 달리……."

도인이 송구하다는 듯 말끝을 흐리자 청연은 긴 숨을 내쉬었다. 예민한 듯 무표정한 청연의 얼굴은 어딘지 미묘한 빛을 띠고 있었다. 도인은 예바르게 고개 숙이며 말을 덧붙였다.

"지금은 기력을 찾는 게 우선이라 속이 안정되는 향을 피워 드렸습니다. 식사는 어렵지 않으실 겁니다. 후에도 헛구역질로 힘겨워하시면 향을 다 태운 후에 드시고 싶어 하는 음식을 올려 주십시오. 마음은 어찌할 수 없으나 몸은 차도가 있을 것입니다."

그녀의 비밀을 함께 짊어진 도인으로선 그만큼이 최선의 답변이었다. 인간 사내라면 도인의 처방에 회임을 떠올릴 수도 있었겠지만, 그는 다행히도 신수였다. 애초에 인간의 형상이 아닌 뱀으로 태어났으니 인간의 회임에 관해 소상히 인지하고 있진 않을 터였다.

게다가 그녀는 아직 회임 초기인 데다가 지독한 울증으로 몸도 엉망이니, 아무리 신수님이라 한들 맥을 짚어 보지 않고서야 그 미약한 생명을 눈치챌 리 없었다. 그 사실이 다행인지 불행인지 모르겠다고 생각하며 도인은 입을 굳게 다물었다.

"결국은 마음을 풀어 드리는 수밖에 없다는 말이구나."

청연이 혼잣말처럼 나지막이 중얼거렸다. 청연의 낯에 그늘진 근심을 보고 있노라니, 도인은 나리가 회임한 사실을 그에게 알릴까 싶은 마음이 들기도 했다. 나리에게 피워 준 향도 회임한 여인들에게 몹시 도움이 되는 향이라고 말씀드릴까 싶었다. 청연의 근심이 가라앉고 그녀도 마음의 짐을 덜 수 있게.

오랜 세월 살면서 감정의 흠집 한번 비치지 않은 청연의 도자기 같은 얼굴에 근심을 드리운 그녀를 신수님이 쉽게 죽일 것 같지도 않았다. 잔인하신 만큼 너그럽기도 한 신수님이 아니던가.

하나 그 또한 자신의 오만한 생각이 아닌가 하여 도인은 끝내 말을 아꼈다.

"향은 가져온 전부를 두었습니다. 이 땅에서 나가면 곧장 향을 더 만들어 둘 터이니 며칠 후에 심부름꾼을 보내 주십시오."

"아니, 그럴 필요 없다."

청연은 단호하게 거절했다. 그녀가 식사라도 제대로 하려면 필시 향이 필요할 터인데도. 의아하게 마주 보는 연호와 도인의 낯에 당혹스러운 기색이 스쳤다. 그러나 청연은 무언가 생각을 끝낸 듯 미소까지 머금은 채였다. 나리의 처소를 바라보며 청연이 말했다.

"그깟 향에 기대어서야 어찌 지아비 노릇을 할까."

"……."

"내 신부의 마음이니, 이 몸이 달래 주어야지."

그녀는 여전히 애처롭게 말라 가고 있었으나 청연은 그 또한 다 해결할 수 있는 것처럼 평온해 보였다. 신수님이 그리 말하시면 무슨 방도가 있긴 할 터였다. 그러나 그 방도가 뭔지 알 길 없는 연호와 도인은 그저 조용한 고갯짓으로 청연의 말에 수긍할 뿐이었다.

"소저, 저는 이만 가 보겠습니다. 나오지 마십시오."

문밖에서 도인의 점잖은 인사가 넘어온다. 곧장 발소리가 멀어지는 걸 보니 도인은 인사를 올리고 바로 길을 떠난 듯했다. 나리는 장지문을 가만 쳐다보다가 기척이 완전히 사라지고 나서야 다시 배를 어루만졌다.

"감사하다고 한 번 더 말씀드렸어야 했는데……."

이미 한번 자신의 비밀을 도인에게 함구해 달라 했는데, 염치도 없이 또 다른 비밀까지 짐으로 얹어 주고 말았다. 나리는 속으로 도인을 향한 사죄와 감사를 되새기며 옅은 한숨을 내쉬었다. 조용한 처소를 눈치 보듯 휘 보고는 배를 내려다보며 입을 뗐다.

"아가……."

들릴 듯 말 듯 몹시도 작은 소리로 배 속의 생명을 불러 보았다. 괜히 웃음이 나면서도 가슴이 바늘에 찔린 것처럼 따끔따끔 아프다. 나리는 입술을 깨물며 스르르 눈을 감았다. 엷게 드리웠던 미소는 눈물에 금세 가려졌다.

"어떡하지……."

상황이 갈수록 나쁜 쪽으로 치닫는다. 이보다 더 나빠질 수는 없을 것처럼 나리를 몰아세웠다. 도인에게는 신수님께 모든 걸 말하리라고 이야기했으나 무서웠다. 서로의 마음이 닿은 면적만큼 그가 실망하리라 여기니 숨이 턱 막혔다. 그 아름다운 얼굴과 검푸른 눈동자가 상처로 금이 나는 모습을 상상만 해도 심장이 저렸다.

차라리 자신만의 목숨이면 이 가슴이 저미는 고통도 감내하고 그에게 말하겠건만, 이젠 나리 자신만의 목숨이 아니라 세상의 빛도 보지 못한 아가의 생명까지 걸려 있었다. 그것도 몹시 연모하는 그의 아이가, 심장이 아릴 만큼 사모하는 그와 자신의 아이가.

나리는 고개를 떨구고서 오래도록 숨죽여 흐느꼈다.

* * *

늦은 점심을 먹은 후 나리는 오랜만에 침상에서 일어나 처소 밖으로 나섰다. 함께 가려는 여우들에겐 잠시만 홀로 있게 해 달라고 부탁했다.

뒤뜰로 향하는 나리의 걸음마다 은은한 향내가 풍겼다. 비단옷에도 도인이 주고 간 향 내음이 배어 있었다. 오늘 태운 향이 마지막이었다. 이젠 더 피울 향도 없었지만 나리는 괜찮았다. 그간 그 향 덕분에 그나마 미음이라도 한 그릇 비울 수 있었고 이제는 되직한 죽도 먹을 수 있었다.

비단 향 때문이 아니더라도 나리는 스스로 음식을 삼키고자 노력했다. 이젠 혼자만의 몸이 아니지 않은가. 자신이 먹지 않으면 죄 없는 아가도 굶주릴 텐데 식사를 거를 순 없었다.

오늘 간만에 뒤뜰에 나선 것도 본능에 가까웠다. 침상에 누워만 있으면 나을 몸도 다시 상할 테고, 아가도 함께 아플 테니 말이다.

"하아……."

나리는 뒤뜰의 넓고 보드라운 풀밭에 서서 먼 산을 보았다. 늦은 오후의 햇살은 따사로웠다. 그런데 마음엔 어찌 이리 찬바람만 불까.

습관처럼 배에 손을 올리며 나리는 톡 시선을 떨구었다. 도인이 다녀간 후부터 몸은 점차 나아지는데 가슴속은 계속 황폐해지기만 했다. 다정히 미소 띤 그를 볼 때마다 왈칵왈칵 울음이 치솟고는 했다. 그런 자신이 답답할 텐데도 그는 늘 아무것도 묻지 않고 품에 보듬어 안아 주었다. 그때마다 나리는 생각했었다.

아가가 태어날 때까지만 입을 다물까. 이리 다감하신 분인데 그의 핏줄인 아가만은 살려 주지 않을까. 나는 죄를 지었다 한들 아가는 죄가 없는데…….

반대로 그런 생각도 들었다.

아니다. 차라리 아기가 아무것도 모를 때, 아예 태어나지 않아서 고통도 느끼지 못할 때 숨이 끊어지면 괴로움도 모르지 않을까.

양쪽을 두고 몇 날 며칠을 홀로 괴로워했건만 답은 나오지 않았다. 홀연히 찾아온 새 생명을 기뻐하지는 못할망정, 이런 걱정만 하여 배 속의 아가에게 죄스러울 뿐이었다.

미안해, 아가. 귀한 분의 핏줄인데 내가 이리 미천한 몸이라 너까지 힘겹게 하는구나…….

끝에는 결국 자책이 뒤섞인 비통한 사죄만 오물처럼 남아 있었다.

마침 산바람이 불어와 나리는 눈을 살짝 감았다. 몹시도 맑고 청아한 바람이 아픈 마음을 달래 주듯 나리를 어루만졌다. 바람은 기분 좋게 선선했으나 혹여 아가에게 안 좋을까 나리는 양손을 모두 배 위에 포개어 올렸다.

그때 나리의 어깨에 돌연 푸른 도포가 부드러이 감겼다. 나리가 흠칫 고개를 들자 자신의 도포를 그녀에게 덮어 준 청연이 나긋이 눈을 휘고 있었다.

"몸이 제법 기력을 찾으셨나 봅니다. 이리 산책까지 나오신 걸 보니."

웃음 띤 소리로 속삭인 청연이 도포에 폭 감싼 나리를 사뿐히 안아 들었다. 나리는 뭐라 말할 새도 없이 무심코 그의 어깨를 꼭 붙잡았다. 청연은 짧게 웃으며 나리를 고쳐 안고 뒤뜰을 천천히 거닐었다.

"제가 걸을 수 있습니다. 청연 님 말씀처럼, 몸도 괜찮아졌고……."

나리가 입술을 달싹이며 웅얼거리자 청연은 조용히 입술을 휘었다.

"바람에 날아갈까 걱정이 되어 그럽니다."

그의 느린 걸음마다 옅게 흔들리는 몸은 되레 안정적이었다. 익숙한 그의 품도, 낮고 부드러운 목소리도, 나리에겐 모두 편안하고 안정적으로 와닿았다.

바람에 날아가다니, 그럴 리가 없는데…….

그의 말을 되새기며 나리는 잠시나마 옅게 웃었다. 일전에 궁에서도 그는 자신을 이리 안아서 공주의 화원을 거닐었었다. 자신이 그에게 말하지 못한 아픈 속내를 부드럽게 어루만져 주듯이.

그때의 기억을 떠올리니 다시금 눈두덩에 아릿한 열이 오른다. 나리는 눈물을 참으려 얼른 고개를 숙였다.

"오늘따라 날이 좋습니다."

그의 말처럼 햇볕은 따뜻하고 실바람은 선선했다. 산으로 둘러싸인 그의 처소는 고요하니 평화로웠고 그의 발걸음마다 사박사박 가벼운 풀 소리가 났다.

"이곳은 언제나 날이 좋은걸요……."

"그렇긴 하지요."

웃으며 답하는 그를 포함하여 모든 것이 평온해서일까. 나리는 함부로 훗날을 떠올렸다. 아주 먼 훗날, 자신이 만약 살아 있다면, 그때도 그에게 이리 아이처럼 안겨서 함께 뜰을 거닐고 있을까. 아니면 양쪽에서 아이의 손을 잡고 아름다운 화원을 함께 산책하려나. 아이를

307

안은 채 미소 짓는 그를 상상하는 것만으로도 행복에 겨워 눈물이 맺혔다.

청연 님의 훗날에도 내가 있을까. 비밀을 밝히고도 청연 님을 잃지 않을 수 있을까. 이 의문의 답을 알려면 그에게 진실을 고하는 수밖에 없는데…….

그 순간 나리는 가슴속의 아슬아슬한 무언가가 톡 끊어짐을 느꼈다. 결정의 때는 원래 이렇게나 갑작스레 찾아오는지, 더는 끌면 안 된다는 생각만 머릿속에 차올랐다.

눈물겹게 행복한 상상을 하니 지금 처한 상황이 더욱 황폐하게 느껴졌는지도 모른다. 비밀을 지닌 채 목숨을 부지한다고 한들 살아도 사는 게 아님을 깨닫고 만 것이었다. 이젠 끝내고 싶었다. 나리는 입술을 깨물고 눈을 한번 꽉 감았다가 떴다.

"청연 님……."

나리가 떨리는 목소리로 작게 부르자 청연이 고개를 비스듬히 기울이며 눈을 휘었다. 어떤 말이라도 너그럽게 들어 줄 것만 같은 그 미소. 나리는 숨을 꿀꺽 삼키고 다시 입을 열었다.

"저 청연 님께 드릴 말씀이 있습니다."

"신기하네요."

"예……?"

"저도 그대가 몸이 나아지면 하고픈 말이 있었는데……."

말끝을 느슨히 늘어뜨린 청연이 나리를 향해 싱긋 미소 지었다.

"그러나 지금은 그대의 말을 먼저 들어야겠습니다. 그러면 제가 하고픈 말은 아예 필요치 않을 듯하니……."

청연의 답은 무언가 아는 듯 모르는 듯 모호했으나, 나리는 기대하지 않기로 했다. 그저 이 충동적인 용기가 사그라지기 전에 비밀을 고하겠다는 다짐만 되뇌었다. 나리는 조심스레 그의 품에서 내려와 그를 마주

보았다. 절로 떨리는 목소리를 가다듬으며 입을 뗐다.

"청연 님, 어디서부터 말씀드려야 할지 모르겠으나 저는 사실……."

그때였다. 돌연 앞뜰에서 소란스러운 소리가 나더니 거대한 짐승의 포효가 지축을 흔들었다. 포효는 마치 청연에게 도전하는 듯이 위협적이었다. 나리는 눈을 크게 뜨고서 창백하게 식은 얼굴로 소리가 난 곳을 보았고 청연 역시 순식간에 차갑게 식은 눈동자로 같은 곳을 보았다.

앞뜰에 무슨 일이 일어난 게 분명했다. 이때까진 선선하고 맑던 공기가 무겁고 이질적으로 피부에 와 닿았다. 나리가 눈도 깜박이지 못한 채 더듬더듬 그의 도포 자락을 잡았다.

"하……."

청연은 날카로운 웃음을 터뜨리며 긴 한숨을 내쉬었다. 하필 이 시간을 방해한 이를 갈기갈기 찢어 버리려는 듯이.

"청연 님, 앞뜰에, 웃……!"

나리가 말을 끝내기도 전에 청연이 그녀를 확 당겨 안고서 이동했다. 눈을 떴을 때 나리는 그의 처소 안이었다. 나리가 놀란 마음을 진정시킬 틈도 없이, 청연은 나리의 뺨을 어루만지며 괜찮다는 듯 눈웃음 지었다.

"잠시 기다리세요. 나오지 말아요."

곧장 청연은 눈앞에서 사라졌고 나리가 그에게 다급히 뻗은 손은 허공만 힘없이 움켜잡았다. 나리는 쿵쿵 뛰는 가슴을 꽉 누르며 굳게 닫힌 입구를 바라보았다.

크르르, 사나운 맹수의 위협이 문밖에서 들렸다. 그것도 여러 마리의 짐승 소리가. 나리는 더듬더듬 배를 감싸고는 몸을 작게 웅크렸다. 불안한 탓인지 호흡이 힘겨웠다. 좋지 않은 예감이 나리를 점차 잠식하기 시작했다.

처소를 가로막은 채 앞뜰에 선 연호는 굳은 낯으로 정면을 노려보고 있었다. 짐승의 모습인 여우들 역시 이를 드러낸 채 연호와 같은 곳을 날카롭게 노려보았다. 그들의 앞에 마주 선 호랑이들도 이를 드러냈다. 사납게 위협하는 범들 사이로 기골이 장대한 사내가 여유롭게 나타났다. 산군이었다.

"오랜만이구나, 아우야."

과장된 몸짓으로 팔을 벌린 산군이 건방지게 웃었다. 산군의 조롱에 연호는 미간을 찌푸렸다. 몸의 긴장을 놓치지 않고 산군을 향해 말했다.

"산군께서 이무기님의 처소까진 어인 일이십니까. 그것도 이리 많은 수하를 거느리시고."

연호의 말엔 감히 그의 공간에 겁도 없이 들이닥쳤느냐는 속뜻이 담겨 있었다. 산군은 연호의 속내를 알면서도 너그러운 척 대답했다.

"뱀의 처소에 뱀을 만나러 오지 다른 뜻이 있겠느냐. 오늘은 내 그놈에게 할 말이 있어서 왔다."

"돌아가십시오."

"비키거라."

"목숨이 아깝지도 않으십니까."

연호가 한 치의 망설임도 없이 단호하게 말했다. 산군은 이를 으득 갈며 비열하게 입술을 비틀었다.

"아버님을 놓아주지 말았어야 했구나."

순간 연호의 낯에 불쾌한 기색이 스쳤다. 산군은 이를 놓치지 않고 만면에 더욱더 비틀린 미소를 지으며 말을 이었다.

"그때 아버님의 숨통을 확실히 끊어 놓고 네놈도 죽였어야 했는데."

"산군."

"너덜너덜한 몸으로 여기까지 기어 와 네놈을 맡길 줄 알았더라면, 네가 주제도 모르고 내게 이리 대들 줄 알았더라면 말이다."

연호가 이를 꽉 깨물었다. 당장에라도 백호로 변하여 달려들 것처럼 화가 몸에 절절 흘렀다. 산군 또한 당장 거대한 범으로 변모할 듯이 연호를 노려보았다. 활시위처럼 팽팽한 긴장이 흘렀다. 누구 하나 한 발자국이라도 떼면 처참한 살육극이 벌어질 것이었다.

"오늘이야말로 네놈을……."

기어이 산군이 먼저 한 걸음 내디디려는 순간 그들 사이의 공기가 이질적으로 깨졌다. 연호와 산군은 일순 뒤로 물러났다. 곧 청연이 푸른 도포를 휘날리며 나타났다.

"하……."

청연은 피곤한 한숨을 내쉬며 침입자를 확인하고는 어이가 없다는 듯 짧게 웃었다. 그 싸늘한 웃음소리가 마치 칼처럼 몸을 찌르는 듯하여 호랑이들이 잠시 움츠러들었으나, 이내 더욱 전투적으로 이를 드러내며 유약함을 숨겼다.

"도대체가……."

시뻘건 잇몸을 드러내는 수많은 범을 보면서도 청연은 느긋했다. 그는 산군을 향해 혀를 차며 말했다.

"버릇없기가 도를 지나치는구나, 사호야."

산군의 이름을 부르는 청연의 목소리는 퍽 너그러웠다. 그러나 산군은 알고 있었다. 자신이 산군이 된 후로 저 뱀은 자신을 단 한 번도 산군이라 명하지 않았음을. 늘 우위에 선 태도로 '사호야' 하며 이름을 부르는 것은 자신을 산군으로 인정하지 않음을 적나라하게 의미한다는 걸.

천신께서도 별말 없이 인정한 산군 자리를 저리 무시하다니. 저런 놈에게 전대 산군들이 대대로 머리를 조아렸다니. 아무리 용이 될 신수라고 한들 승천할 여의주가 없으면 그저 구렁이일 뿐이었다. 한낱 다리도 없는 구렁이가 어찌 범을 이긴단 말인가.

산군은 굳은 낯을 풀고 이내 한쪽 입술을 비틀어 올리며 고개를 쳐들었다.

"찾으려 애쓸 필요도 없이 알아서 나타났구나."

"들고양이가 겁도 없이 담을 넘어왔으니 어여삐 쓰다듬어 다시 돌려보내야 하지 않겠느냐."

하찮은 짐승을 대하듯 청연이 나른히 읊조리며 입술을 올렸다. 산군은 치밀어 오르는 분노를 가라앉히려 이를 꽉 물었다. 이무기의 조롱에 말려들어 일을 그르칠 수는 없었다.

"그래, 내게 할 말이 있다지?"

청연이 은혜를 베풀어 너그러이 물었다. 산군은 더는 앞뒤 잴 것 없이 본론을 던졌다.

"긴말 않겠다. 여의주를 내놓아라."

고작 범 몇 마리 데리고 와서는 여의주를 내놓으라니, 예상은 했건만 들을 때마다 버릇없고 무모하기 짝이 없는 요구였다. 청연은 짧은 웃음을 터트리며 고개를 치켜들었다.

"아가, 다루지도 못할 힘에는 손대는 게 아니란다. 아비를 죽여 서쪽 산을 차지하고도 어찌 그리 탐욕을 버리지 못하느냐."

마치 아이를 달래는 투로 비웃는 청연을 보며 산군은 주먹을 꽉 쥐었다. 돌덩이 같은 주먹이 분노로 떨렸다. 그러나 산군은 도전적인 미소만은 거두지 않은 채 음산하게 대꾸했다.

"아니. 그딴 구슬 나는 필요 없다. 여의주는 네가 보는 눈앞에서 밟아 없앨 것이다. 그리고 가장 오래 산 신수라는 이유만으로 감히 이 땅에 군림하려 드는 네놈도 죽일 작정이지."

청연은 흥미롭게 산군을 쳐다보았다. 산군이 말을 계속했다.

"승천도 못 한 채 죽은 네놈의 비늘을 벗겨 온 천지에 뿌릴 것이다. 온갖 벌레와 미물이 네 썩어 가는 비늘을 무자비하게 밟고 다니도록 해 주마."

산군의 눈동자는 점차 광증이 어려 번들거렸다. 변함없이 고요한 미소를 띠고 있던 청연은 산군의 말이 끝나자 눈을 감으며 피식 웃었다.

"너는 그때도 오늘도, 한 치의 가능성도 없는 일에 악다구니를 쓰며 이 몸의 하루를 방해하는구나. 내 자비는 그날이 마지막이었건만……."

청연은 나지막이 읊조리며 감았던 눈을 서늘하게 뜨고 산군을 쳐다보았다.

"그래, 숨이 끊어질 각오는 하고 왔겠지?"

그의 서느런 경고를 듣자 산군은 씨익 이를 드러냈다. 이제야 계획한 상황의 물꼬를 튼 것처럼 건방진 웃음을 지으며 눈을 번뜩였다.

"나도 몸 성히 돌아갈 생각은 없다. 하나 만에 하나라도 여기서 내 숨이 끊어질지도 모르니, 그 전에 네놈에게 뭐 하나 알려 주지."

산군은 이상하리만치 자신만만한 태도였다. 무언가 믿는 구석이 있는 것처럼. 청연은 무표정하게 산군을 주시했다.

"얼마 전 인간의 땅에 선녀가 강림했다더군. 마른하늘에 비를 불러왔다던가? 하나, 이 땅에 갑자기 폭우를 부를 수 있는 건 선녀가 아니라 네놈이지."

"……."

"정체 모를 여자와 함께 있던 네놈 말이다."

그때 첩자가 붙었군. 청연은 대수롭지 않게 저잣거리의 제사를 떠올렸다.

"그 여자는 누구길래 본인을 제외한 모든 생명을 발끝으로 보는 네놈과 함께 있었을까. 진짜 선녀는 아닐 텐데 말이야."

산군이 빈정거리는 투로 그의 심기를 건드리려 했으나 청연은 무심한 눈동자로 산군을 응시하기만 했다. 어떤 감정의 기색도 비치지 않는 청연의 고고한 얼굴을 노려보며 산군은 속으로 이를 갈았다. 이내 언짢은 표정을 갈무리한 산군이 말을 이었다.

"궁금하던 참에 얼마 전 네놈의 땅에 늙은 인간이 하나 들렀다더군."

비릿하게 웃은 산군이 손짓했다. 머지않아 저 뒤에 있던 범이 피투성이가 된 인간을 질질 물고 와 청연의 앞에 내던졌다. 연호와 여우들의 눈이 당혹스럽게 식고 청연은 미세하게 눈썹을 비틀었다.

"청, 연 님······."

바닥에 늘어진 채 쿨럭쿨럭 핏물을 토하는 인간은 며칠 전 나리를 돌보아 주고 산을 떠난 도인이었다. 그의 상태는 몹시 처참했다. 도사로서 심신을 단련하였기에 그나마 숨이 붙어 있었지 범인이었다면 곧장 죽었을지도 몰랐다.

"내가 멍청해서 네놈의 숨결에도 죽는 요괴를 네 영역에 풀어놓은 줄 알았더냐?"

산군이 바닥에 널브러진 도인을 발로 툭 차며 조소했다. 청연은 시답잖은 요괴로 자신을 도발하던 산군의 속내를 가늠했다. 혹여나 자신의 약점을 잡을 수 있을까 하여 조무래기들을 풀어놓았고 하필이면 그 삿된 것들이 하산하는 도인을 발견하곤 산군에게 알려 준 것이다.

그리고 산군은 곧장 인간의 땅에서 도인을 찾아냈다. 도인은 신수의 땅으로 통하는 길에서 멀지 않은 사찰에 머물고 있었으니 찾아내기도 쉬웠을 것이다. 아무리 도인이라 한들 집채만 한 산군을 당해 낼 리 만무했다.

"죽을죄를, 지었습니다. 청연 님. 헉, 제자가, 제자의 목숨이 위태로워서 그만······."

청연에 관해서는 목에 칼이 들어와도 입을 열지 않을 도인이었으나, 죄 없는 제자의 목숨을 걸고 협박하니 어쩔 도리가 없었을 터였다.

무식한 짐승치고는 머리를 썼군.

청연은 긴 숨을 내쉬곤 산군을 향해 눈길을 돌렸다.

"그래, 알려 줄 것은 그게 끝이더냐?"

"……."

"네가 머리를 굴려 내게 여인이 있음을 알아챈 것?"

"아니, 이제 시작이다. 네놈도 모르는 비밀을 내 친히 알려 주지."

산군은 야비하게 웃으며 턱을 치켜들었다. 한층 커진 목소리는 처소 구석구석까지 닿을 듯 우렁찼다.

"네놈이 품에 고이 숨긴 그년이 선녀라고? 하! 인간들이란 그리 모자라고 멍청하지."

산군이 천박한 어투로 그녀를 지칭하자 무심했던 청연의 눈동자가 눈에 띄게 서늘해졌다. 스멀스멀 차가운 기운이 퍼짐을 느낀 산군이 더욱 비열하게 웃었다.

"인간 우두머리의 딸? 공주? 그것도 아니다. 안 그래도 미천한 인간, 그중에서도 천것이 네놈이 품은 그년이다."

거의 고함을 내지른 산군의 눈길이 청연을 교묘히 비껴 그의 뒤쪽을 향했다. 산군은 입매를 비틀고는 그의 뒤를 향해 이죽거렸다.

"저리 하찮은 여자를 신부로 맞이했으니, 신수의 꼭대기에 군림한다는 이무기의 꼴이 우습구나."

순간 그의 등 뒤에서 젖은 숨을 삼키는 가냘픈 소리가 났다. 청연은 천천히 뒤를 돌아보았다. 거기엔 다급히 달려 나온 듯 보이는 나리가 혼백이 사라진 얼굴로 눈물을 떨어트리고 있었다. 벌어진 입술이 바들바들 떨리고 혼란스러운 낯은 창백하게 질려 있었다.

"나오지 말라고 제가……."

청연이 그녀 쪽으로 몸을 틀며 읊조리자 나리가 흠칫 뒷걸음질 쳤다. 청연은 순간 말을 멈춘 채 눈썹을 비틀었다. 나리는 정신이 나간 사람처럼 숨을 두서없이 몰아쉬며 그에게서 주춤주춤 멀어졌다.

거기 멈춰. 더 움직이지 마.

청연은 혀끝에 걸린 말을 뱉어 낼 생각도 못 한 채 무의식적으로 손을 뻗었다. 반쯤 올라온 청연의 손을 보자마자 그녀는 더욱 몸을 움츠리며 뒷걸음질 쳤다. 그의 손은 허공에서 우뚝 멈추었다. 이윽고 그녀가 입술을 깨문 채 얼굴을 일그러뜨리며 울먹이더니 무너지듯이 몸을 돌려 순식간에 달음박질쳤다.

그의 앞에서, 등을 보이고 멀어졌다.

이때다 싶어 그에게 달려들던 범들이 돌연 허공을 가른 그의 손짓 한 번에 와르르 뒹굴고 밀려났다. 산군 또한 바닥에 거세게 구르며 등에 큰 충격을 입었다.

청연은 뒤도 돌아보지 않았다. 그저 전에 없이 차갑게 식은 얼굴로 나리가 사라진 빈자리만을 노려보았다. 아무것도 떠오르지 않고 태초의 본능만 남은 기분. 오랜 세월을 살고도 처음 겪는 감각이 그의 뇌리를 하얗게 태우고 있었다.

* * *

해가 하늘을 붉게 물들이며 뉘엿뉘엿 사라지자 산중엔 일찌감치 어둠이 내렸다.

나리는 처음 그의 땅에 발을 들였던 날처럼 정신없이 산을 헤쳐 오르고 있었다. 그때처럼 자신이 어디로 향하는지도 모른 채 그저 가슴이 터지도록 달음박질치고 있었다. 무릎이 휘청 꺾이고 나뭇가지에 살갗이 긁혀 따끔한 생채기가 나도 멈추지 않았다.

"하아, 흑."

그리 두려워했던 요괴도 지금은 아예 떠오르지 않았다. 나리의 머릿속엔 오직 산군의 비웃음 섞인 목소리만 정신없이 맴돌고 있었다. 미천한 인간, 그중에서도 천것인 년, 하찮은 여자, 그러나 그보다 더 아픈 말은 따로 있었다.

'저리 하찮은 여자를 신부로 맞이했으니, 신수의 꼭대기에 군림한다는 이무기의 꼴이 우습구나.'

산군이 그를 향해 함부로 던진 조롱, 그 적나라한 비웃음이 나리의 심장을 무엇보다 아프게 할퀴고 끔찍하게 갉아 먹었다.

조금만 더 일찍 말할걸, 조금만 더 빨리 용기를 냈더라면…….

나리는 산군의 무리가 쳐들어오기 직전의 평온했던 뒤뜰을 떠올렸다. 이제야 그에게 비밀을 말하려 했는데, 간발의 차이로 거짓은 밝히지도 못하고 끝내 진실은 다른 이의 입을 통해 그의 귀에 들어갔다. 힘겹게 품은 다짐은 자백의 기회조차 없이 무참하게 스러져 버렸다.

그가 느꼈을 배신감은 얼마나 깊을까. 미천한 자신 때문에 듣지 않아도 될 모욕을 들은 심정은 또 어떨까. 감히 가늠도 되지 않았다. 지독한 죄책감이 눈물이 되어 끊임없이 흘렀다.

"흑, 으…….."

정말이지 무엇 하나 그녀의 뜻대로 되지 않았다. 이제껏 저지른 거짓말의 죗값이 그녀의 목숨만으로는 어림도 없다는 듯, 상황은 나리를 점점 더 극악으로 떠밀어 댔다.

그의 씨가 배 속에서 싹을 틔운 걸 알았을 때, 나리는 기쁨보다 서글픔을 먼저 느끼며 생각했었다. 이보다 더 나빠질 수 있을까. 아가까지 품고 그에게 진실을 말해야 하는 지금보다 더 나빠질 수 있을까. 감히 그리 생각했었다.

하나, 더 나빠질 수 있었다. 진창의 아래엔 나락이 있었고 나락의 아래엔 더욱 끔찍하고 비통한 구렁텅이가 존재하고 있었다.

그렇다 한들 누구를 탓할까. 모든 일의 원흉은 자신이었다. 분에 넘치는 애정에 눈이 멀어 거짓을 일삼은 자신의 탓이었기에 나리는 자괴감으로 범벅 된 울음만 삼킬 뿐이었다.

"하아, 하아······."

숨이 차서 쓰러지기 직전까지 뛰고 나서야 나리가 발을 멈춘 장소는 눈에 익은 곳이었다. 첫날 요괴에게 쫓겨 살아 있는 먹이가 될 뻔했던 그 까마득한 절벽이었다. 몸이 기억하여 이리로 온 걸까. 이미 해가 떨어진 밤하늘에는 그날처럼 달과 별이 서늘하게 빛나고 있었다.

"하······."

나리는 어둑한 수풀에 우두커니 선 채 달빛이 떨어지는 절벽을 바라보았다. 초점 없는 눈동자로 까마득한 절벽 너머의 검은 하늘까지 보고서 물기 어린 한숨을 탁 터트렸다. 허망한 웃음이 젖은 숨결을 타고 어두운 공기 사이로 흩어졌다.

나는 도대체 무엇을 피해 이리 숨 가쁘게 뛰었지······.

네가 어디로 피하든 끝은 여기밖에 없다고 저 멀리 보이는 벼랑 끝이 말하는 듯했다. 그의 품에서 벗어난 너에게는 결국 죽음뿐이라고, 그가 없는 너는 이리 하찮은 목숨이라고, 나리를 일깨우는 듯했다.

그래. 어차피 나는 어디로 가도 벼랑 끝에 닿을 텐데, 그럴 거면 차라리 그의 손에 목숨을 맡겨야 했는데, 그 약조나마 지켜야 했는데······.

"정말이지, 미련하게······."

자학과도 같은 혼잣말을 탁 내뱉자 눈앞이 다시 흐려졌다. 멍하니 눈물을 떨구던 나리가 끝내 입술을 깨물며 고개 숙였다. 끅끅 애처롭게 흐느끼며 잘게 떨리는 손으로 더듬더듬 배를 감쌌다. 배 속에 품은 아이에게까지 죄스러운 자신의 미약함에 나리는 서글프게 몸서리쳤다.

휘이ー.

문득 차갑고도 이질적인 바람이 일었다. 나리는 발갛게 짓무른 눈을 번뜩 떴다. 아래를 향한 채 흐려지고 맑아지길 반복하는 시야에 비단 자락이 흔들렸다. 몹시도 익숙한 푸른빛의 비단 자락이.

"흑······!"

나리가 입술을 파르르 떨며 고개를 들자마자 억센 손이 그녀의 가녀린 어깨를 잡아챘다. 나리는 옅은 신음을 삼키며 눈을 질끈 감았다가 이내 가쁜 호흡과 함께 더듬더듬 떴다.

눈앞엔 싸늘하게 식은 그의 얼굴이 보였다. 폭풍이 휘몰아치는 암청색 눈동자가 나리를 집어삼킬 듯이 마주하고 있었다. 나리는 파르르 입술을 떨며 혼미하게 중얼거렸다.

"청, 연⋯⋯."

"그대가 지금 무슨 짓을 했는지 아십니까."

청연이 나리의 말을 가로막았다. 짓씹혀 흐르는 목소리는 깊은 동굴처럼 음산하고 차가웠다.

"나를 떠나지 않겠다 하시고 내 앞에서 등을 돌렸습니다."

"⋯⋯."

"죽어도 이 몸의 품에서 죽겠다고 약조하고서 또 이 벼랑 끝에 오셨단 말입니다."

그의 음성에는 갈수록 화가 스미고 그녀의 어깨를 잡은 손아귀의 힘은 통제를 잃어 거세어졌다. 나리는 미간을 고통스럽게 찌푸리며 입술을 깨물었다. 청연은 아랑곳하지 않고 다시 물었다.

"이리 쉽게 깨지는 약조였습니까?"

청연의 힘이 버거워 저도 모르게 몇 번 뒷걸음질 친 나리는 어느새 그와 나무 사이에 갇혀 있었다. 거친 나무껍질에 등줄기가 아릿하게 긁혔으나 나리는 돌아보지도 못했다. 청연의 올가미 같은 흉포한 눈에 묶인 그녀의 시선은 옴짝달싹 못 하고 그를 향해 뜨여 있었다.

"고작 그깟 놈의 말 몇 마디에 사라지는 약조였다고, 제게 몸소 보여 주신 겁니까?"

"⋯⋯."

"말해."

그는 화를 간신히 억누르고 있었다. 광포하게 휘몰아치는 눈동자와 강압적인 명령, 곁에만 있어도 숨이 막히고 몸이 절로 움츠러드는 그의 섬찟한 기운에서 느낄 수 있었다. 나리는 서글픔에 떨리는 입술을 아프게 깨물었다. 붉게 짓무른 눈가가 다시금 젖어 들었다.

"청연 님……."

힘겹게 울음을 삼킨 나리가 눅눅하게 젖어 사그라지는 소리로 말했다.

"저는…… 저는 공주가 아닙니다. 산군님의 말이 사실입니다. 애초에 청연 님께서 찾던 공주는 따로 계시고, 저는 그저, 그저, 미천한……."

"하……."

청연이 돌연 고개를 숙이며 날카롭게 숨을 가다듬었다. 어이가 없는 것 같기도 하고 화가 짙어진 것 같기도 했다. 나리는 미처 말을 끝맺지도 못한 채 입술을 파르르 떨었다. 이윽고 고개를 비스듬히 틀어 올린 청연이 나리를 노려보며 서느렇게 읊조렸다.

"내가 그걸 몰랐을 것 같습니까? 자그마치 오백 년을 살아온 신수인 내가?"

이를 사리물고 씹어뱉는 그의 목소리는 크지 않고 낮았으나 나리에겐 벼락이라도 떨어진 듯이 들렸다. 당장 기절해도 이상하지 않을 충격이었다.

내가 잘못 들었나? 귀를 의심해 봐도 그의 목소리는 고막에 생생하게 들러붙어 있었다. 눈동자가 하릴없이 떨리고 입술이 경련했다.

"그, 그런…… 그럴 리가……."

"이 몸이 그대에게 듣고 싶은 말은 그게 아닙니다."

나리가 충격으로 혼이 날아갔음을 알면서도 청연은 그녀를 봐주지 않았다. 아니, 사정을 봐줄 여유 따위는 나리가 그에게서 등을 돌렸을 때부터 한 줌도 남아 있지 않았다. 청연의 말을 들어 볼 생각은커녕 산군의 말만 듣고 그에게서 달아났을 때부터. 청연은 바들바들 떨리는 나리의 턱을 붙잡아 올리고 그녀를 몰아세웠다.

"다시 묻지요. 공주가 아닌 그대는 내 품에서 죽겠다고 한 그대와 다른 사람입니까?"

"……."

"그대가 제게 약조한 것들 또한 거짓이 됩니까?"

그가 다시금 물었으나 나리는 대답할 수 없었다. 그의 목소리가 온전하게 들리지 않고 마치 물속에서처럼 귓가에서 울려 댔다. 눈앞이 흐리고 숨쉬기가 어렵다. 그의 말을 이해하기가 버거워 머리가 어떻게 될 것만 같았다.

청연 님이 알고 계셨다고? 언제부터? 어디서부터? 그럼 그간 청연 님이 보여 준 모습은 어떻게 이해해야 하지? 그 부드럽고 그윽한 눈빛은, 다정한 손길은, 너그러이 내어 주는 품은…….

"다…… 알고 계셨다고요……?"

중구난방 흐트러진 머릿속에 무수한 의문이 떠올랐으나, 머지않아 모조리 사라지고 끝내는 나리가 입 밖으로 뱉어 낸 단 하나의 문장만 남아 있었다.

그는 알고 있었다.

자신의 원래 신분도, 공주가 아니라는 것도, 그는 다 알고 있었다.

"그럼, 어째서……."

맑게 흔들리는 눈동자에 그득 고인 눈물이 나리의 속눈썹을 적시고 아래로 톡 떨어졌다. 나리는 힘겹게 숨을 삼키고 속삭이듯 덧붙였다.

"어째서 저를, 그리도 아껴 주셨습니까……?"

그녀의 얼굴과 어깨를 잡아챈 그의 손에는 여전히 터질 듯한 화가 진득하게 배어 있었다. 그러나 나리는 아프지 않았다. 그의 휘몰아치는 감정이, 왕의 여식이 아닌 온전히 나리 자신을 향해 있음을 깨닫고 난 뒤부터 아프지 않았다. 염치없는 희망으로 꽉 죄는 가슴이 더 아팠다.

"청연 님……."

나리는 자신도 모르게 손을 움직였다. 가냘프게 떨리는 손으로 살며시 그의 뺨을 감쌌다. 화와 집착이 뒤섞였다 해도 나리의 눈엔 여전히 가슴 시리게 아름답기만 한 그의 얼굴을 애틋하게 감싸 눈에 담았다. 청연은 멈칫 그녀의 손을 보고 다시 눈길을 올려 나리를 보았다.

그 깊은 눈동자, 잠겨서 죽어 버리고픈 헤어 나올 수 없는 눈. 나리는 젖은 숨을 삼키며 목을 가다듬었다. 다시 말하고자 했다. 그가 모든 걸 알고 있더라도, 자신의 목소리로 다시 그에게 지난 일을 전부 고하고자 했다.

"청연 님, 저는……."

그때였다. 무언가 낌새를 느낀 청연이 날카롭게 시선을 돌림과 동시에 어둠이 내린 숲에서 거대한 짐승이 재빠르게 발돋움하는 소리가 났다. 곧이어 커다란 바위 같은 범 두 마리가 사냥하듯 그들을 덮쳤다.

그중 한 마리가 태산을 무너뜨릴 기세로 포효하며 시뻘건 입을 쩍 벌려 청연의 오른팔을 사납게 물어 챘다. 집채만 한 짐승이 팔에 매달리니 그가 순간 비틀거렸다. 그러나 금세 중심을 잡은 청연이 음산하게 눈을 번득이며 팔뚝에 이빨을 박아 대는 호랑이를 거세게 떨쳐 냈다.

호랑이는 바닥에 몸을 구르며 벼랑 끄트머리까지 튕겨 나갔다. 하나 이빨을 너무 깊이 박은 탓에 청연의 팔뚝은 무참하게 살이 찢어지며 뜯겨 나갔다. 팔이 있던 빈자리엔 끈적한 피가 쏟아졌다.

"아주, 죽여 달라고 악을 쓰는구나."

청연이 널브러진 범을 향해 분노를 씹어뱉듯이 읊조렸다. 벼랑 끝에서 다친 몸을 비틀비틀 일으킨 호랑이는 청연을 슥 쳐다보며 꼭 웃는 것처럼 이빨을 드러내고 안광을 흉흉하게 빛냈다. 그러곤 산이 울릴 정도로 크게 포효했다. 마치 멀리 있는 이에게 뜻을 전하듯이.

　이윽고 호랑이는 잽싸게 발을 놀려 순식간에 벼랑 아래로 사라졌다. 끝으로 청연을 흘긋 돌아본 범의 표정은 어딘지 광증이 어려 음흉하기까지 했다. 짐승이면서도 꼭 비웃는 듯한 그 표정은 무엇이란 말인가. 일개 범 주제에 이무기의 팔을 뜯어냈다는 자만의 표현일까. 단순히 그것뿐인가.

　아니면, 무언가 다른 뜻이…….

　순간 어떤 소름 돋는 이질감이 청연의 뒷덜미를 조였다. 청연은 천천히 뒤를 돌아보았다.

　"……."

　돌아본 숲엔 아무도 없었다. 갑자기 달려든 호랑이 중 남은 한 마리도, 가녀린 손으로 그의 얼굴을 감싸며 애달프게 울먹이던 그녀도. 남은 것이라곤 찢어진 채 나뭇가지에 걸린 얇은 천 조각뿐이었다. 나리의 가냘픈 몸에 걸쳐져 있던 그 비단 자락만 허망하게 흔들리고 있었다. 서서히 그의 낯이 한겨울 서릿발보다 차게 식어 갔다.

　이윽고 달이 보이던 맑은 밤하늘에 시커먼 구름이 위협적으로 몰려들었다. 천둥이 지축을 울리며 세상을 묻어 버릴 듯한 세찬 폭우가 떨어졌다. 귀가 찢어질 듯한 벼락이 몰아치고 찰나의 섬광은 뼈와 핏줄과 살이 기묘하게 재생되기 시작하는 그의 팔을 비추었다.

　청연은 폭우 속에서 그녀가 사라진 자리를 서늘하게 응시했다. 살기를 품은 음산한 눈동자가 어느새 투명한 금빛으로 물들어 번득이고 있었다.

十二

하늘에 구멍이라도 난 양 비가 억수같이 쏟아졌다. 휘몰아치는 비바람은 고작 하루 사이에 강물을 범람케 하고 고목을 꺾었으며 절벽을 무너뜨렸다. 그저 땅을 적시는 비가 아닌 그리도 거센 폭우였다.

연호는 땅이 파일 정도로 굵은 빗줄기를 바라보며 무거운 한숨을 내쉬었다. 검은 폭우가 세상을 뒤덮기 전, 어제 앞뜰에서 있었던 일을 천천히 떠올렸다.

전날, 노을이 져 어둑해진 앞뜰에서 산군과 범 무리는 청연의 힘에 나뒹굴며 큰 상처를 입었다. 신부가 사라지고 머지않아 청연이 사라진 후에도 제정신을 차리지 못할 정도였다. 그나마 먼저 몸을 추스른 산군은 이상하게도 더는 공격하지 않았다. 산군의 호전적인 성격이라면 다리가 부러졌다 한들 상대에게 달려들어야 하는데, 반격의 기미조차 보이지 않았다.

그렇게 연호와 대치 상태를 유지하던 산군은 저 멀리서 산을 울리는 범의 포효를 듣자마자 야비하게 웃으며 눈을 번득였다. 처소를 둘러싼 범들은 그 순간 하나같이 달아났다. 산군은 퇴각하는 범들 사이에서 유유히 자리를 지키며 연호를 향해 말했다.

'그놈에게 전거라. 여의주만 내놓으면 신부만은 살려 주겠다고. 단, 너무 오래 기다리게 하면 그년을 곱게 둘 수 있을지는 장담할 수 없으며, 제안을 거절한다면 사지가 갈가리 찢어진 그년의 시체를 보게 될 것이라고.'

조소를 그득 담은 간교한 전언을 남긴 채 산군도 호랑이로 변모하여 그 자리에서 떠났다. 그리고 비가 내렸다. 오백 년 묵은 이무기도 감당치 못한 분노가 천둥 번개를 품은 폭우가 되어 내렸다.

머지않아 한쪽 팔이 피범벅이 된 채 돌아온 청연은 지금 건드리면 누구라도 죽이겠다는 살기 어린 기세로 처소에 틀어박혔다. 나리가 사라졌음을 알아챈 여우들은 분노로 울부짖었고, 도인은 눈을 뜨고 있을 면목이 없다는 듯 사경을 헤매었다. 태풍이 그들을 휩쓸고 지나간 듯했다.

"……."

늘 담담하던 연호의 낯은 그때부터 착잡한 그림자가 가시질 않았다. 툇마루에 나란히 앉아 서로에게 기댄 여우들의 얼굴 역시 마찬가지였다. 어두운 낯은 분노를 간신히 억눌러 차갑기까지 했다. 어렵사리 쪽잠을 자고 나서도 한바탕 울어 버린 탓에 안 그래도 붉은 화장이 더욱 붉게 물들어 있었다. 그들의 섬섬옥수엔 나리가 선물해 준 노리개가 소중하게 감긴 채였다.

"하……."

연호는 다시금 한숨을 내쉬며 묵묵히 그의 처소를 쳐다보았다. 신부를 납치한 산군을 청연이 가만두지 않으리라 확신하지만, 언제쯤 모습을 보일지 연호로선 가늠키 힘들었다.

그때 마침 천지를 쪼갤 듯한 비의 기세가 눈에 띄게 줄었다. 툇마루에 우두커니 앉아 있던 여우들이 허리를 세우며 반짝 눈을 빛내고 연호도 무언가 느낀 듯 약해진 비를 쳐다보았다.

"이제 끝내신 건가……."

희미한 혼잣말을 하며 연호가 처소를 돌아보았다. 이번 폭우는 그들의 주인이 너그럽게 불러들인 비가 아니었다. 그의 감정이 감당할 수 없을 만큼 휘몰아쳐 절로 찾아든 칼날 같은 비였다. 이때 그의 심기를 거스르거나 가까이 다가가면 온몸이 산산조각 찢어질 수도 있기에 연호도 여우들도 감히 그의 처소에 발을 들이지 못했다.

그런데 빗줄기가 조금이나마 약해졌다는 건 그가 차분히 냉정함을 찾았음을 의미했다. 처참하게 찢어진 팔도 완전히 재생을 끝냈을 것이었다. 생각을 끝낸 연호가 그의 처소 문 앞으로 한 걸음 다가섰다.

"청연 님."

연호가 나지막이 그를 불렀다. 여우들은 희망과 기대를 품고서 귀 기울였다. 안에선 아무런 대답이 없었으나 그들은 서느렇게 번지는 그의 기운을 생생하게 느꼈다.

"산군이 전언을 남겼습니다."

연호는 청연의 무언에도 괘념치 않고 그에게 전했다.

"여의주만 내놓으면, 신부님만은 살려 주겠다고 합니다."

그녀를 인질 삼아 협박하다니, 다시 생각해도 교활한 술책이었다. 이 무기의 신부가 연약한 인간임을 미리 알고서 칼 같은 말로 몰아세우고 납치까지 강행했다. 그것도 청연을 상대로, 오백 년을 넘게 살아온 신수의 왕을 상대로.

연호는 이를 지그시 깨물다가 남은 말을 전했다.

"다만, 너무 오래 기다리게 한다면 신부님을 곱게 둘 수 있을지는 장담치 않으며, 제안을 거절한다면 신부님의 시체를 보게 될 거라고……."

이런 말을 전하는 것도 송구하다는 듯 연호가 말끝을 흐리자 여우들이 이를 으득 갈았다. 동시에 처소의 문이 쾅, 거칠게 열렸다. 연호가 멈칫 고개를 들자 창가에 선 청연의 뒷모습이 보였다. 손짓으로 장지문을 연 듯 허공에 든 팔을 천천히 내리고 있었다. 사라졌던 오른팔은 손톱 끝까지 경이로울 만큼 완벽하게 재생되어 있었다.

연호가 고개를 숙이며 다시금 입을 열었으나 그의 낮은 목소리가 먼저 흘렀다.

"산군 앞으로 서신을 보내거라."

청연은 높낮이 없는 말투로 읊조렸다.

"이 몸이 직접 가겠다고."

빗소리에 섞인 그의 목소리는 평소처럼 나긋하면서도 어딘지 음산했다. 연호는 멈칫 시선을 들어 그를 바라보았다. 청연이 말을 이었다.

"그리고 내 신부의 털끝 하나라도 건드린다면……."

그가 서서히 몸을 돌리며 연호를 보았다. 연호는 그와 눈이 마주치자마자 굳은 얼굴로 숨을 삼켰다. 무의식적으로 몸이 떨리고 뒷덜미에 소름이 돋았다.

"그땐 뼈와 살과 가죽을 갈라 무너진 서쪽 산의 잔재와 함께 묻어 버리겠다고."

청연의 눈동자는 여전히 살기 어린 금빛으로 빛나고 있었다. 그치지 않은 비처럼, 그의 화는 가라앉은 적이 없다는 듯이 잔혹하게 타오르고 있었다.

* * *

어두컴컴한 동굴은 습하고 싸늘했다. 그치지 않는 비가 공기를 더욱 축축하니 무겁게 하였다. 동굴 천장에 맺힌 물기가 무게를 이기지

327

못하고 아래로 똑 떨어졌다. 차디찬 물방울은 자그맣게 몸을 웅크린 채 눈 감은 나리의 뺨을 적셨다. 나리는 소스라치게 놀라며 흠칫 눈을 떴다.

"하아, 하······."

지친 기색이 역력한 나리의 얼굴이 창백하게 식었다. 나리는 떨리는 손으로 뺨에 묻은 물기를 확인하고 나서야 조금이나마 제정신을 찾았다.

그냥 물방울이었구나.

섬찟한 소름은 금세 사라졌으나 동굴 구석에 굴러다니는 짐승의 백골을 보자마자 나리는 눈앞이 다시금 막막해졌다.

어젯밤 범에게 물려 팔이 찢어진 그의 모습을 끝으로, 나리는 우악스러운 손에 입이 틀어막히며 목 뒤에 충격을 받아 기절했다. 그가 무사한지, 어찌 되었는지도 모른 채로 눈을 뜨니 뼈가 수북이 쌓인 어두운 동굴이었다.

동굴은 감옥과 같은 모양새였다. 입구는 장정 둘이 거뜬히 지나갈 정도로 컸으나 굵은 나뭇가지를 얼기설기 투박하게 엮어 단단히 막아 놓았다. 입구를 막은 나무는 틈이 제법 커서 나리가 몸을 웅크려 나가려면 어떻게든 나갈 순 있겠지만, 범이 동굴 앞을 지키고 있어 그도 불가능했다. 눈을 희번덕거리고 이빨을 드러내며 큰 덩치로 입구를 떡하니 막고 있었다.

어디 그뿐인가. 범이 잠시 자리를 뜨면 범을 피해 슬금슬금 돌아다니던 요괴들이 기다렸다는 듯 입구에 벌레처럼 들러붙었다. 나리를 향해 기묘하리만치 큰 눈을 징그럽게 굴리며 군침을 질질 흘리고 입맛을 다셔 댔다. 나리는 어젯밤 이 끔찍한 동굴에 던져진 채 두려움에 떨며 밤을 지새워야 했다.

"하아······."

지난밤을 되새겨 보니 이곳에 갇혀 있음이 다시금 실감 났다. 나리는 입술을 아플 만큼 깨물고서 힘겹게 몸을 웅크렸다. 무릎 사이로 얼굴을 묻고 오한으로 떨리는 전신을 진정시키려 애썼다.

문득 동굴 입구에서 스산한 움직임이 일었다. 감옥을 지키던 범이 스르르 일어나고 입구를 막았던 나무가 듣기 싫은 소리를 내며 밀려났다. 묵직한 발걸음이 가까워지는 걸 보니 누군가 동굴에 들어온 듯했다. 나리는 흠칫 몸을 떨며 천천히 고개를 들었다.

"승천에 실패하더니 별 같잖은 짓을 다 하는군. 인간 신부라니 웃기지도 않아."

나직이 그를 비웃는 이는 산군이었다. 청연에게 입은 화를 겨우 추스른 듯 산군의 거구엔 깊은 상처가 남아 있었으나 그래서 더욱 위압적이기도 했다.

"월궁항아도 취할 수 있는 놈이 고작 이런……."

무시와 조롱이 그득한 산군의 시선이 작게 웅크려 떨고 있는 나리를 하찮은 생명 보듯 훑었다. 그 눈빛을 보자 나리는 청연의 처소에서 들었던 산군의 목소리를 떠올렸다. 드문드문 남은 기억 속에서 산군은 분명 그에게 여의주를 내놓으라고 하였다.

그런데 왜 나를 납치했을까. 여의주와는 하등 연관이 없는 나를…….

"저를, 어찌하려고 그러십니까."

나리가 두려움을 무릅쓰고 물었다. 산군은 미물이 감히 말을 걸었다는 듯이 미간을 일그러뜨리며 어이없이 웃더니 그녀를 내려다보았다.

"네가 그 뱀의 약점임을 그놈이 몸소 보여 주지 않았더냐."

"그건……."

"네가 도망치자 그놈의 얼굴이 아주 우습더구나. 한동안 멍청하게 굳어 있더니 머지않아 널 쫓아 사라졌지. 그 태연자약한 놈에게 그런 모습도 있을 줄이야……."

"……."

"뭐, 어찌 됐든 너나 그놈이나 계획대로 움직여 줬으니 나로선 고마운 일이다. 힘도 없는 인간을 납치한 것만으로 놈을 끌어들일 수 있을 테니."

물론 여의주도, 하고 덧붙이며 산군이 이를 드러내고 웃었다. 나리는 눈을 크게 뜬 채 멍하니 입술을 떨었다. 산군의 말이 무거운 죄책감으로 변하여 나리의 어깨를 짓눌렀다.

계획대로라니, 갑자기 들이닥쳐 그의 심기를 건드린 것도, 모욕적인 언사를 날려 자신을 달음박질치게 한 것도, 모두 산군의 계략이었다니. 그럼 애초에 자신이 도망치지만 않았으면 그가 범에게 팔을 뜯길 일은 없었다는 뜻이 아닌가.

"어떻게, 그런……."

나리의 눈동자가 초점이 사라진 채 젖어 들었다. 그에게 하루빨리 진실을 말하지 못한 후회가 다시금 사무치게 밀려왔다. 자신이 먼저 말했다면 이미 거짓에 대한 모든 처분을 끝마친 그가 한발 늦은 산군을 면전에서 비웃을 수도 있었을 테니까. 그러면 팔을 다칠 일도, 여의주를 위협당할 일도 없었을 터였다.

하나 이제 와 후회한다 한들 무슨 소용일까. 일은 벌어질 만큼 벌어졌다. 자신은 납치됐고 그는 다쳤으며 여의주까지 위협받고 있었다. 그러니 모두 자신의 탓이라며 자괴감에 빠져 있을 수는 없었다.

나리는 마음을 가다듬었다. 울음을 꿀꺽 삼키고 고개를 들어 산군을 똑바로 보았다.

"산군께서 저를 잘못 보셨습니다."

산군의 눈썹이 비틀어졌다. 나리는 괘념치 않고 말을 이었다.

"청연 님은 용이 되실 귀한 신수님이십니다. 그런 분이 겨우 저 같은 여인 때문에 여의주를 넘기실 리가 없습니다."

그 여의주가 얼마나 귀한 물건인데, 훗날 용으로 승천할 그의 목숨보다 중요한 구슬인데.

"절대로 그러실 리가 없습니다."

나리는 단 하나만이라도 지켜야 했다. 그의 여의주만이라도 지키고
싶었다. 호랑이 굴에 갇혀 죽을지 살지도 모르는 자신의 목숨보다 그가
더 중요했다. 이미 자신 때문에 그의 팔이 찢겨 나간 걸 보았는데 여의
주까지 떨어져 나가는 건 두고 볼 수 없었다.

"그러니 청연 님은…… 이곳에 나타나지도 않으실 겁니다."

사그라지듯 읊조린 말은 희망에 가까웠다. 나리는 끊임없이 눈물을
떨구면서도 눈 한번 깜박이지 않고 산군을 보았다. 점차 낯을 일그러뜨
리던 산군은 끝내 이를 으득 갈며 나리를 거세게 잡아챘다.

"아, 흑……!"

그가 가냘프게 휘청이는 나리를 동굴 벽에 몰아붙였다. 크고 투박한
손이 자비 없이 그녀의 목을 조였다.

"맹랑하기 짝이 없는 말을 하는구나."

산군이 이를 악물고 말했다.

"그럴 리가 없다? 그럼 네년은 뭐길래 그 뱀 새끼가 그리 싸고도는
것이냐."

"흑, 으……!"

"그놈이 뱀의 음란한 본성을 버리지 못하고 색욕이라도 채우려 데려
다 놓은 것이냐? 그럼 당장에 이 목을 꺾어도 문제없겠구나. 응?"

독살스럽게 씹어뱉는 모욕이 나리의 귓전을 때렸다. 산군의 손아귀는
그녀의 가느다란 목을 으스러뜨릴 기세로 짓눌렀다. 나리는 눈앞이 하
얗게 흐려졌다. 산군의 성난 얼굴이 아득하게 멀어졌다. 꽉 조인 목구멍
으로 끅, 끅, 미약하게 앓는 숨소리만 간신히 흘렀다.

그때, 저 멀리서 날쌘 새의 날갯짓하는 소리가 가까워졌다. 곧이어 잿
빛 매가 동굴 입구의 나무 틈을 날렵하게 지나 산군의 머리 위를 두어

바퀴 돌고는 다시 밖으로 날아갔다. 나리는 힘겹게 눈을 떠 멀어지는 매를 보았고 산군은 허공에 남은 어떤 소리를 듣는 듯 가만히 귀 기울였다.

"놈의 전언이다."

"웃……!"

머지않아 산군이 비열하게 웃으며 나리를 내팽개쳤다. 나리는 옆으로 풀썩 쓰러진 채 콜록콜록 기침하며 숨을 몰아쉬었다. 머리가 어질어질 했다. 산군은 나리를 흘긋 내려다보며 말했다.

"본인이 직접 나타나겠다는군."

"하아, 흑……."

"그리고 신부의 털끝 하나라도 건드리면 각오하라고 하는구나. 어차 피 죽을 놈이 한 치 앞도 못 보고는."

산군이 코웃음을 치며 중얼거리자 나리가 다급히 산군을 올려다보았 다. 머리를 들 힘조차 없어 눈동자만 간신히 들어 올렸다. 맑은 눈동자 는 충격으로 파들파들 떨리고 있었다. 산군은 그녀를 다시금 비웃었다.

"왜? 예상한 일 아니더냐?"

"……."

"여의주만 사라지면 그놈도 한낱 뱀에 불과하다. 힘의 원천이 사라 진, 그저 거대한 미물일 뿐이지. 내게 거짓말을 하면 놈을 살릴 수 있으 리라 여겼던 모양인데, 이리 들킨 것을 억울해하진 말거라."

산군은 어쭙잖은 아량을 베풀듯이 웃으며 덧붙였다.

"그놈의 육신을 가르고 너도 함께 묻어 줄 테니."

나리가 입술을 꽉 문 채 울먹이며 산군을 노려보았으나 발갛게 젖은 눈동자는 가련하기만 할 뿐이었다. 산군은 쓰러진 그녀를 버려두고 휙 동굴을 나섰다. 바깥에 서 있던 사내 둘은 산군이 나오자마자 곧장 입구를 막았다. 나무가 엮인 두터운 문은 둔중한 소리를 내며 다시 굳게 닫혔다.

나리는 쓰러진 몸을 추스르지도 못하고 물기 어린 숨만 색색 두서없이 들이쉬고 내쉬었다. 몸이 사시나무처럼 떨렸다. 목을 조르던 산군의 포악한 힘이 아직도 살갗에 욱신욱신 남아 있었다. 아팠고 또 무서웠다. 오래도록 청연의 부드러운 손길만 받아 온지라 악의적인 손은 감당키 버거웠다.

그의 전언이 아니었다면 곧장 산군에게 목숨을 잃었을 수도 있었다. 그가 직접 오겠다는, 신부의 털끝이라도 건드리면 각오하라는 그 전언이 아니었으면…….

청연을 떠올리자 나리는 다시 울음이 치솟았다.

청연 님, 어찌 직접 오겠다 하시었는지요. 설마 여의주를 넘기려는 건 아니겠지요? 저 사내는 약조를 지킬 생각이 없습니다. 저를 살려 줄 뜻도 없거니와 어떻게든 청연 님을 해하려고 벼르고 있을 뿐입니다.

자신 또한 매에게 전언을 보낼 수 있다면 청연에게 그리 전해 주고 싶었다. 눈물이 옆으로 흘러 차가운 동굴 바닥에 고였다.

"청연 님……."

나리는 힘없이 쓰러진 채 혼잣말로 그의 이름을 읊조렸다. 속삭이듯 애달픈 목소리가 눅눅한 공기 중으로 아스라이 흩어졌다.

"괜찮아. 괜찮아……."

그가 이 수렁에서 자신을 구해 줬으면 하는 간사한 희망도 그녀의 마음속엔 분명 존재하고 있었다. 그러나 감히 바랄 순 없었다. 나리가 할 수 있는 일이라곤 괜찮다는 최면 같은 말로 자기 자신을 다독이는 것뿐이었다.

나리는 간신히 몸을 웅크려 배를 꼭 감싼 채로 눈을 감았다. 속으로 끊임없이 중얼거리는 괜찮단 말은 어느새 자신이 아닌 그와 배 속의 생명을 향해 있었다.

* * *

비가 멎은 하늘에서는 여전히 검은 구름이 느릿느릿 무겁게 파도치고 있었다. 옅은 천둥소리가 저 멀리서 우르릉 울렸다. 지나치게 고요한 공기는 습기가 그득해 무거웠고 이상하리만치 위험하게 가라앉은 채였다. 산중의 절벽과 절벽 사이에 있는 범들의 땅에 보이지 않는 재앙이 서서히 밀려드는 듯했다.

그 이질적인 기운 탓에 범들은 가만히 있질 못하고 이리 갔다가 저리 갔다가 부산스러웠다. 짐승의 모습으로 가장 높은 바위에 앉아 있던 산군은 돌연 눈을 빛내며 낮게 그르렁거렸다.

"놈이다."

자리에서 일어난 산군이 순식간에 사내의 모습으로 변하여 땅에 휙 내려왔다.

"경계해라."

슬렁슬렁 돌아다니던 호랑이들이 산군의 명령에 빠르게 흩어졌다. 너른 평지에 굵직하게 솟은 바위와 절벽에 하나둘 포복하여 맹수의 감각을 일깨웠다.

이윽고 스산한 바람이 산을 타고 불었다. 나뭇잎이 불온하게 흔들렸다. 공기는 더욱 가라앉고 소름이 돋을 정도로 서늘해졌다.

그때 허공에 흐릿한 연기가 감돌더니 푸른 비단 자락이 넘실거렸다. 불길한 공기의 주인이 범들의 땅에 나타났다. 산군의 눈매가 날카롭게 좁혀졌다.

청연은 깃털처럼 가벼이 땅에 발을 디뎠다. 그의 뒤엔 연호도 함께였다. 산군은 비릿하게 입술을 휘었다. 자신의 동생이 범 중에도 특출 난 백호라고는 하나, 겨우 수족 하나만을 달고 범의 땅에 나타난 청연이 몹시 미련하다고 생각했다. 슬하에 둔 신수들을 모조리 끌고 와도 모자랄 판에 말이다. 산군은 기세등등한 얼굴로 입을 열었다.

"왔구나."

청연은 주위를 천천히 둘러보았다. 산과 산 사이를 깎아지른 절벽엔

군데군데 범들이 이를 드러낸 채였고, 그가 발을 디딘 평지에도 범들이 사방에서 위협적으로 이를 드러내고 있었다. 청연은 픽 웃음을 터뜨리곤 느지막이 산군에게 답했다.

"손님을 대하는 태도가 글러 먹었구나. 이 몸이 친히 찾아왔거늘 앉을자리 하나 내어놓지 않았다니."

청연이 가벼이 혀를 차며 휙 손짓하자 그의 뒤에서 포복 중이던 범 한 마리가 돌연 눈을 까뒤집으며 괴로워하더니 이내 바닥에 쿵 엎어졌다. 숨이 끊겼는지 벌어진 아가리 사이로 혀가 축 늘어졌다. 청연은 죽은 호랑이의 몸에 느슨히 걸터앉으며 산군을 쳐다보았다.

"네 아비는 너처럼 예의 없지 않았는데⋯⋯."

청연이 말끝을 나른히 늘어뜨리며 산군의 심기를 건드렸다. 범들이 곧장 달려들 태세로 날카로운 이를 드러냈다. 청연은 맹수의 위협에도 괘념치 않고 어깨에 느슨히 걸친 도포만 천천히 끌어 올렸다.

산군은 우아하게 움직이는 청연의 오른팔을 보며 미간을 찌푸렸다. 팔을 완전히 뜯어냈으니 재생에 며칠은 걸릴 줄 알았건만, 그의 매끈한 팔은 이전보다 단단하고 정교한 모양새였다. 산군은 구긴 미간을 억지로 펴며 비웃듯이 말했다.

"뱀이라 팔다리도 필요 없을 듯하여 내 수하가 친히 잘라 내 주었거늘, 허둥지둥 다시 만들어 냈구나."

"뱀이란 본디 허물을 벗어야 더욱 단단해지는 법이잖느냐."

산군이 부러 시비를 걸었으나 청연은 고혹적인 미소를 머금은 채 자신이 걸터앉은 호랑이의 털가죽을 쓰다듬으며 되받아쳤다. 단말마의 비명도 남기지 못하고 죽어서도 의자로 희롱된 호랑이는 공교롭게도 청연의 어깨를 물어뜯었던 그놈이었다.

"내게 덤비면 무사하지 못하리란 걸 알면서도 희생한 범이 고마울 따름이지."

산군은 으득 이를 갈았다. 당장 무릎을 꿇고 신부를 돌려 달라 빌어
도 시원찮을 판에 놈은 대체 무엇을 믿고 저리 건방지게 군단 말인가.
저 오만하기 짝이 없는 낯짝을 당장에 짓밟고픈 충동이 일었다. 산군은
그에게 휘말리지 않으려 굳은 표정을 갈무리했다.

"네놈의 그 건방진 태도가 얼마나 가는지 두고 보자꾸나."

산군은 당당한 낯으로 턱을 치켜들었다. 눈동자에 간악한 빛을 띠고
서 입술을 비틀었다.

"데리고 와라."

산군의 명을 단박에 알아들은 범 두 마리가 사내의 모습으로 변하여
휙 몸을 틀었다. 산군의 시선은 청연의 태연자약한 얼굴을 집요하게 노
려보고 있었다. 저 도자기같이 견고하고 매끈한 얼굴이 일그러지는 모
습을 기필코 보고야 말리라는 듯이.

머지않아 장정 둘이 나리를 양쪽에서 잡아 데리고 왔다. 휘청휘청
무릎이 꺾이는 그녀를 거의 질질 끌어오다시피 하였다. 나리는 흰 천
에 눈이 가려지고 입까지 막혀 있었다. 게다가 가느다란 목에는 불그
스름한 울혈이 짙게 남아 있었다. 그가 늘 입술을 묻었던 그 희고 고
운 목에.

그제야 청연의 낯에 미세한 금이 갔고 그의 얼굴을 보며 산군은 만족
스럽게 웃었다.

"무슨 짓입니까, 산군."

먼저 입을 뗀 이는 연호였다. 미리 서신까지 보냈는데 신부를 저리
만들어 놓다니, 연호는 드물게도 아연실색하며 이를 꽉 깨물고 말했다.

"서신까지 보내 드렸건만 어찌 이런……."

산군은 과장된 몸짓으로 어깨를 으쓱했다.

"그래, 털끝 하나 건드리지 말라 하였지. 그런데 어쩌겠느냐. 이년이
맹랑한 짓을 하기에 목을 꺾으려던 참에 서신이 도착해 버린 것을."

"……."

"그 후에는 혹여 스스로 상처를 내거나 자결이라도 하면 곤란하니 천을 물려 놓았다. 저 정도면 멀쩡하지 않느냐. 팔다리도 온전하고 말이다."

산군의 궤변에 연호가 참지 못하고 한 걸음 나서자 청연이 팔을 들어 연호를 막았다.

"그만."

곧이어 들리는 청연의 나지막한 제지에 연호는 당혹스럽게 그를 보았다. 먼저 나서야 할 청연이 자신을 가로막은 것을 이해할 수 없었다. 그러나 그의 싸늘한 옆얼굴을 보자마자 연호는 입을 다물어야 했다. 간신히 되돌아온 그의 암청색 눈동자에 다시금 번지는 금빛을 본 탓이었다.

"눈부터 풀어 주렴. 내 신부가 두려워하고 있잖느냐."

청연의 낮고 나긋한 목소리가 공기를 울렸다. 산군은 그 정도 부탁이야 너그러이 들어줄 수 있다는 듯 픽 웃으며 장정들을 향해 눈짓했다.

앞을 가리던 천이 사라지자 나리는 초점도 제대로 잡히지 않은 눈으로 다급히 그를 찾았다. 허겁지겁 청연을 보는 눈동자는 붉게 물들어 있었다. 청연은 나리의 시야가 조금이나마 선명해질 때까지 고요히 기다리다가 그녀가 청연을 찾은 후에야 입을 열었다.

"괜찮으십니까."

낮은 목소리는 몹시도 다정하고 듣기 좋았다. 나리는 대답도 못 하고 눈물만 톡 떨어뜨렸다. 나리의 말간 눈동자엔 그리운 이를 만난 듯한, 그리고 여기서 마주하면 안 되는 이를 만난 듯한 안타깝고도 다급한 감정이 가슴 시리게 일렁이고 있었다.

"자, 저놈에게 살려 달라고 빌어 보아라."

그녀의 입을 막은 천까지 풀어낸 뒤 산군이 비웃는 투로 명했다. 나리는 파르르 떨리는 입술을 아프게 깨물다가 울먹이며 말했다.

"청연 님, 여의주를 내어 주지 마십시오. 이 사내는 청연 님을…… 읏!"

나리를 붙잡은 사내는 시키지도 않은 말을 하는 나리가 괘씸하다는 듯 가차 없이 그녀의 머리채를 잡아 고개를 꺾었다. 그 순간 사내는 내장이 뒤틀린 양 얼굴이 사색이 되고 입에서 피가 주르륵 흘렀다. 이내 폭포수 같은 피를 토하며 사내는 바닥에 나뒹굴었다. 몸을 기묘하게 꺾으며 괴로워하다가 머지않아 툭 숨이 끊겼다.

"네 이놈……."

산군이 이를 사리물고 읊조리자 범들이 청연을 향해 더욱 사납게 포효하며 날을 세웠다. 청연은 천천히 산군을 쳐다보며 나지막이 입을 뗐다.

"아가, 죽을 각오를 하고 저지른 일이었느냐?"

산군은 어이없다는 듯 미간을 찌푸렸다.

"말해 보거라. 네가 그 정도 각오는 되어 있어야 내가 여의주를 넘길 게 아니더냐."

"허, 곧 구렁이가 될 놈이 끝까지 발악……."

"질문을 달리할까?"

"……."

"후회하지 않을 자신이 있느냐?"

산군의 말을 가로막는 청연의 고요한 목소리는 몹시도 담담했으나 알 수 없는 위압감이 절절 흘러 공기를 짓누르고 있었다. 산군은 얼굴을 있는 대로 찌푸리며 발악하듯 되받아쳤다.

"개수작은 그만두고 얼른 여의주를 바쳐라. 이년이 산 채로 뜯기는 모습을 보고 싶지 않다면."

청연은 바라던 답을 들은 듯이 스르르 입술을 올렸다. 요기가 흐르는 미소는 몹시도 고혹적이었다. 그는 죽은 범의 몸에서 일어나 산군을 향해 다가갔다.

청연이 한 걸음 한 걸음 산군에게 가까워질 때마다 나리의 눈앞에는 점차 흐리게 파문이 일었다. 제발 그러지 말라고, 그러면 안 된다고 그에게 소리치고 싶은데 입술만 애달프게 벙긋거릴 뿐 목소리가 나오지 않았다.

그가 기어이 산군과 마주 섰다. 턱을 치켜들고 오만하게 청연을 노려보는 산군은 승리감에 도취되어 눈이 번들거렸다.

청연이 허공에 손을 올렸다. 그의 길고 곧은 손 위에 은은한 빛이 감돌며 투박한 돌멩이가 생겨났다. 나리가 혼이 사라진 얼굴로 고개를 저었다. 안 돼, 안 돼, 그를 절박하게 바라보며 속으로 되뇌었다. 그러나 청연은 괜찮다는 듯 그녀를 향해 나긋이 눈을 휘었다.

"다시 한번 말해 주는데……."

청연이 느지막이 산군을 돌아보았다. 산군이 당당하게 내밀고 있던 손에 돌멩이를 툭 떨어트리며 말했다.

"절대, 후회하지 말거라."

산군은 노골적으로 비웃으며 돌멩이를 한 손으로 으스러뜨렸고, 정신이 툭 끊긴 사람처럼 비명을 삼킨 나리의 혼몽한 눈동자는 처절한 절망으로 물들었다.

가루가 된 여의주를 확인한 청연은 위험하리만치 잔혹하게 미소 지었다. 고개를 젖힌 채 느슨히 휜 입술은 핏빛이었고 천천히 감았다 뜨면서 내리깐 눈동자는 완연한 금빛으로 서늘하게 빛나고 있었다.

하늘을 뒤덮은 회색 구름이 검게 물들어 매섭게 몰아쳤다. 콰르릉, 거대한 구름이 서로 충돌하며 천지를 무너뜨릴 기세의 천둥을 귓전에 내리쳤다. 천하의 무장도 몸을 벌벌 사릴 우레를 시작으로 하늘에선 다시 비가 내렸다.

공기의 흐름이 음습하니 심상찮다. 범들이 우왕좌왕 사방을 두리번거리고 산군은 웃는 낯을 순식간에 굳힌 채 하늘을 보았다. 청연이 불러들였음이 분명한 거대한 구름은 점차 거세지고 있었다.

어째서? 여의주가 깨졌으니 힘을 잃어야 하는데 어째서?

산군은 번뜩 손에 남은 여의주의 잔재를 보았다. 드디어 놈의 여의주를 빼앗았다는 만족에 눈이 멀어 기민하게 살피지 못했건만, 조각난 여의주엔 이무기의 기운만 서린 것이 아니었다.

어째서 저놈의 여의주에 천신님의 기운이 감도는가.

천지의 모든 생명에 천신의 숨결이 닿았다지만 여의주에 남은 천신의 기운은 어딘가 달랐다. 무언가 강력한 힘을 잠시 묶어 둔 결박이자 지독한 살기를 가려 둔 장막과도 같은 기운이었다.

그런 천신의 기운이 여의주를 박살 낸 순간 실체도 없이 흩어져 버렸다. 마치 마지막 보루가 무너지듯이.

비가 더욱 세차게 쏟아졌다. 산군은 어떤 불길한 예감에 주먹을 꽉 쥐며 다급히 청연을 돌아보았다. 청연은 쏟아지는 빗속에서 완연한 기운을 흘리고 있었다. 고결하고 진득하며 거대한 힘을 감추지 않고 있었다.

그의 흰 발등에서부터 푸른 비늘이 서늘하게 빛나며 번져 나갔다. 지옥에서 온 사자도 이보다 불온하진 않으리라.

"이, 빌어먹을."

산군은 분노로 눈을 이글거리며 욕을 씹어뱉었다. 이 폭우 속에서 음산한 미소를 머금은 채 스멀스멀 압도적인 기운을 풍기는 저 이무기의 능란한 혀에 당했음을 뒤늦게 알아채고 말았다.

'절대 후회하지 말거라.'

그 오만한 말은 자신의 본모습, 이무기가 되어 모든 걸 끝내 버리겠단 뜻이었음을. 그의 힘의 원천은 여의주가 아닌 그 자체였음을.

산군은 손에 남은 여의주의 잔재를 바닥에 거칠게 내팽개치며 순식간에 거대한 범으로 돌변하였다. 다른 범보다 두 배는 큰 맹수의 모습으로 청연을 죽일 듯 노려보다가 재빨리 몸을 틀었다. 산군은 사내들에게 잡혀 자리를 벗어나지 못한 나리에게 곧장 달려들었다. 여의주를 건네주며 곧장 그녀를 데려가지 않은 청연의 실수를 비웃으며 그녀의 사지부터 찢으려 하였다.

혼란스럽게 주변을 살피며 청연을 보던 나리는 아가리를 쩍 벌리고 달려드는 범을 눈치채자마자 사색이 되어 눈을 질끈 감았다.

그때였다. 무언가 거대한 움직임이 땅을 흔들었다. 나리를 붙잡은 사내가 어딘가 거세게 부딪쳐 그녀에게서 떨어져 나가고 산군도 뼈가 부러지는 둔탁한 소리와 함께 바닥을 굴렀다.

"하아, 흐……."

비틀거리며 바닥에 주저앉자마자 나리는 황급히 눈을 떴다. 어질어질한 눈앞에 간신히 초점을 찾아 고개를 들었다. 일순 그녀의 숨이 멎었다.

손목을 결박하던 장정과 달려들던 호랑이는 보이지 않았다. 그뿐만 아니라 아예 사방이 보이지 않았다. 눈앞엔 서늘하게 빛나는 비늘이, 그 어떤 칼과 창으로도 흠집 하나 낼 수 없을 만큼 견고한 수천 개의 푸른 비늘이 나리를 외부로부터 방어하듯 감싸고 있었다.

나리는 더듬더듬 눈길을 올렸다. 몹시 느리고도 우아하게 똬리를 튼 이무기의 거대한 몸을 눈으로 천천히 타고 올라갔다. 이무기는 갈라진 절벽 사이를 장엄하게 메우고 있었다. 검은 하늘을 가르는 섬광을 뒤로한 푸른 이무기의 모습은 휘몰아치는 꿈속처럼 경이로웠다.

나리의 시선이 빗물이 스미는 푸른 비늘을 오르고 올라 마침내 머리에 도달하였을 때, 이무기의 투명한 금빛 눈동자도 그녀를 내려다보았다.

"아……."

모습은 달랐으나 나리는 곧장 알 수 있었다. 깊이 사로잡히는 눈동자만 보아도 청연임을 알 수 있었다.

"청연 님……."

나리가 무의식적으로 그의 이름을 읊조리자 이무기의 날카로운 눈빛이 일순 부드럽게 감미로워지는 듯했다. 그때 이무기의 두툼한 몸통을 훌쩍 넘어 백호가 나타났다.

"신부님."

곧바로 청년의 모습으로 돌아온 연호가 혼몽하게 돌아본 나리를 다급히 안아 들었다. 그리고 주인을 올려다보자 이무기는 만족스럽게 웃는 듯 보였다. 연호는 고개를 끄덕이곤 다시 발을 놀렸다. 쓰러진 채 정신을 차리지 못하는 호랑이 떼를 지나고 비를 헤쳐 그리 멀지 않은 수풀에 나리를 내려 주었다.

"청연, 청연 님……."

"신부님. 위험합니다."

혼이 나간 채 울먹이며 다시 발길을 돌리려는 나리를 연호가 막아섰다. 나리는 젖은 눈으로 멍하니 연호를 응시했다. 연호는 단호하게 굳은 얼굴을 하곤 말했다.

"청연 님이 때가 오면 신부님과 함께 안전한 곳으로 몸을 피하라 명하셨습니다."

"연호 님께서는 알고 계셨습니까? 청연 님이 이무기로 변하리라는 걸……? 그래서 홀로 호랑이 떼를 마주하리라는 것도……?"

아무리 범이라 한들 이무기의 몸에 실금 하나 낼 수 없으리란 걸 연호는 알고 있었다. 하나 그 사실을 모르는 나리의 애타는 마음도 알 것 같았기에 연호는 울먹이는 나리에게 나지막이 답했다.

"신부님께 말씀드린 대로 청연 님께선 때가 오면 피하라는 명만 하시었습니다."

말하지 않아도 연호 너는 알 테지. 그 상황이 오면 내 신부를 안전한 곳으로 데리고 가렴. 혹여 은폐한 놈이 있을지도 모르니 내게서 너무 멀리 떨어지진 말고.

"그 후에 제가 할 일은 신부님을 지키는 것뿐이라고, 나머지는 청연 님께서 알아서 하시겠다고, 그리 말씀하셨습니다. 이렇게 될 줄은 저도 예상치 못했습니다."

그래, 이렇게 확실하게 끝을 내시리라고…… 연호는 청연의 음성을 떠올리며 결연하게 입을 다물었다.

"그럼 청연 님은 저대로……."

나리가 말을 채 잇기도 전에 벼락이 콰르릉 내리쳤다. 지축을 가르는 굉음은 인간이 어찌할 수 없는 본능적인 두려움을 불러일으켰다. 나리는 숨을 삼키며 눈을 질끈 감았다. 천둥은 더욱더 거세지고 섬광이 세상을 무너뜨릴 것처럼 번쩍였다. 이제 시작이라고 알리는 듯했다.

"크, 윽……."

한편 산군은 땅에 나뒹굴면서 순간적으로 찾아온 어지럼증을 가라앉히고 있었다. 겨우 정신 차려 검은 줄무늬가 선명한 몸뚱이를 일으킨 산군은 눈앞의 광경을 보자마자 다시 다리가 꺾일 듯했다. 털이 쭈뼛 서고 뒷덜미가 식었다. 처음으로 마주한 거대한 이무기는 가히 압도적이었다.

청연에게 적의만 남은 산군일지라도 이 순간만큼은 신수의 땅을 다스리는 이무기의 위엄이 실로 뼛속 깊이 와닿았다. 용을 모셔 온다 한들 눈앞의 이무기보다 두렵진 않을 것 같았다.

산군은 이무기와 감히 눈도 마주치지 못할 정도로 몸이 떨리고 등골이 오싹했다. 이빨과 발톱을 숨기고서 머리를 조아려야 할 것만 같았다.

잔혹한 포식자 앞에서 한낱 미물이 된 듯한 모욕적인 심정은 산군으로선 생경했다. 두꺼운 가죽도 찢어 내는 발톱과 단숨에 숨통을 끊는 이빨이 다 무슨 소용이란 말인가. 땅에서 태어난 신수 중에 유일하게 하늘 길을 오를 수 있는 이무기 앞에서 겨우 산 하나를 호령하는 범은 그저 네발 달린 짐승에 불과했다.

그런데도 산군은 호전적으로 눈을 번득였다. 수십 마리의 범들도 짐승의 우두머리라는 이름을 잃지 않으려 끊임없이 포효했다. 본능적인 두려움은 거친 발악으로 숨기고서 신수의 왕에게 달려들었다.

벼락이 떨어진다. 천둥이 울렸다. 거대한 이무기는 푸른 비늘을 빛내며 살육을 시작했다. 투명하게 떨어지는 빗물은 피와 함께 바닥에 고였다.

폭우는 한창이었다.

서쪽 산 절벽 아래엔 온갖 잔인한 소리가 울렸다. 맹수가 나뒹굴고 숨이 끊어지는 소리, 두꺼운 가죽이 갈가리 찢기는 소리, 비늘이 서느렇게 움직이는 소리. 그러나 멀리 퍼지진 않았다. 천둥이 처참한 비명을 덮었고 빗물이 괴로운 신음을 흐리게 하였다.

영원히 끝나지 않을 것 같던 살육의 향연은 길지 않았다. 번개가 멎고 천둥이 멎었다. 비는 점차 사그라들다가 어느 순간 그쳤다. 모든 것이 멈추자 서쪽 평지의 무참한 광경이 선명하게 드러났다.

산군을 따르던 범의 무리는 무지한 우두머리를 믿고서 만용을 부린 죄로 숨이 끊겼다. 어쩌면 이 말끔한 죽음이 되레 이무기의 너그러운 은혜인지도 몰랐다. 숨이 붙었다 한들 이빨 빠진 호랑이나 다름없으니. 이를 반증하듯 간신히 숨이 붙은 산군은 처참하기 그지없었다.

"크, 으……."

산군은 핏물로 흐려진 시야에서 느리게 흔들리는 푸른 비단 자락을 보았다. 청연은 도포를 느슨히 늘어뜨린 채 땅에 널브러진 산군을 내려다보았다. 그가 스르르 입술을 휘어 웃자 산군이 울컥 피를 토해 냈다.

"감히 나에게 덤빈 용기는 가상하였다, 아가."

"크윽……."

"남은 후회는 뼈에 단단히 새기고 가렴."

"……."

"이 몸의 신부는 건드리지 말았어야 해."

청연이 서느렇게 읊조리자마자 산군의 숨이 툭 끊어졌다. 아비를 죽이는 패륜을 저지르고 자신에게 반발하는 동족을 무참하게 짓밟으며 서쪽 산을 차지했던 산군의 명은, 산군이 죽인 생명의 수만큼이나 흥건한 핏물 위에서 눈도 감지 못한 채 끝이 났다.

"하……."

청연은 깊은숨을 들이쉬고 내쉬며 허공에 여리게 남은 물기를 느꼈다. 몸에 감도는 완전한 기운의 여운이 감미로웠다. 비틀비틀 다가오는 가냘픈 발걸음 소리는 또 얼마나 달콤한 여운을 주는지…….

청연은 천천히 고개를 돌렸다. 그의 시선 끝엔 엉망진창이 된 모습으로 눈가를 붉게 물들인 나리가 금방이라도 울음을 터트릴 듯이 그를 바라보며 서 있었다.

시체만 보면 곧 기절할 것처럼 정신을 못 차리고, 핏물만 보아도 하얗게 질려 바들바들 떠는 그 겁 많고 여린 신부가 피 웅덩이와 짐승 사체가 나뒹구는 끔찍한 땅을 홀로 가로질러 그곳에 서 있었다.

가슴이 가쁘게 오르내리는 걸 보니 정신없이 청연을 찾아온 게 분명한데, 그녀는 무엇 때문인지 더는 움직이지 못한 채 맑게 젖은 눈동자만 경련하고 있었다.

청연은 몸에 남은 기운을 가라앉히며 천천히 걸음을 옮겼다. 찰박찰박한 핏물을 밟으며 나리에게 향하는 그의 모습은 상처 하나 없이 청아했고 물기를 머금어 아름다웠다. 주변에 옅게 남은 기운만이 그가 이 피바다를 이룬 이무기라는 위엄을 알려 주고 있었다.

"……."

머지않아 그녀의 앞에 선 청연이 나리의 젖은 얼굴과 몸을 찬찬히 바라보았다. 엉망으로 찢어진 비단옷, 파르스름하게 멍든 손목과 어깨, 울혈이 남은 가녀린 목, 안 그래도 안쓰러운 그녀의 모습이 빗물에 젖어 더욱 애달프고 가엾고 또 심장을 저릿하게 했다.

청연은 말없이 손을 뻗었다. 울긋불긋한 손자국이 남은 얇은 목을 쓰다듬으려 했다. 그의 손이 다가오자 나리는 흠칫 움츠러들었다. 청연이 아닌 그 너머의 압도적인 본모습에 대한 어쩔 수 없는 두려움 탓이었다.

그러나 두려움은 몸이 느끼는 본능적인 감각일 뿐, 온갖 감정이 흐드러진 나리의 눈동자는 오롯이 청연을 향해 있었다. 청연은 잠시 멈추었던 손을 다시 뻗어 나리의 목덜미를 천천히 어루만졌다.

"얼마나 두려움에 떠셨습니까."

나지막이 흐르는 그의 목소리에 나리는 울음이 터지려는 입술을 꼭 깨물었다.

"이 가냘픈 몸과 여린 마음으로 얼마나……."

안타깝단 듯 눈을 휘는 그를 보니 목구멍이 꽉 메었다. 나리는 잘게 떨리는 손으로 목덜미에 맴도는 그의 손을 더듬더듬 감싸 잡았다. 목에 걸린 습한 덩어리를 힘겹게 삼켜 내며 입을 열었다.

"제가 청연 님을 위험하게 만들고 말았습니다. 아무것도 지키지 못하고, 여의주까지 저 때문에, 흑…… 저 때문에 그 귀한 것을……."

"……."

"죄송합니다. 죄송합니다……."

청연은 자그마한 두 손에 자신의 손을 내어 준 채로 고요히 나리를 내려다보았다. 그를 향해 뜨인 그녀의 까만 눈동자엔 깊은 자책이 먹구름처럼 덮여 있었다. 그녀 스스로는 도저히 거둘 수 없을 지경이었다. 청연은 그 먹구름을 걷어 내듯 나리의 눈가를 엄지로 느리게 쓸어 냈다.

"아니요. 그대는 이 몸을 충분히 지키셨습니다."

나리는 그의 손길에 잠시 감았던 눈을 크게 뜨고 그를 바라보았다. 청연은 나리의 뺨에 남은 생채기, 그리고 목에 남은 멍을 차례대로 어루만졌다.

"이 아까운 몸에 상처까지 남기시면서, 끝까지 저를 지키려 하셨습니다."

"……."

"그거면 됐습니다."

아, 청연 님은 어째서, 이리되어서도 내 마음의 무게를 덜어 내 주시는 걸까. 쉬이 덜어지면 안 되는 죄인데, 죽음으로도 모자랄 죗값인데…….

짓무른 눈가에 뻐근한 열이 오르고 눈앞에는 일렁일렁 파문이 졌다. 나리는 무언가 감내하듯 눈을 지그시 감았다. 새어 나온 눈물이 또르르 흘러 턱 끝에서 톡 떨어질 때, 나리는 다시 눈을 떠 그를 바라보았다. 이젠 말해야 할 때였다.

"청연 님, 저는 공주가 아닙니다."

나리를 응시하는 그의 얼굴은 변함없이 고요하기만 했다. 이미 다 알고 계셔서일까. 그렇다 한들 나리는 어영부영 넘어가지 않으리라 다짐했다. 다시는 후회하지 않도록, 자신의 입으로 그에게 말하리라고.

"저는 청연 님의 신부가 되기로 했던, 나라님께서 청연 님께 바치기로 약조한 귀한 공주가 아니라, 단지…… 단지 우연히 그 자리에 앉아 있던 궁녀일 뿐입니다."

공주마마와 같은 나이라는 이유만으로 목숨의 위협을 받아 가며 그 처소에 억지로 앉아 있던 여인일 뿐이라고, 나리는 이제껏 자신을 괴롭히던 진실을 그에게 말했다.

"처음엔 살고 싶어서, 이 한목숨 조금이나마 연명하고 싶어서 청연 님께 거짓말을 하였습니다."

자신의 연이 되지 않으면 손수 목을 꺾겠다는 그의 잔혹한 말과 나른한 미소가 나리의 머릿속에 떠올랐다. 곁에만 있어도 숨이 막히고 그의 손짓 하나에 얼마나 겁을 먹었었는지도 떠올랐다. 그런데도 살고 싶어서, 살아 있기만 하면 어떻게든 방법이 있을 것 같아서 실낱같은 희망에 하찮은 목숨을 걸었었다.

"그리고 후에는 청연 님의 애정을 잃기가 무서워서, 공주가 아닌 저를 청연 님이 어찌 보실까 두려워서 계속, 계속, 청연 님을 속였습니다."

나리는 생애 처음 겪은 그의 부드럽고 능란한 손길과 다감한 미소를 떠올렸다. 첫날밤을 보내면서 그가 얼마나 자신을 소중하게 다루어 주었는지, 얼마나 어여쁘게 봐 주었는지, 귓가에 속삭여 주던 말들은 얼마나 감미롭고 다정했는지.

그리고 죽음의 강을 건널 뻔할 때마다 늘 아무렇지 않게 그 단단한 손으로 자신을 건져 올려 어르고 달래 주던 그에게, 자신은 얼마나, 눈이 멀었던지.

"제가 청연 님께 눈이 멀어, 도저히 진실을 고할 수 없었습니다……."

"……."

"청연 님."

나리는 울음을 삼키며 가까스로 말을 이었다.

"실은 전부 말하려 하였습니다. 믿으실지 모르겠지만 청연 님께서 절 궁에 데려가 주시었을 때, 그 마지막 날에 이젠 모두 말하리라 다짐하였습니다. 그런데 제가 또 미련하게 망설이다가 어긋나고 말았습니다……."

"……."

"그래서…… 이제야 말씀드립니다."

"……."

"제가 잘못했습니다."

사그라지는 소리로 사죄하며 나리가 고개를 떨구었다. 후련하기도 하고 무섭기도 했다. 그러나 미련은 없었다. 감히 용서를 구할 마음도 없었다. 그가 어떤 결정을 내리든 달게 받아들일 수 있었다.

"하오나 청연 님과 나눈 약조는 모두 진심이었습니다. 청연 님께 드린 이 마음만은 한 번도 거짓이었던 적이 없습니다."

진실은 모두 고했으니 나리는 끝으로 진심을 전하며 그를 바라보았다. 그는 여전히 말이 없었다. 그저 깊은 시선으로 나리를 바라볼 뿐이었다. 그 암청색 눈동자에 비치는 어떤 애틋함이 나리의 가슴을 죄었다. 그의 눈빛에 기대어도 될까. 나리는 애써 눈물을 참으며 마지막으로 물었다.

"청연 님께선 이런 저를, 어찌 그리 아껴 주시었는지요."

"……."

"제 추악한 거짓을 다 아시면서도 어찌 그리 너그럽고 다정히 대해 주셨는지요."

"……."

"도대체 언제부터……."

대답을 갈구하듯 애달프게 반짝이는 그녀의 눈동자를 보며 청연은 그제야 고요히 입술을 올렸다.

"처음부터."

"……."

"처음부터 알고 있었습니다."

청연은 몹시도 부드럽고 깊은 미소를 머금고서 나리의 뺨을 어루만졌다.

"다 알면서 어찌 그대를 그리 아꼈느냐고 물으셨지요?"

"……."

"그 대답은 이미 그대에게 해 드렸습니다."

나리가 멍하니 눈을 깜박이며 혼란스러워했다. 청연은 설핏 웃어 버리곤 다시 말했다.

"달이 내린 계곡에서 그리고 정자에서 답을 드렸습니다."

순간 나리의 눈동자가 떨렸다. 달이 비치던 계곡, 산바람이 선선하던 정자, 그날 그가 낮은 목소리로 들려주었던 다정한 이야기가 그녀의 귓결에 맴돌았다.

"공주의 처소에 앉아 있던 그대를 본 순간, 한낱 인간 중에 그대가 유일하게 각별해지리란 걸 느꼈다고, 이 극악무도한 우연과 우연의 끝에 선 이가 그대라면 나는 그대를 만날 수밖에 없는 운명이었는지도 모르겠다고……."

"……."

"그대가 나와 이어진 연일지도 모른다고, 그리 답해 드렸습니다."

나리는 그의 말이 하나하나 가슴에 깊이 새겨지는 듯했다. 아프고도 벅찼다. 그래, 그는 애초에 답을 해 주었다. 세세히 밝히면 지레 겁먹을 자신을 알아서, 그는 그때그때 필요한 답만을 들려주었다. 용기를 내지 못한 건 나리 자신이었다. 그의 마음을 온전히 믿지 못하고, 공주가 아니면 버려지리라 믿으며 뒷걸음질 치기만 했던 나리 자신이었다. 나리의 눈가에 맑은 눈물이 차올랐다.

"이 몸을 은애하려 애쓰고 씨를 품으려 애쓰고 두려워하려 애쓰라고 하였습니다. 그대는 그리하겠다 하였지요."

청연은 꼭 그 말을 하던 달밤의 그때처럼 나리의 얼굴을 부드러이 감싸 올렸다. 입술이 닿을 듯 말 듯 간지럽게 스쳤다. 청연은 가까이에서 떨리는 그녀의 눈을 더없이 다정하게 바라보며 눈을 휘었다.

"지금도 그대에게 바라는 것은 그뿐입니다. 그러니 그대는 죄를 짓지 않았으며 제게 사죄할 필요도 없습니다. 저는 다만 그대가 이 고운 입으로 먼저 말해 주길 기다리고 있었고, 그대가 전부 말해 주어 기쁩니다."

"청연 님……."

"이러니 제가 어찌 그대를 아끼지 않을 수 있고, 은애하지 않을 수 있겠습니까."

"……."

"그대는 여전히, 이 몸의 귀한 신부입니다."

그 속삭임을 끝으로 청연이 입을 맞추었다. 나리는 부드럽게 밀려 드는 그의 혀를 머금으며 눈을 감았다. 톡 떨어지는 눈물은 벅찬 마음을 담고 있었다. 처음부터 그녀를 하찮고 미천하게 보던 건 그녀 자신뿐이었다는 새로운 깨달음이 심장에 온화하게 번졌다. 더는 비참하지도 서글프지도 않았다.

"연모합니다."

잠시 입술이 떨어지는 사이, 나리는 망설이지 않고 말했다. 생전 처음 겪은 이 마음을 숨기지 않고 그에게 전하였다.

"지금 당장 청연 님의 손에 죽는다고 하여도 기쁘게 눈을 감을 수 있을 만큼, 그리 연모합니다."

청연은 녹아내리듯 눈을 감고 웃으며 나리를 품에 깊숙이 가두었다.

"살아 들은 말 중에 이리 어여쁜 말이 있었는지……."

감미로운 목소리를 귀에 담으면서 나리는 그의 품에 몸을 맡겼다.

"이제 돌아갈까요."

귓가에 속삭이는 그의 제안이 나리의 온몸을 부드럽게 풀어지게 했다. 이제는 정말로, 평온한 마음으로 보금자리에 돌아갈 수 있었다. 나리는 젖은 얼굴로 기쁘게 웃으며 고갯짓했다.

그의 진정한 연으로서 첫발을 내디딘 심정은 눈물겹도록 벅찼다.

十三

오랜만에 해가 떴다. 며칠간은 날이 흐리고 이따금 비가 내릴 거라던 청연의 말처럼 나흘 내리 회색 구름만 가득하더니, 오늘에서야 그의 기운도 완연히 거두어진 듯 하늘이 맑고 푸르렀다.

나리는 간만에 볕을 쐬러 툇마루에 나와 앉았다. 다사로운 햇살에 데워지는 몸이 산뜻하고 가벼워 기분이 몹시도 좋았다. 그러나 혼자만의 온화한 시간은 그리 길지 않았다. 나리의 뒤에 다가온 여우들 때문이었다.

"여우님, 저 이제 정말 괜찮습니다. 몸도 다 나았고……."

나리가 난감하게 웃으며 손을 내저었으나 여우들은 막무가내였다. 얼른 처소에 들어가 누워 있으라며 나리의 손목을 붙잡고 단호한 표정으로 입술을 앙다물었다.

"진짜 진짜 괜찮아요. 아프지 않습니다."

나리가 재차 그들을 달랬지만 여우들은 끝내 미간까지 좁히며 고운 얼굴을 불만스럽게 물들였다. 그러곤 나리의 목을 손끝으로 톡톡 두드리고 다시 처소로 손짓했다. 나리의 목덜미엔 파르스름한 멍이 아주 희미하게 남아 있었다. 그마저도 안쓰러워 죽겠는지 여우들의 요염한 얼굴엔 나리를 향한 걱정이 그득했다.

"이건 자국만 남은 건데…… 정말 괜찮은데……."

나리는 자그맣게 웅얼거리며 쏟아지는 하얀 햇살을 아쉽게 쳐다보았다. 사실 툇마루에 계속 앉아 있고 싶지만, 자신을 걱정하는 여우들의 마음을 알기에 나리는 고집을 부릴 수 없었다.

그날 그와 함께 처소에 돌아왔을 때 여우들이 울먹이는 얼굴로 얼마나 달갑게 자신을 안아 주었는지 나리는 기억하고 있었다. 끼니때마다 밥은 잘 먹는지, 따다 준 과일까지 다 먹었는지, 눈을 빛내며 지켜보고 걱정하던 그들의 모습을 세세하게 기억하고 있었다. 그러니 더는 걱정을 끼치고 싶지 않았다.

기실 나리의 몸은 거의 나았다. 여우들이 나흘 내리 지극정성으로 돌보았으니 회복이 이를 만도 했다. 그리 괜찮아졌음에도 고작 툇마루에 나온 나리를 챙기는 여우들의 행동은 극성스러울 만큼이었으나, 나리는 얌전히 그들을 따르기로 했다. 햇살에 살짝 손만 뻗어 보고는 자리에서 일어날 채비를 했다.

그때 그와 마찬가지로 자리를 비웠던 연호가 먼저 처소로 돌아왔다. 나리를 발견한 연호가 정중히 허리를 숙이자 나리는 마주 인사하며 엷게 웃었다.

"서쪽 산에 다녀오시는지요."

마침 연호가 나타나 주었으니 처소로 가는 건 조금 미루어도 될 듯했다. 슬머시 기분이 좋아진 나리가 연호에게 달갑게 물었다. 여우들은 나리와 연호를 애타게 번갈아 보다가 이내 포기하고는 나리의 양옆에 나란히 앉았다. 연호가 담담히 고개를 끄덕이며 답했다.

"예, 청연 님도 곧 돌아오실 겁니다."

그의 이름만 들어도 가슴이 사근사근 뛰어서 나리는 고갯짓으로 답하며 수줍게 미소 지었다.

서쪽 산에서 있었던 일 이후로 그와 연호는 쉴 틈이 없었다. 연호가 서쪽 산 주변을 살펴볼 때 새로운 호랑이 무리를 발견했기 때문이었다.

심상찮게 내리는 비와 천지를 울리는 천둥에서 이무기의 기운을 느낀 호랑이들이 산군의 땅으로 잠시 상황을 살피러 왔을 때 연호를 맞닥뜨렸다. 그들은 전대 산군이자 연호의 아비를 따르던 호랑이 무리였고, 지금 산군의 뜻에 반발했다는 이유로 변방의 척박한 땅으로 쫓겨난 상태였다.

후에 연호가 청연에게 보고했으나 그는 이미 그들의 존재를 알고 있었다. 그리고 정해진 순서처럼 그들에게 서쪽 산을 허락하였고, 연호에겐 새로운 이름을 내려 주었다. 새로이 무리를 이룬 범들의 우두머리, 서쪽 산의 산군이었다.

청연의 명이라면 늘 충실하게 따르던 연호였으나 이번만큼은 재차 거절했다. 산군의 자리를 잇기엔 아직 배움이 부족하다는 게 이유였다. 그러나 오래 버티진 못하였다. 신수들을 아우르는 이무기의 지엄한 명령이 아니던가.

청연은 사호가 억지로 산군 자리를 차지했을 때부터 이미 연호를 다음 산군으로 확정 짓고 있었다. 대신 서쪽 산에 쌓인 범의 사체와 피가 스민 땅은 전과 같이 정화해 줄 것이며, 그 후에도 연호가 서쪽 산과 그의 땅을 오가며 지내는 삶을 허락해 주었다.

아비를 따르던 호랑이들을 도저히 모른 척할 수 없고, 사호가 엉망으로 망쳐 놓은 서쪽 산의 수습 역시 본인의 운명임을 연호는 끝내 받아들였다.

"고단하시겠습니다."

나리가 걱정 어린 미소를 띠며 말하자 연호는 작게 웃고는 고개를 저었다. 나리는 자신의 운명을 담담하게 받아들이는 연호가 새삼 대단하게 보였다.

문득 나리는 청연이 아득한 세월을 살아오는 동안, 그를 거쳐 간 수많은 신수도 연호처럼 장성하여 나갔으리란 생각이 들었다. 곁에 앉은 경국지색 여우들 역시 언젠가는 더욱 강하고 아름다운 신수가 될 터였다.

그날을 상상하며 나리가 여우들을 향해 살며시 웃자 여우들은 영문도 모른 채 덩달아 휘영청 눈웃음 지었다.

"아, 신부님, 이거⋯⋯."

돌연 연호가 품에서 무언가를 꺼내 나리에게 건넸다. 싱싱한 줄기 끝 파릇한 이파리 사이에 자그마한 애기나리꽃이 소담하게 피어 있었다. 나리는 의아한 눈빛으로 꽃을 보다가 조심스레 받아 들었다.

"시들기 전에 신부님께 전해 주라고 하셨습니다."

"아아⋯⋯."

물끄러미 꽃을 보던 나리가 그제야 부끄럽게 웃음 지었다. 천지에 널린 들꽃인데 그의 손을 거쳤다고 이리 어여쁠까. 거기다 그녀의 이름도 들어간 꽃인지라 나리는 가슴 안쪽이 간지럽기까지 했다. 손톱만 한 꽃을 조심스레 쓰다듬으며 나리는 웃음이 나는 입술을 말아 물었다.

나리는 여우들의 극성에 다시 처소로 돌아와 곧장 그가 준 꽃을 화병에 꽂아 두었다. 파릇한 잎을 살며시 만지작거리다가 소리 없이 웃자마자 처소 밖에서 인기척이 느껴졌다. 나리가 고개를 돌려 입구를 보았다. 장지문 너머엔 도인이 곧게 서서 미소 짓고 있었다.

"어르신⋯⋯!"

열린 문틈으로 여우들의 붉은 비단옷이 살짝 비치는 걸 보아 하니 그들이 도인을 데리고 온 듯했다. 나리의 몸 상태를 살펴보라는 뜻일 터였다. 도인에게 괜히 죄송스러웠으나, 산군의 침범 후에 처음 도인을 마주한지라 나리는 반갑게 웃으며 자리를 내어 주었다.

"감사합니다, 소저. 몸은 괜찮으신지요?"

도인이 조용한 몸짓으로 자리에 앉으며 너그럽게 묻자 나리는 옅게 웃으며 고개를 끄덕였다.

"많이 좋아졌습니다. 어르신은 어떠십니까? 그때 크게 화를 입으신 줄 아는데……."

도인은 겉보기엔 상처를 거의 회복하여 처음의 총명한 모습으로 돌아와 있었다. 자잘한 상처는 남았지만 곧 사라질 터였다. 그러나 상대가 범이었던 만큼 속까지 회복했을지는 모를 일이었다. 아무리 도사라고 해도 말이다. 나리가 걱정스레 바라보자 도인이 나직이 웃으며 답했다.

"곧장 인간의 땅으로 돌아갔으면 분명 죽었을 텐데, 다행히 청연 님의 땅에 며칠간 머물며 몸을 추스르다 보니 거의 회복되었습니다. 청연 님의 은혜에 감읍할 따름이지요."

단지 밖에서 시름에 잠겨 있을 제자가 조금 걱정이라며 도인이 난감하게 미소 짓자 나리도 고개를 숙이며 작게 웃었다.

"어쨌든 거의 나으셨다니 다행입니다. 그땐 저도 정신이 없었던지라 어르신께서 그리 다친 것도 몰랐습니다……."

서쪽 산에서 그와 함께 돌아온 뒤 며칠간은 나리도 자신의 성치 않은 몸을 돌보느라 정신이 없었다. 이틀 후에야 도인이 아직 그의 처소에 머물고 있다는 사실을 알았으니 말이다. 도인은 괘념치 말라며 고개를 저어 버리고는 정중히 손을 내밀었다.

"소저도 겉으론 괜찮아 보이지만 혹시 모르니 맥을 짚어 보지요. 여우 님들의 걱정도 이만저만이 아니고, 서쪽 산에서 몹시 고생하셨다 들었는데……."

"……."

"혹, 몸에 다른 이상은 없으신지 저도 걱정이 됩니다."

도인은 흘긋 장지문을 보며 목소리를 낮추었다. 나리는 도인의 말을 단박에 알아들었다. 다른 이상이라고 함은 배 속의 아가를 뜻할 테고, 자신 역시 그의 씨앗이 무사한지 걱정되었다. 나리는 한 손으로 배를 감싸고 나머지 손을 도인에게 조심스레 내밀었다.

"여기……."

도인은 그녀의 가느다란 손목에 손가락을 짚고서 집중했다. 나리는 긴장으로 침을 꼴깍 삼키며 도인의 주름진 얼굴을 살폈다. 어딘지 심각했던 도인의 낯이 머지않아 온화하게 풀렸다. 그는 나리를 향해 고개를 한 번 끄덕이며 만면에 다행스럽다는 미소를 띠었다.

"아무런 이상도 없고 그때보다 훨씬 건강하십니다."

"정말입니까?"

나리가 꽃이 만개하듯 환하게 얼굴을 펴며 묻자 도인이 따뜻한 음성으로 덧붙였다.

"예. 소저도 몸이 아주 가뿐하십니다. 울증도 없고 잔병도 없으니 기력만 더 보충하시면 되겠습니다."

"다행입니다. 혹여…… 저 때문에 아프면 어쩌나 하였는데……."

휘영청 휘어진 나리의 눈가에 반짝 물기가 어렸다. 도인은 마치 어린 딸을 보는 양 부드러운 얼굴을 하곤 말했다.

"지엄하신 이무기님의 씨앗이 아닙니까. 쉬이 약해지진 않을 겁니다. 소저가 이리 건강을 찾으셨으니 아이도 당연히 건강하겠지요."

"예, 감사합니다, 어르신……."

아직 배도 부르지 않아서 이 안에 아이가 있다는 게 신기하기만 한데, 타인에게서 그의 아이란 말을 들으니 나리는 몹시도 수줍고 또 기뻤다. 울렁거리는 마음이 감격으로 충만했다. 나리는 꼭 아가를 칭찬하듯 고운 손길로 배를 가만가만 쓰다듬었다.

"청연 님께는 말씀드렸는지요?"

나리가 배에 닿은 손을 멈칫했다. 요 며칠 그녀는 거의 침상에 있었고 청연은 서쪽 산을 오가느라 바빴다. 물론 함께하는 시간은 많았으나 정다운 밀어를 속삭이느라 정신이 없었다. 그러다 보니 거짓을 다 밝히고도 가장 중요한 일이 하나 남아 버렸다. 아직 그에게 아이가 생겼음을 말하지 못한 것이었다.

"아직은…… 말씀드리지 못했습니다."

"그럼……."

"예. 이제 알려 드려야지요."

그동안은 아기가 혹 아플지도 몰라서 입을 다물었지만, 이제는 말씀드려야겠지…….

회임 소식을 그에게 알리는 게 두렵진 않았다. 자신은 이제 그의 진심을 알고, 그 역시 자신의 진심을 알고 있으니. 다만 그의 반응을 예상할 수 없을 뿐이었다. 기뻐하실지, 혹은 당황하실지…….

어떻게 말씀드려야 하나.

나리는 배를 살며시 감싸며 곰곰이 생각에 잠겼다.

* * *

"청연 님."

청연은 그의 기운으로 맑게 정화된 범들의 땅을 마지막으로 둘러보고 거처로 돌아가려던 참이었다. 그런 그의 앞에 갑자기 나타나 공손히 허리를 숙인 이는 다름 아닌 선녀였다.

"천신님께서 부르십니다."

서쪽 산의 수습을 완연히 끝내고 이제야 신부님과 느긋하게 시간을 보내보려 했건만, 청연은 미간을 좁힌 채 웃음 섞인 한숨을 내쉬었다. 천신의 명이니 처소도 들르지 못하고 곧장 부름에 응해야 했다. 몇백 년 후 승천할 때쯤이나 천신님을 뵐 줄 알았는데, 이른 만남이었다.

"자주 뵈어 안부를 여쭙지도 못하겠습니다, 천신님."

장엄한 천신의 궁에서 청연은 나지막이 웃으며 예를 올렸다. 짐짓 모른 척 말을 아끼긴 했지만, 사실 천신이 무슨 일로 자신을 불렀는지는 정확히 알고 있었다.

"여의주를 만든 지 얼마나 지났다고 또 그 사달을 일으켰느냐."

한동안 청연을 가만히 보던 천신은 이내 피곤하단 듯 한숨을 내쉬며 말했다. 이무기가 작정하고 본모습을 보인 탓에 신수의 땅은 물론 인간의 땅까지 폭우가 내려 곳곳에 강이 범람하고 산이 깎였다.

아무리 하늘 아래 사사로운 영역은 간섭하지 않는 천신이라 한들 한숨이 나올 만도 하였다. 게다가 산군을 포함한 수십 마리의 범, 그 많은 신수의 숨을 끊어 놓았으니 어찌 잔소리가 나오지 않을까.

그러나 청연은 천신의 타박에도 태연하게 웃으며 한 치의 망설임도 없이 답했다.

"뒷일은 깨끗하게 수습하였으니 걱정은 마십시오. 하늘 아래의 일은 천신님의 한숨이 닿기도 전에 제가 알아서 하지 않습니까."

"……."

"이제껏, 늘 그래 왔듯이……."

말끝을 나른히 늘어뜨리며 청연이 눈웃음 지었다. 천신은 쯧, 혀를 차며 고개를 설레설레 저어 버렸다. 변명도 하지 않고 저 능란한 혀로 구렁이 담 넘어가듯 상황을 스르르 빠져나가는 청연이 몹시도 탐탁잖았지만, 실로 천신은 청연에게 더 할 말이 없었다.

신수의 피로 뒤범벅된 땅은 그보다 많은 빗물과 지하수에 씻겨 정화됐고 서쪽 산의 산군 자리 또한 그 자리에 맞는 범에게 내어 주었다. 고작 몇십 년의 짧은 세월 동안 여의주가 두 번이나 박살 났는데도 이무기는 악심은커녕 타락할 기미조차 보이지 않았다.

그것이 다행스럽고도 언짢은 묘한 감정을 느끼며 천신은 다시금 한숨을 내쉬었다. 그러곤 청연을 향해 그저 짧은 명령만 내렸다.

"그래, 네 뜻대로 되었으니 앞으론 제발 조용히 지내 주거라."

천신의 명은 거의 부탁에 가까웠고 청연은 말씀 받들겠다는 듯 가벼이 웃으며 허리를 숙였다. 끝으로 예를 올리고 하늘 아래로 돌아오는 청연의 손에는 천신의 땅에서만 자라는 하얀 꽃이 살랑였다.

처소에 도착하고 나니 이미 밤이 내려 하늘은 까맣고 달이 휘영청 떴다. 구름 한 점 없는 하늘엔 흩뿌려진 소금처럼 무수히 많은 별이 빛나고 있었다.

신부님은 이제 주무시나. 새근새근 잠든 그녀의 입술을 머금고 비몽사몽 깜박이는 눈꺼풀을 핥아 깨워서 그 고운 얼굴이 흥분으로 울먹일 때까지 음탕한 밤을 보내 볼까.

그리 음험한 욕망이 넘실거리는 속내와 달리 청연의 웃는 낯은 몹시도 청아했다. 청연은 천천히 그녀의 처소로 걸음을 옮기다가 머지않아 발을 멈추고 눈을 가늘게 휘었다.

달콤하게 물든 청연의 시선 끝자락엔 그녀가 있었다. 밤이 깊었는데도 툇마루에 다소곳이 앉은 나리가 반짝반짝 맑은 눈동자로 밤하늘을 올려다보고 있었다. 무언가 기분 좋은 상상을 하는 듯 발그레한 그녀의 뺨이 어여쁘다. 청연은 소리 없이 웃고는 다시 걸음을 옮겼다.

"주무시지 않고요."

청연이 다가오는 것도 모른 채 하늘만 보던 나리는 그가 말을 걸고서야 화들짝 놀라며 고개를 돌렸다. 그러곤 그를 보자마자 달갑게 웃으며 수줍은 얼굴로 도리질 쳤다.

"예, 아직…… 청연 님을 기다리고 있었습니다."

"그러셨습니까."

청연이 기분 좋게 웃으며 그녀의 귓가에 하얀 꽃을 꽂아 주었다. 그의 손이 나리의 귓가를 은근하게 쓰다듬고 떨어지자 나리의 수줍은 얼굴이 더욱 붉게 물들었다. 나리는 귓가의 꽃을 살며시 만지며 자그맣게 속삭였다.

"그날 이후로 몹시 바쁘시지 않았습니까. 함께 지내는 시간도 그리 길지 않았고…… 그래도 오늘부터는 계속 같이 있을 듯하여서……."

"이런, 서운하셨습니까?"

그가 다정하게 물어보며 눈매를 휘었다. 나리는 순간 당황하여 얼른 손을 내저었다.

"아, 아닙니다. 그런 게 아니라 이제 청연 님과 함께 있다고 생각하니 좋아서 그만…… 절대로 서운하지 않았습니다. 저도 며칠간 홀로 생각을 정리할 수 있어서 괜찮았습니다."

청연은 더듬더듬 변명하는 나리를 웃음 띤 눈으로 지켜보다가 물었다.

"저는 그대와 떨어져 있는 동안 서운했는데…… 저만 그랬던 겁니까?"

은근하고 장난스러운 속삭임에 나리가 눈을 동그랗게 떴다. 안 그래도 당황한 낯이 더욱이 당혹스럽게 물들었다.

"아, 아니요. 그런 뜻은 또 아니온데……."

뒷말을 채 잇지 못하고 입술만 벙긋거리던 나리는 그의 눈에 비친 옅은 장난기를 발견하고 나서야 입을 꼭 다물었다.

"청연 님이 그리 놀리실 때마다 제가 얼마나 당황하는지 아시는지요……."

자그맣게 웅얼거리는 나리가 못내 귀여워 청연은 낮게 소리 내어 웃었다. 그러곤 조금 전 나리의 이야기를 다시 꺼냈다.

"그래서, 그대는 며칠간 무슨 생각을 정리하셨습니까."

"그냥, 예전 일들…… 그리고 청연 님께 말씀드리지 못한 이야기나 이제 와 궁금한 것도…….”

흐음, 하고 짧은 숨을 내쉰 청연이 이내 조금은 짓궂은 눈빛을 하곤 나리에게 속삭여 물었다.

“제게 말하지 못한 이야기가 아직 남았는지요?”

“아, 그게…… 일부러 숨긴 것은 아니고, 그저 저 혼자 고민하던…….”

“어떤?”

이러다간 자신이 준비한 이야기는 하나도 꺼내지 못하고 그의 질문에 속절없이 말려들 것 같다. 나리는 입술을 달싹이며 우물쭈물하다가 양손을 뻗어 살며시 그의 손을 감싸 잡았다. 청연은 손등에 보드랍게 닿는 그녀의 손을 느끼며 미소 띤 눈으로 나리를 바라보았다.

“저기, 정자에 찻상을 내어놓았는데…… 같이 가시어요.”

무슨 일이기에 찻상까지 미리 내어놓고 정자로 부르시나, 청연은 잠시 의아하게 여겼으나 이내 나긋이 웃으며 고갯짓했다. 뭔진 모르겠지만 그녀 나름의 속내가 있겠거니 생각했다. 청연은 어딘지 긴장한 듯한 나리의 말간 눈가를 매만지며 장난스레 속삭였다.

“밤 나들이?”

낮고 은근한 그의 목소리가 나리의 귓결을 간질였다. 아니, 귓가에 꽂은 꽃 때문인가. 아니면 귀를 쓰다듬는 그의 손길이 간지러운 건가. 나리는 확 달아오른 얼굴을 손등으로 식히며 부끄럽게 미소 지었다.

“예, 밤 나들이…….”

청연은 엷게 속삭이는 나리를 보며 다시금 눈을 휘었다. 먼저 걸음을 옮기는 그녀의 손에 부드럽게 이끌려 정자로 향했다.

“여기…….”

나리는 흰 찻잔에 연둣빛 차를 따라서 그에게 내밀고 자신의 잔에도 차를 채웠다. 알맞게 따뜻한 찻물 덕분에 찻잔에도 기분 좋은 온기가 돌았다. 산바람이 선선히 불어오는 정자에서 즐기기에 딱 좋은 온도였다. 느긋하게 잔을 기울이는 그의 옆모습을 웃음 띤 눈으로 보며 나리도 향긋한 차로 살짝 입을 축였다.

"하……."

한 모금 삼키고서 여린 숨을 내쉰 뒤 나리는 시원한 바람에 반쯤 눈을 감았다. 바람을 타고 온 젖은 나뭇잎 향기와 그윽한 나무 내음을 맡았다. 마음이 절로 편안하게 가라앉았다.

얼마 전까진 상상도 할 수 없었던 평온한 밤, 산 내음, 고요한 풍경, 사늘하게 흐르는 그의 향기. 나리는 조심스레 그를 바라보았다. 저 산 너머를 보던 청연이 나리의 시선을 느낀 듯 스르르 눈길을 돌리며 미소 지었다.

"이제 말씀할 준비가 되셨습니까?"

"예……?"

"무슨 말씀을 해 주시려고 그대가 이리 망설이는지 도통 알 수가 없으니……."

"아, 그게……."

"그대가 듣고 싶은 이야기, 하고 싶은 이야기, 모두 대답하고 들어 드릴 테니 편하게 말씀해 보세요."

부드럽게 읊조린 청연이 찻잔을 기울이며 나른히 웃었다. 나리는 잠시 그의 말을 되뇌었다.

듣고 싶은 이야기, 하고 싶은 이야기…….

정작 그에게 알릴 소식은 따로 있었으나 그의 다정한 목소리를 들으니 문득 그간 청연에게 궁금했던 것들이 하나둘 떠오른다. 나리는 이리저리 눈을 굴리다가 이윽고 손에 든 잔을 내려놓았다.

"청연 님께서는 제가 거짓을 고할 때마다 어떤 기분이셨는지요."

"……."

"단 한 번이라도, 노엽던 적은 없으십니까……?"

그는 처음부터 비밀을 알았고 그런데도 너그러이 넘어갔지만, 나리는 어쩐지 신경이 쓰였다. 그에게 고한 거짓이 한두 개도 아니었으니 그중 하나라도 그를 노엽게 했다면 다시금 사죄하고 싶었다.

청연은 눈을 내리깔고 웃으며 찻잔을 내려 두었다. 그러곤 나리를 지그시 바라보며 웃음기가 채 가시지 않은 나지막한 소리로 말했다.

"한 번이라도 노엽던 적이 있었다면, 그대의 입으로 진실을 토해 낼 때까지 몰아붙였을 겁니다. 내 앞에선 감히 한 치의 거짓도 입에 담지 못하도록……."

"아……."

"그런데 그대는 귀엽기만 했습니다."

생각지도 못한 말을 들은 탓에 나리는 동그랗게 뜬 눈을 멍하니 깜박였다. 청연은 설핏 웃어 버리고는 차를 한 모금 마셨다.

"처음에는 이 몸이 거짓을 모른 척해야 그대가 마음을 놓을 것 같았습니다. 거짓을 고한다 한들 제겐 별문제도 아니니 그대가 그리하고 싶다면 내버려 두고 싶었지요. 그런데 그대는 알고 있습니까? 그대의 거짓말은 모조리 티가 난다는 걸……."

"……."

"그대는 거짓말을 할 때면 속눈썹이 잘게 떨리고 손을 가만히 두질 못합니다. 입술도 어찌나 오물거리는지 시선을 거두지 못할 정도지요."

"……."

"그때마다 이 몸이 그대를 얼마나 참아야 했는지 아실는지……."

느슨히 늘어지는 그의 목소리가 순간 몹시도 고혹적으로 들려서, 나리는 얼굴을 붉힌 채 식은 차를 조금은 황급하게 마셨다. 청연이 맑게 소리 내어 웃고는 말을 이었다.

"그 앙증맞은 얼굴을 이제 못 본다는 게 조금 아쉽지만, 괜찮습니다. 지금 그대의 얼굴도 몹시 사랑스러우니……."

나긋하게 중얼거리며 그가 눈웃음 짓자 나리는 끝내 목덜미까지 붉어지고 말았다. 목에 오른 열은 순전히 부끄러움 탓이었다. 처음부터 모든 비밀을 꿰뚫고 있던 그의 앞에서, 자신이 그리도 티 나는 거짓말을 일삼았다는 게 몹시도 민망해서.

한편으론 거짓을 말할 때마다 자신을 보던 그의 눈빛도 떠올랐다. 나리의 손과 입술과 눈을 주시하던 그의 눈빛이 왜 그리도 다정하고 부드러웠는지, 나리는 이제야 알 것 같았다.

이윽고 청연이 편안한 한숨을 내쉬며 입을 열었다.

"처음에는 그런 짓궂은 마음이었고, 후에는 서쪽 산에서 말씀드렸다시피 그대가 먼저 말해 주길 기다렸습니다. 그대가 말하지 못한 비밀을 그대의 입으로 제게 들려주기를…… 그러면 비로소 그대와 나 사이를 가로막는 건 아무것도 없으리라 여겼으니까요."

나리는 무의식적으로 작게 고개를 끄덕였다. 그의 말처럼 모든 비밀을 고한 지금 그와 자신 사이를 가로막는 건 아무것도 없으니까 말이다. 가만 수긍하는 나리를 옅은 미소를 머금은 채 바라보던 청연이 문득 입을 열었다.

"그때, 산군이 오기 전 뒤뜰에서 제게 모두 밝히려고 하셨지요?"

"……어떻게 아셨습니까?"

청연의 물음에 나리는 조금 놀라서 멍하니 되물었다. 그건 말씀드린 적이 없는데…… 그리 생각하며 의아하게 그를 쳐다보았다. 청연은 나리의 순한 얼굴을 응시하다 조용히 웃고는 말했다.

"저도 그때 말하려 했습니다. 그대가 숨긴 비밀을 모두 알고 있으며, 상관없이 그대를 아끼니 너무 아파하지 말라고."

"……."

"그대가 먼저 말해 주길 바라는 이 욕심보다, 홀로 아픔을 감당하는 그대가 제겐 훨씬 중요하고, 또 깊어서……."

담담하게 읊조리는 낮은 목소리가 나리의 가슴 깊숙이 스며들었다. 나리도 기억하고 있었다. 그날 뒤뜰에서 그에게 전부 털어놓으려 했을 때 그 역시도 할 말이 있다고 했었다. 그런데 그 할 말조차 자신을 위한 말이었다니, 눈가가 그렁그렁해지고 심장이 아릿하게 조였다.

"뭐, 갑자기 나타난 버릇없는 놈 탓에 저 역시 일을 그르치긴 했지만 말입니다."

청연이 부러 가볍게 웃으며 분위기를 풀고는 찻잔을 기울였다. 나리도 젖은 숨을 삼키며 눈을 휘었다. 문득 그와 이리 다정한 대화를 나누고 있다는 사실이 새삼스럽게도 감사했다.

"청연 님, 저 실은 청연 님께서 궁에 데리고 가 주시었을 때 말입니다."

나리는 그가 방금까지 들려준 이야기에 화답하듯 입가에 옅은 미소를 머금고 이야기를 시작했다.

"그날 전하를 따로 뵈었을 때, 전하께서 제게 독을 삼키라고 하셨습니다. 심장이 멈추는 독이었는데, 인간은 원래 그리 돌연하게 죽는 일이 많으니 청연 님의 의심을 사지도 않을 거라 하셨습니다."

청연이 말없이 나리를 바라보았다. 나리는 눈길을 아래로 내린 채 가만가만 말을 이었다.

"처음엔 저도 거부하였습니다. 그런데 명을 받들지 않으면 제가 공주가 아님을 청연 님께 밝히겠다고 겁박하시기에, 끝내는 받아들일 수밖에 없었습니다."

"……."

"제 목숨보다 청연 님이 더욱 중요하다는 걸 그때 깨달았거든요."

나리가 부끄러운 듯 작게 웃으며 살며시 그를 보자 청연도 조용히 눈을 휘었다.

"그런데 어찌 된 일인지 독을 삼키기로 한 날 아무도 찾아오지 않았고, 청연 님께서는 이제 돌아가자고 하셨지요. 그때 다짐했습니다. 청연 님께 내 거짓을 모두 고하리라고요."

"……."

"살고 싶어 그리도 발버둥 치던 제가, 목숨도 포기할 만큼 청연 님을 몹시도 연모함을 깨달아서…… 더는 비밀을 만들어선 안 된다고 여겼습니다."

"그러셨습니까."

"예…… 그런데 깨달은 것치곤 망설임이 길어서, 청연 님의 여의주가 깨지고 말았지만……."

이제껏 고운 목소리로 속삭이던 말이 돌연 시들하게 사그라진다. 보얀 얼굴은 어느덧 자책감이 그늘져 안쓰러웠다. 청연은 낮게 앓는 소리를 내며 웃고는 나리를 향해 부드럽게 팔을 벌려 손짓했다. 나리는 입술을 물고 그를 보다가 천천히 그에게 다가갔다. 청연은 나리를 안아 다리에 앉히고는 동그란 어깨를 쓰다듬었다.

"산군을 처리하지 않는 한 한 번은 있을 일이었습니다. 여의주는 본의 아니게 깨지긴 하였지만, 아직 완전히 다듬지도 않았으니 아깝지 않습니다. 아무렴 그대보다 소중하겠습니까."

다정하게 어르는 청연의 목소리에 나리가 작게 웃었으나 시선은 여전히 아래를 향하고 미소 띤 입술은 힘이 없었다. 손까지 조물조물 만지작대는 걸 보니 마음이 영 편치 않은 듯했다.

물끄러미 나리를 보던 청연은 흐음, 하고 무언가 생각하는 척하다가 이내 싱긋 웃으며 나리의 귓가에 속삭였다.

"제가 비밀 이야기 하나 해 드릴까요?"

"비밀, 이야기요……?"

나리가 살며시 고개를 들어 되묻자 청연은 눈을 가느다랗게 접으며 끄덕였다. 그대에게 비밀이었던 이야기인데…… 하고 덧붙이며 나리의 궁금증을 유발했다. 나리는 금세 의아한 얼굴이 되어 갸웃거렸다.

그러한 반응에 만족스럽게 미소 지은 청연이 나리를 고쳐 안으며 나지막이 입을 열었다.

"그대는 그날 궁에서 죽음을 강요당하셨지요?"

"……예, 한데 그 이야기를 어찌 지금."

"저는 그날 궁에서 셀 수 없이 많은 인간을 죽였습니다."

나리는 멈칫 입을 다물고 그를 올려다보았다.

"그대가 곤히 잠든 사이에요."

청연은 더없이 감미롭게 속삭이며 조금 늦게 나리와 시선을 엮었다.

"그대가 공주가 아님을 알면서도 궁에 들른 이유는 그대가 저와 처음 만난 그 자리에 자의로 있었던 건지, 타의로 있었던 건지 알아보기 위함이었습니다. 그런데 주제도 모르고 감히 그대를 해하려 하니 제가 어찌 참을 수 있었겠습니까."

"……."

"그래서 그대를 위협하고, 겁박하고, 몰아붙였던 이들의 숨통을 모조리 끊어 놓았습니다."

진실을 알고도 자신을 궁에 데려간 그가 이상하다는 생각은 했었다. 하필 독을 삼키기로 약조한 날에 자신을 황홀경에 흠뻑 적셔 깊이 잠들게 하고, 이제 볼일은 끝났다는 듯 새벽에 돌아가자고 했던 그가 나리는 신기하기까지 했었다. 그런데 그 모든 것이 그의 계획이었다니, 나리는 솜털이 오소소 솟은 팔을 살며시 쓸어내렸다.

"제가 두렵진 않으십니까?"

팔을 쓸어내리는 나리의 손을 천천히 엮어 잡으며 청연이 물었다. 나리는 가만 그를 올려다보며 자신의 마음을 곱씹었다. 두려운가? 아니, 그렇지 않았다. 예상치 못한 이야기를 들어 놀랐을 뿐, 그가 무섭지는 않았다. 나리는 설레설레 고개를 저었다.

"아닙니다. 이상하게도 이젠 다른 세상의 일인 것만 같습니다."

"그러십니까."

"예……."

그가 직접 많은 사람을 죽였다고 할 정도면 정말이지 수많은 이의 숨이 끊겼을 텐데, 말 그대로 다른 세상의 일인 듯 느껴졌다. 나리는 그런 자신이 몹시 낯설면서도 이상했다.

"청연 님은 이런 제가 나쁘게 보이시진 않는지요?"

이윽고 나리가 조심스레 묻자 청연이 무슨 말이냐는 듯 고개를 기울였다. 나리는 입술을 괴롭히며 자그맣게 입을 열었다.

"많은 이가 죽었다는데, 아무렇지 않아 하는 모습이……."

나리는 태연하기만 한 제 마음이 어쩐지 고약하다 싶었건만, 그는 나리가 별걱정을 다 한다는 양 낮은 웃음을 터뜨렸다.

"그럴 리가요. 어여쁘기만 합니다."

저를 위협하던 이들이 죽었다는데도 기뻐하기는커녕 태연한 자신을 질책하는 그 순진한 모습이 어찌 어여쁘지 않을까. 청연의 눈에 그녀는 여전히 곱기만 했다.

"그럼 다행입니다……."

나리는 그제야 안도한 듯 엷게 눈을 휘었다. 그가 괜찮다고 하니 나리는 더는 걱정스럽지 않았고, 여의주에 대한 죄책감도 그가 의도한 대로 어느새 잊어버리고 말았다.

"아……."

다시 안아 주는 그의 품에 머리를 기대던 나리가 문득 자세를 바로했다. 그러고 보니 이 자리를 마련한 목적을 완전히 잊고 있었다. 그런 나리의 속마음을 눈치챈 듯 청연이 낮게 웃으며 물었다.

"아직 할 말이 남으셨나 봅니다."

"예? 아…… 맞습니다. 아직 말씀드리지 못한 것이 있는데……."

나리는 우물쭈물 망설였다. 밤도 제법 깊었고 이젠 말을 해야 하는데, 어디서부터 이야기해야 할지 혼란스러웠다. 별안간 회임했다고 전하기엔 그에게 너무 갑작스러울 것 같았다. 하루 내내 준비했던 말은 다 어디로 사라진 걸까. 나리는 눈을 이리저리 굴리며 입술을 깨물었다.

"그리도 마음의 준비가 필요한 말입니까?"

"……예, 조금."

나리가 눈썹을 늘어뜨린 채 우물거리자 청연은 눈을 감으며 소리 없이 웃었다. 그러곤 느긋하게 손을 움직였다. 옆으로 안긴 그녀를 품에 단단히 가두고 얇은 치맛자락을 사락사락 헤쳤다. 보얀 살갗을 어루만지며 도드라진 무릎과 가느다란 허벅지를 천천히 타고 올랐다. 고심에 빠져 있던 나리는 그의 손이 허벅지 중간까지 닿고 나서야 흠칫 놀라며 다리를 움츠렸다.

"처, 청연 님……."

"그대는 제게 할 말을 정리하세요. 그동안 저는 그대에게 드릴 것이 있으니……."

하지만 이러면 머릿속을 정리할 수가 없는데…… 생각은 그러했으나 방금 그의 목소리와 미소가 몹시도 관능적으로 느껴진 탓에 나리는 입을 다물 수밖에 없었다.

나리는 부드럽게 미끄러지는 그의 손길에 눈을 질끈 감았다. 신음이 터질 것 같아 아랫입술을 꼭 물었다. 그러나 청연이 짓궂게도 입을 맞추는 바람에 벌어진 입술 새로 애달픈 소리가 새어 나왔다. 나리의 하얀 피부를 타고 오르던 그의 손은 어느새 그녀의 다리 사이 깊은 곳, 허벅지 안쪽의 연한 살결을 어루만지고 있었다.

"하아, 하……."

이윽고 청연이 그녀의 혀를 놓아주자 나리는 가쁜 숨을 색색 몰아쉬었다. 가느다란 다리는 맨살을 완전히 드러낸 채 잘게 떨리고 있었다. 청연은 맞댄 입술 사이로 간지럽게 퍼지는 그녀의 숨결을 느끼며 스르르 입술 끝을 올렸다.

"여기……."

머지않아 나리가 눈을 뜨자 청연이 나지막이 읊조리며 아래로 눈짓했다. 나리는 숨을 고르면서 시선을 내렸다. 거기엔 손톱만 한 푸른빛이 은은하게 반짝이고 있었다. 희고 깨끗한 그녀의 허벅지에, 그것도 몹시 깊은 자리에, 마치 귀한 보석 같은 푸른 비늘이 빛나고 있었다.

"역린입니다."

이무기로 눈을 뜰 때부터 몸에 생겨나서 용이 될 때까지 품고 가는, 영생을 누리는 용 신수의 유일한 약점이자 숨이었다. 나리는 멍하니 그의 푸른 역린을 보았다. 청연은 나리를 깊이 보듬어 안으며 웃음 띤 소리로 말했다.

"제 영겁의 세월을 그대에게 맡기는 겁니다. 이젠 그대의 목숨이 저의 목숨이지요."

"제게 무슨 일이 생기면 어쩌시려고 이리 귀한 것을 주십니까. 혹여 제가 영생을 누리지 못하면, 그럼 청연 님도……."

잘게 떨리는 소리로 더듬더듬 말하며 그를 올려다보던 나리는 청연과 눈이 마주치자마자 일순 말을 잃었다. 그의 눈은 여전히 미소 띤 채였고, 평온했으며, 더할 나위 없이 만족스러워 보였다. 청연은 나른히 입술을 올리며 말했다.

"괜찮습니다. 그대가 없는 억겁의 세월은 바라지도 않으니까."

나긋하고도 단호한 그의 말이 심장의 울림을 버겁게 했다. 그에게 아직 말하지 못했는데, 그는 아직 자신을 생명이 유한한 인간으로 알고 있을 텐데, 그런데도 그는 자신의 역린을 내어 준 것이었다.

가슴이 터질 것만 같았다. 나리는 솟구치는 충동을 참지 못하고 그의 목을 답삭 끌어안았다. 청량하게 웃으며 마주 안아 주는 청연에게 나리는 망설이지 않고 말했다.

"청연 님, 저 아기가 생겼습니다."

청연은 나리를 품에 안은 채로 멈추었다. 내리뜬 눈도 깜박이지 않고 나리를 보듬은 손도 움직이지 않고서 그는 완연히 굳어 있었다. 나리는 그의 목에 묻었던 얼굴을 조심스레 들어 찬찬히 그를 바라보았다.

"청연, 님……."

작게 불러 보아도 그는 숨쉬기도 잊은 것처럼 고요했다. 청연의 반응이 무엇을 뜻하는지 도통 알 수 없어 괜히 긴장이 밀려온다. 나리는 마른 입술을 적시며 가만히 그를 기다렸다.

머지않아 나리의 허벅지를 매만지던 그의 손이 천천히 위를 향했다. 이미 흐트러진 비단 자락은 그의 손길을 막지 않았다. 청연은 나리의 납작한 배에 손을 올렸다. 나리는 잠시 숨을 참았다.

"하……."

오래도록 가만히 멈춘 채 무언가를 가늠하던 청연이 긴 숨을 내쉬며 스르르 눈을 감고 웃었다. 나리는 침을 꼴깍 삼키며 그를 쳐다보았다. 이윽고 청연이 한참 동안 감았던 눈꺼풀을 올리며 깊은 미소를 머금었다. 그제야 나리와 시선을 엮으며 말했다.

"느껴집니다."

"……."

"그대와 나의 기운이 섞인 여린 생명이……."

그대의 안에서 몹시도 사랑스럽게 움트고 있다고, 속삭이듯 덧붙이며 청연은 다시 그녀를 안았다. 한 품에 들어오는 연약한 몸, 꽃줄기처럼 하늘하늘한 이 고운 신부의 안에 새 생명이 자라고 있었다. 그 생명은 자신과 그녀의 흔적이었다.

이젠 불로의 술도, 불사의 술도 필요치 않았다. 그저 자신과 그녀의 맺어짐만으로 같은 명을 살아갈 것이었다. 오백 년을 넘게 살며 처음 겪는 벅찬 느낌은 낯설고도 기꺼웠다. 청연은 다시금 웃으며 그녀의 귓가에 입을 맞추었다.

"기쁩니다. 그대와 모든 처음을 함께하여서……."

나리는 그제야 녹아내리듯 환하게 웃음 지었다. 그의 간결한 말이 눈물겨웠다. 그간 아기에게 미안하고 죄스러웠던 모든 감정이 그의 말 한마디에 저 멀리 사라졌다.

"저도요. 저도 너무 기쁩니다, 청연 님……."

이리도 행복할 수 있는지 나리는 지금이 꼭 꿈만 같다. 비현실적으로 드넓은 꽃밭에서 그윽한 향기에 흠뻑 취하는 것만 같았다. 그녀에게 거듭 입을 맞추는 청연만이 꿈이 아니라고 나리를 부드럽게 일깨우고 있었다.

"더 깊이 안겨요."

짧았던 입맞춤이 자연스레 길어지고 어느새 농밀하게 혀가 섞일 때, 나리는 그의 품속이라는 현실로 완연히 돌아왔고 그것 또한 좋았다. 다정한 환락으로 이끄는 그의 눈길과 손길과 숨결, 그 또한 이루 말할 수 없이 좋았다. 나리는 그의 목을 더욱 꼭 안았다.

나리의 목덜미를 간질이듯 훑으며 내려간 그의 입술이 그녀의 보얀 가슴께에 닿고 손이 다리 사이 은밀한 살결을 부드럽게 어루만졌다. 나리는 문득 달뜬 신음 사이로 애달피 그를 불렀다.

"청연 님……."

청연은 고개를 비스듬히 기울이고 나리를 보며 눈을 가늘게 접었다. 그녀의 안을 서서히 손가락으로 침범하며 속삭였다.

"지금은 참아 달라고 부탁하지 말아요. 다른 건 모두 들어줄 테니……."

나리가 다리를 파르르 떨면서 푹 젖은 눈으로 그를 보았다. 어딘지 짓궂은 그의 미소는 과하리만치 다정했다. 나리는 입술을 달싹이다가 그의 목덜미에 얼굴을 묻으며 소곤거렸다.

"그럼, 조금만 천천히 해 주시어요. 아가가 놀랍니다……."

청연은 멈칫 그녀를 바라보다가 이내 참지 못하고 짧은 웃음을 터트렸다. 그녀의 순진한 얼굴을 보면 그저 어리광을 부리는 듯한데 자그맣게 속닥이는 말은 몹시도 음란하게 느껴졌다. 입을 맞추지 않고는 버틸 수 없을 만큼 사랑스러웠다.

"이 몸의 아이라면 그 정도로 힘겨워하지 않을 텐데요."

청연이 나리의 입술에 가벼이 입을 맞추곤 긴 손가락을 천천히 움직였다. 나리는 어쩔 줄 모르고 신음하며 다시 그의 품에 얼굴을 묻었다. 더욱이 솔직해진 말을 그에게 힘겹게 속삭였다.

"그럼, 하아, 혼절하지 않게만…… 오늘은 청연 님과 오래도록 함께 있고 싶습니다."

정신없이 안고 싶도록 음심을 건드리는 건 그대면서…… 청연은 대답 없이 웃음만 삼켰다. 그가 이렇다 할 대답을 해 주지 않아 나리는 조금은 원망스럽게 눈썹을 늘어뜨렸다. 그러나 청연의 손길은 확연히 느리고 또 몹시 부드럽게 바뀌어 있었다.

애가 탈 정도로 느긋하고 온화한 환락이 맑은 밤공기를 타고 그들의 몸에 깊숙이 스미어 들었다.

"아아, 읏…… 흐응."

나리는 그의 품에 등을 기대고서 접힌 다리를 그의 허벅지 양옆으로 적나라하게 벌린 채였다. 허리를 감은 그의 팔에 몸을 맡기고 애달프게 신음했다. 나리의 상체를 받친 그의 손이 그녀의 보드라운 가슴을 움켜쥐었다. 남은 손은 도톰하게 솟은 음핵을 나긋나긋 어루만지고 있었다. 그의 기둥이 나리의 안을 간질이듯 천천히 드나들었다.

"아응, 흑……."

사방이 뚫린 정자에서 정을 통하는 자세라고 하기엔 무척이나 적나라했으나, 나리는 어쩐지 부끄럽기보다 애가 탔다. 음부를 부드러이 자극하는 그의 손길과 젖은 살결에 마찰하는 그의 기둥과 귓가를 간질이는 낮은 숨결은 늘 그랬던 것처럼 자극적인데, 속도는 평소와 달리 느렸다.

갈 듯 말 듯 약 올리면서 끝으로는 치닫지 않는 쾌락이 애가 타서 허리가 절로 들썩거린다. 왈칵 눈물이 고일 정도였다.

"청연 님, 조금만…… 흑, 조금만 더……."

나리가 말끝을 늘어뜨리며 자그맣게 애원하자 청연이 스르르 웃고는 그녀의 뒷덜미에 입을 맞추었다. 고작 입술이 짧게 스쳤다고 파르르 떨며 신음하는 그녀의 속내를 알면서, 청연은 더욱이 허리를 느긋하게 놀리며 고혹적인 저음으로 속삭였다.

"천천히 해 달라고, 혼절하지 않게 해 달라고 말씀하시지 않았습니까."

"흐으, 응."

"부인의 말을 들어 드리는 겁니다."

웃음기를 머금은 그의 말이 어딘지 짓궂다. 나리는 눈썹을 늘어뜨리며 입술을 꼭 깨물었다.

"하오나, 이렇게까지는…… 흐읏! 응, 아!"

순간 음핵을 자극하는 그의 손길이 빠르고 농밀해졌으나 아주 잠시뿐이었다. 찰나로 스쳐 간 짙은 쾌락은 바닷물을 마신 것처럼 은밀한 곳의 갈증만 더했다. 미끄럽게 젖은 살결이 더 깊은 자극을 원하며 움찔거렸다.

"하."

기둥에 들러붙어 오물거리는 그녀의 살결이 그의 인내심을 흩트렸다. 청연은 눈썹을 비틀며 한숨 쉬듯 웃었다. 그녀가 참지 못하고 다시금 청연 님, 하며 울먹이자 그의 단전이 빠듯해졌다. 아릴 정도로 피가 쏠린 아래를 당장에 처박고 싶은 난잡한 욕망을 억누르며 청연은 그녀의 귓가에 속삭였다.

"그럼 얼마나 모자라는지 말해 보세요."

"흐윽, 흐⋯⋯."

"더 세게 박아 달라고, 정신이 날아갈 때까지 함부로 음탕하게 다루어 달라고 애원해 보세요."

"청연 님, 제발⋯⋯ 으응! 아, 아아!"

나리가 입술을 달싹이며 망설이자 그의 손이 다시금 거세졌다가 어느 순간 멈추었다.

"어서."

청연이 파들파들 경련하며 젖은 숨을 고르는 그녀를 다시 담금질했다. 나리는 제 몸이 참을 수 없는 지경에 다다랐음을 느꼈다. 쾌락이 아슬아슬 스치기만 하고 이어지질 않으니 안달이 나서 미칠 것만 같았다.

나리는 눈물을 그득 머금은 채 여린 숨을 몰아쉬다가 돌연 고개를 돌려 청연에게 입을 맞추었다. 멈칫 굳은 그의 아랫입술을 허겁지겁 머금고 빨면서 스스로 허리를 움직였다.

"흐응, 으응!"

맞닿은 입술 새로 힘겹게 호흡하던 나리가 기어이 앞으로 팔을 딛고 무너지면서 숨을 크게 토해 냈다. 그러면서도 청연의 중심을 담는 짓은 멈추지 않았다. 길게 뻗은 그의 탄탄한 다리 사이에 손을 짚고서 두툼한 남근을 젖은 살결 틈으로 어설프게 밀어 넣고 빼내길 반복했다.

"흐응, 아! 청연 님, 흑."

"하아⋯⋯."

청연은 무언가 감내하듯 낮은 신음을 내쉬며 미소 지었다. 그녀의 긴 머리카락이 부드럽게 휘감긴 가느다란 허리가 그의 중심을 먹으려 낭창낭창 휘청거렸다. 꿀 같은 액을 줄줄 내뿜으며 귀두부터 뿌리 끝까지 담고 있었다. 찰박찰박 부딪치는 소리는 그녀만큼이나 여리고, 또 야릇했다.

말로 애원하기보다 더욱 음란한 짓을 했음을 내 순진한 신부님은 알고 계실는지.

숨을 고르며 웃어 버린 그의 퇴폐적인 얼굴에서 이내 한 줌의 여유까지 사라졌다. 청연은 서툴게 움직이며 신음하는 나리를 사냥하듯 낚아채 품에 꽉 가두어 안았다. 그의 한쪽 어깨에 그녀의 머리카락이 사르륵 감겼다. 보얗게 드러난 그녀의 목덜미를 짙게 훑으며 청연이 아래를 쳐올렸다.

"하으응! 아, 아아!"

"그래요, 하아, 말 대신 몸으로 보여 주시는 것도, 좋습니다."

"하아, 응! 흐윽!"

"당장에 안지 않으면, 웃, 견딜 수 없게 만들어 주시니까."

거칠게 속삭이는 저음에 탁한 신음이 섞여 나리의 고막을 사정없이 녹였다. 빠르게 치솟는 열기가 머리부터 발끝까지 솜털을 세우고 기어이 몸속까지 뜨겁게 자극했다. 나리는 애타게 기다리던 환락에 기꺼이 점령당했다. 부끄러움도 잊고서 그의 어깨에 머리를 기대고 가쁜 교성을 내질렀다.

"아, 흐응! 청연 님, 더, 거기, 아아, 훗!"

"하아, 여기? 여기가 좋아요?"

"응, 좋아, 좋아요. 더, 더."

"더 깊게 넣을까? 더 세게 박아 드릴까요? 응?"

네, 더 깊게, 하고 대답하며 나리가 정신없이 고갯짓했다. 미처 다물지 못한 입술에 침이 고여 투명하게 반짝였다. 청연은 맹수 같은 숨 사이로 나직이 웃고는 그녀의 입에 혀를 밀어 넣었다. 귀한 신부님이 요구한 대로 더욱 거세게 그녀를 갈랐다. 둘의 맞닿아 뒤엉킨 신음과 철썩거리는 마찰음이 점차 거칠어졌다.

"훗, 청연 님, 아, 아흑……!"

머지않아 나리가 그의 품에서 고개를 꺾으며 몸을 바들바들 떨었다. 청연은 파정이 멈출 때까지 그녀를 쳐올렸다. 끝내 그 역시도 낮은 신음을 삼켰을 땐 희뿌연 흔적이 다리 사이에 엉망으로 튄 채 질척하게 흘렀다.

"하아, 하……."

절정의 여운이 선선한 바람마저 온화하게 데운다. 청연은 눈을 감은 채 흐늘흐늘 늘어진 나리를 소중하게 보듬어 안았다. 그제야 스르르 눈을 뜬 나리가 살며시 그의 얼굴을 감싸고 보드랍게 입을 맞추었다. 청연이 기분 좋게 입술을 휘며 나리의 혀를 머금었다. 고요하고 나긋한 입맞춤이 절정의 여운을 감미롭게 더했다.

* * *

"춥지는 않습니까."

청연의 어깨에 느슨히 걸쳐진 도포가 실오라기 하나 걸치지 않은 나리의 하얀 나신을 부드럽게 감쌌다. 나리는 엷게 웃으며 괜찮다고 도리질 쳤다. 이제야 절정이 가라앉은 몸은 아직 뜨거웠다.

청연이 자그마한 찻잔을 나리의 입가에 기울였다. 선선한 밤공기가 스민 차는 이미 온기가 날아갔지만 그래서 목을 축이기엔 더없이 좋았다. 나리는 그가 잔을 기울여 주는 대로 시원한 차를 받아 마시고 긴 숨을 폭 내쉬었다.

어……?

정사의 여운으로 잘게 떨리는 다리를 살며시 추스르던 나리가 문득 허벅지에 옅은 이질감을 느끼곤 시선을 내렸다.

아, 청연 님의 역린…….

아까는 가슴이 너무 벅찬 나머지 역린을 제대로 보지 못하였는데,

지금 보니 신수님만큼이나 아름다운 비늘이었다. 표면은 까만 듯하면서 푸른빛이 오묘하게 감돌고 별을 잘게 흩뿌린 것처럼 은은하게 반짝였다.

신기하다. 살갗에 들러붙은 역린을 손끝으로 조심조심 만져 보니 단단하고 매끄럽고 조금은 서늘했다. 허벅지 안쪽이라 눈에 띄진 않을 테고, 그마저도 몹시 깊숙이 자리 잡고 있어 평소에는 나리도 인지하지 못할 듯했다.

이게 청연 님의 또 다른 숨이라니…….

나리는 자신도 모르게 계속 매끄러운 표면을 가만가만 만졌다. 나리에게 차를 먹여 주고 자신도 목을 축이던 청연은 문득 기울이던 찻잔을 멈추곤 피식 웃었다. 가느다란 다리 사이에서 살금살금 움직이는 그녀의 손을 지그시 보고는 말했다.

"모자라십니까?"

웃음 띤 낮은 음성이 나리의 귓결에 감겼다. 나리는 의아하게 청연을 쳐다보았다. 그의 말이 무슨 뜻인지 모르겠다는 양 그녀의 얼굴은 못내 순진했다. 청연은 부러 관능적으로 눈을 휘어 웃으며 나리의 다리 사이로 흘긋 눈짓했다.

"이 몸도 아직 한참 모자라는데, 그대가 홀로 몸을 달래기 전에 다시 할까요?"

청연이 꼭 유혹하는 것처럼 말끝을 늘어뜨리며 묻자 나리는 잠시 멍하다가 이내 얼굴이 확 달아올랐다. 홀로 몸을 달래다니, 뒤늦게 그의 말뜻을 이해한 나리가 허벅지에서 얼른 손을 떼며 다급히 도리질 쳤다.

"그, 그런 뜻으로 만진 것이 아닙니다. 그게 아니라……."

생각해 보니 그의 앞에서 허벅지의 깊은 자리를 아무렇지 않게 만지고 있었다. 그의 말마따나 홀로 수음이라도 하는 것처럼. 나리가 목덜미까지 붉게 물들인 채 어쩔 줄 모르자 청연이 맑게 웃으면서 나리의 손을 은근히 매만져 잡았다.

"그러고 보니 궁금합니다. 홀로 애쓰는 그대는 또 얼마나 고울지."

"청연 님……."

"그러다가 그대의 손가락과 젖은 살결을 한 번에 핥으면 또 얼마나 애달프게 울어 주실지……."

"……."

"후에 제 앞에서 보여 주실 수……."

청연이 짓궂고도 나긋한 미소를 띤 채 끊임없이 속삭였다. 그러자 당혹감과 부끄러움에 거의 혼이 나간 나리가 돌연 청연의 어깨를 와락 안았다. 그의 목덜미에 달아오른 얼굴을 폭 숨기고서 웅얼거렸다.

"저 좀 봐주시어요. 더 하시면 눈물이 날 것 같습니다……."

목덜미에 닿은 그녀의 살갗이 델 듯이 뜨거웠다. 아, 이 몸의 애간장을 녹이려고 작정을 하시었는지, 청연은 한 번만 넘어가 달라며 교태 아닌 교태를 부리는 그녀를 보듬어 안으며 어쩔 수 없다는 듯 웃음 지었다.

나리는 그가 한참이나 어루만지고 달랜 후에야 그의 어깨에서 살며시 떨어졌다. 떨어진다 한들 어차피 그의 품 안임은 다름없었다. 어쨌든 거의 눈물이 터질 것 같았던 부끄러움도 가라앉았으니, 나리는 뒤늦게 역린을 만진 까닭을 가만가만 그에게 말했다.

"실은, 역린을 보니 이제야 실감이 나서 그랬습니다. 청연 님과 명을 같이한다는 게……."

"그러셨습니까."

"예…… 아가가 생긴 걸 알았을 때도 이리 실감 나지는 않았는데……."

나리가 작게 중얼거리며 배에 살며시 손을 올렸다. 청연은 기분 좋게 웃고는 나리의 손에 자신의 손을 부드럽게 포갰다.

"아이보다 이 몸이 그대를 더 실감 나게 하여 다행입니다. 아니었으면 이 아이는 태어나기도 전에 아비의 질투를 받았겠지요."

말은 그러했으나 그의 목소리에는 애정이 그득 묻어나고 있었다. 나리는 고개를 숙이며 수줍게 미소 지었다. 배 위에 함께 포개진 둘의 손을 가만 보던 나리가 자기도 모르게 한숨을 폭 내쉬었다.

"……."

희미한 미소만 머금은 채 가만히 멈춘 걸 보니 그녀는 어떤 상념에 잠긴 듯했다. 청연이 나리의 이마에 입을 맞추고는 나지막이 물었다.

"무슨 생각을 그리 깊이 하십니까."

나리는 천천히 고개를 들어 그를 쳐다보다가 다시 시선을 내리며 엷게 웃었다.

"심각한 생각은 아니었습니다. 다만……."

"다만?"

"다만, 앞으로의 나날이 아득하다는 생각이 들었습니다."

"……."

"저는…… 그저 인간으로 살아왔잖습니까. 그토록 오랜 세월은 상상하기도 어려운지라……."

태어나기를 인간으로 태어났으니 영생에 가까운 삶이 머리론 실감 나도 마음으론 어쩔 수 없이 막연했다. 잠시 입을 다물었던 나리가 이내 괜찮다는 듯 웃으며 말문을 열었다.

"아닙니다. 제가 괜한 걱정을 끼쳐 드렸습니다. 청연 님께서도 너무 괘념치는……."

"언젠가 인간의 땅에서 함께 유람을 다니지요."

돌연 청연의 진중하고도 나른한 목소리가 흘렀다. 나리가 숨을 멈추고 멍하니 그를 바라보았다. 청연은 먼 산을 보며 미소 띤 채 말을 이었다.

"인간들 틈에서 방방곡곡을 돌아다니며 산에도 살고, 호숫가에도 살고…… 그 후엔 하늘과 가까운 땅에서 지내 보기도 하고요. 그것도 지겨워지는 날에는 바닷속 용궁에서 푸른 물결을 보며 살아도 좋을 테지요."

그가 느지막이 나리와 시선을 맞추며 부드럽게 미소 지었다.

"그날까지 그대와 나는 무수히 많은 처음을 함께할 것입니다."

"……."

"그대의 곁엔 늘 이 몸이 있고, 제겐 그대가 있겠지요."

"……."

"지금도 아득하십니까?"

밤하늘을 등진 그는 여느 때보다 아름다웠고 그려 놓은 듯한 미소는 더할 나위 없이 다정했다. 나리는 꿈결 같은 얼굴로 오래도록 그를 눈에 담았다. 머지않아 젖은 눈을 휘며 고개를 저었다.

"아니요."

어느덧 그녀의 얼굴을 다감하게 어루만지는 그의 손을 소중히 감싸며 속삭였다.

"행복하기만 합니다."

그 말 한마디에 그의 고혹적인 얼굴에 몹시도 기분 좋은 미소가 번질 때, 나리의 심장엔 온화한 깨달음이 번졌다. 하늘을 수놓은 별은 매일 나타났다가 사라지고 흰 달은 때마다 모습을 달리하겠지만, 신수님만은, 자신의 연이자 구원인 청연만은 영원히 변치 않으리라고.

"더할 나위 없이, 행복합니다."

아득했던 마음은 어느새 흔적도 없이 사라졌다. 오직 앞으로의 나날만이 기다려졌다. 그와 함께 맞이할 모든 날, 무수히 많은 처음이.

-完-

外傳. 一

　화원에 볕이 잔뜩 드는 다사로운 한낮이면 짙푸른 풀잎도 알록달록한 꽃잎도 한층 색이 짙어졌다. 여우들은 홍시 같은 털을 휘날리며 부드러운 풀밭을 사박사박 뛰어다녔다. 따뜻하게 데워진 바위엔 나리가 단아하게 앉아 있었다.

　화원에서 팔랑팔랑 날아온 나비가 여우들을 지나쳐 나리의 무릎에 잠시 쉬어 가려는 양 내려앉았다. 여우들은 까만 눈을 반짝 빛내며 얼른 달려가 나리의 무릎에 앞발을 덥석 올렸다.

　그러나 나비는 여우의 도톰한 앞발을 얄밉게 피해 화원으로 홀랑홀랑 날아가 버렸다. 여우들은 멀어지는 나비를 아쉽게 보다가 일순 의아하게 귀를 쫑긋거리며 그녀를 쳐다보았다. 자기들이 갑자기 덮쳤는데도 나리가 아무런 반응이 없는 게 이상한 모양이었다.

　"……아."

　여우가 앞발을 몇 번 더 굴리고 나서야 그녀는 화들짝 눈에 생기를 찾았다. 무슨 일이냐며 머리를 갸웃거리는 여우들을 향해 나리는 아무 것도 아니라는 듯 설레설레 도리질 치며 웃었다. 금세 수긍한 여우들이 다시 풀밭을 구르며 멀어진다. 나리는 여우들의 풍성한 꼬리를 보며 미소 짓다가 그들 몰래 한숨을 내쉬었다.

"하아……."

나리는 요즈음 남몰래 내쉬는 한숨이 잦아졌다. 딱히 근심에 빠진 건 아니었다. 그의 곁에서 근심거리가 있을 리도 만무했다. 단지, 요즘 자신의 생활에 관해 생각이 조금 깊어졌을 뿐이었다. 나리는 다시금 짧은 한숨을 내쉬며 배에 살며시 손을 올렸다.

아가도 있는데, 너무 단조롭게 지내는 건 아닐까…….

문득 그런 상념이 든 건 어쩌면 당연한 일이었다. 근래에 나리는 제법 오랜 나날을 그의 처소 안에서만 지냈다. 처소의 담 너머로는 발도 디디지 않았다. 요괴나 산짐승이 두려워서는 아니었다. 그의 냄새를 차고 넘칠 정도로 온몸에 머금고 다니는데 무어가 두려울까.

그런데도 나리가 스스로 처소에 칩거한 이유는 달포 전 도인이 이 땅을 떠나기 전 당부했던 말이 기억에 남아서였다.

'신수님의 후사시니 인간의 아이보다는 분명 강하겠지요. 하나 배 안에 있을 땐 모든 생명이 여리지 않겠습니까.'

아이는 물론 신부님의 몸도 잘 챙기라는 의미로 남긴 말이었을 텐데, 그 당부로 인해 여우들은 나리에게 더욱 극성스러워지고 청연의 보살핌도 지나치게 극진해졌다.

그러다 보니 도인의 말을 그저 안부로 들었던 나리도 덩달아 걱정스러워지고 말았다. 아가를 품고 산길을 돌아다니기가 걱정스럽고 혹여 돌부리에 걸려 크게 넘어지면 어쩌나 지레 겁이 났다. 그러니 자연히 처소 담장 너머론 발길이 닿지 않았다. 그나마 마음 편히 거닐 수 있는 장소라곤 뒤뜰이나 화원뿐이었다.

화원은 여전히 아름다웠다. 달콤한 향기를 흘리는 온갖 과실수와 이름 모를 꽃이 흐드러졌고 녹색 이파리는 청량하게 무성했다. 게다가 날씨는 언제나 다사로웠다. 늦은 봄처럼 약간 더워지거나 이른 가을처럼 조금 선선해질 뿐, 덥거나 춥지도 않았다. 달리 말하면 그만큼 변화가 없다는 뜻이기도 했는데, 그게 생명을 품은 나리의 아주 작은 고민이었다.

"이젠 몸도 괜찮은데……."

나리는 혼잣말을 중얼거리며 배를 내려다보았다. 처음 아이가 왔을 땐 몸이 그렇게나 약했는데 이제는 신기하리만치 심신이 가볍다. 그녀가 충분히 행복해졌음을 이 여린 생명도 인지한 것처럼 말이다. 벌써 이리 착하고 어여쁜 아가에게 나리는 더 많은 것을 보여 주고 느끼게 해 주고 싶었다.

그의 땅은 더할 나위 없이 아름답고 온화한 풍경이지만, 조금만 더 많은 것을……

물론 청연에게 부탁하면 그는 언제든 나리를 다른 곳으로 훌쩍 데리고 가겠지만, 어쩐지 그런 말을 하기에는 마음이 쓰였다. 지금 마음속에서 불쑥불쑥 치솟는 이 욕심도 낯설어서 어쩔 줄을 모르겠는데 그에게 사사로운 부탁까지 하자니 염치가 없는 것도 같았다.

사실 거처 주변이 나리 홀로 돌아다녀도 아무런 걱정이 없을 만한 환경이라면 이런 고민도 들지 않을 터였다. 이를테면 험한 산세 대신 평평하게 닦인 길이라든가, 조금만 걸어 나가도 잡다한 물건이나 주전부리를 발견할 수 있는 저잣거리 같은 환경 말이다.

그러나 다시 둘러봐도 그의 처소는 몹시 깊고 고요한 산중에 있었다. 나리는 먼 산등성을 가만히 바라보다가 이내 괜찮다는 듯 작게 웃었다.

그래, 원한다고 쉬이 이루어지는 것도 아니고, 이 정도면 충분히 행복하지…….

그러니까 욕심은 그만두자며 나리는 배를 가만가만 어루만졌다.

"그날 유과 먹어 볼 걸 그랬나……."

문득 일전의 저잣거리를 떠올린 나리가 입맛을 다시며 자그맣게 중얼거렸다.

* * *

아침에 자리를 비운 그는 아직 돌아오지 않았고 창밖에는 어느새 까만 밤이 내렸다. 나리는 창가의 탁자에 손을 포개 올리고서 멍하니 창밖을 바라보았다. 겉보기엔 몹시도 단아한 모습이었으나 나리의 머릿속은 제법 부산스러웠다.

낮에 화원에서 예전 저잣거리에서 보았던 유과가 불현듯 떠오르더니 이제는 어릴 적 먹었던 주전부리까지 끊임없이 생각났다. 궁에서 특별한 날에만 가끔 맛보던 달콤한 간식도 떠올랐다. 혀에 달콤한 맛이 감도는 착각이 인다. 바삭하거나 말랑한 식감이 느껴지는 것 같기도 했다.

아가가 생겨서 그런가…….

인간의 땅에서 나는 음식은 분명 모래를 씹는 것처럼 텁텁하고 맛도 느껴지지 않을 걸 안다. 일전에 인간의 땅에 갔을 때도 밥 한술 삼키기 어려워 그가 준 환약으로 버티지 않았던가.

거기다 지금은 신수님의 아이도 품었으니 더욱이 인간의 음식은 삼키기 힘들 터인데, 왜인지 예전에 먹었던 것들이 머릿속에서 떠나질 않았다. 어쩌면 신수의 땅에서 구할 수 없는 음식들이기에 더 애가 타는지도 몰랐다.

예전에 청연 님 말로는 인간의 음식도 계속 먹다 보면 다시 익숙해지고 입맛도 돌아온다고 하였는데…….

물론 지금 이대로도 너무 좋다고 여기면서도 머릿속은 자꾸만 인간의 땅에서 먹었던 음식의 가짓수만 더한다. 나리는 사슴 신수의 집에서 들었던 그의 말을 되뇌며 탁자에 놓인 말린 살구를 톡톡 건드리다가 이내 그만두었다.

"밤이 늦었습니다."

다시금 창밖에 시선을 두던 나리가 그의 목소리에 화들짝 고개를 돌렸다. 볼일이 있다며 일찍이 나섰던 청연이 뒤에서 나리의 어깨에 손을 올린 채 눈웃음 짓고 있었다. 나리가 그제야 놀란 표정을 풀고 달갑게 웃었다. 오셨습니까, 하고 속삭이며 그의 팔에 뺨을 살짝 기대자 청연은 허리를 숙여 나리의 입술에 가벼이 입을 맞추었다.

"볼일은 잘 끝내셨습니까? 많이 늦으셨는데…….."

"이리저리 살피다 보니 조금 늦었는데…… 뭐, 잘 마무리되었습니다."

뭔진 모르겠으나 잘 마무리됐다면 다행이다 싶어 나리가 엷게 눈을 휘며 고개를 끄덕였다. 청연이 마주 웃고서 나직이 입을 열었다.

"그대는요?"

"예……?"

"무슨 생각을 그리 깊게 하시기에 이 몸이 문을 열고 들어올 때까지 눈치채지 못하셨습니까."

"아, 그것이…….."

무의식적으로 대답하려던 나리가 이내 입을 꾹 다물고는 멋쩍은 듯 웃어 보였다. 어깨에 올라온 그의 손을 붙잡으며 잘게 도리질 쳤다.

"아무것도 아닙니다."

예전에 먹었던 음식이 온종일 떠올랐다고 하기에는 괜히 부끄럽고, 또 복에 겨운 것 같아 나리는 말을 아꼈다.

"밤바람이 시원해서 잠시 정신이 팔렸나 봅니다."

무척 어설픈 변명이었건만 청연은 고개를 비스듬히 기울이며 웃을 뿐 더는 말을 꺼내지 않았다. 이윽고 청연이 그녀의 가는 손목을 부드럽게 쥐었다. 도드라진 뼈와 손등을 찬찬히 살피며 매만지더니 웃음 섞인 한숨을 내쉬었다.

"점점 더 마르시는 것 같습니다."

"……그렇습니까."

"근래엔 입도 짧아지신 듯하고……."

나직이 늘어지는 그의 말에 나리가 지레 찔려선 움찔했다. 청연은 이리저리 눈을 굴리는 나리를 모른 척하며 그녀의 손등에 입술을 댔다.

"이러다 혀만 닿아도 스러질까 걱정입니다."

나리는 손끝을 살짝 움츠리며 입술을 감춰물었다. 그에게 속내를 어렴풋이 들킨 느낌이 드는 데다가 손등에 입술을 댄 채 나른히 내려다보는 그의 미소 띤 얼굴이 매혹적이라 가슴이 쿵쿵 뛰었다. 달빛을 머금은 그는 어째서 매일 봐도 매일 아름다운지, 나리는 도취된 듯 그를 보다가 뒤늦게 뺨을 발그레 물들였다.

"그 정도는 아닙니다…… 겉보기만 그렇지 몸도 건강하고요……."

나리가 수줍은 목소리로 자그맣게 속삭이며 눈을 살포시 내리깔았다. 못 참겠다는 듯 웃어 버린 청연이 나리의 손끝을 세지 않게 깨물었다. 그녀의 발간 입술 새로 흐르는 희미한 신음이 꼭 작은 새처럼 여리고 예쁘다. 청연은 마른 숨을 삼키며 스르르 입술을 휘었다.

"그럼 이 몸이 한번 확인해 볼까요?"

"……예?"

"그대 몸 깊숙한 곳까지……?"

순간 당황한 나리가 눈을 동그랗게 뜨고 입술을 달싹였다. 청연은 휘영청 눈웃음 지으며 나리의 손가락을 길게 핥았다. 가느다란 손, 연약한 마디, 단정한 손톱 끝을 살짝 깨물면서 파르르 어깨를 떠는 그녀의 앞에 느긋하게 자세를 낮추어 앉았다.

하늘하늘 얇은 비단 아래로 가느다란 다리의 보얀 살갗이 어렴풋이 비쳤다. 청연은 뱀처럼 느린 손길로 나리의 자그마한 발부터 발목, 무릎과 허벅지를 농밀하게 어루만졌다. 매끄러운 치맛자락이 그의 손길에 따라서 스르르 올라가고 벌어지자 나리는 어쩔 줄 모르고 입술을 깨물었다.

청연은 나리의 무릎에 입을 맞추고 흠칫흠칫 떨리는 그녀의 가는 다리를 자신의 어깨에 걸쳤다. 큰 손으로 나리의 허벅지를 어루만지듯 꽉 잡고 그제야 적나라하게 드러난 안쪽의 연한 살갗을 혀로 질척하게 짓눌렀다. 그의 입술이 지나간 살결마다 붉은 꽃잎이 은은히 피어올랐다.

"청연, 님…… 으응."

청연의 낮은 숨결이 어느덧 역린까지 닿았다. 다리 사이 가장 깊은 살갗에 은밀히 숨겨져 있던 푸른 역린에. 나리는 감았던 눈을 다급히 뜨고는 더듬더듬 그의 손을 붙잡았다.

"청연 님, 잠시, 잠시만……."

청연은 허벅지에 입술을 묻은 채 고개를 비스듬히 기울여 나리를 보았다. 반쯤 뜨인 날카로운 눈매가 고혹적으로 나리를 향했다. 그 눈빛을 보니 다시금 목덜미에 열이 올랐으나 나리는 달뜬 숨을 삼키며 조심스레 도리질 쳤다. 촉촉하게 젖은 그녀의 눈이 잠시만 멈추어 달라고 말없이 그에게 애원하고 있었다. 청연은 가만히 그녀를 응시하다가 이내 미간을 좁히며 웃고는 나리의 다리에 툭 뺨을 기댔다.

"그리 관능적인 얼굴을 하고 음란한 향을 풍기시면서 잠시라고 하면…… 이 몸이 어찌해야 할지요?"

"……청연 님, 그게."

"요즘따라 너무 움츠리십니다. 제가 마음껏 어여삐할 수도 없게요."

나리가 차마 말을 잇지 못하고 입술만 우물거리자 청연이 옅은 미소를 머금곤 한숨처럼 속삭였다.

"아가가, 벌써 그대를 제게서 뺏어 간 건지요?"

그의 눈동자엔 언뜻 짓궂은 기색이 감돌고 있었다. 그러나 그의 나지막한 말에 몹시도 당황한 나리는 미처 그의 눈을 살필 생각도 못 한 채 얼른 고개를 저었다.

"아, 아닙니다! 그게 아니라……."

그런 게 아닌데, 하고 재차 중얼거리며 안절부절못하는 모습이 그의 눈엔 귀엽기만 했다. 순진하시긴. 청연은 속으로 웃어 버렸다.

사실 청연도 그녀의 속내를 모르는 게 아니었다. 도인이 떠나기 전 건넨 당부 탓에 아가를 향한 걱정이 한층 깊어졌음은 당연히 짐작하고 있었다. 아이가 혹여 잘못될까 봐 염려하는 마음도, 둘의 아이를 귀하게 품으려는 그녀의 마음도 물론 사랑스럽다.

그러나, 점차 색욕에 물들어 울먹이는 저 어여쁜 얼굴을 보고도 미련 없이 손을 떼기는 여간 힘든 게 아니다. 꼭 벌이나 다름없는 부탁을 하시니 자신도 괜히 짓궂은 농을 하게 되고 말이다. 청연은 일부러 서운한 미소를 지우지 않은 채 계속 그녀를 응시했다.

"청연 님, 그런 생각은 하지 마시어요. 저는 정말 그런 뜻이 아니라……."

고요히 올려다보기만 하는 그가 이제껏 많이 서운했나 싶어 나리는 애타는 목소리로 이래저래 변명했다.

"저도 청연 님과 보내는 밤이 좋습니다. 늘 좋았습니다. 한데 몸에 느껴지는 열락이 버거워 혹여 아가에게 좋지 않을까 봐, 그래서……."

"……."

"청연 님……."

속이 타는지 늘어지는 말꼬리에 기어이 물기까지 어린다.

아, 이 신부님을 어쩔까. 맑고 순한 목소리로 이리도 음심을 건드리시면 참을 수가 없는데…… 차라리 그녀를 부드럽게 달래어 침상으로 모시고 가 볼까. 물론 몸짓은 부드럽지 않겠지만, 신수의 씨가 겨우 그 정도로 잘못되기도 불가능한 일인데…….

거기까지 떠올리긴 했으나 청연은 끝내 한 걸음 물러서기로 했다. 마음껏 그녀를 품었다가 귀한 신부님이 온종일 전전긍긍하면 안 되니까. 그리고 색욕에 젖은 그녀의 모습은 꼭 몸으로 품지 않더라도 볼 수 있지 않은가. 가령 손가락이나, 입술만으로도 말이다.

청연은 나리를 주시하며 부드럽게 눈을 휘었다.

"그러면 그대 말씀은, 지금도 열이 올랐으나 저와 밤을 보내기엔 걱정이 된다는 뜻이지요?"

"……예."

"그럼 이렇게 하지요."

무언가 더 변명하려던 나리의 목소리를 가로질러 청연이 나지막이 속삭였다.

"저는 넣지 않을 테니 홀로 해 보십시오."

나리는 일순 머릿속이 새하얘져 멍하니 청연을 바라보았다. 청연은 교태 부리듯이 눈을 휘고서 나리의 허벅지에 얼굴을 스르르 비볐다. 흠칫 떨리는 그녀의 매끄러운 살갗에 입을 맞추고 타는 갈증을 억누르며 나리의 손을 부드럽게 끌어왔다.

"처, 청연 님……."

그에게 끌려간 손가락 끝에 촉촉하고 여린 살결이 닿았다. 자신의 몸인데도 미끄러운 감각이 생경하여 절로 손끝이 흠칫 움츠러들었다. 나리는 당장에라도 눈물을 떨굴 것처럼 부끄러운 얼굴로 가냘프게 애원했다.

"청연 님, 제발 말씀을 거두시어요. 이건, 너무 부끄러워서, 도저히……."

"지아비 앞인데도……?"

돌연 간지러운 호칭을 말하니 나리는 일순 말을 잃었고 청연은 그런 나리를 놓치지 않고 다시 속삭였다.

"괜찮으니 천천히 만져 보세요. 그간 제가 얼마나 여리고 부드러운 살결을 매만졌는지, 얼마나 뜨겁고 끈적한 물기에 이 몸을 달콤하게 적셨는지 그대도 알게 될 테니······."

지독히도 감미로운 저음이 나리의 귓가를 진득하게 핥았다.

"어서."

다정하고도 엄격한 그의 목소리는 마치 독하디독한 미약 같아서, 그가 아무 짓도 하지 않았음에도 나리는 눈앞이 혼미하게 흐려졌다. 떨리는 손끝이 절로 그의 말을 따라 움직였다. 젖은 살결 틈으로 그녀의 가냘픈 손가락이 닿자 청연이 요염하게 휘어진 입술을 혀로 적시며 눈웃음 지었다.

"느리게 쓰다듬어요. 그렇지. 거기가 늘 제 혀가 닿던 자리입니다. 그때마다 그대가 지금처럼 어여쁘게 울먹이셨지요."

그의 부드러운 밀어, 그녀의 살과 손끝이 만들어 낸 끈적하고 색정적인 마찰음, 나리의 가녀린 신음이 한데 섞여 처소를 달큼하게 채웠다.

청연은 힘겹게 사부작거리는 그녀의 손가락을 혀로 핥으며 고개를 비스듬히 틀어 나리를 올려다보았다. 그와 시선이 마주치자 나리의 눈가에 한층 발갛게 열이 올랐다. 그의 혀가 더욱 짙게 손가락을 적시고 젖은 살결에도 스쳤다. 음부에서 끈적끈적 스며 나온 말간 애액이 그녀의 살 틈을 타고 흘러 의자에 흥건하게 고였다.

"흐응, 아, 흑······."

나리의 숨소리가 더욱 애달프게 짙어졌다. 혼몽하게 풀린 눈동자에는 흥분에 겨운 눈물이 그렁그렁 차올랐다.

"아, 청연, 님······."

나리가 못 참겠다는 듯 그의 이름을 울먹울먹 속삭였다. 동시에 청연은 뜨겁게 굽이치던 머릿속과 단전의 무언가가 툭, 끊어짐을 느꼈다. 청연은 마른 숨을 삼키며 웃고는 서툴게 움직이는 그녀의 젖은 손을 끌어내 엮어 잡았다. 그들의 엮인 손가락 사이로 점도 높은 물기가 질척거렸다.

청연은 어깨에 걸친 나리의 허벅지와 그녀의 손을 함께 꽉 잡고 깊은 살결에 입술을 묻었다. 도톰하게 부풀어 오른 음핵을 혀로 질척하게 짓누르고 핥으며 이를 세워 살짝 깨물기도 했다. 그녀의 가녀린 허벅지가 청연의 큼지막한 손안에서 흠칫흠칫 크게 떨렸다.

"아, 읏, 으응……!"

순간 그의 혀가 거칠고도 농밀하게 그녀의 안을 침범했다. 나리가 눈을 질끈 감으며 고개를 젖혔다. 발가락이 오므라들고 의자를 짚은 손은 바들바들 경련했다. 청연은 저도 모르게 바둥거리는 나리의 허벅지를 단단히 붙잡아 제압하고 입술을 더욱 깊이 묻었다. 음란한 향을 풍기며 줄줄 흐르는 애액을 혀에 받아 삼켰다. 마르지 않는 샘에서 타는 갈증을 채우듯 끈적하게 들러붙는 물기를 조금도 빠짐없이 빨아냈다.

"청연, 흑, 청연 님, 으응, 아, 아아……!"

단단하고도 뜨겁고 부드러운 살덩이가 살결을 헤집을수록 희뿌연 쾌락이 나리에게 성큼성큼 다가와 끝내 해일 같은 절정을 온몸에 쏟아부었다.

"하아, 하아……."

이윽고 청연이 나리의 다리를 천천히 어루만지며 아래로 놓아주자 나리가 무너지듯 그의 어깨에 기댔다. 여운이 가시지 않은 가냘픈 몸이 파들파들 떨렸다. 청연은 나리의 머리와 등을 부드럽게 쓸어내리며 고요히 웃음 지었다.

"이리 힘들어할 줄 알았으면 침상으로 모셔 갈 걸 그랬습니다."

"……."

"그럼 아가도 조금은 편했을 텐데……."

청연이 웃음 섞인 소리로 말끝을 늘어뜨렸다. 나리는 반쯤 감긴 눈을 반짝 떴다. 그러고 보니 아가 이야기를 하다가 이런 부끄러운 짓을 했었지…… 그리 생각하며 잠시 색색 숨을 몰아쉬던 나리가 이내 머뭇머뭇 허리를 세우고 청연을 바라보았다. 하던 이야기는 끝내야지 싶었다.

"저, 청연 님…… 아가가 저를 뺏어 간 게 아닙니다. 청연 님과 저의 아이니까 소중히 지키고 싶어서 그런 것뿐입니다."

"……."

"청연 님을 서운케 하려던 마음은 절대 아니었습니다……."

나리가 작게 웅얼거리며 청연의 눈치를 살폈다. 청연은 고개를 한 번 갸웃했다. 아까 끝난 이야기라고 여겼는데 다시 변명하는 그녀의 속내가 가늠되지를 않아서였다. 청연이 계속 말없이 올려다보기만 하자 나리는 입술을 달싹이다가 시무룩하게 덧붙였다.

"아까 제가 아니라고 했을 때, 청연 님이 대답을 안 해 주셨잖습니까……."

"아……."

"서운하다, 서운하지 않다, 말도 없으시고요……."

그러고 보니 조금 전 그녀의 색정적인 모습에 눈이 멀어 웅얼웅얼 변명하던 말에 대답도 옳게 해 주지 못했다. 그녀는 아직도 그게 신경이 쓰였나 보다. 그런 나리의 모습이 그의 눈엔 꼭 자신의 마음을 몰라주는 지아비에게 서운하여 어리광을 부리는 것만 같았다.

청연은 무언가 사랑스러운 것을 감내하듯 눈을 감으며 웃었다. 응석도 어찌 이리 귀여우신지, 청연은 나리를 향해 만면 가득 미소 지었다.

"아직은 이 몸의 것이지요?"

"앞으로도 계속 청연 님의 것입니다. 아가가 태어나고 자라도 계속……."

"그러면 서운하지 않습니다."

사실 아까도 서운하진 않았지만, 그 말은 꺼내지 않기로 했다. 덕분에 그녀가 자신의 것임을 다시 한번 확인했으니 굳이 정정할 필요도 없을 테다. 그제야 마음을 놓고서 사르르 웃는 그녀의 모습이 꼭 희고 여린 들꽃과 닮아서, 청연은 나리의 귓가를 어루만지며 미소 지었다.

"요즘 걱정이 많으시지요?"

"예……?"

"오늘처럼 멍하니 생각에 잠길 때도 많고, 아가만 쓰다듬는 시간도 제법 늘어나신 듯하고……."

"알고 계셨습니까……?"

"어찌 모르겠습니까. 아가를 위해 지아비와의 관계도 자중할 만큼 걱정이 많은 그대인데요."

그건 그만 말씀해 주시어요, 하고 우물거린 나리가 새초롬히 눈을 돌리자 청연이 소리 내 웃으며 그녀의 다리에 얼굴을 기댔다. 그러곤 나리의 분홍빛 무릎을 천천히 어루만지며 나지막이 입을 열었다.

"일전에 머물렀던 사슴 신수의 거처, 기억하십니까?"

"기억하다마다요. 그때 주인 어르신이 살뜰히 보살펴 주시어서 몹시도 감사하였습니다. 담장에 핀 능소화는 또 어찌나 예쁘던지요."

"아아, 지금은 능소화가 이미 지고 없지만 대신 담 너머의 단풍이 제법 볼만하더군요."

지금은 이미 지고 없다니, 꼭 다녀오신 것처럼…… 나리는 그의 말을 되뇌다가 멈칫 눈을 동그랗게 뜨고 물었다.

"오늘 사슴 신수님의 댁에 다녀오셨습니까?"

청연은 나리의 다리에 얼굴을 기댄 채로 싱긋 웃으며 고갯짓했다. 나리가 의아하게 고개를 기울였다.

"어인 일로 거기를……."

"그대가 편히 머무를 만한 장소인지 다시 한번 둘러보러 갔었지요."

"그게 무슨……."

"아가가 오실 때까지 그곳에 머무는 건 어떻습니까?"

청연은 잠시도 나리를 눈에서 놓지 않았으니 나리의 하루가 어떤지도 당연히 인지하고 있었다. 요즘 그녀는 대부분 화원이나 뒤뜰 산책, 혹은 처소 앞 툇마루에서 햇볕을 쬐는 일만 하며 하루를 보냈다. 남은 시간엔 고운 손으로 사부작사부작 자수를 두거나, 아직 태어나지 않은 아가를 위해 배냇저고리를 만들고는 했다.

그게 전부였다. 그 좁은 반경과 반복되는 나날. 그렇다고 청연의 서고를 내어 주자니 인간의 눈으로는 읽기도 힘든 고서뿐이라 그녀에겐 도움이 되질 않고, 함께 가는 나들이도 그녀 스스로 목적지를 정하는 게 아니니 그녀 자신도 모르는 답답함이 쌓였을 터였다. 이쯤 되니 이 땅의 좋은 기운도 그녀에겐 하등 쓸모가 없을 듯했다.

게다가 그녀는 요괴나 신수가 아닌 인간이었다. 영생을 얻었다곤 하나 타고난 존재가 바뀌진 않는다. 그렇기에 그녀 곁엔 필수 불가결하게 다른 인간이 필요했다. 아이가 세상에 나올 때도, 혹여 어딘가 아플 때도 도움을 줄 이가 가까이 있어야 했다.

인간인 그녀의 몸에 신수의 씨앗이 머물고 있으니 인간의 땅에서 사는 사슴 신수라면 적당하였다. 도인도 가까이 둘 수 있을 테니 더할 나위 없이 좋았다. 그곳에서 그녀는 험한 산이 아닌 고르게 정돈된 길과 활력 넘치는 인간들 사이를 아가와 함께 즐겁게 돌아다니리라.

그래서 오늘 청연은 사슴 신수의 집을 찾았고, 사슴은 청연의 후사 소식에 무척이나 기뻐하며 얼른 집 단장을 새로 하겠다는 답을 했다. 이제 그녀의 허락만 떨어지면 당분간은 모두가 평안할 것이었다. 한데 왜인지 그녀는 눈도 깜박이지 않고 멍하니 멈춘 채 청연만 내려다보고 있었다.

"그럼…… 청연 님도 함께 가십니까……?"

무언가 한참 생각하던 나리가 조심스레 입을 뗐다. 오래도록 고심하던 게 겨우 그것이었나 싶어 청연은 짧은 웃음을 터뜨리고 말았다. 저 작은 머릿속으로 무슨 귀여운 고민을 하신 건지, 이내 청연은 웃음기가 가시지 않은 얼굴로 고개를 끄덕였다.

"물론 저도 함께 가지요. 당연한 말씀을 하십니다."

"아……."

"그럼 결정하신……."

순간 나리가 그녀의 다리에 기대 있던 그의 얼굴을 두 손으로 보드랍게 감싸 올리고 입을 맞추었다. 청연이 말을 끝맺기도 전에 워낙 순식간에 일어난 일이었다. 나리는 잠시 멈춘 그를 바라보며 당혹스럽고도 어딘지 감격에 겨운 목소리로 더듬더듬 변명했다.

"그, 제가 너무 버릇이 없었지요. 갑자기 청연 님 얼굴을 올리고…… 한데 너무 기쁘고 또 감사해서, 청연 님이 제 마음을 들여다보신 것처럼 귀한 선물을 주시니 저도 모르게……."

청연은 입술에 남은 솜털 같은 촉감을 되새기며 웃고는 여전히 뺨을 감싼 그녀의 손에 입을 맞추었다.

"더 버릇없게 굴어요. 제 심장이 남아나지 않게……."

그가 말끝을 부드럽게 늘어뜨리며 눈웃음 짓자 나리도 맑고 검은 눈을 수줍게 물들이며 휘영청 미소 지었다. 그의 어깨를 와락 끌어안고서 귓가에 속삭였다.

"감사합니다."

기쁨에 들뜬 몹시 살가운 목소리가 그의 귓결을 간질였다. 아이에게 더욱 많은 풍경을 보여 줄 수 있어 기뻐하시는 걸까, 아니면 오롯이 이 몸 때문일까. 문득 그런 은근한 질투가 그의 속에 스르르 솟아났으나, 뭐 어쩌겠는가. 이러나저러나 그녀는 한입에 삼키고 싶을 만큼 고운 것을.

청연은 나리를 어루만지며 소리 없이 웃음 지었다.

外傳. 二

　그 고을은 높고 푸르른 산 아래 펼쳐진 드넓은 평지에서 큼직한 강을 두르고 있었다. 산을 타고 내려온 맑은 물줄기는 고을 사람들의 목을 축였고 계절의 변화가 뚜렷한 풍경은 그들의 마음을 사시사철 즐겁게 하였다.

　사람들은 이웃끼리 사이가 좋고 정이 넘쳤으며, 활기차고 선한 성정 덕분에 큰 사건 사고 없이 평온한 나날만이 이어졌다.

　"그 댁 소문 들었어?"

　그런 고을이 어느 날부턴가 은근하게 들썩이기 시작했는데, 이 고을 가장 덕망 높은 어르신 댁에 유별나게 아름다운 선남선녀 부부가 왔다는 소문이 돌고 나서부터였다.

　"그 집 하인에게 듣자 하니 부인이 아이를 낳을 때까지 잠시 이 고을에 지내러 왔다고 하더군."

　"하긴 우리 마을이 태교에 안성맞춤이긴 하지. 물 좋고 산 좋고."

"부군은 다시없을 미남이시고 부인께서는 어찌나 고운지 선녀나 다름없다더라."

흥미로운 소문은 소리 없이 번져 사람들을 들뜨게 했으나, 정작 마을을 들썩이게 한 그들 부부는 바깥에 모습을 거의 비치지 않았기에 좀체 마주치기가 어려웠다. 그 어르신 댁 일꾼들도 그들 부부가 지내는 거처엔 함부로 발을 들이면 안 된다고 하니 더욱이 보기가 힘들다.

그런 사정이다 보니 간혹 밖에 나선 그 부부를 본 이들은 신이 나서 입이 바빠졌고 보지 못한 이들은 호기심 어린 눈을 반짝이며 더 말해 보라고 부추기곤 했다.

"어허, 이 사람들. 내가 예전에 그 댁 나으리와 부인을 뵌 적이 있는데 고작 선남선녀가 아니더라니까. 금실도 어찌나 좋은지."

저잣거리에서 장신구를 파는 장사치가 앞에서 들썩들썩 떠드는 사람들을 향해 에헴, 헛기침하며 아는 체를 했다. 그들의 호기심 어린 눈길이 장사치를 향하자 장사치는 더욱 의기양양한 얼굴을 했다.

"그 댁 나으리는 절세미인도 울고 갈 미남에다가 부인께 다정하시기는 이루 말할 수가 없다 이 말이야. 부인, 하면서 부르는 목소리가 이 늙은 사내놈 가슴도 찌르르 떨리게 하는데 부인은 어떻겠냐는 말이지. 거기다 부인은 또 어떠하신가. 걸음걸이 하나, 몸짓 하나도 단아하니 어여뻐서 꼭 들꽃 같다고. 또 부군을 볼 때마다 애정이 흘러넘쳐서 얼굴을 발그레 붉히시는데 부군의 눈에 어찌 어여쁘지 않을까. 품에 어화둥둥 숨겨 두고 싶으실 만도 하지. 암."

한껏 잘난 척하는 장사치를 꼭 재미난 이야기꾼 보는 양 구경하던 이들이 흥을 더하듯 한마디 던졌다.

"자네는 어찌 그리 소상히 아는가?"

장사치는 다시금 과장되게 큼큼 헛기침하더니 눈을 번뜩 빛내며 말했다.

"일전에 그 부부가 우리 마을 제사를 보러 오셨단 말이지. 왜, 그때 선녀가 강림하셨다고 했는데 아무도 얼굴을 기억하지 못해 더 신기했던 그 제사 말일세. 그때 부군께서 부인에게 장신구를 선물하셨는데, 그걸 판 사람이 바로 나 아니겠는가. 부인께서 고른 게 바로 이거. 물 건너온 고운 머리 장식 보고들 가시오."

"예끼, 이 사람!"

장사치가 능글맞게 웃으며 장식을 집어 들고 호객하자 사람들은 허탈하고도 즐거운 웃음을 와 터뜨렸다. 어쨌든 장사치가 거짓말을 한 것도 아니거니와 재미난 구경도 하지 않았는가. 소문도 한층 명확해지고 말이다.

머리 장식은 그날 제법 많이 팔렸다. 장사치는 평소보다 주머니를 두둑이 채웠고 사람들은 다 같이 즐거웠으니 누구 하나 불만이 없었다.

* * *

나리는 활짝 열어 놓은 장지문 너머를 보며 따뜻한 차를 한 모금 마셨다. 조금은 사늘한 바람이 은은한 낙엽 냄새를 싣고 밀려들었다.

능소화가 흐드러지게 피어 있던 담장에는 주홍빛 꽃이 모두 떨어져 덩굴만 길게 늘어져 있었다. 하나 일전 청연의 말처럼 담장 너머의 단풍이 따뜻한 붉은색으로 물들어 가을날의 흥취를 돋우었다. 그의 처소에선 볼 수 없었던 계절의 변화가 반가워 나리는 엷게 미소 지었다.

"지내는 건 어떠십니까."

찻상을 중간에 두고 나리와 마주 앉아 있던 사슴 신수가 고아한 미소를 띠고서 물었다. 나리는 바깥을 향했던 눈길을 그에게 돌리곤 작게 웃으며 대답했다.

"이보다 좋을 수 있을는지요. 어르신의 배려에 몹시도 감사할 따름입니다."

나리의 말에 사슴 신수가 다행이라는 듯 미소 지었다.

사슴 신수의 기와집에 온 지 한 달, 처음 며칠은 갑자기 바뀐 잠자리가 어색하여 잠을 설쳤고 음식은 모래처럼 퍽퍽하여 고생했으나 이제는 괜찮아졌다. 집의 주인이 그간 정성스레 신경을 써 준 덕분이었다.

그는 자신의 고래 등 같은 기와집에서 다른 이의 눈에 띄지 않는 가장 깊숙한 별채를 내어 주었다. 일전에 나리와 청연이 하루를 보내기도 했던 그 별채였다. 별채엔 온갖 서책이 그득한 서고가 딸려 있었는데, 사슴 신수는 신부님께서 마음껏 사용해 주시면 감사하겠다고 정중하게 전했었다. 지금 나리의 발치에 놓인 서책 또한 그 서고에서 가져온 것이었다.

또 하인들은 꼭 필요할 때만, 반드시 주인의 허락을 받고 별채에 드나들도록 하였다. 신수의 땅에서 지내다가 갑자기 인간의 음식을 먹으면 몹시 역하다는 것 또한 알고 있기에 그녀에게 적응이 빨라지는 환약도 때마다 올려 주었다.

"이 은혜를 어찌 다 갚아야 할지 모르겠습니다."

세심한 배려와 챙김이 다시 생각해도 감사하여 나리가 거듭 인사를 전하자 주인은 온화한 미소를 띠고서 손을 내저었다.

"신부님은 제게 청연 님과도 같습니다. 신부께서 제 거처에서 편한 마음으로 지내시는 것이 제겐 보답입니다. 오래오래 귀하게 챙겨 드리고 싶건만, 짧게 머물고 가셔야 하는 게 아쉬울 뿐이지요."

"그리 말씀해 주시니 감사합니다."

사슴 신수가 진심으로 아쉬워하며 말했기에 나리도 다시금 마음의 짐을 덜었다. 그는 부드럽게 웃으며 말을 덧붙였다.

"후에 아가님께서 어린 날을 보내어도 좋을 터인데…… 아무래도 이 무기님의 후사시니 인간의 땅에 머물긴 힘들 테지요. 기운을 조절하려면 제법 자라셔야 할 테니."

넌지시 읊조리는 그의 낮은 청연과 나리의 짧은 기거를 여전히 아쉬워하고 있었다. 나리는 조용히 웃으며 고갯짓하곤 배를 살며시 내려다보았다. 보통 인간의 아이와는 다르다는 그와 자신의 아이가 갈수록 기다려졌다. 청연 님과 닮았으면 좋겠다. 나리는 배를 쓰다듬으며 희미하게 미소 지었다.

사슴 신수는 나리와 조금 더 담소를 나눈 뒤, 찻상을 치우러 온 하인과 함께 바깥채로 돌아갔다. 그리고 머지않아 장지문 너머에서 이질적인 바람이 살랑 끼쳤다. 문가에 앉아 있던 나리가 달갑게 눈을 반짝이며 고개를 들었다. 청연이 물결치는 도포를 무심히 정돈하며 나리를 향해 눈을 휘었다.

"다녀오셨습니까."

청연이 문 너머 툇마루에 앉으며 고갯짓하자 나리가 손을 뻗어 그의 얼굴을 살포시 감싸 매만졌다. 청연은 나리의 가느다란 손에 뺨을 기대 웃으며 문지방에 느슨히 팔을 걸쳤다.

"여우님들은 잘 계시는지요?"

"잘 있긴 한데, 그대를 데려갔다고 불만도 이만저만이 아니지요."

나리가 온전히 그의 땅에 온 지 얼마 되지도 않았는데 청연이 다시 훌쩍 데리고 가 버렸으니, 아직 인간의 땅에 오가지 못하는 여우들이 분통을 터트릴 만도 했다.

"다음번엔 저도 데리고 가 주시어요."

"예. 그래야 할 것 같습니다. 여우들이 오겠다고 떼쓰기 전에요."

청연은 못 말리겠다는 듯 웃어 버리고는 나리에게 천도복숭아를 스르르 건넸다. 그가 신수의 땅에 다녀오기 전에 나리가 수줍게 부탁했던 것이었다. 나리는 작게 웃으며 두 손으로 복숭아를 받아 들었다.

그는 사슴의 거처로 온 뒤 대부분 나리와 함께 시간을 보냈으나 이따금 정기를 채우러 신수의 땅에 잠시 들르곤 했다. 그때마다 나리는 인간의 땅에선 철이 지나 구할 수 없는 과일을 청연에게 수줍게 말하고는 했다. 그의 땅에는 계절과 상관없이 모든 과실을 얻을 수 있는 화원이 있으니까.

청연은 늘 다정한 눈빛으로 고갯짓하며 나리의 부탁을 들어주었는데, 어느 날부턴가 나리는 이 행동이 몹시도 부끄럽고 간지럽다고 생각했다. 아이가 생겼다고 지아비에게 이것저것 먹고 싶다며 응석을 부리는 것만 같아서였다. 그런 나리를 청연이 이루 말할 수 없을 정도로 사랑스러워한다는 건 짐작도 못 했다.

"마을 아이들 사이에 흥미로운 소문이 돌던데 그대는 알고 계시는지요?"

복숭아를 살며시 베어 무는 나리를 못내 어여쁘게 바라보던 청연이 설핏 웃으며 물었다. 나리는 눈을 동그랗게 뜨고서 청연을 쳐다보았다. 입에 남은 과육을 꼴깍 삼키곤 되물었다.

"무슨 소문인지요?"

"이 집에 선녀님이 다정한 부군과 함께 살고 있다고."

"아……."

혹여 그가 신수임이 들통났나 싶어 불안하게 떨리던 그녀의 눈동자가 이내 부끄럽게 물들어 아래를 향했다. 나리는 수줍은 듯 복숭아를 만지작거리며 자그맣게 말했다.

"반만 옳은 소문입니다."

"그렇지요. 선녀보다 그대가 더 곱다는 걸 아이들이 어찌 알겠습니까."

"아, 아닙니다. 선녀 이야기가 아니라, 다정한 부군이라는 소문이 옳다고……."

다급히 손사래를 치던 나리가 순간 말끝을 흐렸다. 그가 다정한 부군임은 틀림없으나 입 밖으로 뱉어 내기엔 너무 부끄러운 말이 아니던가. 나리가 얼굴을 발그레 물들인 채 입을 꼭 다물자 청연은 꼭 놀리듯이 은근하게 속삭여 물었다.

"다정한 부군은 옳은 소문입니까?"

"당연한 말씀을 하시어요……."

나리는 얼굴에 오른 열을 손등으로 식히며 얌전히 답했다. 기분 좋게 웃어 버린 청연이 나리의 머리카락을 손가락 사이로 부드럽게 쓸어내리며 매끄러운 머리끝에 입을 맞추었다.

"소문의 진실이야 어찌 됐든, 아이들이 선녀를 만나겠다고 근처를 기웃거리는 걸 보니 그대를 이 품에 더욱 깊이 감추어 두고 싶어집니다."

나른하게 읊조리는 목소리는 무척 감미로웠으나 눈웃음은 어딘지 장난스러웠다. 나리는 발그레한 얼굴로 청연을 가만히 응시하다가 이내 새초롬히 고개를 돌렸다.

"농이 지나치십니다……."

"농이 아닌데."

청연은 웃음기가 가시지 않은 소리로 아무렇지 않게 대꾸하며 스르르 손을 뻗었다. 나리를 사뿐히 안아 그의 품에 앉히고 푸른 도포로 가냘픈 몸을 감싸 숨겼다. 작은 산새처럼 맑게 웃은 나리가 그의 단단한 어깨에 얼굴을 기댔다. 이윽고 청연이 나리에게 가까이 다가가 입을 맞추었다. 더운 숨과 사늘한 밤공기가 마주한 입술 새로 요염하게 섞여 들었다.

"내일은 함께 밤 산책이라도 다녀올까요?"

잠시 입술이 떨어진 사이 청연이 낮은 숨이 섞인 음성으로 다감하게 물었다. 나리는 좋다는 말 대신 색색 호흡을 가다듬으며 사르르 웃음 지었다.

* * *

그가 굳이 밤 산책을 말한 이유는 아침이나 낮엔 둘에게 이목이 너무도 집중되어서였다. 물론 청연은 괘념치 않았으나 나리는 다른 이들의 시선이 부담스러웠다. 아니, 부담스럽기보다는 부끄러웠다. 어여쁜 부부를 보는 듯한 그들의 눈빛이 몹시 온화하게 반짝이는 탓이었다. 홀로 다닐 땐 그나마 눈길이 덜한데 그와 다니면 등이 간질간질할 정도였으니.

"가실까요?"

그래서 둘은 해가 지고 검은 하늘에 별이 하나둘 반짝일 때쯤 산책을 나섰다. 며칠 만에 함께 나서는지라 나리는 들떴고 청연은 그런 나리를 눈에 담으며 다정하게 웃음 지었다.

길을 거닐면서 몰래몰래 닿는 시선은 느껴졌으나 낮보다 인적이 드물었기에 불편하진 않았다. 이 정도면 나리도 주변 눈치를 보지 않고 그에게만 오롯이 신경 쓸 수 있었다.

게다가 마을에서 인간들 틈을 거닐 때의 그는 평소와 다른 모습이라 더욱이 눈길이 떨어지질 않았다. 마치 귀한 댁의 자제처럼 우아하고 단정하며 반듯한 옷매무새는 금욕적이기까지 했으니 어찌 눈을 돌릴까. 묘하게 흐트러진 도포 차림의 그와는 다른 느낌으로 고혹적이었다.

"제 얼굴에 뭐가 묻었습니까?"

빤히 바라보는 나리의 시선을 느꼈는지 청연이 싱긋 웃으며 물었다. 나리는 그의 눈길을 피하지 않고 도리질 치며 엷게 눈을 휘었다.

"아닙니다. 청연 님이 너무 고우셔서 잠시 보았습니다."

부끄러운 듯 입술을 감쳐물고 웃는 나리를 보며 청연도 청량하게 웃음 지었다.

마을 어귀를 벗어나 천천히 거닐다 보니 어느덧 갈대가 사락사락 흔들리는 강가에 다다랐다. 마을을 지키는 커다란 수양버들 아래에 서니 이제 지나다니는 사람은 없고 멀찍이 떨어진 민가의 어스름한 빛만 보인다.

마른 갈댓잎이 서로 부딪치는 소리와 선선한 밤바람이 잘 어울린다. 이 아름다운 밤에 곁에 그가 함께 있는 것이 못 견디게 좋아 나리의 입가엔 절로 미소가 스몄다. 청연은 바람에 보드랍게 흩날리는 그녀의 머리카락을 어루만지며 나지막이 입을 열었다.

　"아까 만난 아이는 누구인지요?"

　청연의 질문에 나리가 온화하게 웃고는 그를 올려다보았다. 아까 만난 아이, 기와집에서 나오자마자 대문 옆에 웅크리고 앉아 있던 여자아이를 뜻했다. 나리는 몰랐으나 사실 아이는 며칠 내내 그 자리에 있었다. 아침이면 기와집 대문 앞으로 달려왔다가 해가 질 때까지 기다리는 하루를 반복하며 오늘에서야 나리를 만난 것이었다.

　그러나 아이가 자신을 그리 오래 기다렸으리라곤 상상도 못 하는 나리는 그저 우연한 만남에 기뻐하며 그에게 가만가만 설명해 주었다.

　"예전에 청연 님과 처음 이 마을에 왔을 때, 저잣거리에서 한 남매를 보지 않았습니까. 그 아이입니다. 어린 동생을 챙기던 누이……."

　아이는 나리를 발견하자마자 쪼그리고 앉았던 몸을 벌떡 일으켰다. 그런데 청연이 함께 있으리라곤 예상치 못한 듯했다. 그의 눈치를 살피며 우물쭈물하던 아이는 이내 나리의 손에 무언가 조심스레 쥐여 주었다.

　'이거 아가한테 주고 싶어서…….'

　앳된 목소리로 그리 말하고는 다급히 가 버린 터라 나리가 아이에게 말을 걸 새도 없었다. 나리는 여자아이가 시야에서 사라진 후에야 그 애가 준 보자기를 살며시 풀어 보았다. 보자기 안에는 상처 하나 없이 탐스러운 단감 세 알과 헝겊으로 만든 인형이 있었다. 단감은 나리에게, 인형은 아가에게 주는 선물인 듯했다.

　"저를 기억하고 있었나 봐요."

　나리는 아이의 선물을 소중하게 보다가 다시금 그를 향해 웃음 지었다.

"동생은 이제 괜찮냐고 한번 물어보기라도 할 걸 그랬습니다."

발이 어찌나 빠른지 물어볼 틈도 없었지만, 그래도 땟국물이 흐르던 예전에 비해 아이는 한결 좋아 보였다. 허름한 옷도 반들반들한 비단으로 바뀌어 깨끗했고, 볼살도 오동통하게 올라 있어서 그때보다 상황이 나아진 듯하여 나리는 마음을 놓았다.

"우리 아가 기분 좋겠어요."

나리가 배를 살며시 어루만지며 아이에게 말을 걸었다. 그 모습을 보며 청연은 소리 없이 웃고는 나긋이 읊조렸다.

"저는 또 소문을 듣고 선녀를 만나러 온 아이인 줄 알았습니다."

"그 이야긴 넣어 두시어요. 들을 때마다 부끄럽습니다."

이젠 익숙해질 만도 하건만, 그녀는 여전히 선녀라고 하면 뺨을 발그스름하게 물들이고 어쩔 줄을 모른다. 그 얼굴이 귀여워 청연이 괜스레 은근하고도 짓궂은 말을 하는지도 모르고.

청연은 남은 웃음을 삼키며 나리를 응시했다. 선녀를 보지 못한 인간들은 고운 사람을 선녀라 칭하겠지만, 사실 그에게 나리는 선녀와 비교할 수 없는 사람이었다. 아니, 천지의 무엇과도 비교할 수 없었다. 둘의 아이를 고운 손으로 쓰다듬으며 행복하게 웃는 나리는 그에게 유일무이한 어여쁨이었다.

돌연 달콤한 충동이 들어 청연은 괜히 배를 토닥이며 딴청 부리는 나리를 사뿐히 안아 들었다. 작게 놀라며 그의 어깨를 꼭 안은 나리가 조심스레 주변을 살피며 소곤거렸다.

"누가 보면 어쩌시려고요……."

"아무도 없지 않습니까."

"하오나……."

"갑자기 그대를 참을 수 없었습니다. 얼른 그대를 품으려고 손이 먼저 움직인걸요."

"……."

"그리고 누가 보면 또 어떻습니까. 부인이 지아비에게 안겨 있는 모습이 흉이라도 되는지요?"

그가 꼭 유혹하는 것처럼 눈웃음 띤 채 나긋나긋 속삭였다. 듣고 보니 그의 말도 틀리지 않아서 나리는 말문이 막히고 말았다. 그건 그렇지만, 하고 말을 흐리던 나리는 이내 포기하고 그의 어깨만 감싸 안았다. 청연은 만족스럽게 미소 지으며 나리의 머리를 다정히 쓰다듬었다.

나리의 입가에도 어느새 미소가 스몄다.

"청연 님."

잠시간 그의 품에 고이 안겨 바람을 쐬던 나리가 잔잔한 소리로 입을 뗐다.

"어디든 그랬지만, 지금 이 풍경도 청연 님과 함께 봐서 더욱 아름답습니다."

청연이 고요히 나리를 바라보았다. 나리는 웃음 띤 맑은 눈에 별을 가득 담아 저 먼 곳을 꿈결처럼 보고 있었다.

"사슴 신수님의 집도, 사람들이 돌아다니는 길목과 저잣거리도, 모두 청연 님과 함께 있어서 아름답기만 합니다."

"……."

"청연 님."

"……예."

"저와 함께 이곳에 와 주셔서 감사합니다."

"……."

"청연 님이 제게 주신 만큼 저도 청연 님을 위해 노력할 거예요."

후에 돌아가서도 청연 님과 아가와 함께 어여쁘게 살며 노력할 것이라고, 나리가 끝으로 속삭이며 청연을 올려다보았다. 그는 여전히 고요했다. 그러나 저 암청색 눈에 깃든 깊은 감정이 지극한 애정임을 그녀는 알고 있었다. 나리는 부끄러운 듯 시선을 내리며 미소 지었다.

"한 번은 말씀드리고 싶었⋯⋯."

곧이어 나리의 말캉한 입술에 그의 입술이 맞닿고, 수줍게 흐르던 목소리는 그의 혀에 스며들었다. 촉촉한 살덩이가 부드럽게 섞이는 입맞춤은 느리고 다정했다. 호흡이 가빠진 나리를 위해 조금씩 틈을 주는 그의 입술처럼.

"하아⋯⋯."

나리가 잘게 떨리는 숨을 길게 내쉬며 멍하니 그를 바라보았다. 청연은 스르르 입술을 올리며 나리의 입가를 천천히 매만졌다.

"누구 부인의 입술이 이리 예쁜 말을 하시는지⋯⋯ 가만히 둘 수가 있어야지요."

"⋯⋯."

"이것도 누가 볼까 걱정되십니까?"

나직이 속삭이는 목소리가 나리의 귓전을 그윽하게 맴돌았다. 언제쯤 심장이 그에게 익숙해질까. 나리는 쿵쿵 뛰는 가슴을 간신히 가라앉히며 설레설레 고개를 저었다. 그의 아름다운 얼굴을 살며시 손으로 감싸며 말했다.

"아무도 없으니 걱정되지 않습니다. 그러니⋯⋯."

"예, 그러니?"

"조금만 더 입 맞추어요⋯⋯."

점차 그와 가까워진 나리가 끝내 입술을 살짝 스치며 속삭였다. 감질나게 닿는 그녀의 입술이 꼭 물기를 머금은 꽃잎 같다. 청연은 눈을 감고 웃으며 다시 입을 맞추었다. 그녀가 그만하라고 애달프게 속삭일 때까지 혀를 놓아주지 않으려 하였는데, 그녀의 입에선 오래도록 달뜬 신음만 흘렀다.

* * *

"나 어제 그 부부 봤잖아."

빨랫감을 들고서 호들갑스럽게 냇가에 나타난 여인이 자리를 잡기도 전에 얼른 이야기부터 시작했다. 그녀의 잔뜩 들뜬 비밀스러운 목소리에 개울에서 옷감을 방망이질하던 아낙들의 눈이 반짝 빛났다.

"그 어르신 댁에 계신 선남선녀?"

"그렇다니까!"

"어디서?"

"어제 윗동네 갔다가 늦어서 얼른 돌아오려고 강가 쪽으로 오는데 딱 발견했지 뭐야. 소문처럼 어찌나 외모가 출중한지 저만치 떨어져 있는데도 단박에 알아보겠더라니까."

"그래서, 그래서?"

아낙들은 이젠 아예 빨랫감도 제쳐 두고 그녀의 이야기에 귀 기울였다. 한층 신이 난 여인이 누가 들을세라 목소리를 낮추고 속닥거렸다.

"세상에 부군이 부인을 어찌나 아끼는지 꼭 아이 안듯이 품에 달랑 안고는 어화둥둥 하시는데, 부인께서 발이 땅에 닿게 하지를 않아. 건드리면 깨질까 바람 불면 날아갈까 어여뻐하시는데, 그리 정다워 보일 수가 없어."

"어머, 어머."

"보는 내 가슴이 다 설렜다니까."

"아이구. 주책이야, 주책."

여인이 가슴 위로 손까지 모아 잡으며 익살스레 이야기하자 아낙들이 까르르 웃으며 타박했다.

"그런데 안 들켰어? 부군이 아무래도 높으신 나으리 같다는데 훔쳐보다가 후에 무슨 일이라도 있으면 어쩌려구."

"내 쪽을 잠깐 본 듯도 한데 우연이겠지, 뭘. 이만치나 멀리 떨어져 있었는데 그걸 어찌 안다구. 그리구 들키면 뭐 어떤가! 달밤에 훤한 강가에서 금실 자랑하며 여인네 가슴에 불 지른 부부가 잘못이지! 나도 우리 서방 보고 싶어 혼났네!"

그녀가 되레 뻔뻔한 얼굴로 턱을 치켜들자 아낙들이 고개를 끄덕였다.

"하긴 그것두 그렇다. 그래서 어제 서방이랑 금실은 좋았어?"

"어휴, 말도 말아."

음흉하게 웃은 그녀가 이제 와 말을 아끼자 아낙들이 다시금 까르르 숨넘어가게 웃었다.

"그런데 그 부부는 어디서 오셨대? 그 나으리는 또 어느 댁 자제시고?"

"아유, 그게 뭐 중요한가."

문득 한 아낙이 방망이질하며 물었으나 왜인지 다들 최면이라도 걸린 것처럼 그녀의 의문을 중요하게 생각지 않았다. 먼저 운을 뗐던 여인도 그건 그렇지, 하며 금세 의문을 잊어버렸다.

"그 댁 아기가 도련님인지 아가씨인지는 몰라도 얼굴이나 봤으면 좋겠네."

"맞어. 아장아장 걸을 때쯤 얼마나 예쁘겠어."

어미를 닮을지 아비를 닮을지 옥신각신 나누던 대화는 다시 금실 좋고 살가운 부부의 이야기로 넘어가고, 후엔 다시없을 미남인 부군의 이야기로 꽃피우다가, 얼른 아이가 태어났으면 좋겠다는 포근한 기대로 마무리되었다.

후에 몇 번의 계절이 지나가고, 그들의 아이가 몹시도 건강하게 세상에 오셨다는 소식이 퍼졌을 때 고을의 분위기는 거의 두둥실 떠 있었다. 그 다정하신 부군이 얼마나 기뻐했을지, 부인은 또 얼마나 행복했을지, 아이는 누구를 닮았을지, 한동안 그 이야기로 구석구석 들떠 있었다.

그리고 그들 부부가 아가와 함께 살던 곳으로 다시 돌아갔다는 말이 나올 때쯤, 청연과 나리의 이야기는 거짓말처럼 사그라졌다. 사람들의 머릿속엔 몹시 고운 부부가 다녀갔다는 기억만 꿈처럼 흐리고 아련하게 남아 있을 뿐, 단 한 사람도 그들의 얼굴을 떠올리지는 못했다.

外傳. 三

"목련."

나리가 작게 부르자 갓난아기가 손을 꼬물꼬물 움직이며 함빡 웃었다. 태어난 지 얼마 되지 않아 아직 세상이 제대로 보이지도 않을 텐데, 고운 금빛 눈동자로 나리를 빤히 쳐다보며 헤실거렸다.

어쩜 이렇게 예쁘지.

이 조그마한 아이가 자신의 배에서 나왔다는 게 아직도 신기하고 기쁘기 그지없었다. 고사리 같은 손도 귀엽고, 애달프리만치 작은 손톱 발톱도 어여뻐서 눈에 담을 때마다 심장이 절로 두근두근 뛰었다. 게다가 그의 고운 얼굴은 또 얼마나 빼다 박았는지, 나리는 아이의 보드라운 뺨을 소중하게 어루만지며 살그머니 웃음 지었다.

"계속 보다가 아가가 닳으면 어쩌지요?"

꿈같은 걱정을 하며 나리가 옆에 앉은 그를 바라보았다. 청연은 고개를 까딱이고는 설핏 미소 지었다.

"이리 어여쁘니 눈길이 갈 수밖에요."

제가 그대에게 눈길이 뺏기는 것처럼, 하고 청연이 나지막이 속삭이며 아이를 부드럽게 안아 들었다. 나리는 수줍게 웃고서 그와 그의 품에 안긴 아이를 눈에 담았다. 그를 향해 앙증맞게 손을 뻗으며 웃는 아가와 더없이 부드러운 눈길로 아가를 내려다보는 그의 모습. 목련이 태어나고 몇 번이나 본 모습인데도 매번 목 언저리에 아릿한 감동이 어렸다.

더불어 자신의 어린 시절이 떠오르고, 스스로도 어찌할 수 없는 옅은 통증이 가슴을 찔렀다. 나리는 가슴께를 지그시 누르며 통증을 가라앉혔다.

이 미약한 통증은 사실 목련이 태어나기 달포 전부터 시작됐다. 나리가 어린 시절 살았던 마을이 지금 머무는 마을에서 그리 멀지 않다는 걸 알았을 때부터. 그러나 그때까지만 해도 나리는 통증의 원인이 무엇인지 알지 못했다.

후에 목련이 태어나고, 눈에 넣어도 아프지 않을 딸을 보고서야 나리는 어렴풋이 통증의 이유를 짐작했다.

그와 자신의 아가는 너무 여리고 소중해서 볼 때마다 눈물겨운데, 자신의 아비는 어째서 딸에게 그리도 가혹할 수 있었을까. 지금은 후회하지 않으실까. 잘못을 뉘우치고 계시지 않을까. 아주 조금이라도…….

그러한 아비에 관한 상념 때문에 가슴이 아릿한 것이었다.

"내일이면 우리 따님과 함께 돌아가겠군요."

생각에 잠겼던 나리가 청연의 웃음 띤 목소리에 화들짝 정신 차렸다. 나리는 뒤늦게 고갯짓하며 희미하게 웃고는 무언가 초조한 듯 입술을 감춰물었다.

그래, 내일이면 그의 땅으로 돌아간다. 아가를 낳은 후 몸도 충분히 추슬렀고, 아가의 금빛 눈동자는 인간의 땅에서 보이면 안 되니 이젠 그의 아름답고 고요한 영역으로 돌아갈 때였다.

"……."

그런데 왜일까. 그와 아가와 돌아갈 생각을 하면 분명 행복한데, 너무 행복해서 벅차기까지 한데, 이상하게도 가슴 안쪽에 투박한 돌멩이가 걸린 느낌이었다. 꼭 마음의 짐이 남은 것처럼. 나리는 다시금 상념에 잠겼다.

이대로 돌아가면 이 상념이 알아서 사라질까.

문득 그런 의문이 들자 나리는 어쩐지 조급증이 일어 참을 수 없었다.

"저, 청연 님."

끝내 무언가 결심한 듯 나리가 조심스레 그를 불렀다. 청연은 아가를 향한 눈길을 느긋이 들어 나리를 보았다. 말씀하세요, 하며 다정히 눈웃음 짓는 그에게 나리는 숨을 꿀꺽 삼키고 입을 열었다.

"저 내일 떠나기 전에 가 보고 싶은 곳이 있습니다. 오늘 밤에 잠시 다녀오겠습니다."

* * *

어둠이 내린 길은 적막했다. 밤공기에 들뜬 벌레 소리만 찌르르 찌르르 수풀을 울렸다. 나리는 인적도 없이 고요하기만 한 수풀 사이의 좁은 길을 홀로 걷고 있었다. 궁에 들어가기 전까지 어린 시절을 보냈던, 그녀가 태어나고 자란 고즈넉한 마을을 향해 사박사박 발길을 옮기는 중이었다.

'꼭 가야만 한다면 저와 함께 가시지요.'

그가 고요하게 읊조린 제안을 나리는 감히 거절했다. 그는 그럼 자신도 허락할 수 없다고, 밤길을 홀로 보내 달라는 부탁은 말라고 단호히 고개를 내저었다. 웬만하면 그의 뜻을 따르겠지만 이번엔 나리도 고집을 부릴 수밖에 없었다. 내일 떠나면 언제 다시 인간의 땅에 올 수 있을지 기약이 없었기에 나리는 다시금 애타게 부탁했다.

'청연 님, 이번 한 번만…… 아무것도 묻지 말고 보내 주시어요.'

그러나 청연도 쉬이 물러서진 않았다. 아무리 짧은 외출이라 한들 밤에 혼자 다녀오겠다는 나리를 그가 흔쾌히 보내 줄 리 만무했다. 청연은 나리의 마음을 돌리려 얼굴을 무표정하게 굳히기도 하고, 약간은 냉랭하게 화도 내 보고, 속상하단 듯 울먹이는 나리를 부드럽게 구슬려도 보았다.

그런데도 나리는 끝내 그의 뜻을 따르지 않았다. 간절하게 젖은 눈동자로 청연을 올려다보며 그의 옷깃만 꼭 붙잡을 뿐이었다. 나리가 이리 강한 뜻을 내비친 적도 처음인 터라 청연은 결국 그녀에게 져 줄 수밖에 없었다. 그러지 않으면 그녀가 안쓰럽게 몸을 웅크리고 울어 버릴 것 같았으니까.

'대신 그대의 말대로 잠시만 다녀오시는 겁니다.'

청연의 나지막한 말에 나리는 꼭 그리하겠다고 확답했다. 그리고 뒤를 살피는 매 한 마리를 둔 후에야 나리는 늦은 밤 사슴 신수의 집에서 홀로 나설 수 있었다.

그리 고집을 부려 어릴 적 살던 마을로 향하는 길이건만, 나리는 아직도 제 마음의 갈피를 잡지 못해 혼란스러웠다.

어째서 좋은 기억이라곤 없는 어린 날의 집이 궁금해졌을까. 어머니의 포근하고 따스한 치마폭에 폭 감겨 있던 유년 시절만 행복했을 뿐, 그 후엔 머릿속에서 지워 버리고픈 고달픈 기억만 남은 곳인데. 그리고 가혹하기만 했던 아버지는 왜 궁금해졌을까. 지금 어떻게 사는지 알아서 무얼 하려고. 혹여 아비가 본인의 잘못을 깨달았다고 한들 이제 와 무슨 소용이라고.

"하아……."

이런저런 상념에 잠겨 걷다 보니 발길은 어느덧 마을 어귀에 접어들었다. 나리는 잠시 걸음을 멈추고 숨을 깊이 내쉬었다. 어릴 적 살던 작고 고요한 마을을 천천히 둘러보았다.

철없던 시절 어린 그녀가 빠져 죽으려 했던 우물은 여전히 같은 자리를 지키고 있었고, 우물가의 큼지막한 수양버들은 예전보다 더욱 크게 자라 있었다. 길게 늘어진 줄기가 밤바람에 느릿느릿 흔들렸다.

변한 게 없구나. 좁다란 길목도 등잔불 빛이 아스라이 비치는 초가집들도 어릴 때와 변함이 없었다.

마을 사람들도 그대로겠지…… 그리 생각하며 나리는 최대한 얼굴을 숨긴 채 조용히 발걸음을 옮겼다. 혹여 아는 사람을 만나면 소란스러워질 테니 될 수 있는 한 기척을 죽여 움직였다. 그러나 천천히 걸으려는 마음과 달리 본가가 가까워질수록 나리의 발은 점차 조급해졌다. 희미하게 가빠진 숨에는 약간의 긴장이 스며 있었다.

머지않아 저 멀리 집이 보일 때쯤, 집 안에서 와장창 소란스러운 소리가 들렸다. 나리는 흠칫 놀라 걸음을 멈추고 나무 밑 어둠 속으로 몸을 숨겼다.

"카악, 퉤!"

이윽고 낯선 사내 셋이 다 쓰러져 가는 울타리를 발로 거칠게 걷어차며 밖으로 나왔다. 한 사내는 재수 옴 붙었다는 양 침까지 질펀하게 뱉어 댔다.

"어르신, 거 죽기 싫으면 내일까지 쌀이든 뭐든 마련하쇼."

그들은 마당을 돌아보며 한껏 으름장을 놓고는 무뢰한처럼 건들거리며 사라졌다. 나리는 사내들이 지나갈 때 몸을 더욱 깊숙이 숨겼다가 그들의 뒷모습이 완전히 사라지고 나서야 바삐 걸음을 옮겼다.

"으, 으……."

조심스레 들여다본 집 마당은 난장판이었고 늙은 남자가 바닥에 엎어져 끙끙 앓고 있었다. 나리는 그를 곧장 알아보았다. 기억하는 모습보다 훨씬 늙고 만신창이가 된 몰골이지만 그는 분명 자신의 아비였다.

"아, 아버……."

나리는 파르르 떨리는 목소리로 중얼거리다가 얼른 입을 다물었다. 다행히 아비는 그녀의 음성을 듣지 못한 듯했다. 나리는 뛰는 심장을 진정시키며 조심조심 다가가 아비를 찬찬히 부축하여 일으켜 세웠다. 아비는 비틀거리는 몸을 완전히 일으키고서야 나리를 보더니 말했다.

"뉘시오."

생전 처음 보는 이를 대하는 표정과 말투였다. 나리는 심장이 쿵 떨어지는 듯하여 잠시 멈추었다가 머뭇머뭇 아비의 낯을 살폈다. 가까이서 보니 아비는 앞이 잘 보이지 않는 듯했다. 미간을 잔뜩 좁힌 채 초점을 맞추려 눈을 가늘게 뜨고 있었다. 그러면 아예 눈이 멀어 버린 것도 아닐 텐데, 늙은 아비는 제 여식을 알아보지 못했다.

정신은 온전하신 듯한데 내 얼굴은 기억을 못 하시는구나…….

어린 시절 자신을 제대로 안아 주지도, 보아 주지도 않았던 아비의 무정한 낯을 떠올리며 나리는 쓰게 웃었다.

"우연히 지나가던 길에 소란스러운 소리가 들려 와 보았습니다. 어르신께서 몹쓸 짓을 당한 듯하여……."

얼굴은 잊었으나 혹여 목소리는 기억하실까 싶어 나리는 제법 길게 이야기했다. 그러나 아비는 나리의 목소리를 알아듣기는커녕 여전히 데면데면하게 굴며 제 말만 툭 뱉어 낼 뿐이었다.

"이 마을 사람이 아니고만."

"……예."

"그럼 그렇지. 이렇게 도와줄 리가 없지. 빌어먹을 놈들."

아비는 가래가 껴 숨쉬기도 힘겨운 목소리로 대뜸 마을 사람들을 욕했다. 보아하니 마을에서도 아비와 아예 상종하지 않는 듯했다. 하긴 예전에 첩을 곧장 안방에 들였을 때부터 평판이 땅에 떨어진 아비였다. 풍족하지도 않은 살림에 색은 어지간히 밝히고 기어이 본처까지 병으로 죽게 했다고 사람들이 대놓고 욕하기 일쑤였으니까.

"일단 좀 앉으십시오."

나리는 비틀거리는 아비를 마루까지 부축했다. 털썩 앉아 숨을 몰아쉬는 아비를 두고 나리가 한 걸음 물러서서 집 안을 보았다. 마당도 엉망이더니 집 안은 더욱 난장판이었다. 오래도록 안주인의 손길이 닿지 않은 듯했다. 그러고 보니 첩실은 어디에 있을까. 나리는 아비를 향해 조심스레 입을 열었다.

"저, 안주인께서는……."

첩실을 애써 안주인이라 칭하며 나리가 말끝을 흐렸다. 마루에 소복이 쌓인 먼지와 아무렇게나 나뒹구는 세간살이를 흘긋흘긋 보면서 의문스럽게 아비의 첩실을 떠올렸다. 나리만 없는 애인 양 방치했을 뿐 집 안 살림은 제법 깔끔하게 유지하던 첩실이었으니까.

아비는 늙은 얼굴을 삽시간에 분노로 일그러뜨리더니 고함지르듯 말했다.

"그딴 계집, 외간 남자랑 뒤졌든가 말았든가. 사내가 노름판 좀 기웃거렸다고 홀랑 도망간 년 나는 모르오."

그는 화를 주체하지 못하고 씩씩거렸다. 아비의 말로 짐작해 보아 첩실은 아비를 버리고 다른 사내와 도망간 듯했다. 넉넉한 살림은 아닐지라도 세끼 밥은 굶지 않을 전답은 손에 쥐고 있던 아비였는데, 그마저도 노름으로 사라졌다면 어떤 여인이라도 버틸 수 없었을 터였다.

그렇게 끝날 사이였으면서 왜 어머니를 그리 외롭게 돌아가시게 했을까. 아버지와 첩실의 관계는 어머니의 병을 더욱 악화시켰고 어머니가 기어이 돌아올 수 없는 강을 건너게 했다. 마을 사람들의 손가락질을 받으면서도 뻔뻔하리만치 서로 죽고 못 살듯이 굴어 어린 나리의 마음에도 깊은 상처를 입혔었다.

그리 유난을 부리던 아비와 첩의 끝이 이리도 너절하다니…… 나리는 입술을 지그시 물다가 가만히 숨을 가다듬었다.

"다른 피붙이는…… 없으신지요."

나리는 미약한 희망을 지니고 물었다. 이 질문을 들은 아비가 지금이라도 여식을 알아본다면, 어린 딸에게 가했던 학대를 후회하고 뉘우친다면, 가혹했던 매질과 물건 다루듯이 팔아 버렸던 짓을 이제라도 사죄한다면…….

그러나 아비는 그 일말의 희망도 야멸차게 내팽개쳐 버렸다.

"딸이 하나 있는데 그 계집도 소식이 없소. 궁에다 팔았으니 나올 수가 있나. 녹봉이라도 알아서 보내 주면 좋으련만 워낙에 아둔한 계집이니…… 쯧."

"……."

"이럴 줄 알았으면 몇 푼 더 받아서 근처에 시집을 보냈어야 했는데."

아비가 후회막심하단 듯 중얼거린 혼잣말이 그녀의 귀를 찔렀다. 나리는 눈을 지그시 감고서 목에 걸린 덩어리를 힘겹게 삼켰다. 근처에 시집보내야 했다는 아비의 말이 늘 딸을 곁에 두고 보고 싶다는 뜻이 아님을 알아서였다. 본인이 죽을 때까지 딸에게서 어떻게든 몇 푼이라도 더 얻어 내려는 속셈이라는 걸 알아서.

"그러십니까……."

나리는 서글픈 미소를 머금은 채 읊조렸다. 아직도 아비에게 자신은 천한 존재라는 사실이 다시금 와닿았다. 귀하디귀한 여식이 아니라 있으나 마나 한 계집, 헐값에 팔아넘긴 게 조금 아까울 따름인 얼굴도 목

421

소리도 기억나지 않는 딸.

그러나 이상하게도 가슴이 아프진 않았다. 옅은 슬픔으로 입안이 씁쓸할 뿐 마음은 담담했다. 이제껏 심장에 걸려 있던 돌멩이가 드디어 파스스 사라지는 듯도 했다.

"남의 집 사정 다 캐물었으면 이만 가 보시오. 태를 보아 하니 귀한 집 여식 같은데 이 밤에 돌아다니다가 괜히 나한테까지 불똥 튀게 하지 말고."

아비는 몸을 추스르자마자 나리를 향해 사납게 쏘아 댔다. 무뢰배들 탓에 안 그래도 꼴이 말이 아닌데, 별안간 낯선 여인이 나타나 이것저것 캐묻기까지 하니 뒤늦게 기분이 나빴는지도 몰랐다.

마루에서 일어난 아비는 뒤도 돌아보지 않고 비틀비틀 걸어 방으로 들어갔다. 종이가 다 찢긴 장지문이 쾅, 하고 거칠게 닫혔다. 어둠 속으로 사라진 늙은 남자의 마지막 뒷모습은 초라하고 볼품없었다. 금수만도 못한 사내의 말로는 애잔하고 가엾기까지 했다.

나리는 닫힌 문을 우두커니 보다가 힘없이 고개를 숙였다. 입가에 허탈한 미소를 머금은 채였다.

그래, 차라리 변치 않으시길 바랐는지도 모르지…….

그래도 피가 이어진 아버지라고 이따금 생각이 났다. 청연의 품에서 홀로 호강하는 듯하여 아비에게 죄송한 마음이 미약하게 남아 있었다. 이제 와 보니 심장에 걸린 돌멩이는 자식으로서의 마지막 죄책감이자 아비가 잘못을 깨달았기를 바라는 희망이었다.

혹여 아비가 잘못을 뉘우쳤다면 나리는 아비를 용서하고 남은 세월이나마 딸로서 챙겨 드리고 싶었다. 그러지 않으면 두고두고 마음에 걸릴 것 같았다. 그와 함께 행복한 나날을 살아가면서도 문득문득 아버지가 떠오를 것만 같았다.

지난날을 후회하며 딸을 그리워하는 아버지의 모습이. 그리고 그런 아버지를 돌아보지 않아 먼 훗날 후회하는 나리 자신의 모습이.

그러나 이젠 됐다. 그 모든 것이 헛된 희망이었음을 나리는 여실히 깨달았다. 자신의 눈에 목련이 너무 어여뻐서, 그가 목련을 보는 눈동자도 너무나 부드러워서, 아비의 눈에도 자신이 이리 귀했던 때가 있었을지도 모른다고 여겼지만 맞닥뜨린 현실은 그렇지 않았다.

아비에게 자신은 얼굴도 목소리도 기억나지 않는 싼값에 팔아넘긴 물건일 뿐이었다. 그게 전부였다. 이제는 아비가 원망스럽지도 않았다. 그저 약간의 연민과 씁쓸한 후련함만 남아 있었다.

"하……."

나리는 깊은숨을 내쉬며 품에서 주머니를 꺼내 툇마루에 조심스레 올려 두었다. 묵직한 주머니 속에는 제법 큰 액수의 엽전과 몇 개의 금붙이가 담겨 있었다. 늙은 아비가 남은 생이나마 무탈하게 지내기를 바라는 나리의 마지막 효심이었다.

이것으로 아비는 당장 내일 쳐들어올 무뢰배들에게서 벗어날 수 있을 테다. 그 후에 어떻게 살아갈지는 아비의 몫이었다. 또 노름판에 빠지더라도 혹은 주막에서 술값으로 날리더라도 그 역시 아비의 운명일 터였다.

이제 정말 마지막이겠지.

"부디 남은 생이라도 건강하시어요……."

나리는 들릴 듯 말 듯 작게 읊조리며 아비가 굳게 닫은 장지문을 향해 단정히 허리를 숙였다. 마지막 인사를 올린 후엔 미련 없이 뒤돌았다. 정이라곤 없는 피붙이지만 끝으로 마주해서 다행이라는 생각이 들었다. 가슴이 허망하고도 후련했다.

"아……."

울타리를 나오자 길목에 익숙한 인영이 보였다. 나리는 느슨하게 물결치는 푸른 도포를 보며 눈을 크게 떴다. 씁쓸하고 허무했던 그녀의 얼굴이 언제 그랬냐는 듯이 발그레 들떴다. 놀랍고도 달가운 미소를 띠고서 나리가 얼른 그에게 다가갔다.

"청연 님. 여긴 어찌 알고…… 매를 따라오셨습니까?"

청연은 어딘지 을씨년스러운 집을 흘긋 보더니 나리의 뺨을 어루만지며 눈을 휘었다.

"그대가 있는 곳은 어디든 알지요. 매가 없어도."

하긴 자신이 어디에 있어도 그는 단번에 찾아내곤 했었다. 처음 침상에 숨었을 때부터 지금 이 마을까지. 나리가 수줍게 웃으며 고개 숙이자 청연이 나지막이 속삭여 물었다.

"아는 사람입니까?"

돌연 집 안에서 들려온 아비의 기침 소리 때문에 그리 물어본 듯했다. 나리가 가 보고 싶다던 곳이 이 집이라는 건 알아챘을 테니 여기에 사는 사람도 그로선 분명 궁금했을 터였다. 나리는 멈칫 시선을 내리곤 가만히 멈추어 있다가 이내 희미하게 웃으며 도리질 쳤다.

"아니요. 모르는 분입니다."

달빛이 어린 그녀의 미소가 어딘지 안타깝게 보였다. 청연은 고요히 나리를 응시하다가 곧 부드러운 미소를 머금고서 입을 열었다.

"이 몸이 모른 척해 드려야겠지요?"

"……."

"그대 속내를?"

나리는 눈을 내리깐 채 엷게 웃고는 그를 올려다보았다. 다 알면서도 함구해 준다는 그의 목소리와 내리뜬 눈이 몹시도 다정하여서 공허했던 마음에 따뜻한 온기가 넘실넘실 차올랐다.

"예, 모른 척해 주십시오."

나리가 다시금 곱게 웃으며 부탁하자 청연은 알겠다는 듯 미소 띤 눈을 한 번 감으며 고갯짓했다. 함구해 달라는 그녀의 뜻에 따라 그가 곧장 다른 이야기로 말을 돌렸다.

"따님이 그대를 기다립니다."

"잠들었을 줄 알았는데, 그럼 얼른……."

"저도 그대를 기다렸습니다."

"……."

"기다림을 참지 못하고 이리 찾아올 만큼요."

청연이 나리의 허리를 부드러이 감싸 안았다.

"이렇게 오래 걸릴 거면서 잠시 다녀온다니, 제게 혼이 나셔야겠습니다, 부인."

한쪽 팔에 나리를 가둔 그가 조금은 짓궂은 미소를 띤 채 낮게 속삭였다. 지아비의 애간장을 이리 태워도 되는 거냐고 청연이 덧붙이자 나리는 끝내 작은 웃음이 터져 버렸다. 나리는 그의 가슴에 뺨을 기대며 단단한 허리도 꼭 마주 안았다.

"돌아가서 아가를 먼저 재우고, 그 후에 청연 님의 뜻대로 저를 혼내 달라고 말씀드리면…… 그럼 청연 님의 서운한 마음이 가실는지요?"

꽃잎처럼 보드라운 소리로 가만가만 속삭이는 나리가 못내 어여뻐서 청연의 입가엔 다시금 깊은 미소가 스몄다. 그녀의 말만으로도 갈증이 일어 혀로 마른 입술을 적셨다. 청연은 나리를 품에 깊이 감싸 안고서 속삭였다.

"우리 따님은 제가 얼른 달래 보지요."

마른 숨을 삼키며 읊조리는 그의 웃음 띤 저음이 사뭇 고혹적이었다. 아가를 말하는 그의 목소리에 애정이 가득해서 쿵쿵 뛰는 나리의 가슴에 벅찬 온기가 더해졌다. 아비를 마음에서 완전히 떠나보내고 텅 비었다고 여긴 가슴엔 이미 나리의 소중한 이들이 온화하게 스며 있었다. 과거를 돌아본 후에야 생생하게 느껴지는 행복이 가슴 가득 차올라 넘칠 지경이었다.

나리는 서글프기만 했던 어린 날의 기억을 완연히 뒤로 두었다. 이젠 그와 아가와 그의 땅에서 과거는 무엇도 돌아보지 않고 지낼 것이었다. 나리는 여느 때보다 편하고 환한 미소를 머금은 채 그의 품에 더욱 깊이 안겼다.

外傳. 四

"련이는 잠들었는지요?"

장지문을 열고 들어온 그의 기척에 나리가 침상에서 반쯤 일어나며 미소 지었다. 나긋한 걸음으로 다가선 그에게는 사늘한 밤바람 내음이 약간 스며 있었다. 설핏 웃으며 고갯짓한 청연이 도포를 벗어 두고는 침상에 느슨히 걸터앉았다.

"화원에서 여우들과 온종일 놀더니 오늘은 제법 빨리 잠들었습니다."

"말도 별로 없었고요?"

"애벌레를 잡았다가 손에서 계속 이상한 향이 났다고 하더군요."

그가 웃음 띤 음성으로 나긋이 읊조리자 나리도 작은 소리로 웃었다. 그래도 오늘은 그 이야기만 하고 끝났나 보다. 나리는 잠들기 전까지 끊임없이 재잘재잘 소곤거리는 목련의 앳된 목소리를 떠올렸다.

일전에 나비를 잡은 날에는 거의 새벽까지 신나서 종알거린 적도 있었다. 아직은 길가의 돌멩이도 신기할 나이니까 나리도 딸의 이야기에 다정히 귀 기울였었다. 그러나 련이의 이야기가 너무도 길었던지라, 끝내는 아가의 침상에 엎드려 먼저 새근새근 잠이 들고 말았다.

결국은 그가 목련을 재우고, 잠든 나리를 안고 나왔었다. 그 뒤로도 이따금 나리가 먼저 잠드는 일이 반복되자, 목련을 재우는 일은 청연이 도맡았다.

"그래도 련이가 잠투정은 부리지 않아 다행입니다."

우리 아가는 조잘조잘 말하는 것을 좋아할 뿐, 칭얼거리거나 투정을 부리진 않으니까. 그게 참 다행이라고 생각하며 나리가 엷게 눈웃음 지었다. 청연도 고요한 미소로 동의하며 그녀의 곁에 누웠다. 반쯤 몸을 일으켰던 나리를 품에 안으며 다시 누운 청연이 그녀의 허리를 어루만졌다. 나긋하게 노니는 그의 손길이 간지럽다. 나리는 어깨를 움츠리며 웃고는 다시 소곤거렸다.

"처음엔 혼자 잘 수 있을지 걱정스러웠는데, 아가는 제 방이 생겨 더 좋아하는 것도 같습니다."

"예, 그렇지요."

"일찍 일어나서 깨워 주기도 하고, 또⋯⋯."

보드라운 말투로 목련의 이야기를 소곤거리던 나리가 돌연 말끝을 흐렸다. 나리가 걸친 비단옷 위를 부드럽게 노닐던 그의 손끝이 어느새 옷자락을 헤치고 들어와 맨 살갗을 농밀하게 쓰다듬고 있었다. 나리는 아랫입술을 꼭 물고서 살며시 그를 바라보았다. 청연은 싱긋 눈웃음 지으며 낮게 속삭였다.

"다음 이야기가 생각나지 않으면 이제 지아비에게 집중하는 건 어떠신지요."

"청연 님⋯⋯."

"따님도 따님이지만 이 몸도 생각해 주세요. 벌써 이레나 저를 홀로 두시지 않았습니까."

"호, 홀로 두다니요. 그게 아니라……."

다급히 입을 열긴 했으나 나리는 다시 말끝을 흐리고 말았다. 그를 정말 홀로 둔 건 아니지만, 그의 품에 안긴 지는 벌써 일주일이나 지났으니까. 물론 그게 나리의 뜻은 아니었다. 아직은 어미의 품이 가장 좋은 딸과 시간을 보내고 나면 나리 자신도 모르게 스르륵 잠들었을 뿐이었다. 신수의 후사인 따님은 몇 시간을 놀아도 지치지 않았으니 말이다.

그래도 대부분은 청연 님이 련이를 보아주시는데 내가 너무 무심했나…….

속으로 읊조려 보니 정말로 무심했던 것만 같다. 나리는 청연을 가만 바라보다가 괜히 처소 입구를 살폈다. 허리를 어루만지는 그의 손길 덕분에 은은한 열기가 몸에 감돌긴 했지만, 혹여 목련이 잠에서 깼으면 어쩌나 걱정스러웠다.

"따님은 걱정하지 마세요. 잠이 들고도 오래도록 지켜보다가 돌아온 길이니까."

나리의 불안을 알아챈 청연이 그녀의 뺨을 부드럽게 감싸 자신을 보게 하며 나른히 속삭였다.

청연 님은 뒷일까지 다 생각하셨구나. 어쩐지 몹시도 느긋하고 여유로우시더라니…… 나리는 어느새 위에 자리 잡은 청연을 새초롬히 바라보다가 이내 사르르 웃고는 그의 목을 살포시 끌어안았다.

"그러면 천천히……."

"그래요. 천천히."

청연은 눈을 휘어 웃으며 망설임 없이 답하고는 나리의 보얀 목에 입술을 묻었다. 그런 그를 보니 어쩐지 천천히 할 마음이 없어 보였지만, 나리는 그렇다 한들 어떤가 싶었다. 그가 지금처럼 요염하게 웃을 때마다 몸이 달아오르긴 자신도 마찬가지였으니까. 게다가 이전에 나리가 쓰던 처소를 목련에게 주었으니 그녀가 혹여 높은 소리를 낸다 한들 거기까지 들리지도 않을 터였다.

걱정을 뒤로한 채 나리는 부드럽게 밀려 들어오는 그의 혀를 머금었다. 허리를 타고 오르는 손길에 옅은 신음을 흘렸다. 이윽고 피부를 짓누르듯 어루만지며 올라온 그의 손이 그녀의 보드라운 가슴을 감싸려 할 때, 돌연 장지문이 스르륵 열렸다.

"어머니……."

졸음이 그득한 앳된 목소리가 나리를 찾았다. 청연은 가만히 멈추어 나리를 보다가 이내 난감한 듯 웃고는 천천히 고개를 돌렸다. 나리는 얼른 이불을 끌어당겨 몸을 가리곤 당혹스럽게 입을 열었다.

"어, 응, 우리 아가……!"

목련이 잠에 취한 눈가를 손등으로 비비적거리며 다가와 침상에 달랑 매달렸다. 그러곤 그와 나리를 가만 번갈아 보더니 졸린 얼굴로 배시시 웃으며 속닥거렸다.

"아버지가 어머니 예쁘다, 하셨습니까?"

"예쁘다 하려던 중이었지요."

"청연 님……."

나리가 난처하게 웃으며 그를 향해 고개를 저었으나 청연은 조금은 짓궂게 미소 지을 뿐이었다. 목련은 침상에 더욱 가까이 붙어 앙증맞은 손으로 나리의 머리카락을 살금살금 만지작거렸다. 저도 어머니 예쁘다, 해 줄게요. 하고 옹알거리는 목소리가 몽롱하니 퍽 졸린 듯했다.

"따님. 아까 아버지가 재워 줬는데 왜 갑자기 잠에서 깼을까요?"

청연이 그녀의 위에서 내려와 침상에 걸터앉고는 목련의 동그란 머리를 부드럽게 쓰다듬으며 말했다. 목련이 반쯤 감긴 눈으로 그를 보며 심각하게 중얼거렸다.

"아까 아버지께 말씀드리지 못한 게 있습니다……."

"어떤?"

430 푸른 비늘

"화원에서 봤던 애벌레…… 풀잎색이었습니다."

참 시답잖은 이야기를 전해 주려 달밤에 여기까지 온 목련이 어이없
고도 귀여워서 나리는 풋 웃음이 터지고 말았다. 청연 역시 나리와 같
은 마음이었는지 피식 웃고는 목련을 사뿐히 안아 들었다.

"중요한 이야기를 못 듣고 잘 뻔했군요. 그런데, 따님."

"예."

"전에 아버지가 어른의 처소에 들어오기 전에는 무엇을 하라고 하였
지요?"

"앞에서 제가 왔음을 먼저 알리라고 말씀하셨습니다."

"그렇지요. 그런데 지금은……?"

칭찬하듯 미소 지은 청연이 말끝을 나긋이 올리며 다시 물었다. 목련
은 그제야 아, 하며 큰 눈을 데구루루 굴렸다. 한참을 우물쭈물하던 목
련이 끝내는 헤실 웃으면서 청연의 목에 달랑 매달렸다. 너른 어깨에
머리를 비비적거리며 한 번만 봐 달라는 양 애교를 부렸다.

청연이 참지 못하고 나지막이 웃자 나리도 소리 없이 웃음 지었다.
목련이 저리 어리광을 부리면 예뻐서 화도 낼 수 없었다. 그 역시도 그
냥 웃어넘기는 걸 보면 목련의 애교는 제법 잘 통하는지도 몰랐다.

"이번엔 넘어가 드릴 테니까 다음에는 꼭 기억하세요, 따님."

청연이 어린 눈동자와 다정히 눈을 마주하며 말하고는 목련을 안고
도닥였다. 그 부드러운 목소리와 몸짓을 보고 있자니 나리는 절로 가슴
이 온화하게 녹아내리는 듯했다. 그의 품에 안긴 목련이 청연의 어깨
너머로 나리에게 팔을 뻗었다. 나리는 휘영청 웃으며 작은 손을 꼭 마
주 잡아 주었다.

"자, 그럼 다시 자러 갈까요?"

"오늘은 어머니랑 자고 싶습니다. 애벌레 이야기도 해 드릴래요……."

"지금은 안 돼요. 밤이 늦었습니다."

"하지만……."

"우리 따님, 얼른 자고 일찍 일어나야 내일 또 신나게 놀지 않겠습니까. 응?"

청연이 다정하게 속삭이며 달래자 목련은 입술을 새 부리처럼 뾰족하게 모으고는 시무룩하게 고개를 끄덕였다. 아쉽지만 그의 말을 금세 수긍한 듯 보였다. 청연의 품에 얌전히 안긴 목련이 나리에게 까닥 목 인사를 했다. 어머니 주무세요, 하는 모습이 기특해서 나리는 눈을 가늘게 접으며 고개를 끄덕였다.

"아……."

아이를 안고 나가던 그가 문득 나리를 돌아보며 입 모양으로 말했다. 기다리세요. 그리고 곧장 눈웃음 지었다. 아가를 재우고 나서 이어서 할 테니, 자신이 올 때까지 잠들지 말라는 뜻이었다. 나리는 뺨을 발그레 붉히며 엷게 웃고는 고갯짓했다.

그와 목련이 도란도란 나누는 대화 소리가 서서히 멀어진다. 그제야 긴장이 풀려 어깨에 힘이 빠졌다. 나리는 옅은 한숨을 폭 내쉬며 침상에 스르르 쓰러져 누웠다.

"오래 걸리시겠지……."

그가 기다리라고는 했지만, 어쩐지 목련이 금방 잠들 것 같지 않다. 졸음을 참으며 그에게 한참이나 옹알거릴 텐데, 그런 목련의 이야기를 들어 주려면 또 제법 시간이 걸릴 테고…….

나리는 그와 아가의 다정한 시간을 가늠하며 미소 지었다. 희미한 미소엔 졸음이 가득 묻어 있었다. 눈꺼풀을 몽롱하게 뜨고 감던 나리는 어느새 새근새근 일정한 숨소리를 내며 잠에 빠지고 말았다.

"청연 님, 이제는 그만, 으응……."

장지문을 넘어온 보얀 햇살이 실오라기 하나 걸치지 않은 나리의 몸에 은은하게 쏟아졌다. 나리를 흠뻑 적신 희뿌옇고 점도 높은 물기가 그녀의 매끄러운 살갗을 더욱 색정적으로 빛나게 했다. 청연은 발갛게 달아오른 채 울먹이는 나리를 내려다보며 요염하게 미소 지었다. 그녀의 발그스름한 뺨을 어루만지며 느긋이 아래를 움직였다.

"아직 안 돼요. 어젯밤, 하아, 저 홀로 외로운 밤을 지새우게 하시지 않았습니까."

나리의 안에 있던 그가 다시금 천천히 허리를 밀어붙이며 그녀의 살결을 부드러이 가르자 나리가 속눈썹을 파르르 떨며 으으응, 가냘프게 앓았다. 나리는 잠시 호흡을 가다듬고는 눈썹을 늘어뜨린 채 그에게 투정 부리듯 웅얼거렸다.

"그래도 이른 아침부터 세 번이나 하는 건 너무하십니다……."

나리는 새벽에 역린을 질척하게 핥는 그의 입술로 눈을 뜨고 몽롱한 상태로 그를 받아들였다. 그리고 파르르 떨리는 몸을 부드러이 안아 자신의 다리에 앉힌 그의 위에서 또 한 번.

이제 끝인 줄 알았더니 청연은 완전히 힘이 빠져 침상에 녹진하게 늘어진 나리의 다리 사이에 앉아 그녀의 발목에 입을 맞추었다. 나리의 가느다란 다리를 그의 어깨에 걸치고 나무토막처럼 단단한 아래로 그녀의 은밀한 살결을 천천히 쓸어내리며 다시금 침범한 게 바로 지금이었다.

청연은 가만히 나리를 바라보다가 피식 웃으며 말했다.

"너무하다기엔 그대가 여전히 제 것을 잘 받아 주고 계신데요. 침상을 다 적시고도 아직 여기는 물기가……."

"그, 그만하시어요……."

그를 그대로 두면 또 눈물이 왈칵 고일 만큼 음란한 밀어를 속삭일 것 같아 나리는 다급히 그의 말을 제지했다. 너그럽게 말을 멈추어 준 그가 눈을 가느스름하게 접어 웃는다. 나리는 입술을 꼭 물고는 붉게 달아오른 얼굴을 양손으로 가렸다.

사실은 그의 말이 틀리지 않아서 더욱 부끄러웠다. 환락이 두 번이나 휩쓸고 간 몸은 분명 녹아내린 것처럼 흐늘흐늘한데, 그런데도 몸속은 여전히 그를 달갑게 받아들이고 있으니 어찌 부끄럽지 않을까. 게다가 그는 이미 그녀의 몸 상태를 알고서 유혹하고 있었기에 나리는 도통 얼굴이 식을 새가 없었다.

"이번으로 끝낼 테니 다시 해도 괜찮다고 해 줘요."

얼굴을 가린 나리가 못내 귀엽다는 듯 웃어 버린 청연이 그녀의 손등에 부드럽게 입을 맞추며 나긋나긋 속삭였다.

"그리고, 하아, 그대를 고이 재워 드리겠습니다. 그러니 조금만 더, 응……?"

낮은 목소리는 농도 짙은 꿀처럼 달콤하고 몹시도 자극적이었다. 그녀의 젖은 살결을 다시금 침범하는 그의 아래도 지나치게 자극적이긴 마찬가지였다. 나리는 눈썹을 늘어뜨린 채 살며시 손을 내렸다. 곧장 시선이 마주친 그가 부러 고혹적인 눈웃음을 띠었다. 그녀가 좋아해 마지않는 미소였다. 나리는 젖은 숨을 삼키곤 끝내 못 이긴 척 살며시 팔을 뻗었다.

"낮에는 꼭 재워 주시어야 해요……."

달뜬 목소리가 그의 귓전을 여리게 간질였다. 청연은 마른 입술을 적시며 웃고는 고개를 끄덕였다.

청연은 엷게 오르내리는 나리의 가슴을 천천히 도닥였다. 재워 달라고 말한 건 그녀였으나 사실 청연이 재워 줄 새도 없었다. 청연의 품에 안겨 마지막 절정을 맞이하고는 곧장 침상에 곱게 늘어져 새근새근 잠들어 버렸으니.

따뜻한 물에 그녀를 씻기면서 한 번 더 유혹해 보려던 계획이 물거품이 되어 아쉬웠지만, 일단은 그녀를 포근히 재우는 게 우선인지라 청연은 나리의 몸에 마른 이불만 부드럽게 끌어 덮어 주었다. 색색 내쉬는 희미한 숨결과 순하게 내리감은 눈이 볼 때마다 어여쁘다. 그래서인지 청연은 나리가 깊은 잠에 빠졌음을 알면서도 오래도록 가슴을 도닥이는 손을 멈추지 않았다.

"어머니, 아버지!"

잠시 후 마루를 힘차게 뛰어오는 발소리가 가까워지더니 장지문을 벌컥 열고 목련이 나타났다. 나리가 자그맣게 칭얼거리며 옆으로 누운 그의 품에 파고들었다. 청연은 설핏 웃어 버리고는 느지막이 딸을 쳐다보았다. 문고리를 잡고 해맑게 웃던 목련이 무언가 생각난 듯 아, 하더니 다시 문을 닫고 나갔다. 이내 문 너머에서 낭랑한 인사가 넘어왔다.

"어머니, 아버지, 목련입니다. 들어가도 될지요?"

어젯밤 청연과 나누었던 대화를 뒤늦게 떠올렸는지 목련의 목소리는 한결 얌전했다. 청연은 못 말리겠다는 듯 웃고는 그녀가 깨지 않도록 천천히 몸을 일으켰다.

"예, 따님. 들어오세요."

그의 나긋한 허락이 떨어지자 목련이 조심조심 문을 열고 침상으로 다가왔다. 침상에 앉은 청연의 다리에 달랑 매달린 목련이 뒤늦게 잠든 나리를 보고는 머리를 갸웃거렸다.

"어머니는 아직도 주무십니까?"

혹여 나리가 깰까 봐 목련이 입가에 손까지 동그랗게 모으고는 소곤소곤 물었다. 청연은 피식 웃으며 고개를 끄덕이고는 허리를 숙였다. 속닥거리는 딸의 목소리를 따라 그도 귓속말하듯 속삭였다.

"아침에 할 일이 있어 일찍 눈을 떴다가 다시 주무십니다. 어머니는 조금 더 자야 하니 깨우지 말아요."

목련은 입을 앙다물고는 크게 고갯짓했다. 그러나 맑은 금빛 눈동자는 나리에게서 떨어지지 않았다. 청연의 다리에 매달린 채로 말끄러미 나리를 보던 목련이 이내 살금살금 손을 뻗었다. 이불 위에 하늘하늘 늘어진 나리의 손끝을 조심스럽게 만지다가 이내 어깨를 움츠리며 부끄럽게 웃었다.

"어머니는 꼭 새로 난 풀잎 같습니다. 보들보들 예뻐요."

단아한 들꽃과 닮은 그녀가 어린 눈엔 보드라운 새순처럼 보이는 모양이었다. 그녀를 닮아 따님이 이리도 말을 곱게 하는지, 청연은 고요히 웃으며 고개를 끄덕이고는 나리의 귓가를 손끝으로 쓰다듬었다.

"으응……."

손끝을 만지는 목련의 손길도, 귓가를 쓰다듬는 그의 손길도 몹시 가벼웠건만, 나리는 자그맣게 뒤척였다. 목련은 작은 두 손으로 얼른 제 입을 꼭 막았고, 청연은 스르르 눈을 휘고는 손길을 거두었다.

잠시간 침묵이 흐른 뒤 나리의 숨이 다시 고르게 퍼졌다. 청연은 목련과 조용히 눈길을 나누다가 말했다.

"따님. 어머니가 편히 주무시도록 우리는 이만 나갈까요?"

함께 화원에 산책 가자며 청연이 다정하게 덧붙이자 목련이 휘영청 눈웃음 지으며 크게 고갯짓했다. 마주 웃은 청연이 나리의 감은 눈에 가벼이 입을 맞추고는 자리에서 일어났다.

그가 나리와 화원에 나올 때는 향긋한 천도 나무 근처 바위에 앉아 그녀가 좋아하는 따뜻한 햇볕을 쐬며 시간을 보내곤 했다. 이따금 꽃이 흐드러진 곳에서 농밀한 애정을 나누기도 하였다.

그러나 호기심 많은 따님과 함께 거닐 땐 화원의 깊은 곳까지 가야만 했다. 그러다 보니 청연조차 오래도록 발길이 닿지 않은 깊숙한 자리까지 갈 때가 있었는데, 바로 오늘이 그러했다.

"흐음……."

청연은 흰 꽃이 탐스럽게 핀 꽃나무를 보다가 이내 입꼬리를 올렸다. 온갖 꽃과 과실이 모두 자라는 화원일지라도 각자의 때에 따라 피고 지기를 반복하기에 볼 수 있는 꽃은 매번 달랐다. 어떤 꽃은 때를 맞추지 못해 오랜 세월 보지 못하는 일도 허다했다. 지금 청연이 올려다보는 흰 꽃은 그가 화원에서 십여 년 만에 만난 것이었다.

청연은 큼지막한 꽃을 한 손에 부드러이 감싸 응시하다가 이내 만면에 웃음을 머금고 뒤를 돌아보았다.

"따님, 이리 와 보세요."

그러자 수풀에서 목련이 불쑥 튀어나왔다. 환하게 웃으며 뛰어온 목련은 온몸에 풀잎을 잔뜩 붙이고 있었다. 청연은 목련의 까만 머리카락에 붙은 이파리를 부드럽게 떼어 주며 꽃나무로 손짓했다. 목련이 하얀 꽃을 보고는 입을 헤벌렸다.

"처음 보는 꽃입니다. 너무 예뻐요."

그래, 우리 따님은 그렇겠지. 청연은 속으로 읊조리며 목련을 가볍게 안아 들었다. 목련은 꽃과 가까워지자마자 곧장 팔을 뻗어 소담한 꽃송이를 양손으로 감쌌다. 향도 맡아 보고 살살 만져 보기도 했다. 청연은 금빛 눈을 더욱 화사하게 빛내는 목련에게 온화하게 말했다.

"이 꽃이 목련입니다."

"목련이요? 그건 제 이름이지 않습니까."

아가가 눈을 동그랗게 뜨자 청연이 눈을 휘고는 고갯짓했다.

"예. 따님과 같은 이름이지요. 따님이 세상에 나오기 전에, 이 목련꽃이 흐드러지게 피었던 날…… 그때 어머니가 목련을 보고 따님의 이름을 지었답니다."

목련같이 희고 어여쁘면 좋겠어요. 청연 님처럼요.

동그랗게 솟은 배를 가만가만 어루만지며 수줍게 속삭이던 나리가 떠올라 청연의 입가에 미소가 스몄다. 그의 품에서 한참이나 멍하니 꽃을 응시하던 목련이 이윽고 청연의 목을 꼭 끌어안고는 몸을 배배 꼬았다. 너무 기뻐서 어쩔 줄을 모르는 모양이었다.

"어머니는 제가 너무 어여뻤나 봐요. 이렇게 고운 꽃을 련이의 이름으로 주시다니요."

목련의 자그마한 손이 제 동그란 볼을 감쌌다가 꽃을 만졌다가 다시 청연을 끌어안았다. 부산스럽고도 앙증맞은 몸짓이 행복한 감정을 가감 없이 드러내고 있었다. 청연은 설핏 웃으며 목련의 코끝을 톡 건드렸다.

"아버지, 다른 이야기도 해 주세요."

목련꽃 한 송이 한 송이를 소중하게 만지작거리던 련이가 들뜬 얼굴을 하곤 청연을 보챘다. 다른 이야기라…… 청연은 잠시 기억을 되짚다가 아아, 하며 이야기를 시작했다.

"따님이 어머니의 품에서 나오기 며칠 전쯤 아비가 밤에만 피는 꽃을 어머니께 따다 준 적이 있습니다. 그때 우리 따님이 배 속에서 어찌나 신이 나셨는지…… 따님도 좋아하는 것 같다고 어머니가 그 꽃을 몹시 소중하게 돌보셨답니다."

와아, 감탄하며 그의 말에 귀 기울이던 목련이 대뜸 눈을 빛내며 물었다.

"그 꽃은 어디에 피어 있습니까?"

"밤에 피는 꽃이니 달빛이 떨어지는 곳에 있지요. 절벽 근처라든지…… 그리고 화원에도……."

"저 절벽에 그 꽃을 따러 갈래요."

그의 나긋한 목소리를 목련의 낭랑한 말이 가로질렀다. 청연은 고개를 비스듬히 기울이며 난감하게 미소 지었다.

"이 화원 어딘가에도 피어 있을 겁니다."

"아닙니다. 절벽으로 가야 합니다. 화원은 달님이 구석구석 오시지 않아요."

"하지만 따님, 절벽은……."

"밤에 꽃을 따 와서 아침에 어머니께서 눈을 뜨면 제가 둔 꽃을 보실 수 있게 할 거예요."

아직 그의 허락이 떨어지지도 않았건만 목련은 이미 결정이 난 양 천진하게 단언했다. 화원에 있다는데도 군이 절벽을 고집하는 걸 보니 아무래도 이 호기심 많은 따님이 그녀에게 꽃을 선물할 겸 새로운 장소에 가 보고 싶어 안달이 난 듯했다.

"아버지, 함께 가 주실 거지요?"

목련이 그의 어깨에 얼굴을 폭 기대며 배시시 웃자 청연은 끝내 허락할 수밖에 없었다.

"그래요. 오늘 밤 어머니가 잠들면 함께 가 보지요."

오백 년이 넘는 세월을 살아오면서 어떤 누구도 그의 말문을 막히게 했던 적이 없건만, 이 맹랑한 따님에겐 당하지 못하겠다. 청연이 나른한 한숨과 함께 미소 짓자 목련이 한층 기쁜 얼굴로 까르르 웃었다.

* * *

"혹 어머니께서 나쁜 꿈을 꾸고 일어나시면 어쩌지요……?"

"아비가 깊이 재워 드리고 왔으니 아침까지 달게 주무실 겁니다."

밤 산책을 위해 일찌감치 잠든 척을 한 따님 덕분에 내 신부님은 아주아주 깊이 재워 드렸으니까…….

환락의 여운이 남은 요염한 미소를 띤 채 청연은 속으로 읊조렸다. 그는 품에 있던 목련을 땅에 내려 주고서 절벽 너머의 탁 트인 밤하늘을 바라보았다. 얼마 만이더라. 신부님과 함께 수없이 많은 나들이를 나

서면서도 이 절벽은 근처에도 온 적이 없었다. 아름다운 풍경을 지니고
도 그녀에겐 처절한 기억만 남긴 절벽이니까.

"너무 아름답습니다."

문득 목련이 청연의 어두운 기억을 멈추듯 함박웃음을 머금고 말했
다. 청연은 고요히 입술을 올리곤 느지막이 목련을 내려다보았다.

"그렇습니까?"

"예. 나중에 어머니랑도 함께 오고 싶어요."

"흐음, 어머니는 아마 이곳을 좋아하지 않을 거예요."

"왜요? 어머니는 어여쁜 밤 풍경을 좋아하시는데요."

"그건 나중에 우리 따님이 여우들만큼 자라면 말씀드리지요."

청연의 손을 꼭 잡고서 고개를 갸웃거리던 목련이 이내 해맑게 웃으
며 말했다.

"저는 금방 자랄 겁니다. 그땐 여우들과 연호보다 훨씬 클 거예요."

목련은 주먹까지 꼭 쥐고서 뿌듯하게 청연을 올려다보았다. 청연은
목련의 작은 손을 고쳐 잡으며 피식 웃음 지었다. 순진무구한 따님과
함께 오니 이 절벽에서 아무 일도 없었던 듯한 착각이 일었다.

"아버지, 밤에 피는 꽃은 무슨 색입니까?"

이제 꽃을 찾아야겠다며 목련이 묻자 청연은 꽃의 색과 모양새를 낮
고 다정한 음성으로 찬찬히 읊어 주었다. 동그랗고 노란 꽃, 목련은 청
연의 말을 옹알옹알 되뇌다가 이내 팔랑팔랑 뛰어갔다. 수풀 사이를 뒤
적이는 작은 몸이 불쑥 튀어나왔다가 다시 쏙 숨어 버렸다.

청연은 꼭 작은 다람쥐 같은 목련을 눈에 담으며 다시금 입술을 휘었
다. 문득 나중에 그녀와 함께 다시 이 절벽에 와서 나쁜 기억을 지워 주
어야겠다는 생각이 들었다. 울고 도망치며 상처만 가득 남은 기억이 아
니라, 광활하게 펼쳐진 밤하늘을 보며 달콤한 밀어를 나눈 감미로운 기
억이 남도록. 오늘 목련이 그에게 좋은 기억을 심어 준 것처럼.

그리고 목련과 함께 와서 만들 기억은 그다음으로 미루기로 했다. 어쨌든 그녀의 머릿속 어떤 기억이든 그가 먼저 각인되어야 하니 말이다. 청연은 긴 숨을 내쉬며 은은한 미소를 머금었다.

"따님, 너무 멀리 가면⋯⋯."

수풀 쪽으로 눈길을 두며 읊조리던 청연이 멈칫 말끝을 흐렸다. 우거진 풀 사이로 올라왔다가 사라지길 반복하던 목련이 아예 보이질 않았다. 화원에서도 잠깐 사이에 깊은 수풀까지 들어가 있곤 했지만, 이번엔 정말이지 찰나의 시간이었는데 사라지고 말았다. 게다가 이곳은 화원도 아닌 밤이 내린 산중이었다.

― 크에엑⋯⋯!

청연이 고개를 젖히며 미간을 좁힌 찰나, 멀지 않은 산속에서 목이 거칠게 긁히는 듯한 외마디 소리가 들려왔다. 곧이어 같은 비명이 짧은 간격으로 연달아 어둠이 내린 산을 울렸다.

청연은 비명이 울린 방향으로 완연히 몸을 틀었다. 도포가 사락 휘날림과 동시에 청연이 사라지고 그가 서 있던 자리에는 푸른 연기만 남아 공기 중으로 흩어졌다.

청연이 땅에 내려앉자 바닥을 뒤덮은 이파리가 눅눅하게 바스락거렸다. 잎은 무언가에 질척하게 젖어 있었다. 땅에 떨어진 잎뿐만이 아니라 청연이 선 주변의 모든 나무와 바위까지 검붉게 젖은 상태였다.

청연은 물결처럼 손을 움직여 머리 위의 구름을 걷었다. 나뭇가지 사이로 새하얀 달빛이 비치자 사방에 비릿한 냄새가 그득한 이유를 알 수 있었다. 바닥을 적신 물기는 핏물이었고, 군데군데 쓰러져 숨이 끊긴 검은 털을 가진 요괴들의 육신에서 흘러나오고 있었다.

"아버지."

그 잔혹한 광경 가운데서 목련이 청연을 발견하곤 달갑게 웃었다. 청연은 시체가 널브러진 산중을 무심히 둘러보고는 목련을 향해 부드럽게 마주 웃었다. 그는 살육의 중심에 선 딸에게 천천히 다가갔다.

"따님, 아비에게 말도 없이 이리 멀리 오시면 어떡합니까."

"죄송합니다…… 땅만 보고 가다가 저도 모르게 그만……."

시무룩하게 설명하던 목련이 이윽고 눈망울을 불만으로 물들인 채 입술을 모아 삐죽였다.

"아버지가 말씀하신 꽃을 찾았는데…… 갑자기 검고 이상한 것들이 나타나 저를 방해하려 했습니다……."

"그랬습니까?"

"예. 련이는 먹는 음식이 아닌데, 꼭 잡아먹으려는 것처럼 달려들기에……."

아아, 그래서 우리 따님이 이 많은 요괴를 단박에 처리하셨구나. 요괴를 마주한 적은 처음이니 목련은 본능적으로 그와 같은 기운을 흩뿌렸을지도 몰랐다.

청연은 눈을 감으며 피식 웃었다. 아무리 멍청한 요괴라 한들, 고작 어리다는 이유로 이무기와 같은 기운을 지닌 아이에게 달려드는 아둔한 짓을 하다니. 청연은 가벼운 한숨을 내쉬곤 목련의 앞에 자세를 낮추어 앉았다. 그가 다감하게 눈을 맞추자 목련의 시무룩한 얼굴도 그제야 사르르 녹아내렸다.

"그래도 이것 보세요, 아버지. 꽃은 이만큼이나 찾았습니다."

조막만 한 손에 쥔 노란 꽃 다섯 송이를 그에게 내보이며 목련이 의기양양 웃었다. 동그란 얼굴에 검붉은 피가 묻은 것도 모르고 해맑기만 한 목련이 귀엽기도 하고 언제 이렇게 컸나 싶기도 했다. 청연은 칭찬하듯 눈웃음을 지으며 허공에 손을 움직였다.

곧이어 나뭇잎과 풀잎에 맺혀 있던 깨끗한 밤이슬이 공중에 하나둘 모였다. 맑은 물줄기는 허공을 넘실넘실 유영하며 흘러와 목련의 뺨에

찰박찰박 스쳤다. 청연은 못내 부드러운 손길로 목련의 뺨에 묻은 핏물을 밤이슬과 함께 닦아 냈다.

"따님, 방금 있었던 일은 어머니에게 말하지 않기로 아비와 약속해요."

한쪽 눈가를 꼬물꼬물 찡그리던 목련이 눈을 동그랗게 떴다.

"왜요? 제가 방금 잘못한 겁니까……?"

"아니요. 잘하셨습니다. 기어오르는 놈들을 벌써 처리할 줄 알다니 기특해요."

"그럼 어째서 어머니에게는 말하면 안 됩니까?"

재차 되묻는 걸 보니 목련은 그녀에게 처음부터 끝까지 모조리 이야기해 주려 한 모양이었다. 청연은 목련의 이마와 여린 턱까지 묻은 핏물을 차례로 닦아 내며 다정한 목소리로 나긋나긋 설명했다.

"어머니는 우리 따님과는 달리 이것들을 무서워한답니다. 그런데 따님이 어머니께 드릴 꽃을 찾다가 요괴를 만났다고 하면 얼마나 속상하시겠습니까."

"……."

"어머니가 겁이 많은 건 따님도 알고 계시지요?"

"예……."

"그런 어머니가 눈을 뜨자마자 요괴 이야기를 듣고 놀라 울먹이면, 따님 가슴이 어떻겠습니까?"

"콕콕 찔린 것처럼 아플 겁니다……."

"그렇지요."

"어머니가 우시는 건 싫어요……."

"아비도 마찬가지입니다. 그러니 오늘 일은 저와 따님의 비밀로 해요."

청연은 마지막으로 목련의 볼에 남은 옅은 물기를 허공으로 스르륵 날리며 부드러이 말을 끝맺었다. 목련은 울먹이는 나리 생각에 조금 속상하게 물든 눈망울을 이리저리 굴리다가 청연이 볼을 장난스레 감싸고 나서야 배시시 웃음 지었다.

"어머니껜 말하지 않겠습니다. 어쨌든 꽃은 찾았는걸요."

그녀에게 해 줄 이야깃거리는 줄었지만, 원했던 꽃을 얻었으니 목련은 만족스러워 보였다. 청연도 제법 만족스러운 미소를 머금었다. 따님이 착하게 입을 다물어 준 덕분에 여린 신부님의 귀에 요괴 이야기는 들어가지 않게 됐으니까.

청연은 아가의 등을 토닥토닥 두드려 주고 작은 몸을 안아 올렸다.

"그럼 이제 어머니께 전해 드리러 갈까요?"

청연의 웃음 띤 말에 목련이 노란 꽃을 소중하게 품고서 붕붕 고갯짓했다.

* * *

산을 타고 내려온 청아한 산새 울음이 나리의 귓가를 희미하게 간질였다. 싱그러운 아침을 알리는 새 소리가 기분 좋아 나리는 잠에서 깨어났으면서도 계속 눈을 감고 있었다. 어디선가 향기로운 내음도 은은하게 풍겨 와 몸과 마음이 나른했다.

근데 이게 무슨 향기지. 꽃향기 같은데…….

나리는 잠의 여운에 흠뻑 취한 머릿속으로 가만 생각하다가 느지막이 눈꺼풀을 밀어 올렸다.

"어……."

눈앞엔 샛노란 꽃 다섯 송이가 가지런히 놓여 있었다. 혹 꿈인가 싶어 몽롱하게 눈을 뜨고 감을수록 동그라니 소담한 꽃은 선명해지기만 했다. 향기로운 내음도 더욱 생생하게 코끝을 맴돌았다. 나리는 잠이 묻은 손끝으로 살며시 꽃줄기를 건드렸다. 그러자 침상 아래에서 불쑥 목련이 올라와 나리를 향해 휘영청 웃음 지었다.

"어머니, 일어나셨습니까?"

나리는 침상에 엎드린 채 웃는 딸을 멍하게 보다가 문득 귓불에 닿는 손길을 느끼곤 시선을 올렸다. 그녀의 머리맡엔 청연이 다리를 느슨하게 꼬고 앉아 있었다. 눈이 마주친 그가 싱긋 눈웃음 짓자 나리도 의아하게 마주 웃고는 반쯤 몸을 일으켰다. 그러곤 목련의 뺨을 보드랍게 쓰다듬며 말했다.

"우리 아가 언제 왔어요?"

나리의 살가운 말투에 목련이 어깨를 움츠리며 수줍게 웃더니 침상에 꼬물꼬물 올라와 나리를 꼭 끌어안았다. 아침부터 무슨 일이지. 나리는 여전히 의아했으나 일단은 어리광 부리는 목련의 작고 따스한 몸을 다리에 앉히고 마주 안아 주었다.

"어머니, 이거 어머니께 드리려고 아버지와 찾아온 꽃입니다."

목련이 그녀에게 안긴 채 침상에 둔 꽃을 끙끙 집어 들고는 나리에게 건넸다. 나리는 어리둥절 꽃을 받아 들고는 다시 청연을 바라보았다. 청연은 고개를 까딱이며 소리 없이 웃고는 느릿하게 팔을 뻗어 나리를 뒤에서 안았다. 나리는 목련을 꼭 안은 채 그에게 등을 기댔다.

"마음에 드십니까?"

이윽고 목련이 눈을 반짝이며 잔뜩 들뜬 소리로 물었다. 나리는 그를 보던 눈길을 돌려 목련을 향해 환하게 웃어 보였다.

"그럼. 우리 아가가 준 건데……."

너무 곱고 향기도 좋다고 나리가 기쁘게 덧붙이며 목련의 볼을 톡톡 쓰다듬었다. 목련은 두 손으로 앙증맞게 입을 가리며 까르르 웃고는 다시 나리에게 폭 기대 안겼다. 나리는 아가의 깃털처럼 보들보들한 머리카락을 쓰다듬으며 살며시 꽃 내음을 맡았다. 입가에 절로 미소가 스몄다.

예전에 청연 님이 주신 꽃과 같아서 달갑긴 한데, 련이는 갑자기 무슨 생각을 했기에 꽃을 준 걸까.

이따금 엉뚱한 놀이를 하곤 했던 딸이지만 이번에는 몹시 의외였다. 아직 어려서 타인에게 무언가 선물하고 싶어 하는 감정은 모르리라 여겼는데 말이다. 나리는 다시금 의아하게 그를 올려다보았다. 그녀의 맑고 검은 눈에 비친 궁금증을 읽어 낸 청연이 나지막이 웃고는 입을 열었다.

"어제 화원에서 따님에게 목련꽃 이야기를 해 주었습니다. 그대가 흐드러진 목련꽃을 보고 따님의 이름을 지었다고……."

"아……."

"그랬더니 따님이 그러시더군요. 이리 고운 꽃의 이름을 주시다니, 어머니께서 제가 너무 예뻤나 봐요, 하고 말입니다."

"정말입니까? 우리 련이가요……?"

"예. 그래서 어머니에게 꽃을 드리고 싶다기에 잠시 밤 산책을 다녀왔지요. 그대가 잠든 사이에."

아, 그렇지. 이건 밤에만 피는 꽃이니까…….

나리는 다시 목련을 내려다보았다. 나리의 가슴에 뺨을 기댄 채 그녀를 물끄러미 보던 목련은 눈이 마주치자마자 몹시도 부끄럽게 웃으며 나리의 품에 얼굴을 폭 숨겼다. 멍하니 아가를 보던 나리의 눈동자가 어느 순간 감동으로 촉촉하게 젖었다. 자기도 모르게 미소를 머금은 나리가 목련을 꼭 보듬어 안았다.

"그랬구나. 우리 아가 다 컸네……."

그의 말을 듣고 나니 노란 꽃이 또 달리 보인다. 아가가 이만큼이나 어여쁘게 자랐다는 증명 같고, 자신을 이리 눈물겹게 하는 목련이 그와 꼭 닮았다는 사실을 말해 주는 것 같기도 했다. 그리고 이 꽃은 잘 말려서 소중하게 간직해야겠다는 생각도 들었다.

나리의 속눈썹에 물기가 맺히자 목련이 작은 손으로 그녀의 눈가를 살금살금 만지며 달래 주었다. 그 모습도 그와 닮아 나리는 옅은 웃음이 터져 버렸다.

"그런데 우리 련이, 이 조그만 손으로 어디서 이 꽃을 찾았을까?"

이제 괜찮다는 듯 눈가를 닦으며 나리가 웃음 띤 소리로 물었다. 조잘조잘 말하기 좋아하는 딸이니까 할 이야기가 많을 것 같았다. 예상대로 목련의 눈이 반짝 빛났다.

"산의 나무 밑에서 찾았습니다. 그런데 어머니, 꽃을 찾았는데 갑자기 무슨 일이 있었냐면⋯⋯."

한껏 들뜬 채 재잘거리던 목련이 돌연 합, 하고 입을 다물었다. 목련의 눈길이 닿은 곳에선 청연이 눈을 가느스름하게 휘고서 고개를 젓고 있었다. 그러나 나리는 둘의 눈길을 눈치채지 못하고 고개만 갸웃거렸다.

"련아⋯⋯?"

"어, 그게⋯⋯ 그러니까⋯⋯."

우물쭈물 고심하는 목련의 시선을 따라 나리가 그를 돌아보았다. 청연은 나리와 눈이 마주치자마자 아무 일도 없었다는 듯 태연하게 미소 지었다.

"사슴! 사슴을 보았습니다! 사슴이 꽃을 먹기 전에 제가 먼저 꺾었어요!"

한참을 우물거리던 목련이 대뜸 보지도 않은 사슴을 말했다. 청연은 눈을 감으며 웃음을 삼켰고 나리는 아아, 하며 눈웃음 짓고는 고개를 끄덕였다. 아직 자그맣고 어린 딸이 밤중에 요괴를 만났으리라고는 상상도 못 하는 모습이었다.

"사슴을 만났구나. 우리 아가 즐거웠겠다."

"예. 즐거웠습니다. 또 가고 싶어요."

"응, 그런데 아가. 아무리 즐거웠어도 어두울 때 혼자 산에 가면 안

돼요. 꼭 아버지랑 같이 다녀야 해. 무서운 짐승이 나타나서 우리 아가
가 놀랄지도 모르니까…… 알겠지?"

나리가 조곤조곤 상냥하게 덧붙이자 목련이 입술을 꼭 물고는 고갯
짓했다. 입을 떼면 요괴를 만났다고 이야기할까 봐 아예 말을 참는 모
양이었다. 그런 딸을 칭찬하듯 청연은 나리 몰래 목련에게 웃어 주었다.

"지금은 그렇지만, 머지않아 따님 마음껏 돌아다녀도 될 것 같습니
다. 벌써 이만큼 자라지 않았습니까."

"그럴까요?"

그녀가 못내 기쁘게 웃는 모습을 보니 이만큼 자랐다는 그의 말이 그
녀에겐 다른 의미로 들린 듯했다. 그러나 청연은 굳이 정정하지 않았다.
아직은 말해 줄 필요도 없을뿐더러 아무것도 모른 채 순하게 웃는 그녀
의 모습이 참을 수 없을 정도로 어여뻤으니까. 가능하면 오래도록 이
청아한 모습을 눈에 담고 싶었다.

그리고 후에 목련이 청연과 같은 힘을 다룬다는 것을 알게 되어도 그
녀는 곱게 웃으며 딸을 품어 줄 것이었다. 그녀가 청연의 모든 것을 품
어 주었듯이.

그때쯤엔 내 신부님과 둘이서 머나먼 나들이를 떠날 수 있겠지. 둘만
의 감미로운 나날을 떠올리며 미소 지은 청연이 다시금 나리를 품에 깊
이 가두어 안았다.

外傳. 五

"그럼 다녀올게요."

목련이 환하게 웃으며 손을 흔들자 나리도 미소를 머금고서 손을 흔들어 주었다. 목련은 한껏 차려입은 여우들과 함께 들뜬 발걸음으로 타박타박 멀어졌다. 양손으로 여우들의 손을 붙잡고 팔랑팔랑 걸어가는 딸의 기특한 뒷모습을 눈에 담으며 나리는 다시 웃었다.

목련은 하루가 다르게 자랐다. 신수의 후사란 무릇 발육이 빠른 건지 아니면 이무기의 핏줄이 특출 난 건지는 모르겠지만, 이젠 청연 없이도 산중을 돌아다니고 여우들과 나들이를 나서곤 했다.

"따님이 오늘은 어디를 간답니까?"

여우와 딸이 빽빽한 나무 사이로 사라질 때까지 옅은 미소를 머금고 있던 나리가 문득 귓가에 감기는 그의 목소리에 고개를 돌렸다. 어느새 다가온 청연이 나리의 허리를 뒤에서 부드럽게 안았다. 청연은 여우와 목련이 떠난 길을 잠시 보다가 나긋한 눈웃음을 띠고서 나리를 내려다보았다.

"오늘은 자기가 연호 님의 산까지 가 보겠다고 합니다."

나리는 허리에 감긴 그의 단단한 팔을 살며시 만지며 웃음 섞인 소리로 답했다. 청연은 흐음, 하며 다시 그들이 사라진 길을 보다가 이내 싱긋 웃었다.

"여우들과 따님이 함께 나섰으니 이곳저곳 들르다가 밤중에나 도착하겠군요."

그의 처소에서 서쪽 산까지 곧장 가면 한나절도 걸리지 않는다. 어린아이의 걸음으로도 그 정도면 충분히 범의 영역에 닿을 수 있었다. 그러나 여우들과 목련의 호기심 많은 성정과 자라나는 아이의 눈에 몹시도 신비로울 세상을 생각하면 한나절은 분명 모자랄 테다. 나리는 그의 말에 동의한다는 듯 고개를 끄덕였다.

"그래도 따님이 크니 좋군요. 여우들과 돌아다니느라 바쁜 덕분에 제가 그대를 독점할 수 있잖습니까……."

청연이 말끝을 부드러이 늘어뜨리며 나리의 목덜미에 입술을 묻었다. 살갗에 그의 숨결이 간지럽게 스친다. 나리는 수줍게 웃으며 어깨를 움츠렸다. 그의 혀가 점차 농밀하게 피부를 간질이자 나리는 옅은 신음이 터지려는 입술을 꼭 물고 빙글 뒤돌았다. 마주 보게 된 그의 허리를 꼭 안고서 엷게 눈을 휘었다.

"마루에 찻상을 내어놓았습니다. 같이 드시어요."

청연은 미간을 살짝 좁힌 채 웃으며 고개를 기울였다.

"지금요?"

"예."

"따님도, 여우들도 없고 우리 둘뿐인데?"

어여쁜 웃음 사이로 분명 달콤한 신음을 흘렸으면서 별안간 차를 마시자니, 청연은 눈을 가느스름하게 뜨고는 나리의 허리를 더욱 세게 당겨 안았다.

"저는 그대가 더 목마른데요."

청연이 눈을 나른히 내리깔고 낮게 속삭이며 그녀의 귓가를 쓰다듬었다. 이쯤 유혹하면 못 이긴 척 넘어와 줘야 하는데, 나리는 뺨만 꽃잎처럼 발그레 붉히며 웃을 뿐이었다. 곧이어 나리가 그의 매끄러운 비단옷깃을 가만가만 만지작거리며 소곤거렸다.

"청연 님 말씀처럼 단둘만 있지 않습니까. 오랜만에 온종일요. 그러니 지금은 같이 차를 드시어요. 그리고 해가 지면…… 저희도 밤 나들이를 나가요."

"……."

"그때까진 저도 갈증을 참아 보겠습니다……."

자그맣게 덧붙인 나리가 부끄러운 미소를 머금고서 시선을 내렸다. 청연은 고요히 나리를 내려다보다가 나지막이 웃어 버렸다. 이제껏 얄미우리만치 어여쁜 교태를 부렸으면서 발그스름하게 물든 그녀의 낯은 몹시도 청아했다. 두려움에 떨던 그녀의 모습이 엊그제 같건만, 이제는 저 고운 미소로 자신을 들었다 놓았다 하는 게 못내 사랑스럽기까지 했다.

"그땐 제 목마름을 충분히 채워 주실 겁니까?"

청연이 나리의 얼굴을 다정하게 감싸 올리며 속삭여 물었다. 옅은 불만이 어렸던 암청색 눈동자는 더없이 감미롭게 물든 채였다. 나리는 입술을 살며시 물고 웃으며 작게 고갯짓했다. 청연은 더는 참지 못하고 낮은 웃음을 터뜨리고 말았다.

* * *

밤이 내린 계곡은 언제 보아도 절경이었다. 해가 비칠 때의 청량한 풍경보다 달이 내린 밤이 더욱 신비롭고 아름다웠다.

보름달이 스민 물결, 수면에 노니는 나비 한 쌍, 목을 축이러 온 토끼와 촉촉한 습기를 머금고 피어난 자그마한 꽃, 모든 풍경이 그와 처음 이곳에 왔던 날과 같았다. 청연이 나리에게 한 움큼 쥐여 준 산딸기도, 허공을 팔랑팔랑 날아다니며 물방울을 흩뿌리는 나비도 그날과 변함없었다.

"지금쯤 연호 님과 만났겠지요?"

나리는 그에게 옆으로 안긴 채 투명한 물 나비를 톡 건드리며 물었다. 청연은 젖은 머리카락을 쓸어 넘기며 미소 지었다. 그러곤 물에 반쯤 담긴 나리의 몸을 고쳐 안으며 말했다.

"지금쯤이면 만났겠지요. 여우들과 목련이 함께 들이닥쳤으니 연호가 몹시 애먹고 있겠군요."

"그러실까요?"

대답 대신 고갯짓하며 싱긋 웃는 그의 얼굴이 어딘지 짓궂어 나리도 옅은 웃음을 터뜨렸다. 맑은 물에 잠긴 몸이 물살에 기분 좋게 흔들렸다.

아직 어린 목련이 처음으로 제법 먼 길을 나섰지만 나리는 걱정하지 않았다. 무사히 도착했으리란 확신만 있었다. 여우들이 함께 갔으니 위험한 일은 없을 터였고, 무엇보다 목련은 이무기인 그의 핏줄이니까. 그의 위험하리만치 아름다운 외모를 해맑은 얼굴에 고스란히 가지고 태어난.

그러고 보니, 청연 님이 어렸다면 아가와 비슷했을까. 아니, 련이는 너무 천진난만하니까 청연 님은 좀 더 묘한 눈빛을 지니고 있었으려나…….

나리는 그의 가슴에 얼굴을 기댄 채 가만 생각하다가 조심스레 입을 열었다.

"저, 청연 님은 어린 날의 기억이 아예 없으시지요?"

"그렇지요. 머릿속 가장 첫 기억부터 저는 이 모습이었으니…… 그대도 알다시피 뱀 영물일 때의 기억은 남아 있지 않습니다."

나긋나긋 흐르는 그의 말은 나리가 이미 아는 사실 그대로였다. 혹시나 하고 묻긴 했지만 말이다. 그래도 혹여 그에게 어린 시절이 있었다면 그만큼 예쁜 아이도 없었으리라 생각하며 나리는 청연 몰래 작게 웃음 지었다.

"갑자기 제 어린 날은 왜 궁금해지셨는지요?"

청연이 물결에 떠내려오는 꽃 한 송이를 건져 나리에게 건네며 부드럽게 질문했다. 나리는 물기 어린 꽃을 살며시 만지작거리며 엷은 미소를 입가에 띠었다.

"우리 아가가 크는 모습을 보니 문득 궁금해졌습니다. 련이가 청연님과 무척 닮지 않았습니까. 청연 님도 어린 날이 있었다면 그리 어여쁠 듯하여서……."

곱게 웃으며 속삭이는 그대가 더 단아하니 어여쁜 줄은 모르고…… 청연은 속으로 그리 생각하며 웃고는 나리의 어깨를 천천히 쓰다듬었다.

"그대는 어떠했습니까? 따님만큼 어린 날에……."

나리는 꽃잎을 건드리던 손끝을 잠시 멈칫했다. 어린 날, 어린 날이라…… 슬프게도 딱히 좋은 기억이 떠오르진 않았다. 그중에 그나마 나은 기억을 찾으려 머릿속을 가만가만 헤집다 보니 문득 나리의 눈에 수면에 둥실 내려온 둥근 달이 보였다. 나리는 아, 하며 환하게 웃고는 말하기 시작했다.

"그러고 보니 기억에 남는 날이 있습니다. 실은 저 어릴 적 일찍 어머니를 여읜 후에 아버지에게 몹시도 구박을 받았습니다. 아버지의 첩에게도요."

이젠 까마득한 옛 기억이라 가슴이 아프지도 어린 자신이 가엾지도 않았다. 어쨌든 이렇게 살아서 그를 만났으니 아프기만 한 어린 날도 그저 지난날일 뿐이었다. 나리는 엷은 미소를 머금고서 말을 이었다.

"그날은 한겨울이었는데, 그날따라 아버지께 어찌나 호되게 혼이 났는지 어린 나이에 집을 나온 적이 있었지요."

"예, 그래서요?"

"그날 저는 마을 어귀에 있는 우물에 빠지려고 했습니다."

"……."

"어머니도 없고 아버지는 저를 미워만 하시니 더는 살고 싶지 않다고 여겼습니다. 어린 나이에 어리석게도 죽음을 생각했었습니다. 우물가에 달려가서는 정말로 죽기 위해 까치발까지 들었지요."

청연은 말없이 고요했고 나리는 잠시 숨을 가다듬으며 그의 어깨에 머리를 기댔다.

"그런데 갑자기 구름이 걷히더니 깊고 새카만 우물에 달님이 내려오셨습니다. 아가, 그러지 마, 하고 다정하게 말을 거는 듯했어요. 그 동그란 달이 어찌나 아름다웠는지, 일순 제가 죽으려 했단 것도 잊고 말았지 뭐예요."

"……."

"그 후엔 곧장 아랫집 아주머니가 저를 발견하시고는 당장에 우물가에서 떼어 놓으셨습니다. 제가 안쓰러웠는지 아랫마을 제사에서 받아왔다며 간식도 잔뜩 주시었어요. 어린 마음에 고작 그 주전부리를 먹으며 죽지 않길 잘했다고 생각했습니다."

"……."

"조금…… 바보 같지요……?"

나리가 부끄럽게 웃으며 잠시 고개를 숙였다. 그러곤 후련하고도 청량한 한숨을 폭 내쉬고서 다시 말했다.

"참 그 어린 날에도 그리고 커서도 왜 이리 삶이 고달플까, 하고 괜스레 하늘을 원망한 적도 많았는데…… 이제 와 되돌아보니 이렇게 행복하려고 그랬나 봅니다."

"……."

"청연 님을 만나 이리도 행복하려고……."

아, 나는 청연 님께 이 말을 전하고 싶었구나. 어린 시절 이야기는 말의 물꼬를 텄을 뿐, 청연 님을 만나 행복하다는 말을 하려고…….

이야기를 끝내며 자신도 몰랐던 속내를 깨닫자 심장이 크게 뛰었다. 나리는 가슴에 손을 댄 채 기분 좋은 울림을 느끼며 웃다가 문득 의아한 얼굴을 했다. 그가 이상하리만치 오래도록 말이 없어서였다.

"……."

나리는 살며시 고개를 들어 그를 바라보았다. 그는 시선을 옆으로 내리깐 채 무언가 깊은 생각에 잠겨 있었다. 반듯한 이마를 드러내고서 고요히 멈춘 그는 푸른 새벽처럼 아름다워서 나리는 그를 한없이 바라볼 수 있을 듯했다. 그러나 고요가 너무도 길다. 나리는 다소곳이 그의 손을 잡아 살살 흔들었다.

"청연 님."

그녀의 보드라운 부름에 청연은 그제야 정신을 차리곤 나리와 시선을 마주했다. 머지않아 스르르 미소 짓는 입술은 더없이 다정했고 암청색 눈동자엔 나리를 향한 애정이 한층 짙고 감미롭게 드리워져 있었다.

"무슨 생각을 그리 깊이 하셨는지요."

나리가 그의 뺨을 조심스럽게 감싸며 묻자 청연이 그녀의 손에 입을 맞추곤 나리를 품에 깊숙이 안았다. 가녀린 몸을 양팔에 가두고 그녀의 귓가에 낮고 그윽하게 속삭였다.

"그대의 어린 날 이야기를 들었더니, 그대와 나는 만날 수밖에 없는 운명이었다는 걸 다시금 깨달아서……."

"아……."

"몹시도 사무치게 깨달아서 그랬습니다."

"그러셨습니까."

"행복하십니까?"

문득 그가 물었다.

"제 품에 오셔서 그대는 행복하십니까?"

다시금 질문하는 그의 목소리는 진중하고도 부드러웠다. 나리는 물끄러미 그를 바라보다가 사르르 녹아내리듯 웃으며 고개를 끄덕였다. 이미 했던 말이지만, 늘 입에 달고 살아 다시 말하기도 새삼스럽지만, 그래도 그가 듣고 싶어 한다면 몇 번이든 다시 말할 수 있었다.

"행복합니다. 저는 청연 님을 만나기 위해 태어난 것처럼요……."

애정이 잔뜩 스민 보드라운 고백이 청연의 귓결을 타고 흘러들어 심장을 간질였다. 청연은 짙은 연정에 도취한 듯이 나른히 고개를 젖히며 웃음 지었다. 곧이어 그가 나리의 허리를 사뿐히 안아 그와 마주 보도록 다리에 앉혔다.

나리의 몸짓에 따라 계곡물이 찰랑, 찰랑, 청아하게 물결쳤다. 나리는 아랫입술을 문 채 부끄럽게 웃으며 고개를 숙였다. 청연이 젖은 손으로 나리의 얼굴을 다시 나긋이 들어 올렸다.

"숙이지 말아요. 그대 얼굴이 보고 싶어."

"매일 보시잖아요……."

"그럼 바꾸어 말할까요? 지금 당장 입 맞추고 싶으니 저를 보아 달라고."

"……."

"여기부터, 여기까지, 빠짐없이 어여뻐해 주고 싶다고……."

청연의 길고 곧은 손가락 끝이 나리의 입술을 어루만지고, 하얀 목과 가녀린 어깨와 얇은 허리와 보얀 다리를 차례대로 타고 내려가 그녀의 조그마한 발가락까지 닿았다. 나리는 발끝을 꼭 움츠리며 조금 붉어진 얼굴로 그를 바라보았다. 안 그래도 감미로운 그의 눈동자가 질식할 만큼 달콤하게 물들어 있었다.

행복하단 말이 청연 님께선 그리도 기분이 좋으셨던 걸까…….

늘 하던 말인데 오늘따라 그가 더욱 기꺼워 보인다. 그래서 조금 의아하긴 했으나 나리는 깊이 생각하지 않기로 했다.

청연 님 나름의 뜻이 있으시겠지.

게다가 독한 미약처럼 고혹적이고 관능적인 그의 미소는 나리가 좋아해 마지않는 청연의 표정이기에 일단은 그의 농염한 눈빛과 손길에 몸을 맡겼다. 살갗에 휘어 감긴 치맛자락을 부드럽게 헤치고 들어온 그의 손이 어느새 허벅지의 역린을 어루만졌다.

"하아, 청연 님……."

여린 신음이 흐르는 나리의 발간 입술에 청연이 입을 맞추었다. 맞닿은 입술 새로 흐르는 그녀의 젖은 숨결이 청연의 단전을 저릿하게 했다. 청연은 나리와 입을 맞춘 채 스르르 입꼬리를 올렸다. 그녀의 색정적인 숨소리와 함께 오래전 기억이 청연의 머릿속에서 감미롭게 물결쳤다.

* * *

저녁때를 지난 마을은 인기척이라곤 없이 고요했다. 해가 일찌감치 사라지는 차가운 겨울이라 다들 이른 잠자리에 든 듯했다. 막 눈이 그친 밤하늘에는 채 가시지 않은 구름이 회색빛으로 드리워져 있었다.

청연은 어둠이 내린 마을을 느긋하게 거닐며 숨을 깊이 들이쉬었다.

인간들의 왕 때문에 승천에 실패한 뒤 십여 년, 그에겐 찰나의 순간인 그 짧은 시간 동안 청연은 신수의 땅에서 심신을 다스리다가 몹시도 오랜만에 영역을 나서 이곳, 인간의 땅에 왔다.

457

승천에 실패한 후로는 거들떠보지도 않았던 인간의 땅에 발을 들인 이유는 한 해의 풍요를 감사하는 그들의 음성이 돌연 귓결을 스친 탓이었다. 큰 제사에다가 신력이 제법 괜찮은 무녀가 제사를 주관했기에 그들의 염원이 운 좋게 그에게까지 닿은 건지도 몰랐다.

자신들의 수장인 왕 때문에 용이 될 이무기가 다시 땅으로 추락했다는 것도 모르고……

속으로 그리 비웃었으나 감사를 잊지 않는 인간들의 우매한 순수함은 제법 기특하여 청연은 구름을 불렀다. 시리도록 맑은 겨울 하늘에 몰려든 구름은 곧장 하얀 눈을 흩뿌렸다. 사람들은 소복소복 떨어지는 눈을 놀랍고도 기쁘게 맞이하며 재차 하늘에 절을 올렸다. 탐스러운 눈송이는 고적한 땅을 금세 새하얗게 덮었다. 아주 조용하고 평온하게.

"청연 님."

어두운 마을 어귀까지 발길이 닿자 연호가 그를 불렀다. 청연은 잠시 걸음을 멈추곤 천천히 연호를 돌아보았다. 삿갓을 깊이 눌러쓴 연호가 주변을 휘휘 살펴보고는 느지막이 질문했다.

"밤이 깊었는데, 슬슬 돌아가야 하지 않겠습니까."

청연은 아아, 하며 고요히 웃었다. 그러고 보니 밤 산책이 길어지긴 하였다. 그것도 인간의 땅에서 말이다. 청연은 검은 하늘을 한번 보고는 어깨를 으쓱하며 답했다.

"글쎄…… 오늘따라 발길이 떨어지질 않는구나."

"……"

"무언가 묘한 감각이 드는 듯도 하고."

"그렇습니까."

"이왕 변덕을 부렸으니 조금 더 걷자."

인간의 땅에 강림한 것도, 곧장 돌아가지 않고 이 땅을 거니는 것도, 아주 드물게 나타나는 자신의 변덕인지도 모르겠다고 청연은 생각했다.

이따금 본능에 이끌려 행동하는 자신의 변덕이라고. 이번 변덕은 어떤 본능에 이끌린 건지 모르겠지만 말이다.

설핏 웃어 버린 청연이 다시 걸음을 옮겼다. 나긋하고 무게 있는 걸음마다 눈이 사박, 사박, 차갑게 부서졌다.

"……"

조용히 걷던 청연이 문득 걸음을 멈추곤 어딘가를 가만히 응시했다. 그의 시선 끝엔 눈이 소복이 쌓인 어두운 우물가가 있었고 어린 여자아이가 깊은 우물 속을 들여다보고 있었다. 구름이 달빛을 가린 탓에 아이의 얼굴은 제대로 보이지 않았으나, 우물에서 무슨 짓을 하려는지는 알 수 있었다.

청연은 조용히 아이를 지켜보다가 자그마한 몸이 기어이 우물을 짚고 까치발을 세웠을 때 걸음을 옮겼다.

"어……"

우물 안으로 상체를 거의 기울였던 아이는 순간 다가온 인기척에 놀라 주춤 고개를 들었다. 당황하여 눈을 깜박이는 앳된 얼굴엔 안쓰럽게도 보랏빛 멍과 발간 생채기가 가득했다. 청연은 아이의 상처를 물끄러미 보다가 이내 허리를 숙여 어린 눈과 시선을 맞추었다. 다정하게 입술을 휘며 고개를 저었다.

"아가, 그러면 안 됩니다."

"……"

"이 차가운 날에 우물에 뛰어들면 다시는 눈을 뜰 수 없어요."

청연은 부드러운 저음으로 죽음을 이야기했다. 아이는 무어라 변명하려 입술을 오물거리다가 다시 꾹 다물었다. 자신의 의도를 정확히 짚은 청연의 말에 할 말을 잃은 것 같았다. 아이는 버선도 신지 않은 맨발을 꼼지락거리며 그의 눈치를 살폈다. 그러다가 들릴 듯 말 듯 한 작은 목소리로 웅얼거렸다.

"어머니를 만날 수 있다면 눈을 뜨지 않아도 괜찮습니다…… 아버지는 저를 싫어하시니까, 제가 없어도…….”

아이가 더듬더듬 늘어놓은 말은 앞뒤가 없었지만, 청연은 그것만으로도 아이의 상황을 고스란히 알아챌 수 있었다. 어미는 이 어린 딸을 둔 채 세상을 떠났고, 아이의 얼굴에 뒤덮인 상처는 아비의 소행이라는 걸.

하필이면 금수만도 못한 인간을 아비로 두었구나.

청연은 발갛게 언 아이의 발과 손을 지그시 내려다보다가 스르르 손을 뻗었다. 무게도 느껴지지 않는 자그마한 몸을 부드럽게 안아 들었다. 화들짝 놀란 아이가 자기도 모르게 청연의 어깨를 덥석 붙잡았다.

"어, 어…….”

눈을 동그랗게 뜬 채 어깨를 움츠린 모습이 꼭 수풀에 몸을 숨긴 작고 보드라운 산토끼 같다. 청연은 짧게 웃고는 아이를 단단히 고쳐 안았다. 그러곤 우물가에서 허리를 조금 숙였다.

"자, 기분이 나아지도록 예쁜 걸 보여 줄게요.”

청연의 말에 아이가 어리둥절한 얼굴을 했다. 청연은 고요히 웃어 주고는 허공에 잔잔한 물결처럼 손짓했다. 그러자 달을 가리던 구름이 서서히 걷히고 우물 안에 흰 달이 고스란히 내려와 희게 빛났다.

"와아…….”

아이는 앵두 같은 입술을 멍하니 벌리고서 우물 안에 뜬 달을 내려다보았다. 둥근 달은 손에 잡힐 듯이 가까워서 더욱이 신비로웠다. 무의식적으로 손을 뻗다가 몸이 기울어진 아이를 청연이 조금은 장난스럽게 들썩이며 고쳐 안았다. 아이는 번뜩 정신을 차리고는 조심스레 청연을 바라보았다. 고사리 같은 손을 꼬물거리며 아이가 자그맣게 입을 뗐다.

"혹, 신령님이신지요……?”

청연은 고개를 한 번 까딱이면서 눈웃음 지었다.

"그 비슷한 존재라고 해 두지요.”

"그럼…… 선녀님이신가요?"

아이가 포기하지 않고 재차 물었다. 이 작은 머릿속에 무엇이 들어 있는지, 청연은 눈을 감으며 웃고는 나지막이 되물었다.

"그리 보이십니까?"

아이는 눈을 데굴데굴 굴리다가 희미하게 고갯짓했다.

"이렇게 아름다운 분은 처음 뵈는걸요."

천진한 눈망울로 제법 어여쁜 말을 한다. 청연은 미소를 거두지 않은 채 아이의 등을 느리게 도닥였다.

"이 몸이 누구인지는 몰라도 괜찮습니다. 어차피 날 잊어버릴 테니……."

"아, 아닙니다. 이렇게 예쁜 얼굴을 잊어버릴 리 없습니다."

손까지 내저으며 단호하게 말하는 얼굴은 아무것도 모르기에 더욱 순진했다. 청연은 미간을 좁히며 웃고는 다감한 목소리로 말했다.

"이 몸을 기억하면 아가의 앞날이 고달플 겁니다. 아가의 뜻과는 상관없이 무녀로 살아가야 할 수도 있고, 그게 아니라면 헛것을 보았다고 거짓말쟁이 취급을 당할 수도 있겠지요. 그러니 저는 아가의 기억을 지울 겁니다."

그제야 아이의 얼굴에 당황한 기색이 스쳤다. 기억을 지운다는 말에 시무룩해진 듯도 보였다.

"제가 비밀을 지킨다고 해도요……?"

저를 이리 안아 주신 분은 어머니 말고는 처음이라고 아이가 자그맣게 덧붙였다. 그의 다정한 품을 잊고 싶지 않다는 것처럼. 그러나 청연은 단호하게 고개를 저으며 부드럽게 읊조렸다.

"인간에게 비밀이란 없답니다. 숨길 수 없는 본성을 타고났으니까요."

어린아이의 머리로는 알아듣기 힘든 말이었지만, 어쨌든 기억이 지워질 수밖에 없다는 걸 아이는 받아들인 듯했다. 아이는 우물에 내린 보름달을 아쉬운 듯 눈에 담고는 다시 청연을 물끄러미 바라보며 말했다.

"그래도 후에 꼭 은혜를 갚겠습니다."

청연이 무슨 말이냐는 듯 고개를 비스듬히 기울이자 아이가 순한 목소리로 가만가만 말을 더했다.

"어머니께서 도움을 받으면 은혜를 꼭 갚아야 한다고 하셨습니다. 그러니까 나중에 반드시 은인님을 찾아뵙고 은혜를 갚겠습니다."

"……."

"늦어도 꼭 그리하겠으니 기다려 주시어요."

기억을 지운다는 말은 이 어린 머릿속에서 금세 사라진 건지, 후에 다시 떠올릴 수 있다고 여기는 건지, 어쨌든 아이는 지키지 못할 약조를 그에게 하고 있었다. 청연은 낮은 웃음을 터뜨리고는 고갯짓했다.

"예. 기다리고 있겠습니다."

곧이어 청연이 아이의 동그란 이마에 손을 짚었다. 곧고 큰 손은 아이의 눈과 코까지 덮었다. 아이는 눈을 꼭 감고 있었다. 이내 그의 손에 은은한 빛이 감돌았다.

"아, 제 이름은……."

불현듯 아이가 입을 열었으나 말을 채 끝맺지 못했다. 청연이 느지막이 손을 떼어 내자 아이는 어딘가 홀린 사람처럼 가만히 멈추어 있었다. 느릿느릿 뜨고 감는 눈꺼풀은 멍했고 까만 눈동자는 흐릿하니 혼몽했다. 기억이 뒤바뀌는 중이었다.

청연은 유리를 다루듯이 아이를 땅에 내려 주고는 부드러운 눈길로 잠시 바라보았다. 얼굴에 남은 상처도 지워 줄 수 있으면 좋으련만, 단번에 나았다간 네가 요물로 몰릴 테지. 청연은 아이의 뺨에 남은 생채기만 한 번 어루만지곤 뒤돌았다.

아이에게서 멀어질수록 저 먼 곳에서 느껴지던 아낙의 기척이 우물가에 가까워졌다. 머지않아 여인이 놀라서 아이에게 달려가는 소리가 들린다. 아이의 이름을 부른 듯도 한데, 워낙 다급히 부른지라 제대로 들리진 않았다.

어찌 됐든 아이는 다시 살아갈 것이었다. 오늘의 경험은 조금 아프고도 신비로운 기억으로 뒤바뀌어 저 어린 머릿속에 남을 것이었다. 아이가 눈을 반짝이며 바라보던 흰 달은 기억에 남겨 두었으니 힘든 날엔 우물에 내려온 달을 떠올리며 남은 생을 살아갈 것이었다. 청연은 그제야 설핏 웃음 지었다.

"연호야."

"예."

"오늘 발길이 떨어지지 않던 이유가 저 아이 때문이었던 것 같구나."

어린 생명에겐 늘 너그러웠던 그였지만 오늘은 무슨 바람이 들었는지 자신이 몹시 과하게 온화했다는 생각이 들었다. 손짓 한 번으로 죽음을 부르는 이무기의 위엄과 어울리지 않게도 말이다. 청연이 다시금 피식 웃자 연호가 담담하고도 조금은 가벼운 소리로 물었다.

"혹 진짜로 찾아오면 어찌하실 겁니까."

겨울밤의 갑작스러운 만남이 연호의 마음에도 봄을 불러왔는지, 연호도 그답지 않게 새삼스러운 질문을 했다. 아이의 기억을 지운 이상 그럴 일은 절대 없으리란 걸 알면서도. 청연은 낮게 소리 내어 웃고는 길고 나긋한 숨을 내쉬었다.

"진짜로 이 몸을 찾아온다면……."

불가능한 일이지만, 혹 어떤 우연을 거쳐 정말 다시 만나게 된다면.

"그땐 몹시 귀하게 품어 주어야겠구나."

세상에는 자신에게 생채기를 내는 사람만 존재하는 게 아님을 알 수 있도록. 그래서 스스로 죽음으로 향하는 길은 절대 떠올리지 않도록.

"자신이 더없이 행복하다고 여길 때까지, 소중하게 보듬고 어여뻐해 주어야지."

문득 일어나지도 않을 일을 떠올리는 자신이 우스워 청연은 설핏 미소를 머금었다.

"이제 돌아가자."

흰 눈 위에 길게 이어지던 그들의 발자국은 어느 길목에서 갑자기 끊어졌다. 머지않아 하나둘 떨어지는 눈송이가 그들이 사라진 자리를 새하얗게 덮어 지웠다.